中国古典文学
读本丛书典藏

唐文选

李浩 选
阎琦 李浩 李芳民 注释

人民文学出版社

图书在版编目（CIP）数据

唐文选/李浩选；阎琦，李浩，李芳民注释. —北京：人民文学出版社，2020（2022.2重印）
（中国古典文学读本丛书典藏）
ISBN 978-7-02-015759-4

Ⅰ.①唐… Ⅱ.①李…②阎…③李… Ⅲ.①古典散文—散文集—中国—唐代 Ⅳ.①I264.2

中国版本图书馆 CIP 数据核字（2019）第 214780 号

责任编辑　董岑仕
装帧设计　陶　雷
责任印制　王重艺

出版发行　人民文学出版社
社　　址　北京市朝内大街 166 号
邮政编码　100705

印　　刷　三河市博文印刷有限公司
经　　销　全国新华书店等

字　　数　450 千字
开　　本　880 毫米×1230 毫米　1/32
印　　张　23.375　插页 3
印　　数　5001—7000
版　　次　2011 年 10 月北京第 1 版
印　　次　2022 年 2 月第 2 次印刷

书　　号　978-7-02-015759-4
定　　价　69.00 元

如有印装质量问题，请与本社图书销售中心调换。电话:010-65233595

目 录

前言　1

李世民四篇　1
　王羲之论　1
　答虞世南上《圣德论》手诏　5
　答魏徵手诏　6
　答长孙无忌请诛段志冲手诏　11

魏　徵三篇　13
　遗表稿　13
　论时政第二疏　14
　十渐疏　18

王　绩二篇　30
　答刺史杜之松书　30
　五斗先生传　35

杜之松一篇　37
　答王绩书　37

王　勃一篇　42
　秋日登洪府滕王阁饯别序　42

杨　炯一篇　55
　群官寻杨隐居诗序　55

1

卢照邻一篇 61
　　乐府杂诗序 61
骆宾王四篇 77
　　与博昌父老书 77
　　与情亲书 83
　　和道士《闺情诗》启 84
　　代李敬业讨武氏檄 90
李　善一篇 99
　　进《文选》表 99
朱敬则一篇 106
　　陈后主论 106
陈子昂三篇 114
　　谏灵驾入京书 114
　　《修竹篇》序 123
　　复仇议状 125
刘知几二篇 129
　　叙事 129
　　烦省 158
李　邕一篇 168
　　谏郑普思以方技得幸疏 168
姚　崇一篇 172
　　执秤诫并序 172
宋　璟二篇 175
　　梅花赋并序 175
　　请停广州立遗爱碑奏 182

张　说一篇　184
　　广州都督岭南按察五府经略使宋公遗爱碑颂　184

张嘉贞一篇　193
　　石桥铭序　193

潘好礼一篇　197
　　徐有功论　197

张九龄三篇　204
　　敕金城公主书　204
　　上姚令公书　205
　　开大庾岭路记　210

王　维二篇　215
　　送秘书晁监还日本国诗序　215
　　山中与裴秀才迪书　227

李　白三篇　230
　　与韩荆州书　230
　　春夜宴从弟桃花园序　235
　　秋于敬亭送从侄耑游庐山序　237

李阳冰一篇　240
　　唐李翰林《草堂集》序　240

高　适一篇　245
　　东征赋　245

颜真卿一篇　261
　　怀素上人草书歌序　261

殷　璠一篇　265
　　《河岳英灵集》序　265

萧颖士一篇 270
　伐樱桃树赋并序 270

独孤及三篇 277
　仙掌铭 277
　吴季子札论 283
　慧山寺新泉记 289

李　华三篇 292
　卜论 292
　中书政事堂记 296
　吊古战场文 299

柳　识一篇 304
　吊夷齐文 304

苏源明一篇 309
　秋夜小洞庭离宴序 309

元　结四篇 313
　大唐中兴颂并序 313
　右溪记 316
　九疑图记 317
　时规 320

柳　伉一篇 322
　请诛程元振疏 322

陆　羽一篇 328
　陆文学自传 328

陆　贽一篇 334
　奉天请罢琼林大盈二库状 334

权德舆二篇 344
　　酷吏传议 344
　　两汉辩亡论 348

梁　肃二篇 358
　　过旧园赋并序 358
　　周公瑾墓下诗序 367

韩　愈二十篇 371
　　原道 371
　　原毁 379
　　马说 381
　　师说 383
　　进学解 385
　　子产不毁乡校颂 392
　　张中丞传后叙 394
　　画记 400
　　蓝田县丞厅壁记 404
　　答李翊书 406
　　送孟东野序 409
　　送李愿归盘谷序 413
　　送董邵南序 416
　　祭十二郎文 417
　　平淮西碑 422
　　柳子厚墓志铭 434
　　毛颖传 440
　　送穷文 445

鳄鱼文　449

论佛骨表　451

柳宗元十六篇　456

答韦中立论师道书　456

与李翰林建书　465

驳复仇议　470

六逆论　475

段太尉逸事状　479

捕蛇者说　487

种树郭橐驼传　492

童区寄传　495

蝜蝂传　499

三戒并序　501

　临江之麋　501

　黔之驴　502

　永某氏之鼠　502

送薛存义之任序　506

愚溪诗序　508

始得西山宴游记　512

钴鉧潭西小丘记　515

至小丘西小石潭记　518

小石城山记　520

吕　温三篇　524

古东周城铭并序　524

成皋铭　527

张荆州画赞 并序 530

刘禹锡三篇 537
　　唐故尚书礼部员外郎柳君文集纪 537
　　救沉志 540
　　陋室铭 544

李　汉一篇 546
　　《昌黎先生集》序 546

皇甫湜一篇 550
　　《顾况诗集》序 550

李　翱二篇 553
　　题燕太子丹传后 553
　　杨烈妇传 555

张　籍一篇 558
　　上韩昌黎书 558

杨敬之一篇 563
　　华山赋 并序 563

吴武陵一篇 572
　　遗吴元济书 572

元　稹二篇 580
　　唐故工部员外郎杜君墓系铭 并序 580
　　祭亡妻韦氏文 587

白居易五篇 590
　　草堂记 590
　　养竹记 596
　　冷泉亭记 598

与元九书　600
　　荔枝图序　617
舒元舆四篇　619
　　牡丹赋并序　619
　　长安雪下望月记　626
　　录桃源画记　628
　　养狸述　631
令狐楚一篇　635
　　刻苏公太守二文记　635
刘宽夫一篇　639
　　剗竹记　639
殷　侔一篇　643
　　窦建德碑　643
杜　牧三篇　648
　　阿房宫赋　648
　　《李贺集》序　653
　　杭州新造南亭子记　657
李商隐二篇　665
　　上河东公启　665
　　祭小侄女寄寄文　669
孙　樵二篇　673
　　书何易于　673
　　书褒城驿壁　678
皮日休二篇　683
　　原谤　683

读《司马法》　685
陆龟蒙二篇　687
　　野庙碑　687
　　招野龙对　691
程　晏一篇　695
　　萧何求继论　695
罗　隐四篇　699
　　英雄之言　699
　　荆巫　701
　　辩害　702
　　越妇言　704
牛希济一篇　706
　　崔烈论　706
杨　夔一篇　712
　　公狱辨　712
韦　庄一篇　716
　　《又玄集》序　716
欧阳炯一篇　723
　　《花间集》序　723

前　言

在一般人的印象中,唐代是诗的国度,晚近王国维用"一代有一代之文学"的说法来区格历代艺文,闻一多更用"诗之唐"来突出唐诗在唐代文学中的成就。在他们看来,作为唐代文学名片的应是诗歌。这些感觉不无合理处,但稍有些绝对化,其实文在唐代并未缺席,且取得了几可与诗歌媲美的巨大成就。诗文之于唐世,如日月经天,如阴阳合抱,共同镶嵌出唐代文化天空的五彩斑斓。抛开唐文来研究、欣赏唐代文学,无异于丢弃了半壁江山而单单醉心于西湖歌舞,是一种偏安的享乐,也是一种主动的放弃,其对美的追求是残缺的。

一

当前流行的文学教科书或文章选本径直以古文或散文作为唐代文章的代名词。可以说这样的称谓抓住了唐文的特质和特色;在追溯唐文演进的源头时,多直接采纳韩愈的意见追溯至三代两汉之文,并梳理出北朝至隋唐散文发展的脉络。这些都有益于一般读者建立起对唐文简明扼要的认知。但如果循名责实,唐文应与唐诗对举,是一个外延更宽泛的文章学概念。换言之,是唐代文章的称谓,而并非唐代散文或唐代古文的称谓。唐文既包括散体的文,也包括骈体的文;既包括单篇的文,也包括著作的文;既包括无韵之文,也不乏有韵之文。梁昭明太子萧统《文选》中分文为三十九类,分别是:赋、诗、骚、七、诏、册、令、教、策文、表、上书、启、弹事、笺、奏记、书、移、檄、难、对问、设论、词、序、颂、赞、符命、史论、

1

史述赞、论、连珠、箴、铭、诔、哀文、碑文、墓志、行状、吊文、祭文。除了诗、骚、辞、铭等少数明显不能归入现代分类之文章外,大多都能归入文章类,但不一定是散文。

要言之,唐文不全是散文,也有骈体的文,有韵的文;唐文也不全是美文学类的作品,也有许多应用类的、典章制度类的、学理类的、史著类的,甚至无句读类的文①。执着于散文的理念或纯文学的观念来审视唐文,可能会忽略唐代文章形式之多样、内容之丰富、演变之复杂,将唐文的广大领域弃置于研究的范围之外,不一定是很恰当的。

毫无疑问,散文或古文是唐文中最有特色、最有光彩的部分,应大书特书。学界在这方面的著述很多,此不赘述。如前所说,古文决不是唐文的全部。将唐文的源起追溯至先秦两汉、六经子史,应该说是找到了其中的一个源头,但波澜壮阔的唐文不是单源的,它导源于先唐文化的崇山峻岭,有许多支脉汇聚于其中,最后才形成唐文的壮浪恣纵。其中最引人注目的一条支脉就是骈文。只不过在唐前骈散分流,两峰并峙,是两条并行不悖的轨迹。而从隋唐以来,骈散既互相矛盾斗争,又互相融合吸收,或由骈而散,或由散而骈,最后促成骈散的分而复合。故有学者敏锐指出:"韩、柳文实乃寓骈于散,寓散于骈;方散方骈,方骈方散;即骈即散,即散即骈。"②

当苏东坡评韩愈"文起八代之衰"时,实际上也含有对他集八代之大成的肯定,而其中就包括他对骈体的批判继承,吸收改造。刘熙载把这层意思说透了:"韩文起八代之衰,实集八代之成。盖唯善用古者能变古,以无所不包,故能无所不扫也。"③

---

① 参见郑樵《通志·艺文略》、姚鼐《古文辞类纂》、曾国藩《经史百家杂钞》、章太炎《国学概论》等对文章的分类。
② 顾随《诗文丛论》,第258页,天津人民出版社1995年版。
③ 刘熙载《艺概·文概》。

文学批评史家注意到的唐文开始于隋末唐初对骈体的批判而又复归于古文衰落、骈文复兴,呈现出"复归式演进的形貌"①。从保留至今的骈文散文在唐文中所占比例,到各个历史时期骈散的此消彼长,相反相成,说明唐文的来源与构成是多元的,骈散是互融共生的,而不是简单的有你无我、你死我活。"文之有骈散,如树之有枝干"②,"六朝文无非骈体,但纵横开合,一与散文同"③,"四六特拘对耳,其立意措词,贵浑融有味,与散文同"④。唐末散衰骈兴说明文体文风改革取得的是阶段性胜利,从文章演化史上看,骈散博弈、散体融合骈体并最后取代骈体还任重道远。

　　研究唐代文章还要注意不能以今日狭隘的纯文学观念套唐文的实际。我们看收入《全唐文》的作品,既包括今日纯文学美文学的内容,也包括子史的内容,应用文的内容,尺牍的内容。这些是我们今天容易忽略的部分,但从数量上说却是唐文中的大宗,也是唐人实际文化生活中的日用内容。

二

　　散体的古文与骈体的时文构成了唐文的两个主要部分。

　　散体文从理念上是复古的,但从文章形态上又是较朴素的、自然的、实用的。用古文表达,不仅有思想正统的理足气盛,同时有学习吸纳经史文字的便利。因早期的经史著作多为散体,故散体文与经史著作从文体文风上容易对接,而错落变化的句式和长短

---

① 袁行霈主编《中国文学史》第二卷,第384页,高等教育出版社1999年版。
② 刘开《刘孟涂集·骈体文》卷二《与王子卿太守论骈体书》,清道光六年姚氏檗山草堂刻本。
③ 孙星衍《仪郑堂遗文序》引孔广森寄其甥朱沧湄书,《仪郑堂文集》,《文选楼丛书》本。
④ 罗大经《鹤林玉露》(卷六)引周益公(周必大)语。

不拘的篇幅既贴近物理，也贴近人的唇吻声情，所以散体文既有经史的理念，又有素朴的作风，还有易于写实的便利。

比较而言，骈体是后起的，是人力刻意加工改造的。是作家爱美的天性、创造的欲望、想象的配置的成果。如果说散体是古典的理念，那么骈体就是新古典，追求的是华美、整齐的作风，是竭力在生活语言之外拓出一片新天地，构筑出一座具有建筑美、音乐美的语言大厦。

唐人的伟大之处不是对包括六朝文化在内的前代文化简单否定，彻底抛弃。恰恰相反，按照陈寅恪的理论，唐朝政治制度设计中的三源中就有梁、陈一源。唐代的近体诗创造性地吸收了六朝以来诗歌声律化的成果，达到了后世难以企及的高度。同样的，唐代的文章也吸收了六朝语言形式美特别是骈体化的很多成果，区别仅在于骈体文的吸收是直接的，而散体文的吸收则较间接。可惜学界对唐诗声律化给予充分肯定，但对唐文在语言形式美方面的继承却较少肯定。

三

有关唐文的发展过程，《新唐书·文艺传·序》中总结说："唐有天下三百年，文章无虑三变。高祖、太宗，大难始夷，沿江左馀风，缛句绘章，揣合低昂，故王、杨为之伯。玄宗好经术，群臣稍厌雕琢，索理致，崇雅黜浮，气益雄浑，则燕、许擅其宗。是时，唐兴已百年，诸儒争自名家。大历、贞元间，美才辈出，擩哜道真，涵泳圣涯，于是韩愈倡之，柳宗元、李翱、皇甫湜等和之，排逐百家，法度森严，抵轹晋魏，上轧汉周，唐之文完然为一王法，此其极也。若侍从酬奉则李峤、宋之问、沈佺期、王维，制册则常衮、杨炎、陆贽、权德舆、王仲舒、李德裕，言诗则杜甫、李白、元稹、白居易、刘禹锡，谲怪则李贺、杜牧、李商隐,皆卓然以所长为一世冠,其可尚已。"①这段话总论唐代文学,但以勾勒文章演变为主,除最后两句外,其馀都是就文章立说。除对晚唐五代文章未提及外,可以看做是关于唐代文章发展的大纲。但考虑到《新唐书》作者欧阳修、宋祁的文章学立场,也可以说这是古文家视野中的唐文梗概。类似的看法还很多,如姚铉《唐文粹序》也对"贞元、元和之间,词人咳唾,皆成珠玉"现象高调赞扬。

退一步说,就是站在古文家的立场上,唐文中的古文运动或文体文风改革运动也仅仅是"三变"中的一变,而不是唐文史的全部。

韩、柔是唐文的大家,但在初唐还有"王、杨、卢、骆"等,在盛唐还有燕、许大手笔,还有擅写册论的常衮、陆贽、李德裕等,一直到晚唐还有温庭筠、李商隐、段成式等的"三十六体"(一说"三才子体"),有愤世疾时的小品文家皮日休、陆龟蒙、罗隐等。所以阅读唐文除了充分肯定韩柳等大家的成就外,也还要注意一些中小作者的微弱声音,在声势浩大的唐文交响中,缺失了他们的声部,音乐就不浑厚,一些承转就突兀不接续。本文选也注意到了这个问题,力求展示唐文发展的各个侧面。

四

唐文取得了很高的成就,但并没有也不可能解决文章发展史上的所有问题。以古文而言,虽有中唐时期的兴盛,但晚唐一度又衰微,下一次的中兴要到北宋前期才又出现。以骈文而言,宋代的四六文是接着晚唐的骈文的,明清的八股制艺从文体上说虽然仍

---

① 《新唐书》卷二〇一《文艺上》,中华书局点校本第18册。第5725—5726页。

是骈散结合，但没有继承骈散的优点，而是将骈散形式僵化为一个套子，将骈散充类至极，推到了一个格式化程序化的极端。

明代的前后七子仿效韩柳，再次祭起"文必秦汉"复古的大旗，只不过时移世易，除了增添了一些新口号外，没有对文章发展产生更大的影响。但他们推出的"唐宋文章"、"唐宋古文八大家"等品牌，却客观上促进了唐文的传播，也激发了后世在吸收唐文精神的同时，不断创新，开拓文章写作的新理想、新境界、新技法。

站在现代语体文、白话文一统天下的今日，回顾并总结包括唐文在内的古代文章所走过的道路、所取得的成就，对于今日之文体文风改革，也会产生智慧性贡献。新世纪以降，因数字技术进步引发的另一场书写革命，已对包括文言、书面语体文产生了极大冲击，由目前兴盛的电子书、电子邮件、短信、彩信、飞信、博客、微博等将会演变出哪些新文体、哪些新技法、哪些新表达？仍不可预见。我们将拭目以待。

末了，简单说一下本次编注工作的缘起。人民文学出版社1987年曾出版过高文、何法周先生主编的《唐文选》(共二册)，出版后产生了很好的效应，为适应时代变化，满足广大读者不断增长的需求，该社依新体例重新编辑一套《中国古典文学读本丛书》，将其中的唐文部分委托我们重选重注。我们按照本丛书的新体例，参考包括高、何先生选本在内的多种选本、注本，同时吸收了唐文研究的一些最新成果，完成了此项工作。具体分工如下：

李芳民注释初、盛唐文(李世民文至萧颖士文)部分；

阎琦注释除柳宗元文以外的中唐文(止于舒元舆文)部分；

李浩提出选目、撰写前言初稿并注释中唐柳宗元文、晚唐令狐楚文以下部分。

全部文稿最后由阎琦先生统一体例并酌加改定。管士光总编、周绚隆主任非常关心本书的编写进度。由于学校工作的特殊性,本书完稿的时间略有所延宕,感谢出版社各位先生及责编对我们的信任。欢迎广大读者对本选本提出宝贵意见。

编选者

2010 年 2 月 23 日于古城西安

李世民

李世民(599—649),高祖李渊次子。祖籍陇西成纪(今甘肃秦安西北),徙居长安(今陕西西安)。隋末助李渊起兵反隋,多所建树。武德元年(618),为尚书令,进封秦王。后以玄武门兵变,太子建成、齐王元吉被杀,因立为太子,不久即帝位。贞观二十三年卒,谥文皇帝,庙号太宗。天宝十三载(754),追尊为文武大圣大广孝皇帝。世民在位期间,励精图治,善于纳谏,经济发展,国力强盛,形成了历史上有名的"贞观之治"。理政之馀,常游息文艺,曾先后开设文学馆、弘文馆,招延文学之士,与之讨论经义,纂辑类书,杂以文咏唱和。能诗文,善书法,尤笃爱《兰亭集序》。原有《唐太宗集》三十卷,又曾撰《帝范》四卷,《凌烟阁功臣赞》一卷,俱已佚。《全唐文》编其文七卷,《唐文拾遗》辑补其文三十六篇。今人有整理本《唐太宗集》,陕西人民出版社1986年出版。

王羲之论[1]

书契之兴[2],肇乎中古[3],绳文鸟迹[4],不足可观。末代去朴归华,舒笺点翰[5],争相夸尚,竞其工拙。伯英临池之妙,无复馀踪[6];师宜悬帐之奇,罕有遗迹[7]。逮乎钟、王以降[8],略可言焉。钟虽擅美一时,亦为迥绝,论其尽善,或有所疑。至于布纤浓,分疏密,霞舒云卷,无所间然[9]。但其体则古而不今,字则长而逾制,语其大量,以此为瑕[10]。献之虽有父风[11],殊非新巧。观其字势疏瘦,如隆冬之枯树;览其笔踪拘束,若严家之饿隶[12]。其枯树也,虽槎枿而无曲伸[13];其饿隶也,则羁羸而不放纵。兼斯二者,故翰墨之病欤!子云近出[14],擅名江表[15],然仅得成书,无丈夫之气,行行若萦春蚓,字字如绾秋蛇;卧王濛于纸中[16],坐徐偃于笔下[17];虽秃千兔之翰[18],聚无一毫之筋,穷万榖之皮[19],敛无半分之骨;以兹播美,非其滥名邪!此数子者,皆誉过其实。所以详察古今,研精篆素[20],尽善尽美,其惟王逸少乎!观其点曳之工[21],裁成之妙,烟霏露结,状若断而还连;凤翥龙蟠[22],势如斜而反直。玩之不觉为倦,览之莫识其端,心慕手追,此人而已。其馀区区之类[23],何足论哉!

《晋书》卷八〇

〔1〕 本文是李世民为《晋书·王羲之传》所写的传论。王羲之(303—361),字逸少,琅邪临沂(今属山东)人,居会稽山阴(今浙江绍兴)。因曾官右军将军,故世又称王右军。工诗文,而以书法著称,后世推为"书圣"。文中作者对书法史上几位著名书家之优长与缺陷作了评析,高度赞扬王羲之的书法造诣与特点,并表达了对其由衷地倾慕之情。文章虽以骈句行文,却文气贯通,没有雕琢滞涩之感。

〔2〕 书契:指文字。书,文字。契,刻。古以刀刻字于龟甲、竹木等,故称。

〔3〕 中古:古人关于中古时代,说法不一,这里指尧舜之际。

〔4〕 绳文鸟迹:绳文,上古用以记时的绳结。人类在创造文字前,以结绳来记事。《易·系辞下》:"上古结绳而治。"鸟迹,传说仓颉所创造的

文字。汉许慎《说文解字·序》:"黄帝之史仓颉,见鸟兽蹄迒之迹……初造书契。"

〔5〕 舒笺点翰:谓以毛笔在纸上书写。笺,本指用来写信、诗等的小幅精美纸张,此代纸。翰,毛笔。其意本为鸟的羽毛,因古以羽毛为笔,后遂以为毛笔的代称。

〔6〕 "伯英"句:谓张芝精妙的书法现在却未见流传下来。伯英,东汉张芝(?—192?)字。张芝敦煌酒泉(今属甘肃)人,善草书,后脱去旧习,省减章草点划波磔,创为"今草",三国时韦诞誉其为"草圣",晋王羲之亦对之颇推崇,父子二人(羲之、献之)草书都深受其影响。临池,张芝学书用功甚勤,晋卫恒《四体书势》谓其"凡家之衣帛,必书而后练之。临池学书,池水尽黑"。后以临池指学习书法,又为书法的代称。

〔7〕 "师宜"句:谓师宜官受人喜爱的书法,也很少见到踪迹。师宜,即师宜官,东汉南阳(今属河南)人。灵帝好书法,时多能者,而师宜官为最,其书大则一字径丈,小则方寸千言。悬帐,相传师宜官不欲人学其书法,书后辄灭其迹,而梁鹄窃学之。梁曾得罪曹操,后曹破荆州,梁自缚诣曹,在秘书勤书自效,曹操将其手迹悬诸帐中,或钉壁上玩赏之,以为胜过师宜官。事见《晋书·卫恒传》。

〔8〕 钟、王:指钟繇、王羲之。钟繇(151—230),字元长,颍川长社(今河南长葛东)人。三国魏大臣,书法家。其书师法曹喜、蔡邕、刘德昇,博取众长,兼善各体,尤精隶、楷,与王羲之并称"钟王"。

〔9〕 "至于"句:指钟繇的书法在笔画、结构与布局上所呈现的舒展收拢变化之态,极尽自然之妙。无所间然,谓没有可非议批评的。

〔10〕 瑕:小缺点。

〔11〕 献之:即王献之(344—386)。字子敬,王羲之第七子。善丹青,工书,尤长草隶,与其父齐名,世称"二王"。时人以为其书骨力不及乃父,而逸气媚趣过之。

〔12〕 严家之饿隶:形容书法风格拘谨乏力。严家,家规严厉的人家。饿隶,困乏的奴仆。《淮南子·说山训》:"宁一月饥,无一月饿。"高诱

注:"饥,食不足。饿,困乏也。"

〔13〕 槎枿(chá niè 查聂):老株经砍伐后新生的枝条。《文选》张衡《东京赋》:"山无槎枿,畋不麛胎,草木蕃庑,鸟兽阜滋。"薛综注:"斜砍曰槎,斩而复生曰枿。"

〔14〕 子云:即萧子云(487—549)。字景乔,南朝梁诗人、书法家。书善草隶,时人多称誉之。

〔15〕 江表:指长江以南地区。自中原人来看,其地在长江之外,故称。

〔16〕 王濛:濛(309—347),字仲祖,东晋书法家,晋阳(今山西太原)人。少放诞不羁,不为乡曲所齿,晚节克己励行,有风流美誉。善隶书,美姿容,与刘惔齐名,时称风流者,以二人为宗。

〔17〕 徐偃:即徐偃王。相传为周穆王时徐国国君,《尸子》卷下及《荀子·非相》杨倞注谓其有筋而无骨,偃仰而不能俯,故称偃王。

〔18〕 千兔之翰:谓数量众多之毛笔。古时毛笔多以兔毫制成,故毛笔又称兔毫、兔翰。

〔19〕 万穀(gǔ 谷)之皮:指大量纸张。穀树皮纤维坚韧,可作造纸原料,以穀树皮所造的纸,称穀皮纸。三国吴陆玑《毛诗草木鸟兽虫鱼疏·其下维穀》:"穀,幽州人谓之穀桑,或曰楮桑,荆扬交广谓之穀……今江南人绩其皮以为布,又捣以为纸,谓之穀皮纸。"

〔20〕 研精篆素:谓精心钻研书法。篆素,本指写篆书于素帛,此代指书法。《文选》左思《吴都赋》:"鸟策篆素,玉牒石记。"李善注:"篆素,篆书于素也。"

〔21〕 点曳(yè 业):此指书法上点划运笔之法。

〔22〕 凤翥(zhù 著)龙蟠:形容书法体势飞扬健举、变化多姿,犹如凤凰之飞舞,蛟龙之盘曲。翥,飞举的样子。

〔23〕 区区:凡庸。

答虞世南上《圣德论》手诏[1]

卿所论太美,但朕德甚寡薄,恐有识者窥卿[2],为后人所笑。卿引古昔无为而治,朕未敢拟伦[3],比之近代,乍逾之耳[4]。卿睹朕之始,未见朕之终,宜付秘书[5],若朕能慎终如初,则可为也。如违此道,不用后代笑卿焉。

《全唐文》卷五

[1]贞观六年(632)闰八月,秘书少监虞世南向李世民上《圣德论》,此为李世民答虞世南的手诏。大约《圣德论》对李世民的功德多有颂赞,将之与上古无为而治的帝王相提并论,故李世民在答诏中表示愧不敢当,并以慎终如初、始终如一自勉。虞世南(558—638),字伯施,越州馀姚(今属浙江)人。历仕陈、隋、唐三朝。入唐后累历太子舍人、著作郎兼弘文馆学士、秘书少监、秘书监等职,封永兴县公,为太宗朝著名文士。李世民对之颇礼敬,曾谓其德行、忠直、博学、文辞、书翰为五绝。其书法亦名重一时,与欧阳询、褚遂良、薛稷并称唐初四大家。

[2] 窥:此处意为猜测。
[3] 拟伦:比拟,伦比。
[4] 乍逾之耳:谓略有超越。乍,初,刚刚。
[5] 秘书:此指秘书省。唐秘书省领太史、著作二局。

答魏徵手诏[1]

省频抗表,诚极忠款,言穷切至[2]。披览忘倦,每达宵分[3]。非公体国情深,匪躬义重[4],岂能示以良图,救其不及。朕在衡门[5],尚惟童幼,未渐师保之训,罕闻先达之言[6]。值隋祚分离[7],万邦涂炭,慄慄黔黎[8],庇身无所。朕自二九之年,有怀拯溺,发愤投袂,便提干戈,蒙犯霜露,东西征伐,日不暇给,居无宁岁[9]。降苍昊之灵,禀庙堂之略,义旗所指,触向平夷[10]。弱水流沙,并通辖轩之使;被发左衽,化为冠盖之域[11]。正朔所颁[12],无远弗届[13]。及恭承宝历[14],寅奉帝图[15],垂拱无为,氛埃静息,于兹十有一载矣。盖股肱磬帷幄之谋,爪牙竭熊罴之力[16],协德同心,以致于此。自惟寡薄[17],厚享斯休[18],每以大宝神器[19],忧深责重,尝惧万几多旷[20],四聪不达,何尝不战战兢兢,坐以待旦。询于公卿,以至隶皂[21],推以赤心,庶几刑措[22]。但顷年以来,祸衅既极[23],又缺嘉偶[24],荼毒未几,悲伤继及[25]。凡在生灵,孰胜哀痛,岁序屡迁,触目摧感[26]。自尔以来,心虑恍惚,当食忘味,中宵废寝。是以三思万虑,或失毫厘,刑赏之乖[27],实繇于此[28]。昔者,徇齐睿知,资风牧以致隆平;翼善钦明,赖稷契以康至道[29]。然后文德武功,载勒于钟石[30];淳风至德,永传于竹素[31]。克播鸿名[32],永为称首[33]。朕以虚薄,多惭往代。若不任舟楫,岂能济彼巨川[34];非藉盐梅,安得调夫鼎味[35]。朕闻晋武帝自平吴以后[36],务在骄奢,不复留心治政。何曾退朝[37],谓其子劭曰:"吾每见主上,不论经国远图,但说平生常语,此非贻厥子孙者也。尔身犹可以免。"[38]指诸孙曰:"此等必遇乱。"及孙绥,果为淫刑所戮。前史美之,以为明于先见。朕意不然,谓曾之不忠,其罪大矣。夫为人臣,当进思竭诚,退思补过,将顺其美,规救其恶,所以为治也。曾位极台司[39],名器隆重[40]。当直词正谏,论道佐时,今乃退有后言[41],进无廷谏,以为明智,不亦谬乎?颠而不扶,安用彼相[42]?公之所谏,朕闻过矣。当置之几案,事等弦韦[43],必望收彼桑榆[44],期之岁暮,不亦康哉良哉!独惭于往日,若鱼若水[45];遂爽于当今[46],迟复嘉谋。犯而无隐,朕将虚衿靖志,敬伫德音[47]。

《全唐文》卷六

〔1〕据《资治通鉴·唐纪一一》载,贞观十一年(637)11月,魏徵上疏希望太宗用人以信,指出"诚能慎选君子,以礼信用之,何忧不治!不然,危亡之期,未可保也",太宗手诏褒美,并节引本文"昔晋武帝平吴之后"数语,知此文乃李世民为魏徵此次上疏谏言所作答诏。文中李世民在肯定魏徵忠贞直言的同时,对自己早年以天下为己任、征讨四方的戎马生涯,即位后兢兢业业、竭诚求治的愿望,近年屡遭不幸、身心交瘁的内心痛苦以及由此导致的刑罚乖措之失,作了回顾与检讨,最后希望魏徵竭尽其诚,直言以谏,同时亦表示了自己恭以待之的态度。

〔2〕"省频"三句:据《资治通鉴·唐纪一一》载,贞观十一年,魏徵曾数次上疏谏诤时事。抗表,向皇帝上奏章。忠款,忠诚。

〔3〕宵分:夜半。

〔4〕匪躬:忠心耿耿,不顾自身。《易·蹇》:"王臣蹇蹇,匪躬之

故。"孔颖达疏:"尽忠于君,匪以私身之故而不往济君,故曰:匪躬之顾。"

〔5〕 衡门:简陋的房屋,为贫者所居。此代指李氏父子建立唐王朝前之居所。

〔6〕 "未渐"二句:谓未得到过老师的训诲,也很少听到明达之人的议论。渐,滋润。师保,师与保之合称,均为古代教导王室子弟的官。

〔7〕 隋祚分离:隋朝的统治分崩离析。祚,指君位、国统。

〔8〕 慄(dié喋)慄黔黎:恐惧不安的百姓。慄慄,恐惧貌。黔黎,平民百姓。

〔9〕 "朕自"数句:谓其自十八岁起,即有拯救百姓于水火、干一番大事业的志向。后来即手执兵器,不避风霜,东征西讨,每天都感到时间不够用,一年中难得有安宁。二九之年,即十八岁。《旧唐书·太宗本纪》载,李渊守太原时,李世民十八岁,即潜图义举,折节下士,推财养客。有怀拯溺,谓拯救黎民于水深火热的怀抱。发愤投袂,此谓情绪激动。投袂,甩袖。袂,衣袖。

〔10〕 "降苍昊"数句:谓凭借上天神灵之助与祖宗所赐予的谋略,起义大军的旗帜所向,一触即平。降、禀,此处均为赐予、赋予之意。

〔11〕 "弱水"二句:言李唐开拓疆域,文治所及,达于极远之地。弱水、流沙,古时所指不一,此泛指西部极远的地方。《后汉书·西域列传》:"或云其国(大秦国)西有弱水、流沙,近西王母所居处,几于日所入也。"辎轩之使,古代使臣的代称。《文选》张协《七命》:"语不传于辎轩,地不被乎正朔。"李善注引《风俗通》:"秦周常以八月辎轩使采异代方言,藏之秘府。"被发左衽,头发披散不束,衣襟掩向左边。这是古时中原地区以外少数民族的装束打扮。此指边远的少数民族地区。冠盖之域,指使者来往的地区。冠盖,此处与辎轩之使同义,指使者。

〔12〕 正朔所颁:指李唐王朝统治所达之区域。正朔,帝王新颁布的历法。古代帝王易姓换代,必改正朔。《礼记·大传》:"立权度量,考文章,改正朔、易服色,殊徽号,异器械,别衣服,此其所得与民变革者也。"孔颖达疏:"改正朔者,正,谓年始;朔,谓月初,言王者得政示从我始,改故用

8

新,随寅丑子所损也。周子、殷丑、夏寅,是改正也;周半夜、殷鸡鸣、夏平旦,是易朔也。"

〔13〕 届:至,到。《尚书·大禹谟》:"惟德动天,无远弗届。"孔安国传:"届,至也。"

〔14〕 宝历:指皇位。

〔15〕 寅:恭敬。

〔16〕 "盖股肱"二句:谓文臣竭忠谋划于内,武将尽力用命于外。股肱,本指大腿与胳膊,后以之指辅佐大臣。《尚书·益稷》:"臣作朕股肱耳目。"孔颖达疏:"君为元首,臣为股肱耳目,大体如一身也。足行、手取、耳听、目视,身虽百体,四者为大,故举以为言。"爪牙、熊罴,代指武将。熊罴,两种猛兽,后常用以比喻勇士或雄师劲旅。《尚书·康王之诰》:"则亦有熊罴之士,不二心之臣,保乂王家。"孔安国传:"言文武既圣,则亦有勇猛如熊罴之士,忠一不二心之臣,共治安王家。"

〔17〕 自惟寡薄:言自思自己才德薄弱。惟,句中助词,无实义。

〔18〕 休:美,福禄。

〔19〕 大宝神器:本指代表国家政权的实物,如玉玺、宝鼎等,后用以指帝位、皇权。

〔20〕 万几多旷:谓政务多有阙失。万几,指帝王日常所处理的纷繁复杂的政务。旷,荒废。

〔21〕 隶皂:官衙里的下级差役。

〔22〕 刑措:不用刑罚。措,置、不用之意。

〔23〕 祸衅既极:谓灾害、祸乱接连不断。极,通"亟",急速。

〔24〕 又缺嘉偶:嘉偶,佳妻。按,太宗皇后长孙氏以贤德称,贞观十年六月去世,故有此叹。

〔25〕 "荼毒"二句:谓遭受残害不久,又接以悲伤之事。荼毒,毒害、残害。此指上文所云的"祸衅"。悲伤继及,指长孙皇后去世事。

〔26〕 摧感:极为感伤。摧,极,至。

〔27〕 乖:错失、谬误。

〔28〕 繇:通"由"。

〔29〕 "徇齐"二句:意谓黄帝敏慧睿智,凭借风后、力牧达到了兴隆治平的盛世,虞舜敬肃明察,依靠稷、契来推行其治天下的至道。徇齐,《史记·五帝本纪》:"黄帝者,少典之子……生而神灵,弱而能言,幼而徇齐,长而敦敏,成而聪明。"裴骃集解:"徇,疾;齐,速也。言圣德幼而疾速也。"引申为敏慧。风牧,风后、力牧。二人为黄帝时名臣。《史记·五帝本纪》:"(黄帝)举风后、力牧、常先、大鸿以治民。"张守节正义:"四人皆帝臣也。"钦明,本谓敬肃明察,后用为对帝王之颂词。稷契,舜时两位贤臣。稷为农事之官,教民播种五谷;契为司徒,掌民之教化。

〔30〕 载勒于钟石:谓载录功业于钟鼎及山石。勒,刻。钟,钟鼎一类的器皿。商、周时钟鼎多铸有文字。石,山石。古人常刻石以纪功。

〔31〕 竹素:竹简、丝帛。二者为纸张发明前的书写材料,此以之代史书。

〔32〕 鸿名:大名、盛名。

〔33〕 称首:犹言第一。

〔34〕 济:渡过。

〔35〕 "非藉"二句:盐咸梅酸,是两种重要的调味品。后以盐梅喻贤才,盐梅之调代指大臣协助帝王治理天下。

〔36〕 晋武帝:即司马炎(236—290)。炎字安世,河内温县(今属河南)人,司马昭之子。魏咸熙二年(265)继司马昭为相国、晋王,不久代魏称帝,建立晋朝,泰始元年至太熙元年(265—290)在位。

〔37〕 何曾:字颖考,陈国阳夏(今河南太康)人。曹魏时官司徒。司马懿与曹爽争权,曾与司马懿共进退。司马炎代魏,曾亦预其谋。晋初任丞相、太傅等职。性豪奢,穷极奢靡,饮馔滋味,过于王者,至日食万钱,尤曰无下箸处。其子邵尤过之。《晋书》有传。

〔38〕 "谓其子"数句:按,据《晋书·何曾传》所附《何遵传》,此语乃对其子何遵所说。作者为此诏时,《晋书》尚未修成(《晋书》修成于贞观十八至二十年间),此处作何邵,与《晋书》不同。何遵,何邵庶兄。

10

〔39〕台司：指中央官署。何曾在晋曾先后任丞相、太尉、司徒、太傅等职，故云。后世则以台司指御史台职司。

〔40〕名器：本指用以别等级贵贱的名号与车服仪制，此指官阶职衔。

〔41〕退有后言：谓（当面顺从）退后又非议之。语出《尚书·益稷》："予违，汝弼，汝无面从，退有后言。"孔颖达疏："我有违道，汝当以义辅成我，汝无得知我违非而对面从我，退而后更有言，云我不可辅也。"

〔42〕"颠而不扶"二句：意谓将要摔倒了而（助手）不去搀扶，那又何必用助手呢。《论语·季氏》："危而不持，颠而不扶，则将焉用彼相矣？"语本此。

〔43〕弦韦：《韩非子·观行》："西门豹之性急，故佩韦以自缓；董安于之性缓，故佩弦以自急。故以有馀补不足，以长续短之谓明主。"后以"弦韦"喻警戒与规劝。

〔44〕桑榆：指日暮。因日落时光照桑榆树端，故有此喻。后也用以指事之后期阶段。

〔45〕若鱼若水：比喻君臣之相得无间。《三国志·诸葛亮传》："于是（先主）与亮情好日密。关羽、张飞等不悦，先主解之曰：'孤之有孔明，犹鱼之有水也。愿诸君勿复言。'"

〔46〕爽：差失。

〔47〕敬伫德音：恭敬的等待着你的有益的言辞。德音，犹善言。对别人言辞的敬称。

答长孙无忌请诛段志冲手诏[1]

朕闻以德下人者昌，以贵高人者亡[2]。是以五岳凌霄，四海亘地[3]，纳污藏疾，无损高深。志冲欲以匹夫解位天

11

子^[4]，朕若有罪，是其直也；若当无罪，是其狂也。譬尺雾障天，不亏于大，寸云遮日，何损于明。今卿等皆欲致以极刑，意所不忍。可更详议，任流远方^[5]。

《全唐文》卷八

〔1〕《册府元龟》卷一五〇载，贞观二十二年（648）九月（《资治通鉴·唐纪一四》作贞观二十一年八月），齐州人段志冲上封事，请太宗致政于太子，太子闻之，忧形于色，发言流涕。长孙无忌等上疏请诛段志冲，太宗手诏云云，下即节引此文，则此文之作，当在贞观二十二年（或二十一年）。段志冲封事所议，事涉太宗父子权力转移，极为敏感，故太子闻言忧虑流涕。此诏中，李世民不同意长孙无忌等人诛杀段志冲的意见，并以五岳四海纳污藏疾为喻，显示了其博大能容的胸襟气量。不过自文末请"更详议，任流远方"看，李世民对段志冲仍是有所忌恨不满的。长孙无忌（？—659），字辅机，一字辅几，河南洛阳（今属河南）人，太宗长孙皇后之兄。该博文史，性通悟，有筹略。贞观中，累历显要，官至太子太师、同中书门下三品。高宗即位，进拜太尉，仍同中书门下三品。因反对高宗立武则天为后，被诬流黔州，自缢而死。段志冲，事迹不详，据《册府元龟》及《资治通鉴》所叙，当为齐州人。

〔2〕"以德下人"二句：意谓以谦卑之德待人就会兴旺，以骄贵之态凌人就会导致败亡。

〔3〕亘：萦绕。

〔4〕解位天子：使天子解除其权位。

〔5〕任流远方：听凭将其流放到边远之地。流，将犯人放逐的一种刑罚，又称流刑，为古代五刑之一。

魏　徵

　　魏徵(580—643),字玄成,馆陶(今属河北)人。少孤贫,落拓有大志,好读书,多所通涉。隋末李密起兵,召为典书记。密败归唐,自请安辑山东,复为窦建德所获,署为起居舍人。建德败,西入关,太子建成引为洗马。太宗即位,擢为谏议大夫,封巨鹿县男,拜尚书右丞。后进侍中,加左光禄大夫,进封郑国公,世因称魏郑公。卒赠司空、相州都督,谥文贞。徵辅佐太宗,每犯颜直谏,多所匡益,有"诤臣"之誉。贞观中诏修前代史,徵领其事,《隋书》之"序论"及《梁书》、《陈书》、《齐书》之"总论"皆出其手。于文学反对齐梁浮靡文风,倡融合南北文学之长,开初唐文学改革先声。文以谏议政论文见长,有雄直之气,多剀切之词,骈中带散,对后世奏议文颇有影响。两《唐书》有传。

遗表稿[1]

　　天下之事,有善有恶。任善人则国安,用恶人则国乱。公卿之内,情有爱憎,憎者惟见其恶,爱者惟见其善[2]。爱憎之间,所宜详审。若爱而知其恶,憎而知其善,去邪勿疑,任贤勿贰[3],可以兴矣[4]。

《全唐文》卷一三九

〔1〕 本文题下原有"谨按:《魏郑公谏录》:'徵亡,太宗遣人至宅,就求其书,得遗表一纸,始立稿草,字皆难识,惟有数行,乃稍可分辨'云云"数句,或为清《全唐文》馆臣所加。又,"徵亡,太宗遣人至宅"数句亦见于两《唐书·魏徵传》,则此文当是魏徵贞观十七年正月临终前遗表的草稿。魏徵向以直言敢谏称,临终上表,犹不忘告诫太宗离却爱憎、任贤去邪,以安国兴邦。虽寥寥数语,而一代名臣忠耿风范可见。

〔2〕 "公卿之内"数句:意谓国君对于公卿大臣,往往由于个人感情因素而产生主观上的爱憎,对所憎者,只看到其不好的一面,对所爱者只看到其好的一面。

〔3〕 "去邪"二句:《尚书·大禹谟》:"任贤勿贰,去邪勿疑。"贰,不信任,怀疑。

〔4〕 兴:兴旺,昌盛。

论时政第二疏[1]

臣闻求木之长者,必固其根本;欲流之远者,必浚其泉源[2];思国之安者,必积其德义。源不深而望流之远,根不固而求木之长,德不厚而望国之治,虽在下愚[3],知其不可,而况于明哲乎?人君当神器之重,居域中之大[4],将崇极天之峻,永保无疆之休[5]。不念居安思危,戒奢以俭,德不处其厚,情不胜其欲,斯亦伐根以求木茂,塞源而欲流长者也。凡百元首[6],承天景命[7],莫不殷忧而道著[8],功成而德衰,有善始者实繁,能克终者盖寡[9],岂其取之易而守之难乎!昔取之而有余,今守之而不足,何也[10]?夫在殷忧,必竭诚以待下;既得志,则纵情以傲物。竭诚则吴越为一体,傲物则骨肉为行路[11]。虽董之以严刑[12],震之以威怒,终苟免而不怀仁,貌恭而不心服[13]。怨不在大[14],可畏惟人[15]。载舟覆舟[16],所宜深慎。奔车朽索,其可忽乎[17]?

君人者,诚能见可欲,则思知足以自戒[18];将有作[19],则思知止以安人[20];念高危,则思谦冲以自牧[21];惧满溢,则思江海下百川[22];乐盘游[23],则思三驱以为度[24];忧懈怠,则思慎始而敬终;虑壅蔽,则思虚心以纳下;想谗邪,则思正身以黜恶[25];恩所加,则思无因喜以谬赏[26];罚所及,则思无因怒而滥刑[27]。总此十思,宏兹九德[28],简能而任之,择善而从之,则智者尽其谋,勇者竭其力,仁者播其惠,信者效其忠。文武争驰,君臣无事,可以尽豫游之乐[29],可以养松乔之寿[30]。鸣琴垂拱,不言而化[31],何必劳神苦思,代下司职[32],役聪明之耳目,亏无为之大道哉?

《全唐文》卷一三九

〔1〕 贞观十一年(637)正月至七月,魏徵连上四疏,指陈时政得失。本文为第二疏,约作于本年四月。文从维护唐王朝长治久安出发,告诫李世民应居安思危,深所戒惧,修德推诚,简能择善,使群臣各尽所能,以期垂拱无为而天下大治。

〔2〕 浚:疏通。

〔3〕 下愚:极愚蠢的人。《论语·阳货》:"唯上智与下愚不移。"

〔4〕 "人君"二句:神器,见前李世民《答魏徵手诏》注〔19〕。域中之大,指寰宇中至大者,语出《老子》二十五章:"故道大,天大,地大,王亦大。域中四大,而王居其一。"

〔5〕 无疆:无穷,永远。

〔6〕 凡百元首:所有的君主。凡百,一切,所有。《诗·小雅·雨无

15

正》:"凡百君子,各敬尔身。"郑玄笺:"凡百君子,谓众在位者。"元首,国君,君主。

〔7〕 承天景命:禀受上天所付的帝王之命。景命,大命。《诗·大雅·既醉》:"君子万年,景命有仆。"郑玄笺:"成王女(汝)既有万年之寿,天之大命又附著于女(汝)。"

〔8〕 殷忧:深切之忧。《文选》陆机《叹逝赋》:"在殷忧而弗违,夫何云乎失道。"李善注:"殷,深也。"

〔9〕 "有善始"二句:语本《诗·大雅·荡》:"天生烝民,其命匪谌,弥不有初,鲜克有终。"意谓有良好开始的很多,能够贯彻到底的却很少。

〔10〕 "昔取"二句:谓当初夺取天下时,积德行义而有馀,现在守天下却表现的很不够,这是为什么呢?

〔11〕 "竭诚"二句:竭诚待人,那么像吴、越(这样的仇国)也会团结得如一人一样,以倨傲的态度待人,即使骨肉之亲也会变得形同路人。吴、越,春秋时两个诸侯国,曾因战争而结为仇雠。

〔12〕 董之以严刑:以严厉的刑罚去纠正。董,正。纠正、修正。

〔13〕 "终苟免"二句:最终也不过是侥幸免于刑罚而不会心怀仁义,表面上显得恭顺而内心却不会服气。

〔14〕 怨不在大:《尚书·康诰》:"怨不在大,亦不在小。"孔颖达疏:"人之怨不在大事,或由小事而起。虽小事而起,亦不恒在小事,因小至大。"

〔15〕 惟人:《尚书·君奭》:"惟人,在后嗣子孙。"孔颖达疏:"惟今天下众人,共诚心存我后嗣子孙。"人,指众人。

〔16〕 载舟覆舟:《荀子·王制》:"君者,舟也,庶人者,水也。水则载舟,水则覆舟。"语本之。

〔17〕 "奔车"二句:意谓对于危险应该保持警惕。奔车朽索,倾覆的车子、腐朽的绳子,喻应当戒惧的危险之事。奔,通"偾"、"贲",覆败。忽,轻视,怠慢。

〔18〕 知足:《老子》四十四章:"知足不辱。"

〔19〕 作:谓兴造宫室等。

〔20〕 知止:《老子》四十四章:"知止不殆。"

〔21〕 谦冲以自牧:以谦恭冲和修养自己的品德。谦冲,谦虚。冲,虚。自牧,自我修养。《易·谦》:"谦谦君子,卑以自牧。"孔颖达疏:"恒以谦卑自养其德也。"

〔22〕 江海下百川:《老子》六十六章:"江海所以为百谷王者,以其善下之。"下百川,居百川之下。

〔23〕 盘游:游乐。《尚书·五子之歌》:"(太康)乃盘游无度,畋于有洛之表,十旬弗反,"孔传:"盘乐游逸无法度。"

〔24〕 三驱以为度:古王者田猎之制,谓田猎时须让开一面,三面驱赶,以示好生之德。语本《易·比》"九五显比,王用三驱"。此谓狩猎活动当有所节制。

〔25〕 黜恶:斥退邪恶之人。

〔26〕 无因喜以谬赏:不因个人的喜好而错加褒赏。

〔27〕 无因怒而滥刑:不因个人的愤怒而滥施刑罚。

〔28〕 九德:古所谓贤人所具备的九种品德。九德所指,说法不一。《尚书·皋陶谟》以"宽而栗,柔而立,愿而恭,乱而敬,扰而毅,直而温,简而廉,刚而塞,彊而义"为九德。《左传·昭公二十八年》以"心能制义曰度,德正应和曰莫,照临四方曰明,勤施无私曰类,教诲不倦曰长,赏庆刑威曰君,慈和遍服曰顺,择善而从之曰比,经天纬地曰文"称为九德。《逸周书·常训》则云"九德:忠、信、敬、刚、柔、和、固、贞、顺。"

〔29〕 豫游:游乐。

〔30〕 松乔:指赤松子、王乔。俱为传说中的仙人。

〔31〕 "鸣琴"二句:谓不须亲理政务而天下得以教化,也即无为而治。鸣琴,《吕氏春秋·察贤》:"宓子贱治单父,弹鸣琴,身不下堂而单父治。"后以之喻地方官政简刑轻,善于施治。垂拱,垂衣拱手,不亲理事务。《尚书·武成》:"惇信明义,崇德报功,垂拱而天下治。"孔颖达疏:"谓所任得人,人皆称职,手无所营,下垂其拱。"

[32] 代下司职:代替下属行其职责。百司,百官。

十渐疏[1]

臣观自古帝王,受图定鼎[2],皆欲传之万代,贻厥孙谋[3]。故其垂拱岩廊[4],布政天下,其语道也,必先淳朴而抑浮华;其论人也,必贵忠良而鄙邪佞[5];言制度也,则绝奢靡而崇俭约;谈物产也,则重谷帛而贱珍奇。然受命之初,皆遵之以成治,稍安之后,多反之而败俗。其故何哉?岂不以居万乘之尊[6],有四海之富,出言而莫己逆,所为而人必从,公道溺於私情,礼节亏于嗜欲故也!语曰:"非知之难,行之惟难;非行之难,终之斯难。"[7]斯言信矣!伏惟陛下年甫弱冠[8],大拯横流[9],削平区宇[10],肇开帝业[12]。贞观之初,时方克壮[12],抑损嗜欲,躬行节俭,内外康宁,遂臻至治[13]。论功则汤、武不足方,语德则尧、舜未为远[14]。臣自擢居左右,十有馀年,每侍帷幄[15],屡奉明旨,常许仁义之道守之而不失;俭约之志终始而不渝。一言兴邦,斯之谓也[16]。德音在耳,敢忘之乎?而顷年已来[17],稍乖曩志[18]。敦朴之理,渐不克终[19]。谨以所闻,列之如左[20]:

陛下贞观之初,无为无欲。清静之化,远被遐荒[21]。考之于今,其风渐堕,听言则远超于上圣,论事则未逾于中主[22]。何以言之?汉文晋武[23],俱非上哲。汉文辞千里之马[24],晋武焚雉头之裘[25]。今则求骏马于万里,市珍奇于域外,取怪于道路,见轻于戎狄。此其渐不克终一也。

昔子贡问理人于孔子，孔子曰："懔乎若朽索之驭六马。"子贡曰："何其畏哉？"子曰："不以道遵之，则吾雠也。若何其无畏？"[26]故《尚书》曰："民惟邦本，本固邦宁。""为人上者，奈何不敬？"[27]陛下贞观之始，视人如伤[28]。恤其勤劳，爱民犹子。每存简约，无所营为。顷年已来，意在奢纵，忽忘卑俭，轻用人力。乃云百姓无事则骄逸，劳役则易使。自古已来，未有由百姓逸乐而致倾败者也。何有逆畏其骄逸而故欲劳役者哉！恐非兴邦之至言，岂安人之长算[29]？此其渐不克终二也。

陛下贞观之初，损己以利物。至于今日，纵欲以劳人。卑俭之迹岁改，骄奢之情日异[30]。虽忧人之言不绝于口，而乐身之事实切于心。或时欲有所营，虑人致谏，乃云若不为此不便我身。人臣之情，何可复争？此直意在杜谏者之口，岂曰择善而行者乎？此其渐不克终三也。

立身成败，在于所染[31]。兰芷鲍鱼，与之俱化[32]。慎乎所习，不可不思。陛下贞观之初，砥砺名节[33]，不私于物，唯善是与。亲爱君子，疏斥小人。今则不然，轻亵小人，礼重君子。重君子也，敬而远之；轻小人也，狎而近之。近之则不见其非，远之则莫知其是。莫知其是，则不间而自疏[34]；不见其非，则有时而自昵[35]。昵近小人，非致理之道；疏远君子，岂兴邦之义？此其渐不克终四也。

《尚书》曰："不作无益害有益，功乃成；不贵异物贱用物，人乃足。犬马非其土性不畜，珍禽奇兽，弗育于国。"[36]陛下贞观之初，动遵尧、舜，捐金抵璧[37]，反朴还淳。顷年已来，好尚奇异。难得之货无远不臻，珍玩之作无时能止。上好奢靡而望下敦朴，未之有也。末作滋兴而求丰实[38]，其不可得亦已明矣。此其渐不克终五也。

贞观之初，求贤如渴。善人所举，信而任之。取其所长，恒恐不及[39]。近岁已来，由心好恶。或众善举而用之，或一人毁而弃之；或积年任而用之，或一朝疑而远之。夫行有素履，事有成迹。所毁之人，未必可信于所举；积年之行，不应顿失于一朝。君子之怀，蹈仁义而宏大德；小人之性，好谗佞以为身谋。陛下不审察其根源，而轻为之臧否[40]，是使守道者日疏，干求者日进。所以人思苟免，莫能尽力。此其渐不克终六也。

陛下初登大位，高居深视。事惟清静，心无嗜欲。内除毕弋之物[41]，外绝畋猎之源。数载之后，不能固志。虽无十旬之逸，或过三驱之礼[42]。遂使盘游之娱见讥于百姓；鹰犬之贡远及于四夷。或时教习之处，道路遥远，侵晨而出[43]，入夜方还。以驰骋为欢，莫虑不虞之变。事之不测，其可救乎？此其渐不终七也。

孔子曰："君使臣以礼，臣事君以忠。"[44]然则君之待臣，义不可薄。陛下初践大位，敬以接下。君恩下流，臣情上达，咸思竭力，心无所隐。顷年已来，多所忽略。或外官充使，奏事入朝，思睹阙庭[45]，将陈所见。欲言则颜色不接[46]，欲请又恩礼不加。间因所短，诘其细过[47]，虽有聪辩之略，莫能申其忠款。而望上下同心，君臣交泰，不亦难乎？此其渐不克终八也。

傲不可长，欲不可纵，乐不可极，志不可满[48]。四者前王所以致福[49]，通贤以为深诫。陛下贞观之初，孜孜不怠。屈已从人，恒若不足。顷年已来，微有矜放[50]。恃功业之大，意蔑前王[51]；负圣智之明，心轻当代。此傲之长也。欲有所为，皆取遂意[52]。纵或抑情从谏，终是不能忘怀。此欲之纵也。志在嬉游，情无厌倦。虽未全妨政事，不复专心治道。此乐将极也。率土义安[53]，四夷款服[54]，仍远劳士马，问罪遐裔[55]。此志将满也。亲狎者阿旨而不肯言，疏远者畏威而莫敢谏，积而不已，将亏圣德。此其渐不克终九也。

昔陶唐、成汤之时，非无灾患[56]，称其圣德者，以其有始有终，无为无欲，遇灾则极其忧勤，时安则不骄不逸故也。贞观之初，频年霜旱。畿内户口，并就关外。携负老幼，来往数千，曾无一户逃亡，一人怨苦[57]。此诚由识陛下矜育之怀[58]，所以至死无携贰[59]。顷年已来，疲于徭役，关中之人[60]，劳弊尤甚。杂匠之徒，下日悉留和雇[61]。正兵之辈，上番多别驱使[62]。和市之物[63]，不绝于乡间；递送之夫，相继于道路。既有所弊，易为惊扰，脱因水旱[64]，谷麦不收，恐百姓之心，不能如前日之宁帖[65]。此其渐不克终十也。

臣闻祸福无门，唯人所召[66]。人无衅焉，妖不妄作[67]。伏惟陛下统天御㝢[68]，十有三年。道洽寰中[69]，威加海外。年谷丰稔[70]，礼教聿兴[71]。比屋逾于可封，菽粟同于水火[72]。暨乎今岁[73]，天灾流行。炎气致旱，乃远被于郡国；凶丑作孽[74]，忽近起于毂下[75]。夫天何言哉？垂象示诫[76]。斯诚陛下惊惧之辰，忧勤之日也。若见诫而惧，择善而从，同周文之小心，追殷汤之罪己[77]，前王所以致理者勤而行之，今时所以败德者思而改之，与物更新，易人视听，则宝祚无疆[78]，普天幸甚。何祸败之有乎？然则社稷安危，国家理乱,在于一人而已。当今太平之基,既崇极天之峻;九仞之积,犹亏一篑之功[79]。千载休期,时难再得。明王可为而不为,微臣所以郁结而长叹者也。臣诚愚鄙,不达事机,略举所见十条,辄以上闻圣听。伏愿陛下采臣狂瞽之言,参以刍荛之议[80],冀千虑一得,衮职有补[81],则死日生年,甘从斧钺[82]。

《全唐文》卷一四〇

〔1〕 《贞观政要》卷一〇载:"贞观十三年,魏徵恐太宗不能克终俭约,近岁颇好骄纵,上疏谏曰"云云,其疏即此文。这是魏徵最有影响的一篇疏奏。文中作者从十个方面对李世民为政未能做到慎终如初,提出了直言不讳的批评。作者用心良苦,一片至诚,言辞剀切,气势雄骏,虽用偶句,却无雕琢卑弱之弊。

〔2〕 受图定鼎:《尚书中侯》载:河伯曾以河图授大禹。又,《左传·宣公三年》有"成王定鼎于郏鄏"语。后因以受图、定鼎代指受命登上帝位建立王朝。

〔3〕 贻厥孙谋:《诗·大雅·文王有声》:"丰水有芑,武王岂不仕,诒厥孙谋,以燕翼子,武王烝哉!"郑玄笺:"诒,犹传也。孙,顺也。丰水犹以其润泽生草,武王岂不以其功业为事乎? 以之为事,故传其所以顺天下之谋,以安其敬事之子孙,谓使行之也。"后以之指为后代子孙的将来作好安排。诒、贻义同。

〔4〕 岩廊:高峻的廊庑。《汉书·董仲舒传》:"盖闻虞舜时,游于岩郎之上,垂拱无为,而天下太平。"后因以借指朝廷。

〔5〕 鄙:轻视,蔑视。

〔6〕 万乘:即天子。周制,天子地方千里,能出兵车万乘,因以"万乘"为天子的代称。《孟子·梁惠王上》:"万乘之国,弑其君者,必千乘之家。"赵岐注:"万乘,兵车万乘,谓天子也。"

〔7〕 "非知之难"四句:《尚书·说命中》:"说拜稽首曰:'非知之艰,行之惟艰。'"语本之。

〔8〕 年甫弱冠:年方二十。甫,方,刚刚。弱冠,二十岁。古时男子二十加冠以示成年,称弱冠。《礼记·曲礼上》:"二十曰弱,冠。"

〔9〕 大拯横流:谓拯救天下之祸乱。横流,喻动乱、灾祸。《春秋穀梁传序》:"孔子睹沧海之横流,乃喟然而叹曰:'文王既没,文不在兹乎?'"杨士勋疏:"沧海是水之大者,沧海横流喻害万物之大,犹言在上残虐之深也。"

〔10〕 区宇:天下。

〔11〕 肇开帝业:开创帝王基业。肇,始。

〔12〕 时方克壮:谓刚满三十岁。《贞观政要》卷一〇:"太宗曰:朕年十八便举兵,年二十四定天下,年二十九升为天子。"武德九年,李世民二十九岁,贞观元年正三十岁。壮,三十岁。《礼记·曲礼上》:"三十曰壮,有室。"

〔13〕 臻:达到。

〔14〕 "论功"二句:谓其功业商汤、周武不能相比,盛德则与尧、舜不相上下。汤,商朝的开国之君。武,周武王,名发,文王之子,起兵伐纣,建立周朝。尧、舜,上古两个圣明之君,是后来儒家所推崇的理想君王。

〔15〕 帷幄:指帝王。以天子居处必设帷幄,故称。

〔16〕 "一言兴邦"二句:《论语·子路》:"定公问:一言可以兴邦,有诸?"又,《贞观政要》卷六:"贞观四年,太宗谓侍臣曰:崇饰宫宇,游赏池台,帝王之所欲,百姓之所不欲。帝王所欲者放逸,百姓所不欲者劳弊。孔子云:有一言可以终身行之者,其恕乎!己所不欲,勿施于人。劳弊之事诚不可施于百姓。朕尊为帝王,富有四海,每事由己,诚能自节,若百姓不欲,必能顺其情也。"魏徵所云,或即指此。

〔17〕 顷年:近年。

〔18〕 稍乖曩志:谓稍稍背离了往日的志向。乖,背离。曩,往昔、从前。

〔19〕 渐不克终:谓逐渐不能坚持始终如一。克,能。

〔20〕 列之如左:古人书写习惯为自右而左,故云。

〔21〕 遐荒:边远荒僻之地。遐,远。荒远,边陲。

〔22〕 "听言"二句:谓太宗言行不一致。听其议论之言,远远超越前代之圣君,论其行事,则未能超过中才之国主。上圣,指前代之圣贤。

〔23〕 汉文晋武:汉文帝与晋武帝。汉文帝刘恒(前202—前157),高祖刘邦子,在位二十三年,崇尚简朴,提倡农耕,与民休息,清静无为,汉朝经济因得恢复,政治稳定,与其子景帝刘启两代齐名,号"文景之治"。晋武帝,见前《答魏徵手诏》注〔36〕。

〔24〕 "汉文"句:事见《汉书·贾捐之传》。文帝时有献千里马者,"诏曰:'鸾旗在前,属车在后,吉行日五十里,师行三十里,朕千里之马,独先安之?'于是还马,与道里费,而下诏曰:'朕不受献也,其令四方毋求来献。'"

〔25〕 "晋武"句:事见《晋书·武帝纪》。武帝咸宁四年,"十一月辛巳,太医司马程据献雉头裘,帝以奇技异服典礼所禁,焚之于殿前。甲申,敕内外敢有犯者罪之。"

〔26〕 "昔子贡"数句:刘向《说苑·政理篇》:"子贡问治民于孔子,孔子曰:懔懔焉如以腐索御奔马。子贡曰:何其畏也?孔子曰:夫通达之国皆人也,以道导之则吾畜也,不以道导之则吾雠也。若何而毋畏?"语本之。

〔27〕 "民惟邦本"四句:《尚书·五子之歌》:"皇祖有训,民可近,不可下,民惟邦本,本固邦宁。予视天下愚夫愚妇一能胜予,一人三失,怨岂在明,不见是图。予临兆民,懔乎若朽索之驭六马,为人上者,奈何不敬?"语本此。

〔28〕 视人如伤:形容帝王、官吏极为体恤百姓之疾苦。《左传·哀公元年》:"臣闻国之兴也,视民如伤,是其福也。"人,即"民",以避太宗讳改。

〔29〕 长算:长远计策。

〔30〕"卑俭"二句:《贞观政要》卷二载,贞观四年,诏发卒修洛阳之乾元殿,时给事中张玄素上书谏云:臣闻阿房成,秦人散;章华就,楚众离;乾元毕工,隋人解体。且陛下今时功力,何如隋日?承凋残之后,役疮痍之人,费亿万之功,袭百王之弊。以此言之,恐甚于炀帝远矣。愿陛下深思之,无为由余所笑,则天下幸甚。太宗谓:卿以我不如炀帝,何如桀、纣?对曰:若此殿卒兴,所谓同归于乱。太宗叹曰:我不思量,遂至于此。因对房玄龄说,今玄素上表,洛阳实亦未宜修造,后必事理须行,露坐亦复何苦?遂停所役,并赐玄素绢五百匹。又,《资治通鉴》卷一九四载,贞观八年,中牟丞皇甫德参上言:修洛阳宫劳人,收地租厚敛,俗好高髻,盖宫中所化。上怒谓玄龄等曰:德参欲国家不役一人,不收斗租,宫人皆无发,乃可其意邪?欲治其讪谤之罪。因魏徵谏之,乃赐绢二十匹。魏徵此处所言,可与之参看。

〔31〕"立身"二句:谓人立身与处世的成败,与所受习染影响有极重要的关系。《墨子·所染》:"舜染于许由、伯阳,禹染于皋陶、伯益,汤染于伊尹、仲虺,武王染于太公、周公,此四者所染当,故王天下,立为天子,功名蔽天地。夏桀染于干辛、推哆,殷纣染于崇侯、恶来,厉王染于厉公长父、荣夷终,幽王染于傅公夷、蔡公榖,此四王者,所染不当,故国残身死,为天下僇。"二句本此。

〔32〕"兰芷"句:言人之善恶随其所受外界习染而变化。《大戴礼记·曾子疾病》:"与君子游,苾乎如入兰芷之室,久而不闻,则与之化矣;与小人游,贷乎如入鲍鱼之次,久而不闻,则与之化矣。"兰芷,兰草与白芷,为两种香草。鲍鱼,盐渍鱼,其味腥臭。此以兰芷、鲍鱼分别喻两种不同的外界影响。

〔33〕砥砺名节:谓激励劝勉以立名节。

〔34〕不间而自疏:不必有人离间而自然疏远。间,离间。

〔35〕昵:亲近。

〔36〕"不作"数语:见《尚书·旅獒》。

〔37〕捐金抵璧:谓不重视财物。葛洪《抱朴子·外篇·安贫》:"上

智不贵难得之财,故唐、虞捐金而抵璧。"

〔38〕 末作滋兴:指商贾浸兴。《史记·平准书》:"诸贾人末作贳贷卖买,居邑稽诸物,及商以取利者,虽无市籍,各以其物自占,率缗钱二千而一算。"

〔39〕 恒:常,经常。

〔40〕 臧否:品评,褒贬。诸葛亮《前出师表》:"宫中府中,俱为一体,陟罚臧否,不宜异同。"

〔41〕 毕弋之物:射猎用具。毕为捕兽所用之网,弋为射鸟所用系绳之箭。《诗·齐风·卢令》"序":"襄公好田猎毕弋,而不修民事,百姓苦之。"郑玄笺:"毕,噣也;弋,缴射也。"

〔42〕 "虽无"二句:十旬之逸,夏太康在位,耽于逸豫,畋于有洛之表,十旬不返。见前《论时政第二疏》注〔23〕引《尚书·五子之歌》。三驱之理,见前《论时政第二疏》注〔24〕。

〔43〕 侵晨:拂晓,天快亮时。

〔44〕 "君使臣"二句:语见《论语·八佾》。

〔45〕 阙庭:朝廷。此代指皇帝。

〔46〕 颜色不接:不假以颜色。也即没有好脸色。

〔47〕 细过:小过失。

〔48〕 "傲不可长"四句:语见《礼记·曲礼上》,四句次序略有不同。

〔49〕 致福:得福。

〔50〕 矜放:顾惜宽容。此指放松宽纵。

〔51〕 意蔑前王:轻视前代贤君。蔑,轻视,侮慢。

〔52〕 "欲有"二句:谓凡有作为,只取满足自己的心意者。遂意,遂心。

〔53〕 率土乂安:天下太平安定。

〔54〕 四夷款服:四方边远之地的少数民族诚心归顺。四夷,古时对四周边远地区少数民族的轻蔑称呼。款服,诚心归附。

〔55〕 问罪遐裔:指对边远地区发动战争。问罪,宣布对方罪状加以

声讨。遐裔,边远之地。

〔56〕"昔陶唐"二句:陶唐,即唐尧。帝喾之子,姓伊祁,名放勋。初封于陶,后徙于唐。成汤,商开国之君,契的后代,子姓,名履,又称天乙。夏桀无道,汤伐之,遂有天下,号曰商。相传尧时有九年之水,汤时有七年之旱。

〔57〕"贞观之初"数句:《贞观政要》卷一:"太宗自即位之始,霜旱为灾,米谷踊贵,突厥侵扰,州县骚然。帝志在忧人,锐精为政,崇尚节俭,大布恩德。是时自京师及河东、河南、陇右,饥馑尤甚,一匹绢才得一斗米。百姓虽东西逐食,未尝嗟怨,莫不自安。至贞观三年,关中丰熟,咸自归乡,竟无一人逃散。"可参看。

〔58〕矜育之怀:矜怜养育的情怀。

〔59〕至死无携贰:至死没有二心。

〔60〕关中:古时关中所指范围不一,或泛指函谷关以西战国末秦故地(有时包括秦岭以南的汉中、巴蜀,有时兼有陕北、陇西);或指四关之中。晋佚名《三辅故事》:"西以散关为界,东以函谷关为界,南以武关为界,北以萧关为界,四关之中谓之关中。"《史记·高祖本纪》:"与诸将约,先入定关中者王之。"司马贞索隐引《三辅旧事》云:"西以散关为界,东以函谷为界,二关之中谓之关中。"今指陕西境内渭河流域一带。

〔61〕"杂匠"二句:谓杂匠服役期满当离去之时,又雇佣其服其他杂役。《新唐书·食货志》:"用人之力,岁二十日,闰加二日,不役者,日为绢三尺,谓之庸。有事而加役二十五日者免调,三十日者租调皆免,通正役不过五十日。"此为唐一般之力役规定。下日,谓满役当下者。和雇,指给其值而雇用。

〔62〕"正兵"二句:谓兵员轮番上值,多被驱使别作他用。《新唐书·兵志》:"凡民年二十为兵,六十而免。凡当宿卫者番上,兵部以远近给番,五百里为五番,千里七番,一千五百里八番,二千里十番,外为十二番,皆一月上。若简留直卫者,五百里为七番,千里八番,二千里十番,外为十二番,亦月上。"

〔63〕 和市:官府按价向民间购物。

〔64〕 脱因水旱:万一由于水旱灾害。脱,万一,假使。

〔65〕 宁帖:安定,平静。

〔66〕 "祸福"二句:《左传·襄公二十三年》:"闵子马见之,曰:'子无然! 祸福无门,唯人所召。'"语本之。

〔67〕 "人无"二句:《左传·庄公十四年》:"初,内蛇与外蛇斗于郑南门中,内蛇死。六年而厉公入。公闻之,问于申繻曰:'犹有妖乎?'对曰:'人之所忌,其气焰以取之,妖由人兴也。人无衅焉,妖不自作。人弃常则妖兴,故有妖。'"

〔68〕 㝢:同"宇"。

〔69〕 道洽寰中:谓其治道周遍于天下。洽,周遍。

〔70〕 丰稔:犹丰熟。稔,谷物成熟。

〔71〕 礼教聿兴:谓推行礼义教化。

〔72〕 "比屋"二句:意谓天下风俗纯厚,人民生活丰足。比屋逾于可封,谓礼义教化已超越了尧舜时代。比屋,犹家家户户。可封,可受旌表。《汉书·王莽传上》:"莽乃上奏曰:'明圣之世,国多贤人,故唐虞之时,可比屋而封。'"菽粟同于水火,谓菽粟丰饶,百姓施于别人而毫不吝啬。《孟子·尽心上》:"民非水火不生活,昏暮叩人之门户求水火,无弗与者,至足矣。圣人治天下,使有菽粟如水火。"

〔73〕 暨:至,到。

〔74〕 凶丑作孽:凶恶不善之人制造灾难。《资治通鉴·唐纪一一》载:贞观十三年夏四月,突厥突利可汗之弟结社率随突利入朝,因怨突利斥之,乃诬告其谋反,并因此作乱。所谓凶丑作孽当即指此。

〔75〕 毂下:即辇毂之下,代指京城。

〔76〕 垂象示诫:谓上天通过各种征象来向统治者显示警戒。《易·系辞上》:"天垂象,示吉凶。"

〔77〕 "同周文"二句:谓此同于周文王之小心及殷汤罪己事,语本《诗》与《左传》。《诗·大雅·大明》:"大任有身,生此文王。维此文王,

小心翼翼。"《左传·庄公十一年》："臧文仲曰：'宋其兴乎。禹、汤罪己，其兴也勃焉，桀、纣罪人，其亡也忽焉。"

〔78〕 宝祚：皇位。

〔79〕 亏一篑之功：即功亏一篑，形容差一点而未得成功。篑，竹土筐。《尚书·旅獒》："为山九仞，功亏一篑。"

〔80〕 "伏愿"二句：狂瞽之言，愚妄无知之言。刍荛之议，浅陋的议论。二者皆自谦之词。

〔81〕 衮职：帝王的职事，亦用以指帝王。《诗·大雅·生民》："衮职有阙，维仲山甫补之。"郑玄笺："衮职者，不敢斥王之言也。王之职有阙辄能补之者，仲山甫也。"孔颖达疏："衮职，实王职也。"

〔82〕 "则死日"二句：谓（只要谏言于国君有利）受刑而死之日，如同再生之年。死日生年：《文选》曹植《求自试表》："虽身分蜀境，首悬吴阙，犹生之年。"李善注："傅武仲《与荆文姜书》：'虽死之日，犹生之年。'"斧钺，两种兵器，也用来指刑罚、杀戮。

王　绩

　　王绩(590—644),字无功,号东皋子,绛州龙门(今山西河津)人。隋大业末,曾任扬州六合县丞,以嗜酒见劾,去官归里,隐河渚间。唐武德中,以前官待诏门下省。贞观四年(630),托疾罢归。后复以家贫赴选,任太乐丞。未二年,又弃官回乡。贞观十八年卒。绩赋性高简,嗜酒放任,不谐世俗。其文学创作,上承六朝阮籍、陶渊明传统,多藉饮酒及田园题材抒写怀才不遇的苦闷。诗文俱清新质朴,以不染梁陈浮靡之习而在初唐文坛独树一帜。两《唐书》有传。著有《会心高士传》、《酒经》、《酒谱》等,又曾注《老子》,俱佚。有《王无功文集》传世,今人整理本有《王无功文集五卷本会校》,上海古籍出版社1987年出版。

答刺史杜之松书[1]

　　月日,博士陈龛至[2],奉处分借《家礼》[3],并帙封送至[4],请领也。又承欲相招讲礼,闻命惊笑,不能已已[5]。岂明公前眷或徒与下走相知不熟也[6]。下走意疏体放,性有由然,兼弃俗遗名,为日已久。渊明对酒,非复礼义能拘[7];叔夜携琴,唯以烟霞自适[8]。登山临水,邈矣忘归[9];谈虚语玄,忽焉终夜。僻居南渚,时来北山[10],兄弟以俗外相期[11],

乡间以狂生见待[12]。歌《去来》之作[13],不觉情亲;咏《招隐》之诗[14],唯忧句尽。帷天席地,友月交风,新年则柏叶为樽[15],仲秋则菊花盈把[16]。罗含宅内,自有幽兰数丛[17];孙绰庭前,空对长松一树[18]。高吟朗啸,挈榼携壶[19],直与同志者为群,不知老之将至[20]。欲令复整理簪屦,修束精神[21],揖让邦君之门,低昂刺史之坐[22],远谈糟粕,近弃醇醪[23],必不能矣!亦将恐刍狗贻梦,栎社见嘲[24],去矣君侯,无落吾事[25]。

《全唐文》卷一三一

〔1〕 吕才《东皋子集序》云:"贞观中,京兆杜之松、清河崔善继为本州刺史,皆请与相见。君曰:奈何悉欲坐召严君平?竟不见。崔、杜高君调趣,卒不敢屈,但岁时赠以美酒鹿脯,诗书往来不绝。"考王绩为绛州龙门人,则此文当是杜之松任绛州刺史时,王绩对杜邀见并请讲礼的答书。文中作者声言自己赋性疏放、弃俗遗名,不愿受世俗礼仪的约束,因谢绝杜的邀请,可见其迈世独立、自然率真的个性。

〔2〕 博士:唐时博士甚多,如太常博士、经学博士、医学博士、国子博士、太学博士、四门博士、律学博士、书学博士、算学博士等。其中太常博士为礼官,属太常寺;经学博士与医学博士为都督府及州府县之学官与医官(县无医学博士);其馀国子、太学、四门、律学、书学、算学诸博士,俱属国子监,为学官。本文乃王绩给刺史的复函,文中之博士陈龛或为州之经学或医学博士,其人事迹未详。

〔3〕 "奉处分"句:处分,吩咐。《家礼》,王绩《重答杜使君书》有云:"垂问《家礼·丧服新义》五道,度情振理,探幽洞微,诚非野人所敢酬析。但先人遗旨,颇曾恭习。"又云:"自秦汉以来,家国道废。虽有其礼,将安所行?逮乎晋宋,中原大乱,国内至亲,尚不相保。祖祢之序,知何以明?故仆先君献公,因事起义,欲使无逆于古,且令可行于今。"则《家礼》为王

绩之祖所著。杜淹《文中子世家》:"同州刺史彦,生济州刺史,一曰安康献公,安康献公生铜川府君,讳隆,字伯高,文中子之父也。"文中子即王绩之兄王通。据此,安康献公也即王绩之祖父。

〔4〕 并帙封送至:连同书的函套一同缄封送上。帙,用来保护书的外面的函套。

〔5〕 已已:休止,停息。

〔6〕 "岂明公"句:意谓是否因为您以前所亲信的人或衙中所役使的人与我不太熟悉的缘故? 明公,古时对有名位者的尊称。此指杜之松。徒,指官府供驱使的吏役。下走,本指供奔走役使的人,此为自称之谦辞。《汉书·萧望之传》:"若管晏而休,则下走将归延陵之皋。"颜师古注:"下走者,自谦言趋走之役也。"

〔7〕 "渊明"句:谓陶渊明嗜酒好饮,不拘于礼仪。《宋书·隐逸传》载,陶潜字渊明,性嗜酒,"贵贱造之者,有酒辄设,潜若先醉,便语客:'我醉欲眠,卿可去。'其真率如此。郡将候潜,值其酒熟,取头上葛巾漉酒,毕,还复著之。"

〔8〕 "叔夜"句:谓嵇康弹琴赋诗,只以怡情山水自适。《晋书·嵇康传》:"嵇康字叔夜,谯国铚人。……常修养性服食之事,弹琴咏诗,自足为怀。"又,"尝采药游山泽,会其得意,忽焉忘返。"

〔9〕 邈矣忘归:长久流连而忘记归去。邈,时间长久。

〔10〕 "僻居"二句:南渚、北山,俱为王绩隐居处地名。王绩《游北山赋》:"独居南渚,时游北山。"

〔11〕 "兄弟"句:兄弟,据现有文献,知王绩有兄度、通、凝及弟静。俗外,指世俗之外。相期,犹相待。

〔12〕 "乡闾"句:乡闾,乡亲、同乡。狂生,狂放之人。《后汉书·仲长统传》:"统性俶傥,敢直言,不矜小节,默语无常,时人或谓之狂生。"

〔13〕 《去来》之作:指陶渊明《归去来兮辞》。《宋书·陶渊明传》:"郡遣督邮至,县吏白应束带见之,潜叹曰:'我不能为五斗米折腰向乡里小人。'即日解印绶去职,赋《归去来》。"

〔14〕《招隐》之诗:西晋时左思、陆机俱有同题之作,其中以左思所作名最著。

〔15〕 柏叶为樽:即饮椒柏酒。旧时新年以之祭祀祖先,或献于家中长辈以为祝贺。宗懔《荆楚岁时记》:"正月一日,长幼悉正衣冠,以次拜贺,进椒柏酒,饮桃汤。"

〔16〕 "仲秋"句:檀道鸾《续晋阳秋》云:"陶潜无酒,坐宅边菊丛中,采摘盈把。"见《艺文类聚》"草部"引。

〔17〕 "罗含"句:《晋书·文苑传》:"罗含字君章,桂阳耒阳人也。……初,含在官舍,有一白雀栖集堂宇,及致仕还家,阶庭忽兰菊丛生,以为德行之感焉。"

〔18〕 "孙绰"句:《晋书·孙楚传》附《孙绰传》:"绰字兴公。博学善属文,少与高阳许询俱有高尚之志。……所居斋前种一株松,恒自守护,邻人谓之曰:'树子非不楚楚可怜,但恐永无栋梁日耳。'绰答曰:'枫柳虽复合抱,亦何所施邪?'"按,自"《去来》"至"孙绰"数典,皆所谓以栖隐为尚者,作者连用之,意在高尚其事。

〔19〕 挈榼(qiè kē 惬科)携壶:携带酒具。榼,盛酒的器具。

〔20〕 "不知"句:《论语·述而》:"叶公问孔子于子路,子路不对。子曰:'女奚不曰,其为人也,发愤忘食,乐以忘忧,不知老之将至云尔。'"语本之。

〔21〕 "欲令"句:谓使自己放弃疏散的状态,穿戴整齐,并在精神上接受世俗礼仪规范的束缚。簪,古人将头发束于头顶,加以固定,簪即为固定束发的长针。屦(jù 具),麻、葛等制成的草底鞋。

〔22〕 低昂:周旋。

〔23〕 "远谈"二句:糟粕,《庄子·天道》:"桓公读书于堂上,轮扁斫轮于堂下,释凿而上,问桓公曰:'敢问,公之所读者何言邪?'公曰:'圣人之言也。'曰:'圣人在乎?'公曰:'已死矣。'曰:'然则君之所读者,古人之糟魄已夫!'"《释文》:魄,本又作粕。醇醪,味厚的美酒。《汉书·袁盎传》:"乃悉以其赍置二石醇醪。"颜师古注:"醇者不杂,言其酿也,醪汁滓

合之酒也,音牢。"这里作者巧用庄子典故,将入刺史府讲礼比做谈论糟粕,又与自己隐居嗜酒、喜饮醇醪巧成妙对,充满谐趣。

〔24〕"亦将恐"句:刍狗贻梦,《三国志·魏书·方伎传》载,周宣善占梦,多灵验。云:"……尝有问宣曰:'吾昨夜梦见刍狗,其何占也?'宣答曰:'君欲得美食耳!'有顷,出行,果遇丰膳。后又问宣曰:'昨夜复梦见刍狗,何也?'宣曰:'君欲堕车折脚。'顷之,果如宣言。后又问宣,'昨夜复梦见刍狗,何也?'宣曰:'君家欲失火,当善护之。'俄遂火起,……又问宣曰:'三梦刍狗而其占不同,何也?'宣曰:'刍狗者,祭神之物,故君始梦,当得馀食也。祭祀既讫,则刍狗为车所轹,故中梦当堕车折脚也。刍狗既车轹之后,必载以为樵,故后梦忧失火也。"栎社见嘲,《庄子·人间世》有云,匠石到齐地,至曲辕,见栎社树,其大可以荫蔽数千牛,其径约百围,其高临山十仞而后尚有枝,若制舟可多至十数个。观者如市,而匠石不顾。弟子问其因,答云:散木也,以之为舟则沉,以之为棺椁则速腐,以之为器则速毁,以之为门户则液樠,以之为柱则蠹,因是不材之木也,无所可用,故才能这样长寿。匠石归去后,栎社托梦称,果木之属,因其有能而中道夭折,不能终其天年,我求无所可用已很久了。在我看来,无所可用,才得济生之大用。如果使我有那些果木之用,就不会有此大用了。你和我都是造化之一物,你岂能了解我?在你看来,我无用为散木;而在我看来,有才能乃无用,这样的话,你就是散人。你这个近死的散人,又怎能懂得我这个散木呢?作者这里用此事,意在说明自己乐于做一个闲散的人。

〔25〕无落吾事:犹言不要耽搁了我的事。《庄子·天地》载,尧治天下,伯成子高立为诸侯。至禹,伯成子高辞诸侯之位而耕。禹问其故,子高说,"昔尧治天下,不赏而民勤,不罚而民畏。今子赏罚而民且不仁,德自此衰,刑自此立,后世之乱自此始矣。夫子阖行邪?无落吾事!"落,废、耽误。

五斗先生传[1]

有五斗先生者,以酒德游于人间[2]。有以酒请者,无贵贱皆往,往必醉,醉则不择地斯寝矣。醒则复起饮也。常一饮五斗,因以为号焉。先生绝思虑,寡言语,不知天下之有仁义厚薄也[3]。忽焉而去,倏然而来[4]。其动也天,其静也地[5]。故万物不能萦心焉。尝言曰:"天下大抵可见矣。生何足养?而嵇康著论[6];途何为穷?而阮籍恸哭[7]。故昏昏默默,圣人之所居也[8]。"遂行其志,不知所如[9]。

《全唐文》卷一三二

〔1〕 王绩的个性,深受晋刘伶及陶渊明等名士影响。刘伶嗜酒,曾著《酒德颂》以示蔑弃世俗礼法;陶渊明真率脱俗,尝撰《五柳先生传》以见其性情志趣。王绩嗜酒似刘伶,真率与渊明类。此文精神与《酒德颂》相通,命意却与《五柳先生传》为近。吕才《王无功集序》云:"(绩)大业末,应孝悌廉洁举,射策高第,除秘书正字。性简傲,饮酒及数斗不醉。尝云:'恨不逢刘伶,与闭户轰饮。'因著《醉乡记》及《五斗先生传》,以类《酒德颂》……"则此文当作于大业末;而《新唐书·王绩传》载绩弃太乐丞归里隐居后,"其饮至五斗不乱,人有以酒邀者,无贵贱辄往,著《五斗先生传》",则似为贞观中退隐后所作。其确切作年尚未能定。

〔2〕 酒德:饮酒的旨趣与品德。颜延之《陶徵士诔》:"心好异书,性乐酒德。"

〔3〕 厚薄:亲疏。

〔4〕 倏然:迅疾貌。

〔5〕"其动"二句,谓其举止自然,皆法天地之动静。

〔6〕"生何足养"二句:"养生"为魏晋玄学所讨论的命题之一,时嵇康曾著《养生论》、《答向子期难养生论》等,以为神仙出之自然,养生可以学得,影响很大,故作者有此句。

〔7〕"途何为"二句:《晋书·阮籍传》载:"(籍)时率意独驾,不由径路,车迹所穷,辄恸哭而反。"阮籍,字嗣宗,陈留尉氏(今河南尉氏)人。魏晋名士,以任诞著称。

〔8〕"故昏昏"句:《庄子·在宥》云:黄帝问广成子治身之道,广成子曰:"善哉问乎!来!吾语女至道。至道之精,窈窈冥冥;至道之极,昏昏默默。"昏昏默默,无视无听的状态。又,《老子》二十章:"俗人昭昭,我独昏昏。俗人察察,我独闷闷。"所居,所安。

〔9〕 所如:所往。

杜之松

杜之松(生卒年不详),京兆(今陕西西安)人。一说为博陵曲阿(今江苏丹阳)人。贞观中,曾任许州、绛州刺史。与王绩有交往,并有书信往来。事迹散见于唐林宝《元和姓纂》、吕才《王无功文集序》、宋计有功《唐诗纪事》卷四及《新唐书·王绩传》。原有《杜之松集》十卷,已佚。《全唐诗》今存诗一首,《全唐文》存文一篇。

答王绩书[1]

辱书,知不降顾,叹恨何已[2]。仆幸恃故情,庶回高躅[3]。岂意康成道重,不许太守称官[4];老莱家居,羞与诸侯为友[5]。延伫不获,如何如何[6];奇迹独全,幸甚幸甚!敬想结庐人境[7],植杖山阿[8],林壑地之所丰,烟霞性之所适,荫丹桂[9],藉白茅[10],浊酒一杯,清琴数弄[11],诚足乐也。此真高士,何谓狂生?仆凭藉国恩,滥尸贵部[12],官守有限,就学无因,延颈下风[13],我劳何极。前因行县[14],实欲祗寻[15]。诚恐敦煌孝廉,守琴书而不出[16];酒泉太守,列钟鼓而空还[17]。所以迟回[18],遂揽辔也[19]。仆虽不敏,颇识前言。道既知尊,荣何足恃?岂不能正平公之坐,敬养亥唐[20];屈文侯之膝，恭师子夏[21]？虽齐桓德薄，五行无疑[22]，睚眦故人，一来何损[23]？蒙借《家礼》，今见披寻[24]，微而精，简而备，诚经传之典略，闺庭之要训也。其丧礼新义，颇有所疑，谨用条问，具如别帖[25]，想荒宴之馀[26]，为诠释也，迟更知闻[27]。杜之松白[28]。

《全唐文》卷一三四

〔1〕 杜之松派人向王绩借《家礼》，并邀其讲礼，王绩曾遗书作答，此为杜之松对王绩答书的回复。文中称道王绩顺性隐逸之高尚，同时仍冀其谅己诚邀之情而下顾，并就《家礼》中《丧礼新义》之疑惑，请王绩作解。杜之松为地方郡守，而王绩则以隐士自居，作者答书行文，措词得体，意态闲雅，既见礼请之诚意，又无尊者之倨傲，人谓其"气体殊佳"，诚然。

〔2〕 "辱书"三句：谓承蒙你给我写信，知道你不肯屈尊而来，叹息遗憾不已。辱书，让对方写信而使其屈辱。降顾，屈尊顾临。均为作者谦词。

〔3〕 高蹰(zhuó 卓)：谓归隐。

〔4〕 "岂意"二句：以郑玄(玄字康成)重学轻官比喻王绩之谢绝邀请。袁绍据冀州，遣使邀郑玄。绍客多豪俊，并有才说，见郑玄儒者，未以通人许之，竞设异端，百家互起，郑玄一一辩对，咸出意表，皆得其所未闻，众人莫不嗟服。时汝南应劭亦归绍，因自赞曰："故太山太守应中远(劭字中远)，北面称弟子如何？"郑玄笑曰："仲尼之门考以四科，回、赐之徒不称官阀。"应劭因有惭色。事见《后汉书·郑玄传》。郑玄（127—200），北海高密（今属山东）人，曾入太学习《京氏易》、《公羊春秋》及《三统历》、《九章算术》，又从张恭祖受《礼记》、《左传》、《古文尚书》，后师事扶风马融多年。一生专注于经学，著述达百馀万言。自西汉以来，儒生大多专治一经，至郑玄乃意主博通，并遍注五经，一扫今古文经学的藩篱，为东汉最著名的经学家。其所著今唯存《毛诗笺》、《周礼》、《仪礼》、《礼记》注，《易》

注及《春秋》之《箴膏肓》、《发墨守》、《起废疾》,乃后人所辑佚书,已残缺不全。

〔5〕 "老莱"二句:《列女传·贤明传》:"老莱子逃世,耕于蒙山之阳,人或言之楚王,楚王驾至老莱子之门曰:愿先生幸临之。老莱子曰:诺。其妻载畚挟薪樵而来曰:何车迹之众也?老莱子曰:楚王欲使吾守国之政。妻曰:妾闻之,可授以官禄者,可随以铁钺,能免于患乎?投其畚而去,至江南,老莱子随其妻而居之。"此用以喻王绩不愿接受邀请入州府。

〔6〕 "延伫"二句:引颈期待而未有结果。延贮,引颈而立。形容殷切期盼之态。如何如何,感叹之词。下句"幸甚幸甚"同。

〔7〕 结庐人境:陶渊明《饮酒》其五:"结庐在人境,而无车马喧。"此用以指王绩之隐居。

〔8〕 植杖山阿:陶渊明《归去来兮辞》:"怀良辰以孤往,或植杖而耘耔。"《三国志·魏书·常林传》:"林乃避地上党,耕种山阿。"此处两句融而化之,用以写王绩之隐逸生活。

〔9〕 丹桂:桂树之一。嵇含《南方草木状》:"桂有三种:叶如柏叶,皮赤者为丹桂。"

〔10〕 白茅:多年生草本植物,因花穗上生白色柔毛,故名。

〔11〕 "浊酒"二句:嵇康《与山巨源绝交书》:"今但愿守陋巷,教养子孙,时时与亲旧叙阔,陈说平生,浊酒一杯,弹琴一曲,志愿毕矣。"浊酒,以糯米、黄米酿成的酒,因未经过滤,故称。

〔12〕 滥尸贵部:犹言在你们这里聊且充数。是作者的谦辞。

〔13〕 延颈下风:意谓殷切期盼。下风,喻指处于下位、卑位。

〔14〕 行县:古时官员巡行所主之县。《后汉书·崔骃传》:"(崔篆)乃遂单车到官,称疾不视事,三年不行县。"李贤注引《续汉志》:"郡国常以春行县,劝人农桑,振救乏绝。"

〔15〕 祗寻:恭敬地寻访。祗,敬。

〔16〕 "诚恐"二句:用晋氾腾事。《晋书·隐逸传》:"氾腾字无忌,敦煌人也。举孝廉,除郎中。属天下兵乱,去官还家。太守张阆造之,闭

39

门不见,礼遗一无所受。叹曰:'生于乱世,贵而能贫,乃可以免。'散家财五十万,以施宗族,柴门灌园,琴书自适。张轨征之为司马,腾曰:'门一杜,其可开乎!'固辞。"

〔17〕 "酒泉"二句:用晋宋纤事。《晋书·隐逸传》:"宋纤字令艾,敦煌效穀人也。少有远操,沉靖不与世交,隐居于酒泉南山。……酒泉太守马岌,高尚之士也,具威仪,鸣铙鼓,造焉。纤高楼重阁,距而不见。岌叹曰:'名可闻而身不可见,德可仰而形不可睹,吾而今而后知先生人中龙也。'"

〔18〕 迟回:犹豫。

〔19〕 揽辔:犹言停止不前。

〔20〕 "岂不能"二句:《孟子·万章下》:"晋平公之于亥唐也,入云则入,坐云则坐,食云则食,虽蔬食菜羹,未尝不饱,盖不敢不饱也。"赵岐《孟子章句》:"亥唐,晋贤人也。隐居陋巷者。平公尝往造之,亥唐言入,平公乃入,言坐乃坐,言食乃食也。蔬食,粝食也。不敢不饱,敬贤也。"此以平公之敬亥唐,喻自己之敬王绩,冀其能接受邀请而来顾。

〔21〕 "屈文侯"二句:《史记·仲尼弟子列传》:"孔子既没,子夏居河西教授,为魏文侯师。"张守节正义:"文侯都安邑。孔子卒后,子夏教于西河之上,文侯师事之,谘问国政焉。"子夏,孔子弟子,姓卜名商,字子夏,少孔子四十二岁。此以文侯师事子夏喻自己虚心向王绩问礼。

〔22〕 "虽齐桓"二句:《韩非子·难一》:"齐桓公时,有处士曰小臣稷,桓公三往而弗得见。桓公曰:'吾闻布衣之士,不轻爵禄,无以易万乘之主;万乘之主,不好仁义,亦无以下布衣之士。于是五往乃得见之。"此自谦自己虽然德薄,但却一片诚心。

〔23〕 "睢(suī 虽)夸"二句:《魏书·睢夸传》载:"睢夸,一名昶,赵郡高邑人也……少与崔浩为莫逆之交。浩为司徒,奏征为其中郎,辞疾不赴。州郡逼遣,不得已入京师与浩相见,延留数日,惟欲饮酒谈叙平生,不及世利。浩每欲论屈之,竟不能发言,其见敬惮如此。"此借睢夸喻王绩,犹冀其能受邀而下顾。

〔24〕 披寻：犹阅览。

〔25〕 别帖：另外的纸页。

〔26〕 荒宴：沉溺于宴饮。颜延之《五君咏·刘参军》："韬精日沉饮，谁知非荒宴。"此盖以刘伶沉饮喻王绩之嗜酒。

〔27〕 迟：犹待。

〔28〕 白：禀告、陈述。古人写信时常用的套语，或在书信开头，或置书信末尾。

王 勃

王勃(650—676?),字子安,绛州龙门(今山西河津)人。隋末大儒文中子王通孙。早慧好学,六岁解属文。高宗乾封元年(666),应幽素科举,对策高第,授朝散郎。沛王李贤闻其名,署为王府修撰。时诸王斗鸡,勃戏为《檄英王鸡文》,高宗恶之,被斥出府,因客游巴蜀。后补虢州参军。咸亨中,以匿杀官奴获死罪,遇赦除名,父福畤为其所累,自雍州司户参军贬交趾令。上元二年(675),勃渡海探父,自交趾返归时溺水而卒。勃才思敏捷,与杨炯、卢照邻、骆宾王齐名,并称"初唐四杰"。诗文俱有名于时,杨炯曾称其"壮而不虚,刚而能润,雕而不碎,按而弥坚"(《王勃集序》)。文以骈体见长,缔句绘章,典丽精工,《滕王阁序》尤负盛名。两《唐书》有传。原集有二十卷、三十卷本,俱佚。明张溥辑有十六卷本,清蒋清翊撰《王子安集注》,编为二十卷,1995年上海古籍出版社重排出版。

秋日登洪府滕王阁饯别序[1]

豫章故郡,洪都新府[2]。星分翼轸[3],地接衡庐[4]。襟三江而带五湖[5],控蛮荆而引瓯越[6]。物华天宝,龙光射牛斗之墟[7];人杰地灵,徐孺下陈蕃之榻[8]。雄州雾列,俊采星驰[9]。台隍枕夷夏之交[10],宾主尽东南之美。都督阎公之雅望[11],棨戟遥临[12];宇文新州之懿范[13],襜帷暂驻[14]。十旬休暇[15],胜友如云[16];千里逢迎,高朋满座。腾蛟起凤,孟学士之词宗[17];紫电青霜,王将军之武库[18]。家君作宰[19],路出名区[20];童子何知,躬逢胜饯[21]!

时维九月,序属三秋[22]。潦水尽而寒潭清[23],烟光凝而暮山紫。俨骖騑于上路[24],访风景于崇阿[25]。临帝子之长洲[26],得仙人之旧馆[27]。层台耸翠,上出重霄;飞阁流丹,下临无地[28]。鹤汀凫渚[29],穷岛屿之萦回;桂殿兰宫,列冈峦之体势。披绣闼[30],俯雕甍[31]。山原旷其盈视,川泽纡其骇瞩[32]。闾阎扑地[33],钟鸣鼎食之家[34];舸舰弥津[35],青雀黄龙之舳[36]。虹消雨霁,彩彻区明[37]。落霞与孤鹜齐飞,秋水共长天一色[38]。渔舟唱晚,响穷彭蠡之滨[39];雁阵惊寒,声断衡阳之浦[40]。

遥吟俯畅[41],逸兴遄飞[42]。爽籁发而清风生[43],纤歌凝而白云遏[44]。睢园绿竹[45],气凌彭泽之樽[46];邺水朱华[47],光照临川之笔[48]。四美具,二难并[49]。穷睇眄于中天[50],极娱游于暇日。天高地迥,觉宇宙之无穷;兴尽悲来,识盈虚之有数[51]。望长安于日下[52],指吴会于云间[53]。地势极而南溟深[54],天柱高而北辰远[55]。关山难越,谁悲失路之人[56]?萍水相逢[57],尽是他乡之客。怀帝阍而不见[58],奉宣室以何年[59]?

嗟乎!时运不齐,命途多舛[60]。冯唐易老[61],李广难封[62]。屈贾谊于长沙,非无圣主[63];窜梁鸿于海曲,岂乏明时[64]?所赖君子见几[65],达人知命[66]。老当益壮,宁知白

43

首之心？穷且益坚，不坠青云之志[67]。酌贪泉而觉爽[68]，处涸辙而犹欢[69]。北海虽赊，扶摇可接[70]；东隅已逝，桑榆非晚[71]。孟尝高洁，空怀报国之情[72]；阮籍猖狂，岂效穷途之哭[73]？

勃三尺微命[74]，一介书生[75]。无路请缨，等终军之弱冠[76]；有怀投笔[77]，慕宗悫之长风[78]。舍簪笏于百龄，奉晨昏于万里[79]。非谢家之宝树[80]，接孟氏之芳邻[81]。他日趋庭，叨陪鲤对[82]；今辰捧袂，喜托龙门[83]。杨意不逢，抚凌云而自惜[84]；钟期既遇，奏流水以何惭[85]？

呜呼！胜地不常，盛筵难再。兰亭已矣，梓泽丘墟[86]。临别赠言，幸承恩于伟饯[87]。登高作赋[88]，是所望于群公。敢竭鄙怀，恭疏短引[89]。一言均赋，四韵俱成[90]。请洒潘江，各倾陆海云尔[91]。

《王子安集注》卷八

〔1〕 滕王阁，故址在唐江南道洪州（今江西南昌），为唐高祖李渊二十二子元婴任洪州都督时所建，因贞观十三年（639）元婴受封为滕王，后世遂称滕王阁。高宗上元二年（675），洪州都督阎某于此大宴宾客，王勃因赴交趾省父，道出洪州，适逢盛会，因撰此作。文中作者以精工富赡而又清新流丽的笔墨，描写南昌之地理形胜、滕王阁周围之美景以及宴会宾朋之盛况；又从盛宴难再，兴尽悲来，转写自己羁旅穷途，命途多舛的牢愁，但却感伤而不流于颓唐，于慨叹中充满希望。全篇结构谨严，层次分明，前半以描写见长，间以叙事，后半以抒情为主，又辅以议论，可谓将描写、叙事、抒情、议论有机结合，又能做到文随意转，兴到笔随，极为自然。在体式上，作者以骈体行文，文辞华美，对仗工整，典雅畅达，声韵谐和，使人诵读之际，每有弹丸流转之感。关于此文作年，或云是王勃十四岁时往

六合县(今属江苏)省父(时父任六合令)道出洪州所作,或云是高宗上元二年(675)赴交趾(今越南河内附近)省父(时父谪交趾令)途经洪州时所作。据王勃生平,以后说较近是。

〔2〕"豫章"二句:豫章郡汉时置,隋平陈,尝改置洪州总管府,寻又复之,唐时改洪州都督府,"故郡"、"新府"之谓缘此。豫章,又作"南昌",南昌本为豫章郡治所,至五代南唐时始改郡名,故当以"豫章"为是。

〔3〕星分翼轸(zhěn 诊):翼、轸,星宿名。古人将地面的某一区域与天上的星宿所在位置相对应,称为分野。据《越绝书》,楚地属翼、轸分野,豫章郡古属楚地,故云。

〔4〕地接衡庐:谓洪州在地理上与衡、江二州相接。衡,衡山;庐,庐山。此以衡、庐二山分别代指其所在的衡州与江州。

〔5〕"襟三江"句:三江,顾夷《吴地记》云:"松江东北行七十里,得三江口,东北入海为娄江,东南入海为东江,并松江为三江。"五湖,所指旧说多异。《文选》郭璞《江赋》李善注引张勃《吴录》云:"五湖者,太湖之别名也,周行五百里。"《史记·夏本纪》张守节正义则云:"五湖者,菱湖、游湖、莫湖、贡湖、胥湖,皆太湖东岸,五湾为湖,盖古时则别,今并相连。"按,此三江五湖,泛指长江中下游之江河湖泊,加"襟"、"带"以称之,盖写洪州之地理形胜。

〔6〕"控蛮荆"句:谓洪州西接两湖、东连江浙。控,引。蛮荆,古时对楚地的称呼。其地约今湖南、湖北一带。瓯越,古东越王都东瓯(今浙江永嘉),后因称东越所属之地为瓯越。约当今浙江一带。

〔7〕"物华"二句:用张华、雷焕丰城宝剑事。西晋初,张华见斗牛之间常有紫气照射,以豫章人雷焕妙达象纬,因以问之,焕曰:此宝剑之精,上彻于天,在豫章丰城。华因补焕为丰城令。焕到任,掘狱屋基,得双剑,题曰龙泉、太阿。其夕,斗牛间气不复见。后二剑没入水中,化为双龙。事见《晋书·张华传》。句谓洪州所产物之精华,焕发为天上宝气,映现于牛斗之分野。龙光,剑光。墟,区域。

〔8〕"人杰"二句:用东汉徐穉(zhì 稚)、陈蕃事。《后汉书·徐穉列

45

传》:"徐稺字孺子,豫章南昌人也……时陈蕃为太守,以礼请署功曹,稺不免之,既谒而退。蕃在郡不接待宾客,唯稺来特设一榻,去则悬之。"此以徐稺、陈蕃雅事,写洪州人物之美。榻,一种狭长的矮床,可坐可卧。

〔9〕 "雄州"二句:谓洪州雄伟的州城如云雾般紧凑排列,英俊的人物像流星一样来往奔驰。雄州,指洪州。俊采,指人才。采,通"寀"。《尔雅·释诂》:"寀,寮,官也。"

〔10〕 "台隍"句:谓洪州地处中原与少数民族的交界处。台,台阁。隍,城河。或云护城河无水曰隍。

〔11〕 "都督"句:都督阎公,当是阎姓的洪州都督,具体事迹未详。或以为是阎伯屿,疑误。清蒋清翊《王子安集注》云:"张逊业校正《王勃集》序,谓是阎伯屿,未知何据。《新唐书·王勃传》有'起居舍人阎伯屿'之名,殆因此而误耶?"都督,唐时为重要地区置大都督,各州按等级分别置上、中、下都督府,各设都督。雅望,美好的声望。

〔12〕 棨(qǐ 起)戟:有赤黑色缯为套或经过油漆的木戟,是古代官员出行时用作前导的仪仗。

〔13〕 宇文新州:指复姓为宇文的新州刺史,其人事迹不详。新州,唐属岭南道,治新兴(今属广东)。懿范:美好的风范。

〔14〕 襜(chān 搀)帷,车上四周的帐幔。此代指车。大约宇文刺史乃赴任途中经过洪州,受邀参加宴会,故云"暂驻"。

〔15〕 十旬休暇:即旬日休假。唐制,十日为旬,官员逢旬日休沐,称为旬休。暇,又作"假","假"、"暇"字通。

〔16〕 胜友:才德出众的朋友。

〔17〕 "腾蛟"二句:腾蛟起凤,葛洪《西京杂记》卷二:"董仲舒梦蛟龙入怀,乃作《春秋繁露》词。"又:"扬雄著《太玄经》,梦吐凤凰,集《玄》之上,顷而灭。"此喻指文采不凡。孟学士,其人不详。王定保《唐摭言》卷五谓孟学士为阎公之婿,阎公尝以此序属意于彼,并已宿构矣。未知其说确否。二句谓孟学士文才出众,写出的文章可与董仲舒、扬雄媲美。

〔18〕 "紫电"二句:崔豹《古今注》卷上:"吴大帝(孙权)有宝剑

46

六,……其二曰紫电。"葛洪《西京杂记》卷一:"高祖(刘邦)斩白蛇剑,十二年一加磨莹,刃上常若霜雪。"此以"紫电青霜"代指精良的兵器。王将军,其人不详,当是参加宴会的贵宾之一。武库,本指储藏武器的仓库,此用以赞扬王将军精通用兵韬略。

〔19〕 家君作宰:家君,向别人称呼自己的父亲。作宰,任县令。时王勃之父王福畤任交趾令。

〔20〕 名区:此指洪州。

〔21〕 "童子"句:童子,王勃自称。或以为此为王勃十四岁探父时参加滕王阁宴会所作,故自称童子。据近人高步瀛考订,古人三四十岁乃至四五十岁,亦有称童子者。见其《唐宋文举要》乙编卷一。

〔22〕 序属三秋:古人称七、八、九三月为孟秋、仲秋、季秋,三秋即季秋九月。

〔23〕 潦水:雨后的积水。

〔24〕 俨骖𬴂:整顿车马。俨,整理,整顿。骖𬴂,车驾两边的马。《礼记·曲礼上》"执策分辔,驱之五步而立"句孔颖达疏云:"车有一辕,而四马驾之,中央两马夹辕者名服马,两边名骓马,亦曰骖马。"此指车马。

〔25〕 崇阿(ē 婀):崇,高,大。阿,大的丘陵。

〔26〕 帝子:指滕王李元婴。其为皇帝(高祖李渊)之子,故称。下句之"仙人"同。长洲,指阁下之沙洲。

〔27〕 旧馆:指滕王阁。

〔28〕 "层台"四句:分别从仰观与俯视角度写滕王阁之气势与景色。南齐王中(chè 彻)《头陀寺碑》有句:"层轩延袤,上出云霓;飞阁逶迤,下临无地。"王勃四句当由此化出。

〔29〕 鹤汀凫渚:汀,水中或水边的平地。凫,野鸭。渚,水中的小洲。

〔30〕 披:推开。绣闼:雕有花纹的阁门。

〔31〕 雕甍(méng 萌):雕有花纹或禽兽样装饰物的屋脊。甍,屋脊。

〔32〕 骇瞩:谓注目所见令人惊异。骇,惊诧。瞩,注目。

47

〔33〕 闾阎:本义为里门与里中门,此代指房屋。扑地:犹遍地。此句形容人口稠密。

〔34〕 钟鸣鼎食:钟,一种乐器。鼎,一种三足器皿。古代贵族用餐,常演奏音乐,列鼎而食。钟鸣鼎食因成为贵族之家的象征。此代指富贵人家。

〔35〕 舸舰弥津:形容船舶之多。舸,大船。扬雄《方言》卷九:"南楚江湘凡船大者谓之舸。"舰,有屋的船。《玉篇》:"舰,版屋舟。"

〔36〕 青雀黄龙之舳:指以鸟雀和龙为形状的船。《穆天子传》:"天子乘鸟舟龙舟,浮于大沼。"郭璞注:"舟皆以龙鸟为形制,今吴之青雀舫,此其遗制。"舳(zhú 逐),船后部把舵处。《方言》卷九:"船后曰舳,舳,制水也。"此代指船。

〔37〕 彩彻区明:谓彩虹照彻整个天空。区明,天空晴朗。区,指天衢,即宇宙。

〔38〕 "落霞"二句:庾信《马射赋》有句:"落花与芝盖齐飞,杨柳共春旗一色。"王应麟《困学记闻》卷一七谓王勃二句仿之。

〔39〕 彭蠡:古泽名。李吉甫《元和郡县图志·江南道四》:"彭蠡湖,在(都昌)县西六十里。"

〔40〕 "雁阵惊寒"二句:谓暮秋时节,天气渐冷,北雁南飞至衡阳一带而止,水边不断传来阵阵群雁惊寒的叫声。衡阳,在今湖南境内。其境内之衡山有回雁峰,相传雁南飞至此而止。

〔41〕 遥吟俯畅:一作"遥襟甫畅","遥吟俯畅"词义滞碍难通,疑以"遥襟甫畅"为是,意谓开阔的胸怀刚刚舒畅。

〔42〕 逸兴遄飞:超逸豪放的兴致勃发飞扬。遄,疾速。

〔43〕 爽籁:参差不齐的排箫。《文选》殷仲文《南州桓公九井作》:"爽籁警幽律,哀壑叩虚牝。"李善注:"《尔雅》曰:爽,差也。箫管非一,故言爽焉。《庄子》,南郭子綦谓子游曰:汝闻地籁。子游曰:地籁则众窍是已。郭象曰:人籁,箫也。夫箫管参差,宫商异律,故有长短高下万殊之声。"

〔44〕 白云遏：谓歌声响亮,能阻滞白云的流动。《列子·汤问》："薛谭学讴于秦青,未穷青之技,自谓尽之,遂辞归,秦青弗止,饯于郊衢,抚节悲歌,声振林木,响遏行云,薛谭终身不敢言归。"

〔45〕 睢园绿竹：睢（suī 虽）园,即西汉梁孝王刘武的菟园,中多修竹,俗亦称竹园。《史记·梁孝王世家》："孝王筑东苑,方三百里。广睢阳城七十里。"张守节正义："《括地志》云：兔园在宋州宋城县东南十里。葛洪《西京杂记》云'梁孝王苑中有落猿岩、栖龙岫、雁池、鹤州、凫岛。诸宫观相连,奇果嘉树,珍禽异兽,靡不毕备'。俗人言梁孝王竹园也。"枚乘《梁王菟园赋》："修竹檀栾,夹池水,旋菟园,并驰道,临广衍,长冗故。"这里云"睢园绿竹",乃以其园中修竹特别著名故。

〔46〕 "气凌"句：彭泽,县名,在今江西湖口县东。因陶渊明曾任彭泽令,故这里以之代陶渊明。樽,酒杯。陶渊明好酒,其《归去来兮辞》有"携幼入室,有酒盈樽"句。梁孝王在菟园常与宾客宴饮作赋,此句以梁孝王睢园宴饮喻今日滕王阁聚会之盛况,谓其远胜于陶渊明之独饮。

〔47〕 邺水朱华：邺,邺县,故址在今河北临漳县西南。汉末曹操父子与建安文人尝宴饮酬唱于此。曹操封魏王,邺为魏之都城。朱华,即莲花。曹植《公宴诗》："秋兰被长坂,朱华冒绿池。"此以当年邺下唱和才藻之美喻今日滕王阁预宴宾客文才之超卓。

〔48〕 "光照"句：谓参与宴会宾客的文采可与谢灵运相媲美。临川之笔,指谢灵运的诗才。临川,郡名,治所在今江西抚州。谢灵运曾任临川内史,其诗为当时文人所称。《宋书·谢灵运传》："灵运少好学,博览群书,文章之美,江左莫逮。"

〔49〕 "四美具"二句：四美,《文选》刘琨《答卢谌》："音以赏奏,味以殊珍。文以明言,言以畅神。之子之往,四美不臻。"李善注："四美：音、味、文、言也。"以音、味、文、言为四美。而谢灵运《拟魏太子邺中集序》云："天下良辰美景,赏心乐事,四者难并。"则以良辰、美景、赏心、乐事为四美。二难,《世说新语·箴规》："何晏、邓飏令管辂作卦,卦成,辂称引古义,深以戒之。飏曰：知几其神乎,古人以为难；交疏吐诚,今人以为难。"

今君一面尽二难之道,可谓明德惟馨。"或说指贤主、嘉宾难得。二句前者写宴会之盛况,后者写宾主之相得。

〔50〕 睇眄(dì miǎn 第冕):极目纵观。

〔51〕 "识盈虚"句:谓懂得命运的穷通变化。盈,指富贵、显达、兴盛等。虚,指穷窘、失意、衰落等。数,命运。

〔52〕 "望长安"句:《世说新语·夙慧》:"晋明帝数岁,坐元帝膝上。有人从长安来,元帝因问明帝:'汝意谓长安何如日边远?'答曰:'日远,不闻人从日边来,居然可知。'元帝异之。明日群臣宴会,告以此意,更重问之,乃答曰:'日近。'元帝失色曰:'尔何故异昨日之言邪?'答曰:'举目见日,不见长安。'"此以长安、日下喻朝廷,谓自己远赴南荒,回望京城,如在天边。

〔53〕 吴会(guì 贵):吴郡与会稽郡。在今江苏苏州、浙江绍兴一带。

〔54〕 "地势"句:谓海南地势极远,是天之尽头。南溟,南海。

〔55〕 天柱:《艺文类聚》卷七《山部》引《神异经》:"昆仑之山,有铜柱焉,其高入天,所谓天柱也。"北辰:北极。《尔雅·释天》:"北极谓之北辰。"此以天柱之高、北辰之远,暗喻朝廷之难以企及。

〔56〕 失路之人:王勃自谓。

〔57〕 萍水相逢:浮萍随水漂流,聚散无定,后以之比喻人生之偶然聚会离散。萍水,一作"沟水",亦通。乐府《白头吟》有句:"今日斗酒会,明日沟水头。蹀躞御沟上,沟水东西流。"

〔58〕 帝阍:天帝的守门人。屈原《离骚》:"吾令帝阍开关兮,倚阊阖而望予。"王逸《楚辞章句》:"帝,谓天帝也;阍,主门者也。"此以帝阍喻指朝廷。

〔59〕 "奉宣室"句:谓不知何时才能得到帝王的召见。奉,侍奉。宣室,汉未央宫正殿。汉文帝时,贾谊迁谪长沙,四年后回长安,文帝召见于宣室。此以贾谊自比,冀望得到帝王的垂顾。

〔60〕 舛(chuǎn 喘):不顺利,不幸。

〔61〕 冯唐易老:冯唐,西汉人,颇有才识而遭遇不偶。《史记·张释之冯唐列传》:"(冯)唐以孝著,为中郎署长,事文帝……(文帝)拜唐为车

骑都尉，主中尉及郡国车士。七年，景帝立，以唐为楚相，免。武帝立，求贤良，举冯唐。唐时年九十馀，不能复为官。"

〔62〕 李广难封：李广，西汉名将。平生与匈奴大小七十馀战，屡立军功，但却始终未得封侯。事见《史记·李将军列传》。

〔63〕 "屈贾谊"二句：贾谊，汉初杰出的政治家，事汉文帝，颇得赏识。文帝召为博士，超迁，一岁中至太中大夫，又议以为公卿，以遭权贵嫉，文帝因贬其为长沙王太傅。事见《史记·屈原贾生列传》。明主，指汉文帝。

〔64〕 "窜梁鸿"二句：梁鸿，汉章帝时高士，字伯鸾。初隐霸陵山中，后因事出关过京师洛阳，作《五噫歌》，讥刺皇帝、权贵宫室华丽奢靡，同情百姓劳苦困顿，章帝闻之不悦，梁鸿惧问罪，易姓名，与妻居齐鲁间，复逃至吴，为人佣工。事见《后汉书·遗民列传》。窜，这里指逃隐。海曲，海滨偏僻之地。明时，章帝号称贤明，故称其时为明时。

〔65〕 君子见几：谓君子能够根据事物的变化而有不同的作为。语出《易·系辞下》："君子见几而作。"几，事物的征象，征兆。

〔66〕 达人知命：意谓通达之人能深知命运之变化。语本《易·系辞上》"乐天知命，故不忧。"达人，指超脱豁达的人。

〔67〕 "老当"四句：《后汉书·马援列传》载，马援少有大志，常谓宾客曰："丈夫为志，穷当益坚，老当益壮。"四句本马援语而化之。

〔68〕 "酌贪泉"句：用晋人吴隐之事。隐之字处默，有清操，为广州刺史，附近之石门有水曰贪泉，凡饮者即怀无厌之贪。隐之至，饮其泉水，并赋诗曰："古人云此水，一歃怀千金。试使夷齐饮，终当不易心。"在任始终保持其廉洁之操。事见《晋书·吴隐之传》。

〔69〕 涸辙：《庄子·外物》有"涸辙鲋鱼"的故事，云庄周告贷于监河侯，监河侯矫言辞之，庄周忿然作色曰："周昨来，有中道而呼者。周顾视车辙中，有鲋鱼焉。周问之曰：'鲋鱼来！子何为者邪？'对曰：'我，东海之波臣也。君岂有斗升之水而活我哉？'周曰：'诺。我且南游吴越之王，激西江之水而迎子，可乎？'鲋鱼忿然作色曰：'吾失我常与，我无所处。吾得斗升之水然活耳，君乃言此，曾不如早索我于枯鱼之肆！'"后因以"涸

51

辙"喻困窘的境遇。涸,无水曰涸。辙,车碾压之痕。

〔70〕"北海"二句:《庄子·逍遥游》:"北溟有鱼,其名为鲲,鲲之大,不知其几千里也。化而为鸟,其名为鹏。……是鸟也,海运将徙于南冥。……鹏之徙于南冥也,水击三千里,抟扶摇而上者九万里。"事本此。赊,远。扶摇,风名,一名飚。《尔雅·释天》:"扶摇谓之飚。"

〔71〕"东隅"二句:《后汉书·冯异列传》载:冯异与赤眉军战,曾先败于回溪阪,后又于崤底大破之,光武帝玺书劳之,曰:"赤眉破平,士吏劳苦,始虽垂翅回溪,终能奋翼黾(渑)池,可谓失之东隅,收之桑榆。"言其先受挫败而终能胜之。东隅,日出之处,此喻人之青年;桑榆,日落之处,此喻人之老年。二句意谓早年虽然失意,晚年犹可以有所作为。

〔72〕"孟尝"二句:孟尝,字伯周,会稽上虞(今浙江上虞)人。曾任合浦太守,以廉洁奉公称。后因病隐居,深得吏民爱戴。桓帝时,虽有人屡次表荐,而终不见用,卒于家。事见《后汉书·循吏列传》。

〔73〕"阮籍"二句:阮籍猖狂,指阮籍任诞放纵。穷途之哭,见前王绩《五斗先生传》注〔7〕。

〔74〕三尺微命:三尺,或言指童子。古人谓成年男子为"七尺男儿",而称不大懂事的小孩为"三尺童儿"。按,勃为此文已过冠年,似无自称其为三尺童儿之理。高步瀛谓,《礼记·玉藻》曰:"绅制士三尺。"《周礼·春官·典命》郑玄注:"王之下士一命。"王勃曾为虢州参军,故自比一命之士,曰三尺微命也。可备参考。说见《唐宋文举要》乙编卷一。微命,指地位卑微。

〔75〕一介书生:犹言微不足道的书生。乃作者自谦之词。介,同"芥",小草。

〔76〕"无路"二句:用汉终军请缨事。终军字子云,济南人,辩博能属文。武帝尝擢为谏议大夫。南越与汉和亲,武帝遣终军使越,欲使说其王入朝同于内诸侯,终军自请曰:"愿受长缨,必羁南越王而致之阙下。"后因南越王相为乱,杀王及汉使,终军遇害而亡,时年二十馀。事见《汉书·终军传》。弱冠,见前魏徵《十渐疏》注〔8〕。

〔77〕 有怀投笔:用东汉班超投笔从戎事。《后汉书·班超列传》:"(超)家贫,常为官佣书以供养。久劳苦,尝辍业投笔叹曰:'大丈夫无它志略,犹当效傅介子、张骞立功异域,以取封侯,安能久事笔砚间乎?'"

〔78〕 "慕宗悫(què 确)"句:宗悫,字元干,南朝宋南阳(今属河南)人,少年时,叔父宗炳曾问其志向,答云:"愿乘长风破万里浪。"事见《宋书·宗悫传》。

〔79〕 "舍簪笏"二句:谓自己舍弃一生之官职,去万里之外侍奉父亲。簪,古人用以固冠的长针;笏,以竹木或象牙所制成的长条板,为上朝奏事条记备忘之用。二者皆仕宦服用之物,此以代官职。百龄,指一生。奉晨昏,谓侍奉父母。《礼记·曲礼上》:"凡为人子者,冬温而夏清,昏定而晨省。"郑玄注:"定,安其床衽也;省,问其安否何如。"

〔80〕 "非谢家"句:《世说新语·言语》:"谢太傅(安)问诸子侄:'子弟亦何预人事,而正欲使其佳?'诸人莫有言者。车骑(谢玄)答曰:'譬如芝兰玉树,欲使其生于庭阶耳。'"后以谢家宝(玉)树,比喻佳子弟。

〔81〕 "接孟氏"句:据说孟轲之母为教育儿子,曾三迁其居而择善邻,最后定居于学宫附近。事见刘向《列女传·母仪篇》。此喻指自己有幸得以与群贤相接。

〔82〕 "他日"二句:《论语·季氏》:"(孔子)尝独立,鲤趋而过庭,曰:'学诗乎?'对曰:'未也。''不学诗,无以言。'鲤退而学诗。他日,又独立,鲤趋而过庭。(子)曰:'学礼乎?'对曰:'未也。''不学礼,无以立。'鲤退而学礼。"鲤,孔鲤,孔子之子。后以"趋庭"代指接受父亲教诲。此句谓自己将赴南海接受父亲的指教。

〔83〕 "今辰"二句:今辰,犹言今日。辰,一作"兹",亦通。捧袂(mèi 妹),见长者举袖行礼,表示恭敬。托龙门,也即登龙门的意思。龙门,为黄河险滩之一,在今山西河津西北与陕西韩城东北,黄河至此,两岸对峙如阙,地势极为险峻,相传鱼能跳过龙门,即变化为龙。又,东汉李膺,享有盛名,为士人所宗尚,时以得李膺接纳为荣,称为"登龙门"。此二句谓自己能参加今日之盛会,犹如登龙门一样。

〔84〕"杨意"二句：杨意，即杨得意（因对仗而省一字，下句钟子期同），西汉时蜀人，为武帝狗监。《史记·司马相如列传》载，武帝读《子虚赋》而善之，叹曰："朕独不得与此人同时哉！"杨得意因答云是其同乡司马相如所作，相如因得武帝赏识。又载，"相如既奏《大人之颂》，天子大说（悦），飘飘有凌云之气。"二句以司马相如事，慨叹自己未得荐举之人，只能空抚凌云之赋而自惜。

〔85〕"钟期"二句：钟期，即钟子期。《列子·汤问》："伯牙善鼓琴，钟子期善听。伯牙鼓琴……志在流水，钟子期曰：'善哉！洋洋兮若江河。'伯牙所念钟子期必得之。"此以奏流水比自己作此赋，谓既遇知音，于宴会赋此文就不以为愧了。

〔86〕"兰亭"二句：言昔日的胜地难免于荒芜。兰亭，在今浙江绍兴市西南。晋穆帝永和九年（353）三月三日上巳节，王羲之与孙统、孙绰等四十余人宴集于此，行祓禊之礼，王羲之作《兰亭序》记其事。梓泽，即晋石崇的金谷园，故址在今河南洛阳西北。《晋书·石崇传》："崇有别馆，在河阳之金谷，一名梓泽。"

〔87〕"临别"二句：谓承蒙宴会主人款待，在分别之际，希望在座者能以言相赠。刘向《说苑·杂言》："子路将行，辞于仲尼。曰：'赠汝以车乎？以言乎？'子路曰：'请以言。'"后临别赠人以言，渐成古人常礼。伟饯，盛宴。

〔88〕登高作赋：古代文人、士大夫登高常赋诗作文。《韩诗外传》卷七："孔子曰：'君子登高必赋。'"《汉书·艺文志》："登高能赋，可以为大夫。"

〔89〕"敢竭"二句：鄙怀，一作"鄙诚"，作者自谦之词。恭疏短引，恭敬地写下这篇短序。疏，条录，书写。短引，即短序。

〔90〕"一言"二句：谓与会的人，各分一言（字）为韵，成四韵（八句）之诗。赋，分。四韵，即四韵八句的诗。

〔91〕"请洒"二句：请各位尽显自己如潘岳、陆机那样江海般的才华。潘，指潘岳；陆，指陆机。二人皆西晋著名文学家。钟嵘《诗品》："陆（才）如海，潘（才）如江。"

杨　炯

杨炯(650—693?),华州华阴(今陕西华阴)人。幼聪敏博学,善属文。十岁应神童举及第,待制弘文馆。后以制举补秘书省校书郎。又为太子李显府詹事司直,充崇文馆学士。则天垂拱初,坐从父弟神让预徐敬业起兵事,出为梓州司法参军。迁盈川令,卒于任。炯为"初唐四杰"之一,诗文皆工。其文曾得张说称道,谓其"文思如悬河注水,酌之不竭,既优于卢,亦不减王"(《旧唐书·杨炯传》)。两《唐书》有传。原有集三十卷,已佚。明童珮业辑有《盈川集》十卷,附录一卷。今人有点校本,与卢照邻集合为一册,名《卢照邻集杨炯集》,中华书局1980年出版。

群官寻杨隐居诗序[1]

若夫太华千仞[2],长河万里[3],则吾土之山泽,壮于域中;西汉十轮[4],东京四代[5],则吾宗之人物,盛于天下。乃有浑金璞玉,凤戢龙蟠[6]。方圆作其舆盖,日月为其扃牖[7]。天光下烛,悬少微之一星[8];地气上腾,发大云之五色[9]。以不贪为宝,均珠玉以咳唾;以无事为贵,比旂常于粪土[10]。诸侯不敢以交游相得,三府不敢以辟命相期[11]。与夫形在江海,心游魏阙[12],迹混朝市,名为大隐[13],可得同年而语哉?

天子巡于下都[14],望于中岳[15]。轩皇驻跸,将寻大隗之居[16];尧帝省方,终全颍阳之节[17]。群贤以公私有暇,休沐多闲[18]。忽乎将行,指林壑而非远;莞尔而笑[19],览烟霞而在瞩。登块轧[20],践莓苔。阮籍之见苏门,止闻鸾啸[21];卢敖之逢高士,讵识鸢肩[22]?忆桑海而无时[23],问桃源之易失[24]。寒山四绝,烟雾苍苍;古树千年,藤萝漠漠。诛茅作室,挂席为门。石隐磷而环阶[25],水潺湲而匝砌[26]。乃相与旁求胜境,遍窥灵迹。论其八洞,实惟明月之宫[27];相其五山,即是交风之地[28]。仙台可望[29],石室犹存[30]。极人生之胜践,得林野之奇趣。浮杯若圣[31],已蔑松乔[32];清论凝神,坐惊河汉[33]。游仙可致,无劳郭璞之言[34];招隐成文,敢嗣刘安之作[35]。

《杨炯集》卷三

〔1〕 杨隐居,名字、事迹不详,据文中所叙,当是隐于中岳嵩山的杨姓隐士。按,文中云:"天子巡于下都,望于中岳。轩皇驻跸,将寻大隗之居;尧帝省方,终全颍阳之节。"据《旧唐书·高宗纪》载:"调露二年二月丁巳,至大室山,又幸田游岩所居。己未,幸嵩阳观。"则文或当作于高宗调露二年(680)。序,古代文体之一,有文集序、宴集序及赠序等之不同。本文属宴集序。

〔2〕 太华:即西岳华山,在今陕西华阴境内,因其西有少华山,故称为太华。仞,古代度量单位,七尺(一说八尺)为一仞。

〔3〕 长河:此指黄河。

〔4〕 西汉十轮:《文选》杨恽《报孙会宗书》云:"恽家方隆盛时,乘朱轮者十人。"李善注:"二千石皆得乘朱轮。"此处作者借以称道其杨氏家族声名之显赫。

〔5〕 东京:指东汉。四代:四世。东汉时杨震曾官太尉,后杨震子秉,秉子赐,赐子彪,均任太尉之职。所谓"东京四代"指此。事见《后汉书·杨震传》。

〔6〕凤戢:凤凰收敛翅羽。龙蟠:龙盘曲隐伏。此以凤戢、龙蟠比喻隐逸不仕。

〔7〕"方圆"二句:谓以地为车、天为(车)盖,日月为门、窗。方圆,指天地。宋玉《大言赋》:"方地为车,圆天为盖。"扁牖,门窗。刘伶《酒德颂》:"日月为扃牖,八荒为庭衢。"

〔8〕"天光"二句:意谓杨隐居与天上处士星相应。下烛,下照。少微,星座名,共四星。《史记·天官书》:"廷藩西有隋星五,曰少微,士大夫。"张守节正义:"少微四星,在太微西,南北列:第一星,处士也;第二星,议士也;第三星,博士也;第四星,士大夫也。"此以少微第一星喻杨隐居。

〔9〕"地气"二句:《太平御览·天部八》引京房《易飞候》曰:"视四方常有大云五色,其下贤人隐也。"此谓杨隐居以隐为高,天上已见相应的云象。

〔10〕 旂常:旂与常均为王侯的旗帜,旂画交龙,常画日月。此以之代指王侯。

〔11〕 三府:汉代太尉、司徒、司空三公皆可开府,因称之。相期,犹相待。

〔12〕"与夫"二句:谓身居于江湖,而心中却恋念富贵。《庄子·让王》:"中山公子牟谓瞻子曰:'身在江海之上,心居乎魏阙之下,奈何?'"魏阙,古代宫门外两边高耸的楼观,楼观下常为悬布法令之所。后亦代指朝廷。

〔13〕"迹混"二句:谓以大隐为名而混迹于朝市。晋王康琚《反招隐诗》:"小隐隐陵薮,大隐隐朝市。"

〔14〕 下都:古代以陪都为下都(相对于首都而言),此指唐东都洛阳。唐以长安为首都,又称西京,高宗显庆二年手诏改洛阳宫为东都。从文中看,作者是以长安为上都,指洛阳为下都。

57

〔15〕 望:祭名。祭日月、星辰、山川谓之望。中岳:即嵩山,在今河南登封境内。

〔16〕 "轩皇"二句:轩皇,即黄帝轩辕氏。此代指高宗。驻跸,帝王出行中途停留。大隗,即庄子所谓大道,一说为至人。《庄子·徐无鬼》:"黄帝将见大隗乎具茨之山。"成玄英疏:"大隗,大道广大而隗然空寂也。亦言:大隗,古之至人也。"此借其意,谓高宗于祭祀中岳途中停留寻访杨隐居这样的高士。

〔17〕 "尧帝"二句:省方,巡视四方。《易·观》:"先王以省方观民设教。"孔颖达疏:"(先王)以省视万方,观看民之风俗以设于教。"终全颍阳之节,用尧让天下于许由事。《史记·伯夷列传》:"说者曰尧让天下于许由,许由不受,耻之逃隐。"张守节《正义》引皇甫谧《高士传》云:"许由字武仲。尧闻致天下而让焉,乃退而遁于中岳颍水之阳,箕山之下隐。尧又召为九州长,由不欲闻之,洗耳于颍水滨。……许由殁,葬此山,亦名许由山。"此谓高宗成全杨隐居隐逸山林的操守。

〔18〕 休沐:休假。《初学记》卷二〇:"休假亦曰休沐。《汉律》:'吏五日得一下沐。'言休息以洗沐也。"

〔19〕 莞尔:微笑貌。

〔20〕 坱轧(yǎng yà 养讶):高低不平貌。

〔21〕 "阮籍"二句:《晋书·阮籍传》:"籍尝于苏门山遇孙登,与商略终古及栖神导气之术,登皆不应,籍因长啸而退。至半岭,闻有声若鸾凤之音,响乎岩谷,乃登之啸也。"

〔22〕 "卢敖"二句:《淮南子·道应训》:"卢敖游乎北海,经乎太阴,入乎玄阙,至于蒙毂之上见一士焉,深目而玄鬓,泪注而鸢肩,丰上而杀下,轩轩然方迎风而舞,顾见卢敖,慢然下其臂,遁逃乎碑。"高诱注:"卢敖,燕人。秦始皇召以为博士,使求神仙,亡而不返也。"以上用阮籍、卢敖事,皆意在说明杨隐居乃遁隐遗俗之高士。

〔23〕 "忆桑海"句:葛洪《神仙传·王远》:"麻姑自说云:'接侍以来,已见东海三为桑田。向到蓬莱,水又浅于往昔会时略半也,即将复还

58

为陵陆乎？'"此谓时光变化很快。

〔24〕 "问桃源"句：陶渊明《桃花源记》载武陵渔人尝入桃花源，被款待数日，"既出得其船，便扶向道，处处志之，及郡下，诣太守说如此，太守即遣人随其往，寻向所志，遂迷不复得路"。此用桃花源事以喻杨隐居隐所之不易找到。

〔25〕 隐磷：险峻不平貌。

〔26〕 "水潺湲"句：潺湲，水流貌。匝，环绕。

〔27〕 "论其"二句：八洞，道教谓神仙所居住的洞府，有所谓上八洞、中八洞、下八洞之说。上八洞为天仙所居，中八洞为神仙所居，下八洞为地仙所居。后世以八洞泛指神仙或修道者的居所。明月之宫，《艺文类聚·山部》引《仙经》曰："太室高三十餘丈，自然明烛相见，如日月无异，中有十六仙人。"此用以比喻杨隐居所居如仙人的居处。

〔28〕 "相其"二句：意谓杨隐居所隐的中岳嵩山，居于天地之中，又与帝都相近。五山，五岳，此指嵩山。《初学记·地部上》："嵩高山者，五岳中中岳也。"张衡《东京赋》："总风雨之所交，然后以建王城。"

〔29〕 仙台：《太平御览·地部四》引《嵩高山记》："又有三台山，汉武东巡过此山，见三学仙女，遂以为名。"仙台或指此。

〔30〕 石室：神仙所居的洞府。此处特指嵩山石室。《水经注·禹贡山水泽地所在篇》引《嵩高山记》："山下岩中，有一石室，云有自然经书，自然饮食。"

〔31〕 浮杯若圣：指饮酒。圣，此指酒。《三国志·魏书·徐邈传》："时科禁酒，而邈私饮至于沉醉。校事赵达问以曹事，邈曰：'中圣人。'达白之太祖，太祖甚怒。度辽将军鲜于辅进曰：'平日醉客谓酒清者为圣人，浊者为贤人，邈性修慎，偶醉言耳。'"后世因以"中圣"为酒醉之隐语。

〔32〕 松乔：指仙人赤松子、王乔。

〔33〕 "清论"二句：《庄子·逍遥游》："肩吾问于连叔曰：'吾闻言于接舆，大而无当，往而不返。吾惊怖其言，犹河汉而无极也；大有径庭，不近人情焉。'"成玄英疏："所闻接舆之言，（怖）[恢]弘而无的当，一往而陈

梗概,曾无反覆可寻。吾窃闻之,惊疑怖恐,犹如上天河汉,迢递清高,寻其源流,略无穷极也。"此处乃称道杨隐居言谈之玄妙。

〔34〕"游仙"二句:谓杨隐居所居犹如仙境,无须郭璞《游仙诗》来赞美。郭璞(276—324),字景纯,两晋之际著名诗人,以《游仙诗》著称。

〔35〕"招隐"二句:谓自己此文,堪继刘安(门客淮南小山)的《招隐士》。按,《招隐士》的作者,王逸《楚辞章句》以为是淮南小山,可能因淮南小山为刘安门客,作者这里遂以刘安代之。嗣,继。

卢照邻

卢照邻(634？—686？)，字升之，号幽忧子，范阳(今河北涿县)人。初为邓王李元裕府典签，后迁益州新都尉。壮年染风疾，以服药不精中毒，疾转笃。徙居阳翟之具茨山，疾甚，预为墓偃卧其中。终以不堪疾病折磨，投颍水死。照邻工诗文辞赋，为初唐四杰之一。诗以七言歌行见长，文则学赡才富，博奥精工，长于骈俪，复多骚体。两《唐书》有传。原有文集二十卷，又有《幽忧子》三卷，俱佚，明张燮辑有《幽忧子集》七卷。今人整理本有多种，其中《卢照邻集笺注》由上海古籍出版社1994年出版，《卢照邻集校注》由中华书局1998年出版。

乐府杂诗序[1]

闻夫歌以永言[2]，庭坚有歌虞之曲[3]；颂以纪德[4]，奚斯有颂鲁之篇[5]。四始六义，存亡播矣[6]；八音九阕，哀乐生焉[7]。是以叔誉闻诗，验同盟之成败[8]；延陵听乐，知列国之典彝[9]。王泽竭而颂声寝，伯功衰而诗道缺[10]。秦皇灭学，星琯千年[11]；汉武崇文，市朝八变[12]。通儒作相，征博士于诸侯[13]；中使驱车，访遗编于四海[14]。发诏东观，缝掖成阴[15]；献书南宫，丹铅踵武[16]。王风国咏，共骊翰而升沈；里颂途歌,随质文而沿革[17]。以少卿长别,起高唱于河梁[18];平子多愁,寄遥情于垅坂[19]。南浦动关山之役,作者悲离[20];东京兴党锢之诛,词人哀怨[21]。其后鼓吹乐府[22],新声起于邺中[23];山水风云,逸韵生于江左[24]。言古兴者,多以西汉为宗;议今文者,或用东朝为美[25]。《落梅》、《芳树》[26],共体千篇;《陇水》、《巫山》[27],殊名一意。亦犹负日于珍狐之下,沈萤于烛龙之前[28]。辛苦逐影[29],更似悲狂;罕见凿空[30],曾未先觉。潘陆颜谢,蹈迷津而不归[31];任沈江刘,来乱辙而弥远[32]。其有发挥新体,孤飞百代之前;开凿古人,独步九流之上[33],自我作古[34],粤在兹乎[35]!

乐府者,侍御史贾君之所作也[36]。君升堂入室[37],践龟字以长驱[38];藏翼蓄鳞[39],展龙图以高视。林宗一见,许以王佐之才[40];士季相看,知有公卿之量[41]。南国蛟龙之燿,下触词锋[42];东家科斗之书,来游笔海[43]。朝阳弄翮,即践中京[44];太行垂耳,先鸣上路[45]。当赤县之枢钥[46],作高台之羽仪[47]。动息无格于温仁[48],颠沛安由乎正义[49]。玉阶覆奏,谨依汲直之闻[50];铜术埋轮,先定雍门之罪[51]。霜台有暇[52],文律动于京师[53];绣服无私[54],锦字飞于天下[55]。

九成宫者[56],信天子之殊庭[57],群仙之一都也[58]。五城既远[59],得昆阆于神京[60];三山已沈[61],见蓬莱于古辅[62]。紫楼金阁,雕石壁而镂群峰;碧甃铜池,俯银津而横众壑[63]。离宫地险,丹涧四周,徼道天回,翠屏千仞[64]。卫尉寝蒙茸之署[65],将军无刁斗之警[66]。中岩罢燠,飞霜为之夏凝[67];太谷生寒,层厓以之秋沍[68]。天子万乘,驱凤辇于西郊[69];群公百僚,扈龙轩而北辅[70]。春秋络绎,冠盖满于青山[71];寒暑推移,旌节喧于黄道[72]。夕宿鸡神之野[73],朝登凤女之台[74]。青鸟时飞,白云无极[75]。千年启圣,邈同汾水之阳[76];七日期仙,颇类缑山之曲[77]。经过者徒知其美,揄扬者未歌其事[78]。恭闻首唱,遂属洛阳之才[79];俯视前修,将丽长安之道[80]。平恩公当朝旧相[81],一顾增荣,亲行翰墨之林[82],光标唱和之雅。于是怀文之士,莫不向风靡然[83],动麟阁之雕章[84],发鸿都之宝思[85]。云飞绮札,代郡接于苍梧[86];泉涌华篇,岷波连于碣石[87]。万殊斯应[88],千里不违[89]。同晨风之欻北林,似秋水之归东壑[90]。洋洋盈耳,岂徒悬鲁之音[91];郁郁文哉,非复从周之说[92]。故可论诸典故,被以笙镛[93]。

爰有中山郎馀令[94],雅好著书,时称博物。探亡篇于古壁,征逸简于道人[95]。撰而集之,命余为序。时襆巾三蜀[96],归卧一丘,散发书林,狂歌学市[97]。虽江湖廊庙,宾庑萧条[98];绮季留侯,神交仿佛[99]。遂复驱偪幽忧之疾[100],经纬朝廷之言[101]。凡一百一篇,分为上下两卷,俾夫舞雩周道[102],知小雅之欢娱[103];击壤尧年,识太平之歌咏云尔[104]。

《卢照邻集笺注》卷六

〔1〕 本文是卢照邻为时人贾言忠、许圉师等唱和诗作而作的集序。作者在文中描述了古代诗歌的流变及汉魏六朝主要作家的创作特点,交代了以贾言忠、许圉师为首的群官唱和情况及序文的写作缘起,虽为应酬性文字,却写得工丽典雅,丰缛绮靡,颇见作者的学养与才力。

〔2〕 歌以永言:犹言唱歌是延长诗的语言。永,长。语出《尚书·舜典》:"诗言志,歌永言,声依永,律和声。"

〔3〕 "庭坚"句:庭坚,皋陶的字。见《左传·文公十八年》杜预注。

63

歌虞之曲,《尚书·益稷》:"(皋陶)乃赓载歌曰:'元首明哉,股肱良哉,庶事康哉!'"

〔4〕 颂:《诗经》诗体之一。纪德:纪录功德。《毛诗序》云:"颂者,美盛德之形容,以其成功告于神明者也。"故云。

〔5〕 "奚斯"句:奚斯,即春秋时鲁公子鱼。颂鲁之篇,《文选》班固《两都赋序》:"故皋陶歌虞,奚斯颂鲁,同见采于孔氏,列于《诗》、《尚书》,其义一也。"李善注:"《韩诗·鲁颂》曰:新庙奕奕,奚斯所作。薛君曰:奚斯,鲁公子也。言其新庙奕奕然盛。是诗,公子奚斯所作也。"按,"新庙奕奕"为《鲁颂·閟宫》诗句,"颂鲁之篇",当指《閟宫》一诗。

〔6〕 四始六义:《毛诗序》谓风、小雅、大雅、颂为四始;称风、赋、比、兴、雅、颂为诗六义。存亡废矣,《毛诗序》郑玄笺"四始"曰:"始者,王道兴衰之所由也。"孔颖达疏引郑《答张逸》云:"风也,小雅也,大雅也,颂也,此四者人君行之则为兴,废之则为衰。又《笺》云,始者王道兴衰之所由然,则此四者是人君兴废之始,故谓之四始也。"

〔7〕 "八音"二句:八音,中国古代对金、石、土、革、丝、木、匏、竹八种不同材质所制乐器的称呼。《周礼·春官宗伯·大师》:"大师掌六律、六同以合阴阳之声。……皆播之以八音:金、石、土、革、丝、木、匏、竹。"郑玄注:"金,钟镈也。石,磬也。土,埙也。革,鼓鼗也。丝,琴瑟也。木,柷敔也。匏,笙也。竹,管箫也。"九阕,犹九成。乐曲终止为成。阕,终。《礼记·文王世子》云:"有司告以乐阕。"郑玄注:"阕,终也。"又,《尚书·益稷》:"箫韶九成,凤凰来仪。"孔颖达疏:"成犹终也,每曲一终,必变更奏。故《经》言九成,《传》言九奏,《周礼》谓之九变,其实一也。"哀乐生焉,《礼记·乐记》:"乐者,音之所由生也,其本在人心之感于物也。是故其哀心感者,其声噍以杀;其乐心感者,其声啴以缓。"

〔8〕 "是以"二句:《左传·襄公二十六年》载,晋国扣留了卫国国君,齐侯与郑伯到晋国为卫侯说情,在招待二君的宴会上,晋侯赋《嘉乐》,国景子相齐侯,赋《蓼萧》。子展相郑伯,赋《缁衣》。晋叔向使晋侯拜二君说:"寡君敢拜齐君之安我先君之宗祧也,敢拜郑君之不贰也。"叔向,即叔

誉。句谓叔誉从齐侯、郑伯的赋诗,就可知道他们与晋国之间同盟的成败。

〔9〕"延陵"二句:延陵,延陵季子的省语,即春秋时吴公子季札。季札聘鲁时,请观周乐,鲁乐工分别为其演奏诸国风,季札在听乐的同时,根据所奏诸国风评论了诸国政治风俗情况。事见《左传·襄公二十九年》。典彝,国家之法度。此指国家的政治情况等。

〔10〕"王泽竭"二句:谓周天子恩惠衰竭而颂诗止息,春秋五霸之功衰落而诗道丧缺。班固《两都赋序》:"昔成、康没而颂声寝,王泽竭而诗不作。"语本之。

〔11〕"秦皇"二句:秦皇灭学,指秦始皇焚毁诗书事。《史记·秦始皇本纪》:"臣(李斯)请史官非秦记皆烧之。非博士官所职,天下敢有藏《诗》、《尚书》、百家语者,悉诣守、尉杂烧之。有敢偶语《诗》、《尚书》者弃市。以古非今者族。吏见知不举者与同罪。令下三十日不烧,黥为城旦。"星琯千年,星琯,亦作"星管",古指一周年。星指二十八宿,管指十二律管,十二律与十二月相配,星、管皆十二月一周转,故称。千年,自秦始皇灭学至作者的时代,约八百八十馀年,谓千年,盖举成数而言。

〔12〕"汉武"二句:汉武崇文,《史记·儒林列传序》云:"及今上(武帝)即位,赵绾、王臧之属明儒学,而上亦向之。于是招方正贤良文学之士。……及窦太后崩,武安侯田蚡为丞相,绌黄老刑名百家之言,延文学儒者数百人,而公孙弘以《春秋》,白衣为天子三公,……天下之学士靡然向风矣。"事当指此。市朝八变,谓历经变迁。八变,或谓指东汉、魏、晋、宋、齐、梁、陈、隋八个朝代。

〔13〕"通儒"二句:《汉书·儒林传》载,公孙弘以治《春秋》为丞相封侯,天下学士靡然向风。又载,弘为学官,悼道之郁滞,向武帝上奏:"……为博士官置弟子五十人,复其身。太常择民年十八以上仪状端正者,补博士弟子。郡国县官有好文学,敬长上,肃政教,顺乡里,出入不悖,所闻,令相长丞上属所二千石。二千石谨察可者,常与计偕,诣太常,得受业如弟子。一岁皆辄课,能通一艺以上,补文学掌故缺;其高第可以为郎

中,太常籍奏。即有秀才异等,辄以名闻。"

〔14〕 "中使"二句:《汉书·艺文志》云:"成帝时,以书颇散亡,使谒者陈农求遗书于天下。"二句所言当谓此。中使,由宫中派出的使者,多由宦官任之。

〔15〕 "发诏"二句:发诏东观,《后汉书·孝安帝纪》载:"(永初四年二月)诏谒者刘珍及五经博士,校定东观五经、诸子、传记、百家艺术,整齐脱误,是正文字。"东观,东汉时洛阳南宫内观名,汉章、和二帝为皇宫藏书之府。缝掖成阴,谓儒士人数众多。缝掖,亦作"缝腋",古儒者所服大袖单衣,此代指儒者。

〔16〕 "献书"二句:献书,王先谦《汉书补注》引何焯曰:"《文选》三十八引刘歆《七略》曰:'孝武皇帝敕丞相公孙弘广开献书之路,百年之间,书积如山。'"南宫,秦、汉宫殿名,在洛阳。李泰《括地志》:"南宫在洛州洛阳县东北二十六里洛阳故城中。《舆地志》云秦时已有南、北宫。"《后汉书·张酺传》载:"永平九年,显宗为四姓小侯开学于南宫,置五经师。"此言献书南宫,盖就汉代广求书籍事笼统言之。丹铅踵武,谓点勘校订古籍之事连续不断。丹铅,点勘书籍所用的朱砂与铅粉,此指校订古籍。踵武,跟着前人的脚步走,喻继承前人的事业。

〔17〕 "王风"四句:谓各种不同的诗歌风格因人们趣味的变化而发生变化。王风国咏,谓诸侯列国之歌。王风,《诗经》十五国风之一。骊翰,马黑色曰骊,白色曰翰。里颂途歌,犹言里巷道途之民谣。质文,质朴与文采。

〔18〕 "以少卿"二句:少卿,西汉李陵字。相传李陵在匈奴与苏武分别,赠苏武诗以道别情。萧统《文选》收录有李陵《与苏武三首》,其中有"携手上河梁,游子慕何之"的句子。

〔19〕 "平子"二句:平子,东汉张衡字。《文选》张衡《四愁诗》:"我所思兮在汉阳,欲往从之陇阪长。"李善注:"应劭曰:'天水有大阪,名曰陇阪。'"阪,通"坂"。

〔20〕 "南浦"二句:南浦,屈原《九歌·河伯》有句"子交手兮东行,

送美人兮南浦",后常以之代送别之地。关山之役,谓边塞行役。

〔21〕"东京"句:东京,指东汉都城洛阳,此以之代东汉。党锢之诛,亦称党锢之禁。汉桓帝时,宦官专权,士大夫李膺、陈蕃等联合太学生郭泰、贾彪等,对宦官集团予以猛烈抨击,并进而品评人物,议论时政,宦官遂指使人诬告李膺等结党"诽讪朝政",桓帝因下诏逮捕李膺等二百馀名"党人"入狱,次年虽赦归田里,但却禁锢终身。至灵帝时,大将军窦武执政,李膺等复被起用。窦武与陈蕃等谋诛宦官,事泄被杀。灵帝在宦官挟持下收捕李膺、杜密等百馀人,下狱害死之,并陆续处死、流徙、囚禁六七百人。事见《后汉书·党锢列传》。词人哀怨,乐府诗有《艳歌何尝行》云:"飞来双白鹄,乃从西北来。十十将五五,罗列行不齐。忽然卒疲病,不能飞相随。五里一反顾,六里一徘徊。吾欲衔汝去,口噤不能开。吾欲负汝去,羽毛日摧颓。"又《枯鱼渡河泣》:"枯鱼渡河泣,何时悔复及? 作书与鲂鲏,相教慎出入。"或谓二诗为"党锢之禁"而作。

〔22〕鼓吹乐府:指乐府鼓吹曲。郭茂倩《乐府诗集》卷一六"鼓吹曲辞"引崔豹《古今注》曰:"汉乐有黄门鼓吹,天子所以宴乐群臣也。"

〔23〕"新声"句:指建安时期曹操父子等人所创作的乐府新辞。曹氏父子多以新起的相和曲辞创作,用古题而又不受古题所限制,故云。邺中,即邺县。

〔24〕"逸韵"句:指东晋及南朝诗人的创作。江左,即长江下游以东地区。又因东晋及南朝各代统治俱在这一地区,因而也代指东晋及南朝。

〔25〕"言古兴"四句:古兴,指诗之比兴。此指西汉的乐府,因其继承了《诗经》的比兴传统,故称。今文,指五言古诗。其相对于乐府古辞,为后起之诗体,故称。东朝,此指东汉。汉世五言古诗,刘勰《文心雕龙·明诗》称为"五言之冠冕",至唐仍为人所崇重,故作者有"东朝为美"语。

〔26〕《落梅》、《芳树》:指乐府横吹曲中《梅花落》与鼓吹曲中《芳树曲》二曲。

〔27〕《陇水》、《巫山》:指乐府横吹曲中《陇头吟》(一作《陇头水》)及鼓吹铙歌曲中《巫山高》二曲。

〔28〕 "亦犹"二句:比喻识见之寡陋或所献之微薄。负日于珍狐之下,《列子·杨朱篇》载:昔者宋国有田夫,常衣缊黂,仅以过冬,暨春冬作,自曝于日,不知天下之有广厦隩室,绵纩狐貉。顾谓其妻曰:'负日之暄,人莫知者。以献吾君,将有重赏。'"珍狐,此指狐裘。沈萤于烛龙之前,左思《三都赋·吴都赋》:"西蜀之于东吴,小大之相绝,亦犹棘林萤燿,而与夫枒木龙烛也。"萤,萤火虫。烛龙,古代传说中的神名,传说其张目能照耀天下。《山海经·大荒北经》:"西北海之外,赤水之北,有章尾山。有神,人面蛇身而赤,直目正乘,其瞑乃晦,其视乃明,不食不寝不息,风雨是谒。是烛九阴,是谓烛龙。"

〔29〕 逐影:指追随前人的创作。

〔30〕 凿空:此谓开拓创造。

〔31〕 潘陆颜谢:即西晋诗人潘岳、陆机,刘宋诗人颜延之、谢灵运。迷津,犹迷途。此指沿袭古题拟作乐府诗

〔32〕 任沈江刘:即齐梁作家任昉、沈约、江淹、刘孝绰。乱辙,此处意犹歧途。四人亦有不少拟作乐府诗,故云。

〔33〕 九流:先秦时期的九个学术流派,即儒家、道家、阴阳家、法家、名家、墨家、纵横家、杂家及农家。见班固《汉书·艺文志》及《汉书·叙传》。

〔34〕 自我作古:谓不沿袭前人成例,自我新创。

〔35〕 粤在兹乎:粤,发语词。兹,指贾言忠所作乐府杂诗。

〔36〕 侍御史贾君:谓贾言忠。高宗乾封中曾任侍御史。事迹附见两《唐书·贾曾传》。侍御史,唐御史台属官。《新唐书·百官志》:"(御史台)侍御史六人,从六品下。掌纠举百僚及入阁承诏,知推、弹、杂事。"

〔37〕 升堂入室:《论语·先进》:"子曰:'由也升堂矣,未入室也。'"邢昺疏:"言子路之学识深浅,譬如自外入内,得其门者,入室为深,颜渊是也;升堂次之,子路是也。"此谓贾言忠于乐府创作的技巧已臻佳境。

〔38〕 "践龟字"句:此与下句"展龙图以高视"意同,俱谓贾言忠有神授之才。《艺文类聚》卷九八《祥瑞部》引《尚书中侯》:"河龙图出,洛龟

书成,赤文像字,以授轩辕。"

〔39〕 藏翼蓄鳞:谓其养精蓄锐,待时以飞腾。《文选》任昉《宣德皇后令》:"在昔晦明,隐鳞戢翼。"李善注:"曹植《矫志诗》:'仁虎匿爪,神龙隐鳞。'成公绥《慰志赋》曰:'惟潜龙之勿用,戢鳞翼而匿景。'"

〔40〕 "林宗"二句:林宗,东汉郭泰(泰一作太)字。《后汉书·王允列传》:"王允字子师,太原祁人也。……同郡郭林宗尝见允而奇之曰,'王生一日千里,王佐才也。'"

〔41〕 "士季"二句:士季,晋钟会字。《世说新语·赏誉》:"王濬冲、裴叔则二人,总角诣钟士季。须臾去后,客问钟曰:'向二童何如?'钟曰:'裴楷清通,王戎简要。后二十年,此二贤当为吏部尚书,冀尔时天下无滞才。'"以上二句,皆借以赞扬贾言忠具有杰出的政治才干。

〔42〕 "南国"二句:南国蛟龙,指陆机、陆云兄弟。《世说新语·赏鉴》:"张华见褚陶,语陆平原(机)曰:'君兄弟龙跃云津。'"刘孝标注引《裴氏家传》:"司空张华与陶书曰:'二陆龙跃江汉。'"陆机、陆云俱吴郡人,故云"南国蛟龙"。此借以喻贾言忠之文才出众。词锋,谓文词才思敏锐犀利犹如刀锋。

〔43〕 "东家"二句:东家,即东家(孔)丘,指孔子。《颜氏家训·慕贤》:"鲁人以孔子为东家丘。"科斗书,指先秦古文字。孔安国《尚书序》:"至鲁共王好治宫室,坏孔子旧宅,以广其居,于壁中得先人所藏古文虞夏商周之书,及传、《论语》、《孝经》,皆科斗文字。……科斗书废已久,时人无能知者。"笔海,犹文海、词场。此句谓贾言忠学养深厚,文辞古奥典雅。

〔44〕 "朝阳"二句:朝阳,《诗·大雅·卷阿》:"凤凰鸣矣,于彼高冈。梧桐生矣,于彼朝阳。"此代指凤凰。弄翮,犹言振翅。中京,指长安。

〔45〕 "太行"二句:太行垂耳,《战国策·楚策四》:"汗明见春申君……汗明曰:'君亦闻骥乎?夫骥之齿至矣,服盐车而上太行。蹄申膝折,尾湛胕溃,漉汁洒地,白汗交流,中阪迁延,负辕不能上。伯乐遭之,下车攀而哭之,解纻衣以幕之。骥于是俛而喷,仰而鸣,声达于天,若出金石声者,何也?彼见伯乐之知己也。'"上路,犹言要路。喻显要官职。此谓贾

言忠遭遇知己,故得以居要职。

〔46〕 赤县:也称赤县神州,古时对中国的别称。枢钥,门枢与锁钥。此喻政府要害部门。

〔47〕 高台:指御史台,唐代掌管监察与纠弹百官的机构。羽仪:此为表率之意。

〔48〕 动息:出处。《文选》谢朓《观朝雨诗》:"动息无兼遂,歧路多徘徊。"李善注:"动息,犹出处。言出处之情有疑,譬临歧路而多惑也。"隔,一作"格"。格,拒。温仁,温和、仁爱。

〔49〕 "颠沛"句:谓贾言忠循正义之道而行,哪会有挫折困顿。颠沛,仆倒,喻困顿失意。安,疑问代词,哪里。由,自,从。

〔50〕 "玉阶"二句:玉阶,天子宫廷之阶,代指朝廷。覆奏,重加详审而上奏。《旧唐书·太宗纪》:"(贞观五年)初令天下决死刑必三覆奏,在京诸司五覆奏。"汲直,汲黯之方直。汲黯,字长孺,汉景帝时人。为人倨傲,任气节,好直谏,面折,数犯人主颜色,因此亦不得久居位。事迹见《史记·汲郑列传》。后世因汲黯方正鲠直,因有"汲直"之称。《汉书·贾捐之传》:"(杨兴)为长安令,吏民敬乡,道路皆称其能。观其下笔属文则董仲舒,……置之争臣,则汲直。"又,贾言忠性严苛,《新唐书·贾曾传》载:"父言忠,貌魁梧,事母以孝闻,补万年主簿。护役蓬莱宫,或短其苛,高宗廷诘,辩列详谛,帝异之,擢监察御史。"故作者这里以汲直称道贾言忠。

〔51〕 "铜术"二句:铜术,铜街,也即铜驼街,在洛阳。《太平御览》卷一九五《居处部》引华延儁《洛阳记》:"两铜驼在宫之南街,东西相对,高九尺,汉时所谓铜驼街。"《说文》:"术,邑中道也。"埋轮,《后汉书·张纲列传》:"汉安元年,选遣八使徇行风俗,皆耆儒知名,多历显位,唯纲年少,官次最微。馀人受命之部,而纲独埋其车轮于洛阳都亭,曰:'豺狼当路,安问狐狸!'因奏大将军梁冀、河南尹不疑,贪叨好货、多树谄谀、陷害忠良等事。此用其事。雍门,汉长安西城门。此代指都城之门。雍门之罪,谓都城权臣作奸犯科之罪。

〔52〕 霜台:指御史台。杜佑《通典·职官门六》:"御史台御史为风

霜之任,弹纠不法,百僚震恐,官之雄俊,莫之比焉。"

〔53〕 文律:此指诗文。

〔54〕 绣服:汉有绣衣直指,为监察执法官,因其衣绣服、处事无私,因名。后也以"绣服"指侍御史。

〔55〕 锦字:《晋书·列女传》:"窦滔妻苏氏,名蕙字若兰,滔苻坚时秦州刺史,被徙流沙,苏氏思之,织锦为回文旋图诗以赠滔,凡八百四十字。"此用以代指辞藻精美的诗文。

〔56〕 九成宫:唐宫名,在今陕西麟游西。本为隋仁寿宫,唐太宗贞观五年重修,以所在山有九重,改名九成。高宗永徽二年曾改名万年,乾封二年复旧,系皇家避暑别宫。

〔57〕 殊庭:仙人的居处。《史记·孝武本纪》:"上亲禅高里,祠后土。临渤海,将以望祠蓬莱之属,冀至殊庭焉。"司马贞索隐引服虔曰:"殊庭者,异也,言入仙人异域也。"

〔58〕 "群仙"句:《史记·封禅书》:汉武帝尝作甘泉宫,"中为台室,画天、地、太一诸鬼神,而置祭具以致天神。"此用以况九成宫,谓为群仙之都。

〔59〕 五城:传说神仙所居之地。《史记·孝武本纪》:"方士有言'皇帝时为五城十二楼,以候神人于执期,命曰迎年。'"裴骃集解引应劭曰:"昆仑悬圃五城十二楼,此仙人之所常居也。"

〔60〕 昆阆:昆仑之阆风,为仙人所居。《楚辞·离骚》:"登阆风而绁马。"王逸注:"阆风,山名,在昆仑之上。"此代指九成宫。神京,指长安。

〔61〕 三山:指蓬莱、方丈、瀛州。《史记·秦始皇本纪》:"齐人徐市等上书,言海中有三神山,名曰蓬莱、方丈、瀛州,仙人居之。"

〔62〕 古辅:指凤翔府。李吉甫《元和郡县图志》卷二"凤翔府":"(汉)武帝太初元年更名右扶风,所以扶助京师行风化也,与京兆、左冯翊谓之三辅。"此因凤翔府古属三辅,故称。

〔63〕 "碧甃(zhòu宙)"句:碧甃,碧玉为饰的井。甃,井壁。此代指井。铜池,檐下承接雨水的器具,宫中以铜为之,故称。俯银津,俯视银

河。银津,银河。此以夸张言九成宫之高。

〔64〕"徼(jiào 轿)道"二句:徼道,巡逻警戒的道路。《文选》班固《西都赋》:"周卢千里,徼道绮错。"李周翰注:"徼道,循禁道也。"天回,若在半天空回绕,极言宫所在山之高。翠屏,绿色屏障,此指山。

〔65〕"卫尉"句:卫尉,秦汉官职名。掌宫门警卫,为九卿之一。蒙茸,指猛士。《文选》扬雄《甘泉赋》:"蚩尤之伦,带干将而秉玉戚兮,飞蒙茸而走陆梁。"李善注引晋灼曰:"飞者蒙茸而乱,走者陆梁而跳,谓猛士之辈。"

〔66〕"将军"句:《史记·李将军列传》载李广带兵行军,对士卒不过分约束,遇水草丰美处屯舍而止,士卒人人自便,不击刁斗以自卫。此暗用其事。刁斗,古代军中用具,以铜制成,形似斗而有柄,白昼用作炊具,晚上敲击以巡更。

〔67〕"中岩"二句:此言九成宫夏季极为凉爽,乃避暑佳处。燠(yù 玉),热。

〔68〕层厓:原作"层淮",高步瀛《唐宋文举要》乙编意当作层厓,据改。意谓山峦层叠。厓,山陡立的侧边。沍(hù 户),寒冷。

〔69〕"天子"二句:万乘,即天子。凤辇,车盖上装饰有凤的车子,为皇帝所乘。

〔70〕"扈龙轩"句:扈,随从、护卫,多用于随侍帝王。龙轩,天子车驾。北辅,九成宫所在之麟游位于长安西北,麟游所属之凤翔府又属三辅之一,故称。

〔71〕络绎:接连不断貌。冠盖,指官员的服饰与车乘,此代指官员。

〔72〕旌节:古代使者所持之节,以竹为之,以牦牛尾为饰,为使者的凭信。黄道,从地球上看太阳一年内在恒星间所走过的视路径,也即地球的公转轨道平面和天球相交的大圆。因日也象征国君,故天子出游所行之道路也称黄道。

〔73〕鸡神之野:指陈仓县境内。《史记·封禅书》:"作鄜畤后九年,文公获若石云,于陈仓北阪城祠之。其神或岁不至,或岁数来,来也常亦

夜,光辉若流星,从东南来集于祠城,则若雄鸡,其声殷云,野鸡夜雏,以一牢祠,命曰陈宝。"张守节正义引《括地志》云:"宝鸡神祠在汉陈仓县故城中,今陈仓县东,石鸡在陈仓山上。"

〔74〕 凤女之台:在今陕西宝鸡东南。相传为秦人为祭祀秦穆公女弄玉所筑的高台,台上建有凤女祠。

〔75〕 青鸟:神话传说中的鸟名,相传为西王母的信使。《山海经·大荒西经》:西有王母之山,"有三青鸟,赤首黑目,一名曰大鵹,一名曰少鵹,一名曰青鸟。"郭璞注:"皆西王母所使也。"白云无极,《穆天子传》卷三:"西王母为天子谣曰:'白云在天,山陵自出。'"此用其意。

〔76〕 启圣:谓开启圣明。邈同汾水之阳,《庄子·逍遥游》:"(尧)往见四子藐姑射之山,汾水之阳,窅然丧其天下焉。"成玄英疏:"汾水出自太原,西入于河。水北为阳,则今之晋州平阳县,在汾水北,昔尧都也。窅然者寂寥,是深远之名。丧之言忘,是遣荡之义。而四子者,四德也:一本,二迹,三非本非迹,四非非本迹也。言尧反照心源,洞见道境,超兹四句,故言往见四子也。夫圣人无心,有感斯应,故能缉理万邦,和平九土。虽复凝神四子,端拱而坐汾阳;统御万物,窅然而丧天下。斯盖其迹,即体即用,空有双照,动寂一时。是以姑射不异汾阳,山林岂殊黄屋!"此以尧之圣德喻赞今天子治理天下之圣明。

〔77〕 "七日"二句:传说仙人王子乔好吹笙作凤凰鸣,游于伊洛间,道士浮丘公接以上嵩山。三十馀年后,求之于山,见桓良说:告我家,七月七日待我于缑氏山头。果乘白鹤驻山岭,望之而不能到,举手谢时人,数日而去。事见刘向《列仙传》。

〔78〕 揄扬:宣扬。

〔79〕 洛阳之才:本指贾谊,潘岳《西征赋》中曾称贾谊为洛阳才子。此以贾谊喻贾言忠。

〔80〕 "俯视"二句:前修:犹前贤。丽:使增光辉。

〔81〕 "平恩公"句:平恩公,指许圉师。圉师在高宗显庆二年(657)累迁官黄门侍郎同中书门下三品,兼修国史。次年因修《实录》封平恩县

73

男。龙朔中曾任左相。后因其子杀人隐匿不奏贬官。作者作此文时,许圉师已不在相位,古云"旧相"。

〔82〕 翰墨:笔墨。此代指诗文。

〔83〕 向风靡然:随风倒伏的样子。此谓文士群从而响应。

〔84〕 麟阁:即麒麟阁,汉宫殿名。据《三辅黄图》卷六引《汉宫殿疏》,天禄、麒麟阁,乃萧何造,用以藏秘书、处贤才。雕章,美文。

〔85〕 鸿都:东汉洛阳宫门名,汉灵帝时置鸿都门学,专习辞赋书画。此代指文士。宝思,对人才思、谋划、灵感等的赞词。

〔86〕 绮札:谓辞藻华美的诗文。代郡、苍梧,俱汉郡名。代郡辖境约当今河北西北及山西东北一部分。苍梧辖境约当今广西东部与广东西部一带。此以代郡、苍梧分别代指南与北。

〔87〕 岷波:岷江之波,此指岷江。岷江在今四川西部,南流入长江。碣石,山名,在今河北昌黎北。此以岷江代西,碣石代东。

〔88〕 万殊斯应:指参与贾言忠唱和活动的人很多,不同身份人的人都来应和。万殊,万般不同,各种各样。

〔89〕 千里不违:谓千里以外的人皆有应和。《易·系辞上》:"子曰:'君子居其室,出其言善,则千里之外应之,况其迩者乎?'"

〔90〕 "同晨风"二句:形容唱和者响应之迅速热烈。晨风之北林,《诗·秦风·晨风》:"鴥彼晨风,郁彼北林。"毛传:"鴥,疾飞貌。晨风,鹯也。郁,积也。北林,林名也。"秋水之归东壑,《庄子·秋水》:"天下之水,莫大于海,万川归之。"

〔91〕 "洋洋"二句:谓贾言忠等人的唱和诗作既雅且美。洋洋盈耳,《论语·泰伯》:"子曰:'师挚之始,《关雎》之乱,洋洋乎盈耳!"何晏集解引郑玄曰:"始,犹首也。《关雎》,周南篇名,正乐之首章也。周道衰微,郑、卫之音作,正乐废而失节,鲁太师挚识《关雎》之声,而首理其乱,有洋洋盈耳,听而美之。"悬鲁之音,指鲁太师挚悬挂乐器(编钟)所奏之音。悬,指悬挂钟磬之类乐器的架。

〔92〕 "郁郁"二句:谓贾言忠等人的唱和之作丰富多彩。《论语·八

佾》:"子曰:'周监于二代,郁郁乎文哉! 吾从周。'"

〔93〕"故可"二句:谓其唱和之作可列为朝廷典制,配以音乐,播之管弦。典故,典制或成例。笙镛,古乐器名。笙,一种管乐器。镛,大钟。

〔94〕中山:战国时国名。郎馀令:字元休,生卒年不详,约与王勃、卢照邻同时。少以博学知名,举进士,授霍王李元轨府参军,累迁至著作佐郎。善书法,亦雅好著书,有小说集《冥报拾遗》。事迹见两《唐书·儒学传》。传谓郎馀令为定州新乐人,据《元和郡县图志》卷一八,定州战国时为中山国,故作者谓"中山郎馀令"。

〔95〕"探亡篇"二句:谓郎馀令搜罗并编辑贾言忠等人唱和的乐府杂诗。古壁,指孔子壁,鲁共王坏孔子壁,出科斗书。已见前"东家"句注。逸简,散逸的篇籍。道人,六朝时对佛徒的称呼。

〔96〕褫(chǐ 耻)巾:犹解巾。此指解职。巾,唐时官员所戴的平头小样巾子。三蜀,旧时以蜀郡、广汉、犍为三蜀,今指四川。

〔97〕"散发"二句:谓放纵身心,以读书为乐。散发,古人平时将头发束起加冠簪,散发为放纵不羁或居家放松的表现。书林,指藏书处。学市,汉王莽时曾设供学生交易书籍等的市场,称学市。

〔98〕"虽江湖"二句:谓朝野两端均交游甚少。江湖,指隐士的居处。廊庙,指朝廷。江湖廊庙分别代指隐居与出仕。宾庑,犹客舍。

〔99〕绮季:即绮里季,秦汉之际隐士。与东园公、甪里先生、夏黄公隐于商山,称"商山四皓"。留侯,即张良。"四皓"及留侯事,见《史记·留侯世家》。神交仿佛,言其与之精神相通。

〔100〕驱偪:驱使逼迫。偪,同"逼"。幽忧之疾,指作者所患的风疾。

〔101〕经纬:规划,经营。此指作序。朝廷之言,指贾言忠等人的乐府杂诗,以其为歌咏九成宫之作,故云。

〔102〕俾:使。舞雩,古代求雨祭天时伴有乐舞的祭祀。此指歌咏。周道,周王朝的治道。此犹言"圣明之道"。

〔103〕"小雅"句:小雅,《诗经》之一体。《毛诗序》云:"政有大小,

故有小雅焉,有大雅焉。"孔颖达疏:"小雅所陈,有饮食宾客,赏劳群臣;燕赐以怀诸侯,征伐以强中国;乐得贤者,养育人才,于天子之政皆小事。"因乐府杂诗内容与之相近,故云。

〔104〕"击壤"二句:相传尧时天下太平,百姓无事,有五十老人击壤而歌,观者叹曰:"大哉!帝之德也。"老人曰:"吾日出而作,日入而息;凿井而饮,耕田而食。帝何力于我哉!"事见《艺文类聚》卷一一《帝王部》引《帝王世纪》。击壤,古代的一种游戏。后"击壤"为太平盛世之事典。此谓贾言忠等人的唱和之作是盛世太平的颂歌。

骆宾王

骆宾王(627？—684？),字观光,婺州义乌(今属浙江)人。初为道王李元庆府僚属,后历奉礼郎、东台详正学士等。以事见谪,从军西域。归来宦游蜀中。复历武功、明堂、长安主簿等。迁侍御史,以屡上书言事得罪下狱。遇赦获释,出为临海丞。光宅元年(684),徐敬业扬州起兵讨武则天,署宾王为艺文令,军中书檄,皆出其手。事败不知所终,或云被杀,或云亡匿为僧。宾王为初唐四杰之一,诗文兼胜。诗以七言歌行著名,五言律亦多精绝。文则以骈体见长,辞采富赡,才情艳发,于骈俪中别饶俊逸之气。两《唐书》有传。有《骆宾王文集》十卷传世。通行者为清陈熙晋《骆临海集笺注》,上海古籍出版社1985年出版。

与博昌父老书[1]

某月日,骆宾王谨致书于博昌父老:承并无恙,幸甚幸甚。云雨俄别[2],风壤异乡[3];春渚青山[4],载劳延想[5]。秋天白露,几变光阴。古人云,别易会难,不其然也[6]!自解携襟袖[7],一十五年,交臂存亡[8],略无半在[9]。张学士滥从朝露[10],辟闾公倏掩夜台[11]。故吏门人[12],多游蒿里[13];耆年宿德[14],但见松丘[15]。呜乎!泉壤殊途,幽明永隔[16];人理危促[17]，天道奚言[18]？感今怀旧，不觉涕之无从也[19]。况过隙不留，藏舟难固[20]。追惟逝者[21]，浮生几何？哀缘物兴，事因情感。虽蒙庄一指[22]，殆先觉于劳生[23]；秦佚三号[24]，讵忘情于怛化[25]？啜其泣矣[26]，尚何云哉！又闻移县就乐安故城[27]，廨宇邑居[28]，咸徙其地；里闬阡陌[29]，徒有其名。荒径三秋，蔓草滋于旧馆；颓墉四望[30]，拱木多于故人[31]。嗟乎！仙鹤来归，辽东之城郭犹是[32]；灵乌代谢，汉南之陵谷已非[33]。昔吾先君[34]，出宰斯邑，清芬虽远，遗爱犹存[35]。延首城池，何心天地？虽则山河四塞，是称无棣之墟[36]；松槚千秋，有切惟桑之里[37]。故每怀夙昔，尚想经过，于役不遑，愿言徒拥[38]。今西成有岁，东户无为[39]。野老清谈[40]，怡然自得；田家浊酒，乐以忘忧。故可洽赏当年[41]，相欢卒岁。宁复惠存旧好，追思昔游？所恨跂予望之[42]，经途密迩[43]，伫中衢而空轸[44]，巾下泽而莫因[45]。风月虚心，形留神送，山川在目，室迩人遐[46]。以此怀劳，增其叹息。情不遗旧，书何尽言？

《骆临海集笺注》卷八

〔1〕 骆宾王父亲曾任博昌令，早年他曾随父至博昌，趋庭奉训，负笈从师。后来父卒任所，因困窘无力运灵柩返故乡，遂葬当地，故其对博昌感情甚厚。据文中"自解携襟袖，一十五年"及"于役不遑，愿言徒拥"语，此文当是宾王离开博昌十五年后因事道出齐地而给博昌亲旧所写的书信，作年或在高宗调露元年（679）前后。博昌，县名。唐属河南道青州，其地在今山东博兴县境。

〔2〕 云雨俄别：犹言时间过得很快，恰似分别就在不久前。云雨，分离。王粲《赠蔡子笃》："风流云散，一别如雨。"后因以"云雨"喻分离。

俄,时间短暂,一会儿。

〔3〕 风壤:风土。指一地特有的自然环境和风俗习惯。

〔4〕 春渚:此犹言春水。

〔5〕 载劳延想:谓一直牵想挂念。载,发语词。延想,长久的思念。

〔6〕 "古人云"三句:曹丕《燕歌行》其二:"别日何易会日难,山川悠远路漫漫。"又,颜之推《颜氏家训·风操》:"别易会难,古人所重。"作者所谓"古人云"当指此。

〔7〕 解携襟袖:犹言分手。

〔8〕 交臂:指亲近。喻知心朋友。谢灵运《感时赋》:"相物类以迫己,闵交臂之匪赊。"

〔9〕 略无半在:多半已不在人世。

〔10〕 "张学士"句:谓张学士已经去世。张学士,名不详。疑其与下文之"辟闾公"同为宾王之父在博昌所交游者。溘,忽然。朝露,喻指生命短促。《汉书·苏武传》:"人生如朝露,何久自苦如此!"颜师古注:"朝露见日则晞,人命短促亦如之。"

〔11〕"辟闾公"句:谓辟闾公已死。倏,迅疾。夜台,坟墓。

〔12〕 故吏门人:此指宾王父亲当年的故交与门生。

〔13〕 蒿里:本为山名,相传在泰山之南,为死者葬所。后遂为墓地之代称。

〔14〕 耆年宿德:年长而有德望者。

〔15〕 松丘:指坟墓。因坟墓前多植松柏,故称。

〔16〕"泉壤"二句:谓阴阳两界异路,生者与死者永远隔离。

〔17〕 人理危促:人生短促。理,即"世",因避太宗李世民讳改。

〔18〕 奚:何。

〔19〕"不觉"句:用孔子事。《礼记·檀弓上》载:孔子至卫国,遇旧馆人之丧,入而哭甚哀。出,使子贡脱骖马而赗之。说:"予乡者入而哭之,遇于一哀而出涕。予恶夫涕之无从也,小子行之!""予恶夫涕之无从也",谓我感旧馆人恩深,涕泪交下,不当虚哭,且应有所赠与。

〔20〕 "况过隙"二句:过隙不留,《庄子·知北游》:"人生天地间,若白驹之过隙,忽然而已。"藏舟难固,《庄子·大宗师》:"夫藏舟于壑,藏山于泽,谓之固矣,然而夜半有力者负之而走,昧者不知也。"二句本庄子意,谓人生短暂,生命难以永驻。

〔21〕 追惟逝者:追念逝去的人。惟,语助词。

〔22〕 "虽蒙庄"句:蒙庄,即庄子。庄子为蒙人,尝为蒙之漆园吏,故称。一指,《庄子·齐物论》:"以指喻指之非指,不若以非指喻指之非指也;以马喻马之非马,不若以非马喻马之非马也。天地一指也,万物一马也。"郭象注:"夫自是而非彼,彼我之常情也。故以我指喻彼指,则彼指于我指独为非指矣。此以指喻指之非指也。若复以彼指还喻我指,则我指于彼指复为非指也。此以非指喻指之非指也。将明无是无非,莫若反复相喻。反复相喻,则彼之与我,既同于自是,又均于相非。均于相非,则天下无是;同于自是,则天下无非。……今是非无主,纷然淆乱,明此区区者,各信其偏见,而同于一致耳。仰观俯察,莫不皆然。是以至人知天地一指也,万物一马也。故浩然大宁,而天地万物各当其分,同于自得,而无是无非也。"

〔23〕 "殆先觉"句:《庄子·大宗师》:"夫大块载我以形,劳我以生,佚我以老,息我以死。"郭象注:"夫形生老死,皆我也。故形为我载,生为我劳,老为我佚,死为我息,四者虽变,未始非我,我奚惜哉!"以上两句皆用《庄子》典,意谓自庄子的观点看,世间本无是非,生死亦无差别。

〔24〕 秦佚:《庄子·养生主》:"老聃死,秦失吊之,三号而出。"陆德明《释文》引司马彪云:"失,又作佚。"三号:三次号哭。

〔25〕 "讵忘情"句:《庄子·大宗师》:"子来有病,喘喘然将死,其妻子环而泣之。子黎往问之,曰:'叱!避!无怛化!'"郭象注:"夫死生犹寤寐耳,于理当寐,不愿人惊之,将化而死亦宜,无为怛之。"讵,岂。怛,惊。以上两句用《庄子》典,意谓自己犹未能忘情于生死。

〔26〕 啜其泣矣:即啜泣,抽噎。

〔27〕 "又闻"句:《隋书·地理志》"北海郡·博昌"下云:"旧曰乐

安,开皇十六年改焉。"《旧唐书·地理志》"青州·博昌"下曰:"汉县,治故郡城。乐安,隋县。武德二年,属乘州。州废,属青州。总章二年,移治于今所。"则博昌县在高宗总章二年(669)由故郡城迁于乐安故城。文中所谓"移县就乐安故城",当即指此事。

〔28〕 廨宇邑居:官舍与百姓住宅。

〔29〕 里闬:里闉,里门。阡陌:田界。《史记·秦本纪》司马贞索隐引《风俗通》曰:"南北曰阡,东西曰陌。河东以东西为阡,南北为陌。"

〔30〕 颓墉:崩塌的城墙。

〔31〕 "拱木"句:言已经去世的人很多。拱木,谓墓木已成两手抱之木。《左传·僖公三十二年》载,秦穆公欲出师袭晋国,访于蹇叔,蹇叔谏不可,穆公不满,使人谓曰:"尔何知?中寿,尔墓之木拱矣!"

〔32〕 "仙鹤"二句:传说辽东人丁令威辞家学道,后得道成仙,化为一鹤归故里,立于华表上,有少年举弓欲射,鹤乃飞,于空中言曰:"有鸟有鸟丁令威,去家千年今始归。城郭如故人民非,何不学仙冢垒垒。"事见题陶潜撰《搜神后记》卷一。

〔33〕 "灵乌"二句:《三国志·吴书·吴主传》载,赤乌元年秋八月诏谓,间者赤乌集于殿前,若神灵以为嘉祥者,改年宜以赤乌为元。《三嗣主传》载,永安三年春三月,西陵言赤乌见。又,《晋书·杜预传》载:(杜预)拜镇南大将军,都督荆州诸军事,好为后世名,常言高岸为谷,深谷为陵,因刻石为二碑,纪其勋绩,一沉万山之下,一立岘山之上。作者这里将二事并用,盖言今昔变化,迁谢无常。汉南,因杜预都督荆州,故云。

〔34〕 先君:故去的父亲。

〔35〕 "清芬"二句:谓其父高洁德行之芬芳虽已邈远,但其为县令留给当地的恩泽犹存。清芬,指高洁的德行。遗爱,被后人追怀的德行、恩泽等。

〔36〕 "虽则"二句:四塞之国,谓齐为四面有天险之地。《战国策·齐策一》:"苏秦说齐宣王曰:'齐南有太山,东有琅邪,西有清河,北有渤海,此所谓四塞之国也。'"无棣之墟,谓其地为战国无棣故地。《左传·僖

81

公四年》："管仲对曰：'……赐我先君履，东至于海，西至于河，南至于穆陵，北至于无棣。'"无棣，战国时齐邑，在今河北境内。

〔37〕 "松槚(jiǎ贾)"二句：谓其父坟茔在此，故这里也可谓是自己的故乡。松槚，松树与楸树。因多植于墓地，故后来成为墓地的代称。维桑，《诗·小雅·小弁》："维桑与梓，必恭敬止。"桑、梓为古代住宅旁常植的树木，后因以喻故乡。

〔38〕 "于役"二句：言自己因事经过，没有空闲，徒有探访的愿望而已。于役，因公事而奔走在外。不遑，没有空闲时间。徒拥，犹言徒然怀有。

〔39〕 "今西成"二句：谓年谷丰稔，天下太平。西成有岁，《尚书·尧典》："寅饯纳日，平秩西成。"孔颖达疏："日入在于西方，令此和仲恭敬从送既入之日，平均次序西方成物之事，使彼下民务勤收敛。"东户无为，《淮南子·缪称训》："昔东户季子之世，道路不拾遗，耒耜馀粮，宿诸畝首，使君子小人，各得其宜也。"高诱注："东户季子，古之人君。"

〔40〕 野老：村野老人。清谈：闲谈。

〔41〕 洽赏：犹和乐。

〔42〕 跂(qǐ起)予望之：踮起脚后跟翘望。《诗·卫风·河广》："谁谓宋远？跂予望之。"跂，踮起脚后跟。

〔43〕 密迩：近。

〔44〕 "伫中衢"句：谓伫立于大道却无缘与亲故相见，徒生顾念之情。中衢，四通八达的道路。轸，隐痛。此指顾念、悲伤。

〔45〕 "巾下泽"句：言乘车而过，却无因见面。巾，此指车子的帷幕。下泽，即下泽车。《后汉书·马援列传》："吾从弟少游常哀吾慷慨多大志，曰：'士生一世，但取衣食裁足，乘下泽车，御款段马，为郡掾史，守坟墓，乡里称善人，斯可矣。'"李贤注："《周礼》曰：'车人为车，行泽者欲短毂，行山者欲长毂，短毂则利，长毂则安'也。"

〔46〕 室迩人遐：言思念而未得见。《诗·郑风·东门之墠》："东门之墠，茹藘在阪，其室则迩，其人则远。"语本之。

与情亲书[1]

　　风壤一殊,山河万里。或平生未展[2],或暌索累年[3]。存殁寂寥[4],吉凶阻绝[5]。无繇聚泄[6],每积凄凉。近缘之官[7],佐任海曲[8]。便还故里[9],冀叙宗盟[10]。徒有所怀,未毕斯愿。不意远劳折简[11],辱逮湮沦[12]。虽未叙言,暂如披面[13]。晚夏炎郁[14],并想履宜[15]。宾王疾患,忽无况耳[16]。

《骆临海集笺注》卷八

〔1〕 高宗仪凤三年(678),骆宾王在侍御史任上被诬下狱。出狱后,于调露二年(680)除为临海丞。此书当是其赴临海任时对故乡亲友来函存问的回复。由于仕途蹭蹬,不久前又蒙牢狱之灾,故其执笔之际,怀想平生,感念畴昔,对桑梓故里、宗盟戚旧之眷恋,油然而生。文虽简短,情意却长。

〔2〕 未展:谓失于交往接待。展,此处为接待、交往的意思。

〔3〕 暌索:离散。暌,分离。

〔4〕 存殁寂寥:犹言生死之消息断绝。存,活着。殁,死。

〔5〕 吉凶阻绝:谓(因自己漂泊他乡)不得行吉凶之礼。吉凶,此指吉凶之礼。古礼有吉礼、凶礼、军礼、宾礼、嘉礼五类。其中前二者多与婚丧嫁娶等日常生活密切相关,故作者这里有此感慨。

〔6〕 无繇聚泄:指无从相聚以申别情。繇,由,从。聚泄,聚而泄其别离之情。

〔7〕 之官:赴任。

〔8〕 佐任海曲：指任临海县丞。佐，县丞为令之佐，故称。海曲，犹言海边。曲，偏僻的地方。临海近海，因称。

〔9〕 故里：此指骆宾王的故乡义乌。义乌在临海西北方向，是骆宾王此次赴任经过的地方。

〔10〕 冀叙宗盟：希望与宗族亲友畅叙别情。冀，希望。宗盟，同宗，同姓。

〔11〕 折简：折半之简。此指书信。《三国志·魏书·王凌传》"凌至项，饮药死"裴松之注引鱼豢《魏略》："卿直以折简召我，我当敢不至邪？"《资治通鉴·魏纪七》邵陵历公嘉平三年引此语，胡三省注："古者简长二尺四寸，短者半之。汉制，简长二尺，短者半之。盖单执一札谓之简；折简者，折半之简，言其礼轻也。"

〔12〕 辱逮湮沦：犹言适逢自己遭遇沦落之际。辱，蒙辱。是作者谦辞。逮，及。湮沦，沦落。此为作者自指。

〔13〕 披面：犹见面。

〔14〕 炎郁：闷热。

〔15〕 履宜：起居合宜。履，指起居，敬辞。宜，合宜，合适。

〔16〕 忽无况耳：犹言不必在心，无大碍。

和道士《闺情诗》启[1]

宾王启：学士袁庆隆奉宣教旨[2]，垂示《闺情诗并序》。跪发珠韬[3]，伏膺玉札[4]。类西秦之镜[5]，照彻心灵；同指南之车[6]，导引迷误。

窃惟诗之兴作，肇基邃古[7]。唐歌虞咏[8]，始载典谟[9]；商颂周雅，方陈金石[10]。其后言志缘情[11]，二京斯盛[12]；含毫沥思,魏晋弥繁。布在缣简[13],差可商略[14]。李都尉鸳鸯之词[15],缠绵巧妙;班婕妤霜雪之句[16],发越清迥[17]。平子桂林[18],理在文外;伯喈翠鸟[19],意尽行间。河朔词人,王、刘为称首[20];洛阳才子,潘、左为先觉[21]。若乃子建之牢笼群彦[22],士衡之藉甚当时[23],并文苑之羽仪[24],诗人之龟镜。爰逮江左[25],讴谣不辍[26]。非有神骨仙材,专事玄风道意[27]。颜谢特挺[28],戕伐典丽[29]。自兹以降,声律稍精[30]。其间沿改,莫能正本[31]。天纵明睿,卓尔不群。听新声,鄙师涓之作[32];闻古乐,笑文侯之睡[33]。以封鲁之才,追自卫之迹[34]。宏兹雅奏,抑彼淫哇[35]。澄五际之源[36],救四始之弊[37]。固可以用之邦国,厚此人伦。俯屈高调,聊同下里[38];思入态巧,文随手变。侯调惭其曼声[39],延年愧其新曲[40]。走以不敏[41],谬蒙提及,谨申奉和,轻以上呈。未近咏歌,伏深悚恧[42]。谨启。

《骆临海集笺注》卷七

〔1〕 此篇题又作《和学士闺情诗启》。清陈熙晋《骆临海集笺注》以为,作者从学士处得道士所寄《闺情诗并序》,后人因首有学士二字,遂改题作学士,实误,因改作《和道士〈闺情诗〉启》。陈说是,今从之。别本亦有径作《和闺情诗启》的。题中道士,或以为即骆宾王《代女道士王灵妃赠道士李荣》诗中的李荣。文中作者述及诗歌发展流变,评骘历代诗人得失,称道对方所作闺情诗的高雅,并陈奉和之意。启,古代文体之一,为奏请或陈情之文。汉服虔《通俗文》云:"官信曰启。"明徐师曾《文章辨体序说》:"启,开也,开陈其意也;一云跪也,跪而陈之也。"

〔2〕 袁庆隆:其人未详。徐坚《初学记·天部》有袁庆《奉和炀帝月夜观星》诗,而《渊鉴类函》作"袁庆隆",其人或由隋而入唐,但其是否与

骆文之"袁庆隆"为同一人,尚无确据。

〔3〕 珠韬:以珠为饰的弓袋。这里是对《闺情诗并序》的美称。韬,弓袋。

〔4〕 玉札:玉版刻的道书。晋葛洪《抱朴子·明本》:"岂况金简玉札,神仙之经,至要之言。"这里作者用以称道《闺情诗并序》,也是赞美之词。

〔5〕 西秦之镜:葛洪《西京杂记》卷三:"高祖初入咸阳宫,周行库府,金玉珍宝,不可称言。……有方镜,广四尺,高五尺九寸,表里有明,人直来照之,影则倒见。以手扪心而来,则见肠胃五脏,历然无碍。人有疾病在内,则掩心而照之,则知病之所在。又女子有邪心,则胆张心动。秦始皇常以照宫人,胆张心动者则杀之。"西秦之镜即谓此。

〔6〕 指南之车:古时用来指示方向的车子。或云起于黄帝,或云起于周公。崔豹《古今注》卷上云:"大驾指南车,起黄帝与蚩尤战于涿鹿之野,蚩尤作大雾,兵士皆迷,于是作指南车以示四方,遂擒蚩尤即帝位,故后常建焉。旧说周公所作也。周公致治太平,越裳氏重译来贡白雉一,黑雉二,象牙一,使者迷其归路,周公锡以文锦二匹,軿车五乘,皆为司南之制,使越裳氏载之以南,缘扶南林邑海际,期年而至其国。"《宋书·礼乐志》亦云:"指南车,其始周公所作,以送荒外远使,地域平漫,迷于东西,造立此车,使常知南北。"后东汉张衡、三国马钧、南朝祖冲之等,俱造指南车。此与上句之"西秦之镜",皆为称道对方《闺情诗并序》的赞词。

〔7〕 肇基邃古:始于远古。肇基,初创其基。邃古,远古。

〔8〕 唐歌虞咏:陶唐、虞舜时代的歌谣。唐,陶唐,也即唐尧。帝喾之子,姓伊祁,名放勋。其初封于陶,后徙于唐,故称。虞,虞舜。姓姚,名重华。因其先封于虞,因称虞舜。二者皆传为远古圣君。

〔9〕 始载典谟:典谟,对《尚书》中《尧典》、《舜典》与《大禹谟》、《皋陶谟》等篇的并称。亦指《尚书》。按,《尚书·舜典》有"诗言志,歌永言"语,孔颖达《诗谱序》正义曰:"经典言诗,无先此者。"故作者有此语。

〔10〕 "商颂"二句:商颂,《诗经》"颂"诗之一。周雅,指《诗经》中的

大雅、小雅。这里以"商颂周雅"代指《诗经》。方陈金石,谓《诗经》始合乐演唱。金石,指金石之音。《周礼·春官宗伯·大师》:"大师掌六律、六同,以合阴阳之声。阳声:黄钟、大簇、姑洗、蕤宾、夷则、无射。阴声:大吕、应钟、南吕、函钟、小吕、夹钟。皆文之以五声:宫、商、角、徵、羽;皆播之以八音:金、石、土、革、丝、木、匏、竹。教六诗:曰风、曰赋、曰比、曰兴、曰雅、曰颂。以六德为之本,以六律为之音。"郑玄注:"金,钟镈也;石,磬也。"

〔11〕 言志缘情:《文选》陆机《文赋》曰:"诗缘情而绮靡。"李善注:"诗以言志,故曰缘情。"

〔12〕 二京:指西汉时的都城长安与东汉时的都城洛阳。这里以"二京"代指两汉。

〔13〕 缥简:古时用作书写的绢帛与竹简。后为书册的代称。

〔14〕 差可商略:犹言尚可讨论。差可,尚可。商略,品评、评论。

〔15〕 "李都尉"句:李都尉,即李陵。陵(?—前74)字少卿,陇西成纪(今甘肃秦安)人,武帝时拜骑都尉。事迹见《汉书·李陵传》。鸳鸯之辞,徐坚《初学记·人部》有李陵《赠苏武》诗曰:"昔为鸳与鸯,今为参与辰。"但今本《文选》此二句作苏武诗,或当时李陵、苏武间的赠诗互有错简。

〔16〕 "班婕妤"句:班婕妤(前48?—前6?),楼烦(今山西朔县)人。名字不详,婕妤为汉宫中女官名。班氏汉成帝时选入宫,始为少使,俄大幸,为婕妤。后为赵飞燕所谮,因求供养太后于长信宫。成帝死,充奉园陵,卒,葬园中。事迹见《汉书·外戚传》。霜雪之句,指班婕妤的《怨歌行》,因其中有"新裂齐纨素,皎洁如霜雪"之句,故云。

〔17〕 发越清迥:犹言其声调激昂而清远。

〔18〕 平子桂林:指东汉作家张衡及其《四愁诗》。衡(78—139)字平子,南阳西鄂(今河南南召)人。其《四愁诗》中有"我所思兮在桂林,欲往从之湘水深"之句。

〔19〕 伯喈翠鸟:指东汉文人蔡邕及其《翠鸟诗》。邕(133—192)字

伯喈,陈留圉(今河南杞县南)人。蔡邕《翠鸟诗》中有"庭陬有若榴,绿叶含丹荣。翠鸟时来集,振翼修形容"之句。

〔20〕 "河朔"二句:河朔,古时泛指黄河以北地区,这里指魏之邺都(旧址在今河北临漳西南)。三国时,以曹氏父子为中心,在邺形成了包括建安七子等在内的文学集团,所谓河朔词人即谓此。王刘,指王粲、刘桢。粲(177—217)字仲宣,山阳高平(今山东邹县)人。桢(?—217)字公幹,东平宁阳(今属山东)人。二人均列名建安七子,而作者以为二人在邺下文人中特别出色,故云"称首"。

〔21〕 "洛阳才子"二句:洛阳才子,指西晋时以诗文著称的作家,因西晋都洛阳,故云。潘左,指潘岳、左思。岳(247—300)字安仁,荥阳中牟(今属河南)人。思(252—306?)字太冲,齐国临淄(今属山东)人。先觉,觉悟早于常人的人,此犹言颖异出群。

〔22〕 "若乃"句:子建,即曹植。植(192—232)字子建,沛国谯(今安徽亳县)人,曹操第四子,三国曹魏著名诗人、辞赋家。牢笼群彦,谓其文才盖过其他词人。

〔23〕 "士衡"句:谓陆机在当时声名卓著。士衡,即陆机。机(261—303)字士衡,吴郡吴(今江苏苏州)人,西晋著名诗人、辞赋家。籍甚,卓著。

〔24〕 羽仪:犹楷模。下句"龟镜"与之意近。

〔25〕 爰逮:及、及至。爰,语首助词,无义。

〔26〕 讴谣不辍:讴谣,歌咏、歌唱。此指诗歌创作。辍,中断。

〔27〕 "非有"二句:此指东晋专以阐发老庄玄理为特征的玄言诗创作风气。刘勰《文心雕龙·明诗》谓:"江左篇制,溺乎玄风,嗤笑徇务之志,崇盛忘机之谈。"钟嵘《诗品》卷下亦云:"永嘉以来,贵道家之言。"可与此相参。

〔28〕 颜谢:指颜延之、谢灵运。颜延之(384—456),字延年,原籍琅邪临沂(今属山东)人。谢灵运(385—433),小名客儿,原籍陈郡阳夏(今河南太康),生于会稽始宁(今浙江上虞)。二人均为刘宋时期著名诗人。

特挺,犹言特别突出。

〔29〕 戕伐典丽:此谓颜、谢诗歌伤于典奥工丽。戕伐,伤害。

〔30〕 "自兹"二句:指齐梁时期诗歌开始注重格律。《南齐书·陆厥传》云:"永明末,盛为文章。吴兴沈约、陈郡谢朓、琅邪王融,以气类相推毂。汝南周颙善识声韵。约等文皆用宫商,以平上去入为四声,以此制韵,不可增减,世呼为'永明体'。"

〔31〕 "其间"二句:谓齐梁以后,诗歌体式虽有所沿革,但总体上仍是沿着追求声律辞藻等形式的要素发展,未能从根本上返归诗歌创作的本源正始。

〔32〕 师涓之作:指亡国之音。师涓,卫灵公的琴师。相传纣王曾为朝歌北鄙之音,身死国亡。后卫灵公到晋国去,在濮水住宿,夜半听到鼓琴声,问左右,皆云不闻,于是召师涓,云我闻鼓琴声,而左右皆不闻,其状似鬼神,为我听而写之。于是师涓援琴端坐,听而写之。至晋,见晋平公,置酒于施惠之台。酒酣,卫灵公说,此次来听到一种新声,请允许给您演奏。即让师涓坐在师旷旁援琴鼓奏。曲未及终,师旷抚而止之,说这是亡国之声,不可再演奏。晋平公问从何而得此音,师旷回答说,这是纣王的乐师师延作给纣王的靡靡之音。武王伐纣,师延东走,投濮水自杀,一定是从濮水得来的。事见《史记·乐书》。

〔33〕 "笑文侯"句:《礼记·乐记》云:"魏文侯问于子夏曰:'吾端冕而听古乐,则唯恐卧。听郑卫之音,则不知倦。'"这里以之喻《闺情诗》既古雅又动人。

〔34〕 "以封鲁"二句:赞扬《闺情诗并序》的作者才气过人。封鲁,指周公。《史记·鲁世家》:"封周公旦于少昊之虚曲阜,是为鲁公。"又,《论语·泰伯》:"子曰:'如有周公之才之美,使骄且吝,其馀不足观也已。'"这里合用二事,赞美周公之才。追自卫之迹,谓可追踪孔子(之正乐)。《论语·子罕》:"子曰:'吾自卫反鲁,然后乐正,雅颂各得其所。'"

〔35〕 淫哇:诗歌或乐曲的淫邪之声。

〔36〕 五际:汉代《诗经》学者翼奉,治齐诗,附会阴阳五行之说以推

论政治变化,认为每当卯、酉、午、戌、亥为阴阳终始际会之年,政治必发生重大变故。五际即卯、酉、午、戌、亥。《汉书·翼奉传》:"《易》有阴阳,《诗》有五际。"颜师古注引孟康曰:"《诗内传》曰:'五际,卯、酉、午、戌、亥也。阴阳终始际会之岁,于此则有变改之政也。'"

〔37〕 四始:见卢照邻《乐府杂诗序》注〔6〕。

〔38〕 下里:即下里巴人,古代民间通俗歌曲。《文选》宋玉《对楚王问》:"客有歌于郢中者,其始曰《下里巴人》,国中属而和者数千人……其为《阳春白雪》,国中属而和者数十人。"李周翰注:"《下里巴人》,下曲名也。"

〔39〕 "侯调"句:侯调,汉武帝时乐人。应劭《风俗通义·声音篇》:"谨按《汉书》,孝武皇帝赛南越,祷祠太一后土,始用乐人侯调依琴作坎坎之乐,言其坎坎应节奏也,侯以姓冠章耳。"曼声,舒缓的长声。杜佑《通典·乐典五》引许慎曰:"曼声,长声也。"

〔40〕 "延年"句:谓善作新声的李延年对之也当有所惭愧。延年,即李延年,中山(今河北定县一带)人,生卒年不详,汉武帝时宫廷音乐家。延年善歌,为新变声,时汉武帝方兴天地诸祠,欲造乐,令司马相如等作颂诗,延年辄承意弦歌所造诗,谓之新声曲。事见《汉书·佞幸传》。

〔41〕 走以不敏:走,犹言下走,自谦之辞。不敏,不明达,不才。《文选》班固《东京赋》:"走虽不敏,庶斯达矣。"薛综注:"走使之人,如今言仆矣,不敏犹不达。"

〔42〕 悚恧(sǒng nù 耸衄):惶恐惭愧。

代李敬业讨武氏檄[1]

伪临朝武氏者,人非温顺,地实寒微[2]。昔充太宗下陈[3],尝以更衣入侍[4]。洎乎晚节[5],秽乱春宫[6]。密隐先帝之私[7]，阴图后庭之嬖[8]。入门见嫉，蛾眉不肯让人[9]；掩袖工谗，狐媚偏能惑主[10]。践元后于翚翟[11]，陷吾君于聚麀[12]。加以虺蜴为心[13]，豺狼成性，近狎邪僻，残害忠良[14]，杀姊屠兄[15]，弑君鸩母[16]，神人之所共疾，天地之所不容。犹复包藏祸心，窥窃神器[17]。君之爱子，幽之于别宫[18]；贼之宗盟，委之以重任[19]。呜乎，霍子孟之不作，朱虚侯之已亡[20]。燕啄皇孙，知汉祚之将尽[21]；龙漦帝后，识夏庭之遽衰[22]。

敬业皇唐旧臣，公侯冢子[23]。奉先帝之遗训[24]，荷本朝之厚恩[25]。宋微子之兴悲[26]，良有以也；桓君山之流涕[27]，岂徒然哉？是用气愤风云，志安社稷，因天下之失望，顺宇内之推心[28]，爰举义旗，以清妖孽。南连百越[29]，北尽三河[30]，铁骑成群，玉轴相接[31]。海陵红粟，仓储之积靡穷[32]；江浦黄旗，匡复之功何远[33]？班声动而北风起[34]，剑气冲而南斗平[35]。喑呜则山岳崩颓，叱咤则风云变色[36]。以此制敌，何敌不摧；以此攻城，何城不克！

公等或家传汉爵[37]，或地协周亲[38]，或膺重寄于爪牙，或受顾命于宣室[39]。言犹在耳，忠岂忘心？一抔之土未干，六尺之孤安在[40]！倘能转祸为福，送往事居[41]，共立勤王之勋[42]，无废旧君之命，凡诸爵赏，同指山河[43]。若其眷恋穷城，徘徊歧路，坐昧先几之兆，必贻后至之诛[44]。请看今日之域中，竟是谁家之天下！移檄州郡，咸使知闻。

《骆临海集笺注》卷一〇

〔1〕 高宗卒后，太子李显嗣位，尊武则天为皇太后。不久，则天废李

显为庐陵王,另立豫王李旦,又逼废太子李贤自杀。时武则天不仅独揽大权,而且还进一步为建立大周政权做准备,因此,围绕维护李唐正统与拥戴武氏篡唐之间的矛盾非常尖锐。光宅元年(684)九月,李敬业在扬州起兵,以匡复庐陵王为词,声讨武则天,而以骆宾王为艺文令。本文即是敬业起事时骆宾王代其所作的檄文。文中作者从维护李唐王朝的正统出发,揭露武则天图谋篡位的种种罪行,并以君臣大义,号召大家起来响应。文章写得气势磅礴,具有极强的鼓动性,当时即为人所传诵。李敬业,本姓徐,唐初开国功臣英国公徐世勣长孙,世勣以功赐李姓,敬业因称李氏。敬业少有勇名,曾任太仆少卿、眉州刺史,后因事贬柳州司马。檄,一种军用文书。徐师曾《文章辨体序说》:"按《释文》:'檄,军书也。'……刘勰云:'凡檄之大体,或述此休明,或叙彼苛虐。指天时,审人事,算强弱,角权势。故植义飏辞,务在刚健。插羽以示迅,不可使辞缓;露板以宣众,不可使义隐。'"此文或题作《讨武曌檄》,误。武则天改名为曌乃永昌元年(689)事,敬业起事时并无此名。

〔2〕"伪临朝"三句:伪,不合法,有不予承认的意思。临朝,君临朝廷,执掌政权。武氏,即武则天(624—705),后改名曌,并州文水(今山西文水县)人。十四岁入宫为唐太宗才人,太宗死后出为尼。后高宗复召立为昭仪,进宸妃。永徽六年(655)立为后,参决朝政,号天后,与高宗并称"二圣"。载初元年(690)称圣神皇帝,改国号为周,改元天授。神龙元年(705),中宗复位,徙居上阳宫,去帝号,卒。人非温顺,一作"性非和顺"。地,指门第、出身。

〔3〕"昔充"句:指武则天曾为唐太宗后宫的才人。下陈,后列。此指才人。《新唐书·后妃传》:"太宗闻(武)士彠女美,召为才人,方十四。"《旧唐书·后妃传》:"才人九人,正五品。"

〔4〕"尝以"句:此句暗用《史记·外戚世家》卫子夫之事。卫子夫出身寒微,初为平阳公主讴者。汉武帝过平阳公主第,既饮,讴者进,帝独悦卫子夫。是日武帝起更衣,子夫侍尚衣轩中,得幸。更衣,更换衣服。古时帝王入宴要更换衣服。

〔5〕 洎乎晚节:等到后来。洎,及、至。晚节,犹后来。

〔6〕 秽乱春宫:指武则天为唐太宗的才人,后又与太子(即后来的高宗)有暧昧关系。春宫,即东宫,太子居住的宫室。

〔7〕 "密隐"句:指太宗死后武则天一度出家为尼,掩盖了其曾为太宗才人的身份。密隐,遮掩、掩盖。私,爱。

〔8〕 "阴图"句:犹言暗中图谋得到皇帝宠幸。后庭,后宫。嬖,宠幸。

〔9〕 "入门"二句:谓凡入宫的宫女,都遭到她的嫉妒。蛾眉,代指女子的美貌。屈原《离骚》:"众女嫉余之蛾眉兮,谣诼谓余以善淫。"

〔10〕 "掩袖"二句:谓武则天善于进谗言,并以狐媚手段迷惑高宗。掩袖工谗,用楚怀王姬郑袖事。《战国策·楚策四》载:魏王遗楚怀王美人,怀王悦之。王姬郑袭(袖)对美人说,王喜欢你的美貌,但不喜欢你的鼻子。你若见王时,请捂住鼻子。后来美人见楚王即掩鼻。楚王问郑袭说,新人见我则掩其鼻,何故?郑袭说,听说她好像厌恶你身上的味。于是楚王怒,下令割掉其鼻。这里用以比喻武则天进谗陷害王皇后。《新唐书·后妃传》载,武则天进昭仪,生女,王皇后就而顾弄,出,则天暗中毙女于衾下,高宗来,则天假意欢言,发视衾被,则女已死,又假意惊问左右,皆云皇后方来看视。高宗不察,大怒,谓皇后杀其女。武则天由是得以谗毁皇后。后她又诬陷皇后与其母厌胜,高宗因挟前憾而下诏废后。

〔11〕 "践元后"句:指武则天登上皇后之宝座。践,踏、登上。元后,皇后。翚翟(huī dí 辉狄),雉鸟。雉素质五色皆备而成章曰翚,体较大而尾长者曰翟。古时皇后的车子常以翚翟为饰,皇后的衣服也织以翚翟的文彩。《旧唐书·舆服志》载:皇后服有袆衣,"其衣以深青织成为之,文为翚翟之形。"此代指皇后。

〔12〕 聚麀(yōu 优):父子共同占有一个配偶。麀,雌鹿。《礼记·曲礼》:"夫惟禽兽无礼,故父子聚麀。"这里指高宗和太宗都曾以武氏为嫔妃。

〔13〕 虺蜴(huī yì 灰易):蝮蛇与蜥蜴。此指武则天心肠狠毒。

〔14〕 "近狎"二句:意谓武后亲近不正派的人而残害忠良。近狎,亲近。邪僻,不正派。此指李义府、许敬宗等。忠良,指长孙无忌、褚遂良、韩瑗、来济等。按,高宗欲废王皇后而立武则天,长孙无忌、褚遂良、韩瑗、来济等切谏不可,高宗犹豫,而李义府、许敬宗等则阴揣帝私,请立武氏,高宗意遂决。则天立为后,以长孙无忌等不助己,衔之,遂皆予以贬黜,或死贬所,而李义府等则倍受宠信,威权日炽。

〔15〕 杀姊屠兄:武则天父娶相里氏,生元庆、元爽,复娶杨氏,生三女。长适贺兰越石,次即则天,又次适郭氏。而兄子惟良、怀运及元爽等因前遇杨氏失礼,则天为后,杨氏因讽后抗疏出元庆等外职,元庆、元爽等因贬谪流配而卒。又,贺兰越石早卒,则天封其姊贺兰氏为韩国夫人。韩国夫人女在宫中颇承恩宠,则天意欲除之,讽高宗幸其母宅,因惟良等献食,而密使人以毒药置贺兰氏食中,贺兰氏食之暴卒,而则天归罪于惟良、怀运,乃诛之,请改其姓为蝮氏,除其籍。见《旧唐书·外戚传》。

〔16〕 弑君鸩母:君,指高宗。鸩,一种鸟,其羽毛紫绿色,有毒,置酒中,饮之者立死。按,高宗宏道元年(683)病逝于东都,则天母杨氏死于高宗咸亨元年(670),所谓弑君鸩母,史书并无记载,或作者这里为揭露武则天罪恶而有所夸张。

〔17〕 窥窃神器:窥,窥伺。窃,盗取。神器,指国家政权。此指武则天图谋称帝。

〔18〕 "君之爱子"二句:君之爱子,指睿宗李旦。幽,幽禁。高宗卒后,中宗李显即位,尊则天为皇太后,而政事皆取决于皇太后。不久,则天废中宗为庐陵王,立中宗弟豫王旦为帝,则天临朝称制。《新唐书·后妃传》云:"时睿宗虽立,实囚之,而诸武擅命。"《资治通鉴》卷二三〇:"立雍州牧豫王旦为皇帝,政事决于太后,居睿宗于别殿,不得有所预。"

〔19〕 "贼之宗盟"二句:指武则天重用武氏家族的人武承嗣、武三思等。《旧唐书·外戚传》:"承嗣,元爽子也。……嗣圣元年,以承嗣为礼部尚书。寻除太常卿,同中书门下三品。垂拱中,转春官尚书,依旧知政事。载初元年,代苏良嗣为文昌左相,同凤阁鸾台三品,兼知内史事。……承

嗣尝讽则天革命,尽诛皇室诸王及公卿中不附己者,承嗣从父弟三思又盛赞其计,天下于今冤之。"

〔20〕"霍子孟"二句:霍子孟,即霍光,字子孟。汉武帝时,霍光为大司马大将军,武帝死,辅佐年幼的昭帝;昭帝死,他迎昌邑王刘贺即位,以贺荒淫失道,废之,改立宣帝,保存了汉室。事见《汉书·霍光传》。不作,不兴。犹言没有出现。朱虚侯,即刘章。他是汉高祖子齐悼惠王刘肥的次子,封朱虚侯。刘邦死后,吕后专权,诸吕用事。吕后死,吕禄、吕产欲为乱,刘章与周勃、陈平等尽诛诸吕,迎立文帝,使汉室政权得以安定。事见《史记·吕后本纪》及《汉书·高五王传》。两句以霍光、刘章事,慨叹唐朝廷没有如霍光那样的大臣、刘章那样的宗室人物出来挽救危亡。

〔21〕"燕啄"二句:汉成帝时,有童谣曰:"燕燕涎涎,张公子,时相见。木门仓琅根,燕飞来,啄皇孙。皇孙死,燕啄矢。"后来成帝出游,常与富平侯张放俱称富平侯家人,见舞者赵飞燕而幸之,立为皇后。赵飞燕入宫后,为了专宠,将妃子所生的皇子都害死了。见《汉书·五行志》。这里指武则天残害皇子皇孙事。武则天立为皇后,先后废掉或残害死太子李忠、李弘、李贤等,废皇太孙重照为庶人。见《新唐书·高宗本纪》及《则天皇后本纪》、《后妃传》等。汉祚,此代指唐朝的天下。祚,国运。

〔22〕"龙漦帝后"二句:龙漦(chí迟):传说中神龙的涎沫。帝后,指夏帝。据说夏朝将衰,有两神龙降于宫,自称是褒之二君。夏帝问卜,以为请其漦而藏之乃吉。于是将神龙所留下的漦封闭收藏,历三代而未敢打开。周厉王末年开启之,龙漦流出,化为玄鼋,进入后宫,有宫女遭之而孕,未至成年结婚而生一女,因害怕将之抛弃。宣王时,弃女被带至褒国。周幽王伐褒,褒人以弃女献幽王,即褒姒。幽王宠爱褒姒,废其后与太子,而立褒姒为后。又为博其一笑而举烽火戏诸侯,招致丧身亡国之祸。事见《史记·周本纪》。二句谓武后当政,将对唐朝带来危险。

〔23〕公侯冢子:公侯,敬业祖父李勣曾封为英国公,卒赠太尉、扬州大都督。冢子,长子。《新唐书·李勣传》载:勣子震,震子敬业、敬猷。

〔24〕奉先帝之遗训:又作"奉先君之成业"。先帝,指高宗。先君,

则指敬业之祖父李勣、父李震。

〔25〕 荷:蒙受。

〔26〕 "宋微子"句:微子,名启,殷纣王的庶兄,周灭殷,以微子奉殷祠,封于宋,故称宋微子。殷亡后,微子朝周,经过殷都故墟,内心悲伤,遂作《麦秀歌》以寄慨。事见《尚书大传》。这里敬业以其祖父被赐李姓,自认为是李唐宗室,故作者以微子比之。

〔27〕 "桓君山"句:桓君山,即桓谭。谭字君山,生卒不详,沛国相(今安徽濉溪)人。光武帝时官议郎、给事中,因上疏陈政事并反对谶纬而被贬六安郡丞,抑郁不乐而卒。又,"桓"一作"袁",或以为指东汉袁安。袁安以反对外戚而悲愤流涕,但安字邵公,不字君山。故非是。敬业于中宗嗣圣元年(684)以事贬柳州司马,故比之桓谭。

〔28〕 "因天下"二句:指敬业顺应天下人对武则天的不满,赢得人们的信任。失望,指武则天失望于天下。《资治通鉴·唐纪一九》:"时诸武用事,唐宗室人人自危,众心愤惋。"推心,指天下人对敬业的信任。

〔29〕 百越:古代对东南沿海地区少数民族的总称。以其居于越地,部落众多,故称。

〔30〕 三河:即河东、河内、河东,是古代帝王定都的地方。《史记·货殖列传》:"昔唐人都河东,殷人都河内,周人都河南。夫三河,在天下之中,若鼎足,王者所更居也。"

〔31〕 玉轴:华美的车子,此指战车。一说指战船。轴通"舳"。舳,船尾。《文选》郭璞《江赋》:"舳舻相属,万里连樯。"李善注引《说文》:"舳,舟尾也。"此代船。

〔32〕 "海陵"二句:谓扬州储积丰厚,足可凭藉。海陵,县名,在今江苏泰州市,唐属扬州,汉时吴王刘濞曾于此置仓储粟。红粟,指陈年米。《文选》左思《吴都赋》:"观海陵之仓,则红粟流衍。"李善注:"太仓之粟,红腐而不可食。"李周翰注:"谓储久而色赤。"江淮古为产米之区,隋唐户口殷盛,仓储更富,故有此语。

〔33〕 "江浦"二句:谓敬业等应运而起兵,其匡复李唐天下,指日可

待。江浦,在今江苏浦口附近。黄旗,古时星相家以为,天空出现紫盖黄旗的云气,是出皇帝的征兆。《三国志·吴书·孙权传》裴松之注引《吴书》:"(陈化)为郎中令,使魏,魏文帝因酒酣,嘲问曰:'吴、魏对峙,谁将平一海内者乎?'化对曰:'……旧说紫盖黄旗,运在东南。'"这里暗用此典,意谓敬业起事乃顺应天意。

〔34〕"班声"句:谓队伍已经整装待发。班声,马声。班,班马,离群的马。《左传·襄公十八年》:"有班马之声,齐师其遁。"此指战马。又,《古诗》:"胡马依北风。"

〔35〕"剑气冲"句:谓敬业军队武器精良。剑气,张华见斗、牛间常有紫气,后雷焕于丰城狱掘得二剑,一曰龙泉,一曰太阿。见王勃《秋日登洪府滕王阁饯别序》注〔7〕。斗,斗星。斗为吴地分野,故云。

〔36〕"喑呜"二句:喑呜,怀怒气。呜,通"噁"。叱咤,发怒声。《史记·淮阴候列传》:"项王喑噁叱咤,千人皆废。"

〔37〕"公等"句:公等,指中央和地方的官员。家传汉爵,谓世代传有唐王朝所封的官爵。

〔38〕地协周亲:地,指门庭、地位。周亲,至亲。《尚书·泰誓》:"虽有周亲,不如仁人。"孔安国传:"周,至也。"

〔39〕"或膺"二句:膺,受。重寄,寄托以重任。爪牙,此喻指将领。《汉书·李广传》:"将军者,国之爪牙也。"顾命,皇帝临终之命曰顾命。宣室,汉未央宫前殿正室。这里是借用。二句意谓,你们这些朝廷的官员,有的是接受皇帝重托的将军,有的是受了皇帝临终遗命的大臣。

〔40〕"一抔(póu 掊)"二句:意谓高宗刚刚安葬,他的太子就失去了帝位。一抔之土,指皇帝的陵墓,语本《史记·张释之列传》。释之为文帝廷尉,有盗取宗庙服御物者,依律当弃市,而文帝欲致灭族之罪,释之以为不可,云:"假令愚民取长陵(汉高祖陵墓)一抔土,陛下何以加其法乎?"一抔,一掬,一捧。六尺之孤,指中宗。幼而无父曰孤。《论语·泰伯》:"可以托六尺之孤。"邢昺疏:"谓可委托以幼少之君也,若周公、霍光也。"后以帝王临终遗命大臣辅佐太子,谓之托孤。弘道元年(683)十二月,高宗崩,

97

中宗嗣位;次年二月,武则天废中宗为庐陵王,禁于房州。八月,高宗葬于乾陵,九月,徐敬业扬州起兵讨武则天,故作者有此语。

〔41〕 送往事居:往,死者,指高宗。居,生者,指中宗。

〔42〕 勤王:旧时君主的统治受到威胁或有难,臣子起兵救援,谓之勤王。

〔43〕 "凡诸爵"二句:是封爵的誓言。《史记·高祖功臣侯者年表》:"封爵之誓曰:'使河如带,泰山若厉。国以永宁,爰及苗裔。'"二句谓凡是有功的一定封爵,同指山河为信。

〔44〕 "坐昧"二句:谓如果由于看不清事情发展的先兆(而不来响应),必然带来失期后至的惩罚。昧,不明,不识。先几之兆,事前的征兆。《易·系辞下》:"几者动之微,吉之先见者也。"贻,给予。后至之诛,惩处后到的。《周礼·大司马》:"比军众,诛后至者。"

李 善

　　李善(？—689)，扬州江都(今江苏扬州)人。初从同郡人曹宪学《文选》，颇能承继其业。高宗显庆中，累补太子内率府录事参军、崇贤馆直学士，兼沛王府侍读，历泾城令。后以故配流姚州。遇赦还，居汴、郑间讲授《文选》。则天载初元年卒。善为人方雅，有士君子之风，学问弘博，淹贯古今。然不能属辞，时号"书簏"。两《唐书》有传。曾撰《汉书辨惑》三十卷(《新唐书·艺文志》作《汉书辨惑》二十卷)、《文选辨惑》十卷，注《文选》六十卷。其所注《文选》，征引繁富，于典故及词语语源之注释，颇周备详尽，是一部与《文选》不可分割的有很高学术价值的著作。上海古籍出版社有排印本，1986年出版。

进《文选》表[1]

　　臣善言：窃以道光九野[2]，缛景纬以照临[3]；德载八埏[4]，丽山川以错峙[5]。垂象之文斯著，含章之义聿宣[6]。协人灵以取则[7]，基化成而自远[8]。故羲绳之前[9]，飞葛天之浩唱[10]；娲簧之后[11]，掞丛云之奥词[12]。步骤分途，星躔殊建[13]；球锺愈畅[14]，舞咏方滋。楚国词人，御兰芬于绝代[15]；汉朝才子，综鞶帨于遥年[16]。虚玄流正始之音[17]，气质驰建安之体[18]。长离北度,腾雅咏于圭阴[19];化龙东鹜,煽风流于江左[20]。爰逮有梁,宏材弥劭[21]。昭明太子[22],业膺守器[23],誉贞问寝[24]。居肃成而讲艺[25],开博望以招贤[26]。搴中叶之词林[27],酌前修之笔海[28]。周巡绵峤,品盈尺之珍[29];楚望长澜,比径寸之宝[30]。故撰斯一集,名曰《文选》,后进英髦[31],咸资准的[32]。

伏惟陛下,经纬成德,文思垂风。则大居尊,耀三辰之珠璧[33];希声应物,宣六代之云英[34]。孰可撮壤崇山[35],导涓宗海[36]。臣蓬衡蕞品[37],樗散陋姿[38]。汾河委笑,凤非成诵[39];崇山坠简,未议澄心[40]。握玩斯文,载移凉燠[41];有欣永日,实昧通津[42]。故勉十舍之劳[43],寄三馀之暇[44]。弋钓书部[45],愿言注辑[46],合成六十卷。杀青甫就[47],轻用上闻;享帚自珍[48],缄石知谬[49]。敢有尘于广内,庶无遗于小说[50]。谨诣阙奉进,伏愿鸿慈[51],曲垂照览。谨言。显庆三年九月日上表[52]。

上海古籍出版社排印本《文选》

〔1〕 本文为李善完成《文选注》后上奏高宗的表文,据文末语,知上表在高宗显庆三年(658)九月。

〔2〕 九野:九天。《列子·汤问》:"八纮九野之水,天汉之流,莫不注之。"张湛注:"九野,天之八方中央也。"

〔3〕 缛:繁。这里意为藻饰。景纬:日与星。

〔4〕 八埏(shān 山):八方的边际。

〔5〕 "丽山川"句:丽,附丽。错峙,错杂峙立。

〔6〕 "垂象"二句:垂天之象,指日月星在天运行所形成的景象。含章之义,指地上山川所形成文彩。刘勰《文心雕龙·原道》:"日月叠璧,以

垂丽天之象;山川焕绮,以铺理地之形。……仰观吐曜,俯察含章,高卑定位,故两仪既生矣。"李善句意或从此而来。著,显著。聿,助词。宣,显明。

〔7〕 "协人灵"句:人灵,人的性灵。取则,取以为准则、标准或榜样。

〔8〕 化成:教化成功。

〔9〕 羲绳之前:指上古时代。羲,伏羲氏。绳,指结绳记事。孔安国《尚书序》:"古者伏羲氏之王天下也,始画八卦,造书契,以代结绳之政,由是文籍生焉。"

〔10〕 "飞葛天"句:语本《吕氏春秋·古乐》:"昔葛天氏之乐,三人操牛尾,投足以歌八阕。"葛天,葛天氏,相传为远古帝名。一说为远古部落名。浩唱,即"投足"所歌者。

〔11〕 娲簧之后:亦指上古时代。娲,女娲氏。中国神话传说中的人类始祖。相传她与伏羲氏由兄妹结为夫妇,于是才有人类。又传她抟黄土造人,炼五色石补天,断鳌足以立四极,治洪水,驱猛兽,使人民安居,并继伏羲为帝。见《太平御览》卷七八引《风俗通》。簧,乐器里有弹性的薄片,为发声的震动体。相传女娲作笙簧,见《礼记·明堂位》郑玄注引《世本·作篇》。

〔12〕 "掞丛云"句:掞(shàn 擅),发抒。丛云,指虞舜所作《卿云歌》。《尚书大传》卷一:"俊乂百工相和而歌《卿云》……于时八风循通,卿云蔟蔟。"蔟,通"叢"(丛)。

〔13〕 星躔:日月星辰运行的度次。此代指诗乐发展演变的轨迹。

〔14〕 球锺:磬与钟,为庙堂乐器。锺,通"鐘"(钟)。

〔15〕 "楚国"二句:屈原在楚辞中多以香草喻品格之高洁,故云。御,佩带。绝代,犹远代。

〔16〕 "汉朝"二句:意谓汉代作家亦竞相雕饰词彩。鞶帨(pán shuì 盘税),本指古代妇女用的小袋和佩巾。后亦指雕饰华丽的词彩。遥年,远年。

〔17〕 "虚玄"句:谓正始时期开始出现祖述老庄的玄学。《晋书·王

101

衍传》:"魏正始中,何晏、王弼等祖述老、庄立论,以为天地万物,皆以无为本,无也者,开物成务,无往不存者也。"刘勰《文心雕龙·明诗》:"正始明道,诗杂仙心。"正始,齐王曹芳的年号(240—249)。正始之音,后人对魏末正始年间因玄学流行而形成的思想文化特点及文学风貌的概括。

〔18〕 "气质"句:指建安时期诗坛崇尚感情豪迈、内容充实的诗歌。《宋书·谢灵运传论》:"至于建安,曹氏基命,子建、仲宣,以气质为体。"建安,汉献帝的年号(196—224)。

〔19〕 "长离"二句:谓陆机北上入洛后,其诗歌吟咏盛称一时。长离,即凤,传说中的神鸟。后用以比喻才德出众之人。此处代指陆机。《文选》潘岳《为贾谧作赠陆机诗》:"婉婉长离,凌江而翔。长离云谁?咨尔陆生。"李善注:"长离,喻机也。"北度,谓陆机渡江入洛阳。度通"渡"。圭阴,指洛阳。《周礼·地官司徒》:"大司徒之职……以土圭之灋测土深,正日景以求地中,日南则景短多暑,日北则景长多寒,日东则景夕多风,日西则景朝多阴。日至之景,尺有五寸,谓之地中。"郑众注:"土圭之长,尺有五寸,以夏至之日,立八尺之表,其景适与土圭等,谓之地中,今颍川城阳地为然。"高步瀛据此谓:"阳城为今河南登封县地,在洛阳东南一百二十里,则洛阳在其西,与日西则景多阴之义合,故云圭阴也。"说见高步瀛《唐宋文举要》乙编卷一。

〔20〕 "化龙"二句:谓晋室南渡后,诗歌吟咏流风不坠。化龙东骛,《晋书·元帝纪》:"太安之际,童谣云:'五马浮渡江,一马化为龙。'……是岁,王室沦覆,帝(指元帝司马睿,时为琅邪王)与西阳、汝南、南顿、彭城五王获济,而帝竟登大位焉。"这里化用其事。

〔21〕 劭:美好。

〔22〕 昭明太子:即萧统。统(501—531)字德施,小字维摩,南兰陵(今江苏常州)人。武帝长子,性宽和,信奉佛教,爱山水,好文学,喜引纳才学之士。天监元年(502)立为皇太子,未及继位,于中大通三年(531)卒。

〔23〕 业膺守器:指萧统处太子之位。膺,担当,承受。器,指象征君

权的器物,如祭器、车服等。封建时代太子主宗庙之器,后因以守器借指太子。

〔24〕 问寝:问候尊长的起居。

〔25〕 肃成:指太子讲学处。《三国志·魏书·文帝纪》"又使诸儒撰集经传"句裴松之注引王沈《魏书》云:"帝初在东宫……集诸儒于肃成门内,讲论大义,侃侃无倦。"后因以"肃成"指太子讲学处。

〔26〕 博望:即博望苑。汉武帝为戾太子刘据所建,供其交结宾客。故址在今陕西西安。《三辅黄图·园囿》:"博望苑:武帝立子据为太子,为太子开博望苑以通宾客……博望苑在长安城南杜门外五里有遗址。"

〔27〕 "搴中叶"句:搴,采取。中叶,中世。此指秦汉以下的中古,与上古相对。词林,词坛。

〔28〕 "酌前修"句:酌,选取。前修,犹前贤。笔海,见前卢照邻《乐府杂诗序》注〔43〕。

〔29〕 "周巡"二句:谓择取北方优秀作品。周巡,用周穆王巡游天下事,以代指北方地区。绵峤,连绵而峻峭的山峰,泛指北方地区。盈尺之珍,语出《尹文子·大道》:"魏田父有耕于野者,得宝玉径尺。"此以喻优秀作品。

〔30〕 "楚望"二句:谓选择南方优秀作品。楚望,楚国。《左传·哀公六年》:"三代命祀,祭不越望。江汉睢漳,楚之望也。"后以楚望代楚地。长澜,此指长江、汉水,此代指南方地区。径寸之宝,《淮南子·览冥训》高诱注:"隋侯,汉东之国……见大蛇伤断,以药傅之,后蛇于江中衔大珠以报之。"干宝《搜神记》卷二〇载此事,称"珠径盈寸"。此以喻优秀作品。

〔31〕 后进英髦:后来的才俊之士。髦,杰出之士。

〔32〕 咸资准的:都把它作为典范。咸,都。

〔33〕 三辰之珠璧:禀日月星精华的珍珠与美玉。三辰,指日、月、星。"珠璧"及下句"云英",俱比喻优秀的文学作品。

〔34〕 六代之云英:六代之精华。六代,所指说法不一,这里或指黄帝、唐尧、虞舜、夏、殷、周。云英,云气之英华。

〔35〕 撮壤崇山:加一撮土于高山。

〔36〕 导涓宗海:引小溪水于大海。

〔37〕 蓬衡蕞(zuì 最)品:形容自己出身低微。蓬衡,指简陋的屋舍。蕞品,地位卑下。蕞,小貌。

〔38〕 樗(chū 初)散陋姿:比喻自己才能底下。樗散,樗木材质劣,多被闲置。这里喻指无用之材。

〔39〕 "汾河"二句:是说自己无张安世那样的记忆力。《汉书·张安世传》:"上(按,指汉武帝)行幸河东,尝亡书三箧。诏问莫能知,唯安世识之,具作其事。后求得其书以相校,无所遗失。"据《武帝纪》,宝鼎元年十一月,立后土祠于汾阴雕上。所谓"汾阴委箧"事指此。

〔40〕 "崇山"二句:意谓自己没有束晳那样的博学聪明。《晋书·束晳传》:"时有人于嵩高山下得竹简一枚,上两行科斗书,传以相示,莫有知者。司空张华以问晳,晳曰:'此汉明帝显节陵中策文也。'检验果然,时人伏其博识。"崇、嵩同,崇山即嵩山。

〔41〕 载移凉燠(yù 育):犹言历经年岁。凉燠,冷暖。此犹言寒暑,代指季节更替。

〔42〕 实昧通津:犹言未得门径。津,渡口。

〔43〕 十舍之劳:指坚持不断、持之以恒的努力。古代行军三十里为一舍。《淮南子·齐俗篇》:"夫骐骥千里,一日而通;驽马十舍,旬亦及之。"此用其意。

〔44〕 三馀之暇:即空闲。三馀,《三国志·魏书·王肃传》"明帝时大司农弘农董遇等,亦历注经传,颇传于世"下裴松之注引鱼豢《魏略》云:"……人有从学者,(董)遇不肯教,而云'必当先读百遍'。言'读书百遍而义自见'。从学者云:'苦渴无日。'遇言'当以三馀。'或问三馀之意。遇言'冬者岁之馀,夜者日之馀,阴雨者时之馀也。'"后因以"三馀"泛指空闲时间。

〔45〕 弋钓书部:比喻注释文字、典故时于群书中追溯其源流出处。弋钓,射鸟钓鱼。这里是比喻的说法。

〔46〕 愿言注辑:注释、辑比。愿,思。此表示愿望。言,助词。

〔47〕 杀青甫就:刚刚完成。杀青,古时以竹简为书写工具,因新竹有汁液水分,故先将其用火烤炙去汗,刮去青色表皮,以便书写与防蠹,谓之杀青。后书籍缮写成定本或校刻付印,亦称杀青。甫,刚刚,方。

〔48〕 享帚自珍:即"家有敝帚,享之千金"之意。比喻物虽微小,而自视为宝。

〔49〕 缄石知谬:《文选》应休琏《百一诗》李善注引《阙子》曰:"宋之愚人,得燕石于梧宫之台东,藏之以为大宝。周客闻而观焉,主人斋七日,端冕玄服以发宝,革匮十重,巾十袭。客见俛而掩口,卢胡而笑曰:此特燕石也,其与瓦甓不殊。主人大怒曰:商贾之言,医匠之心,藏之愈固,守之弥谨。"这里作者化用其意,谓自己封缄所上,自以为珍贵,实则可能无甚价值。此与上句之"享帚自珍",都是作者的谦辞。

〔50〕 "敢有"二句:岂敢以之污秽宇内之视听,不过希望其作为小道杂著而不被遗漏罢了。尘秽,污染。小说,此指丛杂之著作。

〔51〕 鸿慈:犹大恩。

〔52〕 显庆:唐高宗李治年号(656—661)。

朱敬则

　　朱敬则(635—709)，字少连，亳州永城(今属河南)人。早以辞学知名，为人志尚恢博，重节义然诺。咸亨中，高宗召见，与语奇之，欲加大用，为李敬玄所毁，授洹水令。则天长寿中，累除右补阙。时罗织告密之风颇盛，将相大臣至有牵涉见诛者，敬则上书谏之，以为宜绝罗织告密之徒，则天善之。后历正谏大夫、同鸾阁平章事及成均祭酒、冬官侍郎、郑州刺史等职。景龙三年卒，年七十五。两《唐书》有传。尝撰《十代兴亡论》十卷及《五等论》，前者已佚。《全唐文》编其文两卷。

陈后主论[1]

　　长城公器识古人[2]，承平嗣主。观其求忠谠之士，禁左道之人、淫祀妖书、镂薄假物[3]，即古明哲，何以加焉？但强寇临边，南国斯蹙[4]。礼义不举，苛刻日滋[5]。邻好不敦[6]，骄傲是务。嬖妾五十，尽有珥貂之容；丽服一千，咸取夭桃之色[7]。加以贵妃夹坐，狎客承筵[8]。玉貌绛唇，咀嚼宫徵；花笺彩笔，吟咏烟霞。长夜不疲，略无醒日[9]。于时也，隋德甫隆，南被江汉。厚待间谍[10]，羊叔子之倾敌人[11]；不伐有丧[12]，楚恭王之结邻好[13]。加以贺若谋勇[14]，应变如神；擒虎雄风[15],临机若电。莫不迎刃自裂,听鼓争奔。斩张悌之守迷[16],降薛莹之知命[17]。紫殿正色,不用袁宪之言[18];白刃交前,但为无社之计[19]。嗟乎!龙盘虎踞之地,露草沾衣[20];千门双阙之间,风烟歇绝。临江离别之感,赴洛鸣咽之悲[21]。五百里之俘囚,累累不绝[22];三百年之王气,寂寂长空[23]。一国为一人兴,前贤以后愚灭,其来尚矣[24]。

或问曰:"安乐公刘禅[25]、归命侯孙皓[26]、温国公高纬[27]、长城公陈叔宝,并称域中之大[28],据天下之尊。或衔璧送降[29],或逃窜就系[30],必不得已,何者为先?"君子曰:"客所问者,具在方册[31],请为吾子陈之,任自择焉。若乃投井求生,横奔畏死,面缚请罪,膝行待刑,是其谋也。马上唱无愁之歌[32],侍宴索达摩之曲[33],刘禅不思陇蜀[34],叔宝绝无心肝[35],对贾充以不忠之词[36],和晋帝以邻国之咏[37],是其才也。纵黄皓[38],嬖岑昏[39],宠高璟[40],狎江总[41],是其任也。剥面凿眼,孙皓之刑[42];弃亲即雠,高纬之志[43]。其馀细故[44],不可殚论[45]。听吾子之悬衡[46],任夫人之明镜[47]。"客曰:"入井,下策也。"

《全唐文》卷一七一

〔1〕 陈后主是南朝最后一位皇帝,在位沉溺于诗酒饮宴,终致国亡被擒,成为亡国之君。文中作者写陈后主的荒唐与昏庸,虽着墨不多,但却揭露深刻。特别是后半部分,作者将陈后主与历史上几位末代亡国之主合并论列,语杂嘲谑,尤为精妙。

〔2〕 长城公:隋给后主陈叔宝的封号。据《陈书·后主本纪》,陈亡后,后主陈叔宝为隋军所执,入长安。隋仁寿四年(604)十一月,陈叔宝死于洛阳,追赠大将军,封长城县公。

〔3〕 "观其"数句：《陈书·后主本纪》载，陈太建十四年正月丁巳，后主即位。三月癸亥，下诏曰："……朕以寡薄，嗣膺景祚，虽哀疚在躬，情虑惛舛，而宗社任重，黎庶务殷，无由自安拱默，敢忘康济，思所以登显髦彦，式备周行。但空劳宵梦，屡勤史卜，五就莫来，八能不至。是用申旦凝虑，景夜损怀。岂以食玉炊桂，无因自达？将怀宝迷邦，咸思独善？应内外众官九品已上，可各荐一人，以会汇征之旨……"又诏曰："……内外卿士文武众司，若有智周政术，心练治体，救民俗之疾苦，辩禁网之疏密者，各进忠谠，无所隐讳。朕将虚己听受，择善而行，庶深鉴物情，匡我王度……"四月庚子，又下诏曰："朕临御区宇，抚育黔黎，方欲康济浇薄，蠲省繁费，奢僭乖衷，实宜防断。应镂金银薄及庶物化生土木人彩花之属，及布帛幅尺短狭轻疏者，并伤财废业，尤成蠹患。又僧尼道士，挟邪左道，不依经律，民间淫祀袄书诸珍怪事，详为条制，并皆禁绝。"数句所云即谓此。忠谠，忠诚正直。左道，邪门旁道。多指非正统的巫蛊、方术等。淫祀，不应设置而设置的祠庙。镂薄假物，指雕镂的金银器以及各种装饰物。

〔4〕 南国：指陈朝。蹙，困窘，窘迫。

〔5〕 苛刻日滋：《南史·陈后主本纪》载："（后主）盛修宫室，无时休止，税江税市，征取百端。刑罚酷滥，牢狱常满。"滋，增长，增加。

〔6〕 邻：指隋朝。敦，亲睦。

〔7〕 "嬖妾"四句：《南史·陈后主本纪》："（后主）不虞外难，荒于酒色，不恤政事，左右嬖佞珥貂者五十人，妇人美貌丽服，巧态以从者千馀人。"嬖妾，谓受宠的奸伪小人。嬖，宠爱。珥貂之容，汉代常侍、侍中等官在冠旁插貂鼠尾为饰，珥貂因成为高官的标志。这里指陈叔宝宠重其爱妾。珥，插。夭桃之色，形容女子的美貌犹如盛开的桃花之色。《诗·周南·桃夭》："桃之夭夭，灼灼其华。"毛传："桃有华之盛者，夭夭其少壮也。灼灼，华之盛也。"

〔8〕 "加以"二句：《南史·陈后主本纪》："（后主）常使张贵妃、孔贵人等八人夹坐，江总、孔范等十人预宴，号曰狎客。"

〔9〕 "玉貌"数句：《南史·陈后主本纪》："（后主）先令八妇人襞采

笺,制五言诗,十客一时继和,迟则罚酒。君臣酣饮,从夕达旦,以此为常。而盛修宫室,无时休止。"

〔10〕 厚待间谍:指隋文帝礼遣陈朝间谍事。《南史·陈后主本纪》:"(陈)每遣间谍,隋文帝皆给衣马,礼遣以归。"

〔11〕 "羊叔子"句:羊叔子,即羊祜。祜(221—278)字叔子,泰山南城(今山东费县西南)人,魏晋间政治家。晋泰始五年(269),晋武帝以祜为都督荆州诸军事,祜在任对吴取怀柔之策。《晋书·羊祜传》载:"(祜)与吴人开布大信,降者欲去皆听之。……每与吴人交兵,剋日方战,不为掩袭之计。人有略吴二儿为俘者,祜遣送还其家。后吴将夏详、邵颉等来降,二儿之父亦率其属与俱。吴将陈尚、潘景来寇,祜追斩之,美其死节而厚加殡殓。景、尚子弟迎丧,祜以礼遣还。吴将邓香掠夏口,祜募生缚香,既至,宥之。香感其恩甚,率部曲而降。祜出军行吴境,刈谷为粮,皆计所侵,送绢偿之。每会众江沔游猎,常止晋地。若禽兽先为吴人所伤而为晋兵所得者,皆封还之。于是吴人翕然悦服,称为羊公,不之名也。"

〔12〕 不伐有丧:指隋文帝在陈宣帝死后,暂停攻陈。《隋书·高颎传》:"开皇二年,长孙览、元景山等伐陈,令颎节度诸军。会陈宣帝薨,颎以礼不伐丧,奏请班师。"

〔13〕 "楚恭王"句:《左传·襄公四年》:"三月,陈成公卒。楚人将伐陈,闻丧乃止。"据《史记·十二诸侯年表》,鲁襄公四年,即楚共王审二十四年。按,恭同共。楚恭王事指此。

〔14〕 贺若:即贺若弼(544—607),隋将。字辅伯,河阳洛阳(今河南洛阳)人。隋高祖受禅,阴有并吞江南之志,访可任者,时高颎以为文武才干无若贺若弼者,高祖因拜弼为吴州总管,委以平陈之事。开皇九年伐陈,以弼为行军总管。见《隋书·贺若弼传》。

〔15〕 擒虎:即韩擒虎(538—592),隋将。原名豹,字子道,河南东垣(今河南新安东)人。隋高祖有吞并江南之志,擒虎有文武才,因拜为庐州总管,委以平陈之任。及伐陈,以擒虎为先锋。见《隋书·韩擒传》(唐讳虎,省称韩擒。文中称擒虎,或为后人所改)。

〔16〕"斩张悌"句：张悌，吴丞相。《三国志·吴书·三嗣主（晧）传》裴松之注引《襄阳记》：悌字巨先，襄阳人。晋来伐，吴晧使悌督沈莹、诸葛靓帅众三万，渡江逆之。吴军大败，诸葛靓与五六百人退走，使过迎悌，悌不肯去，靓自往牵之，悌涕泣曰：今日是我死日也。靓流涕放之，去百馀步，已见为晋军所杀。

〔17〕"降薛莹"句：薛莹，字道言。吴薛综之子，官至光禄勋。《三国志·吴书·薛综传》载，吴天纪四年，晋军征晧，晧奉书请降，其文即薛莹所造。

〔18〕"紫殿"二句：指隋兵攻入陈宫城时，陈后主不听袁宪劝告而惶遽逃匿事。《陈书·袁宪传》载，宪后主时官尚书仆射，隋军贺若弼进烧宫城北掖门，后主遑遽将避匿。宪正色曰：北兵之人，必无所犯，大事如此，陛下安之？臣愿陛下正衣冠，御前殿，依梁武见侯景故事。后主不从，因下榻驰去。宪从后堂景阳殿入，后主投下井中，宪拜哭而出。

〔19〕"白刃"二句：指陈后主在隋军攻入后入井逃避事。无社，即还无社，萧大夫。《左传·宣公十二年》载，十二年冬，楚伐萧，萧被围后，萧大夫还无社因与楚大夫司马卯、申叔展有旧，遂通过司马卯呼申叔展。叔展示意还无社入水逃出，还无社答云："目于眢井，而拯之。"意思是自己将藏之枯井，让叔展视于井而拯出之。所谓"无社之计"即指此。这里喻指后主在隋军攻破宫城后逃避井中的事。

〔20〕"龙盘"二句：龙盘虎踞，指金陵。《太平御览·州郡部一》引《吴录》："刘备曾使诸葛亮至京，因睹秣陵山阜，叹曰：钟山龙盘，石头虎踞，此帝王之宅也。"露草沾衣，指荒凉的样子。《汉书·伍被传》载：淮南王欲谋反，伍被数微谏。后召伍被与计事，被曰："王安得亡国之言乎？昔子胥谏吴王，吴王不用，乃曰'臣今见麋鹿游姑苏之台也。'今臣亦将见宫中生荆棘，露沾衣也。"

〔21〕"临江"二句：临江别离之感，用汉临江闵王荣事。《汉书·景十三王传》载："临江闵王荣……坐侵庙壖地为宫，上征荣。荣行，祖于江陵北门，既上车，轴折车废。江陵父老流涕窃言曰：'吾王不反矣！'"赴洛

呜咽之悲,用三国吴末帝孙皓事。《三国志·吴书·三嗣主(皓)传》载:吴亡,"皓举家西迁,以太康元年五月丁亥集于京邑"。裴注引干宝《晋纪》曰:"王濬治船于蜀,吾彦取其流柹以呈孙皓,曰:'晋必有攻吴之计,宜增建平兵。建平不下,终不敢渡江。'皓弗从。陆抗之克步阐,皓意张大,乃使尚广筮并天下,遇《同人》之《颐》,对曰:'吉。庚子岁,青盖当入洛阳。'故皓不修其政,而恒有窥上国之志。是岁也实在庚子。"这里暗用二事,喻指陈后主的被俘北上。

〔22〕"五百里"二句:《南史·陈后主本纪》:"(陈祯明三年)三月已巳,后主与王公百司,同发自建邺,之长安。隋文帝权分京城人宅以俟,内外修整,遣使迎劳之,陈人讴咏,忘其亡焉。使还奏言:'自后主以下,大小在路,五百里累累不绝。'"

〔23〕"三百年"二句:谓随着陈的灭亡,江左所谓的王气归于寂灭。王气,古望气者所谓的帝王气运。自孙权称帝,江左历东晋、宋、齐、梁、陈,前后三百馀年,故云。

〔24〕尚:久,远。

〔25〕安乐公刘禅:刘禅降魏后,至洛阳,册命为安乐县公。

〔26〕归命侯孙:吴亡后孙皓出降,举家西迁入洛,赐号归命侯。

〔27〕温国公高纬:北齐后主高纬为周所擒,送至长安,封温国公。

〔28〕域中之大:犹言寰宇中最重要者。语出《老子》。

〔29〕衔璧送降:指刘禅、孙皓之降。二者皆在亡国后主动请降,故云。

〔30〕逃窜就系:指高纬、陈叔宝。高纬在逃亡途中为周所获,陈叔宝则在隋军攻入宫城逃匿于井。

〔31〕方册:典籍。

〔32〕"马上"句:《北齐书·帝纪第八》:"(后主)盛为无愁之曲。帝自弹胡琵琶而唱之,侍和之者以百数,人间谓之无愁天子。"又,《隋书·音乐中》:"后主亦自能度曲,亲执乐器,悦玩无倦,倚弦而歌。别采新声,为《无愁曲》……虽行幸道路,或时马上奏之,乐往哀来,竟以亡国。"当为

所本。

〔33〕"侍宴"句:达摩之曲,《乐府诗集》卷八〇《近代曲辞二》于温庭筠《达摩支》下引《乐府杂录》曰:"《达摩支》,健舞也。"而温庭筠《达摩支》有句云:"君不见无愁高纬花漫漫,漳浦宴馀清露寒。"则《达摩支》亦当是高纬宴会所奏曲。

〔34〕"刘禅"句:《三国志·蜀书·后主传》裴注引《汉晋春秋》曰:"司马文王与禅宴,为之作故蜀技,旁人皆为之感怆,而禅喜笑自若。……他日,王问禅曰:'颇思蜀否?'禅曰:'此间乐,不思蜀。'"

〔35〕"叔宝"句:《南史·陈后主本纪》:后主入隋,"隋文帝给赐甚厚,数得引见,班同三品。每预宴,恐致伤心,为不奏吴音。后监守者奏言:叔宝云:'既无秩位,每预朝集,愿得一官号。'隋文帝曰:'叔宝全无心肝。'"

〔36〕"对贾充"句:《资治通鉴·晋纪三》:"(太康元年)庚寅,帝临轩……贾充谓晧曰:'闻君在南方凿人目,剥人面皮,此何等刑也?'晧曰:'人臣有弑其君及奸回不忠者,则加此刑耳。'"胡三省注:"斥充世受魏恩而奸回附晋,弑高贵乡公也。"

〔37〕"和晋帝"句:《世说新语·排调》:"晋武帝问孙晧:'闻南人好作《尔汝歌》,颇能为不?'晧正饮酒,因举觞劝帝而言曰:'昔与汝为邻,今与汝为臣。上汝一杯酒,令汝万寿春。'帝悔之。"

〔38〕黄皓:后主刘禅所宠幸的宦官。《三国志·蜀书·董允传》载:陈祗代允为侍中,与黄皓互相表里。祗死后,皓从黄门令为中常侍奉车都尉,操弄威柄,终致亡国。

〔39〕岑昏:孙晧所宠用的奸臣。《三国志·吴书·三嗣主传》载,岑昏险谀贵幸,致位九列。天纪四年三月,殿中亲近数百人,叩头请晧杀岑昏,晧惶愦从之。

〔40〕高璟:即高阿那肱。北齐后主高纬所宠厚的倖臣,致位宰辅,后降北周。《北齐书·恩倖传》载,"天保中,显祖自晋阳还邺,阳愚僧阿秃师于路中大叫,呼显祖姓名云:'阿那瓌终破你国。'是时茹茹主阿那瓌在

塞北强盛,显祖尤忌之,所以每岁讨击,后亡齐者遂属阿那肱云。虽作'肱'字,世人皆称为'瓌'音。"

〔41〕 江总:陈后主的狎臣。《南史·陈后主本纪》载,后主荒于酒色,常使张贵妃、孔贵人等八人夹坐,江总、孔范等预宴,号曰狎客。

〔42〕 "剥面凿眼"句:《三国志·吴书·三嗣主(晧)传》载,宫人有不合意者,晧辄杀流之,或剥人之面,或凿人之眼。

〔43〕 "弃亲"二句:指北齐后主诛杀诸王宰相事。《北齐书·帝纪第八》载,后主天统五年正月,杀博陵王济。二月,杀赵郡王睿。武平二年九月,杀琅邪王俨。三年七月,诛丞相咸阳王斛律光。四年五月,杀兰陵王长恭。

〔44〕 细故:细小之事。

〔45〕 殚:尽。

〔46〕 悬衡:天平。这里即权衡、比较的意思。

〔47〕 明镜:犹明鉴。

113

陈子昂

陈子昂(661—702),字伯玉,梓州射洪(今属四川)人。睿宗文明元年(684)登进士第,以献书为则天赏识,擢授麟台正字。后迁右拾遗。万岁通天元年(696),随武攸宜讨契丹,军还,复居拾遗之职。旋以父年老,表请解职归侍,为县令段简害死于狱中。子昂为初唐诗歌革新先驱,其《修竹篇序》,痛斥齐梁诗风"彩丽竞繁"而"兴寄都绝",倡言恢复"汉魏风骨",强调风雅兴寄,对变革初唐诗风起到了非常重要的作用。文在初唐亦有较重要地位,尤其论事书疏之类,内容充实,析理明晰,气势充沛,疏朴朗畅,可谓开唐文变化之先声。两《唐书》有传。有《陈伯玉集》十卷传世。今人有整理本《陈子昂集》,中华书局上海编辑所1960年出版。

谏灵驾入京书[1]

梓州射洪县草莽愚臣陈子昂,谨顿首冒死献书阙下[2]:臣闻明主不恶切直之言以纳忠,烈士不惮死亡之诛以极谏。故有非常之策者,必待非常之时;有非常之时者,必待非常之主。然后危言正色,抗议直辞,赴汤镬而不回[3],至诛夷而无悔[4],岂徒欲诡世夸俗[5]、厌生乐死者哉?实以为杀身之害小,存国之利大,故审计定议而甘心焉。况乎得非常之时,遇非常之主，言必获用，死亦何惊？千载之迹，将不朽于今日矣。伏惟大行皇帝遗天下[6]，弃群臣，万国震惊，百姓屠裂[7]。陛下以徇齐之圣[8]，承宗庙之重，天下之望，喁喁如也[9]，莫不冀蒙圣化，以保馀年，太平之主，将复在于今日矣。况皇太后又以文母之贤[10]，协轩宫之耀[11]，军国大事，遗诏决之，唐、虞之际，于斯盛矣。臣伏见诏书，梓宫将迁坐京师[12]，銮舆亦欲陪幸[13]。计非上策，智者失图，庙堂未闻有骨鲠之谋[14]，朝廷多见有顺从之议，愚臣窃惑，以为过矣。伏自思之，生圣日，沐皇风，摩顶至踵[15]，莫非亭育[16]。不能历丹凤[17]，抵濯龙[18]，北面玉阶[19]，东望金屋[20]，抗音而正谏者，圣王之罪人也。所以不顾万死，乞献一言，愿蒙听览，甘就鼎镬，伏惟陛下察之。

　　臣闻秦据咸阳之时，汉都长安之日，山河为固，天下服矣，然犹北假胡宛之利[21]，南资巴蜀之饶[22]。自渭入河，转关东之粟[23]；逾沙绝漠[24]，致山西之宝。然后能削平天下，弹压诸侯，长辔利策，横制宇宙。今则不然，燕、代迫匈奴之侵，巴、陇婴吐蕃之患[25]。西蜀疲老，千里赢粮[26]；北国丁男，十五乘塞。岁月奔命，其弊不堪，秦之首尾，今为阙矣。即所馀者，独三辅之间尔[27]。顷遭荒馑[28]，人被荐饥[29]。自河而西，无非赤地；循陇以北，罕逢青草。莫不父兄转徙，妻子流离，委家丧业，膏原润莽[30]。此朝廷之所备知也。赖以宗庙神灵，皇天悔祸，去岁薄稔[31]，前秋稍登[32]，使赢饿之馀[33]，得保沈命[34]，天下幸甚，可谓厚矣。然而流人未返[35]，田野尚芜，白骨纵横，阡陌无主[36]。至于蓄积，犹可哀伤。陛下不料其难，贵从先意[37]，遂欲长驱大驾，按节秦京，千乘万骑,何方取给?况山陵初制[38],穿复未央[39],土木工匠,必资徒役。今欲率疲弊之众,兴数万之军,征发近畿[40],鞭朴羸老[41],凿山采石,驱以就功,但恐春作无时,秋成绝望,凋瘵遗噍[42],再罹饥苦[43],倘不堪弊,必有逋逃[44],子来之颂[45],其将何词以述?此亦宗庙之大机,不可不深图也。况国无兼岁之储[46],家鲜匝时之蓄[47],一旬不雨,犹可深忧,忽加水旱,人何以济?陛下不深察始终,独违群议,臣恐三辅之弊,不止如前日矣。

且天子以四海为家,圣人包六合为宇[48],历观邃古,以至于今,何尝不以三王为仁[49],五帝为圣[50]?故虽周公制作[51],夫子著名[52],莫不祖述尧、舜,宪章文、武[53],为百王之鸿烈[54],作千载之雄图。然而舜死陟方[55],葬苍梧而不返[56];禹会群后[57],殁稽山而永终[58],岂其爱蛮夷之乡而鄙中国哉?实将欲示圣人之无外也,故能使坟籍以为美谈[59],帝王以为高范。况我巍巍大圣,轹帝登皇[60],日月所临,莫不率俾[61],何独秦、丰之地[62],可置山陵;河洛之都[63],不堪园寝[64]?陛下岂可不察之?愚臣窃为陛下惜也。且景山崇丽[65],秀冠群峰,北对嵩邙[66],西望汝海[67],居祝融之故地[68],连太昊之遗墟[69],帝王图迹,纵横左右,园陵之美,复何加焉?陛下曾未察之,谓其不可,愚臣鄙见,良足尚矣。况瀍涧之中[70],天地交会,北有太行之险[71],南有宛叶之饶[72],东压江淮[73],食湖海之利;西驰崤渑[74],据关河之宝。以聪明之主,养淳粹之人,天下和平,恭己正南面而已。陛下不思瀍、洛之壮观,关、陇之荒芜,遂欲弃太山之安,履焦原之险,忘神器之大宝,徇曾闵之小节[75],愚臣阍昧,以为甚也。

陛下何不览诤臣之策,采行路之谣[76],谘谋太后,平章宰辅[77],使苍生之望,知有所安,天下岂不幸甚?昔得平王迁周[78],光武都洛[79],山陵寝庙,不在东京,宗社坟茔,并居西土,然而《春秋》美为始王[80],《汉书》载为代祖[81],岂其不愿孝哉?何圣贤褒贬,于斯滥矣?实以时有不可,事有必然,盖欲遗小存大,去祸归福,圣人所以为贵也。夫"小不忍则乱大谋"[82],仲尼之至诚,愿陛下察之。若以臣愚不用,朝议遂行,臣恐关、陇之忧,无时休息[83]。

臣又闻太原蓄钜万之仓,洛口积天下之粟[84],国家之宝,斯为大矣。今欲舍而不顾,背以长驱,使有识惊嗟,天下失望。倘鼠窃狗盗[85],万一不图[86],西入陕州之郊[87],东犯武牢之镇[88],盗敖仓一抔之粟[89],陛下何以遏之?此天下之至机,不可不深惧也。虽则盗未旋踵,诛刑已及,灭其九族[90],焚其妻子,泣辜虽恨[91],将何及焉?故曰:"先谋后事者逸,先事后图者失。"国之利器,不可以示人[92],斯言不徒设也,愿陛下念之。臣西蜀野人[93],本在林薮。幸属交泰,得游王国[94],故知不在其位者,不谋其政[95],亦欲退身岩谷,灭迹朝廷。窃感娄敬委辂[96],干非其议,图汉策于万全,取鸿名于千古,臣何独怯而不及之哉?所以敢触龙鳞[97],死而无恨,庶万有一中,或垂察焉。臣子昂诚惶诚恐,顿首顿首,死罪死罪。

《全唐文》卷二一二

〔1〕 弘道元年(683)十一月,高宗李治崩于洛阳,不久,武则天下诏,决定将高宗灵柩西迁关中,葬于奉天(今陕西乾县)之梁山。时刚中进士的陈子昂进献此文,提出自己的意见。他从保障百姓安居乐业及减轻百

姓负担的角度,对灵柩西迁提出异议,主张将高宗安葬于有山河形胜的洛阳。文章慷慨陈词,直抒己见而无所隐讳,显示了作者勇于言事议政的个性特点。

〔2〕 梓州射洪县:唐属剑南道,故治在今四川射洪。阙下:宫阙之下。代指帝王所居的宫廷。

〔3〕 汤镬:煮着滚水的锅。古代常用作惩处罪人的刑具。

〔4〕 诛夷:杀戮,诛杀。

〔5〕 诡世夸俗:欺骗世人,炫耀自己不同寻常。

〔6〕 大行皇帝:对刚去世的皇帝的敬称。此指高宗李治。

〔7〕 屠裂:悲痛至极。

〔8〕 徇齐之圣:犹言聪敏智慧。参李世民《答魏徵手诏》注〔29〕。

〔9〕 喁喁(yú鱼):仰望期待的样子。

〔10〕 皇太后:指武则天。高宗去世后,太子李显即位,尊天后(武则天)为皇太后。文母,文德之母。本指文王妃太姒,这里作者用为对武则天的敬称。

〔11〕 轩宫:帝王的宫室。

〔12〕 梓宫:帝后所用的梓木棺材。此指高宗的灵柩。迁坐:改换所居位置。京师:此指西京长安。

〔13〕 銮舆:皇帝的车驾。

〔14〕 骨鲠之谋:耿直的谋议。

〔15〕 摩顶至踵:从头至脚。踵,脚后跟。

〔16〕 亭育:抚育,培养。

〔17〕 丹凤:丹凤城,京城长安的别称。此借指朝廷。

〔18〕 濯龙:汉代宫苑名,在洛阳西南角。此代指宫廷。

〔19〕 玉阶:帝王宫中的台阶。代指朝廷。

〔20〕 金屋:华贵之屋。此指皇宫。

〔21〕 "然犹"句:假,借助。胡宛,当作胡苑。胡苑之利,指与胡人交易所获马匹等利益。《史记·留侯世家》:"南有巴蜀之饶,北有胡苑之

利。"张守节正义："上郡、北地之北与胡接,可以牧养禽兽,又多致胡马,故谓之胡苑之利。"

〔22〕 "南资"句:资,凭借。巴蜀之饶,巴蜀的富庶。巴蜀,秦汉设巴蜀二郡,其地在今四川,后成为四川的代称。饶,富厚,丰足。

〔23〕 关东:函谷关以东地区。或说潼关以东地区。

〔24〕 逾:穿越。

〔25〕 吐蕃(bō播):公元七至九世纪,我国藏族所建立的政权。据有今西藏地区,盛时辖有青藏高原诸部,势力达至西域、河陇地区。曾与唐联姻,经济文化联系密切。

〔26〕 赢:携带。

〔27〕 三辅:汉初治理京畿的左右内史、主爵都尉(后改都尉)合称三辅。武帝时,以京兆尹、右扶风、左冯翊所属,称三辅。《太平御览》卷一六四引《三辅黄图》："汉武帝太初元年改内史为京兆尹,以渭城以西属右扶风,长安以东属京兆尹,长陵以北属左冯翊,以辅京师,谓之三辅。"后泛指京畿地区。

〔28〕 荒馑:收成不好的年份。馑,谷物歉收。

〔29〕 荐饥:连年灾荒。

〔30〕 膏原润莽:谓人死之后,其尸体成为肥沃原野的养料。

〔31〕 稔:庄稼成熟。此指丰收。

〔32〕 登:成熟,丰收。

〔33〕 羸饿:瘦弱饥饿。

〔34〕 沈命:危殆之命。

〔35〕 流人:也即流民。以避李世民讳改。

〔36〕 阡陌:本指田界。此代指田地。

〔37〕 先意:先意承志的省称。指孝子先父母之意而承顺其志。此指孝道。

〔38〕 山陵:帝王或皇后的坟墓。此指高宗之陵。

〔39〕 未央:未尽。央,尽,完。

〔40〕 畿:古代王都所领辖的千里地面。此指京城长安周围地区。

〔41〕 羸老:瘦弱年老者。

〔42〕 凋瘵(zhài 寨)遗噍(jiào 轿):谓经历困穷而幸存的人。凋瘵,困穷之民。遗噍,犹遗类。

〔43〕 罹:遭遇,遭受。

〔44〕 逋逃:逃亡。逋,逃。

〔45〕 子来之颂:民心归附、竭诚效忠的颂词。《诗·大雅·灵台》:"经始灵台,经之营之。庶民攻之,不日成之。经始勿亟,庶民子来。"语本之。

〔46〕 兼岁:犹言不止一年。

〔47〕 匝时:满一季。

〔48〕 六合:天地四方,也即整个宇宙的巨大空间。《庄子·齐物论》:"六合之外,圣人存而不论;六合之内,圣人论而不议。"成玄英疏:"六合者,谓天地四方也。"

〔49〕 三王:夏、商、周三代之君。所指说法不一。一指夏禹、商汤、周武王;一指夏禹、商汤、周文王。也有说指商汤、周文王、周武王。

〔50〕 五帝:上古传说中的五位帝王。所指说法不一。依《史记·五帝本纪》,指黄帝、颛顼、帝喾、唐尧、虞舜。

〔51〕 周公制作:指周公所制定的礼乐典章制度。周公,西周著名的政治家。姓姬名旦,文王子,武王弟,曾辅佐武王灭商。武王死,成王年幼,周公摄政,平定武庚、管叔、蔡叔之叛,继而厘定典章,臻于大治,后世以为圣贤之典范。

〔52〕 夫子著名:指孔子的著述。

〔53〕 "莫不"句:谓其都是效法唐尧、虞舜、周文王、周武王的。祖述、宪章,均为仿效、效法的意思。

〔54〕 鸿烈:犹大功业。

〔55〕 舜死陟方:谓舜死于巡狩道上。陟方,犹巡狩。《尚书·舜典》:"舜生三十徵庸,三十在位。五十载,陟方乃死。"孔传:"方,道也。舜即位

五十年,升道南方巡守,死于苍梧之野而葬焉。"《文选》左思《吴都赋》:"乌闻梁岷有陟方之馆,行宫之基欤?"刘逵注:"舜陟方,谓南巡守也。"

〔56〕 苍梧:山名,又名九疑,在今湖南宁远。相传舜死葬于此。

〔57〕 禹会群后:相传有苗不服,禹曾纠合诸侯以征。《尚书·大禹谟》:"帝曰:'咨,禹!惟时有苗弗率,汝徂征。'禹乃会群后,誓于师曰:'济济有众,咸听朕命……'"群后,指四方诸侯及九州牧伯。

〔58〕 "殁稽山"句:殁,死。稽山,即会稽山。在今浙江绍兴东南,相传禹会诸侯江南计功,故名。又传禹巡狩至会稽而崩,葬于此。

〔59〕 坟籍:犹典籍。

〔60〕 轹帝登皇:超越三皇五帝。轹,车轮碾过。登,高。

〔61〕 率俾:顺从。《尚书·君奭》:"丕冒海隅出日,罔不率俾。"王引之《经义述闻·尚书下》:"俾言比也。比,《象传》曰:'比,下顺从也。'比与俾古字通。"

〔62〕 秦、丰之地:战国时秦据有今陕西之地,丰在今陕西户县西。这里以秦、丰泛指关中地区

〔63〕 河洛之都:指洛阳。《文选》班固《西都赋》:"盖闻皇汉之初经营也,尝有意乎都河洛矣。"李善注:"东都有河南洛阳,故曰河洛也。"

〔64〕 园寝:园陵墓地。

〔65〕 景山:山名。在今河南偃师南。

〔66〕 嵩邙:嵩山与邙山。嵩山在今河南登封北,为五岳之中岳。邙山,在今河南洛阳东北,汉魏以后,多为王公贵族归葬之处。

〔67〕 汝海:汝水的别称。《文选》枚乘《七发》:"既登景夷之台,南望荆山,北望汝海。"李善注:"郭璞《山海经》注曰:'汝水出鲁阳山东,北入淮海。汝称海,大言之也。"

〔68〕 祝融之故地:祝融,帝喾时的火官,后尊为神,曰祝融。《史记·五帝本纪》"帝喾高辛者,黄帝之曾孙也。……至高辛即帝位"下裴骃集解引皇甫谧曰:"都亳,今河南偃师是。"故作者云"祝融之故地"。

〔69〕 太昊之遗墟:《左传·昭公十七年》:"陈,大皞之虚也,郑,祝融

之虚也,皆火房也。"大皞,即太昊,也即伏羲氏。按,陈、郑俱在今河南境内,唐属河南道,作者为突出河洛山河形胜,因连称之。

〔70〕 瀍(chán 缠)涧:瀍水与涧水。瀍水源出河南洛阳西北之谷城山,南流经洛阳城东入于洛水。涧水源出河南渑池东北白石山,东流经新安、洛阳,入于洛河。

〔71〕 太行:太行山。是绵延山西、河北、河南的山脉。

〔72〕 宛叶:二古邑名。宛,即今河南南阳,叶,今河南叶县。

〔73〕 江淮:指长江、淮河。

〔74〕 崤渑:地名,在河南渑池。因在崤山山谷之底,也称崤底。

〔75〕 曾闵之小节:曾,曾参。闵,闵损(子骞)。二人俱孔子弟子,以孝行著称。这里作者以国家政权的安稳为大事,故以效法曾、闵之孝行为小节。

〔76〕 行路之谣:犹路人的议论。

〔77〕 平章:商量。

〔78〕 平王迁周:指周平王将周的都城由镐京东迁至洛邑。

〔79〕 光武都洛:指光武帝刘秀建立东汉王朝,定都于洛阳。

〔80〕 《春秋》美为始王:杜预《春秋左传序》:"曰:然则《春秋》何始于鲁隐公?答曰:周平王,东周之始王也。"语本之。

〔81〕 《汉书》载为代祖:代祖,即世祖,避李世民讳而改。班固在《汉书》中称光武帝刘秀为世祖,故云。

〔82〕 "小不忍"句:《论语·卫灵公》:"子曰:'巧言乱德,小不忍则乱大谋。'"

〔83〕 休息:犹言停止、止息。

〔84〕 "臣又闻"句:唐代为调节粮食供应,设有义仓、长平仓。其中太原有太原仓,东都洛阳有寒嘉仓等,为重要的粱米储藏地,故作者这里特别予以强调。

〔85〕 鼠窃狗盗:喻小偷小盗或小规模的抢劫骚扰。

〔86〕 不图:犹出乎意料。

〔87〕 陕州:地名,治所在今河南陕县。

〔88〕 武牢:地名,即虎牢,因避唐祖李虎讳改。其地在今河南荥阳汜水镇。

〔89〕 敖仓:秦所建仓名,在今河南郑州西北邙山上。

〔90〕 九族:以自己为本位,上推至四世之高祖,下推至四世之玄孙,为九族。一说父族四,母族三,妻族二,为九族。

〔91〕 辜:罪。

〔92〕 "国之利器"二句:语见《老子》二十六章。

〔93〕 西蜀野人:作者的谦称。陈子昂为蜀人,上书时中进士尚未得官,故有此称。野人,庶人,平民。

〔94〕 王国:天子之国。此指京城。

〔95〕 "故知"二句:《论语·泰伯》:"子曰:'不在其位,不谋其政。'"语本之。

〔96〕 娄敬委辂:娄敬,汉初齐人。因首劝刘邦定都长安有功,拜为郎中,号为奉春君,并赐姓刘,因又称刘敬。辂,车前横木。娄敬戍陇西途经洛阳时,闻刘邦在此,因"脱挽辂,衣其羊裘",通过齐人虞将军求见,"委辂"云云本此。事见《史记·刘敬叔孙通列传》。

〔97〕 触龙鳞:犹不避忌讳上书言事。龙鳞,《韩非子·说难》:"夫龙之为虫也,柔可狎而骑也,然其喉下有逆鳞径尺,若人婴之者,则必杀人。人主亦有逆鳞,说者能无婴人主之逆鳞,则几矣。"后因以喻人主。

《修竹篇》序[1]

东方公足下[2]:文章道弊五百年矣[3]!汉魏风骨[4],晋宋莫传,然而文献有可征者。仆尝暇时观齐梁间诗,彩丽竞繁[5],而兴寄都绝[6],每以咏叹。思古人常恐逶迤颓靡[7],风

123

雅不作[8]，以耿耿也[9]。一昨于解三处见明公《咏孤桐篇》[10]，骨气端翔，音情顿挫，光英朗练，有金石声[11]。遂用洗心饰视[12]，发挥幽郁[13]，不图正始之音[14]，复睹于兹，可使建安作者相视而笑[15]。解君云："张茂先、何敬祖，东方生与其比肩。"[16]仆亦以为知言也。故感叹雅制[17]，作《修竹诗》一篇。当有知音[18]，以传示之。

《陈伯玉集》卷一

〔1〕 这是作者《修竹篇》诗前的小序。一本题前有"与东方左史虬"数字。序中作者对晋宋以后特别是齐梁时期的诗风提出了严厉的批评，认为其"彩丽竞繁，而兴寄都绝"，因而大声疾呼，提倡恢复汉魏风骨，并对东方虬的《咏孤桐篇》给予了高度评价。这篇小序，不仅体现了陈子昂诗歌创作的主张，同时也被认为是其变革初唐诗风的理论纲领。东方左史虬，即东方虬，左史为其官职。虬武后时曾任左史、礼部员外郎等职，事迹见《元和姓纂》卷一及两《唐书·宋之问传》。据史载，东方虬任左史，约在武周圣历(698—700))前后，而陈子昂于圣历元年(698)秋上表乞归侍亲，故此《序》并诗当作于虬任左史后，子昂表乞归侍前。

〔2〕 东方公：指东方虬。足下，对对方的敬称。

〔3〕 "文章"句：谓文章之道的衰落已有五百年了。自西晋迄作者作此篇，前后计约四百三十年左右，曰五百年，盖举其成数。弊，衰落，衰败。

〔4〕 汉魏风骨：亦称建安风骨。是后人对建安时期文学作品中所表现出的慷慨豪迈、内容充实、表达刚健有力的特征的概括。

〔5〕 彩丽竞繁：竞相追逐华丽的词彩，堆砌繁多的典故。

〔6〕 兴寄都绝：比兴寄托全都没有了。兴寄，即比兴与寄托。二者本是《诗经》、《楚辞》以降中国古代诗歌的优良传统，而齐梁文人完全遗弃了这一传统，故作者有此慨叹。

〔7〕 逶迤颓靡：日渐衰落，萎靡不振。

〔8〕 风雅:本指《诗经》中的《国风》与大小《雅》,这里指《诗经》所代表的诗歌传统。

〔9〕 耿耿:心中不安貌。

〔10〕 "一昨"句:一昨,前些日子。解三,其人不详,三为其排行。以排行称人,乃唐人习惯。明公,对有名位者的尊称。此指东方虬。《咏孤桐篇》,东方虬诗,今不传。

〔11〕 "骨气"数句:是对东方虬《咏孤桐篇》的称赞之词,谓其具有思想感情健康,表达节奏鲜明,语言干练明朗,声韵铿锵有力的特点。

〔12〕 洗心饰视:使心灵得到净化,眼睛为之明亮。饰,拭。

〔13〕 发挥幽郁:犹言使内心深处的郁结得到散发。

〔14〕 正始之音:见李善《进〈文选〉表》注〔17〕。

〔15〕 "可使"句:谓建安作者也会引以为同调。相视而笑,《庄子·大宗师》:"四人相视而笑,莫逆于心,遂相与为友。"成玄英疏:"目击道存,故相视而笑;同顺玄理,故莫逆于心。"

〔16〕 "张茂先"句:张茂先,即张华(232—300)。华字茂先,范阳方城(今河北固安)人,西晋著名诗人、辞赋家。何敬祖,即何劭(236—302)。劭字敬祖,陈国阳夏(今河南太康)人,西晋诗人。比肩,犹并列。

〔17〕 雅制:此指《咏孤桐篇》。

〔18〕 知音:《列子·汤问》载,伯牙善鼓琴,钟子期善赏音。伯牙鼓琴,音在高山,钟子期说"峨峨兮若泰山";音在流水,钟子期说"洋洋兮若江河"。伯牙所念,钟子期必得之。后因以知音比喻知己。

复仇议状[1]

臣伏见同州下邽人徐元庆者[2],父爽为县吏赵师韫所杀[3],卒能手刃父仇,束身归罪[4]。议曰:先王立礼,所以进人也；明罚，所以齐政也[5]。夫枕干仇敌，人子之义[6]；诛罪禁乱，王政之纲[7]。然则无义不可以训人[8]，乱纲不可以明法，故圣人修礼理内，饬法防外[9]，使夫守法者不以礼废刑，居礼者不以法伤义，然后能使暴乱不作，廉耻以兴，天下所以直道而行也。窃见同州下邽人徐元庆，先时父为县吏赵师韫所杀，元庆鬻身庸保[10]，为父报仇，手刃师韫，束身归罪，虽古烈者[11]，亦何以多[12]？诚足以激清名教[13]，旁感忍辱义士之靡者也[14]。然按之国章[15]，杀人者死，则国家画一之法也[16]，法之不二[17]，元庆宜伏辜[18]。又按《礼经》"父仇不同天"[19]，亦国家劝人之教也，教之不苟[20]，元庆不宜诛。然臣闻昔刑之所生，本以遏乱[21]；仁之所利，盖以崇德。今元庆报父之仇，意非乱也；行子之道，义能仁也，仁而无利，与乱同诛，是曰能刑，未可以训，元庆之可显宥于此矣[22]。然则邪由正生，理必乱作[23]，昔礼防至密，其弊不胜，先王所以明刑，本实由此。今傥义元庆之节[24]，废国之刑，将为后图，政必多难，则元庆之罪，不可废也。何者？人必有子，子必有亲，亲亲相仇，其乱谁救[25]？圣人作始，必图其终，非一朝一夕之故，所以全其政也。故曰："信人之义，其政必行。"且夫以私义而害公法，仁者不为；以公法而徇私节[26]，王道不设[27]。元庆之所以仁高振古，义伏当时，以其能忘生而及于德也。今若释元庆之罪，以利其生，是夺其德而亏其义，非所谓杀身成仁、全死无生之节也。如臣等所见，谓宜正国之法，寘之以刑，然后旌其闾墓[28]，嘉其徽烈[29]，可使天下直道而行，编之于令[30]，永为国典[31]。谨议。

《全唐文》卷二一三

〔1〕 关于血亲复仇杀人,唐律无明确的处理规定。徐元庆为父复仇,杀死县吏赵师韫,然后诣官府束身待罪,当时议者以为元庆孝烈,武后亦欲赦死,陈子昂因上此议,提出自己的意见。作者认为徐元庆报父仇,束身归罪,是值得肯定的孝义之行,但"杀人者死"是不可违背的国法,为了解决提倡孝义与维护国法的矛盾,他提出"宜正国之法,寘之以刑,然后旌其闾墓可也"的建议,并希望将此意见编入律令,作为国家法典。

〔2〕 "臣伏见"句:伏,古代臣子见皇帝下跪俯伏,不敢仰视,故奏疏常以"伏"起首,以示敬畏。同州,州名,唐属关内道,治所在今陕西大荔。下邽,县名,唐初为同州府属县,武后垂拱元年(685)后属华州,故治在今陕西渭南东北。

〔3〕 赵师韫:曾任下邽县吏,后升御史。因任县吏时处死徐元庆父徐爽,后为徐元庆所杀。

〔4〕 束身归罪:自缚至衙门待罪。

〔5〕 齐政:使政令整齐划一。

〔6〕 枕干:《礼记·檀弓上》:"子夏问于孔子曰:'居父母之仇,如之何?'夫子曰:'寝苫枕干,不仕,弗与共天下也。遇诸市朝,不反兵而斗。'"语本之。干,即盾,后因以枕干表示复仇心切。

〔7〕 王政之纲:国君政令的总原则。

〔8〕 训:教诲,教导。

〔9〕 饬:整治,整顿。

〔10〕 鬻身庸保:卖身做雇工。佣保,雇工。

〔11〕 烈者:重义轻生之士。

〔12〕 多:胜过,超过。

〔13〕 名教:指以正名定分为主的封建礼教。

〔14〕 靡:行为,作为。靡,通"为"。

〔15〕 国章:国法。

〔16〕 画一之法:犹统一的法令。

〔17〕 不二:不可改变。

127

〔18〕伏辜:伏罪。

〔19〕"又按"句:《礼经》,古代关于礼制礼仪规范的经典,有《周礼》、《仪礼》、《礼记》,并称"三礼"。汉人所云《礼经》,主要指今之《仪礼》。这里作者或笼统言之。"父仇不同天",语本《礼记》。《礼记·曲礼上》:"父之仇,弗与共戴天。"又《礼记·檀弓上》:"'居父母之仇,如之何?'夫子曰:'寝苫枕干,不仕,弗与共天下也……'"

〔20〕不苟:犹言不随意马虎。

〔21〕遏乱:制止乱行。

〔22〕宥:宽恕,赦免。

〔23〕理:即治。因避高宗李治讳改。

〔24〕傥:倘若。

〔25〕救:制止,阻止。

〔26〕徇:顺从,依从。

〔27〕设:大。

〔28〕旌其闾墓:在闾门墓表予以表彰。古代旌表人物,常在巷与墓道门前建坊题字,故云。旌,表彰。闾墓,指巷门与墓道前。

〔29〕嘉其徽烈:褒扬其壮烈之行。

〔30〕令:唐代法律形式之一。唐之法律,有律、令、格、式四种。律是当代法典,令是皇帝的命令,格为官吏办事规则的规定,式为官署通用的文件程式。

〔31〕国典:国家的典章制度。

128

刘知几

刘知几(661—721),字子玄,徐州彭城(今江苏徐州)人。弱冠举进士,授获嘉主簿。后以著作郎兼修国史,寻迁左史,撰起居注。历官凤阁舍人、著作佐郎、太子中允、率更令、太子中舍人、修文馆学士、太子左庶子兼崇文馆学士等。玄宗开元初迁左散骑常侍,九年,坐子贶配流事,贬安州别驾,未几,卒。两《唐书》有传。知几长于史学,领国史凡二十馀年。曾预修《三教珠英》、《文馆词林》、《姓族系录》等,撰有《唐书实录》、《刘氏家乘》、《刘氏谱考》、《史通》等著作。《新唐书·艺文志》著录其集三十卷,已佚。今传所撰《史通》一书二十卷,为著名的史学理论著作。清人浦起龙有《史通通释》,有上海古籍出版社1978年排印本。

叙事[1]

夫史之称美者,以叙事为先。至若书功过,记善恶,文而不丽,质而非野[2],使人味其滋旨[3],怀其德音[4],三复忘疲[5],百遍无斁[6],自非作者曰圣[7],其孰能与于此乎?昔圣人之述作也,上自《尧典》[8],下终获麟[9],是为属词比事之言,疏通知远之旨[10]。子夏曰:"《尚书》之论事也,昭昭然如日月之代明。"[11]扬雄有云:"说事者莫辨乎《尚书》,说理者莫辨乎《春秋》。"[12]然则意指深奥,诰训成义[13],微显阐幽,婉而成章[14],虽殊途异辙,亦各有差焉[15]。谅以师范亿载[16],规模万古,为述者之冠冕[17],实后来之龟镜[18]。既而马迁《史记》,班固《汉书》,继圣而作,抑其次也。故世之学者,皆先曰"五经"[19],次云"三史"[20],经史之目,于此分焉。

　　尝试言之曰:经犹日也,史犹星也。夫杲日流景[21],则列星寝耀[22];桑榆既夕,而辰象粲然[23]。故《史》、《汉》之文,当乎《尚书》、《春秋》之世也,则其言浅俗,涉乎委巷[24],垂翅不举,灪篰无闻[25]。逮于战国已降,去圣弥远,然后能露其锋颖,倜傥不羁[26]。故知人才有殊,相去若是,校其优劣,讵可同年[27]？自汉已降,几将千载,作者相继,非复一家,求其善者,盖亦几矣[28]。夫班、马执简,既"五经"之罪人,而晋、宋杀青[29],又"三史"之不若。譬夫王霸有别[30],粹驳相悬[31],才难不其甚乎!

　　然则人之著述,虽同自一手,其间则有善恶不均,精粗非类。若《史记》之苏、张、蔡泽等传[32],是其美者。至于三、五本纪[33],日者、太仓公、龟策传[34],固无所取焉。又《汉书》之帝纪,陈、项诸篇[35],是其最也。至于淮南王、司马相如、东方朔传,又安足道哉!岂绘事以丹素成妍[36],帝京以山水为助。故言媸者其史亦拙,事美者其书亦工[37]。必时乏异闻,世无奇事,英雄不作,贤俊不生,区区碌碌[38],抑惟恒理,而责史臣显其良直之体,申其微婉之才,盖亦难矣。故扬子有云:"《虞》、《夏》之书,浑浑尔;《商》书,灏灏尔;《周》书,噩噩尔;下《周》者,其书憔悴乎?"[39]观丘明之记事也[40],当桓、文作霸[41],晋、楚更盟[42],则能饰彼词句,成其文雅。及王室大

130

坏[43]，事益纵横，则《春秋》美辞，几乎翳矣[44]。观子长之叙事也[45]，自周已往，言所不该[46]，其文阔略[47]，无复体统。泊秦、汉以下[48]，条贯有伦，则焕炳可观，有足称者。至若荀悦《汉纪》，其才尽于十帝[49]；陈寿《魏书》，其美穷于三祖[5]。触类而长[51]，他皆若斯。

夫识宝者稀，知音盖寡[52]。近有裴子野《宋略》，王劭《齐志》[53]，此二家者，并长于叙事，无愧古人。而世人议者皆雷同，誉裴而共诋王氏。夫江左事雅，裴笔所以专工；中原迹秽，王文由其屡鄙。且几原务饰虚辞，君懋志存实录，此美恶所以为异也。设使丘明重出，子长再生，记言于贺六浑之朝[54]，书事于士尼干之代[55]，将恐辍毫栖牍[56]，无所施其德音。而作者安可以今方古，一概而论得失？

〔1〕 本篇原列《史通》卷六内篇之第二十二篇。在此前《言语》、《浮词》两篇中，作者论述了撰史用词遣字之法，本篇则进而从史家叙事角度，论述撰史之叙事原则。刘知几崇尚《尚书》、《春秋》等经典著作之"微显阐幽，婉而成章"，而对经史分途后的史家叙事则略有微词。因此他就史家之叙事，通过分析诸家史书之得失，提出了一些自己的独到见解，并围绕简要、隐晦、妄饰三个层面对之作了论述。作者围绕上述叙事原则的论述，颇具理论价值，而其中品核诸史得失，裁量叙事优劣，也多见作者的卓识，因此堪称史学论著之佳篇。

〔2〕 "文而不丽"二句：有文采而不华丽，内容朴素而不失于俚俗。

〔3〕 滋旨：美好的滋味或意味。

〔4〕 德音：犹善言。

〔5〕 三复：反复诵读。

〔6〕 斁(yì逸)：厌倦，厌弃。

〔7〕 作者曰圣：《礼记·乐记》："作者之谓圣，述者之谓明。明圣者，

述作之谓也。"孔颖达疏："'作者之谓圣',圣者通达物理,故'作者之谓圣',则尧、舜、禹、汤是也。'述者之谓明',明者辨说是非,故修述者之谓明,则子游、子夏之属是也。"

〔8〕《尧典》:《尚书》中《虞书》篇名,在《尚书》中列第一篇。

〔9〕下终获麟:《春秋》载鲁哀公十四年西狩获麟,相传孔子作《春秋》至此而辍笔,故云。

〔10〕属词比事:谓连缀文词,排比史事。指《春秋》。《礼记·经解》:"属词比事,《春秋》教也。"疏通知远:谓通达上古帝皇之事。指《尚书》。《礼记·经解》:"疏通知远,《尚书》教也。"

〔11〕"子夏"句:子夏,即卜商(前507—前400),字子夏,春秋时卫人,孔子弟子。相传曾序《诗》传《易》,讲学西河,为魏文侯师。见《史记·仲尼弟子列传》。子夏语见《尚书大传·略说》,云:"书之论事也,昭昭若日月之代明,离离若参辰之错行。"

〔12〕"扬雄"句:扬雄(前53—18),字子云,蜀郡成都(今属四川)人。西汉著名辞赋家、学者。成帝时献《甘泉》、《河东》、《羽猎》、《长扬》四赋,拜为郎。王莽时为大夫,校书天禄阁,以事株连,投阁自杀,几死。后病免,莽复召为大夫,年七十一卒。其作品除辞赋外,还有《太玄》、《法言》、《方言》等著作。《汉书》有传。"说事者"二句,见扬雄《法言·寡见》,原句作:"说天者莫辨乎《易》,说事者莫辨乎《尚书》,说体者莫辨乎《礼》,说志者莫辨乎《诗》,说理者莫辨乎《春秋》。"

〔13〕"意指"二句:指《尚书》。程千帆《史通笺记》云:"指,宋本作複,张鼎思本作復,浦起龙改,校云:'旧作複,误。'诂,浦校云:'一讹诘。'杨明照曰:'按:诘字非是。……《后汉书·贾逵列传》:逵数为帝言,古文尚书与经传、尔雅诂训相应。《文心雕龙·宗经篇》:书实记言,而诂训茫昧,通乎尔雅,则文意晓然。并言书之诂训成义也。"并案云:"《孔丛子·居卫篇》:'书之意兼復深奥,训诂成义,古人所以为典雅事也。'正子玄所本。複与復通。浦改複为指,杨以诂为诘,并非。特诂训二字当乙转耳。"可参。据程《记》,则二语当本《孔丛子·居卫篇》。

〔14〕 "微显"二句:指《春秋》。杜预《春秋序》:"其微显阐幽,裁成义类者,皆据旧例而发义,指行事以正褒贬。"又云:"故发传之体有三,而为例之情有五。……三曰婉而成章。"

〔15〕 差:程千帆《史通笺记》:"差,本作美,浦起龙校改。"并案云:"美字不误。《文心雕龙·宗经篇》:'《尚书》则览文如诡,而寻理即畅;《春秋》则观辞立晓,而访义方隐。此圣人之殊致,表里之异体者也。'乃子玄此节所本。殊致异体,即'殊途异辙';'亦各有美',谓各擅其胜也。既云殊异,又谓差焉,则床上施床,不词甚矣。"其说近是。

〔16〕 师范亿载:长期被作为学习的范本。

〔17〕 冠冕:此指居于首位。

〔18〕 龟镜:指为后人学习的榜样。

〔19〕 五经:指《诗》、《尚书》、《礼》、《易》、《春秋》五部儒家经典。班固《白虎通·五经》:"五经何谓?谓《易》、《尚书》、《诗》、《礼》、《春秋》也。"

〔20〕 三史:魏晋南北朝时称《史记》、《汉书》、《东观汉记》为三史,开元以后,因《东观汉记》失传,乃以《后汉书》代之。按,据刘知几《史通·序》,《史通》成书在中宗景龙四年,故这里"三史"疑仍指《史记》、《汉书》与《东观汉记》。

〔21〕 杲日流景:太阳的光芒。杲,明亮貌。流景,闪耀的光彩。景同影,此指日光。

〔22〕 寝耀:星光隐没。

〔23〕 辰象粲然:星光闪耀。辰象,列星。粲然,明亮貌。

〔24〕 委巷:僻陋曲折的小巷。后也常以之喻指民间。

〔25〕 濮籥(chì yuè 赤月):不和谐的音乐。此喻文章未能流行于世。

〔26〕 倜傥不羁:谓举止豪放洒脱而不受束缚。此指卓异之处显露出来。

〔27〕 讵:岂,难道。

〔28〕 几:此犹言极少。

〔29〕"夫班、马执简"二句：班，班固。马，司马迁。作者以《尚书》、《左传》为经典，认为后出的《史记》、《汉书》不能继踵企及，故下云班、马为"五经"罪人。晋、宋，指晋、宋及以后所出现的史书。杀青，指著作书写完成，详见李善《进〈文选〉表》注〔47〕。

〔30〕王霸有别：王业与霸业的区别。王业指帝王统一天下，霸业指诸侯称霸一方或维持霸权。此以之比喻《尚书》、《左传》与《史记》、《汉书》及晋、宋后史书与"三史"之间的差异。

〔31〕粹驳相悬：纯粹与驳杂之间，相差悬殊。

〔32〕苏、张、蔡泽等传：苏、张分别指苏秦、张仪。《史记》有《苏秦列传》、《张仪列传》、《范雎蔡泽列传》等。

〔33〕三、五本纪：三、五，谓三皇五帝。《史记》有《五帝本纪》。此三、五本纪，或云指与知几同时的司马贞所补之《三皇本纪》及迁所自撰之《五帝本纪》。知几特错举迁所自撰及后人补撰中之一些篇目，亦有无足取者，说明"人之著述，虽同自一手"，亦有"精粗非类"者。说见张振珮《史通笺释》。

〔34〕"日者"句：《史记》有《日者列传》、《扁鹊仓公列传》、《龟册列传》。

〔35〕陈、项诸篇：指《汉书》陈胜、项籍等传。

〔36〕绘事以丹素成妍：《论语·八佾》："子曰：绘事后素。"朱熹注："谓先以粉地为质，而后施以五彩，犹人有美质，然后可以文饰。"此言史事本身对作者的叙述有很大的影响与制约。

〔37〕"故言嫭"二句：谓史书的工拙受其所记述的人物事件本身特点的制约。嫭，丑恶，丑陋。此指平凡无奇。

〔38〕区区碌碌：平庸无能。

〔39〕"故扬子"句：扬子，指扬雄。下引数语，见扬雄《法言·问神》，唯"下《周》者，其书憔悴乎"中"憔"字，《法言》作"谯"。

〔40〕丘明：左丘明。春秋时鲁人，相传曾为鲁太史，为《春秋》作传，成《春秋左氏传》一书，又作有《国语》。

〔41〕桓、文作霸:桓、文,指齐桓公、晋文公。春秋时二者曾称霸于诸侯,故云。

〔42〕晋、楚更盟:春秋时周室衰落,诸侯以力相征,争夺霸权,晋、楚曾更替为当时诸侯盟主,故云。

〔43〕王室大坏:指周王朝的衰落。

〔44〕翳:隐藏,隐没。

〔45〕子长:即司马迁。迁字子长。

〔46〕该:充足。

〔47〕阔略:疏略简省。

〔48〕洎:到,及。

〔49〕"至若"句:荀悦(148—209),字仲豫,颍川颍阴(今河南许昌)人。东汉史学家。灵帝时,托疾隐居。献帝时累迁秘书监、侍中。所著《汉纪》一书,共三十篇,乃因《汉书》而成。献帝好典籍,而以班固《汉书》文烦难省,乃令悦依《左传》体为《汉纪》。事见《后汉书·荀淑传》附。其才尽于十帝,程千帆《史通笺记》案云:"《论衡·宣汉篇》:'孔子曰:"如有王者,必世而后仁。"……孔子所谓一世,三十年也。汉家三百岁,十帝耀德,未平如何?'此云十帝,盖本纬候之说,兼东汉光武帝、明帝言之。《后汉书·曹褒列传》载章帝元和二年诏引《河图》云:'赤九会昌,十世以光,十一以宁。'李贤注:'九谓光武,十谓明帝,十一为章帝。'是也。西汉十二帝,除平帝、孺子婴不计,明见《宣汉篇》外,馀八帝未详所指。子玄此之所云,则专属西汉,与仲任不同。其意乃谓平帝以还,政归新莽,王室如燧,王室坏则美辞翳耳。"说可参。

〔50〕"陈寿"二句:陈寿(233—297),字承祚,巴西安汉(今四川南充)人。三国蜀、晋间史学家。少受学于谯周,仕蜀历东观秘书郎、散骑侍郎、黄门侍郎。晋武帝时任著作郎,后又任治书侍御史、兼侍郎、著作郎,惠帝元康中卒。著有《三国志》六十五卷。事迹见《晋书》卷八二。《三国志》一书由《魏书》、《蜀书》、《吴书》构成,原本三部分独立行世,宋以后始三者合刊。此处称"陈寿《魏书》",即指今《三国志》中的《魏书》而言。三

祖,曹操、曹丕、曹睿三位魏室帝王。《三国志·魏书·明帝纪》:"有司奏:武皇帝拨乱反正,为魏太祖,乐用武始之舞。文皇帝应天受命,为魏高祖,乐用咸熙之舞。帝(明帝)制作兴治,为魏烈祖,乐用章斌之舞。三祖三庙,万世不毁。"又,钟嵘《诗品》云:"曹公古直,甚有悲凉之句。睿不如丕,亦称三祖。"刘勰《文心雕龙·乐府》亦云:"魏之三祖,气爽才丽。"

〔51〕 触类而长:指掌握一种事物的知识或规律,就能据此而增长对同类事物知识或规律认识与掌握。

〔52〕 知音:用伯牙善鼓琴、钟子期善听琴事。详见陈子昂《〈修竹篇〉序》注〔18〕。

〔53〕 "近有"句:裴子野(469—530),字几原,河东闻喜(今属山西)人。齐、梁间史学家、文学家。少好学善属文,在齐起家武陵王国左常侍、江夏王参军。梁时历任诸暨令、著作郎、中书侍郎、鸿胪卿、步兵校尉等。事迹见《梁书》本传。子野精于史学,其曾祖裴松之在宋元嘉中修宋史,未成而卒。齐武帝永明末,沈约《宋书》行世,子野据以删削,而略加增益,成《宋略》二十卷,叙事评论多善,为时所重。后散佚,今仅存《总论》、《泰始三叛论》等五篇。王劭(550—610?),字君懋,太原晋阳(今山西太原)人。北齐时曾为开府尚书仆射魏收参军、太子舍人、中书舍人等职。入周,久不调。隋文帝代周,授著作郎,以母忧,在家撰《齐书》,为人所奏,文帝览而悦之,因起家为员外散骑侍郎,修起居注。炀帝时迁秘书少监。事迹见《隋书》卷六九。《齐志》二十卷,编年体,为王邵所撰史著之一。

〔54〕 贺六浑:北齐高欢字。高欢为鲜卑化汉人,曾执掌东魏兵权,称大丞相。孝武帝西奔长安,其另立孝静帝,执魏政十六年。卒后其子高洋代东魏称齐帝,追尊其为神武帝。事迹见《北齐书·神武纪》。贺六浑之朝,指北齐。

〔55〕 士尼干:《北齐书·显祖纪》载,高洋母武明太后孕洋时,有赤光照室,及产,命之曰"侯尼于",鲜卑语言有相子(相貌奇特之子)也。浦起龙以为"士尼干"宜作"侯尼于"。疑是。士尼干之代,亦指北齐。

〔56〕 辍毫栖牍:犹言停止写作。辍,停止。毫,指毛笔。栖,停息。

牍,古代书写用的木板。

夫叙事之体,其流甚多,非复片言所能赅缕[57],今辄区分类聚[58],定为三篇,列之于下。

夫国史之美者,以叙事为工,而叙事之工者,以简要为主。简之时义大矣哉!历观自古,作者权舆[59],《尚书》发踪,所载务于寡事;《春秋》变体,其言贵于省文。斯盖浇淳殊致[60],前后异迹。然则文约而事丰,此述作之尤美者也。始自两汉,迄乎三国[61],国史之文,日伤繁富。逮晋已降[62],流宕逾远[63]。寻其冗句,摘其繁词,一行之间,必谬增数字;尺纸之内,恒虚费数行。夫聚蚊成雷,群轻折轴[64],况于章句不节,言词莫限,载之兼两,曷足道哉[65]?

盖叙事之体,其别有四:有直纪其才行者,有唯书其事迹者,有因言语而可知者,有假赞论而自见者。至如《古文尚书》称帝尧之德,标以"允恭克让"[66];《春秋左传》言太叔之状,目以"美秀而文"[67]。所称如此,更无他说,所谓直纪其才行者。又如左氏载申生为骊姬所谮,自缢身亡[68];班史称纪信为项籍所围,代君而死[69]。此则不言其节操,而忠孝自彰,所谓唯书其事迹者。又如《尚书》称武王之罪纣也,其誓曰:"焚炙忠良,刳剔孕妇。"[70]《左传》纪随会之论楚也,其词曰:"荜辂蓝缕,以启山林。"[71]此则才行事迹,莫不阙如,而言有关涉,事便显露,所谓因言语而可知者。又如《史记·卫青传》后,太史公曰:苏建尝责大将军不荐贤待士[72]。《汉书·孝文纪》末,其赞曰:"吴王诈病不朝,赐以几杖。"[73]此则传之与纪,并所不书,而史臣发言,别出其事,所谓假赞论而自见者。然则才行、事

137

迹、言语、赞论,凡此四者,皆不相须[74]。若兼而毕书,则其费尤广。**原注**:近代纪传欲言人居哀毁损,则先云至性纯孝;欲言人尽夜观书,则先云笃志好学;欲言人赴敌不顾,则先云武艺绝伦;欲言人下笔成篇,则先云文章敏速。此则既述才行,又彰事迹也。如《穀梁传》云:骊姬以酖为酒,药脯以毒。献公田来,骊姬曰:"世子已祀,故致福于君。"君将食,骊姬跪曰:"食自外来者,不可不试也。"覆酒于地,而地坟;以脯与犬,犬毙。骊姬下堂而啼呼曰:"天乎!天乎!国,子之国也,子何迟乎为君!"[75]又《礼记》云:阳门之介夫死,司城子罕入而哭之哀。晋人之觇宋者反报于晋侯曰:"阳门之介夫死,而子罕哭之哀,而民说,殆不可伐也。"[76]此则既书事迹,又载言语也。又近代诸史,人有行事,美恶皆已具其纪传中,续以赞论,重述前事。此则才行事迹,纪传已书,赞论又载也。但自古经史,通多此颣。[77] **原注**:《公》、《梁》、《礼》、《新序》、《说苑》、《战国策》、《楚汉春秋》、《史记》,迄于皇家所撰"五代史"皆有之[78]。能获免者,盖十无一二。**原注**:唯左丘明、裴子野、王劭无此也。

又叙事之省,其流有二焉:一曰省句,二曰省字。如《左传》宋华耦来盟,称其先人得罪于宋,鲁人以为敏[79]。夫以钝者称敏,**原注**:鲁人,谓钝人也。《礼记》中已有注解。则明贤达所嗤,此为省句也。《春秋经》曰:"陨石于宋五。"[80]夫闻之陨,视之石,数之五。加以一字太详,减其一字太略,求诸折中,简要合理,此为省字也。其有反于是者,若《公羊》称郄克眇,季孙行父秃,孙良夫跛,齐使跛者逆跛者,秃者逆秃者,眇者逆眇者[81]。盖宜除"跛者"以下句,但云"各以其类逆"。必事加再述,则于文殊费,此为烦句也。《汉书·张苍传》云:"年老,口中无齿。"[82]盖于此一句之内去"年"及"口中"可矣。夫此六文成句,而三字妄加,此为烦字也。然则省句为易,省字为难,洞识此心,始可言史矣。苟句尽馀胜,字皆重复,史之烦芜,职由于此。

盖饵巨鱼者,垂其千钧,而得之在于一筌[83];捕高鸟者,张其万罝[84],而获之由于一目[85]。夫叙事者,或虚益散辞,广加闲说,必取其所要,不过一言一句耳。苟能同夫猎者、渔者,既执而置钓必收,其所留者唯一筌一目而已,则庶几骈枝尽去[86],而尘垢都捐[87],华逝而实存,滓去而渖在矣[88]。嗟乎!能损之又损,而玄之又玄[89],轮扁所不能语斤[90],伊挚所不能言鼎也[91]。

〔57〕 觍缕:详细叙述。
〔58〕 辄:则。
〔59〕 权舆:起始。《诗·秦风·权舆》:"今也每食无馀,于嗟乎!不承权舆。"朱熹《诗集传》:"权舆,始也。"
〔60〕 浇淳殊致:浮薄与淳厚两种风气极不相同。浇,浮薄。殊,甚。
〔61〕 迄:到,至。
〔62〕 逮:及,及至。
〔63〕 流宕逾远:此谓史著越来越繁富。
〔64〕 "夫聚蚊"二句:聚蚊成雷,言蚊声虽小,但众蚊飞声可以比雷。群轻折轴,谓物虽轻,装载多亦可压断车轴。二句意谓积少可以成多,积小可以成大。
〔65〕 "载之"二句:载之兼两,《后汉书·吴祐传》:祐父恢,为南海太守。祐年十二,随从到官。"恢欲杀青简以写经书,祐谏曰:'今大人逾越五岭,远在海滨,其俗诚陋,然旧多珍怪,上为国家所疑,下为权戚所望。此书若成,则载之兼两。昔马援以薏苡兴谤,王阳以衣囊徼名。嫌疑之间,诚先贤所慎也。'恢乃止,抚其首曰:'吴氏世不乏季子矣。'"李贤注:"车有两轮,故称'两'也。"这里是形容文词繁富。曷,同"何"。
〔66〕 "至如"句:《古文尚书》,《隋书·经籍志》《尚书》类序:

"初,汉武帝时,鲁恭王坏孔子旧宅,得其末孙惠所藏之书,字皆古文。孔安国以今文校之,并依古文开其篇第,合成五十八篇,又为作传,谓之古文尚书之学,而未得立。后汉扶风杜林传古文尚书,同郡贾逵为之作训,马融作传,郑玄亦为之注。然其所传唯二十九篇,又杂以今文,非孔旧本。自馀绝无师说。至东晋,豫章内史梅赜始得安国之传,奏之。"按,所谓《古文尚书》指孔安国所传之孔子壁所藏之古文《尚书》,但其久已失传,梅赜所奏,乃伪《古文尚书》,至清初阎若璩引经据古,条列其矛盾之处多至百馀条,其作伪之迹乃大明于世。允恭克让,语见《尚书·尧典》。

〔67〕"《春秋左传》"句:《左传·襄公三十一年》:"子产之从政也,择能而使之。冯简子能断大事,子大叔美秀而文,公孙挥能知四国之为,而辨于其大夫之族行、班位、贵贱、能否,而又善为辞令,裨谌能谋,谋于野则获,谋于邑则否。"

〔68〕"左氏"句:晋献公宠爱骊姬,立为夫人。后骊姬生子奚齐,欲立之,因在献公前谮害太子申生,申生无奈,最后自缢而死。事见《左传·僖公四年》。

〔69〕"班史"句:项羽在荥阳围汉王刘邦,将军纪信为刘邦献策云:"事急矣!臣请诳楚,可以间出。"乃乘王车,黄屋左纛,佯装降楚。项羽见纪信问,"汉王安在?"曰:"已出去矣。"项羽因此烧杀纪信。事见《汉书·高帝纪上》。

〔70〕"又如《尚书》"句:见《尚书·泰誓上》。

〔71〕"《左传》纪随会"句:《左传·宣公十二年》:"栾武子曰:'楚自克庸以来,其君无日不讨国人而训之于民生之不易,祸至之无日,戒惧之不可以怠。在军,无日不讨军实而申儆之于胜之不可保,纣之百克,而卒无后。训之以若敖、蚡冒,筚路蓝缕,以启山林。'"这里作者云随会之论楚,疑记忆有误。

〔72〕"苏建"句:《史记·卫将军骠骑列传》:"太史公曰:苏建语余曰:'吾尝责大将军至尊重,而天下之贤大夫毋称焉,愿将军观古名将所招选择贤者,勉之哉。'"按,司马迁这里评论卫青,引苏建口语为赞语,事举而

传文省,故作者称道之。

〔73〕 "吴王"句:《汉书·文帝纪》赞语中"吴王诈病不朝,赐以几杖"等事,在《史记·孝文本纪》中为正文,班固在《汉书·文帝纪》正文中省而不书,而以司马迁所记为赞语见其事,节省笔墨,故作者连类称之。

〔74〕 相须:互为依存。此处作"互相重复"解。

〔75〕 "如《穀梁传》"一段:此段文字为《史通》原注,事见《春秋穀梁传·僖公十年》。

〔76〕 "又《礼记》云"一段:此段亦为《史通》原注,事见《礼记·檀弓下》。

〔77〕 颣(lèi 累):疵病,缺点。

〔78〕 "迄于皇家"句:皇家,指李唐王朝。五代史,指唐初所修的《梁书》、《陈书》、《北齐书》、《周书》及《隋书》。

〔79〕 "如《左传》"句:《左传·文公十五年》载:"三月,宋华耦来盟,其官皆从之。书曰'宋司马华孙',贵之也。公与之宴,辞曰:'君之先臣督,得罪于宋殇公,名在诸侯之策。臣承其辱,请承命于亚旅。'鲁人以为敏。"按,华耦为华督之曾孙。桓公二年,华督弑宋殇公。此时在宴会上,华耦以为己之先祖有罪于宋,故自谦不敢接受文公隆重的接待。华耦在此场合扬其先祖之罪,《左传》作者以为是不当的,所以说"鲁人以为敏",意谓华耦的作为,鲁钝的人才会认为是聪敏之举。

〔80〕 "《春秋经》"句:《春秋·僖公十六年》:"十有六年春王正月戊申朔,陨石于宋五。"

〔81〕 若《公羊》"数句:《春秋公羊传·成公二年》载:"晋郤克与藏孙许同时而聘于齐。萧同侄子者,齐君之母也,踊于棓而窥客,则客或跛或眇,于是使跛者迓跛者,使眇者迓眇者。"按,数句中"郤克眇,季孙行父秃,孙良夫跛"语不见于《公羊传》,而《穀梁传·成公元年》载云:"季孙行父秃,晋郤克眇,卫孙良夫跛,曹公子手偻,同时而聘于齐。齐使秃者御秃者,使眇者御眇者,使跛者御跛者,使偻者御偻者。萧同姪子处台上而笑之。闻于客。客不说而去。"作者这里或依二传混同言之。

〔82〕"年老"句：按，《汉书·张苍传》作"苍免相后，口中无齿，食乳，女子为乳母"。而《史记·张丞相列传》作"苍之免相后，老，口中无齿，食乳，女子为乳母。"与《史通》此篇所载语俱略有异，或作者记忆有误，或所见二书与今本不同。

〔83〕 筌：竹制的捕鱼器具。

〔84〕 罝：捕兽的网。

〔85〕 目：网的孔眼。

〔86〕 庶几：相近，差不多。

〔87〕 捐：除去。

〔88〕 滓去而渖在：谓除去杂质而留下汁液。滓，沉淀的杂质。渖（shěn 审），汁。

〔89〕"能损"二句：《老子》四十八章："损之又损，以至于无为，无为而无不为。"又，《老子》一章："玄之又玄，众妙之门。"

〔90〕"轮扁"句：轮扁，《庄子》中的人物。《庄子·天道》中云，齐桓公读书堂上，轮扁斫轮堂下，轮扁上堂问桓公所读何书，桓公答云圣人之言，轮扁问，圣人在否，答云圣人已死，轮扁因说，所读是古人的糟粕。桓公不悦，令其解释，轮扁说："臣也以臣之事观之。斫轮，徐则甘而不固，疾则苦而不入。不徐不疾，得之于手而应于心，口不能言，有数存焉于其间。臣不能以喻臣之子，臣之子亦不能受之于臣，是以行年七十而老斫轮。古之人与其不可传也死矣，然则君之所读者，古人之糟粕已夫！"

〔91〕"伊挚"句：伊挚，即伊尹。《吕氏春秋·本味》载：伊尹为商汤讲说至味，云："调和之事，必以甘酸苦辛咸，先后多少，其齐甚微，皆有自起。鼎中之变，精妙微纤，口弗能言，志弗能喻，若射御之微，阴阳之化，四时之数。"此与上之"轮扁"句，皆喻事之玄妙精微，难以言说。

夫饰言者为文，编文者为句，句积而章立，章积而篇成。篇目既分，而一家之言备矣。古者行人出境，以词令为宗[92]；大夫应对，以言文为主[93]。况乎列以章句，刊之竹帛[94]，安可不励精雕饰,传诸讽诵者哉？自圣贤述作,是曰经典,句皆韶、夏[95],言尽琳琅[96],秩秩德音[97],洋洋盈耳[98]。譬夫游沧海者,徒惊其浩旷；登太山者,但嗟其峻极。必摘以尤最,不知何者为先。然章句之言,有显有晦。显也者,繁词缛说,理尽于篇中；晦也者,省字约文,事溢于句外。然则晦之将显,优劣不同,较可知矣。夫能略小存大,举重明轻,一言而巨细咸该,片语而洪纤靡漏[99],此皆用晦之道也。

昔古文义,务却浮词。《虞书》云："帝乃殂落,百姓如丧考妣。"[100]《夏书》云："启呱呱而泣,予不子。"[101]《周书》称"前徒倒戈","血流漂杵"[102]。《虞书》云："四罪而天下咸服。"[103]此皆文如阔略,而语实周赡。故览之者初疑其易,而为之者方觉其难,固非雕虫小技所能斥苦其说也[104]。既而丘明受经,师范尼父[105]。夫经以数字包义,而传以一句成言,虽繁约有殊,而隐晦无异。故其纲纪而言邦俗也,则有士会为政,晋国之盗奔秦[106]；邢迁如归,卫国忘亡[107]。其款曲而言人事也[108],则有犀革裹之,比及宋,手足皆见[109]；三军之士,皆如挟纩[110]。斯皆言近而旨远,辞浅而义深,虽发语已殚,而含意未尽。使夫读者望表而知里,扪毛而辨骨,睹一事于句中,反三隅于字外[111]。晦之时义,不亦大哉！洎班、马二史[112],虽多谢"五经",必求其所长,亦时值斯语。至若高祖亡萧何,如失左右手[113]；汉兵败绩,睢水为之不流[114]；董生乘马,三年不知牝牡[115]；翟公之门,可张雀罗[116],则其例也。

自兹以降,史道凌夷[117],作者芜音累句,云蒸泉涌。其为文也,大抵编字不只,垂句皆双,修短取均,奇偶相

143

配。故应以一言蔽之者,辄足为二言;应以三句成文者,必分为四句。弥漫重沓,不知所裁。是以处道受责于少期[118],**原注**:《魏书·邓哀王传》曰:容貌姿美,有殊于众,故特见崇异。裴松之曰:一类之言而分以为三,亦叙属之一病也。子昇取讥于君懋[119],**原注**:王劭《齐志》曰:时议恨邢子才不得掌兴魏之书,怅怏温子昇,亦若此而撰《永安记》,率是支言。非不幸也。

盖著作者言虽简略,理皆要害,故能疏而不遗,俭而无阙。譬如用奇兵者,持一当百,能全克敌之功也。若才乏俊颖,思多昏滞,费词既甚,叙事才周,亦犹售铁钱者,以两当一[120],方成贸迁之价也[121]。然则《史》、《汉》已前,省要如彼;《国》、《晋》已降,**原注**:《国》谓《三国志》,《晋》谓《晋书》也。烦碎如此。必定其妍媸,甄其善恶。夫读古史者,明其章句,皆可咏歌;观近史者,悦其绪言,直求事意而已。是则一贵一贱,不言可知,无假权扬[122],而其理自见矣。

〔92〕 "古者"句:行人,古代官职名,掌管朝觐聘问之事,春秋战国时各国均有设置。后以行人为使者的通称。行人多主外交活动,须擅长应对问答辞令,故下云"以词令为宗"。

〔93〕 "大夫"句:谓大夫应对,注重有文采的言辞。《左传·襄公二十五年》载郑人伐陈,晋人问伐陈理由,郑子产陈述之,其言甚辨。《左传》于记其事后引孔子语云:"仲尼曰:《志》有之:'言以足志,文以足言。'不言,谁知其志?言之无文,行之不远。晋为伯,郑入陈,非文辞不为功,慎辞也!"

〔94〕 竹帛:竹简与布帛。纸发明之前,以竹简、布帛为书写工具,后因以之代指书籍或史书。

〔95〕 韶、夏:分别为舜与禹时的乐名。此喻指文句的古雅。

〔96〕 琳琅:精美的玉石。此形容文辞的精美。

〔97〕 秩秩:肃敬貌。《诗·小雅·宾之初筵》:"宾之初筵,左右秩秩。"毛传:"秩秩然肃敬也。"

〔98〕 洋洋盈耳:见前卢照邻《乐府杂诗序》注〔91〕。

〔99〕 洪纤靡漏:谓无论大小都无遗漏。洪纤,犹言大小。靡,无、没有。

〔100〕 "帝乃殂落"二句:见《尚书·舜典》。谓尧崩殂,百姓伤心如丧父母。

〔101〕 "启呱呱(gū 姑)"句:按,《尚书·夏书》诸篇无作者所引此语,而《尚书·虞书·益稷》有"启呱呱而泣,予弗子"之句,疑作者记忆有误。启,禹之子,呱呱,小儿啼哭声。予弗子,犹言我不加慈爱。时禹治水忙碌,故不及慈爱其子。

〔102〕 "前徒"二句:见《尚书·武成》。谓武王伐纣时,纣的军队掉转武器向自己一方攻击,流血将杵(古代武器中的盾)都飘起来了。

〔103〕 "四罪"句:见《尚书·舜典》。谓舜惩处四恶(流共工于幽州,放驩兜于崇山,窜三苗于三危,殛鲧于羽山)而天下皆推服。

〔104〕 斥苦:程千帆《史通笺记》:"斥苦,旧作斥非,浦起龙据《庄子》逸篇'绋讴所生,必于斥苦'之文改之,云:'旧作斥非,于文不顺,当是斥苦之讹。'纪昀曰:'斥苦当作非斥。'"案云:"斥非不误。《后汉书·孔融传》:'拟斥乘舆。'李注:'斥,指也。'斥非犹言指责,谓后世史家不得指责《尚书》之阔略耳。本书《探赜篇》:'终不能别有异同,忤非其议。'斥非其说,忤非其议,句法意义正同,可证。"其说近是。

〔105〕 丘明受经:传《左传》为左丘明所作,是为《春秋》作传的,而《春秋》称为经,故作者有此语。师范尼父:谓以孔子作为模仿学习的榜样。师范,师法、效法。尼父,对孔子的敬称,孔子字仲尼,故称。

〔106〕 "则有士会"二句:《左传·宣公十六年》:"十六年春,晋士会帅师灭赤狄甲氏及留吁、铎辰。三月,献狄俘。晋侯请于王。戊申,以黻冕命士会将中军,且为大傅。于是晋国之盗逃奔于秦。"所言事当即此。士会,春秋时晋大夫,字季,因食采邑于随及范,故也称随季或范季。曾辅

145

佐晋文公、襄公、成公、景公。

〔107〕 "邢迁"二句:《左传·闵公二年》:"僖公元年,齐桓公迁邢于夷仪。二年,封卫于楚丘。邢迁如归,卫国忘亡。"二句本此。

〔108〕 款曲:犹言周详。

〔109〕 "则有犀革"数句:《左传·庄公十二年》载:宋南宫万弑其君闵公,后逃奔于陈。宋人"请南宫万于陈,以赂。陈人使妇人饮之酒,而以犀革裹之,比及宋,手足皆见"。

〔110〕 "三军"二句:《左传·宣公二年》载:"冬,楚子伐萧,宋华椒以蔡人救萧。萧人囚熊相宜僚及公子丙。王曰:'勿杀,吾退。'萧人杀之。王怒,遂围萧。萧溃。申公巫臣曰:'师人多寒。'王巡三军,拊而勉之。三军之士,皆如挟纩。"

〔111〕 "睹一事"二句:犹言举一反三。

〔112〕 班、马二史:指班固的《汉书》、司马迁的《史记》。

〔113〕 "至若高祖"句:见《史记·淮阴侯列传》。

〔114〕 "汉兵"句:《史记·项羽本纪》云:"项王乃西从萧,晨击汉军而东,至彭城,日中,大破汉军。汉军皆走,相随入穀、泗水,杀汉卒十馀万人。汉卒皆南走山,楚又追击至灵壁东睢水上。汉军却,为楚所挤,多杀,汉卒十馀万人皆入睢水,睢水为之不流。"二句指此。

〔115〕 "董生"句:董生,指董仲舒。仲舒(前179—前140),广川(今河北枣强东)人,西汉思想家,今文经学"春秋公羊学"大师。汉武帝时,举贤良,仲舒对天人三策。《史记》及《汉书》有传。三年不知牝牡,按,《史记》、《汉书》之《董仲舒传》俱云其"下帷讲诵,弟子传以久次相授业,或莫见其面。盖三年不窥园,其精如此",无"三年不知牝牡"事。张振珮《史通笺注》云:"《太平御览》六一一又引《汉书》曰:'十年不窥园,乘马三年不知牝牡'。文与《史通》所说合,是唐宋《汉书》有异于今本者。"又,程千帆《史通笺记》:"严可均《全三国文》卷五八载诸葛亮教:'昔孙叔敖乘马三年,不知牝牡,称其贤也。'岂一事而传闻异辞,抑孔明之误记耶?"可参。

〔116〕 "翟公"句:《汉书·张冯汲郑传》载:"下邽翟公为廷尉,宾客亦填门,及废,门外可设爵罗。后复为廷尉,客欲往,翟公大署其门,曰:'一死一生,乃知交情;一贫一富,乃知交态;一贵一贱,交情乃见。'"亦见《史记·汲郑列传》"太史公曰"。

〔117〕 凌夷:衰落,走下坡路。

〔118〕 处道:即王沈。王沈(？—266),字处道,太原晋阳(今山西太原)人,魏晋间辞赋家、史学家,曾与韦诞、应璩、荀顗、阮籍等撰《魏书》四十八卷。事迹见《晋书》卷三九。《魏书》今佚,佚文散见《水经注》、《三国志》注、《世说新语》注等。少期,即裴松之。松之(370—449)字世期,河东闻喜(今属山西)人,晋、宋间史学家,曾受命为《三国志》作注。事迹见《宋书》卷六四。此因避李世民讳,故书世期为少期。处道受责事见下文原作者小字注。

〔119〕 子昇:即温子昇。子昇(495—547),字鹏举,自称太原人。北朝魏诗人。曾撰有《永安记》三卷。《魏书》及《北史》有传。君懋,王劭字。王劭事迹见前注〔53〕。子昇取讥于君懋事见下文原作者小字注。

〔120〕 "亦犹"句:《南史·到溉传》:"昉以诗赠之,求二衫段云:'铁钱两当一,百代易名实,为惠当及时,无待凉秋日。'溉答云:'余衣本百结,闽中徒八蚕,假令金如粟,讵使廉夫贪。'"此以喻文字繁芜而不精。

〔121〕 贸迁:贩运买卖。

〔122〕 榷扬:商讨、研讨。

昔文章既作,比兴由生〔123〕,鸟兽以媲贤愚,草木以方男女〔124〕,诗人骚客,言之备矣。洎乎中代〔125〕,其体稍殊,或拟人必以其伦〔126〕,或述事多比于古。当汉氏之临天下也,君实称帝,理异殷、周;子乃封王,名非鲁、卫。而作者犹谓帝家为王室,公辅为王臣。盘石加建侯之言〔127〕,带河申俾侯之誓〔128〕。而史臣撰录,亦同彼文章,假托古词,翻易今语。润

147

色之滥,萌于此矣。

降及近古,弥见其甚。至如诸子短书[129],杂家小说,论逆臣则呼为问鼎[130],称巨寇则目以长鲸[131]。邦国初基,皆云草昧[132];帝王兆迹,必号龙飞[133]。斯并理兼讽谕,言非指斥,异乎游、夏措词[134],南、董显书之义也[135]。如魏收《代史》[136],吴均《齐录》[137],或牢笼一世,或苞举一家[138],自可申不刊之格言[139],弘至公之正说。而收称刘氏纳贡,则曰"来献百牢"[140];均叙元日临轩,必云"朝会万国"[141]。夫以吴征鲁赋[142],禹计涂山[143],持彼往事,用为今说,置于文章则可,施于简册则否矣[144]。

亦有方以类聚[145],譬诸昔人。如王隐称诸葛亮挑战,冀获曹咎之利[146];崔鸿称慕容冲见幸,为有龙阳之姿[147]。其事相符,言之谠矣[148]。而卢思道称邢邵丧子不恸,自东门吴已来,未之有也[149];李百药称王琳雅得人心,虽李将军恂恂善诱,无以加也[150]。斯则虚引故事,妄足庸音,苟矜其学,必辨而非当者矣。

昔《礼记·檀弓》,工言物始[151]。夫自我作故,首创新仪,前史所刊,后来取证。是以汉初立辔,子长所书[152];鲁始为髽,丘明是记[153]。河桥可作,元凯取验于毛《诗》[154];男子有笄,伯支远征于《内则》[155]。即其事也。案裴景仁《秦记》称苻坚方食,抚盘而垢[156];王劭《齐志》述洛干感恩,脱帽而谢[157]。及彦鸾撰以新史,重规删其旧录[158],乃易"抚盘"以"推案",变"脱帽"为"免冠"[159]。夫近世通无案食[160],胡俗不施冠冕,直以事不类古,改从雅言,欲令学者何以考时俗之不同,察古今之有异?

又自杂种称制,充牣神州[161],事异诸华,言多丑俗[162]。至如翼犍,道武原讳;黑獭,周文本名。而伯起革以他语,德棻阙而不载[163]。盖庞降、蒯聩,字之媸也[164];重耳、黑臀,名之鄙也[165]。旧皆列以"三史",传诸"五经",未闻后进谈讲,别加刊定。况齐丘之犊,彰以载谶;**原注**:杜台卿《齐记》载谶云[166]:"首牛入西谷,逆犊上齐丘"也。河边之狗,著于谣咏。**原注**:王劭《齐志》载谣云:"欋攫头团圞,河中狗子破尔苑"也。明如日月,难为盖藏,此而不书,何以示后?亦有氏姓本复,减省从单[167],或去"万纽"而留"于"[168],或止存"狄"而除"库"[169]。求诸自古,罕闻兹例。

昔夫子有云:"文胜质则史。"[170]故知史之为务,必藉于文。自"五经"已降,"三史"而往,以文叙事,可得言焉。而今之所作,有异于是。其立言也,或虚加练饰,轻事雕彩;或体兼赋颂,词类俳优。文非文,史非史,譬夫乌孙造室,杂以汉仪[171],而刻鹄不成,反类于鹜者也[172]。

《史通通释》卷六

〔123〕 比兴:中国古典诗歌的两种表现手法。朱熹《诗集传》:"比者,譬也。以彼物比此物也。""兴者,先言他物以引起所咏之辞也。"

〔124〕 "鸟兽"二句:王逸《楚辞章句·离骚经序》:"屈原既执履忠贞而被谗袤,忧心烦乱,不知所愬,乃作《离骚经》,以诗取兴,引类譬喻。故善鸟香草,以配忠贞;恶禽臭物,以比谗佞;灵修美人,以媲于君;宓妃佚女,以譬贤臣;虬龙鸾凤,以托君子;飘风云霓,以为小人。其辞温而雅,其义皎而朗。"二句用其义。

〔125〕 中代:犹中古。此指两汉时期。

〔126〕 "拟人"句:《礼记·曲礼下》:"儗人必于其伦。"孔颖达正义:

149

"儗,比也。伦,匹类也。凡欲比方于人,当以类相并,不得以贵比贱,则为不敬也。"按,儗,同"拟"。

〔127〕 "盘石"句:盘石,《史记·孝文本纪》:"高祖封王子弟,地犬牙相制,此所谓盘石之宗也。"司马贞索引:"言其固如盘石。此语见《太公六韬》也。"建侯,《易·屯》:"初九,盘桓,利居贞。利建侯。"孔颖达正义:"盘桓,不进之貌。处屯之初,动则难生,故盘桓也。不可进,唯宜利居处贞正,亦宜建立诸侯。"

〔128〕 "带河"句:带河,《史记·高祖功臣侯者年表》:"封爵之誓曰:'使河如带,泰山若厉。国以永宁,爰及苗裔。'"俾侯,《诗·鲁颂·閟宫》:"王曰叔父,建尔元子,俾侯于鲁。大启尔宇,为周室辅。"郑玄笺:"叔父谓周公也。成王告周公曰:'叔父,我立女首子,使为君于鲁。'谓欲封伯禽也。封鲁公以为周公后,故云大开女居,以为我周家之辅。"二句谓汉代史著喜假托古词以叙今事。

〔129〕 诸子:先秦至汉初各家学派及其著作。短书:汉代凡经、律等官书用二尺四寸竹简书写,官书以外包括诸子等,均以短于二尺四寸的竹简书写,称为"短书"。这里"短书"指史籍。

〔130〕 问鼎:《左传·宣公三年》:"楚子伐陆浑之戎,遂至于洛,观兵于周疆。定王使王孙满劳楚子。楚子问鼎之大小轻重焉。"杜预注:"示欲逼周取天下。"按,禹铸九鼎,三代以为国宝,楚王问鼎之大小轻重,有取周代之之意。后因以"问鼎"指图谋称王者。

〔131〕 长鲸:《左传·宣公十二年》:"楚重至于邲,遂次于衡雍。潘党曰:'君盍筑武军,而收晋尸以为京观。臣闻克敌必示子孙,以无忘武功。'楚子曰:'……古者明王伐不敬,取其鲸鲵而封之,以为大戮,于是乎有京观,以惩淫慝。今罪无所,而民皆尽忠以死君命,又可以为京观乎?"杜预注:"鲸鲵,大鱼,以喻不义之人。"后鲸鲵因成为巨寇、首恶的代称。

〔132〕 草昧:《易·屯》:"《彖》曰:……天造草昧。宜建侯而不宁。"王弼注:"造物之始,始于冥昧,故曰草昧也。处造始之时,所宜之善,莫善建侯也。"

〔133〕 龙飞:《易·乾》:"九五:飞龙在天,利见大人。"孔颖达正义:"言九五阳气盛至于天,故云龙飞在天。此自然之象,犹若圣人有龙德,飞腾而居天位,德备天下,为万物所瞻睹,故天下利见。此居王位之大人。"

〔134〕 游、夏措词:游、夏,指子游、子夏,二人皆孔子弟子。子游(前506—?),春秋时吴人,姓言名偃,字子游。曾仕鲁为武城宰。子夏(前507—前400),春秋时卫人,姓卜名商,字子夏。二人在孔门俱以文学见长。事迹见《史记·仲尼弟子列传》。《史记·孔子世家》:"孔子修《春秋》,子夏之徒,不能赞一辞。"曹植《与杨德祖书》亦云:"尼父制《春秋》,游、夏之徒,不能措一词。""游、夏措词"语本此。

〔135〕 南、董显书:南、董指春秋时齐国史官南史、董狐,显书谓二人皆直书不隐,为古之良史。《左传·襄公二十五年》:"大史书曰:'崔杼弑其君。'崔子杀之。其弟嗣书而死者,二人。其弟又书,乃舍之。南史氏闻大史尽死,执简以往。闻既书矣,乃还。"又,《左传·宣公二年》:"大史书曰:'赵盾弑其君。'以示于朝。宣子曰:'不然。'对曰:'子为正卿,亡不越竟,反不讨贼,非子而谁?'……孔子曰:'董狐,古之良史也,书法不隐。赵宣子,古之良大夫也,为法受恶。惜也,越竟乃免。'"

〔136〕 魏收《代史》:魏收(506—572),字伯起,巨鹿下曲阳(今河北晋县西)人,北朝齐史学家、文学家。自魏入齐,官至中书令兼著作郎。北齐天保二年,受命撰《魏书》,历四年成书一百三十卷。事迹见《北齐书》、《北史》。《代史》,即《魏书》。浦起龙《史通通释》:"元魏初国号代。"

〔137〕 吴均《齐录》:吴均(469—520),字叔庠,吴兴故鄣(今浙江安吉)人,南朝齐、梁文学家、史学家。由齐入梁,曾为建安王萧伟记室,后补国侍郎。诗文当时皆有名。又撰有史著《齐春秋》、《庙记》、《十二州记》等。《梁书》、《南史》有传。《齐录》,浦起龙《史通通释》谓齐指北齐。按,吴均所撰《齐录》,未见载,或已佚。

〔138〕 苞举:统括,全部占有。苞,通"包"。

〔139〕 不刊之格言:犹言其言论不可改动。刊,削除。古代书写于竹简,有误即削除,谓之刊。下句"至公之正说"义同。

151

〔140〕 "而收称"句:"收"指魏收。《魏书·世祖太武帝纪下》:"太平真君十一年十二月,义隆使献百牢,贡其方物。"按,《左传·哀公七年》:"夏,公会吴于鄫。吴来征百牢,子服景伯对曰:'先王未之有也。'吴人曰:'宋百牢我,鲁不可以后宋。且鲁牢晋大夫过十,吴王百牢,不亦可乎?'"魏收用《左传》典。

〔141〕 "均叙"句:按吴均《齐录》今不存。浦起龙《史通通释》云:"按,《魏书》太宗神瑞二年春正月,赐附国大渠帅朝岁首者缯帛、金阕有差,而文乃言高齐事。考《齐书》无'元日会万国'明文,当是臣僚贺表中语。惜吴均《齐录》不可得见也。"张振珮《史通笺注》云:"按赐附国大渠帅事,系于是年二月,盖是年正月太宗嗣尚在北伐途中也。惟史既明言岁首者自可以之为例,但在唐代官修《隋书》中迭有元旦朝会万国记载。如文帝于开皇二十年在仁寿宫受'突厥、高丽、契丹贡方物',而炀帝大业十一年正月朔朝会贡使,尤极盛大。史官不厌详书,知几盖有所感而发也。"可参。

〔142〕 吴征鲁赋:即注〔140〕所引《左传·哀公七年》"吴征百牢"事。

〔143〕 禹计涂山:《左传·哀公七年》载季康子欲伐邾,乃飨大夫以谋之,有对曰:"禹合诸侯于涂山,执玉帛者万国。今其存者,无数十焉。唯大不字小,小不事大也。知必危,何故不言?鲁德如邾,而以众加之,可乎?"语本此。

〔144〕 简册:此指史籍。

〔145〕 方以类聚:指同类事物相聚一处。《易·系辞》:"方以类聚,物以群分,吉凶生矣。"孔颖达正义:"方谓法术性行,以类共聚。"

〔146〕 "如王隐"句:浦起龙《史通通释》:"《魏志》注《晋阳秋》曰:诸葛亮寇于鄫,据渭水南。亮挑战,遗高祖巾帼,欲以激怒,冀获曹咎之利。《史记·项羽本纪》:项王谓大司马曹咎曰:'谨守成皋,汉欲挑战,慎勿与战。'汉果数挑楚军战,楚军不出,使人辱之。大司马怒,渡兵汜水。半渡,汉击之,大破楚军。咎自到。"所释大致是,但亦有未尽确者。按,诸

葛亮挑战事,见《三国志·魏书·明帝纪》青龙二年二月,但《明帝纪》于"是月诸葛亮出斜谷,屯渭南,司马宣王率诸军拒之"下裴注所引乃孙盛《魏氏春秋》而非《晋阳秋》。又,《蜀书·诸葛亮传》亦载诸葛亮与"司马宣王对于渭南"事,其下注引习凿齿《汉晋春秋》,亦未引《晋阳秋》。张振珮《史通笺注》云:"据《隋志》,《晋阳秋》著者亦为孙盛,不是王隐。至于续《晋阳秋》者,乃檀道鸾。《亮传》在'亮疾病卒于军'文下引有一段《晋阳秋》,乃系星坠之文。据《宋书》州郡志:晋人因避简文帝太后郑氏讳阿春,改春为阳。故书名阳秋者,原为春秋。习凿齿《汉晋春秋》,亦称《汉晋阳秋》,或复析为《汉阳秋》、《晋阳秋》两书者。《晋书·隐本传》无著《晋阳秋》记载。《隋志》仅著录其《晋书》十八卷,已早亡佚,无从复案。"据此,则知几所云"王隐称诸葛亮挑战"事,今犹未谛。

〔147〕 "崔鸿称"句:崔鸿(？—526),字彦鸾。北朝魏史学家,东清河(今山东高唐北)人,著有《十六国春秋》一百卷。《北史》有传。《十六国春秋》已佚,唐修《晋书》兼采其事。"慕容冲见幸"事,《晋书·载记·符坚下》载云:"初,坚之灭燕,冲姊为清河公主,年十四,有殊色,坚纳之,宠冠后庭。冲年十二,亦有龙阳之姿,坚又幸之。姊弟专宠,宫人莫进。长安歌之曰:'一雌复一雄,双飞入紫宫。'"此当即知几所指之崔鸿《十六国春秋》所载事。龙阳之姿,战国时魏王有男宠名龙阳君,龙阳后成为男色的代称。龙阳之姿即有美色的男子。

〔148〕 谠:确当。

〔149〕 "卢思道"句:卢思道(535—586),字子行,范阳(治所在今河北涿县)人。北朝后期至隋初作家。事迹见《隋书》本传。邢邵丧子不恸,《北齐书·邢邵传》:"邢邵字子才,养孤子恕,慈爱特深,在兖州,有都信云恕疾。便忧之,颜色贬损,及卒,痛悼虽甚,不再哭。其高情达识,开遣滞累,东门吴以还,所未有也。"《北史》本传所载同。按,东门吴事,出《战国策·秦策三》,云:"梁人有东门吴者,其子死而不忧。其相室曰:公子,爱子也。死而不忧,何也? 东门吴曰:'吾尝无子,无子时不忧,今与无子时同也,奚忧焉!'"本句所云,即出此二书。唯《邢邵传》虽载丧子不恸事,而

153

无"卢思道称"之记载,或知几另有所据,或今本《北齐书》与知几所见本不同,难知其详。

〔150〕 "李百药"句:李百药(565—648),字重规,定州安平(今属河北)人。隋时曾历官东宫通事舍人、太子舍人兼东宫学士、礼部员外郎、桂州司马等职,入唐历中书舍人、礼部侍郎、太子右庶子等。撰有《北齐书》五十卷。两《唐书》有传。王琳,字子珩,会稽山阴(今浙江绍兴)人,梁大将。江陵被围时,曾率军由广州驰援,未至而城陷。后欲讨篡梁的陈霸先,兵败被杀。《北齐书·王琳传》云:"(琳)刑罚不滥,轻财爱士,得将卒之心。……及败,为陈军所执。吴明彻欲全之,而其下将领多琳故吏,争来致请,并相资给,明彻由此忌之,故及于难。当时田夫野老,知与不知,莫不为之欷歔流泣。观其诚信感物,虽李将军之恂恂善诱,殆无以加焉。"二句所云本此。

〔151〕 工言物始:《礼记·檀弓》有"孔氏之不丧出母,自子思始"、"士之有诔,自此始也"、"鲁夫人之髽而吊也,自败于台鲐始也"、"帷殡,非古也,自敬姜之哭穆伯始也"。又,《曾子问》有"庙有二主,自桓公始也"、"丧慈母,自鲁昭公始也"、"下殇用棺衣,自史佚始也";《郊特牲》有"庭燎之百,由齐桓公始也"、"大夫之奏肆夏,由赵文子始也"、"大夫彊而君杀之,义也,由三桓始也"、"公庙之设于私家,非礼也,由三桓始也";《玉藻》有"元冠紫緌,鲁桓公始也"、"朝服之以缟也,自季康子始也";《杂记》有"大夫之不命于天子,自鲁昭公始也"、"宦于大夫者之为之服也,自管仲始也",等等。"工言物始"当本此。

〔152〕 "汉初"句:浦起龙《史通通释》:"《汉书·高纪》:八年十一月,令士卒从军死者为椟,归其县,县给衣衾棺葬具。注:应劭曰:'椟,小棺也。'郭评:《史通》作'轊'。轊,车轴也。又考《史记》无此事,当改云'汉初立椟,孟坚所书。'"按,此或知几所记有误,或今本《史记》与知几所见有异,已难覆考。

〔153〕 "鲁始"句:《左传·襄公四年》:"冬十月,邾人、莒人伐鄫。臧纥救鄫,侵邾,败于狐骀。国人逆丧者皆髽。鲁于是乎始髽。"杜预注:

154

"髽,麻发合结也。丧多不能备凶服。"

〔154〕 "河桥"句:元凯,即杜预。杜预(222—284),字元凯。京兆杜陵(今陕西西安)人,西晋著名政治家、史学家。撰有《春秋左氏经传集解》三十卷。《晋书·杜预传》载:杜预以孟津渡险,有覆没之患,请建河桥于富平津。议者以为殷周所都,历圣贤而不作者,必不可立也。预曰:"'造舟为梁'则河桥之谓也。"按,《诗·大雅·大明》:"造舟为梁,不显其光。"所谓取验于毛《诗》谓此。

〔155〕 "男子"句:《魏书·刘芳传》载,芳字伯文,才思深敏,特精经义,博闻强记,兼览《苍》、《雅》,尤长音训,辨析无疑。王肃入魏,刘芳与肃论礼,肃云:"古者唯妇人有笄,男子则无",芳曰:"推经《礼》正文,古者男子妇人俱有笄。"肃曰:"《丧服》称男子免而妇人髽,男子冠而妇人笄。如此,则男子不应有笄。"芳曰:"此专谓凶事也。《礼》:初遭丧,男子免,时则妇人髽;男子冠,时则妇人笄。言俱时变,而男子妇人免髽、冠笄之不同也。又冠尊,故夺其笄称。且互言也,非谓男子无笄。又《礼记·内则》称:'子事父母,鸡初鸣,栉纚笄总。'以兹而言,男子有笄明矣。"事本此。按,刘芳字,《北史》作"伯支",文中"伯支"或以此。

〔156〕 "裴景仁"句:裴景仁,南朝宋人。《宋书·沈昙庆传》载云:"殿中员外将军裴景仁助戍彭城,本伧人,多悉戎荒事。昙庆使撰《秦记》十卷,叙苻氏僭伪本末,其书传于世。"《隋书·经籍志》著录云:"《秦记》十一卷,宋殿中将军裴景仁撰,梁雍州主簿席惠明注。"按,《秦记》今佚,所记符坚"抚盘而诟"事无从案覈。

〔157〕 脱帽而谢:按,王劭《齐志》今不传,"脱帽而谢"语今亦无从案覈。

〔158〕 "及彦鸾"句:彦鸾,崔鸿字,新史,指崔鸿所撰《十六国春秋》。重规,李百药字,"删其旧录"指所撰之《北齐书》。

〔159〕 "乃易'抚盘'"句:按,崔鸿《十六国春秋》已佚,其"易抚盘以推案",无从覆考。而《晋书·载记·符坚下》载,符坚讨姚苌,"苌众危惧,人有渴死者。俄而降雨于苌营,营中水三尺,周营百步之外,寸馀而已,于

155

是芉军大振。坚方食,去案怒曰:'天其无心,何故降泽贼营!'"或即崔鸿原书所改文字,可参看。又,《北齐书·万俟普附子洛传》云:"(万俟普)子洛,字受洛干。豪壮有武艺,骑射过人,为乡闾所伏。……高祖以其父普尊老,特崇礼之,尝亲扶上马。洛免冠稽首曰:'愿出死力以报深恩。'"即知几所云之"变脱帽为免冠"。

〔160〕 "近世"句:案食指以几案盛置食物。《急就篇》卷三颜师古注:"无足曰槃,有足月案,所以陈举食也。"槃即盘。按,案食盛行于两汉,盖其时席地而坐,案有短足,使用为便,魏晋以后其风渐替,于是改用盘食。

〔161〕 杂种称制:指北方少数民族建立政权。杂种,古代对北方少数民族的蔑称。充牣(rèn 忍):充满。

〔162〕 丑俗:丑陋粗俗。

〔163〕 "至如翼犍"数句:翼犍魏道武所讳,《魏书·帝纪·序记》云:"昭成皇帝讳什翼犍",而《魏书·太祖纪》则云:"太祖道武皇帝,讳珪,昭成皇帝之嫡孙,献明皇帝之子也。"魏收在《序记》中依例书祖讳,而自魏建国后《太祖纪》以下,即讳言其祖什翼犍之名,而称"昭成皇帝",故知几谓"伯起草以他名"。黑獭周文本名,《周书·文帝纪》:"太祖文皇帝姓宇文氏,讳泰,字黑獭,代武川人也。"令狐德棻于纪首依例书名讳及字,以黑獭为字,但后此则均讳"黑獭"而不书,故知几谓"德棻阙而不载"。又,程千帆《史通笺记》案云:"《说文二篇上》:'犗牛,騬牛也。'朱骏声《通训定声》:'《广雅》释兽:"犍也",今谓之骟,以刀去其阴。'玄应《一切经音义》卷一四引《通俗文》:'以刀去阴曰犍。'考《魏书·序纪》、《周书·文帝纪》皆著两帝之名,一无所讳。而子玄云然者,余嘉锡《四库提要辩证》卷三'周书'条云:'详其语意,盖谓当称名之处,则阙而不载,如所谓贺拔公虽死,字文讳尚存者,本当作宇文黑獭耳。'"亦可参。

〔164〕 "庬降"句:庬降,据《左传·文公十八年》,昔高阳氏有才子八人,天下之民谓之八恺,尨降为其中之一。庬、尨通。蒯聩,即卫庄公,卫灵公太子。《左传·定公十四年》载,卫灵公太子蒯聩欲杀卫灵公夫人,

156

夫人知其欲杀己,曰:"蒯聩将杀余。"按,虺意为"犬",聩意为"聋",故知几谓"言之媢也"。而程千帆《史通笺记》则以为:"尨降训腹大,蒯聩训头痴,故云蚩也。"可参。

〔165〕 "重耳"句:重耳,即晋文公。《左传·庄公二十八年》:"(晋献公)娶二女于戎,大戎狐姬生重耳。"黑臀,即晋成公,晋文公子。《左传·宣公二年》:"宣子使赵穿逆公子黑臀于周而立之。"程千帆《史通笺记》案云:"古称目有二瞳子曰重明(《淮南子·修务篇》)、重瞳(《史记·项羽本纪》),颐丰下曰重颐(《韩诗·薛君章》)。重耳即大耳或耳垂疣赘之属欤?《左传·桓公六年》:'公问名于申繻,对曰:"……不以国,不以官,不以山川,不以隐疾,不以畜牲,不以器币。"'疏引郑玄云:'隐疾,衣中之疾也,谓若黑臀、黑肱矣。'"重耳、黑臀,皆所谓以隐疾名,故知几谓"名之鄙也"。

〔166〕 杜台卿:齐、隋间文人,字少山,博陵曲阳(今河北晋县西)人。撰有《玉烛宝典》十二卷,《齐记》二十卷。《齐记》今佚。据知几原注看,《齐记》当时尚存世。

〔167〕 "亦有"句:浦起龙《史通通释》引《通鉴·释例》:"魏之群臣出代北者,皆复姓。孝文迁洛,改为单姓。史患其烦,皆从后姓。"浦又按,"北朝诸史亦非尽改。其省改之文于《魏书·官氏志》具列之。"

〔168〕 "或去"句:《魏书·官氏志》:"勿忸于氏,后改为于氏。"郑樵《通志·氏族略》"代北三姓"目下收有勿忸于氏,注云"勿忸于疑与万纽于同"。

〔169〕 "或止存"句:《魏书·官氏志》:"库狄氏,后改为狄氏。"

〔170〕 文胜质则史:《论语·雍也》:"子曰:'质胜文则野,文胜质则史。文质彬彬,然后君子。'"语本之。

〔171〕 "譬夫乌孙"句:按,乌孙,当作"龟兹"。《汉书·西域传》:"(龟兹)后数来朝贺,乐汉衣服制度,归其国,治宫室,作徼道周卫,出入传呼,撞钟鼓,如汉家仪。外国胡人皆曰:'驴非驴,马非马,若龟兹王,所谓赢也。'"大约因上文言乌孙公主女事,知几误记"龟兹"为"乌孙"。

〔172〕"刻鹄"句:《后汉书·马援列传》:"初,兄子严、敦并喜讥议,而通轻侠客。援前在交阯,还书诫之曰:'……效伯高不得,犹为谨敕之士,所谓刻鹄不成尚类鹜者也。'"原意为仿效虽不逼真,但还相似。此意为仿效失真,适得其反。

烦省[1]

昔荀卿有云:远略近详[2]。则知史之详略不均,其为辨者久矣[3]。及干令升《史议》[4],历诋诸家,而独归美《左传》,云:"丘明能以三十卷之约,括囊二百四十年之事,靡有孑遗[5]。斯盖立言之高标,著作之良模也。"又张世伟著《班马优劣论》[6],云:"迁叙三千年事,五十万言,固叙二百四十年事,八十万言。是班不如马也。"然则自古论史之繁省者,咸以左氏为得,史公为次,孟坚为甚[7]。自魏、晋已还,年祚转促[8],而为其国史亦不减班书。此则后来逾烦,其失弥甚者矣。

余以为近史芜累,诚则有诸,亦犹古今不同,势使之然也。辄求其本意,略而论之。何者?当春秋之时,诸侯力争,各闭境相拒,关梁不通。其有吉凶大事,见知于他国者,或因假道而方闻,或以通盟而始赴。苟异于是,则无得而称。鲁史所书[9],实用此道。至如秦、燕之据有西北[10],楚、越之大启东南[11],地僻界于诸戎[12],人罕通于上国[13]。故载其行事,多有阙如。且其书自宣、成以前,三纪而成一卷,至昭、襄已下,数年而占一篇[14]。是知国阻隔者,记载不详,年浅近

158

者，撰录多备。杜预《释例》云：文公已上六公，书日者二百四十九。宣公已下亦六公，书日者四百三十二。计年数略同，而日数加倍，此亦久远遗落，不与近同也。是则传者注书已先觉之矣。此丘明随闻见而成传，何有故为简约者哉！

及汉氏之有天下也，普天率土[15]，无思不服[16]。会计之吏[17]，岁奏于阙廷[18]；轺轩之使[19]，月驰于郡国[20]。作者居府于京兆[21]，征事于四方，用使夷夏必闻，远近无隔。故汉氏之史，所以倍增于《春秋》也。

降及东京，作者弥众。至如名邦大都，地富才良，高门甲族，代多髦俊[22]。邑老乡贤，竞为别录；家牒宗谱，各成私传。于是笔削所采，闻见益多。此中兴之史[23]，所以又广于前汉也。

夫英贤所出，何国而无？书之则与日月长悬，不书则与烟尘永灭。是以谢承尤悉江左，京洛事阙于三吴[24]；陈寿偏委蜀中，巴、梁语详于二国[25]。如宋、齐受命，梁、陈握纪，或地比《禹贡》一州[26]，或年方秦氏二世。夫地之偏小，年之窘迫，适使作者采访易洽，巨细无遗，耆旧可询[27]，隐讳咸露。此小国之史，所以不减于大邦也。

夫论史之烦省者，但当求其事有妄载，苦于榛芜，言有阙书，伤于简略，斯则可矣。必量世事之厚薄，限篇第以多少，理则不然。且必谓丘明为省也，若介葛辨牺于牛鸣[28]，叔孙志梦于天压[29]，楚人教晋以拔旆[30]，城者讴华以弃甲[31]。此而毕书，岂得谓之省邪？且必谓《汉书》为烦也，若武帝乞浆于柏父[32]，陈平献计于天山[33]，长沙戏舞以请地[34]，杨仆怙宠而移关[35]。此而不录，岂得谓之烦邪？由斯而言，则史

159

之烦省不中,从可知矣。

又古今有殊,浇淳不等。帝尧则天称大[36],《尚书》惟一篇[37];周武观兵孟津,言成三誓[38];伏羲止画八卦[39],文王加以系辞[40]。俱为大圣,行事若一,其丰俭不类,悬隔如斯。必以古方今,持彼喻此,如蚩尤、黄帝交战阪泉[41],施于春秋则城濮、鄢陵之事也[42]。有穷篡夏[43],少康中兴[44],施于两汉,则王莽、光武之事也[45]。夫差既灭,勾践霸世[46],施于东晋,则桓玄、宋祖之事也[47]。张仪、马错为秦开蜀[48],施于三国,则邓艾、钟会之事也[49]。而往之所载,其简如彼;后之所书,其审如此[50]。若使同后来于往世,限一概以成书[51],将恐学者必垢其疏遗[52],尤其率略者矣[53]。而议者苟嗤沈、萧之所记,事倍于孙、习[54];华、谢之所编,语烦于班、马[55],不亦谬乎!故曰论史之烦省者,但当求其事有妄载,言有阙书,斯则可矣。必量世事之厚薄,限篇第以多少,理则不然,其斯之谓也。

《史通通释》卷九

〔1〕 本文列《史通》卷九内篇第三十三篇。作者在《叙事》篇中提出"叙事之工,简要为主",《书事》篇订史家笔削所宜,斥近史叙事四烦,本篇则就史家纪录史事,如何处理选事之烦省展开讨论。史家撰史,多"远略近详",后代史书,篇第因多转繁,而论者或以简繁论优劣,至有美左、优马、劣班之论。对此,作者以为史家撰著烦省不同,乃"势使之然也",即受到时空远近,史料多寡的限制。《左传》简略,并非故为简约,《汉书》繁富,亦有省而不烦者。同时,史著烦省之变化,亦有"古今有殊,浇淳不等"的因素,因此,不能"以古方今,持彼喻此","限于一概以成书"。史家著史,就史料采集言,固不能否认客观情势的因素,而就撰述言,亦应从体例、性

质、对象多方面考虑定其去取剪裁。此篇所论,原为补前此论史尚简之偏,故当与《载文》、《叙事》、《书事》诸篇合观,方可尽作者之全旨。

〔2〕 "昔荀卿"二句:《荀子·非相》:"传者,久则论略,近则论详,略则举大,详则举小。愚者闻其略而不知其详,闻详而不知其大也。"语本之。

〔3〕 辨:谓争议、争论。

〔4〕 "干令升"句:干令升,即干宝。干宝(？—336),字令升,新蔡(今属河南)人,晋史学家、小说家。著述颇丰,著名者有《晋纪》二十卷(一作二十三卷)、《干子》十八卷、《搜神记》三十卷等。《晋书》有传。《史议》,《晋书》本传未载,《史通》之《二体》篇及本篇均引其文数句,其书或当时尚存。

〔5〕 靡有孑遗:没有遗漏。

〔6〕 "张世伟"句:张世伟,即张辅。张辅(？—305),字世伟,南阳西鄂(今河南南阳)人,魏、晋间史论家。《晋书》有传。《班马优劣论》,《晋书》本传曾引述其比较班固、司马迁史著优劣之议论,唯不知是否即其全文。

〔7〕 "咸以左氏"句:左氏,左丘明。史公,指司马迁。孟坚,即班固。班固字孟坚。

〔8〕 年祚转促:年祚,立国的年数。促,短。

〔9〕 鲁史:指《春秋》。因《春秋》乃依鲁史而成,后世遂以鲁史称之。杜预《〈春秋经传集解〉序》:"仲尼因鲁史策书成文,考其真伪,而志其典礼。"

〔10〕 "秦、燕"句:秦、燕,春秋战国时期诸侯国。秦原起于今甘肃东部,春秋时约据有今陕西之地,燕在今河北北部与辽宁西端。二者一在西陲,一在北边,故云。

〔11〕 "楚、越"句:楚、越,亦春秋战国时诸侯国。楚约据有今湖南、湖北以及河南、安徽、江苏、浙江、江西等地,越居今浙江绍兴一带,二者处东南方,故云"大启东南"。

〔12〕"地僻"句:秦、燕与楚、越,其地分别与西北、东南之少数民族相邻,故云。戎,春秋战国时西北地区的少数民族部落,其支系甚多,名称亦因时因地而不同。此代指少数民族。

〔13〕上国:春秋时指中原各诸侯国,是相对于吴、楚等诸侯国而言的。《左传·昭公二十七年》:"(吴子)使延州来季子聘于上国,遂聘于晋,以观诸侯。"孔颖达疏引服虔曰:"上国,中国也。盖以吴辟在东南,地势卑下,中国在其上流,故谓中国为上国也。"

〔14〕"且其书"数句:宣、成、昭、襄,分别指鲁宣公、鲁成公、鲁昭公、鲁襄公。纪,十二年为一纪。

〔15〕普天率土:犹言四海之内,普天之下。《诗·小雅·北山》:"溥天之下,莫非王土。率土之滨,莫非王臣。"郑玄笺:"此言王之土地广矣,王之臣又众矣,何求而不得,何使而不行!"按,"溥"、"普"通。

〔16〕无思不服:没有不归服的。《诗·大雅·文王有声》:"镐京辟雍,自西自东,自南自北,无思不服。"郑玄笺:"心无不归服者。"

〔17〕会计之吏:指职掌统计财赋的官吏。

〔18〕阙廷:亦作"阙庭"。指朝廷。此指京城。

〔19〕轺轩之使:古代使臣的代称。

〔20〕郡国:谓郡与国。汉初封建与郡县制并行,分天下为郡与国。郡直属中央,国则为分封之诸侯王与侯。封王之国为王国,封侯之国为侯国。

〔21〕京兆:汉代京畿的行政区域,为三辅之一,在今陕西西安以东至华县之间。此代指京城。

〔22〕代多髦俊:犹世多英才。代即世,以避李世民讳改。髦俊,谓才智优异之士。

〔23〕中兴之史:中兴,指一个王朝或集团重新振作兴旺起来。此指东汉。中兴之史,浦起龙《史通通释》以为指范晔所撰《后汉书》,张振珮《史通笺注》谓"范书合彪志,亦不'广于前汉'。刘氏盖兼《东观汉记》等十数家书言之。"其说近是。

〔24〕 "是以"句：谓谢承对江左事熟悉，故其所撰《后汉书》记载京洛之事有所缺略，不及记东吴事详细。谢承，三国时吴人。《隋书·经籍志》著录其《后汉书》一百三十卷，云吴武陵太守谢承撰。

〔25〕 "陈寿"句：谓陈寿对蜀中情况尤为熟悉，故对于巴、梁两地的记载较魏、吴两国要详细。委，知悉。按，此句下浦起龙《史通通释》释云："《蜀志》最短，何以云然？恐兼寿所撰《益部耆旧传》而言。"可参。

〔26〕《禹贡》：《尚书·夏书》中篇目。其将当时中国划分为九州，分别记述其山川、河流、交通、物产状况及贡赋等级等，为中国古代地理类著作之滥觞。

〔27〕 耆旧：故老，年高望重之人。

〔28〕 "介葛"句：《左传·僖公二十九年》："介葛卢闻牛鸣，曰：'是生三牺，皆用之矣，其音云。'问之而信。"孔颖达疏："《正义》曰：《周礼》，夷隶掌与鸟言，貉隶掌与兽言。郑司农云：夷狄之人或晓鸟兽之言。郑玄云：夷隶征东夷所获，貉隶征东北夷所获。然则介葛卢是东夷之国，其土俗有知者，故介葛卢晓之。"按，介为东夷国名，葛卢为介君名。此言东夷之人通晓鸟兽语。

〔29〕 "叔孙"句：《左传·昭公四年》："穆子去叔孙氏，及庚宗，遇妇人，使私为食而宿焉。问其行，告之故，哭而送之。适于齐，娶于国氏，生孟丙、仲壬。梦天压己，弗胜。顾而见人，黑而上偻，深目而豭喙，号之曰：'牛！助余！'乃胜之。旦而皆召其徒，无之。且曰：'志之。'……既立，所宿庚宗之妇人，献以雉。问其姓，对曰：'余子长矣，能奉雉而从我矣。'召而见之，则所梦也。未问其名，号之曰：'牛！'曰：'唯。'皆召其徒，使视之，遂使为竖。有宠，长使为政。"

〔30〕 "楚人"句：《左传·宣公十二年》载晋楚邲之战，晋师奔，"晋人或以广队不能进，楚人惎之脱扃，少进，马还，又惎之拔旆投衡，乃出。顾曰：'吾不如大国之数奔也。'"

〔31〕 "城者"句：《左传·宣公二年》：宋与郑战于棘，宋师败绩，郑获宋华元，后华元逃归，"宋城，华元为植，巡功。城者讴曰：'睅其目，皤其

163

腹,弃甲而复。于思于思,弃甲复来。'使其骖乘谓之曰:'牛则有皮,犀兕尚多,弃甲则那?'"

〔32〕"武帝"句:汉武帝微行至于柏谷,宿于逆旅,向逆旅翁乞浆饮,翁误以为奸盗,答云:"吾止有溺,无浆也。"暗中召集少年十馀人持弓矢刀剑,将以攻之,而令妪出而安之。妪谓翁曰:"吾观此丈夫,乃非常人也;且亦有备,不可图也。不如因而礼之。"翁不听,妪因酌酒于其夫及诸少年,使皆醉,又缚其夫谢客,杀鸡作食。平明,武帝去。是日还宫,乃召其逆旅夫妻见之,赐姬金十金,擢其夫为羽林郎。事见《汉武故事》。

〔33〕"陈平"句:按,陈平献计事,《汉书·高帝纪下》仅载云:"七年冬十月,……(高祖)至平城,为匈奴所围,七日,用陈平秘计得出。"颜师古注引应劭曰:"陈平使画工图美女,间遣人遗阏氏,云汉有美女如此,今皇帝困厄,欲献之。阏氏畏其夺己宠,因谓单于曰:'汉天子亦有神灵,得其土地,非能有也。'于是匈奴开其一角,得突出。"又引郑氏曰:"以计鄙陋,故秘不传。"颜师古曰:"应氏之说出桓谭《新论》,盖谭以意测之,事当然耳,非纪传所说也。"可知班固《高帝纪》本之实录,不载臆测之事。

〔34〕"长沙"句:《汉书·景十三王传》:"长沙定王发,母唐姬,故程姬侍者。……以其母微无宠,故王卑湿贫国。"颜师古注引应劭曰:"景帝后二年诸王来朝,有诏更前称寿歌舞。定王但张袖小举手,左右笑其拙。上怪问之,对曰:'臣国小地狭,不足回旋。'帝乃以武陵、零陵、桂阳益焉。"班固于《传》不载"戏舞请地"事,故作者以为文省之例。

〔35〕"杨仆"句:《汉书·武帝纪》:"(元鼎)三年冬,徙函谷关于新安。以故关为弘农县。"颜师古引应劭注曰:"时楼船将军杨仆数有大功,耻为关外民,上书乞徙东关,以家财给其用度。武帝意以好广阔,于是徙关于新安,去弘农三百里。"杨仆上书乞徙关,《汉书》亦省而不书。

〔36〕"帝尧"句:《论语·泰伯》:"子曰:'大哉尧之为君也!巍巍乎!唯天为大,唯尧则之。'"

〔37〕《尚书》惟一篇:指《尚书》之《尧典》。

〔38〕"周武"句:《尚书·泰誓上》:"惟十有一年,武王伐殷。一月

戊午,师渡孟津,作《泰誓》三篇。"《泰誓》分上中下三篇。句所云谓此。

〔39〕"伏羲"句:《易·系辞下》:"古者包羲氏之王天下也,仰则观象于天,俯则观法于地,观鸟兽之文与地之宜,近取诸身,远取诸物,于是始作八卦,以通神明之德,以类万物之情。"包羲氏,即伏羲氏。

〔40〕"文王"句:《周易》由卦爻与卦爻辞组成,其中卦爻辞又分为经、传两部分。经有卦辞、爻辞,传有《易传》七种十篇,即彖辞(上下)、象辞(上下)、系辞(上下)、文言、说卦、序卦、杂卦,称为"十翼"。孔颖达《周易正义·卷首》"第四论卦辞爻辞谁作"云:"其《周易》'系辞'凡有二说:一说卦辞爻辞并是文王所作……"知几大约从此说。这里"文王加以《系辞》",乃指文王作卦辞或兼作爻辞而言。

〔41〕"蚩尤"句:《史记·五帝本纪》:"炎帝欲侵凌诸侯,诸侯咸归轩辕。轩辕乃修德振兵,治五气,艺五种,抚万民,度四方,教熊罴貔貅䝙虎,以与炎帝战于阪泉之野。……蚩尤作乱,不用帝命。于是黄帝乃征师诸侯,与蚩尤战于涿鹿之野,遂禽杀蚩尤。"张守节正义引《括地志》云:"阪泉,今名黄帝泉,在妫州怀戎县东五十六里。出五里至涿鹿东北,与涿水合。又有涿鹿故城,在妫州东南五十里,本黄帝所都也。"

〔42〕"城濮"句:指春秋时期晋楚城濮之战与鄢陵之战,分别见《左传·僖公二十八》及《左传·成公十六年》。

〔43〕有穷篡夏:《史记·夏本纪》"帝相崩,子帝少康立"句下司马贞正义引《帝王纪》云:"帝羿有穷氏未闻其先何姓。帝喾以上,世掌射正。至喾,赐以彤弓素矢,封之于鉏,为帝司射,历虞、夏。羿学射于吉甫,其臂长,故以善射闻。及夏之衰,自鉏迁于穷石,因夏民以代夏政。帝相徙于商丘,依同姓诸侯斟寻。羿恃其善射,不修民事,淫于田兽,弃其良臣武罗、伯姻、熊髡、龙圉而信寒浞。寒浞,伯明氏之谗子,伯明后以谗弃之,而羿以为己相。寒浞杀羿于桃梧,而烹之以食其子。其子不忍食之,死于穷门。浞遂代夏,立为帝……"知几所云当谓此。事又见《左传·襄公四年》。

〔44〕少康中兴:少康,夏朝帝相之子。寒浞使子浇杀帝相篡位,相后缗方娠,逃归有仍,生少康。少康长大后,逃奔有虞,虞君妻以二女。夏

165

旧臣靡收集夏朝旧部灭浞而立少康。少康又灭浇。此即所谓"少康中兴"。事见《左传·襄公四年》及《左传·哀公元年》。

〔45〕"王莽"句：即西汉末年王莽篡汉与后来光武帝刘秀建立东汉事。

〔46〕"夫差"二句：指春秋末吴、越两国相互争斗事。吴、越两国时相攻伐，先是吴王夫差打败越国，后越王勾践为报仇雪耻，卧薪尝胆，抚循士民，又败吴国，并与齐、晋诸侯会于徐州，致贡于周，周元王命为伯。司马迁云："当是时，越兵横行于江、淮东，诸侯毕贺，号称霸王。"（《史记·越王勾践世家》）知几二句，或本于此。按，吴、越两国争斗攻伐事见《史记·越王勾践世家》及赵晔《吴越春秋》。

〔47〕"桓玄"句：指桓玄篡晋、刘裕起兵事。桓玄（369—404），字敬道，桓温子，袭父爵为南郡公。晋安帝元兴元年（402），玄举兵攻入建康，次年迫安帝禅位称帝，建号为楚。刘裕等在京口起兵讨玄，元兴三年（404），刘裕入京师，玄西逃，被斩于江陵。宋祖，指刘裕，以其后来建立刘宋政权，为刘宋高祖，故称。裕（356—422），字德舆，小名寄奴，彭城（今江苏徐州）人。原为东晋北府兵将领，曾参与镇压孙恩、卢循等农民起义，又击败桓玄。后清除蜀中割据势力，统一江南，并两次北伐，灭南燕后秦。晋恭帝元熙二年（402）废晋帝，建立刘宋。桓玄、刘裕事分别见《晋书·桓玄传》及《宋书·武帝本纪》、《南史·宋本纪上》。

〔48〕"张仪"句：秦惠王欲发兵伐蜀，以为道险狭难至，而韩又来侵秦，欲先伐韩，恐不利，伐蜀，恐韩袭秦之弊，犹豫未能决。司马错欲伐蜀，张仪以为不如伐韩，二人因争论于惠王前。事见《战国策·秦策》及《史记·张仪列传》。

〔49〕"邓艾"句：指邓艾、钟会伐蜀事。魏景元四年（263），司马昭以蜀大将姜维屡扰边陲，遂欲大举图蜀。征西将军邓艾以为未有衅，屡陈异议，司马昭患之，使人喻之，而钟会则以为蜀可取，豫共筹度地形，考论事势。于是下诏使邓艾、诸葛绪各统诸军三万馀人分路攻姜维，使钟会统十万馀众分别从斜谷、骆谷袭汉中。事见《晋书·文帝纪》及《三国志·魏书·钟会传》。

〔50〕 审:详细,仔细。

〔51〕 一概:犹同一个标准。

〔52〕 "将恐"句:垢,指责,诟病。疏遗,疏漏、缺遗。

〔53〕 尤:责备。

〔54〕 "而议者"句:沈指沈约,萧指萧子显。约(441—513)字休文,吴兴武康(今浙江湖州南)人。一生历宋、齐、梁三朝,著有《晋书》一百一十卷,《宋书》一百卷、《齐纪》二十卷、《高祖纪》十四卷。《宋书》今存。事迹见《梁书》本传。子显(487—535)字景阳,南兰陵(今江苏常州)人,著有《齐书》六十卷,今存五十九卷,宋以后为与李百药所撰《北齐书》相区别,称《南齐书》。事迹见《梁书》本传。孙、习,指孙盛、习凿齿。盛(302—373)字安国,太原中都(今山西平遥)人。著有《魏氏春秋》二十卷、《魏氏春秋异同》八卷、《晋阳秋》三十二卷,今佚。事迹见《晋书》本传。凿齿(？—384)字彦威,襄阳(今属湖北)人,著有《汉晋春秋》五十四卷。事迹见《晋书》本传。

〔55〕 "华、谢"二句:华指华峤,谢指谢沈。华峤(？—293)字叔骏,平原高唐(今属山东)人,晋史学家。峤魏末为尚书郎,以《汉书》烦秽,乃改撰为《汉后书》(亦称《后汉书》)九十七卷。后散佚,佚文今见《后汉书》、《三国志》、《世说新语》注。峤事迹见《晋书》本传。谢沈,字行思,会稽山阴(今浙江绍兴)人,晋史学家。曾著《后汉书》一百卷、《晋书》三十馀卷等。事迹见《晋书》本传。班、马,指班固、司马迁。

李　邕

　　李邕(678—747),字泰和,扬州江都(今江苏扬州)人。父善,以注《文选》称。邕少知名,武后长安初,召拜左拾遗。中宗时,复拜左台殿中侍御史,迁户部员外郎,以事贬崖州。玄宗开元初擢户部郎中,复谪括州司马。十三年(725),征陈州刺史。后以赃下狱,减死贬钦州遵化县尉。累转括、淄、滑三州刺史。又为汲郡、北海二太守。邕有大名,李林甫素忌之,诬以罪,遣酷吏于郡决杀之。以官终北海太守,故世称李北海。性毫奢,不拘细行,文名满天下,尤长碑颂,中朝衣冠及天下寺观,多持金帛往求其文。工书,行草尤著名。两《唐书》有传。《新唐书·艺文志》曾著录其《狄仁杰传》三卷、《金谷园记》一卷,文集七十卷,俱佚。明人辑有《李北海集》。

谏郑普思以方技得幸疏[1]

　　盖人有感一餐之惠,殒七尺之身[2],况臣为陛下官,受陛下禄,而目有所见,口不言之,是负恩矣。自陛下亲政日近[3],复在九重[4],所以未闻在外群下窃议,道路籍籍[5],皆云普思多行诡惑[6],妄说妖祥[7],惟陛下不知,尚见驱使,此道若行,必挠乱朝政[8]。臣至愚至贱,不敢以胸臆对扬天威[9]，请以古事为明证。孔子云："诗三百，一言以蔽之，曰思无邪。"[10]陛下今若以普思有奇术，可致长生久视之道[11]，则爽鸠氏久应得之[12]，永有天下，非陛下今日可得而求。若以普思可致仙方，则秦皇、汉武久应得之[13]，永有天下，亦非陛下今日可得而求。若以普思可致佛法，则汉明、梁武久应得之[14]，永有天下，亦非陛下今日可得而求。若以普思可致鬼道，则墨翟、干宝各献于至尊矣[15]，而二主得之，永有天下，亦非陛下今日可得而求。此皆事涉虚妄，历代无效，臣愚不愿陛下复行之于明时。惟尧舜二帝，自古称圣，臣观所得，故在人事[16]，敦睦九族，平章百姓[17]，不闻以鬼神之道理天下[18]。伏愿陛下察之，则天下幸甚。

《全唐文》卷二六一

〔1〕 郑普思以方伎受到中宗崇信。神龙初，中宗墨敕授郑普思秘书监，时大臣多谏之者，李邕为其中之一。文中以古事为例，说明郑普思诡行妄说之荒诞，奉劝中宗效法尧舜，注重人事，不要轻信妖妄之说。《旧唐书·李邕传》载，"及中宗即位，以妖人郑普思为秘书监，李邕上书谏曰"，下即引本文，则此文之作，当在神龙元年（705）。

〔2〕 "盖人有"二句：一餐之惠，一顿饭的恩惠。《后汉书·孔虎传》："一餐之惠必报。"又，《左传·宣公二年》："初，宣子田于首山，舍于翳桑，见灵辄饿，问其病。曰：'不食三日矣。'食之，舍其半。问之，曰：'宦三年矣，未知母之存否，今近焉，请以遗之。'使尽之，而为之箪食与肉，置诸橐以与之。既而与为公介，倒戟以御公徒，而免之。问何故。对曰，'翳桑之饿人也。'问其名居，不告而退，遂自亡也。"或为作者语之所本。殒，死亡。

〔3〕 亲政日近：亲政，皇帝亲理朝政。按，中宗神龙元年（705）正月，武则天病重，张柬之、崔玄暐、敬晖、桓彦范、袁恕己等以羽林兵迎太子李

169

显即位,十一月,则天死,遗制"去帝号,称则天大圣皇后",故自中宗即位至亲政间当有一段时间,所谓"亲政日近",当谓此。

〔4〕 九重:指天子所居之宫殿。古制,天子之居,有门九重,故称。

〔5〕 籍籍:众口喧腾的样子。

〔6〕 诡惑:蛊惑,惑乱。

〔7〕 妖祥:凶兆与吉兆。

〔8〕 挠乱:扰乱。

〔9〕 "不敢"句:谓不敢以自己的臆测来上奏皇帝。胸臆,此指臆测。天威,帝王的威严。此指皇帝。

〔10〕 "诗三百"句:语见《论语·为政》。诗三百,即《诗经》,以其有诗三百零五篇,举其成数,先秦称之曰"诗三百"。思无邪,取自《诗·鲁颂·駉》,意谓思想纯正,无邪念。

〔11〕 长生久视之道:长生不老之术。《老子》五十九章:"深根固柢,长生久视之道。"视,活着。

〔12〕 "爽鸠氏"句:爽鸠氏,相传为少暤氏的司寇。《左传·昭公二十年》载齐侯与晏子对话,云:"公曰:'古而无死,其乐若何?'晏子对曰:'古而无死,则古之乐也,君何得焉。昔爽鸠氏始居此地,季荝因之,有逢伯陵因之,蒲姑氏因之,而后大公因之。古者无死,爽鸠氏之乐,非君所愿也。"孔颖达疏:"自古者其无死,爽鸠至今犹存,则此齐地是爽鸠氏得而乐也,君不得为齐君。不死之事,此乐爽鸠氏之有,非君所愿乐也。"这里暗用此事,意谓人若得不死,爽鸠氏至今当存。

〔13〕 秦皇、汉武:秦始皇、汉武帝。二者均希冀长生,迷信方士,求不死之药。秦始皇求长生事见《史记·秦始皇本纪》,汉武帝求长生事见《史记·封禅书》。

〔14〕 汉明、梁武:即汉明帝刘庄、梁武帝萧衍。汉明帝曾派人去天竺求佛法,为佛教流传中国之始。事见《后汉书·明帝纪》;梁武帝在位则以佞佛著称,数次欲舍身佛寺。事见《梁书·武帝纪》。

〔15〕 "则墨翟"句:墨翟(前468?—前376?),战国时期思想家,墨

家学派创始人,有《墨子》传世。干宝,字令升。详见前刘知几《烦省》注〔4〕。《墨子》中有《明鬼》篇,干宝有志怪小说《搜神记》,二者都涉及鬼神,并相信鬼神的存在。至尊,国君。

〔16〕 人事:人的作为。

〔17〕 "敦睦"二句:使九族之间关系融洽,使百官平和而彰明。《尚书·尧典》:"克明俊德,以亲九族;九族既睦,平章百姓。"孔安国传:"九族,上自高祖下至玄孙,凡九族。""百姓,百官。言化九族而平和章明。"

〔18〕理:即治。唐时避高宗讳改。

姚　崇

　　姚崇(651—721),本名元崇,字元之,武后时,以字行,玄宗时以避开元尊号更名崇,陕州硖石(今河南陕县)人。少倜傥,尚节气,长乃好学。应下笔成章举,授濮州司仓参军。迁夏官郎中、侍郎。进同凤阁鸾台平章事、凤阁侍郎。中宗时,出为亳州刺史,转常州刺史。睿宗即位,召拜兵部尚书、同中书门下三品,寻迁中书令。以触太平公主,贬申州刺史、同州刺史等。玄宗即位,召为兵部尚书、同中书门下三品,迁紫微令,进封梁国公。开元四年(716),罢知政事。九年卒,赠扬州大都督,谥文贞。两《唐书》有传。崇三居相位,励精图治,尤为玄宗所信重。亦善诗文。《旧唐书·经籍志》、《新唐书·艺文志》尝著录其《六诫》一卷、文集十卷,俱佚。《全唐文》录其文一卷。

执秤诫[1]并序

　　秤者衡,衡天下之平也[2],君子执之以平其心[3]。夫衡,在天以齐七政,在人以均万物[4]。称物平施,为政以公,毫厘不差,轻重必得,是执衡持平之义也。
　　圣人为衡,四方取则。志守公平,体兼正直。用于天官,铨综斯得[5]。行于里闬[6],纷竞以息。故南北以对,左右以持。秤物低昂,不差毫厘。使锱铢不惑[7],轻重无疑。智不能矫[8],愚不能欺。存信去诈,以公灭私。无偏无党[9],君子似之。法者天下公器,官者庶人之师[10]。其身既正,不令而行[11]。在下无怨,唯上之平。故曰上之所仰,人皆其向;我之所教,人皆其效。心苟至公,人将大同[12];心能执一,政乃无失。嗟尔多士[13],钦哉勉旃[14]。庶以观则[15],同夫佩弦[16]。

《全唐文》卷二六○

〔1〕 宰相之职,总揽国政,统领百官,辅佐皇帝,燮理天下,而持平则为执政要义之一。姚崇为开元名相,任紫微令期间,励精图治,奠定了开元盛世的基础。本文以执秤为喻,阐述为政之道,强调"志守公平,体兼正直",并以此诫勉臣僚,从中可见其为政理念。诫,亦称"戒",古代文体之一。徐师曾《文体明辨序说》:"按《字书》云:'戒者,警敕之辞,字本作诫……其词或用散文,或用韵文。"

〔2〕 "秤者"句:前一衡指衡器,后一衡意为衡量、比较。

〔3〕 "君子"句:谓君子执秤,是用以平衡自己的心。《北堂书钞》卷三七三引诸葛亮《杂言》:"吾心如秤,不能为人作轻重。"

〔4〕 "夫衡"二句:谓衡在天上平衡七政,在人间衡量万事万物。"夫衡"之"衡",指玉衡,乃古代天文仪器部件,形如横管,用以观测日月星辰。七政,诸说不一,依《尚书》孔颖达疏,指日月与五星。《尚书·舜典》:"在璇玑玉衡,以齐七政。"疏:"玑衡者,玑为运转,衡为横萧,运玑使动于下,以衡望之,是王者正天文之器。……七政,其政有七,于玑衡察之,必在天者,知七政谓日月与五星也。木曰岁星,火曰荧惑星,土曰镇星,金曰太白星,水曰辰星。"

〔5〕 "用于"二句:谓将之用于吏部,就可以公平地铨选官员。天官,《周礼》记古职官,分设六官,以天官冢宰居首,总御百官。后世亦称吏部

为天官。此以天官代吏部。

〔6〕 "行于"二句:谓以之行于乡里,百姓就可以平息纷争。里闬(hàn 翰),乡里。

〔7〕 锱铢:古代重量单位。锱,为一两的四分之一。铢,说法不一。或谓一锱为六铢,或谓为八铢,或谓为六两,或谓为八两。多从六铢说。锱铢,喻微小的数量。

〔8〕 矫:假,诈。

〔9〕 无偏无党:犹言公正无私。《尚书·洪范》:"无偏无党,王道荡荡。"

〔10〕 "法者"二句:谓法律是国家公有之物,官员应是百姓学习的对象。公器,众人共有之物。《庄子·天运》:"名,公器也,不可多得。"庶人,平民,百姓。

〔11〕 "其身"句:《论语·子路》:"子曰:'其身正,不令而行;其不正,虽令不从。'"语本之。

〔12〕 大同:是儒家理想中天下为公的社会。这里指人与人之间和谐而无隔阂。

〔13〕 多士:众多的贤士。《诗·周颂·清庙》:"济济多士,秉文之德,对越在天。"孔颖达疏:"济济之众士,谓朝廷之臣也。执行文王之德,谓被文王之化,执而行之,不使失坠也。"

〔14〕 钦哉勉旃:犹言谨慎对待,努力行之。钦哉,敬慎。《尚书·尧典》:"帝曰:往,钦哉!"孔安国传:"敕鲧往治水,命使敬其事。"旃,之,焉。

〔15〕 庶:希冀之词。

〔16〕 佩弦:犹言以为警策。《韩非子·观行》:"董安于之性缓,故佩弦以自警。"

宋　璟

宋璟(663—737)，邢州南和(今属河北)人。少耿介有大节，博学工文词。弱冠中进士，调上党尉，又为监察御史，迁凤阁舍人。中宗时，迁吏部侍郎，兼谏议大夫，寻拜黄门侍郎。睿宗立，以吏部尚书同中书门下三品。后贬楚州刺史，历充、冀、魏三州刺史、河北按察使等。玄宗开元初，为京兆尹，进御史大夫，坐小累为睦州刺史，徙广州都督。后征拜刑部尚书，迁吏部尚书，尚书右丞相。封广平郡公。开元二十五年卒，赠太尉，谥文贞。璟为相，随才任人，刑赏无私，敢犯颜直谏，与姚崇并称贤相。亦工诗善赋，少即以《长松赋》、《梅花赋》知名一时。两《唐书》有传。《新唐书·艺文志》曾著录其文集十卷，已佚。《全唐文》卷二〇七存录其文十八篇。

梅花赋[1]并序

垂拱三年[2]，余春秋二十有五，战艺再北[3]，随从父之东川[4]，授馆官舍[5]。时病连月，顾瞻圮墙[6]，有梅一本，敷藭于榛莽中[7]，喟然叹曰："斯梅托非其所，出群之姿，何以别乎[8]？若其贞心不改，是则可取也已。"感而成兴，遂作赋曰：

高斋寥阒[9]，岁晏山深[10]，景翳翳以斜度[11]，风悄悄而龙吟[12]。坐穷檐以无朋[13]，命一觞而孤斟[14]，步前除以踯躅[15]，倚藜杖于墙阴[16]。蔚有寒梅，谁其封植[17]？未绿叶而先葩[18]，发青枝于宿枿[19]，擢秀敷荣[20]，冰玉一色。胡杂逻于众草[21]？又芜没于丛棘？匪王孙之见知，羌洁白其何极[22]？若夫琼英缀雪[23]，绛萼著霜[24]，俨如傅粉，是谓何郎[25]。清香潜袭，疏蕊暗臭[26]，又如窃香，是谓韩寿[27]。冻雨晚湿，夙露朝滋[28]，又如英皇[29]，泣于九疑[30]。爱日烘晴[31]，明蟾照夜[32]，又如神人，来自姑射[33]。烟晦晨昏，阴霾昼闵[34]，又如通德[35]，掩袤拥髻[36]。狂飚卷沙，飘素摧柔[37]，又如绿珠，轻向坠楼[38]。半含半开，非默非言，温伯雪子[39]，目击道存[40]。或俯或仰，匪笑匪怒，东郭慎子，正容物悟[41]。或憔悴若灵均[42]，或欹傲若曼倩[43]，或妩媚如文君[44]，或轻盈若飞燕[45]。口吻雌黄，拟议难遍[46]。彼其艺兰兮九畹[47]，采蕙兮五柞[48]，缉之以芙蓉[49]，赠之以芍药[50]，玩小山之丛桂[51]，掇芳洲之杜若[52]。是皆物出于地产之奇，名著于风人之托[53]。然而艳于春者，望秋先零[54]；盛于夏者，未冬已萎。或朝华而速谢，或夕秀而遄衰[55]，曷若兹卉[56]，岁寒特妍[57]，冰凝霜沍[58]，擅美专权[59]。相彼百花[60]，谁敢争先？莺语方涩，蜂房未喧[61]，独步早春，自全其天[62]。至若栖迹隐深，寓形幽绝，耻邻市廛[63]，甘遁岩穴。江仆射之孤镫向寂，不怨凄迷；陶彭泽之三径长闲，曾无愠结[64]。谅不移于本性，方可俪乎君子之节[65]，聊染翰以寄怀[66]，用垂示于来哲。从父见而勖之曰[67]："万木僵仆，梅英再吐。玉立冰姿，不易厥素[68]。子善体物，永保贞固[69]。"

《全唐文》卷二七〇

〔1〕 此是宋璟应举落第后所作的一篇咏物赋。圮墙之下、榛莽丛中一本盛开的寒梅,引起了他的注意,此梅虽托非其所,然却冲寒怒放,清香潜袭,素雅高洁,坚贞不移。作者因感而赋之。赋中作者既着力描摹梅之外美,又强调其幽独不群的内质,并以多种手法来刻画其独特的神韵与品格,吐词婉丽而格调高雅,堪称赋梅佳作。

〔2〕 垂拱三年:即公元687年。垂拱(685—688),武则天执政年号。

〔3〕 战艺再北:犹言科场又一次失利。战艺,以文艺参与竞争,指科举考试。北,失败。

〔4〕 "随从父"句:从父,伯父、叔父之通称。《新唐书·宰相世系表》未载宋璟伯父、叔父,故不详其名。东川,唐有剑南东川节度使,治梓州(今四川三台),管梓、绵、剑、普、荣、遂、合、渝、泸等州,其地约当今四川东部。据《旧唐书·地理》,剑南东川节度使乃唐肃宗至德后设立,故有以此疑赋非宋所作者。不过,此处云"东川",或为川东地区之泛称,似不必拘于"东川节度使"。

〔5〕 授馆官舍:谓宿于官舍行馆。《周礼·秋官》:"环人掌送逆邦国之通宾客……舍则授馆。"贾公彦疏:"馆则道上庐宿,市所馆舍。"

〔6〕 圮(pǐ 擗)墙:残垣断壁。圮,坍塌。

〔7〕 敷蕍(wěi 纬):犹开花。蕍,花的古字。榛莽,杂乱丛生的草木。

〔8〕 别:犹言区分辨别。

〔9〕 高斋寥阒(qù 去):高雅静谧的书斋。寥阒,寂寥静谧。

〔10〕 岁晏:岁末。

〔11〕 "景翳翳"句:黄昏暗淡的日光斜照下来。景,同"影",日光。翳翳,昏暗不明貌。

〔12〕 "风悄悄"句:龙吟,似龙的啸鸣声。《文选》张衡《归田赋》:"尔乃龙吟方泽,虎啸山丘。"李善注:"言己从容吟啸,类乎龙虎。"

177

〔13〕 穷檐:空寂的屋檐。

〔14〕 觞:古代饮酒用酒器。

〔15〕 前除:庭前的台阶。踯躅:徘徊。

〔16〕 藜杖:用藜的老茎做的手杖。藜,通"蔾"。

〔17〕 封植:犹种植。《左传·昭公二年》:"宿敢不封殖此树,以无忘《角弓》,遂赋《甘棠》。"杜预注:"封,厚也;殖,长也。"按,封植同"封殖"。

〔18〕 葩(pā 杷):花。此用为动词,意为开花。

〔19〕 宿枿(niè 蘖):老枝。枿,老株经砍伐后新生的枝条。

〔20〕 擢秀敷荣:谓含苞开花。擢秀,草木生长欣欣向荣。刘宋沈演之《嘉禾颂》:"擢秀辰畦,扬颖角泽。"敷荣,开花。嵇康《琴赋》:"迫而察之,若众葩敷荣曜春风,既丰赡而多姿,又善始而令终。"

〔21〕 杂遝(tà 踏):众多而杂乱。

〔22〕 "匪王孙"二句:谓若非为有教养的人所发现,这洁白的梅花还不知默默无闻到何时呢。王孙,贵族子弟。《楚辞·招隐士》:"王孙游兮不归,春草生兮萋萋。"王夫之《楚辞通释》:"王孙,隐士也。秦汉以上,士皆王侯之裔,故称王孙。"这里为作者自指。羌,句首语气词。

〔23〕 琼英:似玉的美石。此喻梅花。

〔24〕 绛萼:红色的花萼。

〔25〕 何郎:指三国魏之何晏。何晏美姿容,喜修饰,面至白,而动静粉白不去手,行步顾影,人称"傅粉何郎"。见《世说新语·容止》及《三国志·何晏传》裴松之注引《魏略》。

〔26〕 暗臭:谓幽香。臭,香气。《易·系辞上》:"同心之言,其臭如兰。"孔颖达正义:"言二人同齐其心,吐发言语,氤氲臭气,香馥如兰也。"

〔27〕 "又如"二句:用晋贾充女与韩寿事。韩寿美姿貌,善容止,贾充辟为掾属,充每宴宾僚,其少女贾午辄窥之,见寿而悦焉。后潜通之,并盗取帝赐其父之西域奇香以赠寿,充僚属闻香以告充,充知其女与寿通,秘之,遂以女妻寿。见《晋书·贾充传》。

〔28〕 夙露:早晨的露水。滋,润。

〔29〕 英皇:指女英与娥皇。乃尧之二女,嫁于舜,为二妃。相传舜南巡,死于苍梧之野,二妃望苍梧而泣,挥泪于竹,竹尽斑。见张华《博物志》。

〔30〕 九疑:即苍梧山。九疑,亦写作九嶷,在今湖南宁远南。《山海经·海内经》:"南方苍梧之丘,苍梧之渊,其中有九嶷山,舜之所葬,在长沙零陵界中。"郭璞注:"其山九溪皆相似,故云'九疑'。"

〔31〕 爱日:冬日之日。《左传·文公七年》:"酆舒问于贾季曰:'赵衰、赵盾孰贤?'对曰:'赵衰,冬日之日也。赵盾,夏日之日也。"杜预注:"冬日可爱,夏日可畏。"

〔32〕 明蟾:指月亮。古代神话传说谓月中有蟾蜍,故常以明蟾代月。

〔33〕 "又如神人"二句:《庄子·逍遥游》:"藐姑射之山,有神人居焉,肌肤若冰雪,淖约若处子。"此用其事。

〔34〕 阴霾昼闷:谓被阴霾笼罩的白昼。闷(bì 必),掩蔽。

〔35〕 通德:即樊通德,汉代伶玄的妾。

〔36〕 掩袭拥髻:谓以袖掩面,捧持发髻。伶玄《赵飞燕外传》附《伶玄自叙》:"通德占袖,顾视烛影,以手拥髻,凄然泣下。"襃,同"袖"。

〔37〕 飘素摧柔:谓白色的梅花飘落而下,柔弱的枝条摧折。

〔38〕 "又如绿珠"二句:用晋石崇妾绿珠坠楼亡身事。石崇有妾名绿珠,美而艳,善吹笛,石崇甚宠之。时赵王伦嬖臣孙秀与崇有憾,既贵,向崇求绿珠,崇不许,秀怒,因劝伦诛崇。介士到门,崇谓绿珠曰:"我今为尔得罪。"绿珠泣曰:"当效死于官前。"因自投于楼下而死。事见《晋书·石崇传》。

〔39〕 温伯雪子:《庄子》中的人物。《庄子·田子方》:"温伯雪子适齐,舍于鲁。"成玄英疏:"姓温名伯,字雪子,楚之怀道人也。"

〔40〕 目击道存:意谓只用目光一接,就领略到道之所在。《庄子·田子方》:"仲尼见之(按,指温伯雪子)而不言。子路曰:'吾子欲见温伯雪子久矣,见之而不言,何邪?'仲尼曰:'若夫人者,目击而道存矣,亦不可以容声矣。'"成玄英疏:"击,动也。夫体悟之人,忘言得理,目裁运动而玄

道存焉,无劳更事辞费,容其声说也。"

〔41〕 "东郭慎子"二句:东郭慎子,当为"东郭顺子"之讹误。东郭顺子,《庄子》中的人物,魏人,田子方之师。《庄子·田子方》:文侯问子方,"曰:'子之师谁也?'子方曰:'东郭顺子。'文侯曰:'然则夫子何故未尝称之?'子方曰:'其为人也真,人貌而天,虚缘而葆真,清而容物。物无道,正容以悟之,使人之意也消。无择何足以称之!'"二句意谓,像东郭顺子一样,遇到与道不合之事与邪僻之人,自正容仪,旷然清虚,令其晓悟,祸乱之意自然消除。

〔42〕 "或憔悴"句:灵均,屈原字。屈原《离骚》:"皇览揆余初度兮,肇锡余以嘉名:名余曰正则兮,字余曰灵均。"又,《楚辞·渔父》:"屈原既放,游于江潭,行吟泽畔,颜色憔悴。"

〔43〕 "或欹傲"句:欹傲,犹兀傲。欹,倾斜。曼倩,即东方朔。朔(前160?—?)字曼倩,汉武帝时人,为人诙谐滑稽,尝待诏金马门。《史记·滑稽列传》及《汉书》皆有其传。

〔44〕 文君:即卓文君。西汉时蜀中富翁卓王孙女,貌美,寡居在家,司马相如以琴调之,因与相如私奔。见《史记·司马相如列传》。

〔45〕 飞燕:即赵飞燕。汉成帝宫人,善歌舞,身轻如燕。后立为皇后。《汉书·外戚传》有传。

〔46〕 "口吻雌黄"二句:意谓梅花之美,难以用语言形容。雌黄,一种矿物质,柠檬黄色。古人书写用黄纸,因以雌黄制成颜料,书写有误,则以之涂抹改写。后引申为评论、品藻。

〔47〕 "彼其"句:艺兰,种植兰草。畹(wǎn 碗),古代地积单位。或云三十亩为一畹,或云十二亩为一畹,或以三十步为一畹。《楚辞·离骚》:"余既滋兰之九畹兮,又树蕙之百亩。"

〔48〕 蕙:一种香草。古人以兰蕙为佩,取其香洁。五柞:山名。传说尧时仙人方回隐于此。见《列仙传》、《云笈七签》卷一八〇。

〔49〕 "缉之"句:语本《楚辞·离骚》:"制芰荷以为衣兮,集芙蓉以为裳。"缉,集,团合。芙蓉,荷花的别名。

〔50〕 "赠之"句:《诗·郑风·溱洧》:"维士与女,伊其相谑,赠之以芍药。"语本之。芍药,植物名,花大而美,根可入药。

〔51〕 "玩小山"句:小山,淮南小山。汉代淮南王刘安一部分门客的总称,作有《招隐士》。王逸《招隐士》序:"《招隐士》者,淮南小山之所作也。昔淮南王安,博雅好古,招怀天下俊伟之士,自八公之徒,咸慕其德而归其仁,各竭才智,著作篇章,分造辞赋,以类相从,故或称小山,或称大山,其义犹《诗》有《小雅》、《大雅》也。"丛桂,淮南小山《招隐士》中有"攀援桂兮聊淹留"句,故云。

〔52〕 "掇芳洲"句:《楚辞·九歌·湘君》:"采芳洲兮杜若,将以遗兮下女。"语本之。掇,摘取。杜若,香草名。

〔53〕 "是皆"二句:谓以上所述,都是植物中的奇花异草,其名字都出现于诗人托物咏怀的作品中。地产,土地所产物品。《周礼·春官·大宗伯》:"以地产作阳德。"郑玄注:"地产者,植物,谓九谷之属。"此指植物。

〔54〕 零:凋落。

〔55〕 遄:快,迅速。

〔56〕 曷若兹卉:哪里比得上此花。曷若,怎么比得上。兹卉,此指梅花。

〔57〕 妍:美好,美丽。

〔58〕 冱(hù 互):冰冻,冻结。

〔59〕 擅美专权:犹言将美独占。

〔60〕 相:看,审察。

〔61〕 "莺语"二句:指早春时节。此时黄莺的叫声还不够清亮圆润,蜂儿还没有飞出蜂房嗡嗡喧闹,故云。

〔62〕 "独步"二句:谓此时只有梅花独一无二地开放,保全着自己的天性。

〔63〕 市廛:犹市井、闹市。廛,卖东西的店铺。

〔64〕 "江仆射"四句:谓有梅花做伴,即使孤灯寂寞的江总也不会因凄清而哀怨烦乱,归隐闲居的陶渊明,也不会心中忧郁。江仆射,江总。

181

总(519—594)字总持,南朝陈诗人,曾官尚书仆射,故称。江总《和张记室源伤往诗》有"空帐临窗掩,孤灯向壁燃"句,故句中"向寂"疑当作"向壁"。陶彭泽,陶渊明。渊明(365—427)字元亮,寻阳柴桑(今江西九江)人,晋、宋间诗人。因其曾官彭泽令,故又称陶彭泽。陶渊明《归去来兮辞》有"三径就荒,松菊犹存"句。愲结,疑当为"愲结"。愲结,忧郁、郁结。《艺文类聚》卷九三引汉应玚《憋骥赋》:"牵繁辔而增制兮,心愲结而槃纡。"

〔65〕 "谅不移"二句:料想梅花不会改变其本性,这样才能和君子的节操相配。俪,成对,匹配。

〔66〕 染翰:犹言执笔为文。翰,毛笔。

〔67〕 勖(xù 畜):勉励。

〔68〕 不易厥素:不改变其本性。厥,其。素,素心,本性。

〔69〕 "子善"二句:意谓你既然善于体察物情,那就请永远保持梅花那样坚贞不移的品性吧。

请停广州立遗爱碑奏[1]

臣伏见韶州奏事云[2],广州与臣立遗爱颂[3]。但碑所以颂德纪功,披文相质[4],臣在郡日[5],课无所称[6],纵恭宣政理,幸免罪戾[7],一介俗吏,何足书能?滥承恩私,见在枢密[8],以臣光宠,成彼谄谀。欲革此风,望自臣始,请敕广府即停。

《全唐文》卷二七〇

〔1〕 开元初宋璟任广州都督,其善政曾惠及当地百姓。后官居中枢,广之民怀惠感念,欲为之立遗爱颂碑。此文即是其闻说此事后给玄宗的奏事,呈请玄宗下诏予以制止。文长不过八十馀字,而一代名相黜浮尚

182

真,清正自律的风节灼然可见。

〔2〕 韶州:唐属岭南道,治曲江(故址在今广东韶关西南)。奏事,向皇帝上奏陈事。

〔3〕 "广州"句:广州,唐属岭南道,治南海(今广东广州)。遗爱颂,也即遗爱碑。是古代为颂扬官员德政而立的碑。唐封演《封氏闻见记·颂德》:"在官有异政,考秩已终,吏人立碑颂德者,皆须审详事实,州司以状奏闻,恩敕听许,然后建之,故谓之颂德碑,亦曰遗爱碑。"据此,唐时此类碑,须经奏请方可树立。

〔4〕 披文相质:是就文辞与内容而论,意谓文当植根于事实,读文可以得到真实情况。披文,文饰。质,指内容。《文选》陆机《文赋》:"碑披文以相质。"李善注:"碑以叙德,故文质相半。"

〔5〕 郡:此指广州。广州旧为南海郡,故称。

〔6〕 课无所称:犹言无突出的政绩。课,古代对官员任职期间履职情况的考核。唐时官员考课,有四善二十七最,以为黜陟标准。见《旧唐书·职官二》、《新唐书·百官一》。

〔7〕 戾:乖违,违误。

〔8〕 枢密:中枢官署的总称。据两《唐书》本传,宋璟自广州都督入京,先后历刑部尚书、吏部尚书、尚书右丞相等,俱为中枢要职,故云。

张　说

　　张说(667—731),字道济,一字说之。其先范阳(今河北涿州)人,世居河东,后迁居洛阳(今属河南),因称洛阳人。弱冠中举,应诏对策为天下第一,授太子校书,累迁凤阁舍人。以不附张易之、张昌宗,坐忤旨配流钦州。中宗即位,召拜兵部员外郎,累转工部、兵部侍郎,兼修文馆学士。睿宗时,进同中书门下平章事。玄宗即位,为中书令,封燕国公。后罢为相州刺史、河北道按察使,转岳州刺史。开元九年(721),复拜兵部尚书、同中书门下三品,监修国史。又除中书令,加集贤院学士,知院事。卒谥文贞。两《唐书》有传。说前后三度为相,掌文学之任凡三十年,为文精壮俊丽,堪称一代宗匠。时朝廷制诰多出其手,许国公苏颋与之齐名,并称"燕许大手笔"。其诗亦风格朴实遒劲,初具盛唐特征。有《张说之集》三十卷传世。

广州都督岭南按察五府经略使宋公遗爱碑颂[1]

　　维唐御天下九十有八载,苍生贲乎海隅[2],元泽漫乎荒外[3],天子念穷乡之僻陋,徼道之修阻[4],吏或不率不驯[5],人或不康不若[6],乃命旧相广平公宋璟[7],镇兹裔壤[8],式是南州[9]，笃五管之政教，总三军之旗鼓[10]。幅员万里，驯致九译[11]，诏书下日，靡然顺风。曷由臻斯[12]？威名之先路也[13]。公曩时执白简[14]，登琐闼[15]，推诚謇谔[16]，不私形骸[17]，忤英主之龙鳞，蹈奸臣之虎尾[18]。挫二张之锐[19]，则声怛寰域[20]；折三思之角，则气盖风云[21]。由是极有四星，维帝之辅[22]；地有五岳，维天之柱[23]。其入宰也，君之股肱[24]；其出守也，人之父母[25]。至于此邦之长人也[26]，饮食有节，衣服有常，清心而庶务简，正色而群下一。瑟兮僴兮，赫兮喧兮[27]，固以不怒而威，不言而信。虽有文身凿齿，被发儋耳，衣卉蓺木，巢山馆水[28]，种落异俗而化齐，言语不通而心喻矣[29]。其率人版筑，教人陶瓦。室皆墣墼，昼游则华风可观；家撤茅茨，夜作而灾火不发。栋宇之利也自今始[30]。祖国之舶车，海琛云萃[31]，物无二价，路有遗金。殊裔胥易其回途，远人咸内我边郡[32]。交易之坦也有如此。故能言之士，举为美谈。盖微子去殷，以后王者[33]；襄公伐楚，将得诸侯[34]。尚书东汉之雅望，黄门北齐之令德[35]，宋氏世名，公其济美[36]，《诗》所谓"无念尔祖，聿修厥德"[37]，广平有焉！若夫往者屈也，来者伸也，往来相召，而哀乐继之[38]。鸿飞遵渚，于汝信处[39]，龙章衮衣，以我公归[40]。郁陶乎人思，嗟叹之不足[41]，广府司马谭瓌、番禺耆老某乙等[42]，相与刻石[43]，传徽斯文[44]。予《春秋》之徒也，岂将苟其辞哉[45]？雅敬宋公王臣之重，次嘉谭子赞德之义[46]，遥感耆旧去思之勤[47]。越裳变风，知周公之才之美[48]；吉甫作颂，见申伯于藩于宣[49]。观政将来，恶可废也[50]？颂曰：

降王宰兮远国灵[51]，歌北户兮舞南溟[52]。酌七德兮考六经,政画一兮言不再,草木育兮鱼鳖宁[53]。变蓬屋兮改篱墙,鱼鳞瓦兮鸟翼堂。洞日华兮皎夜光,火莫炖兮风莫飚[54],事有近兮惠无疆[55]。昆仑宝兮西海财[56],几万里兮岁一来。舟如鸟兮货为台,市无欺兮路无盗,旅忘家兮扃夜开[57]。越井冈兮石门道,金鼓愁兮旌旆好[58]。来何暮兮去何早?犝牛牲兮菌鸡卜,神降福兮公寿考[59]。

《全唐文》卷二二七

〔1〕 本文是作者给广州地方官为宋璟树遗爱碑所作的碑文,因是赞颂性文字,故称"碑颂"。文章由序文与颂词两部分组成,这种写法,是碑铭类文的正体。文中对朝廷任命宋璟为广州都督及岭南按察五府经略使一职的背景、原因,宋璟的人品、个性,宋璟在广州任职期间的善政,宋氏家族的显赫历史以及自己作此文的因由等,作了简切的叙述与说明,行文庄重而典雅。文中称宋璟曰广平公,据颜真卿《有唐开府仪同三司行尚书右丞相上柱国赠太尉广平文贞公宋公神道碑》,宋之被封为广平郡公,在玄宗开元八年。又,张说开元九年九月入朝为兵部尚书、同中书门下三品,则此文之作,或当在开元九年张说入朝后。

〔2〕 贲,犹布。清王引之《经义述闻·尚书上》"用宏兹贲":"《大诰》敷贲,亦谓敷布此美绩也。"海隅:海角,海边。此指广州。

〔3〕 元泽:德泽,恩惠。荒外:八荒之外。常指边远地区。

〔4〕 徼道:巡逻警戒的道路。此言道路。修阻:漫长而多险阻。

〔5〕 不率不驯:不顺从,不服从。

〔6〕 不康不若:不安乐,不和善。

〔7〕 旧相广平公:宋璟在睿宗即位后,迁吏部尚书、同中书门下三品,玄宗开元八年,累封广平郡公。

〔8〕 镇兹裔壤:犹言镇守边地。裔壤,边远地区。裔,本意为衣服的边缘。这里指边远的地方。壤,地区,区域。

〔9〕 式是南州：为南州之楷范。也即为南州地方官的意思。式，示范，作为榜样。南州，这里指岭南诸州，因其位于南方，故称。

〔10〕 "笃五管"二句：唐高宗永徽以后，以广、桂、容、邕、安南府，皆隶广州都督府都督统摄，谓之五府节度使，名岭南五管。又，广州为岭南五府经略使治所所在，统经略军、清海军、桂管经略使、镇南经略使、邕管经略使，故云。

〔11〕 驯致九译：教化而使边远地区归向朝廷。九译，指边远地区或外国。这里指岭南诸府，因其多为少数民族聚居地，与中原言语有别，故称。

〔12〕 曷由臻斯：何以达到这样。曷，通何。臻，到，达到。

〔13〕 先路：先行。

〔14〕 曩时：往日。白简：古时弹劾官员的奏章。

〔15〕 琐闼：镌刻连琐图案的宫中小门。这里代指朝廷。

〔16〕 推诚：以诚相待。謇（jiǎn 简）谔：正直敢言。

〔17〕 不私形骸：犹言不吝惜自己的性命。形骸，人的躯体。

〔18〕 "忤英主"二句：《旧唐书·宋璟传》载，武后时，"张易之与弟昌宗纵恣骄横，倾朝附之。昌宗私引相工李弘泰观占吉凶，言涉不顺，为飞书所告。璟奏请穷究其状，武则天曰：'易之等已自奏闻，不可加罪。'璟曰：'易之等事露自陈，情在难恕，且谋反大逆，无容首免。请勒就御史台勘当，以明国法。易之等久蒙驱使，分外承恩，臣必知言出祸从，然义激于心，虽死不恨。'则天不悦。内史杨再思恐忤旨，遽宣敕令璟出。璟曰：'天颜咫尺，亲奉德音，不烦宰臣擅宣王命。'则天意稍解，乃收易之等就台，将加鞫问。俄有特敕原之，仍令易之等诣璟辞谢，璟拒而不见，曰：'公事当公言之，若私见，则法无私也。'"二句所云当指此。蹖，同"踏"。

〔19〕 二张：指张易之、张昌宗。二人为武则天倖臣。

〔20〕 声怛（dá 达）寰域：声威惊天下。怛，惊动。

〔21〕 "折三思"二句：《旧唐书·宋璟传》载，中宗神龙初，"时武三思怙宠执权，尝请托于璟，璟正色谓之曰：'当今复子明辟，王宜以侯就第，

187

何得尚干朝政？王独不见产、禄之事乎？'俄有京兆人韦月将上书讼三思潜通宫掖，将为祸患之渐，三思讽有司奏月将大逆不道，中宗特令诛之。璟执奏请按其罪状，然后申明典宪，月将竟免极刑，配流岭南而死。"二句事当指此。武三思，武则天之侄。性倾巧便辟，颇为武则天所崇信；又谄媚宠臣张易之、张昌宗，勾结亲信宗楚客、纪处讷等，猜嫉正直，干黩朝政。神龙三年，为太子率羽林军所杀。

〔22〕"由是"二句：赞美宋璟为天子的辅弼大臣。极有四星，《晋书·天文志》："北极五星，钩沉六星，皆在紫宫中。……抱北极四星曰四辅，所辅佐北极而出度授政也。"这里以北极四星，比喻帝王的辅佐。

〔23〕"地有"二句：称道宋璟为国家的柱石。五岳，指东岳泰山、西岳华山、南岳衡山、北岳恒山、中岳嵩山。维天之柱，即天柱。这里比喻担当重任者。

〔24〕股肱：大腿和胳膊。以喻辅佐之臣。

〔25〕人之父母：古时称地方官为民之父母，故云。人即"民"，因避讳改。

〔26〕长(zhǎng掌)人：官长，居上位者。这里指任地方长官。

〔27〕"瑟兮"二句：语出《诗·卫风·淇奥》。原句作"瑟兮僩兮，赫兮咺兮，有匪君子，终不可谖兮！"毛传："瑟，矜庄貌；僩，宽大也。"孔颖达疏："瑟，矜庄，是外貌庄严也。僩，宽大，是内心宽裕。"这里是说宋璟为政庄敬宽厚。

〔28〕"虽有"数句：皆为南方少数民族的生活习俗。文身即在身体上刺画有色的花纹或图案。凿齿，古代传说中的野人，其齿如凿，长五六尺。西南某些少数民族也有以之为尚的。被发，即披发下垂。儋耳，即雕镂其颊，皮连耳廓，分为数支，下垂至肩，以为装饰，是古代西南少数民族的习俗。衣卉，即穿草织的衣服。面木，树名，即桄榔，出于西南地区，木中出屑，如面可食。巢山馆水，即在山上巢居、水上为屋。

〔29〕"种落"二句：意谓风俗不同的种族而治化得以统一，言语虽然不同而能够相互了解。齐，统一，一致。喻，明白，理解。

〔30〕"其率人"数句:指宋璟在广州教人改造茅竹屋为瓦房以消除火灾事。《旧唐书·宋璟传》载,"广州旧俗,皆以竹茅为屋,屡有火灾。璟教人烧瓦,改造店肆,自是无复延烧之患。"室皆斁墍,屋室都用泥来涂饰。斁(tú 图),"涂"的古字。墍(jì 记),以泥涂屋。

〔31〕祖国之舶车:效法中原所造的大船与车子,使海中的宝货云集荟萃。祖,效法、承袭。舶,航海的大船。

〔32〕"殊裔"二句:谓边远地区的人全都回转归来,远方的人都纳附于边郡。胥,全。易,改变。咸,都。内,同"纳"。

〔33〕"盖微子"二句:微子,名启,帝乙之元子,纣同母庶兄。《史记·殷本纪》载,殷纣王淫乱不止,微子数谏不听,乃与大师、少师谋,离殷而去。后周武王伐纣灭殷,建立周朝,封纣子武庚禄父以续殷祀。武王死后,武庚与管叔、蔡叔作乱,成王命周公诛之,立微子于宋,以为殷后。

〔34〕"襄公"二句:襄公,指宋襄公。春秋时宋国国君,名慈父。齐桓公死后,与楚争霸。《左传·僖公二十一年》载:"二十一年春,宋人为鹿上之盟,以求诸侯于楚,楚人许之。"实际上,宋襄公与楚争霸,曾为楚所执;与楚人战,又为所败。这里作者仅取《左传》所载"求诸侯于楚,楚人许之"意。

〔35〕"尚书"二句:尚书东汉之雅望,尚书,疑指宋均。《后汉书·宋均列传》载,均字叔庠,南阳安众人。"(明帝)永平元年,迁东海相,在郡五年,坐法免官,客授颍川。而东海吏民思均恩化,为之作歌,诣阙乞还者数千人。显宗以其能,七年,征拜尚书令。……均尝寝病,百姓耆老为之祷请,旦夕问起居,其为民爱若此。以疾上书乞免,诏除子条为太子舍人。均自扶舆诣阙谢恩,帝使中黄门慰问,因留养疾。司徒缺,帝以均才任宰相,召入视其疾,令两驺扶之。均拜谢曰:'天罚有罪,所苦浸笃,不复奉望帷幄!'因流涕而辞。帝甚伤之,召条扶侍均出,赐钱三十万。"雅望,美好的声望。黄门北齐之令德,黄门,指宋钦道。《北齐书·宋钦道传》载,"宋钦道,广平人,魏吏部尚书弁孙也。初为大将军主簿,典书记。后为黄门侍郎。又令在东宫教太子习事。郑子默以文学见知,亦被亲宠。……二人

189

幸于两宫,虽诸王贵臣莫不敬惮。"据颜真卿《有唐开府仪同三司行尚书右丞相上柱国赠太尉广平文贞公神道碑铭》,钦道为宋璟之祖。令德,美好的品德。

〔36〕 济美:在以前的基础上使美好的东西发扬光大。济,成。

〔37〕 "《诗》所谓"句:无念尔祖,聿修厥德,语出《诗·大雅·文王》。

〔38〕 "若夫"数句:是说宋璟任广州都督及按察岭南五管经略府为屈就,离任归朝则可展其怀抱,一去一来,感慨莫名。

〔39〕 "鸿飞"二句:语本《诗·豳风·九罭》。原诗句是:"鸿飞遵渚,公归无所,于女信处。"孔颖达疏:"郑(玄)以为,鸿者大鸟,不宜与凫鹥之属飞而循渚,以喻周公圣人,不宜与凡人之辈共处东都。及成王既悟,亲迎周公,而东都之人欲周公即留于此,故晓之曰:公西归若无所居,则可于汝之所诚处耳。今公归则复位,汝不得留之。美周公所在见爱,知东人愿留之。"这里是说像宋璟这样的贤才,尽管当地百姓希望其留在当地,但他终归应回到京城任职。

〔40〕 "龙章"二句:亦化用《诗·豳风·九罭》诗句。原句是:"是以有衮衣兮,无以我公归兮,无使我心悲兮!"孔颖达疏:"郑(玄)以为,此是东都之人欲留周公之辞,言王是以有此衮衣兮,王令赍来,愿即封周公于此,无以我公西归兮。若以公归,我则思之,王无使我思公而心悲兮。"这里借以指宋璟备受当地百姓爱戴。

〔41〕 "郁陶"二句:谓人们因思念宋璟而忧思积聚,叹息不已。郁陶,忧思积聚的样子。嗟叹不足,《礼记·乐记》:"言之不足,故长言之。长言之不足,故嗟叹之。嗟叹之不足,故不知手之舞之足之蹈之也。"嗟叹,叹息。

〔42〕 "广府"句:广府,即广州府。司马谭瓘,司马,官职名。唐州、郡、都督府及王府佐吏中皆有司马一职,其中大都督府置二人,馀皆一人;节度使府僚属则有行军司马。谭瓘,其人事迹无考。番禺,县名,唐为广州属县,今属广东。耆老,此指年老而有地位的绅士。

〔43〕 相与:共同,一起。

〔44〕 传徽斯文:传播(记载宋璟)美德的颂文。徽,美,善。

〔45〕 "予《春秋》"二句:相传孔子作《春秋》,文字谨严,下笔不苟。这里是说自己继承《春秋》传统,不会写褒贬随意的文章。苟,随便、马虎。

〔46〕 嘉:赞许。赞德:襄赞、辅佐之德。

〔47〕 耆旧:年高望重者。去思:地方士民对离职官吏的怀念。

〔48〕 "越裳"二句:越裳,古南海国名。《后汉书·南蛮列传》载:"交趾之南,有越裳国。周公居摄六载,制礼作乐,天下和平,越裳以三象重译而献白雉。"这里以宋璟比拟周公,是说岭南诸州经过宋璟的教化而风俗一变,显示出他卓越的理政才能。

〔49〕 "吉甫"二句:吉甫,指周宣王贤臣尹吉甫。姓兮,名甲,字伯吉父(甫),尹为官名。吉甫作颂,指尹吉甫所作赞美周宣王的颂歌,相传《诗·大雅》中的《崧高》、《烝民》、《韩奕》、《江汉》等皆是。后以之指宰辅颂扬君主的作品。见申伯于藩于宣,语本《诗·大雅·崧高》。原诗是:"维申及甫,维周之翰。四国于蕃,四方于宣。"郑玄笺:"申,申伯也。甫,甫侯也。皆以贤知入为周之桢干之臣。四国有难,则往扞御之,为之蕃屏。四方恩泽不至,则往宣畅之。"按,蕃同藩。作者作此文时任宰相,故这里以吉甫作颂赞美申伯,喻己作此文赞美宋璟。

〔50〕 恶:疑问代词。意同何、安、怎么。

〔51〕 "降王宰"句:意谓将具有宰辅之才的人安排于国家威灵难及的边远地区。国灵,国家的威灵。

〔52〕 "歌北户"句:谓其治理岭南有方,当地百姓生活安定,载歌载舞。北户,古国名。《尔雅·释地》:"觚竹、北户、西王母、日下,谓之四荒。"郭璞注:"觚竹在北,北户在南。"邢昺疏:"北户者,即日南郡是也。颜师古曰:'言其在日之南,所谓北户以向日者。'"南溟,南方的大海。北户、南溟,这里均代指岭南边远地区。

〔53〕 "酌七德"三句:谓宋璟治理岭南,文武并用,政令统一,言出无二,使其地得以兴旺安定。七德,武功的七种德行。《左传·宣公十二

191

年》:"夫武,禁暴、戢兵、保大、定功、安民、和众、丰财者。故使子孙无忘其章……武有七德,我无一焉,何以示子孙?"六经,指《诗》、《尚书》、《礼》、《易》、《乐》、《春秋》六部儒家经典。这里以七德、六经分别代武功与文治。画一,统一。

〔54〕 "变蓬屋"三句:指宋璟在广州改当地人的茅屋为瓦房事。鱼鳞瓦,谓房瓦排列如鱼鳞之状。鸟翼堂,改瓦屋后,鸟巢于屋,常飞堂上,故云。炖(tún 囤),风火炽盛的样子。飐,风吹起。

〔55〕 惠无疆:指受惠无尽。

〔56〕 昆仑宝:指岭南海外的宝货。昆仑,古代中印半岛南部及南洋诸岛各国也泛称为昆仑。昆仑、西海,这里均指海外。

〔57〕 扃:门户。

〔58〕 "越井冈"二句:描摹宋璟离任时依依不舍情景。越井冈、石门,皆广州地名。越井冈,又名天井冈,在旧南海县(今属广州)北四里。见《太平寰宇记》卷一五七。石门,在番禺县西北二十里。

〔59〕 "犦(bó 勃)牛"二句:是对宋璟的祝祷之词。犦牛牲,即以犦牛祭祀。犦牛,即犁牛。《尔雅·释畜》"犦牛"郭璞注:"即犁牛也,领上肉犦胅起,高二尺许,状如橐驼,肉鞍一边,健行者日三百里,今交州合浦徐闻县出此牛。"菌、竹;鸡卜,流行于岭南的一种占卜方法。占卜时用竹、用鸡,故称菌鸡卜。宋周去非《岭外代答·鸡卜》说其法甚详:"南人以鸡卜,其法以小雄鸡未孳尾者,执其两足,焚香祷所占而扑杀之,取腿骨洗净,以麻线束两骨,以竹梃插所束之处,伸两腿骨相背于竹梃之端,执梃再祷,左腿为侬,侬者,我也。右骨为人,人者,所占之事也。乃视两骨之所有细窍,以细竹梃长寸馀者遍插之,或斜或直或正或偏,各随其斜直正偏而定吉凶。"寿考,长寿。考,老、寿。

张嘉贞

张嘉贞(665—729),蒲州猗氏(今山西临猗)人。弱冠以五经举,补平乡尉。则天长安中,拜监察御史。累迁兵部员外郎,进中书舍人,历梁、秦二州都督、并州长史。开元八年(720)擢为中书侍郎、同中书门下平章事,旋迁中书令。后出为豳(一作幽)州刺史,次年复拜户部尚书,兼益州长史,判都督事。左迁台州刺史,未几复为工部尚书。又为定州刺史,知北平军事,封河东侯。卒赠益州大都督,谥曰恭肃。两《唐书》有传。嘉贞为盛唐重臣,屡历清要。能诗文,今见存不多,《全唐诗》存诗三首,《全唐文》录文八篇。

石桥铭序[1]

赵郡洨河石桥[2],隋匠李春之迹也,制造奇特,人不知其所以为。试观乎用石之妙,楞平砧[3],斗方版[4],促郁缄[5],穹隆崇[6],豁然无椳[7],吁可怪也[8]。又详乎义插骈坒[9],磨砻致密[10],甃百象一[11],仍糊灰墍[12],腰纤铁,蹙两涯[13],嵌四穴[14],盖以杀怒水之荡突[15],虽怀山而固护焉[16],非夫深智远虑,莫能创是。其栏槛华柱,锤斫龙兽之状,蟠绕拏踞,睢盱窼欸[17],若飞若动,又足畏乎!夫通济利涉[18],三才一致[19],故辰象昭回,天河临乎析木[20];鬼神幽助,海石到乎扶桑[21]。亦有停杯渡河[22],羽毛填塞[23],引弓击水[24],鳞甲攒会者,徒闻于耳,不观于目。目所观者,工所难者,比于是者,莫之与京[25]。

《全唐文》卷二九九

〔1〕 赵州桥,原名安济桥,俗名赵州大石桥,是隋朝名工李春于炀帝大业(605—617)年间所建造的一座大跨度石拱桥,位于赵州(今河北赵县)城南洨河上,为我国现存的古代桥梁建筑杰构。张嘉贞同乡柳涣作有《赵州洨河石桥铭》,此为张所作《序》文。文中赞叹石桥建筑工艺之精妙,称道其通济利涉之功用,尤其对其建造艺术给予了高度评价。

〔2〕 赵郡:隋名赵郡,唐改赵州,属河北道,治平棘(今河北赵县)。辖境约相当于今河北宁晋、元氏、赵县、赞皇、高邑、栾城、临城、柏乡等县和隆尧县的一部分。洨(xiáo 崤)河,源出河北获鹿西南井陉山,东流至宁晋县入宁晋泊。

〔3〕 棱平砧:将平整的石块磨出棱角。棱,棱角。此用作动词。砧,捣衣石。此代指平整的石块。

〔4〕 斗方版:拼合方形石版以使合逢。斗,拼合,凑。

〔5〕 促郁缄:使(具相近)纹理的料石得以聚合。缄(cù 促),《集韵》:"缄,聚文也。"

〔6〕 穹隆崇:此指拱形的桥洞。穹隆,物中间高,四周低。崇,高大。

〔7〕 楹:柱子。

〔8〕 吁:叹词。

〔9〕 乂插骈坒(bì 必):犹言使石块与石块交错插入,排列衔接。骈坒,排列相接貌。

〔10〕 磨礱(lóng 龙):磨治。

〔11〕 甃百象一:谓石块砌得很整齐。甃,垒砌砖石。

〔12〕 灰璺(wèn 汶):裂纹。灰,碎裂。扬雄《太玄经》卷一:"童麋触

犀,灰其首。"罂,裂纹。扬雄《方言》卷六:"器破而未离谓之罂。"

〔13〕 蹙两涯:犹言使两边紧缩。蹙,紧缩。

〔14〕 嵌四穴:在桥身嵌上四个孔洞(以泄水势)。

〔15〕 "盖以"句:谓用来减弱猛水冲击荡突的力量。杀,这里为减弱、缓释的意思。

〔16〕 怀山:怀山襄陵的省语,指洪水。《尚书·尧典》:"荡荡洪水方割,荡荡怀山襄陵,浩浩滔天。"蔡沈集传:"怀,包其四面也。襄,驾出其上也。"

〔17〕 "锤斫"数句:谓其雕造的龙兽等类动物的形状,或盘绕,或蹲踞,或睁眼仰而视,或飘然欲举,极为生动。蟠绕,指龙的婉转蟠曲之貌。拏(ná 拿)踞,指兽威猛蹲踞的样子。睢盱(huī xū 灰须),张目仰视貌。翕歙(xī xū 西需),闪动的样子。

〔18〕 通济利涉:谓助往通来,渡河便利。利涉,《易·需》:"贞吉,利涉大川。"

〔19〕 三才:指天、地、人。《易·说卦》:"是以立天地之道曰阴与阳,立地之道曰刚与柔,立人之道曰仁与义。兼三才而两之,故《易》六画而成卦。"

〔20〕 "故辰象"二句:谓列星回转,辰光照耀,银河临近于析木星次。辰象,天象。此指列星。昭回,谓星辰光耀回转。天河,银河。析木,星次名,为十二星次之一。与十二辰相配为寅,与二十八宿相配为尾、箕两宿。

〔21〕 "鬼神"二句:言似有鬼神之助,海中石块亦自扶桑国而来。扶桑,古国名。《梁书·扶桑国传》:"扶桑在大汉国东二万馀里,地在中国之东,其土多扶桑木,故以为名。"因扶桑国之地理方位,约与日本相当,后成为日本的代称。

〔22〕 停杯渡河:慧皎《高僧传·神异下·杯度》:"杯度者,不知姓名,常乘木杯度水,因而为目。"此用其事。杯度,亦写作"杯渡"。

〔23〕 羽毛填塞:用乌鹊填河以渡织女事。应劭《风俗通义》:"织女七夕当渡河,使鹊为桥。"

〔24〕 引弓击水:《史记·秦始皇本纪》:"方士徐市等入海求神药,数岁不得,费多,恐谴,乃诈曰:'蓬莱药可得,然常为大鲛鱼所苦,故不得至,愿请善射与俱,见则以连弩射之。'"此用其事。

〔25〕 莫之与京:犹言没有能与之相比者。京,大。《左传·庄公二十二年》:"八世之后,莫之与京。"孔颖达疏:"莫之与京,谓无与之比大。"

潘好礼

潘好礼(生卒年不详),贝州宗城(今属河北)人。明经及第,累迁上蔡令。坐小累,除芮城令。擢监察御史。开元三年(715),累转郊王府长史。俄郊王出为滑州刺史,以其兼郊王府司马,知滑州事。后迁豫州刺史。坐事左迁温州别驾,卒。好礼为政孜孜,清廉无所私,然繁于细事,人惮其清严,亦厌其苛察。《全唐文》录其文二篇。

徐有功论[1]

客有问于主人曰:"地官徐员外[2],何如也?"答曰:"守道君子也[3]。"客曰:"徐公明识,诚难为俦也[4]。何不稍圆通,以协随时之义,而取富贵乎[5]?何为固守方正,乖相时之道,几致死亡者数矣[6]?此岂大雅君子全身之义哉[7]?"答曰:"夫随时相宜[8],而取富贵,凡情所晓,徐公岂不达之?若徐公者,仁人也。夫仁者济物也[9],此道大矣,非常人所知。故孔子曰:'有杀身以成仁,无求生以害仁。'[10]徐公之不爱死亡[11],固守诚节,用此道也,岂以贵贱生死而易其操履哉?[12]"问曰:"仁则信矣,忠则如何?"答曰:"岂有仁者不忠乎?当今帝德文明,忧劳庶政,思致刑措,以隆中兴[13]。徐公献可替否[14],尽忠尽节,诚欲戴明主于尧舜之上,置苍生于大道之中[15],事迹显然,有识同悉,子何疑而问哉?"客曰:"鄙人固鄙,不闲大体[16],忠则信矣,孝则如何?"答曰:"岂有忠臣而非孝子也?《孝经》曰[17]:'君子之事亲孝,故忠可移于君[18]。立身行道,扬名于后代,以显父母。'[19]今徐公之名,闻于四海,有志之士,莫不增气[20],岂直扬名,亦永锡尔类矣[21]!《礼》曰:'大孝扬名'[22],徐公之谓也。"问曰:"徐公之道既高矣,何为暂处霜台[23],即奏天官得失[24],榜诸门以示天下[25],规规然是钓名耳[26],其故何哉?"主人胡卢而笑[27],久而应之曰:"子徒见培塿[28],未睹泰山乎?夫天官者,奔竞既久[29],滥进宏多[30],选司权轻[31],且未能止,此弊之甚也。徐公既处霜台,以澄清为已任[32],切于救弊[33],急于为善。此徐公之情也,以为钓名,可谓不知言矣[34]。"客有惭色,问曰:"此人当今,可谁与比?"答曰:"宇宙至广,人物至多,匿迹韬光者[35],固有之矣,仆宁敢厚诬天下之士乎[36]?若所闻见,一人而已,当于古人中求之。"问曰:"何如张释之?"[37]答曰:"释之为廷尉[38],天下无冤人,此略同耳。然而释之所以者甚易,徐公所行者甚难,难易之间,优劣可知矣。"问曰:"张公徐公,皆是国士[39],至于断狱[40],俱守正途。事迹既同,有何难易?"答曰:"张公逢汉文之时[41],天下无事,至如盗高庙玉环,及渭桥惊马[42],守法而已,岂不易哉?徐公逢革命之秋,属维新之命[43],唐朝遗老,或有包藏祸心,遂使陶公之璧,有所疑矣[44]。至如周兴、来俊臣者,更是尧舜之四凶也[45],掩义隐贼,毁信废忠,崇饰恶言,以诬盛德,遂使忠臣侧目,恐死亡无日矣[46]。徐公守死善道[47],深相明白[48],几

198

陷囹圄[49],数挂纲罗[50],此吾子所闻,岂不难矣?《易》曰'知进退存亡而不失其正'者,徐公得之矣[51]。"客曰:"若使此人为司刑卿[52],方得展其才用。"答曰:"吾子徒见徐公用法平允,即谓可置司刑,仆观其人,固奇士也,方寸之地[53],何所不容者?其用之,何事不可?岂直司刑而已哉!"客曰:"今日闻吾子议,知徐公之令德,未可尽言乎。固知君子之道,非小人所测也。"

《全唐文》卷二七九

〔1〕 武则天执政期间,酷吏周兴、来俊臣等,构陷无辜,残害正直,致使冤滥之声,闻于四海,朝野上下,莫敢正言。时徐有功仕为司法官,不避犯鳞之险,守正持法,冒死累谏,三陷死刑,而执志不渝,前后得其济以活者数十百家。潘好礼慕有功之为人,因作此论。文章仿东方朔《答客难》之体,设为问答,围绕"守道君子"这一主旨展开论述,层层深入,力辟攻讦徐有功不知圆通、意在钓名的谬说,赞扬徐有功不避险恶,守正不阿,胆识过人的才略与品格。据文中"当今帝德文明,忧劳庶政,思致刑措,以隆中兴"及"徐公逢革命之秋,属维新之命,唐朝遗老,或有包藏祸心"语看,文当作于中宗神龙之初。徐有功(635—702),名弘敏,以字行。历任蒲州司法参军、司刑丞、秋官(刑部)郎中、左肃政台侍御史、司刑少卿等职。两《唐书》有传。

〔2〕 地官徐员外:地官,本为《周礼》六官之一。武则天光宅元年(684)曾改户部为地官。这里指户部。徐员外,徐有功。员外,即员外郎。两《唐书》本传未见载徐有功任地官员外郎,《旧唐书》本传载其曾任秋官(刑部)员外郎,转郎中;《新唐书》本传称累转秋官郎中,故这里"地官"疑为"秋官"之误。

〔3〕 守道:坚守道德规范。

〔4〕 俦:犹言匹敌。

〔5〕 "何不"三句:意思是说,为什么不稍微婉转融通一些,以适应顺时变通之道获取富贵呢?协,和谐,融洽。随时,顺应时世。

〔6〕 "何为"三句:犹言为什么一定要守方持正,违背相时而动的哲学,以致多次差点丢掉自己的性命?乖,悖逆,不协调。相时,观察时机。几,差点,几乎。数,多次。

〔7〕 大雅君子:指德高又有大才的人。全身之义:犹言保全性命的道理。

〔8〕 随时相宜:犹言及时地观察时机的适当与否。

〔9〕 济物:犹济人。

〔10〕 "有杀身"二句:意谓只有舍弃生命成就仁道的,没有为了偷生而损害仁道的。语见《论语·卫灵公》:"子曰:志士仁人,无求生以害仁,有杀身以成仁。"

〔11〕 爱:吝惜。

〔12〕 "岂以"句:易,改变。操履,操守。

〔13〕 "当今"数句:谓当今皇帝文德昌明,为各种政务忧心操劳,又致力于停用刑罚,以期达致中兴之盛。当今帝德文明,指中宗。刑措,刑律搁置不用。按,武则天执政时,任用酷吏,冤狱四起,人人危惧,故作者有此语。

〔14〕 献可替否:进献可行者,废去不可行者。常指对君主劝善规过。亦指议论国事兴革。

〔15〕 "诚欲"二句:谓诚心希望将英明的国君遵崇至尧舜之上,把百姓引致于教化的正道之中。

〔16〕 闲:通娴。熟习。大体,关乎大局的道理、原则。

〔17〕 《孝经》:儒家经典之一,相传是孔子为曾子陈述孝道而作。汉时《孝经》有今、古文两本传世,今文本十八章,郑玄注;古文本二十二章,孔安国注。孔注本亡于梁,隋刘炫伪作孔注传世,唐玄宗时命诸儒鉴定今、古文本,刻石太学,后玄宗又为之作注,郑注及伪孔注由是并废。清代乾隆、嘉庆时,自日本又得孔注、郑注本,二者复传于世。

〔18〕"君子"二句：见《孝经·广扬名章第十四》。意思是说，君子事亲以孝，转而事君就能尽忠。

〔19〕"立身"三句：见《孝经·开宗明义章第一》。意思是说，君子在世上自立，行事遵奉大道，将名声传扬于后世，用来荣显自己的父母。后代，原文作"后世"，因避李世民讳而改。

〔20〕增气：犹言受到鼓舞。

〔21〕永锡尔类：语出《诗·大雅·既醉》："孝子不匮，永锡尔类。"郑玄笺："永，长也。孝子之行，非有竭极之时，长以与女之族类，谓广之以教道天下也。"

〔22〕大孝扬名：今本《礼记》未见此句，或作者别有所本。

〔23〕霜台：指御史台。御史台司弹劾纠察之职，为风霜之任，故称。按，徐有功曾任左肃政台（武后时御史台改称左肃政台）侍御史。

〔24〕"即奏"句：武则天光宅元年（684）曾改吏部为天官，天官因亦指吏部。据两《唐书》本传，徐有功在左肃政台侍御史任，曾上疏指斥吏部铨叙之弊，故作者有此句。

〔25〕榜诸门：张贴于门。榜，公开张贴。

〔26〕规规然：浅陋拘泥貌。《庄子·秋水》："子乃规规然而求之以察，索之以辩，是直用管阚天，用锥指地也，不亦小乎！"成玄英疏："规规，经营之貌也。"

〔27〕胡卢：喉间的笑声。

〔28〕培塿：小土丘。

〔29〕奔竞：奔走竞进。此指奔走钻营以谋取官职。

〔30〕滥进宏多：指选取的官员冗多而无实才。

〔31〕选司权轻：武则天时封赏无时，官员多夤缘而进，吏部权力受到削弱，故云。选司，指吏部。以其掌管官员的铨选，故称。

〔32〕澄清：此指改革吏治、刷新政治。

〔33〕切：急切，急迫。

〔34〕知言：有见识的话。

〔35〕 匿迹韬光:指人藏而不露。匿迹,隐藏形迹。韬光,掩饰光彩。

〔36〕 厚诬:犹言深加欺骗。

〔37〕 张释之:西汉时人,字季,南阳堵阳(故址在今河南方城东)人。文帝时以赀选为郎,累迁公车令、中郎将。后迁廷尉,以持法平正著称。景帝立,任为淮南相。《史记》、《汉书》有传。

〔38〕 廷尉:职官名。秦始置,汉景帝时改称大理,武帝复旧。掌刑狱,为九卿之一。

〔39〕 国士:一国中的才德之士。

〔40〕 断狱:判决案件。

〔41〕 汉文:指汉文帝刘恒。事迹见前魏徵《十渐疏》注〔23〕。

〔42〕 "至如"二句:《史记·张释之传》载:有人盗高庙座前玉环,捕得,文帝怒,令下廷尉治罪,欲灭族,释之按律盗宗庙服御物者为断,奏当弃市。又,文帝行出中渭桥,有人自桥下走出,惊乘舆马,文帝使骑捕得,属之廷尉,释之按律断以罚金,文帝很不满,释之说:"法者天子所与天下公共也。今法如此而更重之,是法不信于民也。且方其时,上使立诛之则已。今既下廷尉,廷尉,天下之平也,一倾而天下用法皆为轻重,民安所措其手足?唯陛下察之。"两句所云事谓此。

〔43〕 "徐公"二句:是说徐有功处于应天变革的年代,正值新受天命的时候。革命,古代以为帝王受命于天,故称朝代变更为革命。维新,指新受天命。语本《诗·大雅·文王》"周虽旧邦,其命维新"。此处革命、维新,均指武则天称帝,以周代唐。

〔44〕 "唐朝"四句:意谓唐朝的旧臣,有的还怀有不臣之心,于是就产生了审理案件时如何正确判断的问题。按,此文写作时,中宗刚复位,武后尚在,故作者有此语。陶公,即陶朱公范蠡,春秋时人。陶公之璧,贾谊《新语》卷五《连语》载:"梁尝有疑狱,半以为当罪,半以为不当。梁王曰:'陶朱之叟,以布衣而富侔国,是必有奇智。'乃召朱公而问之。朱公曰:'臣鄙人也,不知当狱。臣家有二白璧,其色相如也,其径相如也,泽相如也,然其价也一者千金,一者五百金。'王曰:'径与色泽,皆相如也,一

者千金,一者五百金,何也?'朱公曰:'侧而视之,其一者厚倍之,是以千金。'王曰:'善。'故狱疑从去,赏疑从予。"这里以之代疑狱,指难以判明的案件。

〔45〕 "至如"二句:周兴、来俊臣,皆武则天时的酷吏。周兴,雍州长安人(今陕西西安)人。累迁官司刑少卿、秋官侍郎,为其所陷害者至数千人。来俊臣,雍州万年(今陕西西安)人。以告密得武则天崇信,累迁侍御史、左台御史中丞。其专事酷刑逼供,并招引无赖,共为罗织,先后被其族诛者千馀家。两《唐书·酷吏传》俱有传。四凶,尧舜时的四个恶人浑顿、穷奇、梼杌、饕餮,被舜流放。《左传·文公十八年》:"舜臣尧,宾于四门,流四凶族浑顿、穷奇、梼杌、饕餮,投诸四裔,以御魑魅。"

〔46〕 "掩义"六句:是说周兴、来俊臣等压制正义、包庇坏人,打击诚实,废弃忠信,把恶劣的谬论修饰得动听迷人,用来欺骗德行崇高的皇上,以致使忠臣们敢怒而不敢言,担心随时都会遭遇杀身之祸。

〔47〕 守死善道:指坚持操守,至死不离于善道。《论语·泰伯》:"笃信好学,守死善道。"孔颖达正义:"'守死善道'者,守节至死,不离善道也。"

〔48〕 深相明白:犹言深入观察探究。相,观察,察视。

〔49〕 囹圄:牢狱。

〔50〕 罗网,此指法网。

〔51〕 "《易》曰"三句:意谓《易》所说的"懂得如何对待进取退让与生死存亡而又能坚持正道",徐公算是做到了。《易·乾卦·文言》:"知进退存亡而不失其正者,其唯圣人乎!"

〔52〕 司刑卿:即大理卿。武后光宅元年,改大理寺曰司刑寺。司刑卿,掌折狱详刑事。

〔53〕 方寸之地:指心。以其处于胸中方寸间,故称。葛洪《抱朴子·嘉遁》:"方寸之心,制之在我,不可放之于流遁也。"

张九龄

张九龄(678—740),一名博物,字子寿,韶州曲江(今广东韶关)人。则天长安二年(702)中进士,中宗神龙三年(707)中材堪经邦科,授秘书省校书郎。玄宗先天元年(712)以应道侔伊吕科对策高第,迁左拾遗。累迁中书舍人、太常少卿等。后出为洪州刺史,转桂州刺史兼岭南按察使。开元二十一年(733)以中书侍郎同中书门下平章事,明年迁中书令,兼集贤院学士知院事、修国史。为李林甫所构,出为荆州长史。二十八年卒,谥文献公。两《唐书》有传。九龄忠耿能谏,重视文士,为开元贤相之一。又以工诗能文称。其诗格调清雅,寄兴深婉,对盛唐诗坛颇有影响。文虽多应用之体,然不求富艳,以立言切当淳厚为特色。有《曲江张先生文集》二十卷传世。

敕金城公主书[1]

敕金城公主:异域有怀[2],连年不舍,骨肉在爱,固是难忘。彼使近来,且知安善,又闻赞普情义[3],是事叶和[4],亦当善执柔谦[5],永以为好。前后所请诸物,其中色种不违[6],仍别有条录,可依领也。春晚极暄[7],想念如宜,诸下并平安好[8]。今令内常侍窦元礼往[9],遣书指不多及[10]。

《全唐文》卷二八六

〔1〕 金城公主，章怀太子李贤次子嗣雍王（后封邠王）守礼女，为玄宗之侄女。中宗神龙三年（707）四月十四日嫁吐蕃赞普，景龙四年（710）正月以左骁卫大将军杨矩为使，送之入吐蕃，开元二十九年（741）薨。按，《册府元龟》卷九七一"外臣部·朝贡四"云："二十三年二月，吐蕃赞普遣其臣悉诺勃藏来贺正，贡献方物。"同书卷九八〇"通好"云："二十三年三月，命内使窦元礼使于吐蕃，使悉诺勃藏还蕃，命通事舍人杨绍贤往赤岭以宣慰焉。"所记窦元礼使吐蕃时间与敕文"春晚极喧"合，则此书之作，当在开元二十三年三月。文为代皇帝所拟，行文庄重中不乏温情。

〔2〕 异域：此指金城公主所居的吐蕃。

〔3〕 赞普：吐蕃君长的称呼。《新唐书·吐蕃传上》："（吐蕃）其俗谓彊曰赞，丈夫曰普，故号君长曰赞普。"

〔4〕 是事叶和：事事和洽。叶，同"协"，和洽，相合。

〔5〕 柔谦：柔和谦恭。

〔6〕 色种不违：犹言各种名目种类都依所请。不违，相合。

〔7〕 喧：温暖。

〔8〕 "诸下"句：诸下，公主身边的人。平安好，唐时问候语。

〔9〕 内常侍：常侍为皇帝的侍从近臣。这里的内常侍，当属宦官。窦元礼，生平事迹未详。

〔10〕 "遣书"句：遣书，遣发使者传书。指不多及，敕书末尾套语，犹言言不尽意，不再赘述。指，旨意。《汉书·孔光传》："不希指苟合。"颜师古注："希天子之旨意也。"

上姚令公书[1]

月日，左拾遗张九龄谨奏记紫微令梁公阁下[2]：公登庙堂运天下者久矣[3]。人之情伪，事之得失，所更多矣[4]，非曲学之说[5],小子之虑[6],所能损益[7],亦已明矣。然而意有不尽未可息[8],区区之怀[9],或以见容,亦犹用九九之术[10],以此道也,忍弃之乎？今君侯秉天下之钧[11],为圣朝之佐[12],大见信用,渴日太平[13],千载一时,胡可遇也[14]？而君侯既遇非常之主,已践难得之机,加以明若镜中,运如掌上,有形必察,无往不臻,朝暮羲、轩之时,何云伊、吕而已[15]？际会易失,功业垂成。而举朝之众倾心,前人之弊未尽,往往拟议,愚用惜焉。何者？任人当才,为政大体,与之共理,无出此途。而曩之用才,非无知人之鉴；其所以失,溺在缘情之举[16]。夫见势则附,俗人之所能也；与不妄受,志士之所难也。君侯察其苟附,及不轻受,就而厚之,因而用之,则禽息之首,为知已而必碎；豫让之身,感国士而能漆[17]。至于合如市道,廉公之门客虚盈；势比雀罗,廷尉之交情贵贱[18]。初则许之以死殉,体面俱柔[19]；终乃背之而饱飞,身名已遂。小人恒态[20],不可不察。自君侯职相国之重,持用人之权,而浅中弱植之徒[21],已延颈企踵而至,谄亲戚以求誉,媚宾客以取容[22],情结笑言,谈生羽翼[23]。万事至广,千变难知,其间岂不有才？所失在于无耻。君侯或弃其所短,收其所长,人且不知深旨之若斯,便谓尽私于此辈。其有议者,则曰不识宰相,无以得迁；不因交游,无以求进。明主在上,君侯为相,安得此言,犹出其口？某所以为君侯至惜也。且人可诚感,难可户说[24],为君侯之计,谢媒介之徒[25],即虽有所长,一皆沮抑[26],专谋选众之举,息彼讪上之失[27]。祸生有胎[28],亦不可忽。呜呼！古人有言："御寒莫若重裘,止谤莫如自修。"修之至极,何谤不息？勿曰无害,其祸将大。夫长才广度[29],珠潜璧匿[30]，无先容以求达，虽后时而自宁[31]，今岂无之？何近何远？但问于其类，人焉廋哉[32]！虽不识之，有何不可？是知女不私人[33]，可以为妇矣；士不苟进[34]，可以为臣矣。此君侯之度内耳[35]，安用小人之说为？固知山藏海纳，言之无咎[36]，下情上通，气用和洽[37]，是以不敢默默而已也。愿无以人故而废其言，以伤君侯之明，此至愿也。幸甚幸甚。

《全唐文》卷二九〇

〔1〕 本文是张九龄给时任紫微（即中书省）令的姚崇所写的一封书信，主要就姚崇任相后的用人举措提出了自己的直言批评，认为其虽有知人之鉴，但却有"溺于缘情之举"的过失，由此也对当时竞进谄媚的俗士丑态进行了揭露与讽刺，提请姚崇注意其用人之误所产生的社会影响，希望其对那些"媒介之徒"，"一皆沮抑"，并"专谋选众之举"，以消除别人攻击之口实。张九龄为人忠耿，信中对姚崇的批评，虽言辞切直而用心诚笃，可见其人品性。姚崇在接到此书后，曾有《答张九龄书》（见《全唐文》卷二〇六）作答，在为自己辩解的同时，也对张九龄直言陈词表示感谢。又，《通鉴·唐纪二六》开元元年下载云：先天二年十月，"左拾遗曲江张九龄以元之（按，姚崇字元之）有重望，奏记劝其远谄躁，进纯厚，其略曰"，下即节引此文。姚崇为紫微令在本年十二月改元开元后，文中称元之为紫微令，则此书当为姚崇任紫微令后作，《通鉴》或提前叙之。

〔2〕 紫微令：《通鉴·唐纪二六》载，先天二年（713）十二月庚寅，改元开元，尚书左、右仆射为左、右丞相；中书省为紫微省，门下省，侍中为监。壬寅，以姚元之为紫微令。元之避开元尊号，复名崇。梁公，谓姚崇。《旧唐书·姚崇传》载，先天二年，姚崇复迁紫微令，进封梁国公。

〔3〕 "公登"句：是说姚崇居朝廷高位治理天下的时间很久了。按，姚崇在武后天授中曾历官至夏官侍郎，圣历三年进同凤阁鸾台平章事，迁凤阁侍郎、春官尚书，中宗时又拜兵部尚书、同中书门下三品，迁中书令，

207

至玄宗先天二年又为兵部尚书、同中书门下三品,迁紫微令,作者因有此语。庙堂,代指朝廷。运天下,犹言治理天下。

〔4〕 更:经历,经过。

〔5〕 曲学:此指学识浅陋的人。

〔6〕 小子:自称之谦辞。

〔7〕 损益:增减。此指有所补益。

〔8〕 未可息:犹言"不能已"。

〔9〕 区区:犹方寸。清黄生《义府·区区》:"'区区'少意,盖指此心而言,犹云'方寸'耳。"引申为真情挚意。

〔10〕 九九之术:指谨于灾祸之道。九九,指阳九、阴九之灾。谢灵运《顺东西门行》:"闵九九,伤牛山,宿心载违徒昔言。"黄节注:"《易九厄》曰:'初入元百六,阳九;次三百七十四,阴九。'闵九九,谓闵阳九阴九之灾也。"

〔11〕 秉天下之钧:犹言执天下之大政。钧,制陶器所用的转轮。后以秉钧喻执政。

〔12〕 佐:辅佐,辅弼。

〔13〕 渴(jiē竭)日:终日,尽日。渴,竭的古字。

〔14〕 胡:何。

〔15〕 "朝暮"二句:谓姚崇执政,很快就会将国家治理得如同远古伏羲氏、轩辕氏那样淳朴太平,而姚崇本人又岂止是伊尹、吕尚那样的人才?羲轩,伏羲氏与轩辕氏(黄帝)。伊吕,伊,商代辅佐商汤的大臣伊尹。吕,西周辅佐周武王的大臣吕尚。二人皆有辅弼大功,后世因以伊吕指辅弼重臣。

〔16〕 "而曩之"数句:意谓从以前所用的人看,(您)并非不能明鉴人才,失误在于陷于因循人情。曩,昔,从前。溺,沉陷于。缘情,因循人情,顺乎人情。

〔17〕 "则禽息"四句:意谓(若能公以选才),则天下之士必舍生以报。禽息,春秋时秦大夫,荐百里奚而不见纳,缪公出,当车以头击阑,脑乃播出,曰:"臣生无补于国,不如死也。"缪公感悟,而用百里奚,秦以大

化。事见《后汉书·孟尝列传》李贤注。豫让，春秋末战国初刺客，曾事晋范氏、中行氏，无所知名，去而事智伯。赵襄子与韩、魏灭智伯，豫让漆身灭鬓去眉以变其容，吞炭为哑以变其声，欲刺襄子为智伯报仇。曾言：范、中行氏以众人遇我，我故以众人报之；智伯以国士遇我，我故以国士报之。后谋刺襄子，被执自杀。事见《战国策·赵策一》、《史记·刺客列传》。

〔18〕 "至于"四句：谓交道与市道相合，才会有廉颇门下之客的增减，势去而门可罗雀，才会有廷尉翟公慨叹交情的贵贱。廉公，指廉颇。《史记·廉颇蔺相如列传》载：秦、赵长平之战，廉颇将军之位为赵括所代而失势，故客尽去，后复为将，客又复来。"廉颇曰：'客退矣！'客曰：'吁！君何见之晚也？夫天下以市道交，君有势，我则从君，君无势则去，此固其理也，有何怨乎？'"势比雀罗，《汉书·张冯汲郑传》载：下邽人翟公为廷尉，宾客填门，及废，门可设爵罗。后来复为廷尉，宾客又欲来，翟公于门署曰："一死一生，乃知交情；一贫一富，乃知交态；一贵一贱，交情乃见。"

〔19〕 体面俱柔：犹言其姿态、面容皆柔和谦恭。

〔20〕 恒态：常态。

〔21〕 浅中弱植：犹言心胸狭窄、懦弱无能。

〔22〕 "诣亲戚"二句：意谓以甘言讨好（姚崇）的亲戚以求取声誉，向（姚崇）的宾客献媚取悦以求安身。

〔23〕 谈生羽翼：形容谈吐机敏轻巧。

〔24〕 户说：挨家挨户地告谕解说。《楚辞·离骚》："众不可户说兮，孰云察余之衷情？"朱熹集注："言众人不可户户而说。"

〔25〕 媒介之徒：指通过关系夤缘而进者。

〔26〕 沮抑：阻遏抑制。

〔27〕 "专谋"二句：意谓集中思考选拔人才的措施，止息那些毁谤您的错误言论。

〔28〕 祸生有胎：谓灾祸的产生是有其孕育的过程的。

〔29〕 长才广度：才能出众器量宏大的人。

〔30〕 珠潜璧匿：宝珠深藏水下，璧玉匿而不显。比喻有德而不事张

扬者。

〔31〕 "无先容"二句：意谓不经过他人事先关说以追求显达，当仕宦落后于人却能保持心境的淡定平和。先容，本指先加修饰，后引申为事先介绍、推荐或关说。《汉书·邹阳传》："蟠木根柢，轮囷离奇，而为万乘器者，以左右先为之容也。"

〔32〕 廋(sōu 搜)：藏匿，隐藏。

〔33〕 女不私人：指女子守其贞洁，无婚外之私情。

〔34〕 苟进：苟且求进，以求利禄。

〔35〕 度内：思量之内，意料之中。

〔36〕 "固知"二句：意谓我知道您有山之藏物、海之接流一样的胸襟与气度，我所说的您一定不会怪罪。咎，过错。此指责怪，追究罪责。

〔37〕 和洽：和睦融洽。

开大庾岭路记[1]

先天二载，龙集癸丑，我皇帝御宇之明年也[2]。理内及外[3]，穷幽极远，日月普烛[4]，舟车运行，无不求其所宁，易其所弊者也[5]。初，岭东废路[6]，人苦峻极[7]。行逵夤缘[8]，数里重林之表；飞梁嶪巘[9]，千丈层崖之半。颠跻用惕，渐绝其元[10]。故以载则曾不容轨，以运则负之以背[11]。而海外诸国，日以通商，齿革羽毛之殷[12]，鱼盐蜃蛤之利[13]，上足以备府库之用[14]，下足以赡江淮之求[15]。而越人绵力薄材，夫负妻戴，劳亦久矣，不虞一朝而见恤者也[16]。不有圣政[17]，其何以臻兹乎？开元四载冬十有一月[18]，俾使臣左拾遗内供奉张九龄[19]，饮冰矢怀[20]，执艺是度[21]。缘磴道[22]，披灌丛，相其山谷之宜,革其坂险之故[23]。岁已农隙,人斯子来,役匪逾时,成者不日[24],则已坦坦而方五轨,阗阗而走四通[25],转输以之化劳,高深为之失险。于是乎镶耳贯胸之类[26],殊琛绝賮之人[27],有宿有息,如京如坻[28]。宁与夫越裳白雉之时,尉佗翠鸟之献,语重九译,数上千双,若斯而已哉[29]。凡趣徒役者[30],聚而议曰:虑始者功百而变常,乐成者利十而易业[31]。一隅何幸?二者尽就[32]。况启而未通,通而未有。斯事之盛,皆我国家元泽浸远,绝垠胥洎[33],古所不载,宁可默而无述也?盍刊石立纪[34],以贻来裔[35]?是以追之琢之[36],树之不朽。

《全唐文》卷二九一

〔1〕 开元四年(716),张九龄左拾遗任满曾告归还乡。返乡后,他就"始兴北岭,峭险巇绝,大庾南谷,坦然平易"的情况献状朝廷,朝廷因下诏委其开通(见徐浩《唐尚书右丞相中书令张公神道碑》,《全唐文》卷四四〇),本文即是张九龄为大庾岭路开通后所写的记文。据此文看,玄宗即位后的第二年即先天二年(713)即有整修全国道路之举,大庾岭原废路也在整修计划中。结合徐浩的《张公神道碑》及此文看,大庾岭路工程是在张九龄献状后才得以尽快完成的。文中对开通大庾岭路的经过作了简要介绍,并说明了开通这一道路在政治、经济等方面的价值与意义,其对于了解唐代岭南的开发,具有重要的史料价值。

〔2〕 "先天"三句:先天,唐玄宗即位初的年号。先天二载,即公元713年。龙集癸丑,谓这一年为岁次癸丑。龙集,犹岁次。龙,指岁星。集,次于。皇帝御宇,此指玄宗即皇帝位。

〔3〕 理内及外:统治区域之内外。理,治。因避高宗李治讳改。

〔4〕 日月普烛:犹言朝廷之光明广被,恩泽遍至。

〔5〕 "无不"二句:是说没有不以安宁为目标,对原来破败衰弊之处

不加以改造的。

〔6〕岭东废路:岭,指大庾岭。又名东峤、梅岭。在今江西大馀与广东南雄交界处,向为岭南、岭北交通咽喉。据此句看,玄宗之前,唐大庾岭原本有一南北通路,可能因其狭小险阻而渐见废弃。

〔7〕峻极:极为险峻。

〔8〕行迳夤缘:行路须攀援。夤缘,攀援,攀附。

〔9〕飞梁嶪嶻(yè jié 业截):桥梁架于高峻的山崖间。嶪嶻,高峻貌。

〔10〕"颠跻"二句:谓登上山巅心惊胆颤,元气尽失。

〔11〕"故以"二句:意谓用车载则道路狭窄不能容纳车之轨辙,用人运输则须依靠人肩扛背负。

〔12〕"齿革"句:齿革羽毛,指象牙、犀牛皮及孔雀、翡翠鸟、旄牛尾等。《尚书·禹贡》:"厥贡……齿革羽毛惟木。"孔颖达正义:"《诗》云:'元龟象齿',知齿是象牙也。……革之所美,莫过于犀,,知革是犀皮也。……《说文》云:'羽鸟长毛也。'知羽是鸟羽。南方之鸟,孔雀、翡翠之属,其羽可以为饰,故贡之也。《说文》云:'犛,西南夷长旄牛也。'此旄牛之尾可以为旌旗之饰,《经》《传》通谓之旄。……故知毛是旄牛之尾也。"此泛指方外之贡物。殷,丰富,多。

〔13〕"鱼盐"句:指海中所出产的鱼、盐、大蛤、蛤蜊等物所带来的经济利益。鱼盐蜃蛤,《左传·昭公三年》:"山木如市,弗加于山;鱼盐蜃蛤,弗加于海。"鱼指海鱼,盐指海盐,蜃为大蛤,蛤为蛤蜊,四者皆出于海,为古代贩运可获利之物。利,利益,收益。

〔14〕府库:旧指国家贮藏财物、兵甲的处所。

〔15〕赡:供给,供养。

〔16〕"而越人"数句:越人,古时对长江中下游以南地区的少数民族的称呼。因部落众多,有百越、百粤之称。主要分布于今浙、闽、粤、桂等地。绵力薄材,谓越人力弱身小。不虞,没有想到。恤,怜悯。

〔17〕圣政:犹至善之政。

〔18〕 开元四载:即公元716年。

〔19〕 "俾使臣"句:俾,使。使臣,因朝廷诏委张九龄负责开通大庾岭路,故云。左拾遗,官名。唐设有左、右拾遗,分别属门下省与中书省,从八品上,掌供奉讽谏,扈从乘舆。按,此处左拾遗当是张九龄的前资官衔(九龄此时已任满)。内供奉,拾遗为内廷常参官,供职于皇帝左右,因称。

〔20〕 饮冰矢怀:犹言忧心惶恐,小心谨慎。饮冰,《庄子·人间世》:"今吾朝受命而夕饮冰,我其内热与。"成玄英疏:"(沈)诸梁晨朝受诏,暮夕饮冰,足明怖惧忧愁,内心燻灼,询道情切,达照此怀也。"

〔21〕 执艺是度:谓执掌开通大庾岭路工程。

〔22〕 缘磴道:顺着山中的石路。缘,沿着,围绕。磴道,登山石径。

〔23〕 "相其"二句:谓审视山谷之所宜开凿者,除去山道上旧有的险阻。相,视,观察。坂,山坡,斜坡。故,旧。

〔24〕 "岁已"四句:意谓大庾岭路的修筑,已是一年中的农闲时节,所以人们都来参与其事,其工程没有超越原来的时限,很快就完工了。

〔25〕 "则已"二句:意谓所修道路宽广平坦,可使五辆车并行,车声辚辚,因以通行四方。坦坦,宽平貌。阗阗,象声词。此指车行声。

〔26〕 镵耳贯胸:镵耳,穿耳而带金银耳环。《文选》左思《魏都赋》:"鬈首之豪,镵耳之杰,服其荒服,敛衽魏阙。"张铣注:"鬈首、镵耳,皆夷人也。豪、杰,谓酋长。"贯胸,传说中的古国名。《逸周书·王会》:"正西昆仑、狗国、鬼亲、枳已、阇耳、贯胸、雕题、离丘、漆齿。"此处以"镵耳贯胸"泛指海外之国。

〔27〕 殊琛绝赆:异域殊方之贡物。此与"镵耳贯胸"皆代指异域方外。

〔28〕 如京如坻:谓粟米堆积如山。《诗·小雅·甫田》:"曾孙之庾,如坻如京。"后代指丰收。这里指殊方之人也得以生活丰裕。

〔29〕 "宁与夫"数句:意谓与越裳国献白雉、尉佗国献翠鸟,语言经过数重翻译,尉佗愿岁贡"翠鸟一千、白璧一双、生翠四十双、孔雀二双"时相比,其能像今天这样吗?越裳,又作越常,越尝。《后汉书·南蛮西南夷

213

列传》:"交阯之南有越裳国。周公居摄六年,制礼作乐,天下和平,越裳以三象重译而献白雉。"尉佗,即赵佗。真定人,秦末,中原乱,南海尉任嚣病且死,招之,行南海尉事,嚣死,稍以法诛秦所置吏,击并桂林、象郡,自立为南越武王。至汉立,高祖遣陆贾立其为南越王。吕后时,尝自称南越武帝。文帝立,复遣陆贾为使谕意,因去帝号,为汉藩臣,奉贡职。传国五世,九十三年,国亡。事见《史记·南越列传》、《汉书·西南夷两粤朝鲜传》及《后汉书·南蛮西南夷列传》。语重九译,谓语言经过辗转翻译才能听懂。后以喻边远之地。数上千双,《汉书·西南夷两粤朝鲜传》载,汉文帝时,遣陆贾出使南越晓谕以德,尉佗向文帝上书,表示愿为汉藩臣,书中有语云:"謹北面因使者献白璧一双,翠鸟千,犀角十,紫贝五百,桂蠹一器,生翠四十双,孔雀二双。"语当本此。

〔30〕 凡趣徒役者:凡是参与这次工程的人。趣,赴,前往。徒役,服劳役。此指参与开大庾岭路的人。

〔31〕 "虑始者"二句:谓最初谋划此役的人其功最巨,因为他改变了原本之常态;乐成其事者,获利可至十分,并由此而改换其所业。

〔32〕 "一隅"二句:谓幸运的是,(处于岭南)这一隅的人,(上述)两者都成就其事了。隅,边侧之地。此指岭南。

〔33〕 绝垠胥洎:犹言无所不至。绝,极。垠,边际,界限。胥,尽。洎,及,到。

〔34〕 盍:何不。

〔35〕 以贻来裔:以之留与后来者。贻,遗留,赠与。来裔,后世。裔,后代。《文选》左思《吴都赋》:"虞魏之昆,顾陆之裔。"刘良注:"昆、裔,皆后世也。"

〔36〕 追之琢之:雕琢,雕刻。《诗·大雅·棫朴》:"追琢其章,金玉其相。"毛传:"追,彫也。金曰彫,玉曰琢。"

王　维

王维(701—761),字摩诘,祖籍太原祁(今山西太原),至父处廉徙家于蒲(今山西永济),遂为河东人。开元九年(721)进士及第,授太乐丞,旋坐事贬济州司仓参军。开元二十三年(735),张九龄擢其为右拾遗。天宝中,历官至给事中。安史乱起,玄宗奔蜀,维为乱军所获,拘于洛阳菩提寺。两京收复,以陷贼官论罪,因《凝碧池诗》及弟缙愿削己职赎兄罪而获免,责授太子中允。后历官至尚书右丞,故世称王右丞。王维早年向往开明政治,中年以后渐趋消极,在蓝田辋川购得宋之问别墅,与友人优游其间。又笃信佛教,退朝之馀,焚香独坐,以禅诵为事。两《唐书》有传。维擅诗文、音乐、绘画。其诗众体兼擅,五律、绝句成就尤高。题材上则以山水田园诗影响最大,与孟浩然齐名,并称"王孟"。有《王右丞文集》十卷传世,今人有整理本《王维集校注》,中华书局1997年出版。

送秘书晁监还日本国诗序[1]

舜觐群后[2],有苗不服[3],禹会诸侯,防风后至[4]。动干戚之舞[5],兴斧钺之诛[6],乃贡九牧之金[7],始颁五瑞之玉[8]。我开元天地大宝圣文神武应道皇帝[9],大道之行[10],

先天布化[11]，乾元广运，涵育无垠[12]。若华为东道之标[13]，戴胜为西门之候[14]，岂甘心于邛杖[15]？非征贡于苞茅[16]。亦由呼韩来朝，舍于蒲陶之馆[17]；卑弥遣使，报以蛟龙之锦[18]。牺牲玉帛，以将厚意[19]；服食器用，不宝远物[20]。百神受职，五老告期[21]，况乎戴发含齿，得不稽颡屈膝[22]？海东国日本为大[23]，服圣人之训，有君子之风。正朔本乎夏时[24]，衣裳同乎汉制。历岁方达，继旧好于行人[25]；滔天无涯，贡方物于天子[26]。司仪加等，位在王侯之先[27]；掌次改观，不居蛮夷之邸[28]。我无尔诈，尔无我虞[29]。彼以好来，废关弛禁。上敷文教[30]，虚至实归[31]，故人民杂居，往来如市。晁司马结发游圣[32]，负笈辞亲[33]，问礼于老聃，学《诗》于子夏[34]。鲁借车马，孔丘遂适于宗周[35]；郑献缟衣，季札始通于上国[36]。名成太学[37]，官至客卿[38]。必齐之姜，不归娶于高、国[39]；在楚犹晋，亦何独于由余[40]？游宦三年，愿以君羹遗母[41]；不居一国，欲其昼锦还乡[42]。庄舄既显而思归[43]，关羽报恩而终去[44]。于是稽首北阙[45]，裹足东辕[46]。箧命赐之衣[47]，怀敬问之诏[48]。金简玉字，传道经于绝域之人[49]；方鼎彝樽，致分器于异姓之国[50]。琅邪台上[51]，回望龙门[52]；碣石馆前[53]，夐然鸟逝[54]。鲸鱼喷浪，则万里倒回；鹢首乘云[55]，则八风却走[56]。扶桑若荠[57]，郁岛如萍[58]。沃白日而簸三山[59]，浮苍天而吞九域[60]。黄雀之风动地[61]，黑蜃之气成云[62]。淼不知其所之[63]，何相思之可寄？嘻！去帝乡之故旧[64]，谒本朝之君臣[65]。咏七子之诗[66]，佩两国之印[67]。布我王度[68]，谕彼蕃臣[69]。三寸犹在，乐毅辞燕而未老[70]；十年在外，信陵归魏而逾尊[71]。子其行乎！余赠言者[72]。

《王维集校注》卷四

〔1〕 这是王维《送秘书晁监还日本国》诗之前的小序。原题作《送秘书晁监还日本国并序》，因这里仅录其序，故改今题。秘书晁监，即晁衡，日本人，本名阿部仲麻吕（两《唐书》作仲满）。开元五年（717），衡随日本遣唐使来唐，以慕中国之风，逗留不去，改姓名为晁衡（两《唐书》作朝衡，朝、晁古通）。后官左补阙、秘书监兼卫尉卿等。天宝十一载（752），日本遣唐大使藤原清河一行抵长安，次年秋末，清河等返国，衡请同归，玄宗命以唐使臣身份送清河还。十一月中，衡等自扬州乘船出海，因中途遇风，衡所乘船漂流至安南，十四载（755）六月复返长安。衡离长安时，朝臣中多有赠诗为别者，王维是其中之一，故此序文当作于天宝十二载（753）。

〔2〕 舜觐群后：《尚书·舜典》："望秩于山川，肆觐东后。"又："五载一巡，群后四朝。"孔颖达疏："群后四朝，是言四方诸侯各自会于方岳之下。凡四处别朝，故云四朝。上文'肆觐东后'，是为一朝，四岳礼同，四朝见矣。"觐，见。群后，谓四方诸侯。

〔3〕 有苗不服：《尚书·大禹谟》："三旬，苗民逆命……帝乃诞敷文德，舞干羽于两阶，七旬，有苗格。"又，《韩非子·五蠹》："当舜之时，有苗不服，禹将伐之，舜曰不可，上德不厚而行武，非道也。乃修教三年，执干戚舞，有苗乃服。"有苗，也称三苗，我国古代部族名。

〔4〕 "禹会"二句：相传大禹于会稽山会诸侯，而防风氏违命后至，故禹杀而戮之。事见《国语·鲁语下》。防风，古代部落酋长名。据韦昭注，其为汪芒氏之君。

〔5〕 干戚之舞：古代一种操干戚而舞的乐舞，属武舞。干戚，即盾与斧。《礼记·乐记》："干戚之舞，非备乐也。"

〔6〕 斧钺之诛：犹言诉诸武力与诛杀。斧钺，两种兵器，亦指刑罚。《国语·鲁语上》："臧文仲言于僖公曰：'……大刑用甲兵，其次用斧钺，中刑用刀锯，其次用钻笮，薄刑用鞭扑，以威民也。'"

〔7〕 "乃贡"句:意即九州之牧贡金。《左传·宣公三年》载王孙满语云:"昔夏之方有德也,远方图物,贡金九牧,铸鼎象物,百物而为之备,使民知神、奸。"

〔8〕 "始颁"句:意谓获得支配诸侯的权力。《尚书·舜典》:"辑五瑞。既月乃日,觐四岳群牧,班瑞于群后。"孔颖达疏:"辑是敛聚,班为散布,故为还也。下云班瑞于群后,则知辑者从群后而敛之,故云舜敛公侯伯子男之瑞圭璧也。《周礼·典瑞》云:公执桓圭,侯执信圭,伯执躬圭,子执榖璧,男执蒲璧。是圭璧为五等之瑞,诸侯执之,以为王者瑞信,故称瑞也。舜于朔日受终于文祖,又遍祭群神及敛五瑞,则入月以多日矣。尽以正月中,谓从敛瑞以后至月末也,乃日日见四岳及九州牧监。舜初摄位,当发号出令,日日见之,与之言也。州牧各监一州诸侯,故言监也。更复还五瑞于诸侯者,此瑞本受于尧,敛而又还之,若言舜新付之,改为舜臣,与之正新君之始也。"按,班,同"颁"。

〔9〕 "我开元"句:谓玄宗。据《旧唐书·玄宗本纪》载,天宝八载闰六月丙寅,"群臣上皇帝尊号为开元天地大宝圣文神武应道皇帝"。

〔10〕 大道之行:语出《礼记·礼运》:"大道之行也,天下为公。"孔颖达疏:"大道之行也,谓广大道德之行,五帝时也。"

〔11〕 先天布化:先天,谓行事在天时之前。《易·乾卦·文言》:"夫大人者……先天而天弗违,后天而奉时。"孔颖达疏:"先天而天弗违者,若在天时之先行事,天乃在后不违,是天合大人也;后天而奉天时者,若在天时之后行事,能奉顺上天,是大人合天也。"布化,推行教化。

〔12〕 "乾元"二句:赞美唐帝之德广大深远,其所涵养化育者,无远不及。乾元,《易·乾卦》:"《彖》曰:大哉乾元,万物资始,乃统天。"此以象君。广运,《尚书·大禹谟》:"益曰:'都,帝德广运,乃圣乃神,乃武乃文。"孔安国传:"益因舜言,又美尧也。广谓所覆者大,运谓所及者远,圣无所不通,神妙无方,文经天地,武定祸乱。"此以言君德之广大深远。涵育,涵养化育。无垠,没有边际。

〔13〕 "若华"句:言唐帝国的东方以若木之所在为标志。若华,若木

之华。若木,高步瀛《唐宋文举要》乙编谓:"案古言若木有二。《山海经·大荒北经》曰:'洇野之山,上有赤树,青叶赤华,名曰若木。'又《海内经》曰:'南海之内,黑水青水之间,有木名若木。'《淮南子·墬形训》曰:'若木在建木西,末有十日,其华照下地。'此西极之若木也。《说文》曰:'叒日初出东方汤谷,所登榑桑叒木也',叒读曰若。故亦作若木。此东极之若木也。"据王维文意,此指东极之若木而言。东道,通往东方的道路。此泛指东方。《左传·僖公三十年》载,晋秦两国合围郑,郑派烛之武见秦君,曰:"若舍郑以为东道主,行李之往来,共其乏困,君亦无所害。"东道主,郑在秦东,言其可作为秦国使节出使东方的接待主人。标,标志。

〔14〕"戴胜"句:谓唐西以昆仑为其门户。戴胜,戴玉琢之华胜。是神话人物西王母的头饰。《山海经·西山经》:"西王母其状如人,豹尾虎齿而善啸,蓬发戴胜。"郭璞注:"胜,玉胜也。"郝懿行笺疏:"郭云'玉胜'者,盖以玉为华胜也。"又,《大荒西经》:"昆仑之丘,有人戴胜虎齿,有豹尾,穴处,名曰西王母。"西王母所处昆仑在西方,故这里以戴胜指西王母,代其所居之地。候,守门官。《汉书·百官公卿表上》:"城门校尉掌京师城门屯兵,有司马十二城门候。"颜师古注:"门各有候是也。"

〔15〕"岂甘心"句:邛杖,《史记·大宛列传》:"(张)骞曰:臣在大夏时,见邛竹杖、蜀布,问曰:安得此?大夏国人曰:吾贾人往市之身毒。"司马贞正义:"邛都邛山出此竹,因名邛竹。节高实中,或寄生,可为杖。"句谓唐东及若木,西及昆仑,极为辽远,岂以邛杖之输入为满足?

〔16〕"非征贡"句:《左传·僖公四年》载,齐伐楚,"楚子使与师言曰:'君处北海,寡人处南海,唯是风马牛不相及也。不虞君之涉吾地也,何故?'管仲对曰:'……尔贡包茅之不入,王祭不共,无以缩酒,寡人是征。昭王南征而不复,寡人是问。'"包,同"苞"。茅即楚地所产之菁茅,古人拔此茅而裹之,谓之苞茅,为王祭所用之物,也是楚王应向周天子所交纳的贡物之一,故管仲以"苞茅不入"为问罪借口。这里作者是说异域殊方之交纳贡物,并非是唐朝廷责其贡之,而是出于其自愿。

〔17〕"亦由"二句:由,通"犹"。呼韩来朝,《汉书·宣帝纪》:甘露

三年春正月,"匈奴呼韩邪单于稽侯狦来朝,赞谒称藩臣而不名。"舍于蒲陶之馆,《汉书·匈奴传》:"(哀帝)元寿二年,(乌珠留)单于来朝,上以太岁厌胜所在,舍之上林苑蒲陶宫。"这里作者二事合用,明异域来朝之意。

〔18〕"卑弥"二句:《三国志·魏书·东夷传》:"倭国乱,相攻伐历年,乃共立一女子为王,名曰卑弥呼……景初二年六月,倭女王遣大夫难升米等诣郡,求诣天子朝献,太守刘夏遣吏将送诣京都。其年十二月,诏书报倭女王曰:'制诏亲魏倭王卑弥呼……汝所在逾远,乃遣使贡献,是汝之忠孝,我甚哀汝……今以汝为亲魏倭王,假金印紫绶,装封付带方太守假授汝……以绛地交龙锦五匹、绛地绉粟罽十张、蒨绛五十匹、绀青五十匹,答汝所献贡直……。'"按,交通蛟。这里用此典,明外夷款附之意。

〔19〕"牺牲"二句:谓朝廷以各种礼物来传达对四方客人的厚意。牺牲,供祭祀用的纯色全体牲畜。玉帛,圭璋和束帛,古代祭祀、会盟、朝聘等用之。此处以"牺牲玉帛"代指各种礼物。将,传达,表达。《仪礼·士相见礼》:"请还贽于将命者。"郑玄注:"将,犹传也。"

〔20〕"服食"二句:谓天子的服食器用,不苛责异域远方来贡其宝物。服食器用,《尚书·旅獒》:"无有远迩,毕献方物,惟服食器用。"孔安国传:"天下万国无有远近,尽贡其方土所生之物,惟可以供服食器用者。言不为耳目华奢。"不宝远物,《尚书·旅獒》:"不宝远物,则远人格。"孔安国传:"不侵夺其利,则来服矣。"

〔21〕"百神"二句:百神受职,《礼记·礼运》:"故礼行于郊,而百神受职焉。"孔颖达疏:"百神,天之群神也。王郊天礼备,则星辰不忒,故云受职。"五老告期,五老为神话传说中的星精,尧将禅位于舜,五老相谓曰:"《河图》将来告帝期,知我者重瞳黄姚(指舜)。"后礼备,有龙马缘坛而上,吐《甲图》而去。事见《竹书纪年》卷上。二句言以天子圣明,百神各司其职,无有差错,天上五老星精也出现告以其得天命之期。

〔22〕"况乎"二句:戴发含齿,指人。《列子·皇帝》:"有七尺之骸,手足之异,戴发含齿,倚而趣者谓之人。"得,犹能。稽颡(qǐ sǎng 启嗓),古代一种跪拜礼,屈膝下拜,以额触地,表示极度虔诚。二句承上而言,谓天子

圣明,受命于天,群神拥戴,何况乎人,怎能不虔诚拜服。

〔23〕 海东:指大海以东的地区。

〔24〕 "正朔"句:谓其采用的是夏朝的历法。正朔,帝王新颁布的历法。古代易姓受命,必改正朔,故夏、殷、周、秦及汉初的正朔各不相同。《礼记·大传》:"改正朔,易服色。"孔颖达疏:"改正朔者,正,谓年始;朔,谓月初,言王者得政始从我始,改故用新,随寅丑子所损也。周子、殷丑、夏寅,是改正也;周半夜、殷鸡鸣、夏平旦,是易朔也。"夏建寅,即以正月为岁首,而殷以十二月为岁首,秦以十一月为岁首。自汉武帝后,改用夏正,历代因之。夏时,即夏历。

〔25〕 "历岁"二句:谓经过多年其使者方才到唐,继续原先已建立的双方的友好关系。按,日本多次有遣唐使来中国,其中玄宗朝分别有开元五年、二十二年、天宝十一载三次。行人,古代职官名,掌朝觐聘问之事。

〔26〕 方物:指本地的特产。

〔27〕 "司仪"二句:司仪加等,犹言司仪在接待时提高其地位等级。司仪,官名。《周礼·秋官》有司仪,负责接待宾客的礼仪。位在王侯之先,指给予特殊的礼遇。

〔28〕 "掌次"二句:谓负责住宿的官员也对之另眼相看,不将其安排于一般蛮夷使者所住的邸舍。掌次,官名。《周礼·秋官》有掌次,掌王出行、诸侯朝会等舍止事。此指接待安排住处的官员。改观,犹改变其看法。蛮夷之邸,专供蛮夷(四夷)来京住宿的邸舍。据《三辅黄图》卷六,汉代长安有蛮夷邸,在长安的藁街。

〔29〕 "我无"二句:言双方以诚相待,互不相欺。《左传·宣公十五年》:"宋及楚平,华元为质。盟曰:'我无尔诈,尔无我虞。'"虞,欺诈。

〔30〕 敷:施,加。文教:即以礼乐等进行道德教化。《尚书·禹贡》:"三百里揆文教。"

〔31〕 虚至实归:言来学习者皆获其所得而归。《庄子·德充符》:"虚而往,实而归。"语本之。

〔32〕 "晁司马"句:司马,官职名,为州郡之佐。晁衡任司马事未见

221

载,具体未详。结发,即束发。古代男子成童开始束发,因以束发指初成童或少年。游圣,谓游于圣人之门。语本《孟子·尽心上》"观于海者难为水,游于圣人之门者难为言"。这里指晁衡入唐学习儒家典籍。

〔33〕 负笈:背负书籍求学。笈,书箱。

〔34〕 "问礼"二句:老聃,即老子。春秋战国时楚苦县人,姓李名耳,曾为周藏书室史官,著有《老子》五千馀言。相传孔子曾向老聃学礼。事见《史记·孔子世家》及《孔子家语·观周篇》。子夏,孔子弟子,姓卜名商。相传子夏曾传《诗》。《汉书·艺文志》:"(《诗》)又有毛公之学,自谓子夏所传。"二句是说晁衡入唐涉猎广泛,既学《礼》,又学《诗》。

〔35〕 "鲁借车马"二句:《史记·孔子世家》:"鲁南宫敬叔言鲁君曰:'请与孔子适周。'鲁君与之一乘车,两马,一竖子,俱适周问礼,盖见老子云。"又,《孔子家语·观周篇》:"孔子谓南宫敬叔曰:'吾闻老聃之博古知今,通礼乐之原,明道德之归,则吾师也。今将往矣。'对曰:'谨受命。'遂言于鲁君曰:'今孔子将适周,君盍以乘资之?'公曰诺。与孔子车一乘,马二匹,竖子侍御,敬叔与俱至周,问礼于老聃。"二句事本之。宗周,周为诸侯所宗仰,故王都所在称宗周。此指东周都城洛邑。

〔36〕 "郑献缟衣"二句:《左传·襄公二十九年》:"(吴季札)聘于郑,见子产,如旧相识,与之缟带,子产献纻衣焉。"又,《左传·昭公二十七年》:"(吴)使延州来季子聘于上国,遂聘于晋,以观诸侯。"上国,春秋时吴楚等国对中原诸国称上国。此处用二事,用以喻晁衡之入唐。

〔37〕 太学:唐代中央设有太学,为国子监所属七学(即国子、太学、广文、四门、律、书、算)之一,主要接收五品以上官员子孙。

〔38〕 客卿:对在本国作官的外国人的称呼。晁衡在唐曾历官左补阙、秘书监兼卫尉卿等职,故云。

〔39〕 "必齐"二句:必齐之姜,《诗·陈风·衡门》:"岂其取妻,必齐之姜?"郑玄笺:"何必大国之女然后可妻,亦取贞顺而已。……齐,姜姓。"不归娶于高、国,《左传·定公九年》:"秋,齐侯伐晋夷仪。敝无存之父将室之,辞,以与其弟,曰:'此役也不死,必娶于高、国。'"杜预注曰:"无存,

齐人也。室之,为取妇。"又曰:"高氏、国氏,齐贵族也,无存欲必有功,还取卿相之女。"此处用二事,意谓晁衡不娶其本国贵族之女,而在唐成家。

〔40〕"在楚"二句:在楚犹晋,《左传·昭公三年》载,郑国罕虎到晋国,说楚国每日派人来问郑国为什么不去向他们新立之君朝贺,我们如果派人去,又怕晋国说我君本来就有外心,进退都为难,所以我君让我来陈诉。晋宣子使叔向对曰:"……君实有心,何辱命焉?君其往也!苟有寡君,在楚犹晋也。"由余,人名。《史记·秦本纪》:"戎王使由余于秦。由余,其先晋人也,亡入戎,能晋言。闻缪公贤,故使由余观秦。"二句意谓晁衡虽离本国来唐,但却并不孤独。

〔41〕"游宦"二句:谓晁衡在唐为官多年,因生思亲之念而欲还其乡国。游宦,外出求官或作官。三年,非实指,犹言多年。君羹遗母,《左传·隐公元年》载郑庄公与其母发生冲突,发誓不再相见,后又悔之。颖考叔听说后,"有献于公,公赐之食,食舍肉。公问之,对曰:'小人有母,皆尝小人之食矣,未尝君之羹,请以遗之。'"此以喻晁衡的思亲之情。

〔42〕"不居"二句:不居一国,《汉书·李陵传》:"李少卿贤者,不独居一国。范蠡遍游天下,由余去戎入秦。"昼锦还乡,《汉书·项籍传》:"富贵不归故乡,如衣锦夜行,谁知之者!"又,《三国志·魏书·张既传》:"(既)出为雍州刺史,太祖谓既曰:'还君本州,可谓衣绣昼行矣。'"两句谓晁衡有所成就,将光耀其乡里。

〔43〕"庄舄"句:《史记·张仪列传》载:"越人庄舄仕楚执珪,有顷而病,楚王曰:'舄,故越之鄙细人也,今仕楚执珪,富贵矣,亦思越不?'中谢对曰:'凡人之思故,在其病也,彼思越则越声,不思越则楚声。'使人往听之,犹尚越声也。"此言晁衡虽在唐有官职,却仍不忘其故国。

〔44〕"关羽"句:建安五年,曹操东征,获关羽,礼之甚厚,表封为寿亭侯。但曹操察关羽无久留之意,因使张辽探其情,关羽叹息说:"吾极知曹公待我厚,然吾受刘将军厚恩,誓以共死,不可背之。吾终不留,吾要当立效以报曹公,乃去。"后关羽为曹操杀颜良,曹知其必去,重加赏赐,关羽尽封其所赐,拜书辞去。事见《三国志·蜀书·关羽传》。

〔45〕 稽首北阙:谓晁衡辞别唐天子而去。稽首,古代的一种跪拜礼。北阙,古代宫殿北面的门,为大臣奏事或等候朝见的地方,后因为帝王宫禁的代称。

〔46〕 裹足东辕:谓其整装东行。裹足,古人远行,则缠裹其足(说见高步瀛《唐宋文举要》乙编)。东辕,即东向而行。《汉书·李广传》:"上报曰:'……将军其率师东辕,弥节白檀,以临右北平盛秋。'"

〔47〕 箧命赐之衣:将天子所赐之衣装于衣箱。箧,衣箱。此做动词用。

〔48〕 怀敬问之诏:怀藏唐天子问候日本国君的诏书。怀,怀藏。

〔49〕 "金简"二句:金简玉字,《吴越春秋》卷六《越王无余外传》:"(宛委山)其岩之颠,承以文玉,覆以磐石,其书金简,青玉为字。……(禹)登宛委山,发金简之书,案金简玉字,得通水之理。"此以之代指珍贵的典籍。道经,《荀子·解蔽》:"故道经曰:人心之危,道心之微。"杨倞注:"今《虞书》有此语而云道经,盖有道之经也。"绝域,犹极远。二句谓晁衡回国携带珍贵典籍,将把它传播于遥远的日本。

〔50〕 "方鼎"二句:谓晁衡归国,携带了唐天子送给日本国君的各种宝器。方鼎,古代两耳四足的方形食器,商周时代多用作祭器。彝樽,古代祭享用的酒器。分器,古时天子分赐给诸侯国世代保存的宝器。异性之国,此指日本。

〔51〕 琅邪台:在今山东琅邪山上。秦始皇二十八年(前219),登琅邪山,筑台立碑以颂秦德。原台现已废圮,遗址如小山丘,地临黄海,气象恢弘。

〔52〕 龙门:在今山西河津西北与陕西韩城东北。黄河至此,两岸峭壁对峙,形如门阙,故名。又,《楚辞·九章·哀郢》有句:"过夏首而西浮兮,顾龙门而不见。"王逸注:"龙门,楚东门也。"陈铁民谓:"此处疑即用《哀郢》之意,以写衡渡海前回望唐都城门而不可见的依依惜别之情。"(《王维集校注》卷四)陈说近之。

〔53〕 碣石:山名。其所在说法不一。一说在河北昌黎西北;一说在

224

今河北乐亭。秦始皇、汉武帝均曾东巡至此,观海刻石。

〔54〕 夐(xiòng诇)然鸟逝:谓晁衡船行迅疾,如鸟飞一般,刹那间已远逝不见。夐,远,辽阔。

〔55〕 鹢首:指船。《淮南子·本经训》:"龙舟鹢首,浮吹以娱。"高诱注:"鹢,水鸟也。画其象著船头,故曰鹢首。"乘云,形容船行之迅疾,如乘云而飞。

〔56〕 八风:八方之风。八风之名,古书所说不同,详见《淮南子·墬形训》及《左传·隐公五年》孔疏引《易纬通卦验》。

〔57〕 扶桑若荠:扶桑,神木名。《山海经·海外东经》:"汤谷上有扶桑,十日所浴。"郭璞注:"扶桑,木也。"传说日出于其下,后以之代日本国。若荠,远貌。远望树小若荠,故称。荠,荠菜。

〔58〕 郁岛:亦称郁洲。《太平御览》卷六九:"《山海经》曰:郁洲一曰都洲,在海中。"郭璞注曰:"即东海郁洲山也。传此洲自苍梧徙来,上有方物。"后称郁洲山为"郁岛",传说是能移动的仙山。按,今本《山海经·海内东经》文及郭注略有异。

〔59〕 "沃白日"句:极言海上风浪之大。簸,颠动。三山,指蓬莱、方丈、瀛洲。《史记·封禅书》:"蓬莱、方丈、瀛洲,此三神山,其传在渤海中。"

〔60〕 "浮苍天"句:极言海之辽阔。九域,九州。

〔61〕 黄雀之风:夏日的东南风。《太平御览》卷九晋周处《风土记》:"南中六月,则有东南长风,风六月止,俗号黄雀长风。时海鱼变为黄雀,因为名也。"

〔62〕 黑蜃之气:指海市蜃楼。黑蜃,传说中的蛟属,其嘘出之气,隐然若楼台,如在烟雾中,俗谓之蜃楼。赵殿成《王右丞集笺注》云:"《埤雅》:蜃形似蛇而大,腰以下鳞尽逆。一曰状似螭龙,有耳有角,背鬣作红色,嘘气成楼台,望之丹碧隐然,如在烟雾,高鸟倦飞,就之以息,喜且至,气辄吸之而下,今俗谓之蜃楼,将雨则见。《史记》曰:海旁蜃气成楼台,广野气成宫阙,即此是也。"按,海市蜃楼是海上或沙漠中由于光线折射而产

225

生的一种自然现象,古人不解,误以为是蜃嘘气而成。

〔63〕 淼:水广大无边貌。

〔64〕 帝乡:京城。此指长安。

〔65〕 本朝:指其本国日本。

〔66〕 咏七子之诗:高步瀛谓用《左传》七子饯赵武事。说见《唐宋文举要》乙编。是。按,《左传·襄公二十七年》载:"郑伯享赵孟于垂陇,子展、伯有、子西、子产、子大叔、二子石从。赵孟曰:'七子从君,以宠武也。请皆赋以卒君贶,武亦以观七子之志。'"于是,七子分别赋《草虫》、《鹑之贲贲》、《黍苗》、《隰桑》、《野有蔓草》、《蟋蟀》、《桑扈》诗。作者此处以此喻晁衡离别,诸故旧皆赋诗以道别情。

〔67〕 佩两国之印:晁衡既是日本国遣唐使臣,此次又兼唐使臣的身份,故云。

〔68〕 布我王度:犹言传播我国君的德行器度。王度,王者的德行器度。亦指法度。

〔69〕 谕彼蕃臣:犹言告知彼蕃屏之臣。蕃臣,蕃屏之臣。此指日本国君臣。

〔70〕 "三寸"二句:三寸犹在,三寸,指舌。《史记·留侯世家》:"留侯乃称曰:'……今以三寸舌为帝者师,封万户,位列侯,此布衣之极,于良足矣。'"司马贞索隐:"《春秋纬》云:'舌在口,长三寸,象斗玉衡。'"又,《史记·张仪列传》:"张仪已学游说诸侯。尝从楚相饮,已而楚相亡璧,门下意张仪,曰:'仪贫无行,必此盗相君之璧。'共执张仪,掠笞数百,不服,醳之。其妻曰:'嘻!子毋读书游说,安得此辱乎?'张仪谓其妻曰:'视吾舌尚在不?'其妻笑曰:'舌在也。'仪曰:'足矣。'"乐毅辞燕而未老,《史记·乐毅列传》载:乐毅本魏人,后为燕昭王拜为上将军以伐齐,下齐七十馀城,皆为郡县以属燕,唯独莒、即墨未服。昭王死,惠王立。惠王为太子时,尝与乐毅有间,齐因施反间计,惠王遂以骑劫代将而召乐毅,乐毅知惠王之不善代之,畏诛,遂西降赵。二句意谓晁衡在唐多年,但年尚未老,归国后犹能有所作为。

226

〔71〕 "十年"二句:《史记·魏公子列传》载:魏公子无忌(即信陵君)矫魏王令夺晋鄙军救赵后,客居于赵十年。秦闻公子在赵,日夜出兵伐魏。魏王使使往请公子。因归救魏。魏王以上将军印授公子,公子遂将,率五国之兵破秦军于河外,乘胜逐秦军至函谷关,抑秦兵,秦兵不敢出。此以信陵君居赵归魏事喻晁衡之归国。

〔72〕 赠言:即临别赠言之意。

山中与裴秀才迪书[1]

近腊月下[2],风景和畅,故山殊可过[3],足下方温经[4],猥不敢相烦[5],辄便独往山中,憩感配寺[6],与山僧饭讫而去。比涉玄灞[7],清月映郭,夜登华子冈[8],辋水沦涟[9],与月上下。寒山远火,明灭林外,深巷寒犬,吠声如豹,村墟夜春[10],复与疏钟相间。此时独坐,童仆静默,多思曩昔,携手赋诗,步仄径[11],临清流也。当待春中,草木蔓发[12],春山可望,轻鯈出水[13],白鸥矫翼[14],露湿青皋[15],麦陇朝雊[16],斯之不远[17],倘能从我游乎[18]?非子天机清妙者[19],岂能以此不急之务相邀!然此中有深趣矣,无忽[30]。因驮黄蘖人往[21],不一[22]。山中人王维白。

《王维集校注》卷一〇

〔1〕 这是王维写给友人裴迪的书信,约作于玄宗天宝三载(744)以后、安史之乱前。作者以优美的文笔描绘了辋川令人神往的山水自然景色,笔致清淡空灵,情趣盎然。山中,此指辋川别业。裴迪,关中人,王维

227

好友,曾与王维在辋川"浮舟往来,弹琴赋诗,啸咏终日"(《旧唐书·王维传》)。天宝后尝任蜀州刺史。秀才,唐人对士子的泛称。

〔2〕 近腊月下:腊月,即农历十二月。古代于此月举行腊祭,故称。下,谓月末。

〔3〕 "故山"句:故山,指辋川,为王维辋川别业所在。过,过访,游览。

〔4〕 "足下"句:足下,古人对上或同辈的敬称。温经,即温习经书。

〔5〕 猥:鄙。自谦之词。

〔6〕 感配寺:陈铁民以为"感配寺"当是"化感寺"之讹误。说见《王维集校注》。化感寺在蓝田县境内。

〔7〕 比涉玄灞:比,等到。玄灞,指灞水颜色深绿,几近于黑色。玄,赤黑色。灞,水名。又称霸水、滋水,源出蓝田县蓝田谷,北流入渭河。

〔8〕 华子冈:辋川中地名,也是王维辋川别业的景点之一。

〔9〕 辋水沦涟:辋水,即辋谷水。宋敏求《长安志》卷一六:"蓝田辋川在县南二十里,辋谷水出南山辋谷,北流入霸水。"沦涟,水旋转流动貌。

〔10〕 村墟:即村落。

〔11〕 仄径:狭窄的小路。

〔12〕 漫:滋长。

〔13〕 鲦(tiáo 条):一种银白色小鱼,又名白鲦、白鲦。

〔14〕 矫翼:谓张开翅膀。矫,举。

〔15〕 皋:水边高地。

〔16〕 朝雊:清晨野鸡的鸣叫。《诗·小雅·小弁》:"雉之朝雊,尚求其雌。"郑玄注:"雊,雉鸣也。"

〔17〕 斯之不远:意谓以上所说春天景象不久当会到来。

〔18〕 傥:或许,也许。

〔19〕 天机:犹言天然之本性,与"嗜欲"相对。《庄子·大宗师》:"其耆欲深者,其天机浅。"成玄英疏:"夫耽耆诸尘而情欲深重者,其天然机神浅钝故也。若使智照深远,岂其然乎!"

〔20〕 无忽:不要忽略。

〔21〕 "因驮"句:意谓托驮运黄蘖之人带信。黄蘖,植物名。落叶乔木,开黄绿色小花,果实黑色,茎可制黄色染料,树皮可入药,有清热解毒作用。

〔22〕 不一:书信结尾的套语,犹言"不一一详说"。

李　白

　　李白(701—762)，字太白，祖籍陇西成纪(今甘肃秦安)。隋末先世因罪流徙西域，白即出生于安西都护府之碎叶城(今吉尔吉斯斯坦共和国北部)。五岁时随父迁居绵州昌隆(今四川江油)。白少学于蜀中，博览群书，任侠放纵，喜纵横术。开元十二年(724)出蜀，漫游江汉、洞庭、金陵、扬州等地。后至安陆(今属湖北)，故相许圉师妻以孙女，遂留居之。开元十八年(730)，西入长安，未几失意而归。开元末，移家东鲁。天宝初奉诏入京，供奉翰林，寻以得罪权贵放还。安史乱起，受邀入永王璘幕，璘败，判长流夜郎。中途遇赦还，后病殁于当涂(今属安徽)。两《唐书》有传。白酷爱自由，蔑视权贵，嗜酒放纵，傲岸不群。其诗横绝一代，感情强烈，想象丰富奇特，风格雄健奔放，语言清新俊逸。文亦有鲜明特色，既有豪迈奔放之气势，复具清新自然之畅朗。有《李太白文集》三十卷传世。清王琦有辑注本《李太白文集》，较为详备，中华书局有排印本，1977年出版。今人整理本有《李白集校注》，上海古籍出版社1980年出版。

与韩荆州书[1]

　　白闻天下谈士相聚而言曰[2]：生不用万户侯，但愿一识韩荆州。何令人之景慕一至于此耶[3]？岂不以有周公之风，躬吐握之事[4],使海内豪俊奔走而归之,一登龙门[5],则声誉十倍!所以龙盘凤逸之士[6],皆欲收名定价于君侯[7],愿君侯不以富贵而骄之,寒贱而忽之[8]。则三千宾中有毛遂,使白得颖脱而出,即其人焉[9]。白陇西布衣,流落楚汉[10]。十五好剑术,遍干诸侯[11];三十成文章,历抵卿相[12]。虽长不满七尺,而心雄万夫,王公大臣许与气义[13],此畴曩心迹[14],安敢不尽于君侯哉[15]?

君侯制作侔神明[16],德行动天地,笔参造化,学究天人。幸愿开张心颜[17],不以长揖见拒[18]。必若接之以高宴,纵之以清谈[19],请日试万言,倚马可待[20]。今天下以君侯为文章之司命[21],人物之权衡[22],一经品题[23],便作佳士。而君侯何惜阶前盈尺之地,不使白扬眉吐气,激昂青云耶[24]?

昔王子师为豫章,未下车即辟荀慈明,既下车又辟孔文举[25]。山涛作冀州,甄拔三十馀人[26],或为侍中尚书,先代所美。而君侯亦荐一严协律[27],入为祕书郎[28],中间崔宗之、房习祖、黎昕、许莹之徒[29],或以才名见知,或以清白见赏。白每观其衔恩抚躬[30],忠义奋发,以此感激[31],知君侯推赤心于诸贤之腹中[32],所以不归他人而愿委身国士[33]。傥急难有用,敢效微躯[34]。

且人非尧舜,谁能尽善?白谟猷筹画[35],安敢自矜[36]?至于制作,积成卷轴,则欲尘秽视听[37],恐雕虫小技[38],不合大人。若赐观刍荛[39],则请给纸墨,兼之书人[40],然后退扫闲轩[41],缮写呈上。庶青萍结绿[42],长价于薛卞之门[43]。幸惟下流[44],大开奖饰,惟君侯图之[45]。

《李白集校注》卷二六

〔1〕 开元二十二年(734)作于襄阳。韩荆州,即韩朝宗,初仕左拾遗,累迁荆州长史,开元二十二年以荆州长史兼判襄州长史、山南东道采访处置使,两《唐书》有传。朝宗喜识拔奖掖后进,当时士流咸归之。本文是作者向韩朝宗写的自荐书。文中以豪迈洒脱的姿态,向对方陈述自己不同寻常的经历与才性,表达了希望得到赏识与荐拔的愿望以及士为知己者用的思想,显示出作者积极用世的热情。文为干谒之作,难免有虚浮称颂之词,但气势甚盛,神采飞扬,颇见李白的个性。

〔2〕 谈士:游说之士,辩士。此指当时一些为功名而奔走活动的人。

〔3〕 景慕:景仰羡慕。

〔4〕 "岂不"句:难道不是因为在您的身上具有周公的遗风,能躬行"一饭三吐哺"、"一沐三握发"吗? 吐握之事,《史记·鲁周公世家》:"周公戒伯禽曰:'我文王之子,武王之弟,成王之叔父,我于天下亦不贱矣。然我一沐三捉发,一饭三吐哺,起以待士,犹恐失天下之贤人。'"

〔5〕 登龙门:见前王勃《秋日登洪府滕王阁饯别序》注〔83〕。

〔6〕 龙盘凤逸:谓龙盘踞以待时,时机一到就会像凤一样飞翔。这里比喻怀才隐居而等待时机的人。

〔7〕 收名定价:得到名声,确定身价。君侯:对达官显贵的敬称。此指韩朝宗。

〔8〕 "愿君侯"句:希望韩朝宗不要因为自己富贵而傲视士人,也不要因为士人贫贱而轻视之。

〔9〕 "则三千"句:谓如果三千宾客中有毛遂那样颖脱而出的,我李白就是那样的人。三千,指战国时赵国平原君的食客。毛遂,平原君的门客。颖,锥尖。《史记·平原君列传》载,秦围赵之邯郸,赵王派平原君入楚求救。平原君准备带二十个有勇力且文武备具的食客去,但仅得十九人。门下有毛遂者,请求同去。"平原君曰:'夫贤士之处世也,譬若锥之处囊中,其末立见。今先生处胜之门下三年于此矣,左右未有所称诵,胜未有所闻,是先生无所有也。先生不能,先生留。'毛遂曰:'臣乃今日请处囊中耳。使遂蚤得处囊中,乃颖脱而出,非特其末见而已。'"作者用此事,

意谓只要给他机会,他就会像毛遂那样颖脱而出,建立功勋。

〔10〕"白陇西"二句:陇西布衣,李氏郡望为陇西,故云。楚汉,指古楚地及汉水流域。时白困顿于安陆,故云"流落楚汉"。

〔11〕遍干诸侯:干谒尽各地的地方长官。干,干谒。诸侯,这里指州郡地方官。

〔12〕历抵卿相:拜访遍所有朝廷达官。历抵,普遍干谒。白此前曾一入长安,故云。

〔13〕许与气义:赞许以气概与道义。

〔14〕畴曩:犹往日。

〔15〕尽:完全表露。

〔16〕"君侯"句:此赞美韩朝宗的政绩。制作,"制礼作乐"的省称。《礼记·明堂位》:"(周公)朝诸侯于明堂,制礼作乐。"这里指政绩。下文的"制作",指诗文。侔,相等。

〔17〕开张心颜:犹言坦开心扉,和颜相待。

〔18〕"不以"句:不要因为礼节简慢而拒绝。长揖,即拱手礼。双手拱而高举,自上而下行礼。《汉书·高帝纪上》:"郦生不拜,长揖曰:'足下必欲诛无道秦,不宜踞见长者。'"颜师古注:"长揖者,手自上而极下。"按,古代见尊者行跪拜礼,平辈间施以长揖,故白有此语。

〔19〕"必若"句:指以盛大的宴会接待,任其纵情而谈。高宴,盛宴。

〔20〕倚马可待:《世说新语·文学》:"桓宣武(温)北征,袁虎时从,被责免官。会须露布文,唤袁倚马前令作,手不辍笔,俄得七纸,殊可观。"此比喻文思敏捷。

〔21〕司命:星名,即文昌第四星。旧时传说主文运,俗称为文曲星或文星。

〔22〕权衡:此为衡量、评定的意思。

〔23〕品题:品评。

〔24〕激昂青云:犹言激励奋发,豪气干云。

〔25〕"昔王子师"句:王子师,名允,东汉时人。下车,旧称官员初到

233

任为下车。辟,征聘。荀慈明,名爽。孔文举,名融。荀、孔二人皆东汉名士。《后汉书·王允列传》:"王允,……拜豫章刺史。辟荀爽、孔融等为从事。"又,《晋书·江统传》:"昔王子师为豫州,未下车辟荀慈明,下车辟孔文举。"

〔26〕 山涛:字巨源,西晋人。《晋书·山涛传》:"羊祜执政,(涛)出为冀州刺史……冀州俗薄,无相推毂。涛甄拔隐屈,搜访遗才,旌命三十余人,皆显名当时。人怀慕尚,风俗颇革。"

〔27〕 严协律:或为严武。协律,官名,太常寺属官,正八品上,掌和律吕。武字季鹰,华阴(今属陕西)人,两《唐书》有传,然未载其历协律职,而《新唐书·韩朝宗传》载,朝宗"尝荐崔宗之、严武于朝,当时士咸归重之。"

〔28〕 祕书郎:祕书省属官,从六品上,掌经籍图书。

〔29〕 "中间"句:崔宗之,宰相崔日用子,袭封齐国公,好学,宽博有风检,与白为知交。事迹见《新唐书·崔日用传》。犁昕、房习祖、许莹,事迹未详。

〔30〕 衔恩抚躬:谓感其恩而思忖如何报答。衔恩,感恩。躬,自身。

〔31〕 感激:犹感动。

〔32〕 "知君侯"句:意谓韩朝宗能以诚待人。《后汉书·光武帝纪》:"萧王(即光武帝)推赤心置人腹中,安得不投死乎?"

〔33〕 国士:此指韩朝宗。

〔34〕 敢效微躯:愿贡献自己的生命。微躯,谦辞,指自己。

〔35〕 谟猷:谋略。

〔36〕 自矜:自负,自夸。

〔37〕 尘秽视听:谦辞。意谓自己的作品可能会玷污韩荆州的耳目。尘秽,脏东西。此做动词用。

〔38〕 雕虫小技:扬雄《法言·吾子》:"或问,'吾子少而好赋?'曰:'然。童子雕虫篆刻。'俄而曰:'壮夫不为也。'"西汉学童必习秦书八体,其中虫书、刻符是两体,纤巧难工。扬雄以之喻作赋,谓与童子雕琢虫书、

篆写刻符相似,都是童子所习的技巧。后以喻小道,亦常指辞章之学。

〔39〕 刍荛(chú ráo 除饶):割草打柴的人。《诗·大雅·板》:"先民有言,询于刍荛。"亦是李白自谦之辞。

〔40〕 书人:指抄写的人。

〔41〕 闲轩:空闲的屋子。

〔42〕 青萍:宝剑名。葛洪《抱朴子·博喻》:"青萍、豪曹,剑锋之精绝也,操者若非羽、越,则有自伤之患焉。"结绿:美玉名。《史记·范雎列传》:"周有砥砨,宋有结绿,梁有县藜,楚有和璞。此四者,土之所生,良工之所失也,而为天下名器。"

〔43〕 薛卞:薛烛与卞和。薛烛,春秋时越人,善相剑。袁康《越绝书》:"客有能相剑者,名薛烛。越王勾践召而问之。乃召掌者使取纯钩。薛烛望之,手振拂扬,其华捽如芙蓉始出。"卞和,春秋楚人,善识玉。其发现玉璞先后献楚厉王、楚武王,皆误为欺诈而刖双足。后文王使人琢之,得宝玉,命为"和氏璧"。事见《韩非子·和氏》。

〔44〕 幸惟下流:希望能够礼敬在下者。惟,一作"推",有推奖的意思。下流,处下位者。此白自指。

〔45〕 图:犹考虑,思考。

春夜宴从弟桃花园序[1]

夫天地者,万物之逆旅也[2];光阴者,百代之过客也[3]。而浮生若梦[4],为欢几何?古人秉烛夜游,良有以也[5]。况阳春召我以烟景,大块假我以文章[6]。会桃花之芳园,序天伦之乐事[7]。群季俊秀[8],皆为惠连[9];吾人咏歌,独惭康乐[10]。幽赏未已,高谈转清。开琼筵以坐花,飞羽觞而醉

235

月[11]。不有佳咏,何伸雅怀? 如诗不成,罚依金谷酒数[12]。

《李白集校注》卷二七

〔1〕 作者春夜在桃花园与从弟相聚饮宴,叙天伦之乐事,申幽赏之雅怀,有流连赋诗之举,因序引其事。文章清逸工丽,流畅洒脱,堪称精美小品。至于作者俯仰感慨间而流露出的浮生若梦、及时行乐之趣,读者自当有所鉴别。从弟,堂弟。其具体为谁,未详。白有《秋夜宿龙门香山寺奉寄从弟幼成令问》诗,或以为即其人。序,古代文体之一,有宴饮酬唱之诗序与临别赠行之赠序之别,本文属前者。

〔2〕 逆旅:客舍,客店。

〔3〕 过客:过路的旅客。

〔4〕 浮生若梦:语本《庄子·刻意》"其生若浮,其死若休"。意谓人生变化无常,飘忽不定。

〔5〕 "古人"句:《古诗十九首》:"人生不满百,长怀千岁忧。昼短苦夜长,何不秉烛游!"又,曹丕《与吴质书》:"古人思秉烛夜游,良有以也。"作者语本之。良有以也,犹言确实有其原因。

〔6〕 大块:大自然。《庄子·大宗师》:"夫大块载我以形,劳我以生,佚我以老,息我以死。"又,《齐物论》:"夫大块噫气,其名为风。"成玄英疏:"大块者,造物之名,亦自然之称也。"

〔7〕 序:通"叙"。

〔8〕 群季:诸弟。古人以伯仲叔季为兄弟间的排行,季因成为弟的代称。

〔9〕 惠连:即谢惠连(407—433)。南朝宋诗人,谢灵运的族弟。幼聪敏,能书画,工诗文,《宋书》有传。此处是以谢惠连比其诸弟,称道其才华。

〔10〕 独惭康乐:康乐,指谢灵运,以其袭封康乐公,故称。谢灵运极为推崇谢惠连,曾谓其"张华重生,不能易也",又云"每有篇章,对惠连辄得佳句",其"池塘生春草,园柳变鸣禽"自谓即因梦见惠连而得。这里作

236

者意思是说,惭愧的是自己无谢灵运的才华。也即自谦其才能不及诸弟。

〔11〕 "开琼筵"二句:谓值开花时于花丛中开宴,在畅饮中醉于月下。琼宴,华贵的筵席。坐花,置座于花间。羽觞,鸟雀形的酒杯。《汉书·孝成班婕妤传》:"酌羽觞兮销忧。"颜师古注引孟康曰:"羽觞,爵也,作生爵形,有头尾羽翼。"醉月,醉于月下。

〔12〕 金谷酒数:指酒宴上所罚的酒数。金谷,即西晋石崇的金谷园,在今河南洛阳。石崇常在金谷园宴客,其《金谷诗序》云:"遂各赋诗,以叙中怀,或不能者,罚酒三斗。"

秋于敬亭送从侄耑游庐山序[1]

余小时大人令诵《子虚赋》[2],私心慕之。及长,南游云梦,览七泽之壮观[3],酒隐安陆[4],蹉跎十年[5]。初,嘉兴季父谪长沙西还[6],时予拜见预饮林下[7],耑乃稚子[8],嬉游在傍。今来有成,郁负秀气。吾衰久矣,见尔慰心,申悲道旧,破涕为笑。方告我远涉,西登香炉[9]。长山横蹙,九江却转,瀑布天落,半与银河争流,腾虹奔电,㵒射万壑[10],此宇宙之奇诡也。其上有方湖石井[11],不可得而窥焉。羡君此行,抚鹤长啸,恨丹液未就,白龙来迟[12]。使秦人著鞭,先往桃花之水[13]。孤负宿愿,惭归名山,终期后来,携手五岳[14]。情以送远,诗宁阙乎[15]?

《李白集校注》卷二七

〔1〕 从侄李耑将游庐山,李白因作此序赠别。庐山的山水奇观,作

者仅略事勾画,却气象宛然,而其热爱自然与神驰向往之情,亦溢于词表。敬亭,山名,在宣城(今安徽宣城)北。李嵩,其人未详。

〔2〕 《子虚赋》:西汉辞赋家司马相如的作品。

〔3〕 云梦、七泽:司马相如《子虚赋》:"仆乐齐王之欲夸仆以车骑之众,而仆对以云梦之事也。"又,"臣闻楚有七泽,尝见其一,未睹其馀也。臣之所见,盖特其小小者耳,名曰云梦。"云梦,古泽名,又称云瞢。《周礼·夏官·职方氏》:"正南曰荆州,其山镇曰衡山,其泽薮曰云瞢。"郑玄注:"衡山在湘南,云瞢在华容。"七泽,未详。

〔4〕 安陆:地名。即今湖北安陆。

〔5〕 蹉跎十年:李白自开元十五年居安陆,至开元二十八年移居东鲁,其在安陆,约略十年。蹉跎,失意,虚度光阴。

〔6〕 嘉兴季父:其人不详。或以为是白之叔父为嘉兴令者(见瞿蜕园、朱金城《李白集校注》)。嘉兴,唐为苏州属县,今属浙江。

〔7〕 预饮林下:《世说新语·任诞》:"陈留阮籍、谯国嵇康、河内山涛,三人皆相比,康年少亚之。预此契者,沛国刘伶、陈留阮咸、河内向秀、琅邪王戎。七人常集于竹林之下,肆意酣畅,故世谓'竹林七贤'。"七贤中阮籍、阮咸为叔侄,作者这里化用其事,也暗含以阮氏叔侄比拟之意。

〔8〕 稚子:小孩。

〔9〕 香炉:指庐山香炉峰。在庐山北部,状似香炉,峰顶水气郁结,云雾弥漫,如烟雾缭绕,故名。

〔10〕 潀(cóng 从):水流相会处。

〔11〕 方湖石井:当是庐山自然奇景。慧远《庐山记》:"自托此山,二十三载,再践石门,四游南岭,东望香炉峰,北眺九江。传闻有石井方湖,中有赤鳞涌出。野人不能叙,直叹其奇而已。"

〔12〕 白龙来迟:此用阳子明钓白龙成仙事。《水经注·沔水》:"水出陵阳山下。径陵阳县西为旋溪水,昔县人阳子明钓得白龙处。后三年,龙迎子明上陵阳山,山去地千馀丈,后百馀年,呼山下人令上山半,与语溪中,子安问子明钓车所在。后二十年子安死,山下有黄鹤栖其塚树,鸣常

呼子安。"

〔13〕"使秦人"句:陶渊明《桃花源记》叙渔人入桃花源,得其人接待,自云先世避秦时乱来此。这里化用其事,意谓李崟先他造访胜境。著鞭,即先著鞭,意即占先。《世说新语·赏誉》引《晋阳秋》:"刘琨《与亲旧书》曰:'吾枕戈待旦,志枭逆虏,常恐祖生先吾著鞭尔。'"

〔14〕 五岳:即东岳泰山、西岳华山、中岳嵩山、北岳恒山、南岳衡山。

〔15〕 诗宁阙乎:犹言岂能缺少送行之诗?

李阳冰

　　李阳冰(724?—785?)，字少温，郡望赵郡，世居京兆云阳(今陕西泾阳)。肃宗乾元中，任括州缙云县令，有政声。宝应元年(762)，秩满，迁当涂令。时李白以衰迈贫病，往依之。疾亟，尽付其遗稿，嘱为序之。阳冰因编为《草堂集》，并撰序，盛赞其诗。代宗大历九年(774)，为京兆府户曹参军。德宗兴元元年(785)，任将作少监。阳冰善词章，工篆书，笔法妙天下。曾著有《刊定说文》、《翰林禁经》，已佚。今《全唐诗》仅存其诗一首，《全唐文》存其文八篇。

唐李翰林《草堂集》序[1]

　　李白，字太白，陇西成纪人[2]，凉武昭王暠九世孙[3]，蝉联珪组[4]，世为显著。中叶非罪，谪居条支[5]，易姓与名。然自穷蝉至舜，五世为庶，累世不大曜[6]，亦可叹焉。神龙之始[7]，逃归于蜀，复指李树而生伯阳[8]。惊姜之夕，长庚入梦，故生而名白，以太白字之[9]。世称太白之精得之矣。不读非圣之书，耻为郑卫之作[10]，故其言多似天仙之辞，所为著述，言多讽兴[11]。自三代以来[12]，风骚之后[13]，驰驱屈、宋[14]，鞭挞扬、马[15]，千载独步，唯公一人。故王公趋风，列岳结轨[16]。群贤翕习[17]，如鸟归凤。卢黄门云：陈拾遗横制颓波，天下质文，翕然一变[18]，至今朝诗体，尚有梁、陈宫掖之风。至公大变，扫地并尽。今古文集，遏而不行。唯公文章，横被六合[19]。可谓力敌造化欤。天宝中，皇祖下诏，征就金马，降辇步迎，如见绮、皓[20]。以七宝床赐食[21]，御手调羹以饭之，谓曰：卿是布衣，名为朕知，非素畜道义何以及此？置于金銮殿，出入翰林中[22]，问以国政，潜草诏诰，人无知者。丑正同列[23]，害能成谤，格言不入，帝用疏之。公乃浪迹纵酒，以自昏秽。咏歌之际，屡称东山[24]。又与贺知章、崔宗之等自为八仙之游[25]，谓公谪仙人，朝列赋谪仙之歌，凡数百首，多言公之不得意。天子知其不可留，乃赐金归之，遂就从祖陈留采访大使彦允[26]，请北海高天师授道箓于齐州紫极宫[27]。将东归蓬莱，仍羽人驾丹丘耳[28]。阳冰试弦歌于当涂[29]，心非所好，公遐不弃我，乘扁舟而相顾。临当挂冠[30]，公又疾亟[31]，草藁万卷，手集未修[32]。枕上授简，俾余为序[33]。论《关雎》之义，始愧卜商；明《春秋》之辞，终惭杜预[34]。自中原有事[35]，公避地八年，当时著述，十丧其九，今所存者，皆得之他人焉。时宝应元年十一月乙酉也[36]。

《李白校注集》附录三"序跋"

〔1〕 本文是作者为李白《草堂集》所写的序言。李翰林即李白，因白曾为翰林待诏，故称。《草堂集》当是李白为其诗文所定的集名。李白抱负远大，却一生漂泊，晚年尤为凄凉，垂暮之际，往依时为当涂县令的李阳冰，并托付后事，以诗文集草稿相授，嘱为序。作者在序文中，对李白的家世背景与神奇禀赋、创作特征与历史地位、政治遇合与仕途遭际、暮年来从与临终付嘱等事，作了简明而周至的叙述说明。由于此文乃应李白病亟之

际付托所作,故其所述,文献价值甚高,是研究李白家世生平的重要资料。

〔2〕 陇西成纪:故治在今甘肃秦安西北。

〔3〕 凉武昭王暠:即十六国西凉的建立者李暠。暠(351—417),字玄盛,陇西狄道(今甘肃临洮)人。出身凉州大族,北凉段业时任敦煌太守,不久自称凉公,建立西凉政权,死后谥武昭王。《北史》有传。

〔4〕 蝉联珪组:犹言世代历显职。蝉联,连续相承,绵延不断。珪组,玉珪和印绶。引申为爵位、官职。《文选》任昉《王文宪集序》:"既袭珪组,对扬王命。"刘良注:"珪,诸侯所执也;组,绶,所以系印者也。"

〔5〕 "中叶"二句:谓其家族中期无辜被贬居条支。中叶,中世,中期。这里是自远祖至李白而言。非罪,强加之罪,无罪。条支,唐时西域地名,又称诃达罗支,治鹤西那城(今阿富汗加兹尼),属安西督护府管辖,故址在今阿富汗北部伐济纳一带。

〔6〕 "然自"数句:言五代为庶民,家世已不大辉煌。穷蝉,舜五世祖。《史记·五帝本纪》:"虞舜者,名曰重华。重华父曰瞽叟,瞽叟父曰午桥,午桥父曰句望,句望父曰敬康,敬康父曰穷蝉……自穷蝉以至帝舜,皆微为庶人。"

〔7〕 神龙:唐中宗年号(705—707年)。

〔8〕 "复指"句:指复以李为姓。《史记·老子韩非列传》"老子者,楚苦县厉乡曲仁里人也,姓李氏,名耳"句司马贞索隐:"按:葛玄曰'李氏女所生,因母姓也'。又云'生而指李树,因以为姓'。"

〔9〕 "惊姜"数句,意谓其出生时,其母梦见长庚星入怀,因取名为白,字太白。惊姜之夕,指出生。《左传·隐公元年》:"初,郑武公取于申,曰武姜,生庄公及共叔段。庄公寤生,惊姜氏,故名曰'寤生'。"语本之。

〔10〕 郑卫之作:指《诗经》中的《郑风》、《卫风》。《诗经》中的郑、卫风诗多描写男女之情,后人或以为这类诗不够雅正,因称为"郑、卫之风"。

〔11〕 讽兴:即讽谕与比兴。

〔12〕 三代:谓夏、商、周。

〔13〕 风骚:指《诗经》与《楚辞》。《诗经》中"风"诗数量最多,《楚

辞》中《离骚》最具代表性,故以二者代称之。

〔14〕 屈、宋:指屈原、宋玉。屈原(前339—?),名平,字原,楚人,战国时期著名诗人。宋玉(生卒年不详),楚国鄢(今湖北宜城陵)人,与屈原同时而稍晚,或以为曾师事屈原,长于辞赋,与屈原齐名,并称"屈宋"。

〔15〕 扬、马:扬雄、司马相如。扬雄(前53—18),字子云,蜀郡成都(今属四川)人,西汉辞赋家。司马相如(?—前118),字长卿,西汉辞赋家、散文家。

〔16〕 列岳结轨:谓有名望者纷纷与之结交。列岳,高大的山岳,喻名高望重者。结轨,轨迹交接,形容车辆往来不绝。

〔17〕 翕习:会聚。

〔18〕 "卢黄门"句:卢黄门,指卢藏用,因曾官黄门侍郎,故称。卢藏用曾在《右拾遗陈子昂文集序》中评论陈子昂诗歌"崛起江汉,虎视函夏,卓立千古,横制颓波,天下翕然,质文一变",语本此。

〔19〕 六合:见前陈子昂《谏灵驾入京书》注〔48〕。

〔20〕 "天宝"数句:天宝,唐玄宗年号(742—756)。皇祖,君主的远祖或祖父。此指唐玄宗。因此文作于代宗宝应元年,玄宗为代宗祖父,故称。金马,即金马门。汉代宫门名。《史记·滑稽列传》:"金马门者,宦[者]署门也。门旁有铜马,故谓之曰'金马门'。"汉代金马门亦为学士待诏之处,此代指唐之翰林院。辇,帝王后妃所乘的车。绮、皓,指绮里季等商山四皓。这里代指隐逸的高士。

〔21〕 七宝床:用多种宝物装饰的华贵的几案。七宝,说法不一。或以为指金、银、珠玉、珊瑚、琉璃、琥珀、玛瑙、漆等宝物。

〔22〕 翰林:指翰林院。唐代翰林院约在玄宗时确立,是备皇帝顾问与代皇帝撰写特别诏旨的待诏之所。《新唐书·百官一》:"学士之职,本以文学言语被顾问,出入侍从,因得参谋、纳谏诤,其礼尤宠;而翰林院者,待诏之所。"

〔23〕 丑正:指嫉害正直的人。

〔24〕 东山:东晋谢安早年曾辞官隐居会稽之东山,经朝廷屡次征

聘,方从东山复出,官至司徒要职,成为东晋重臣。后因以东山为隐居或游憩之地的典故。

〔25〕 八仙之游:此指盛唐时八位嗜酒放纵的人,称为"酒中八仙人"。八仙之名,据《新唐书·李白传》及杜甫《饮中八仙歌》,李白之外,另有贺知章、李适之、李琎、崔宗之、苏晋、张旭、焦遂。

〔26〕 彦允:其人生平事迹未详。

〔27〕 "请北海"句:北海,郡名,即青州,治益都县(今山东益都)。高天师,即高如贵。李白有《奉饯高尊师如贵道士传道箓毕归北海》诗。道箓,道教的符箓,凡入道者必受箓。《隋书·经籍志四》:"受道之法,初受《五千文箓》,次受《三洞箓》、次受《洞玄箓》,次受《上清箓》。箓皆素书,纪诸天曹官属佐吏之名有多少,又有诸符,错在其间,文章诡怪,世所不识……弟子得箓,缄而佩之。"齐州,唐属河南道,治历城(今山东历城)。紫极宫,唐代道教宫观名。《旧唐书·玄宗纪》:"(天宝二年)改西京玄元庙为太清宫,东京为太微宫,天下诸郡为紫极宫。"

〔28〕 "仍羽人"句:谓将从仙人以游仙境。《楚辞·远游》:"仍羽人于丹丘兮,留不死之旧乡。"羽人,飞仙。丹丘,神话中的神仙之地,昼夜长明。

〔29〕 "阳冰"句:指任县令之职。《论语·阳货》载孔子学生子游为武城宰,以弦歌为教民之具。后弦歌因成为出任邑宰之典。当涂,县名。唐属江南道宣州,今属安徽。

〔30〕 挂冠:辞官。此指任期届满将去职。

〔31〕 疾亟:病情加重。

〔32〕 修:整理。

〔33〕 俾:使,让。

〔34〕 "论《关雎》"四句:意谓不能发明作者之意。是作者的谦辞。卜商曾传授《诗经》,杜预曾为《左传》作注,故作者用二事以明己意。

〔35〕 中原有事:指安史之乱。

〔36〕 宝应元年:即762年。宝应,唐代宗李豫的年号。

高　适

高适(700？—765)，字达夫，郡望渤海蓚(今河北景县)。二十岁西游长安,求仕无成。遂北游燕赵,后客居宋中(今河南商丘一带)。天宝八载(749)，举有道科中第,授封丘尉,旋即弃官而去。十二载(753)，入陇右节度使哥舒翰幕,官左骁卫兵曹参军、掌书记。安史乱起,以监察御史佐守潼关。玄宗幸蜀,间道奔行在,以侍御史擢谏议大夫。肃宗时,为淮南节度使,历彭、蜀二州刺史,剑南西川节度使。广德二年(764)召还长安,为刑部侍郎,转左散骑常侍,世称"高常侍"。适与岑参齐名,同为盛唐边塞诗重要作家,诗风骨遒劲,气势雄浑,悲壮苍凉,尤长歌行。明人辑有《高常侍集》十卷。今人整理本有《高适集校注》,上海古籍出版社1984出版。

东征赋[1]

岁在甲申[2]，秋穷季月[3]，高子游梁既久[4]，方适楚以超忽[5]。望君门之悠哉,微先容以效拙[6]，姑不隐而不仕,宜其漂沦而播越[7]。

出东苑而遂行[8]，沿浊河而兹始[9]。感隋皇之败德[10]，划平原而为此[11]。西驰洛汭[12]，东并淮涘[13]；地豁山开,川流波委。六宫景从，千官逦迤，龙舟锦帆，照耀乎数千百里[14]。大驾将去，群盗日起[15]。尸禄者卷舌而偷生[16]，直谏者解颐而后死[17]。寄腹心于枭獍[18]，任手足于蛇虺[19]。既垂弑于匹夫[20]，尚兴疑于爱子[21]。岂不以为穷力役于征战，务淫逸于奢侈[22]，六军悲牧野之师[23]，万姓哭辽阳之鬼[24]。嗟颠覆于曩日，指年代于流水[25]。唯见长亭之烟火，悲旷野之荆杞[26]。

至酂县之旧邑，怀萧相之高风[27]。既屈节于主吏，每归诚于沛公[28]。始俱起于天下，乃从定于关中[29]。推金帛于他人，挹图籍于我躬。按山川之险阻，救天地于屯蒙[30]。嘉盈俸以增邑[31]，方指踪而建功[32]。纳邵平以防患，举曹参而告终[33]。

经洛城而永望[34]，想谯郡而销忧[35]。慨魏武之雄图[36]，终大济于横流[37]。用兵戈以威四海，挟天子而令诸侯[38]。乃擅命以诛伏，徒矫迹以安刘[39]。吾始未知夫逆顺，胡宁比于殷周[40]！

下符离之西偏[41]，临彭城之高岸[42]。连山郁其潆荡[43]，大泽平乎渺漫[44]。昔天未厌祸，项氏叛涣，解齐归楚，自萧击汉[45]。天地无色，风尘溃乱。悯君王之辘轳，混士卒以奔散[46]。苟炎运之克昌[47]，岂生人之涂炭[48]！次灵壁之逆旅[49]，面垓下之遗墟[50]。嗟鲁公之慷慨，闻楚声而悒於[51]。歌拔山以涕洟，窃霸图而莫居[52]。摈亚父之何甚，悲虞姬之有馀[53]。出重围以狼狈，至阴陵以踌躇[54]。顾天亡以自负，虽身死兮焉如[55]？

登夏丘而纵目[56]，对蒲隧而愁予[57]。闻取虑之斯在，微长直之舍诸[58]。宿徐县之回津[59],惟偃王之旧域[60]。方以小而事大[61],岂无位而有德!彼昏暴以丧邦,伊何仁义而亡国[62]?高延陵之挂剑[63],慕班彪之述职[64];缅沛水之悠悠,俯娄林之纡直[65]。

即日河浒[66],依然泗上[67];山川土田,耳目清旷。眺淮源之呀豁[68],倚楚关之雄壮。挂轻席于中流[69],顺长风以破浪。过盱眙之邑屋,伤义帝之波荡[70]。叹三户之亡秦[71],知万人以离项[72]。越龟山而访泊[73],入渔浦而待潮。鸿雁飞兮木叶下,楚歌悲兮雨潇潇。霜封野树,水冻寒苗,岸草无色,芦花自飘。幸息肩于人事[74],愿投迹于渔樵[75]。思魏阙而天远[76],向秦川而路遥[77]。

候鸣鸡以进帆[78],趋乱流以争迅。纵孤舟于浩大,抚垂堂以诫慎[79]。遵枉渚于淮阴,徵昔贤于韩信[80]。哀王孙之寄食,嘉漂母之无愠。鄙亭长之不仁,乃晨炊而齎恌[81]。忽从龙以获骋[82],遂擒豹以自奋[82]。破全赵而后用奇[83],称假齐以益振[84]。幸辞通以感惠[85],俄结豨而谋蠹[86]。当在约而必亨,曷持盈而不顺[87]?

凌赤岸之迢递,掉白波之纡馀[88];历山阳之村墅[89],挹襄鄙之邑居[90]。人多嗜艾[91],俗喜观渔[92]。连葭苇于郊甸[93],杂汀洲于里闬。感百川之朝宗,弥结念于归欤[94]。日杲杲以丽天[95],云飘飘以卷舒。鲁放情而蹈海[96],丘永叹于乘桴[97]。遇坎则止,吾今不知其所如者哉[98]!

《高适集校注》

〔1〕 天宝三载(744)夏秋间,高适与李白、杜甫相会于汴州,三人共

247

游梁、宋后分别,高适继续东游。他由睢阳沿汴河东南行,经鄌县、铚城、符离、彭城、灵壁、虹县、徐城,抵临淮、盱眙;又沿淮水东北行,经淮阳、山阳,止于东海之滨的涟水。沿途凭吊古迹,并作此赋,述其行迹,抒发情怀。在赋中,作者评论了隋炀帝、萧何、曹操、项羽、刘邦、韩信等历史人物,对其或赞叹,或惋惜,或讥讽,或斥责,在评述历史人物的同时,也暗寓了其沦落不遇、报国无门的苦闷。作者继承了汉代纪行赋的写作手法,将记述行踪与抒发情怀相结合,苍凉激越,堪称唐人纪行赋中的佳作。

〔2〕 甲申:即唐玄宗天宝三载(744)。

〔3〕 秋穷季月:指农历九月。以其为秋季最后一月,故云。

〔4〕 梁:唐属河南道宋州(治宋城,今河南商丘南),汉属梁国。这里作者用古名。

〔5〕 "方适"句:谓正准备到遥远的楚地去。适,到,往。楚,此指淮阴郡。天宝以前,淮阴郡称楚州,属淮南道,治山阳县(今江苏淮安)。这是此次高适之游的终点,故云。超忽,遥远的样子。此指远游。

〔6〕 "望君门"二句:意谓京城遥远,无人举荐自己,故无从为国效力。君门,犹宫门。代指京城。微,无。先容,事先有人代为引荐。效拙,谦辞,犹言效忠、效力。

〔7〕 "姑不隐"二句:意谓自己只好不隐居也不出仕,那么,漂泊异乡、浪迹天涯也就事有必然了。姑,姑且。这里有受客观限制的意思。播越,流浪在外。《左传·昭公二十六年》:"兹不穀震荡播越,窜在荆蛮,未有攸厎。"

〔8〕 东苑:即梁园,也称兔苑或兔园,汉梁孝王刘胜建,故址在今河南商丘东。《史记·梁孝王世家》:"孝王筑东苑,方三百馀里。"

〔9〕 浊河:此指隋所开运河通济渠。《隋书·炀帝纪》载,大业元年三月,发河南诸郡男女百馀万,开通济渠,自西苑(在今河南洛阳西)引榖、洛之水达于河;自板渚(在今河南氾水镇东北)引河达于淮。

〔10〕 隋皇:指隋炀帝。败德:丧失帝王的道德。

〔11〕 "划平原"句:指开凿运河。划,这里指开凿。

〔12〕洛汭:洛水入黄河处。旧在今河南巩县,今在氾水西北。

〔13〕淮涘:淮水边。涘,水边,河岸。

〔14〕"六宫"四句:写隋炀帝大业元年由通济渠往游江都(今江苏扬州)的情景。《隋书·炀帝纪》载:大业元年,"八月,御龙舟幸江都,文武官五品以上给楼船,九品以上给黄篾。舳舻相接二百餘里。"六宫,古代天子有六宫,后泛指后妃所居,亦代指后妃。景从,紧紧跟随。景,同"影"。逦迤,曲折绵延。

〔15〕"大驾"二句:谓隋炀帝的统治已至末日,各地起兵反隋者日渐增多。大驾,指皇帝的车驾。这里指隋炀帝。

〔16〕"尸禄者"句:意谓空享俸禄而不治事者,都缄口不言,苟且偷生。尸禄,享受俸禄却不尽责治事。卷舌,不说话。

〔17〕"直谏者"句:意谓直言进谏者都强作笑脸,不敢冒犯,以免死罪。解颐,开颜而笑。后死,惜死。

〔18〕枭獍:枭为恶鸟,生而食母;獍为恶兽,生而食父。这里以枭獍比喻不忠不义、凶残狠毒的人。

〔19〕蛇虺:毒蛇。此喻狠毒的人。

〔20〕"既垂弑"句:指隋炀帝为宇文化及等所杀。据《隋书·炀帝纪》及《宇文化及传》,隋恭帝义宁二年(618),宇文化及等发动兵变,使令狐行达缢杀炀帝。匹夫,独夫。多指有勇无谋者,意含轻蔑。

〔21〕"尚兴疑"句:指炀帝疑忌其次子齐王杨暕。《隋书·齐王杨暕》载云,"帝亦常虑暕生变,所给左右,皆以老弱,备员而已。……俄而化及作乱,兵将犯跸,帝闻,顾谓萧后曰:'得非阿孩(暕小字阿孩)邪?'其见疏忌如此。"

〔22〕"岂不"二句:意谓隋炀帝招致这样的结果,难道不是因为他把大量的民力耗费在对外战争,又一味追求荒淫奢侈的生活吗!按,隋炀帝在大业八年和大业九年两次发动对高丽的战争,死伤惨重。此外,他还修建宏大奢丽的洛阳城以及许多华丽的行宫、园囿等;南巡江都,又曾开凿大运河。凡此皆耗费大量民力与财力。繁重的徭役,造成了"万户则城郭

249

空虚,千里则烟火断灭"(《旧唐书·李密传》)的局面,这是导致隋朝灭亡的主要原因。

〔23〕"六军"句:指隋军为义军所败,士气低落。六军,据《周礼·夏官司马》,天子有六军。后常代指朝廷军队。牧野,古地名,在今河南淇县南。殷末纣王暴虐无道,周武王与诸侯会师反殷,于牧野大败殷军。这里喻指隋军的战败。

〔24〕"万姓"句:意谓千家万户都在哭吊辽阳战死的亡魂。辽阳,汉代所置县,属辽东郡,隋时为高丽辽东城,在今辽宁辽阳。隋炀帝征高丽,攻辽东城,死伤颇多。

〔25〕"嗟颠覆"二句:意谓往日隋朝的灭亡令人慨叹,从那时到现在,又过去了不少岁月,正像眼前的流水一样流逝。曩日,往日。流水,喻时间的流逝。《论语·子罕》:"子在川上曰:'逝者如斯夫,不舍昼夜!'"

〔26〕"唯见"二句:意谓隋朝当年的盛景已不复存在,如今只能看到长亭边寥落的烟火与旷野的灌木。长亭,古代十里置亭,以供行人休息或饯别之用。荆杞,荆棘与枸杞,两种灌木。

〔27〕"至酂(cuó 嵯)县"二句:酂县,古县名。汉属沛郡,唐属河南道亳州,故址在今河南永城西。萧相,指萧何。萧何曾辅佐汉高祖刘邦定天下,后以功封酂侯。以下写萧何事迹。

〔28〕"既屈节"二句:屈节,犹言屈身相从。主吏,秦汉时郡县地方官的属吏,也即功曹。因内事考课迁除皆功曹主之,故称。归诚,对人寄以诚心。沛公,指刘邦。据《史记·萧相国世家》,刘邦为布衣时,萧何曾多次以吏事护刘邦;刘邦为亭长后,何又常助之;刘邦为沛公,何则任为丞,都督庶事。刘邦即帝位,何又为丞相、相国。二句谓萧何在秦末曾屈节为沛县主吏,但却对刘邦每每输其诚心。

〔29〕"始俱起"二句:谓萧何追随刘邦起义,最终破秦军先入咸阳,夺取关中之地。乃,竟,终于。关中,地名。约当今陕西渭河流域。

〔30〕"推金帛"四句:指刘邦攻下咸阳后,别人皆争相分取金帛财物,而萧何却尽收秦丞相府图籍文书,加以保存。后项羽及诸侯烧咸阳而

去,刘邦得以凭借萧何所保存的秦文献资料,掌握天下厄塞、户口数目、强弱之处、民间疾苦等,为后来有针对性的制定军事、政治策略,取得夺取政权的胜利提供了依据。事见《史记·萧相国世家》。挹,酌取,搜集。我躬,自己。屯蒙,即《周易》中的屯、蒙二卦名。这里有蹇滞、艰难、困顿的意思。

〔31〕"嘉盈俸"句:意谓刘邦因嘉赏萧何当年比别人多赠他钱,所以特地增加了他的封邑。据《史记·萧相国世家》,刘邦以吏赴咸阳,别人送俸钱三,萧何独送五。后刘邦定天下论功,欲以萧何功居第一,诸将颇有纷争异议,鄂千秋知刘邦意,为之分辨,于是刘邦说:"'吾闻进贤受上赏。萧何功虽高,得鄂君乃益明。'……是日,悉封何父子兄弟十馀人,皆有食邑。乃益封何二千户,以帝尝繇咸阳时何送我独赢奉钱二也。"

〔32〕"方指踪"句:谓萧何因善于指挥而建立功劳。《史记·萧相国世家》载:"汉五年,既杀项羽,定天下,论功行封。群臣争功,岁馀功不决。高祖以萧何功最盛,封为酂侯,所食邑多。功臣皆曰:'臣等身被坚执锐,多者百馀战,少者数十合,攻城略地,大小各有差。今萧何未尝有汗马之劳,徒持文墨议论,不战,顾反居臣等上,何也?'高帝曰:'诸君知猎乎?'曰:'知之。''知猎狗乎?'曰:'知之。'高帝曰:'夫猎,追杀兽兔者狗也,而发踪指示兽处者人也。今诸君徒能得走兽耳,功狗也。至如萧何,发踪指示,功人也。且诸君独以身随我,多者两三人。今萧何举宗数十人皆随我,功不可忘也。'群臣皆莫敢言。"指踪,本意为打猎时发现兽踪,指挥鹰犬追逐。这里喻指挥。

〔33〕"纳邵平"二句:谓萧何采纳了邵平的计策,从而避免了可能招致的祸患;临终他又举荐了与己不和的曹参继任相国。邵平,即召平。故秦东陵侯。秦破,家贫,种瓜于长安城东。《史记·萧相国世家》载:"汉十一年,陈豨反,高祖自将,至邯郸。未罢,淮阴侯谋反关中,吕后用萧何计,诛淮阴侯……上已闻淮阴侯诛,使使拜丞相何为相国,益封五千户,令卒五百人一都尉为相国卫。诸君皆贺,召平独吊。……谓相国曰:'祸自此始矣。上暴露于外而君守于中,非被矢石之事而益君封置卫者,以今者

淮阴侯新反于中,疑君心矣。夫置卫卫君,非以宠君也。原君让封勿受,悉以家私财佐军,则上心说。'相国从其计,高帝乃大喜。"曹参,汉初大臣。论功仅次于萧何,二人素不睦,而萧何临终却向惠帝荐之。《史记·萧相国世家》载:"何素不与曹参相能,及何病,孝惠自临视相国病,因问曰:'君即百岁后,谁可代君者?'对曰:'知臣莫如主。'孝惠曰:'曹参何如?'何顿首曰:'帝得之矣!臣死不恨矣!'"

〔34〕 "经洛城"句:洛城,孙钦善《高适集校注》以为当是"永城"之误,盖后人因与下"永"字重复而妄改,说近是。永城,唐属河南道亳州,今属河南。永望,长久的眺望。

〔35〕 "想谯郡"句:谯郡,东汉建安末分沛郡置,治所在谯县。唐属亳州。即今安徽亳县。

〔36〕 魏武:即曹操。操(155—220),字孟德,沛国谯(今安徽亳县)人。曹丕即位,追赠为太祖武帝,故称。

〔37〕 "终大济"句:谓曹操终于成就大功,挽救了混乱动荡的社会局面。济,成就,成功。横流,河水泛滥,此喻天下动荡的局面。

〔38〕 "挟天子"句:天子,指汉献帝刘协。建安元年(196),曹操西迎献帝还洛阳,都许昌,献帝因假曹操节钺,录尚书事;复以其为大将军,封武平侯,于是曹操遂得挟天子以令诸侯。《三国志·周瑜传》:"曹公,豺虎也,然托名汉相,挟天子以征四方,动以朝廷为辞。"《晋书·乐志》:"魏武挟天子而令诸侯。"

〔39〕 "乃擅命"二句:谓曹操擅自下令杀了献帝伏后,却诈称是为了安定刘氏皇室。伏,指献帝伏皇后。伏后名寿,献帝兴平二年(195)立。其父伏完娶汉桓帝女阳安公主,居高位。伏后见曹操诛杀异己,因怀惧,遂与完书,密谋除曹,完不敢动。完死,至建安十九年(214),事泄,曹操大怒,逼帝废后,并假诏数其罪。伏后被执,见献帝求活命,献帝曰:"我亦不知命在何时!"终遇害,二子被鸩杀,兄弟及宗族死者百馀人。事见《三国志·魏书·武帝纪》、《后汉书·皇后纪下》。矫迹,伪装矫饰。安刘,安定刘氏江山。

〔40〕 "吾始"二句:吾,孙钦善《高适集校注》以为当属"君"之形讹。据文意,说近是。二句意谓君主开始尚不知其是顺是逆,为什么要将他比做殷、周两朝的辅弼大臣。按,《三国志·魏志·武帝纪》载,建安十八年,献帝策命曹操为魏公,诏中表其功有云:"虽伊尹格于皇天,周公光于四海,方之蔑如也。"故作者有此二句。

〔41〕 符离:县名,汉属沛郡,隋郡罢,属徐州,唐宪宗元和四年置宿州,因入宿州。故址在今安徽宿县北符离集。

〔42〕 彭城:汉郡名,唐属河南道徐州,为州治所在。即今江苏徐州。

〔43〕 溔荡:广大无边貌。

〔44〕 渺漫:广远。

〔45〕 "忆昔"四句:意谓(回想)当年战祸不断,项羽飞扬跋扈,把军队从齐地撤回楚地,自萧县进攻汉军。按,《史记·项羽本纪》载:汉王二年(前205),"春,汉王部五诸侯兵,凡五十六万人,东伐楚。……项羽乃西从萧,晨击汉军而东,至彭城,日中,大破汉军。"事指此。天未厌祸,即灾祸连绵的意思。项氏,指项羽。叛涣,亦作"叛换",意即凶暴跋扈。解齐归楚,《史记·项羽本纪》载,汉王元年(前206),田荣闻项羽徙齐王市为胶东王而立齐将田都为齐王,大怒,自立为齐王,并欲联赵灭楚。项羽因北击齐,大败田荣,多所残灭,齐人多相聚叛之,田荣弟田横收齐亡卒数万,与项羽对峙,项羽因留齐。次年春,闻刘邦率诸侯东来,攻下彭城,乃命诸将击齐,自将精兵三万归楚,大破汉军。齐,战国时泰山以北黄河流域及胶东半岛为齐地。萧,汉沛郡有萧县,唐时属河南道徐州,故治在今安徽萧县西北。

〔46〕 "悯君王"二句:君王,指汉王刘邦。《史记·项羽本纪》载:项羽大破汉军后,又继续追击汉军至灵壁东、睢水上,将刘邦包围三重。"于是大风从西北而起,折木发屋,扬沙石,窈冥昼晦,逢迎楚军。楚军大乱,坏散,而汉王乃得与数十骑遁去。"事即指此。辚轲,也即"坎坷",不平貌。比喻遭遇不顺。

〔47〕 炎运:指汉的国运。汉自谓以火德王,故称。

253

〔48〕"岂生人"句:犹言那管得了百姓的困苦。生人,即生民,因避李世民讳改。涂炭,喻极困苦的境地。《尚书·仲虺之诰》:"有夏昏德,民坠涂炭。"孔安国传:"民之危险,若陷泥坠火。"

〔49〕次:停宿。灵璧:地名。故城在今安徽宿县符离集东北,即《史记》所载项羽破汉兵处。赋中之灵璧,为符离东南之新灵璧,今安徽灵璧县。逆旅,旅舍。

〔50〕"面垓下"句:垓下,地名。为汉高祖五年(前202)刘邦围困并击溃项羽之所,地在今安徽灵璧东南。遗墟,犹废墟。

〔51〕"嗟鲁公"二句:指项羽兵败垓下事。《史记·项羽本纪》:"项王军壁垓下,兵少食尽,汉军及诸侯兵围之数重。夜闻汉军四面皆楚歌,项王乃大惊曰:'汉皆已得楚乎?是何楚人之多也!'"鲁公,指项羽。楚怀王曾封项羽为鲁公。悒於(yì wū 意屋),犹呜咽。

〔52〕"歌拔山"二句:意谓项羽在垓下之围时,流泪唱"力拔山兮气盖势",再也不能以窃称的西楚霸王自居了。《史记·项羽本纪》载:"项王则夜起,饮帐中。有美人名虞,常幸从;骏马名骓,常骑之。于是项王乃悲歌慷慨,自为诗曰:'力拔山兮气盖世,时不利兮骓不逝。骓不逝兮可奈何,虞兮虞兮奈若何!'歌数阕,美人和之。项王泣数行下,左右皆泣,莫能仰视。"涕洟,眼泪鼻涕。自目曰涕,自鼻曰洟。霸图,称霸天下之雄图。此指项羽自称西楚霸王。

〔53〕"摈亚父"二句:谓项羽摈弃亚父范增时是那样的狠心,哀怜虞姬又是那样的过分。亚父,即范增,项羽谋士。项羽初对范增非常尊敬,称为亚父,授其为大将军,封历阳侯。范增力主击灭汉王,项羽优柔寡断,后又中刘邦、陈平反间计,怀疑范增与刘邦有私,渐夺其权,范增怒而辞去,未至彭城,疽发背而死。事见《史记·项羽本纪》。

〔54〕"出重围"二句:指项羽从垓下之围中突出而迷路事。《史记·项羽本纪》载:"于是项王乃上马骑,麾下壮士骑从者八百馀人,直夜溃围南出,驰走。平明,汉军乃觉之,令骑将灌婴以五千骑追之。项王渡淮,骑能属者百馀人耳。项王至阴陵,迷失道,问一田父,田父绐曰'左'。左,乃

陷大泽中。"阴陵,秦县名,唐时在濠州定远县西北,故治即今安徽定远西北。

〔55〕"顾天亡"二句:写项羽至死不悟,自负其才,以为是天亡自己。《史记·项羽本纪》写项羽垓下突围至东城,仅有二十八骑跟随,而汉骑追者数千人。"项王自度不得脱。谓其骑曰:'吾起兵至今八岁矣,身七十馀战,所当者破,所击者服,未尝败北,遂霸有天下。然今卒困于此,此天之亡我,非战之罪也。'"焉如,犹何如。

〔56〕夏丘:古地名。汉沛郡有夏丘县,唐在泗州虹县,其地即今安徽泗县。

〔57〕蒲隧:春秋时徐国地名,故址在今江苏睢宁西南。

〔58〕"闻取虑"二句:意谓听说古代的取虑就在这里,只是长直浚水道狭窄不能通行,只得舍弃不往了。取虑,古地名。汉为临淮郡属县,故址在今江苏睢宁西南。长直,即长直浚,古沟渠。在今江苏睢宁西南。《水经注·睢水》:"睢水又东合乌慈水,水出(取虑)县西南乌慈渚,潭涨东北流,与长直故浚合,浚旧上承蕲水。"

〔59〕徐县:汉属临淮郡,唐属泗州,称徐城县。故址在今江苏泗洪南。回津:河湾处的渡口。

〔60〕偃王:即徐偃王,相传周穆王时徐国之君。治国以仁义著称,江淮诸侯服从者三十六国。后周穆王令楚伐之,袭其不备,大破之,杀偃王,其子遂北徙彭城原东山下。事见《史记·赵世家》及《博物志》等。

〔61〕"方以小"句:谓徐偃王以小国的地位侍奉大国。《孟子·梁惠王下》:"惟仁者为能以大事小,……惟智者为能以小事大……。以大事小者,乐天者也;以小事大者,畏天者也。乐天者保天下,畏天者保其国。"

〔62〕"彼昏暴"二句:意谓其他的国君都是因为昏庸暴虐而丧失江山,你为何以仁义著称却亡国了呢? 伊,代词。指徐偃王。

〔63〕"高延陵"句:《史记·吴泰伯世家》载:"季札之初使,北过徐君。徐君好季札剑,口弗敢言,季札心知之,为使上国,未献。还至徐,徐君已死,于是乃解其剑,系于徐君冢树而去。"延陵,即吴公子季札。札为

春秋时吴公子,封于延陵,故又称延陵季子。

〔64〕"慕班彪"句:仰慕班彪述自己职守之事。班彪(3—54),字叔皮,扶风安陵(今陕西咸阳东北)人。东汉史学家、辞赋家,班固之父。光武帝刘秀闻其才,召见,举司隶茂才,拜徐县令,藉病免。后专心史籍,继司马迁《史记》,作《后传》数十篇。彪为书未竟,年五十二卒,子班固续成之,即今之《汉书》。述职,述其职守。班彪作《后传》,曾"斟酌前史而讥正得失",论述其著史的见解。他墨守儒家思想,于司马迁多所批评。事见《后汉书·班彪传》。

〔65〕"缅沛水"二句:缅,藐远。此处意指眺望。沛水,不详。或以为是古泗水的别称。按,"沛"有盛大义,疑"沛水"或即大水的意思。娄林,古地名,《左传·僖公十五年》:"楚人败徐于娄林。"故址在今安徽泗县东北。纡直,曲直。

〔66〕河浒:河口。浒,水边。

〔67〕泗上:泗水之滨。此指今安徽泗县、江苏泗洪一带。泗,水名。源出今山东泗水县东蒙山南麓,西流经泗水、曲阜、兖州,折而南至济宁市鲁桥镇入运河。古泗水自鲁桥镇以下又南循今运河至南阳镇,穿南阳湖而南,经昭阳湖西、江苏沛县东,又南至徐州市东北循淤黄河东南流至清江市西南,注入淮河。

〔68〕淮源:淮水之本源。呀豁:空旷的样子。

〔69〕"挂轻席"句:犹言挂帆行船于河上。轻席,轻帆。《文选》谢灵运《游赤石进帆海》:"挂席拾海月。"李善注:"扬帆、挂席,其义一也。"《海赋》:维长绡,挂帆席。"

〔70〕"过盱眙(xū yí须移)"二句:谓我乘船经过盱眙的村舍,想起楚义帝孙心当年死于江中,随波飘荡,不仅伤感不已。盱眙,汉临淮郡属县,唐时在河南道泗州境内。故治在今江苏盱眙。义帝,楚怀王孙心。秦二世元年(前209),项梁起兵于吴反秦,次年得楚怀王心于民间,仍立为怀王。秦亡,尊为义帝,徙于长沙郴县。后又暗中令衡山王、临江王击杀于江中。事见《史记·项羽本纪》。

〔71〕"叹三户"句:《史记·项羽本纪》载范增说项梁语云:"夫秦灭六国,楚最无罪。自怀王入秦不反,楚人怜之至今,故楚南公曰'楚虽三户,亡秦必楚'也。"语本之。

〔72〕"知万人"句:(由项羽的所作所为)知道人们一定会背弃项羽的。项,指项羽。

〔73〕龟山:山名。在今江苏盱眙。相传禹治淮获无支祁,锁于龟山之足,即此。见《太平寰宇记》卷一六《临淮县》。

〔74〕息肩:卸去肩上的负担得以休息。此指未入仕。

〔75〕投迹:投身。《庄子·天地》:"且若是,则其自为处危,其观台多,物将往,投迹者众。"

〔76〕魏阙:古代宫门外两边高耸的门阙。此指朝廷。

〔77〕秦川:秦地。此处以之代长安。

〔78〕进帆:扬帆行船。

〔79〕"抚垂堂"句:谓仿效"坐不垂堂"的古训。抚(mó摹):同"模",仿效。垂堂,堂屋檐下,可能会有瓦片掉下伤人,故以"坐不垂堂"喻指小心谨慎,不处危险之地。《史记·司马相如列传》:"故鄙谚云:家累千金,坐不垂堂。"

〔80〕"遵枉渚"二句:谓沿着淮阴一带弯曲的河流前进,去访求古代的贤人韩信的遗事。遵,循、沿着。枉渚,弯曲的洲渚。淮阴,秦汉县名,唐属淮南道楚州。故址在今江苏淮阴县东南。韩信,淮阴人,初从项梁起兵,后归刘邦,任为大将,战功卓著。项羽灭,封楚王,与张良、萧何并称为汉初三杰。后人告其谋反,高祖擒之,赦而降为淮阴侯。卒以谋反,为吕后所杀。以下韩信事,俱见《史记·淮阴侯列传》。

〔81〕"哀王孙"四句:韩信早年贫困,无以维持生计,漂母饭之,韩信感激,云以有厚报,漂母回答说:"大丈夫不能自食,吾哀王孙而进食,岂望报乎!"又曾寄食其县属下的南昌亭长家数月,亭长妻患之,韩信往食时,不为其备饮食。漂母,漂洗棉絮的老妇。亭长,汉时十里一亭,设亭长一人。啬悋,犹吝啬。悋,同"吝"。

257

〔82〕"忽从龙"二句：谓韩信如云之从龙一般与刘邦遇合，从而得以施展其才，并因擒获魏王豹而奋起。从龙，《易·乾卦》："云从龙，风从虎。"谓同类事物相感应，后以喻圣主贤臣相遇合。这里指韩信投奔刘邦。获骋，施展其才能。擒豹以自奋，豹，即魏王豹。汉王二年（前205）六月，魏王豹反汉，并与楚约和，汉王派郦生说豹不下，因使信击魏。信破袭安邑，虏豹，定魏为河东郡，并因此北击赵、代，破代兵，禽夏说阏与。

〔83〕"破全赵"句：指韩信用奇谋攻取赵国事。韩信与张耳以兵数万东下井陉击赵，时赵王、成安君陈馀闻汉兵将袭，聚兵井陉口，号称二十万，广武君李左车向成安君献策，欲断韩信粮道辎重，成安君不用其策。韩信得报，遂选精骑二千，人持一汉赤帜，令其伺赵空壁出战时入赵壁，拔赵帜而立汉帜。次日赵与信战，信背水而阵，赵果空壁而逐之，信所出奇兵二千因攻入赵壁，立汉帜。赵兵与信战不胜，欲归赵壁，见汉帜，以为汉皆已得赵王将，遂乱，遁走。汉兵因此大破赵军，斩成安君，擒赵王歇。

〔84〕"称假齐"句：汉四年（前203），韩信破齐，派人对刘邦说，齐诈伪多变，不为假王（代理王）以镇之，其势不能定，因求为假齐王。时楚正困刘邦于荥阳，信使者至，刘邦大骂，责其不救己而欲自立为王，张良、陈平知信不能禁，授意刘邦不如顺其意而立之，以免生变，刘邦悟，因遣张良往齐，立信为齐王。

〔85〕"幸辞通"句：指韩信感刘邦之恩惠不听蒯通之言。按，韩信破齐后，齐人蒯通知天下权在韩信，因劝信背汉，与刘邦、项羽鼎足而立，韩信感刘邦知遇之恩，不忍背之，又以功多，意刘邦不会夺其齐王位，遂谢蒯通，不听。蒯通，即蒯彻，楚、汉时策士，以善辨著称，《史记》因避汉武帝讳而称蒯通。

〔86〕"俄结豨"句：指韩信后来与陈豨潜通谋反而被吕后与萧何诱杀事。高祖六年（前201），有人告韩信谋反，刘邦以游云梦为名，会诸侯，因擒韩信，旋赦之，降为淮阴侯。韩信知刘邦畏恶其能，由是怨望，常称病不朝。因与陈豨潜谋，相约里应外合，助豨叛汉。高祖十年（前197），陈豨反，高祖自将兵出击，次年破之。而韩信在京待豨报，欲发兵袭吕后、太

258

子,为人所告,吕后用萧何计,诱斩信于长乐宫。豨,陈豨。高祖七年(前200),以功封阳夏侯,为代国相。衅(xìn信),间隙。此指反叛。

〔87〕"当在约"二句:意谓韩信处于受约束的境地时,已意识到必定有"狡兔死而猎狗烹"的结局,为什么不小心谨慎、保守成业,却反要行为不轨而谋反呢? 在约,犹言受到约束限制。亨通烹。蒯通劝韩信背汉自立时,曾有"臣以为足下必汉王之不危己,亦误矣。大夫种、范蠡存亡越,霸句践,立功成名而身死亡。野兽已尽而猎狗亨"语,暗示刘邦得天下,韩信将遭杀戮。后韩信被告谋反,为刘邦所执,亦曾慨叹"果若人言,'狡兔死,良狗亨;高鸟尽,良弓藏;敌国破,谋臣亡。'天下已定,我固当亨"。曷,何不。持盈,执持盈满的器皿。这里喻指小心谨慎保守成业。语出《国语·越语》"大国之事,有持盈,有定倾,有节事"。不顺,此指谋反。

〔88〕"凌赤岸"二句:意谓淮河的流水侵及遥远的赤岸,我的船行进于蜿蜒曲折的波浪中。凌,侵,逼。赤岸,地名,旧说在广陵附近。《文选》枚乘《七发》:"凌赤岸,篲扶桑,横奔似雷行。"李善注:"赤岸,盖地名也。曹子建《表》曰:南至赤岸。山谦之《南徐州记》曰:……北激赤岸,尤更迅猛。然并以赤岸在广陵。而此文势似在远方,非广陵也。"具体所在未详。掉,落下,丢下。此指行进。纡徐,此指水流蜿蜒曲折的样子。

〔89〕山阳:县名。唐淮南道楚州有山阳县。即今江苏淮安。

〔90〕"挹襄鄙"句:挹,鄙,别本作"投"、"贲",疑是。襄贲,汉东海郡有襄贲县,唐为河南道泗州涟水县,即今江苏涟水。邑居,城中的屋室。

〔91〕艾:菊科多年生草本植物,性温味苦,古或以之与香草对举而喻邪僻。《离骚》:"户服艾以盈腰兮,谓幽兰其不可佩。"

〔92〕观渔:指非礼之举。渔,捕鱼。《左传·隐公五年》:"春,公将如棠观渔者。臧僖伯谏曰:'凡物不足以讲大事,其材不足以备器用,则君不举焉。……故春蒐、夏苗、秋狝、冬狩,皆于农隙以讲事也。'"

〔93〕葭苇:芦苇。郊甸:郊野。

〔94〕"感百川"二句:谓有感于百川之归大海,更引发了自己返归故乡的念头。百川之朝宗,《尚书·禹贡》:"江、汉朝宗于海。"语本之。弥,

更加。结念,意念郁结。归欤,《论语·公冶长》:"子在陈,曰:'归与!归与!'"本意为盼望回家,后引申为回家、返乡的意思。

〔95〕 杲杲:明亮貌。《诗·卫风·伯兮》:"其雨其雨,杲杲日出。"丽天:附着于天空。《易·离卦》:"日月丽乎天。"

〔96〕 "鲁放情"句:谓鲁仲连激情奔放,宁愿蹈海(也不愿奉秦为帝)。鲁,鲁仲连。战国时齐人,周游各国,为人排难释纷而不求报。秦军围赵邯郸,赵、魏大臣欲尊秦为帝,鲁仲连适游赵,竭力劝阻之,并云:"彼秦者,弃礼义而上首功之国也,权使其士,虏使其民。彼即肆然而为帝,过而为政于天下,则连有蹈东海而死耳,吾不忍为之民也。"事见《史记·鲁仲连邹阳列传》。

〔97〕 "丘永叹"句:谓孔丘曾长长叹息,要乘桴浮海。《论语·公冶长》:"子曰:'道不行,乘桴浮于海。'"桴,以竹木编成的小木筏。乘桴浮于海,乘木筏漂浮于海,表示避世。

〔98〕 "遇坎"二句:意谓我已到东海之滨,遇到险阻就该止步,但我现在又能走向何方呢?坎,《易》卦名。《彖》曰:"'习坎',重险也。"《序卦》:"坎者,陷也。"此谓险阻。《汉书·贾谊传》引《鵩鸟赋》:"乘流则逝,得坎则止。"语本之。如,至。

颜真卿

颜真卿(709—784),字清臣,京兆长安(今陕西西安)人,祖籍琅邪临沂(今属山东)。开元二十二年(734)进士及第,授秘书省校书郎。天宝元年(742),以中制科,授醴泉尉。后拜监察御史,迁殿中侍御史,以不附杨国忠,出为平原太守。安史乱起,河朔尽陷,真卿独举兵抵抗,影响所及,附近十七州同为响应,共推为盟主。肃宗时授宪部尚书、御史大夫。以屡进谠论,为宰臣所忌,出为同州刺史,历蒲州、饶州、昇州刺史、浙西节度使,后征为刑部尚书。代宗时进封鲁郡开国公。德宗时,为奸臣卢杞所忌,命入淮宁军劝谕叛将李希烈,为希烈所害。两《唐书》有传。真卿立朝正色,秉忠直言,风节凛然。富于学,工文词,书法精绝,善正、草,世所宝传。著述丰富,多散佚。今传《颜鲁公集》十五卷,为宋留元刚所刊。《全唐诗》录存其诗十首,《全唐文》编其文为九卷。

怀素上人草书歌序[1]

开士怀素[2],僧中之英,气概通疏,性灵豁畅。精心草圣[3],积有岁时,江岭之间,其名大著。故吏部尚书韦公陟[4],睹其笔力,勖以有成;今礼部侍郎张公谓[5],赏其不羁,引共游处。兼好事者同作歌以赞之,动盈卷轴[6]。夫草藁之作[7],起于汉代。杜度、崔瑗[8],始以妙闻,追乎伯英[9],尤擅其美。羲、献兹降[10],虞、陆相承[11],口诀手授,以至于吴郡张旭长史[12]。虽姿性颠逸[13],超绝古今,而楷法精详,特为真正[14]。某早岁尝接游居,屡蒙激劝,告以笔法[15],资质劣弱,又婴物务[16],不能懸习,迄用无成[17]。追思一言,何可复得? 忽见师作,纵横不群,迅疾骇人,若还旧观[18]。向使师得亲承善诱,亟挹规模[19],则入室之宾,舍子奚适[20]? 嗟叹不足,聊书以冠诸篇首。

《全唐文》卷三三七

〔1〕 怀素(737—?)字藏真,俗姓钱,长沙(今属湖南)人,幼年出家为僧。上人,对僧人的敬称。草书,汉字字体名称之一。怀素好作草书,并以草书与张旭齐名,人有"颠张狂素"之目。代宗大历七、八年间(772、773),素在书艺有成后,曾负笈入京求谒名公,以求进益,当时多有赋诗相赠者。颜真卿亦于此年在京,此序当是缘此而作(据熊飞《怀素草书与唐代佛教·怀素交游考》)。以时代言,颜真卿与怀素为同时代书法家,而以年岁论,则怀素似为真卿晚辈。序文既赞怀素天性禀赋,称道其书法所赢得的盛誉,复从草书历代承传角度以赞张旭,慨叹自己有幸得张旭激劝传受而"迄用无成",惋惜怀素无缘入张旭之室。叹惋之际,令人玩味。

〔2〕 开士:本为菩萨的异名,以能自开觉,又能开他人生信心,故称。后用为对僧人的敬称。

〔3〕 草圣:对在草书艺术上具有卓越造诣的人的美称。东汉张芝、唐代张旭,俱称草圣。

〔4〕 韦公陟:即韦陟(695—760)。陟字殷卿,京兆万年(今陕西西安)人,韦安石子。好接后辈,尤鉴于文。曾历中书舍人、礼部侍郎、吏部尚书等职。两《唐书》有传。

〔5〕 张公谓:即张谓(?—778?),谓字正言,河内(今河南沁阳)人,

诗名早著,曾官潭州刺史、太子左庶子、礼部侍郎等职。

〔6〕 卷轴:此指诗文稿册。唐代书籍多出于抄写,常装成卷轴以便收存,故卷轴亦为书的代称。叶德辉《书林清话·书之称卷》云:"《旧唐书·经籍志》:'集贤院御书,经库皆钿白牙轴,朱带,白牙签。'盖隋唐间简册已亡,存者止卷轴,故一书又谓之几轴。"后书籍装订成册,卷轴则用来称书画。

〔7〕 草藁:此指草书。

〔8〕 杜度、崔瑗:二人俱为东汉书法家。杜度(生卒未详),京兆杜陵(今陕西西安)人,善草书。建初年间,章帝诏令其草书上章奏,后世称为章草。崔瑗(77?—142?),字子玉,涿郡安平(今属河北)人。明天文、历数、京房《易传》,官至济北相。所著有赋、碑、铭、箴、颂及《草书蓺》等五十七篇。

〔9〕 迨乎:及,到。伯英:即东汉书法家张芝。生平详见李世民《王羲之论》注〔6〕。

〔10〕 羲、献:指王羲之、王献之父子。二人生平见李世民《王羲之论》注〔1〕及〔11〕。

〔11〕 虞、陆:指虞世南、陆柬之。虞世南,生平见李世民《答虞世南上〈圣德论〉手诏》注〔1〕。陆柬之(585—638),吴县(今江苏苏州)人,虞世南外甥。曾官朝散大夫、太子司仪郎、崇文侍书学士。柬之少从舅氏学书,又学欧阳询,晚习二王,与欧(阳询)、褚(遂良)齐名。

〔12〕 张旭:生卒年不详,吴(今江苏苏州)人,著名书法家,以善草书著名,曾官金吾长史。《新唐书·文艺中》有传。

〔13〕 姿性颠逸:《新唐书·张旭传》载:张旭"嗜酒,每大醉,呼叫狂走,乃下笔,或以头濡墨而书,既醒自视,以为神,不可复得也,世号张颠"。

〔14〕 楷法:法则。真正,犹纯正。

〔15〕 笔法:指书法的技巧方法。

〔16〕 又婴物务:言事务缠身。婴,羁绊,纠缠。物务,事务。

〔17〕 迄用无成:至今无所成就。迄,至。用,以。

〔18〕 旧观:原先的印象、观感。《晋书·王羲之传》:"(庾翼)与羲之书云:'吾昔有伯英章草十纸,过江颠狈,遂乃亡失,常叹妙迹永绝。忽见足下答家兄书,焕若神明,顿还旧观。"

〔19〕 亟揖规模:犹言从速向其学习。亟,急,赶快。揖,作揖。此指礼拜学习。规模,程式。

〔20〕 "则入室"二句:意谓能达到张旭草书境界者,除了你还有谁呢! 入室,语出《论语·先进》:"由也升堂矣,未入室也。"邢昺疏:"言子路之学识深浅,譬如自外入内,得其门者,入室为深,颜渊是也;升堂次之,子路是也。"后以入室比喻学问或技艺得到师传,造诣高深。

殷璠

殷璠(生卒年不详),润州曲阿(今江苏丹阳)人。业进士不第,居乡里为处士。开元末,曾集润州士人有诗名而不宦达者十八人诗为《丹阳集》(今已佚,清宗廷辅有辑本)。又编有《河岳英灵集》,选录自开元二年迄天宝十二载常建至阎防等二十四人诗二三四首(今实存二二八首),颇能据以窥见盛唐诗歌风貌,为现存唐人选唐诗之重要选本。殷璠论诗,重视风骨与兴象,其选诗,"既闲新声,复晓古体。文质半取,风骚两挟。言气骨则建安为传,论宫商则太康不逮。"又能将选诗与评诗相结合,从中可见其对诗歌的见解。他的这种选诗与评诗相结合的体例,对后来的诗选家亦颇有影响。今人《唐人选唐诗新编》中收有其《河岳英灵集》,陕西人民教育出版社1996年出版。

《河岳英灵集》序[1]

叙曰:梁昭明太子撰《文选》,后相效著述者十馀家,咸自称尽善,高听之士[2],或未全许。且大同至于天宝[3],把笔者近千人[4],除势要及贿赂者[5],中间灼然可尚者[6],五分无二,岂得逢诗辑纂,往往盈帙[7]。盖身后立节,当无诡随[8],其应诠拣不精[9],玉石相混,致令众口销铄[10],为知音所痛。

夫文有神来、气来、情来,有雅体、野体、鄙体、俗体。编纪者能审鉴诸体,委详所来[11],方可定其优劣,论其取舍。至如曹、刘诗多直语,少切对[12],或五字并侧,或十字俱平[13],而逸驾终存[14]。然挈瓶庸受之流[15],责古人不辨宫商徵羽[16],词句质素,耻相师范。于是攻异端,妄穿凿,理则不足,言常有馀,都无兴象[17],但贵轻艳。虽满箧笥[18],将何用之?自萧氏以还,尤增矫饰[19]。武德初,微波尚在[20]。贞观末,标格渐高[21]。景云中,颇通远调[22]。开元十五年后,声律风骨始备矣[23]。实由主上恶华好朴,去伪从真,使海内词场,翕然遵古,南风周雅[24],称阐今日。璠不揆[25],窃尝好事,愿删略群才,赞圣朝之美,爰因退迹[26],得遂宿心。粤若王维、王昌龄、储光羲等二十四人[27],皆河岳英灵也,此集便以《河岳英灵》为号。诗二百三十四首,分为上下卷,起甲寅,终癸巳[28]。论次于叙,品藻各冠篇额[29]。如名不副实,才不合道,纵权压梁、窦[30],终无取焉。

论曰:昔伶伦造律[31],盖为文章之本也。是以气因律而生,节假律而明,才得律而清焉。宁预于词场,不可不知音律焉。孔圣删《诗》,非代议所及[32]。自汉魏至于晋宋,高唱者十有馀人,然观其乐府,犹有小失。齐梁陈隋,下品实繁,专事拘忌[33],弥损厥道[34]。夫能文者匪谓四声尽要流美[35],八病咸须避之[36],纵不拈二[37],未为深缺。即"罗衣何飘飘,长裾随风还"[38],雅调仍在,况其他句乎?故词有刚柔,调有高下,但令词与调合,首末相称,中间不败,便是知音。而沈生虽怪,曹王曾无先觉,隐侯言之更远[39]。璠今所集,颇异诸家,既闲新声,复晓古体,文质半取,风骚两挟,言气骨则建安为传,论宫商则太康不逮[40]。将来秀士,无致深憾。

《唐人选唐诗新编·河岳英灵集》

〔1〕 《河岳英灵集》为现存唐人唐诗选本中重要选本之一,其重要性除了选诗与评诗颇具眼光外,编选者在序言中所标举的明确的选诗标准、诗论主张以及其对南朝至唐尤其是初盛唐诗歌发展演变的描述,都具有非常重要的认识价值。因此,这篇序言,也就成为唐代诗学论文中深为后世所瞩目的一篇。

〔2〕 高听:对他人听闻的敬词。

〔3〕 "且大同"句:指从梁大同至唐天宝之间。大同,梁武帝年号(535—547)。天宝,唐玄宗年号(742—756)。

〔4〕 把笔者:从事写作者。此指诗人。

〔5〕 贿赂者:此指以钱财请托而获取声名者。

〔6〕 灼然可尚:言其光芒照耀而值得崇尚。

〔7〕 "岂得"句:谓怎能遇诗都加以编纂收录呢?那样就多得书册难以容纳了。帙,古代竹帛书的套子,多以竹帛制成。此指书册。

〔8〕 诡随:不顾是非而妄随人意。

〔9〕 诠拣不精:犹选择不精。

〔10〕 众口销铄:众人的议论可使金属销蚀融化。比喻舆论力量的强大。

〔11〕 委详所来:弄清楚其来历本源。

〔12〕 "至如"句:是说曹操、刘桢的诗多直抒胸臆,很少讲究工整的对仗。曹,指曹操。刘,刘桢。钟嵘《诗品》卷下评曹操诗:"曹公古直,甚有悲凉之句。"又,卷上评刘桢诗:"真骨凌霜,高风跨俗。但气过其文,雕润恨少。"

〔13〕 "或五字"二句:谓不讲究平仄,有时五字皆仄声字,有时十字都是平声字。侧,又称仄。平仄,诗歌声律术语。

〔14〕 逸驾终存:言奔逸之气势见存。

〔15〕 挈瓶庸受:小知浅学。挈瓶,《左传·昭公七年》:"人有言曰:'虽有挈瓶之知,守不假器。礼也。'"杜预注:"挈瓶汲者,喻小知;为人守器,犹知不以假人。"庸受,庸,又作"肤",疑作肤是。《文选》张衡《东京赋》:"若客所谓末学肤受,贵耳而贱目者也。"薛综注:"肤受,谓皮肤之不经于心。"

〔16〕 宫商徵羽:本指古代音乐五音中的宫声、商声、徵声、羽声,后亦指诗歌声律的平仄与四声。这里指后者。

〔17〕 兴象:犹意境。

〔18〕 箧笥:贮物用的竹制小箱子。

〔19〕 "自萧氏"句:谓自齐梁以后,更加造作夸饰。萧氏,齐、梁皆为萧氏建立,故以代之。

〔20〕 "武德"句:到了唐武德年间,其影响还在。武德,唐高祖李渊年号(618—626)。

〔21〕 "贞观"句:谓贞观末年,诗歌的格调渐高。贞观,唐太宗李世民年号(627—649)。

〔22〕 "景云"句:景云年间,诗歌开始通于悠远之境。景云,唐睿宗李显年号(710—711)。

〔23〕 "开元"句:谓到了开元十五年以后,诗歌才兼备了声律与风骨之美。

〔24〕 南风周雅:指《诗经》。南,指《诗经》中的《周南》《召南》。风,指《诗经》中的风诗。周雅,指《诗经》中的大小雅。

〔25〕 不揆:不自量。自谦之词。

〔26〕 退迹:犹退隐。

〔27〕 粤若:发语词。用于句首以引起下文。

〔28〕 "起甲寅"二句:谓选诗起于开元二年(714),终于天宝十二载(753)。甲寅、癸巳,乃天干地支纪年。

〔29〕 品藻:品评。

〔30〕 梁、窦:指东汉时的梁冀、窦宪,皆为当时骄奢权臣。这里用为

权臣的代称。

〔31〕 伶伦:传说黄帝时的乐官。古以为乐律的创始者。

〔32〕 "孔圣"句:《史记·孔子世家》:"古者诗三千馀篇,及至孔子,取其重,取可施于礼义……三百五篇孔子皆弦歌之,以求合《韶》、《武》、《雅》、《颂》之音。"孔子删诗之说,本此。代,即世。以避李世民讳改。

〔33〕 专事拘忌:此指诗歌创作中拘限顾忌声病。

〔34〕 厥道:即为诗之道。厥,其。

〔35〕 四声:即汉字声调平、上、去、入四声,是南朝齐永明间文人周颙发现并提出的。

〔36〕 八病:指诗歌创作中声律方面的八种弊病,是南朝诗人沈约等提出的。八病指平头、上尾、蜂腰、鹤膝、大韵、小韵、正纽、旁纽。

〔37〕 拈二:其意不明。王利器云:"《无点本》作'帖帖',《高行笃本》作'拈缀',《笺》曰:'言必撮取二种不属对,亦非深缺。'盖皆不得其解而臆为之说耳。《眼心钞》于'换头调声'下有云:'此换头,或名拈二。拈二者,谓平声仅一字,上去入为一□,安第一句第二字若上去入声,与第二第三句第二字皆须平声,第四第五第二字还须上去入声,第六第七字安平声,以次避之。'其说可参。说见《文镜秘府论校注》南卷。

〔38〕 "罗衣"二句:出曹植《美女篇》。

〔39〕 "而沈生"二句:沈生,指沈约。沈约《宋书·谢灵运传论》有云:"自灵均以来,此秘未睹。至于高言妙句,音韵天成,皆暗与理合,匪由思至。张蔡曹王,曾无先觉,潘陆颜谢,去之弥远。"作者语本此。曹王,指曹植、王粲。隐侯,亦指沈约,以其曾封建昌侯,卒谥曰隐,故称。句云"隐侯去之更远",有反唇相讥之意。

〔40〕 太康:晋武帝司马炎年号(280—289)。

269

萧颖士

萧颖士(709—760),字茂挺,颍州汝阴(今安徽阜阳)人,郡望南兰陵(今江苏常州)。开元二十三年(735)进士及第,授金坛尉,历桂林参军、秘书正字。天宝中,为集贤校理,为李林甫所黜,出为广陵府参军事。后又为河南府参军。肃宗至德元载(756),为山南节度使源洧辟为掌书记。又为淮南节度使表为扬州功曹参军。乾元三年(760)以归葬先人,客死汝阴。两《唐书》有传。颖士为盛唐著名散文家,喜奖掖后进,名重于时,号萧夫子、萧功曹。为文尊经重道,主张上承"六经",接迹"风雅",有益"王化",是中唐韩、柳古文创作的前驱。著述多种,已佚。后人辑有《萧茂挺文集》一卷。

伐樱桃树赋[1]并序

天宝八载[2],予以前校理罢免[3],降资参广陵大府军事[4]。任在限外[5],无官舍是处,寓居于紫极宫之道学馆[6],因领其教职焉。庙庭之右,有大樱桃树。厥高累数寻[7],条畅荟蔚[8],攒柯比叶[9],拥蔽风景。腹背微禽,是焉栖托,颉颃上下[10],喧呼甚适。登其乔枝[11],则俯逼轩屏[12],中外斯隔,余实恶之。惧寇盗窥觇,因是为资[13],遂命伐焉。聊托兴兹赋，以儆夫在位者尔[14]。赋曰：

古人有言：芳兰当门，不得不钼[15]。眷兹樱之攸止[16]，亦在物之宜除。观其体异修直，材非栋干；外阴森以茂密，中纷错而交乱[17]。先群卉以效诣，望严霜而彫换[18]；缀繁英兮霰集[19]，骈朱实兮星灿。故当小鸟之所啄食、妖姬之所攀玩也[20]。赫赫闳宇[21]，玄之又玄[22]。长廊霞截，高殿云寨[23]。实吾君聿修祖德，论道设教之筵[24]。宜乎蒔以芬馥，树以贞坚[25]；莫匪夫松篠桂桧，茝若兰荃。猗具美而在兹，尔何德而居焉[26]？擢无用之琐质[27]，蒙本枝而自庇[28]。汩群林而非据[29]，专庙庭之右地[30]。虽先寝而式荐，岂和羹之正味[31]？每俯临乎萧墙[32]，奸回得而窥觊[33]。谅何恶之能为，终物情之所畏[34]。于是命寻斧[35]，伐盘根，密叶剥，攒柯焚。朝光无阴，夕鸟不喧。肃肃明明，荡乎阶轩[36]。嗟乎！草无滋蔓[37]，瓶不假器[38]；苟恃势而将偪，虽见亲而益忌[39]。譬诸人事也，则翼吞并于潜沃[40]，鲁出逐于强季[41]；缃峻擅而吴削[42]，伦屌专而晋坠[43]。其大者虎迁赵嗣[44]，鸾窃齐位[45]；由履霜而莫戒，聿坚冰而洊至[46]。呜呼！乃终古覆车之轨辙，岂寻常散木之足议[47]？

《全唐文》卷三二二

〔1〕 萧颖士因为权奸李林甫所恶出为广陵府参军录事，这篇赋实为借伐树而托物抒怀之作。赋中述及伐樱桃树之原因及樱桃树的品性，皆语含双关，而"聊托兴兹赋，以儆夫在位者尔"，则使其所蕴藏的对权臣无德窃位的讽刺之意更显豁。两《唐书》本传即以此为刺李林甫之作。

〔2〕 天宝八载：即公元749年。

〔3〕 "予以"句：作者此前任集贤院校理，故云。校理，唐集贤殿书院

271

属官,掌校勘整理图书。

〔4〕 "降资"句:降职为广陵府参军事。广陵大府,即广陵大都督府,治扬州(今属江苏)。参军事,都督府属官。《新唐书·百官四》载,唐大都督府、中都督府、下都督府皆有参军事一职。大都督府五人,正八品下;中都督府四人,从八品上;下都督府三人,从八品下。

〔5〕 任在限外:在正式定员的限额之外。唐代常以定员之外的官职安置被贬的官员,称"员外置同正员"。

〔6〕 紫极宫:唐代道教宫观名。天宝二年,改天下诸郡玄元庙为紫极宫。道学馆,即崇玄馆,为崇玄生徒学习之所。玄宗开元二十九年,玄元皇帝庙置崇玄学,设博士一员,掌教玄学生,习《老子》、《庄子》、《文子》、《列子》。天宝二年,改称崇玄馆,改博士为学士。见《唐会要》卷七七《贡举下》、《新唐书·百官三》。

〔7〕 寻:古代长度单位,八尺为一寻。

〔8〕 条畅荟蔚:谓其长得旺盛繁茂。

〔9〕 攒柯比叶:谓其枝繁叶密。攒,聚集。柯,枝条。比,紧密。

〔10〕 颉颃(xié háng 协航):鸟上下飞貌。

〔11〕 乔枝:高枝。

〔12〕 轩屏:堂阶旁的墙壁。《文选》潘岳《秋兴赋》:"熠熠粲于阶闼兮,蟋蟀鸣呼轩屏。"刘良注:"秋虫至秋寒,故就轩屏,鸣轩阶壁也。"

〔13〕 窥觎(yú 鱼):窥探觊觎。觎,通觊。觊觎。资:凭借。

〔14〕 "聊托"二句:姑且借这篇赋来寄托自己的情思,来警告那些当权者。

〔15〕 "古人"句:《三国志·蜀书·周群传》载:蜀郡张裕善占候,因曾以嘲谑语开罪刘备,备常衔其不逊,后欲借故杀之,诸葛亮表请其罪,答曰:"'芳兰当门,不得不锄。'裕遂弃市。"语本之。

〔16〕 攸止:所在之处所。

〔17〕 "观其"四句:看它的躯干并不修长笔直,也非栋梁材质,外表上枝叶繁茂阴森,内里却是一片杂错纷乱。

〔18〕"先群"二句：意谓其先于群芳开花以谄媚讨好，严霜未至却先凋零换貌了。

〔19〕霰(xiàn 献)：白色不透明的球形或圆锥形小冰粒。此指樱桃所开白色的花。

〔20〕妖姬：美女。多指妖艳的侍妾、婢女。

〔21〕闷(bì 必)宇：幽邃静谧的堂宇。此指紫极宫。

〔22〕玄之又玄：《老子》一章："玄之又玄，众妙之门。"本以形容"道"的微妙无形，这里用以形容紫极宫的深邃杳渺。

〔23〕"长廊"二句：谓其长廊蜿蜒，可截断天空彩霞，殿堂高耸，直接云天。霞截，隔断彩霞。云寨，高耸入云。寨，揭起。

〔24〕"实吾君"二句：谓这里本是我们国君讲修祖先之德行、论大道设教席的处所。聿，句首语气词。

〔25〕"宜乎"二句：意谓应该栽种芳香的植物和质地坚韧耐寒的树木。莳(shì 事)，栽种，种植。芬馥，芳香。

〔26〕"莫匪"四句：谓只有像松竹桂桧之类的嘉木、茝若兰荃之类的香草，它们具备美质，才应栽种在这里，樱桃树有何德行而占居在此呢？篠(xiǎo 小)，小竹。茝(zhǐ 止)，白芷。若，杜若。兰，泽兰。荃，昌蒲。俱为香草。

〔27〕擢：提拔。琐质：平庸卑劣的资质。

〔28〕"蒙本枝"句：比喻李林甫依靠其宗室出身得到庇佑而居高位。本枝，树木根干上的枝叶。后以喻皇族子孙。《诗·大雅·文王》："文王子孙，本枝百世。"李林甫为高祖从父弟长平王叔良的曾孙，作者因有此语。

〔29〕"汨群林"句：犹言扰乱众木而窃据非位。汨(gǔ 鼓)，弄乱，扰乱。非据，非其所应据有。此言窃据。

〔30〕"专庙庭"句：谓夺取尊位而专擅其权。庙庭，紫极宫之庭院。此喻指朝廷。右地，高地，也即尊位。古以右为尊，故云。按，李林甫自开元二十二年为相，至天宝十一载卒，前后居相位十九年，疾贤妒能，蔽上罔

273

下,朝野侧目,惮其威权。这里因以讽之。

〔31〕"虽先寝"二句:谓樱桃虽先于百果进献于宗庙,但它哪里是调和羹汤的正味!《礼记·月令》:"(仲夏之月)天子……以含桃先荐寝庙。"郑玄注:"含桃,樱桃也。"又,"寝庙毕备。"郑玄注:"凡庙,前曰庙,后曰寝。"式,语助词。荐,献。和羹,调和羹汤之味。《尚书·说命下》载殷高宗得傅说,命为相,云:"若作和羹,尔惟盐梅。"后以和羹喻宰相协助皇帝综理朝政。

〔32〕萧墙:古代宫室内作为屏障的矮墙。《论语·季氏》:"吾恐季氏之忧,不在颛臾,而在萧墙之内也。"后用来代指内部。

〔33〕奸回:奸恶邪僻之人。《尚书·泰誓(下)》:"今商王受……崇信奸回,放黜师保,屏弃典型,囚奴正士,郊社不修,宗庙不享,作奇技淫巧以悦妇人。"孔安国传:"回,邪也。奸邪之人反尊信之。"

〔34〕"谅何恶"二句:意谓料其作恶能成什么气候呢? 不过对其担心畏惧总是人的常情。谅,料想。

〔35〕寻斧:用斧。《文选》陆机《五等诸侯论》:"寻斧始于所庇,制国昧于弱下。"李善注引贾逵《国语》注曰:"寻,用也。"

〔36〕"朝光"数句:意谓(伐去樱桃树)后,早晨阳光照耀不再受到遮挡,傍晚没有鸟的喧闹嘈杂,堂阶之前,一派肃穆光明、豁然旷朗的景象。

〔37〕草无滋蔓:《左传·隐公元年》载,郑庄公母因爱庄公母弟公叔段,向庄公代共叔段请求封地,贪得无厌,大臣祭仲谏之,曰:"姜氏何厌之有? 不如早为之所,无使滋蔓! 蔓,难图也。蔓草犹不可除,况君之宠弟乎?"此暗用其事,谓不可使恶势力不断发展。

〔38〕瓶不假器:《左传·昭公七年》:"晋人来治杞田,季孙将以成与之,谢息为孟孙守,不可,曰:'人有言曰:虽有挈瓶之知,守不假器。礼也。'"杜预注:"挈瓶汲者,喻小知;为人守器,犹知不以假人。"又,《成公二年》:"仲尼闻之曰:……唯名与器,不可以假人,君之所司也。名以出信,信以守器,器以藏礼,礼以行义,义以生利,利以平民,政之大节也。若

以假人,与人政也。政亡,则国家从之,弗可止也矣。"杜预注:"器,车服名爵号。"此处意思是不可将权力交给他人。

〔39〕"苟恃势"二句:意谓对于那些恃势纵恣者,虽为亲近,也应特别有所警惕。

〔40〕"则翼吞"句:指晋侯被僭越的曲沃武公所吞并。翼,古邑名,在今山西翼城南。春秋时为晋国旧都。潜,疑当为"僭"。沃,曲沃。古邑名,在今山西闻喜东北。春秋时,晋昭侯封叔父成师于曲沃,曲沃大于晋都城翼,晋国发生内乱。后曲沃武公灭晋侯湣,周釐王命武公为晋君,尽并晋地而有之。事见《史记·晋世家》。

〔41〕"鲁出逐"句:季,谓季孙氏,是鲁桓公子季友之后,与孟孙、叔孙合称"三桓"。"三桓"日益强大,鲁公室日益衰弱,后鲁昭公欲诛季氏,"三桓"联合将其逐出鲁国。事见《史记·鲁周公世家》。

〔42〕"綝峻"句:谓孙綝、孙峻擅权而使吴国削弱。綝峻,指孙坚曾侄孙孙峻及峻同祖弟孙綝。孙峻字子远,孙坚弟静之曾孙。孙綝,字子通。二人在孙权死后,相继掌握吴之军政大权,擅权专恣,败乱国政。事见《三国志·吴书》本传。

〔43〕"伦冏"句:伦冏,指晋宣帝司马懿第九子赵王伦及献王司马攸之子齐王冏。二人曾相互勾结,杀贾后。后司马伦废惠帝自立,冏等起兵讨杀伦,惠帝复位,冏专擅朝政,复为长沙王司马乂所杀。二人事迹见《晋书》本传。

〔44〕虎迁赵嗣:虎,石虎。南北朝时后赵国君石勒之侄。石勒死后,石虎废石勒之子石弘自立为君,徙于邺(今河北临漳)。事见《晋书·载记(第六、第七)》、《魏书·羯胡石勒传附》。

〔45〕鸾窃齐位:鸾,萧鸾。齐高帝萧道成兄始安贞王道生之子,封西昌侯。后萧鸾杀齐帝昭业,立昭文为帝,不久,废帝自立,是为齐明帝。事见《南史·齐本纪下》。

〔46〕"由履霜"二句:谓事情刚有苗头不加戒惧,发展到后来,严重的事情便接连发生。履霜,《易·坤》:"初六,履霜,坚冰至。"孔颖达疏:

275

"初六,阴气之微,似若初寒之始,但履践其霜,微而积渐,故坚冰乃至。义所谓阴道初虽柔顺,渐渐积著,乃至坚刚。"又谓:"于履霜为逆,以坚冰为戒,所以防渐虑微,慎终于始也。"这里以履霜喻指事情发展的开端,以坚冰指事情发展到严重的程度。洊(jiàn荐)至,再次出现。洊,再。

〔47〕"乃终古"二句:言以上都是自古以来导致亡国的大教训,又岂是(自己这样)一个闲散不为世用的人所能深加讨论的! 散木,《庄子·人间世》:"匠石之齐,至于曲辕,见栎社树……曰:'已矣,勿言之矣! 散木也,以为舟则沉,以为棺椁则速腐,以为器则速毁,以为门则液樠,以为柱则蠹。是不材之木也,无所可用,故能若是之寿。'"后因以散木喻无才之人或全真养性、不为世用之人。作者这里以散木自比,乃含愤激之意的牢骚语。

独孤及

独孤及(725—777),字至之,洛阳(今属河南)人。天宝十三载(754)以"洞晓玄经"科对策上第,授华阴尉。安史乱起,避地越中,乾元元年(758)入浙东节度幕,后历仕礼部、吏部员外郎,濠州、舒州、常州刺史,在郡皆有治声。及文名早著,与李华、萧颖士等提倡古文,为古文运动重要先驱者之一。亦喜奖掖后进,梁肃、权德舆等皆出其门。梁肃称其文"宽而简,直而婉,辩而不华,博厚而高明,论人无虚美,比事为实录,天下凛然,复睹两汉之遗风"(《独孤及〈毗陵集〉后序》)。《新唐书》有传。有《毗陵集》二十卷传世。

仙掌铭[1]

阴阳开阖,元气变化,泄为百川,凝为崇山[2]。山川之作,与天地并,疑有真宰而未知尸其功者[3]。有若巨灵赑屃,攘臂其间,左排首阳,右拓太华,绝地轴使中裂,坼山脊为两道,然后导河而东,俾无有害,留此巨迹于峰之巅[4]。后代揭厉于玄踪者[5],聆其风而骇之,或谓诙诡不经,存而不议[6]。

及以为学者拘其一域,则惑于馀方[7]。曾不知创宇宙,作万象,月而日之,星而辰之,使轮转环绕,箭驰风疾,可骇于俗有甚于此者[8]。徒观其阴骘无朕[9],未尝骇焉。而巨灵特以有迹骇世，世果惑矣。天地有官，阴阳有藏，锻炼六气，作为万形[10]。形有不遂其性，气有不达于物，则造物者取元精之和，合而散之，财而成之，如埏埴炉锤之，则为瓶为缶，为钩为棘，规者矩者，大者细者，然则黄河、华岳之在六合，犹陶冶之有瓶缶钩棘也[11]。巨灵之作于自然，盖万化之一工也。天机冥动而圣功启[12]，至精密感而外物应[13]。故有无迹之迹，介于石焉[14]。可以见神行无方，妙用不测[15]。彼管窥者乃循迹而求之[16]，揣其所至于巨细之境，则道斯远矣。

夫以手执大象，力持化权，指挥太极，蹴踢颢气，立乎无间，行乎无穷，则挼长河如措杯，擘太华若破块，不足骇也[17]。世人方以禹凿龙门以导西河为神奇[18]，可不为大哀乎？峨峨灵掌[19]，仙指如画，隐辚磅礴[20]，上挥太清[21]。远而视之，如欲扪青天以掬皓露[22]，攀扶桑而捧白日[23]，不去不来，若飞若动，非至神曷以至此？

唐兴百三十有八载[24]，余尉于华阴。华阴人以为纪崏嶬，勒之罘，颂峄山，铭燕然，旧典也[25]。玄圣巨迹[26]，岂帝者巡省伐国之不若欤[27]？其古之阙文以俟知言欤[28]？仰之叹之，斐然琢石为志[29]。其词曰：

天作高山，设险西方[30]。至精未分，川壅而伤[31]。帝命巨灵，经启地脉[32]。乃眷斯顾，高掌远跖[33]。舂如剖竹，骍若裂帛[34]。川开山破，天动地坼。黄河太华，自此而辟。神返虚极，迹挂石壁[35]。迹岂我名？神非我灵[36]。变化倏忽，希夷杳冥[37]。道本不生，化亦无形[38]。天何言哉！山川以宁[39]。断鳌补天[40]，世未睹焉。夸父愚公[41]，莫知其踪。屹彼灵掌，悬诸茏苁[42]。介二大都，亭亭高耸[43]。霞艳烟喷,云抱花捧[44]。百神依凭,万峰朝拱[45]。长于上古,以阅群动[46]。下视众山,蜉蝣蠛蠓[47]。彼邦人士,永揖遗烈[48]。瞻之在前,如揭日月[49]。三川有竭[50],此掌不灭。

《毗陵集》卷七

〔1〕 唐玄宗天宝十四载(755)作于华阴,时作者为华阴尉。仙掌,即仙掌峰,华山峰名,在华山朝阳峰东北。李白《西岳云台歌》"巨灵咆哮擘两山,洪波喷流射东海。三峰却立如欲摧,翠崖丹谷高掌开",王琦注引《华山记》:"太华山削成而四方,直上至顶,列为三峰。其西为莲花峰,其南曰落雁峰,其东曰朝阳峰……山之东北则为仙人峰,即所谓巨灵掌也。岩壁黑色,石膏自璺中流出,凝结成痕,远望之见其大者五歧如指,好奇者遂传为巨灵劈山之掌迹。"即此。铭文赞叹大自然造化万物、开辟河山的神奇力量,描绘了仙掌峰的壮丽景象,文笔壮阔恣肆,极有警动读者的阅读效果。作者的肯定神灵擘开河、华山的超自然力量,不过是为了驱遣想象使笔下粲然生花而已,恐与作者世界观无关。

〔2〕 "阴阳"四句:古以阴阳变化解释万物生成,凡山川河流、日月星辰……无不由阴阳开阖、元气变化而来。元气,指天地未分之前的混沌之气,古人以为是天地之始,万物之祖。崇山,高山。

〔3〕 真宰:宇宙的主宰。尸其功者:承担其事的人。尸,主持,担任。

〔4〕 "有若"九句:指传说中巨灵开山通河之事。《文选》张衡《西京赋》:"缀以二华,巨灵赑屃,高掌远蹠,以流河曲,厥迹犹存。"李善注:"古语云:此本一山,当河水过之而曲行,河之神以手擘开其上,足蹋离其下,中分为二,以通河流。手足之迹,于今尚在。"巨灵,传说中劈开华山的河神。赑屃(bì xì 闭戏),壮猛有力貌。首阳,指首阳山,在(黄)河之东,华山之北。太华,华山别称,以华县南又有少华山,故名太华。

〔5〕 揭厉:亦作厉揭,原意指连衣涉水。《诗·邶风·匏有苦叶》:"深则厉,浅则揭。"毛传:"以衣涉水为厉,谓由带以上也。揭,褰衣也。"此

指探究玄秘踪迹。玄踪,深奥、神秘。

〔6〕"聆其风"三句:意谓后代之人听到这个传说,或者感到骇怕,或者说它荒诞不经,不予以申论。

〔7〕"及以为"二句:意谓学者的学问如果拘泥于一端,则对其他方面就困惑不解。及,作者自称。

〔8〕"曾不知"七句:意谓岂不知创立宇宙、变化万象,使日月星辰轮转环绕,如箭驰风疾一般,令人骇怕的现象有更甚于巨灵擘山者。

〔9〕 阴骘无朕:静默而无征兆。阴骘,语出《尚书·洪范》:"惟天阴骘下民。"孔传:"天不言,而默定下民。"此处作静默无象解。朕,征兆、迹象。

〔10〕"天地"四句:意谓天地有其职守,阴阳各有开放与收敛,然后锻炼六气,作为万物形态。官,职能、职守。藏,收、闭。六气,自然界六种形态。《左传·昭公元年》:"天有六气,降生五味……六气曰阴、阳、风、雨、晦、明也。"

〔11〕"形有"十三句:意谓形有时与其性不能相遂,气有时不能与物相通,于是造物者便使天地之气相混,先合,再分散,如同和水土为泥制作陶器,做成瓶缶、钩棘,圆形方形,大小不等。如此看来,黄河、华岳的存在于天地之中,就是陶冶而成的瓶缶钩棘啊! 元精,天地的精气。埏埴(shān zhí 山直),和泥制作陶器。《荀子·性恶》:"故陶人埏埴以为器。"杨倞注:"埏,击也。埴,黏土也。"钩棘,兵器名。钩似剑而曲,棘,同"戟"。

〔12〕"天机"句:意谓宇宙真宰暗中发动天机,至圣之功即已开启。天机,灵性,谓天赋灵机。冥动,犹言暗中发动。冥,幽深、隐蔽。

〔13〕"至精"句:意谓至灵的外物即有感应。

〔14〕"故有"二句:谓仙掌之迹存于山崖之上。介,居间,存留。

〔15〕"可以"二句:意谓即此可见神灵的行动无一定规矩,其奇妙的作用无法测知。

〔16〕 彼管窥者:那些眼光短浅的人。指不相信神灵擘山的人。

〔17〕"夫以"九句:意谓宇宙真宰秉持大道,掌握造化之权力,就可

以指挥万物之变化;它蹴蹋着盛大之气,立于无间,行于无穷,至于扭转长河如同安放一杯水,擘开太华如同破碎一块土,是不足以为之骇怕的。大象,大道、常理。化权,造化之权。太极,古代哲学家称最原始的混沌之气为太极,是宇宙万物之始。由太极而生阴阳,由阴阳而生四时,继而出现各种自然现象。颢气,盛大之气。无间,毫无空间。捩,扭转、转动。措杯,放置水杯。

〔18〕 禹凿龙门:传说大禹治水,凿龙门,以导河水。龙门,在今山西河津与陕西韩城之间,黄河至此,两岸峭壁对峙,形如门阙,故名。西河:即黄河。古称山、陕间南北流向的一段黄河为西河。

〔19〕 峨峨:高貌。

〔20〕 隐辚:险峻不平貌。

〔21〕 太清:天空。

〔22〕 皓露:洁白的露水。

〔23〕 扶桑:神话传说中神木名,日出于此。《山海经·海外东经》:"汤谷上有扶桑,十日所浴。"郭璞注:"扶桑,木也。"

〔24〕 "唐兴"句:自唐高祖武德元年(618)起,历一百三十八年,为唐玄宗天宝十四载(755)。

〔25〕 "华阴人"数句:意谓华阴人以为古之纪崦嵫、勒之罘、颂峄山、铭燕然等刻石勒铭,都已是陈迹。崦嵫(yān zī 奄资),山名,在今甘肃天水西,传说为日落之处。《山海经·西山经》:"鸟鼠同穴山西南三百六十里曰崦嵫之山。"郭璞注:"日没所入山也。"按,所谓"纪崦嵫"(纪功于崦嵫)之事,不知其出处。勒之罘(fú 伏),指秦始皇二十九年登之罘勒石纪功事。之罘,山名,亦作芝罘,在今山东烟台北。颂峄(yí 伊)山,指秦始皇二十八年立石颂秦事。峄山,在今山东邹县东南。以上俱见《史记·秦始皇本纪》。铭燕然,指东汉大将军窦宪和帝永元元年破匈奴登燕然刻石纪汉威德事。见《后汉书·窦宪列传》。燕然,山名,即今蒙古共和国杭爱山。

〔26〕 玄圣巨迹:指仙掌。玄圣,古指有大德而无爵位的圣人。

〔27〕 巡省:巡行视察。指秦始皇巡游刻石颂秦德事。伐国:讨伐敌国。指窦宪刻石纪汉威德事。

〔28〕 知言:有见识的话。

〔29〕 斐然:有文采貌(指石)。

〔30〕 "天作"二句:意谓大自然形成了华山,在西方设置了险阻。

〔31〕 "至精"二句:意谓造化起始未能分开(山和水),致使川壅而伤人。至精,古代哲学家谓极其精微神妙而不见行迹的存在。川壅而伤,语出《国语·周语上》:"川壅而溃,伤人必多。"

〔32〕 "帝命"二句:意谓天帝命令巨灵神启动地脉。地脉,河流。

〔33〕 "乃眷"二句:意谓巨灵神于是对此地有所垂顾,启动他的手掌和脚跟。乃眷斯顾,语出《诗·大雅·皇矣》:"乃眷西顾。"跖(zhí 直),脚跟,脚掌。

〔34〕 "砉如"二句:形容华山被神灵劈开。砉(huā 花)、騞(huō 豁),都是象声词。

〔35〕 "神返"二句:意谓神灵返回了虚无之界,他手掌的痕迹却留在石壁上。

〔36〕 "迹岂"二句:意谓仙人的掌迹我岂能名之?神之灵亦非我能形容。

〔37〕 "变化"二句:意谓神灵的变化迅疾,不知其虚寂玄妙。希夷,《老子》十四章:"视之不见名曰夷,听之不闻名曰希。"河上公注:"无色曰夷,无声曰希。"杳冥,渺茫。

〔38〕 "道本"二句:意谓道本来是客观存在的,并不能再生,而神灵的变化却是无形迹可求。

〔39〕 "天何"二句:意谓上天并无言语,却能使山川相互处在安宁的状态。《论语·阳货》:"子曰:天何言哉!四时行焉,百物生焉,天何言哉?"二句用此意。

〔40〕 断鳌补天:古代神话传说,女娲曾断鳌足以立四极。《淮南子·览冥训》:"往古之时,四极废,九州裂,天不兼覆,地不周载,于是女娲

炼五色石以补苍天,断鳌足以立四极。"

〔41〕 夸父:古代神话传说中人物。夸父逐日,道渴欲饮,赴饮河渭;河渭不足,将走北饮大泽,未至,道渴而死。愚公:古代神话传说中人物。其家阻于太行、王屋二山,愚公于是率子孙挖山不止,终于感动上帝。俱见《列子·汤问》。

〔42〕 "屹彼"二句:意谓巨灵神将其手掌之迹,高悬在山崖。尨氃(lóng cóng 龙从),山势高峻貌。

〔43〕 "介二"二句:意谓仙掌峰介于二大都会之间,高高耸立。二大都,指华州、河中(今山西永济)。

〔44〕 "霞赪(xì 细)"二句:形容仙掌峰周围景致美丽壮观。霞赪,赤色云霞。

〔45〕 "百神"二句:意谓百神皆依凭于仙掌峰,华山万峰皆环绕着它。朝拱,环绕、拱卫。

〔46〕 "长于"二句:意谓仙掌峰存在于上古,它看到了自然界万物的活动和变化。群动,万物的种种活动。

〔47〕 "下视"二句:意谓仙掌峰高高在上,众山在其下,若小飞虫一般。蜉蝣、蠛蠓(miè měng 灭猛),小虫名。

〔48〕 "彼邦"二句:意谓华阴人士要长久礼拜仙人留下的业迹。遗烈,前人留下的业迹。

〔49〕 如揭日月:形容仙掌峰如日月高悬一般。揭,高举。

〔50〕 三川:指泾、渭、洛三水。

吴季子札论[1]

谨按:季子三以吴国让,而《春秋》褒之。余徵其前闻于旧史氏[2],窃谓废先君之命,非孝也[3];附子臧之义,非公

283

也[4]；执礼全节，使国篡君弑，非仁也[5]；出能观变，入不讨乱，非智也[6]。左丘明、太史公书而无讥，余有惑焉[7]。

夫国之大经，实在择嗣[8]。王者慎德之不逮，故以贤则废年，以义则废卜，以君命则废礼[9]。是以太伯之奔勾吴也，盖避季历[10]。季历以先王所属，故篡服嗣位而不私[11]；太伯知公器有归，亦断发文身而无怨[12]。及武王继统，受命作周，不以配天之业让伯邑考，官天下也[13]。彼诸樊无季历之贤，王僚无武王之圣，而季子为太伯之让，是徇名也，岂曰至德[14]？且使争端兴于上替，祸机作于内室，遂错命于子光，覆师于夫差，陵夷不返，二代而吴灭[15]。

以季子之闳达博物、慕义无穷，向使当寿梦之眷命，接馀昧之绝统，必能光启周道，以霸荆蛮[16]。则大业用康，多难不作，阖闾安得谋于窟室？专诸何所施其匕首[17]？呜呼！全身不顾其业，专让不夺其志，所去者忠，所存者节[18]。善自牧矣，谓先君何[19]？与其观变周乐，虑危戚钟，曷若以萧墙为心，社稷是恤[20]？复命哭墓，哀死事生，孰与先衅而动，治其未乱[21]？弃室以表义，挂剑以明信，孰与奉君父之命，慰神祇之心[22]？则独守纯白，不干义嗣，是洁己而遗国也[23]。国之覆亡，君实阶祸[24]，且曰"非我生乱"[25]，其孰生之哉[26]？其孰生之哉？

《毗陵集》卷七

〔1〕 本文是一篇史论。吴季子札，又称季札、公子札，春秋时吴国国君寿梦第四子，初封于延陵（今江苏常州），故号延陵季子；后又封于州来（故址在今安徽凤台北），又号州来季子。季札贤，其父寿梦欲立之为王，

季札让之。寿梦死,长子诸樊立,又让位季札,季札再辞之,吴人固立季札,季札弃家室、逃而耕,吴人不得已乃舍之。诸樊死,有命授弟馀祭(寿梦次子),欲传以次,必致国于季札而止。馀祭死,弟馀眛(寿梦三子)立;馀眛死,欲授弟季札,季札让,又逃去。《春秋》载而褒之,《左传》、《史记》详载季札让国事,亦无讥嘲语。文章批评季札让国的行为,是存小节而去大忠,是对自己的国家不负责任的行为,并由此导致了吴国"陵夷不返,二代而亡"的悲剧。季札的贤而知礼,在旧史记载中几乎已成定论,文章推翻旧案,论述如铁,使季札不能辞其咎。这种推翻历史旧案的写法,唐宋文章中并不少见,其风气,或为独孤氏所开启。

〔2〕 旧史氏:从前治史者的著述,即下文所说的左丘明、太史公(司马迁)等。

〔3〕 "窃谓"二句:谓寿梦既欲立季札,而季札让之,即是不孝。《吴越春秋》:"寿梦病,将卒……季札贤,欲立之,季札让曰:'礼有旧制,奈何废前王之礼,而行父子之私乎?'"

〔4〕 "附子臧"二句:为季札第二次让国时之议论。据《左传》及《史记·吴太伯世家》,诸樊即位之元年,让位于季札。季札辞谢曰:"札虽不材,愿附子臧之义。"按子臧事,见于《左传·成公十三年》。曹宣公会晋侯伐秦,卒于师。公子负刍在国,闻宣公卒,杀太子而自立,号为曹君。诸侯与曹人以曹君为不义,将立子臧(负刍庶兄),子臧逃去,以成曹君。二句谓季札"附子臧之义"而让国,非出于公心。

〔5〕 "执礼"数句:谓季札为使自己保全礼节而致国家被灭,国君被弑,即是不仁。礼,此处主要指封建社会宗法制度中"立嫡以长"的继承制。吴王馀眛死,因季札让国,乃立其子僚为王。僚立十三年(前514),公子光(诸樊之子)使刺客专诸刺僚,僚死,光自立为王,是为吴王阖闾。此即"君弑"事。吴王夫差(吴王光之子)二十年,越王勾践败吴,夫差自颈死,吴国亡。此即"国篡"事。

〔6〕 "出能"数句:谓季札出使他国时已察觉到国内将生变故,归国却不能讨伐叛乱,即是不智。"出能观变"的"变",即指公子光使专诸刺

僚事。

〔7〕 左丘明、太史公书：指《左传》及《史记》。左丘明，春秋时史学家，一说复姓左丘，名明；一说姓左，名丘明；一说因双目失明而名明。鲁国人，曾任鲁太史，约与孔子同时。相传曾著《左传》，又传《国语》亦出其手。

〔8〕 "夫国"二句：意谓国家的根本之道，在于选择继承人。大经，基本的道理。

〔9〕 "王者"数句：意谓君王在择嗣上所戒惧者是德行不及，所以择嗣若以贤能与否为主，则废弃了年龄的长幼之序，若以合理与否为主，则废弃了占卜的结果，若以君命为主，则废弃了常理。

〔10〕 "是以"二句：指吴太伯奔吴事。太伯、太伯弟仲雍，皆周太王（即周人始祖之一古公亶父）之子，季历之兄。季历贤而有圣子昌，太王欲立季历，以及于昌，于是太伯、仲雍二人乃奔荆蛮，自号句吴，文身断发，以示不可用，以避季历。后季历立，是为王季，季历子昌继立，是为文王。事见《史记·吴太伯世家》。

〔11〕 "季历"二句：谓季历因为是先王所嘱咐，故继承王位而不顾忌个人之私。属，同嘱。纂（zuǎn 钻上声）服嗣位，继承王位。

〔12〕 "太伯"二句：意谓太伯知道王位为天下公器，既有所归，自己即使断发文身而无怨。公器，天下共用之器。古人认为名、位皆为公器。断发文身，古代吴越一带风俗，截断头发，身刺花纹。

〔13〕 "及武王"四句：意谓及到武王继承天下大统，接受天命而建立周朝，不将帝王大业让给伯邑考，就是因为他以天下为公。配天之业，可以与天相比并之业，形容大而庄严。此指帝王之位。伯邑考，周文王长子，武王之兄。《礼记·檀弓上》："文王舍伯邑考而立武王。"官天下，以天下为公器。

〔14〕 "彼诸樊"五句：意谓诸樊无季历之贤，王僚无武王之圣，而季札却为吴太伯让国之举，不过是沽取虚名而已，岂能说是高尚的道德？徇名，舍身求名。

〔15〕"且使"六句：谓吴国因此王室内部兴起争端，使公子光未按次序夺取王位，夫差丧师于越国，国势颓坏，只传了两代就亡国。上替，在上位者纲纪废坠。此指公子光谋刺王僚。错（cù 促）命于子光，犹言将国家命运交付于公子光。错，义同置、措。陵夷，衰颓、衰落。二代而吴灭，指自阖闾至夫差，传二代而吴国亡。

〔16〕"以季子"五句：意谓以季札的闳达博物、仰慕正义，假使早先承接了寿梦之遗命，或者接替了馀眛之后的王位，那就必然能使吴国发扬光大周王朝的统治而称霸荆蛮。

〔17〕"阖闾"二句：意谓季札若承继王位，则无阖闾谋刺王僚的阴谋，专诸亦无用匕首弑君。阖闾，即公子光，《史记》作阖庐，季札长兄诸樊之子。专诸，春秋时吴国堂邑人，勇而任侠。谋于窟室，指公子光设计使专诸行刺王僚。王僚五年，楚之亡臣伍子胥来奔吴，公子光客之。伍子胥知光有异志，乃求勇士专诸，使见光，光喜而善待之。王僚十三年四月，光伏甲士于窟室，而谒王僚饮。公子光佯为足疾，入于窟室，使专诸置匕首于炙鱼之中以进食，专诸手匕首刺王僚，遂弑王僚，王左右亦杀专诸。公子光出其伏甲以攻王僚之徒，尽灭之，遂代王僚为吴王。事见《左传·昭公二十七年》，并见《史记·吴太伯世家》及《刺客列传》。窟室，地下室。

〔18〕"呜呼"五句：意谓季札仅仅顾及个人品德的完善，而不顾及国家大业，其意志的坚定，专诸、豫让亦不能夺，他所失去的是忠，所存留的是节。专让，专诸与豫让。豫让，春秋、战国间晋人，初为晋卿智伯家臣，甚受宠信。韩、赵、魏共灭智氏，豫让矢志为智氏报仇，遂改姓名，潜入宫中厕所，又以漆涂身，吞炭使哑，一再谋刺赵襄子。后被赵氏拘捕，他求取赵襄子衣服，拔剑击衣后自杀。事见《史记·刺客列传》。

〔19〕"善自"二句：意谓季札可谓善于自我修养了，然而他将如何面对先君？先君，指其父寿梦。

〔20〕"与其"四句：意谓季札与其在鲁观周乐舞时从中体会各国风俗政治的不同，又在戚地闻钟声从而虑及主人处境之危，何如关心吴国宫内的祸患、社稷的安危呢？鲁襄公二十九年（前544），季札出聘，在鲁观周

287

乐,乐工为歌《周南》、《召南》、《邶》、《鄘》、《卫》等,季札皆有评论;又自卫适晋,宿于戚(春秋卫国地,在今河南濮阳东北),闻钟声,曰:"异哉! 吾闻之也,辩而不德,必加于戮……夫子之在此也,犹燕之巢于幕也!"事皆见《左传·襄公二十九年》,并见《史记·吴太伯世家》。萧墙,古代宫内作为屏障的矮墙,后以"萧墙"代指宫廷内部。

〔21〕 "复命"四句:意谓季札与其至王僚墓哭祭,哀悼死者,侍奉生者,何如在事变发生以前就采取行动予以治理? 哀死事生,哀悼死者(王僚),从事生者(公子光,即位后为吴王阖闾)。《左传·昭公二十七年》:"季子至,曰:'苟先君无废祀,民人无废主,社稷有奉,国家无倾,乃吾君也,吾谁敢怨。哀死事生,以待天命。非我生乱,立者从之,先人之道也。'复命哭墓,复位而待。"事并见《史记·吴太伯世家》。衅,祸患、祸乱。

〔22〕 "弃室"四句:意谓季札与其抛弃家室以表明自己遵守道义,在朋友的墓树上挂剑以表明自己的信义,何如听从君父之命继承王位,以安慰天地之心? 弃室以表义,指吴王诸樊让国而季札弃室而耕事,已见前注。挂剑以明信,吴王馀祭四年(即鲁襄公二十九年),季札出聘,北过徐君。徐君好季札剑,口未言而季札心知之,为出使上国,未献。季札使毕,还至徐,徐君已死,于是季札解其剑,系于徐君之墓。事见《史记·吴太伯世家》。神祇,天地之神。

〔23〕 "则独守"三句:意谓季札此种独守纯白、不干义嗣的行为,是保持了个人的净洁而遗弃了国家。不干义嗣,是诸樊让位于季札时,季札推辞的话。《史记·吴太伯世家》:"诸樊……让位季札,季札谢曰:'君义嗣,谁敢干君!'"谓诸樊以嫡长子身份继承王位,是为义嗣,无人敢干扰。

〔24〕 阶祸:招致祸患。

〔25〕 非我生乱:是公子光使专诸杀害王僚后季札自我推脱的话,意谓变故非因我而生。已见前注。

〔26〕 其孰生之哉:犹言"那是因谁发生的呢!"是对季札"非我生乱"的反诘。

慧山寺新泉记[1]

此寺居吴西神山之足[2]。山小多泉,其高可凭而上[3]。山下灵池异花,载在方志。山上有真僧隐客遗事故迹,而披胜录异者,贱近不书[4]。无锡令敬澄字深源[5],以割鸡之馀[6],考古案图,葺而筑之,乃饰乃圬[7]。有客竟陵陆羽[8],多识名山大川之名,与此峰白云相与为宾主[9]。乃稽厥创始之所以而志之[10],谈者然后知此山之方广[11],胜掩他境。

其泉伏涌潜泄,潨潺舍下,无泚无窦,蓄而不注[12]。深源因地势以顺水性,始双墾袤丈之沼[13],疏为悬流[14],使瀑布下锺[15]。甘溜湍激[16],若醽醴乳[17]。喷发于禅床,周于僧房,灌注于德地,经营于法堂[18]。潺潺有声,聆之耳清。濯其源,饮其泉,能使贪者让,躁者静。静者勤道,道者坚固,境净故也。夫物不自美,因人美之。泉出于山,发于自然,非夫人疏之凿之之功,则水之时用不广。亦犹无锡之政烦民贫[19],深源导之,则千室襦袴[20]。仁智之所及,功用之所格,动若响答[21],其揆一也[22]。予饮其泉而悦之,乃志美于石。

《毗陵集》卷一七

〔1〕 慧山寺,故址在今江苏无锡西,南朝梁建。文因慧山寺而及寺内新泉的疏导利用,由"物不自美,因人美之"的道理,归结到对县令敬澄政令清明的颂扬,过渡还算自然,亦不为谀。

〔2〕 西神山:又名惠山、慧山,在今江苏无锡西。

〔3〕 凭而上:犹言有路径可上。
〔4〕 贱近不书:谓名声不著者、时代临近者不予记载。
〔5〕 敬澄:年里、事迹俱不详。
〔6〕 割鸡:指县令之职。孔子学生子游为武城宰,孔子过武城,闻弦歌之声,夫子莞尔而笑曰:"割鸡焉用牛刀?"见《论语·阳货》。后因以"割鸡"代县令之职。
〔7〕 乃饰乃圬:涂饰墙壁。
〔8〕 陆羽:唐人,字鸿渐,复州竟陵(今湖北天门)人,自号竟陵子。代宗大历间曾为湖州刺史颜真卿幕客,德宗贞元初入岭南节度使幕、检校太子文学,府罢,归江南。羽尝遍游江南名山大川,著述甚多,于茶道尤精,有《茶经》三卷传于世。
〔9〕 "与此峰"句:意谓陆羽久在此山隐居。
〔10〕 "乃稽厥"句:意谓考察此寺创建之始并予以记载。
〔11〕 方广:面积、范围。
〔12〕 "其泉"四句:意谓此泉水或伏或潜,汇集于房舍之下,水中无陆地,亦无洞口,故可以蓄而不注。瀴溳(jí nì 集逆),水流貌。
〔13〕 双垦:两垦,指在两处挖。袤丈之沼:纵横一丈的池沼。
〔14〕 悬流:瀑布。
〔15〕 下锺:水流下而汇聚。
〔16〕 甘溜:清澈的水流。
〔17〕 釃(shī 诗):过滤、流过。醴乳:甜酒、乳汁。此泛指甘甜的水。
〔18〕 "喷发"四句:谓泉起始于寺院,又流经寺院各处。禅床,僧人坐禅之床。僧房,僧人居住的房舍。德地,寺院中僧人施功德之处。法堂,僧人演说佛法的讲堂。
〔19〕 政烦民贫:政令繁琐,百姓贫苦。
〔20〕 千室襦袴:用东汉廉范事,谓无锡百姓富庶。廉范字叔度,京兆杜陵(今陕西西安)人,为蜀郡太守,政治清明,百姓富庶,时人作歌颂扬曰:"廉叔度,来何暮? 不禁火,民安作。平生无襦,今五袴。"见《后汉书·

廉范列传》。襦袴,短衣与裤,亦泛指衣裳。

〔21〕 动若响答:形容其施政效果之快。

〔22〕 其揆一也:意谓县令之疏导泉水与治理境内,其间的道理是一样的。

李 华

李华(715—766),字遐叔,赵州赞皇(今属河北)人。开元二十三年(735)第进士,天宝二年(743)登博学宏辞科,授南和尉。天宝十一载(752)入朝任监察御史,执法严正,为权臣所嫉,改右补阙。安禄山乱时,为叛军所虏,受伪凤阁舍人职。乱平,贬杭州司户参军。肃宗上元二年(761),召为左补阙、加司封员外郎,称病不受。代宗广德二年(764)李岘领选江南,擢检校吏部员外郎。翌年以病辞官,客居楚州,卒。华善文词,为盛唐著名散文家,与萧颖士齐名,世号"萧李",为古文运动前驱。独孤及称誉其文"大抵以五经为泉源"、"文章中兴,公实启之"(《赵郡李公中集序》)。有集已佚,后人集其文,编为《李遐叔文集》四卷。两《唐书》有传。

卜 论[1]

天地之大德曰生,舜好生之德洽于人心[2]。五福首乎寿[3],麟凤龟龙,谓之"四灵"[4]。龟不伤物,呼吸元气,于介虫为长而寿[5]。古之圣者,剡而焌之,观其裂画,以定吉凶[6]。残其生,剿其寿[7];既剿残之,而求其灵,夫何故?愚未知夫天地之心,圣达之谟[8]。灵之寿之,而夭戮之,脱其肉,钻其骸,精气复于无物,而贞悔发乎焦朽[9],不其反耶?

"夫大人与天地合其德,与日月合其明,与四时合其序,与鬼神合其吉凶"[10],不当妄也。寿而夭之,岂"合其德"乎?因物求徵[11],岂"合其明"乎?毒灵介而徵其神[12],岂"合其序"乎?假枯壳而决狐疑,岂"合其吉凶"乎?《洪范》曰[13]:"尔有大疑,谋及卜筮。"圣人不当有疑于人以筮也。夫祭有尸[14],自虞、夏、商、周不变;战国荡古法,祭无尸。尸之重于卜,则明废龟可也[15]。

　　又闻夫铸刀剑者不成,则屠犬羲血而祭之,被发而哭之,则成而利[16]。盖不祥器也。其神者,跃为龙蛇,穿木石,入泉源,以至发焖光声音[17]。人不能自神,因天地之气,化天地之物而为神,固无悉然,是亦为怪[18]。古者成宫室必落之[19],钟鼓器械必衅之[20],岂神明贵杀享膻腥欤?今亡其礼,未闻屋室不安身,而器物不利用。由是而言,则卜筮阴阳之流[21],皆妄作也。

　　夫洁坛墠而布精诚[22],求福之来,缅不可致[23]。耕夫蚕妇,神一草木,祷一禽畜,鼓而舞之,谓妖祥如答[24],实欤妄欤?羲、文之《易》,更周、孔之述,以为至矣[25]。杨子云为《太玄》,设卦辨吉凶,如《易》之告[26]。若使后代有如子云,又为一书可筮,则象数之变,其可既乎[27]?专任道德以贯之,则天地之理尽矣,又焉假夫蓍龟乎?又焉徵夫鬼神乎?子不语,是存乎道义也[28]。

《李遐叔文集》卷二

〔1〕 本篇是对占卜迷信的批判,也是李华唯物主义无神论思想的重要体现。文章先言腐朽之龟,安得有灵;再言尸礼、宫室落成之祭、衅器之

293

礼俱可废,则龟卜亦可废,由此推知卜筮阴阳之流皆为妄作。层层推进,雄辩而逻辑性极强。末尾结出本旨,即:只要专任道德,则不必求助于蓍龟和鬼神。文章凡否定一事,必以圣人之教诲为依据,真正体现了他文章"以五经为泉源"的特点。

〔2〕 "天地"二句:语出《易·系辞下》:"天地之大德曰生。"及《尚书·大禹谟》:"好生之德,洽于民心。"

〔3〕 "五福"句:意谓五福中第一福是长寿。五福,我国古代认为五种人类幸福的标志。《尚书·洪范》:"五福:一曰寿,二曰富,三曰康宁,四曰攸好德,五曰考终命。"又,汉桓谭《新论》以"寿、富、贵、安乐、子孙众多"为五福。

〔4〕 四灵:四种灵畜。《礼记·礼运》:"何谓四灵?麟凤龟龙谓之四灵。"孔颖达疏:"以此四兽皆有神灵,异于他物,故谓之灵。"

〔5〕 "龟不"三句:意谓龟不伤害他物,呼吸天地元气,在甲壳类动物中为长寿。

〔6〕 "古之"四句:意谓古代圣者将龟剖开挖空,烧灼龟甲,观其裂纹确定吉凶。刳(kū 枯),剖开。焌(jùn 俊),烧灼。

〔7〕 剿其寿:断绝它的寿命。

〔8〕 "愚未"二句:意谓刳焌龟甲者皆愚蠢,不知天地生生之心,亦不知圣人的谋略。谟,谋略、谋划。

〔9〕 "而贞"句:意谓占卜的行为及其(吉凶)结论,自焦朽之物中表现出来。贞悔,即古代筮法,合上下二体为一卦,下体曰贞,是为内卦;上体曰悔,是为外卦。此指测知吉凶的卦兆。

〔10〕 "夫大人"四句:见于《易·乾·文言传》。意思是德行高尚的人与天地同其德,与日月同其明,与四时同其序,与鬼神同其吉凶。

〔11〕 因物求徵:借助于龟甲而获得吉凶徵兆。

〔12〕 "毒灵"句:意谓杀害了龟而求取其神灵。灵介,指龟。徼其神,求其灵。徼,通"邀",求取、寻求。

〔13〕 《洪范》:《尚书》篇名。相传为纣诸父箕子所作。纣暴虐,箕

子谏不听,乃佯狂为奴,为纣所囚。武王灭纣,释箕子,箕子为武王而作。

〔14〕 "夫祭"句:古代祭祀时,代死者受祭的人称作尸。《仪礼·士虞礼》:"祝迎尸,一人衰绖奉篚哭从尸。"郑玄注:"尸,主也。孝子之祭,不见亲之形象,心无所系,立尸而主意焉。"

〔15〕 "尸之"二句:意谓尸的设立较占卜更重要,既然尸可废,则龟亦可废。

〔16〕 "又闻"四句:古时有铸刀剑时杀生以血涂器的习俗,即所谓衅。《周礼·夏官·小子》说及衅军器,后世铸刀剑涂血披发等,皆附会其事而神之。又有"须人而成"的传说,见《吴越春秋·阖闾内传》所写干将、莫邪铸剑,莫邪断发剪爪投于炉中剑器乃成的故事。

〔17〕 "其神"五句:谓后世又制造出种种刀剑之神者可以化为龙蛇、穿木石、入泉源、以至发焖光声音的传说。按,《拾遗记》卷五载汉高祖有剑,天下定后,吕后藏剑于宝库,守库者见有白气如云出于户外,状如龙蛇。《晋书·张华传》载华令雷焕掘丰城狱基,入地四丈馀,得一石函,中有双剑,一曰龙泉,一曰太阿。焕送一剑与华,留一自佩。华诛,失剑所在。焕卒,其子持剑行经延平津,剑忽于腰间跃出堕水,使人没水取之,但见两龙各长数丈,没者惧而返。

〔18〕 "固无"二句:意谓固然不是所有的剑皆如此,即使个别的剑是如此,也属荒诞不经。

〔19〕 落:宫室落成的祭祀名。

〔20〕 衅:以牲畜的血涂在器物上。

〔21〕 卜:占卜。筮:以蓍草占卦。阴阳:以阴阳五行之说测算吉凶、预测命运。

〔22〕 坛墠(shàn 扇):供祭祀用的土台和平地。《礼记·祭法》:"是故王立七庙,一坛一墠。"郑玄注:"封土为坛,除地曰墠。"

〔23〕 缅不可致:遥远而不可求致。

〔24〕 妖祥如答:凶兆、吉兆即时可见。如答,形容快捷。

〔25〕 "羲文"三句:意谓伏羲、文王创造的《易》,再加上周公、孔子

295

关于《易》的叙述,已达到最精到的地步。相传远古帝王伏羲制八卦,周文王重之为六十四卦,且作卦辞。相传周公作爻辞,孔子作象辞。

〔26〕 扬子云:扬雄字。《太玄》:扬雄所作。《太玄》既是一部哲学著作,也是一部占卜书。其体制全摹仿《周易》。《周易》有六十四卦,《太玄》有八十一首;《周易》有三百八十四爻辞,《太玄》有七百二十九赞。

〔27〕 "若使"四句:意谓假使后世再有如扬雄那样的人,再为一占卜之书,则象数的变化,岂有尽头?象数,卜筮用语。龟经烧灼为象,筮经揲数(按定数更迭清点蓍草数)为数。

〔28〕 "子不"二句:意谓孔子不说乱力怪神之事,是有道义存乎其中啊。子不语,语出《论语·述而》:"子不语乱力怪神。"

中书政事堂记[1]

政事堂者,自武德以来,常于门下省议事,即以议事之所,谓之政事堂[2]。故长孙无忌起复授司空,房玄龄起复授左仆射,魏徵授太子太师,皆知门下省事[3]。至高宗光宅元年,裴炎自侍中除中书令,执宰相笔,乃迁政事堂于中书省[4]。记曰:

政事堂者,君不可以枉道于天,反道于地,覆道于社稷,无道于黎元,此堂得以议之[5]。臣不可悖道于君,逆道于仁,黩道于货,乱道于刑;剐一方之命,变王者之制,此堂得以易之[6]。兵不可以擅兴,权不可以擅与,货不可以擅蓄,干泽不可以擅夺,君恩不可以擅间,私仇不可以擅报,公爵不可以擅私,此堂得以诛之[7]。事不可以轻入重,罪不可以生入死,法不可以剥害于人,财不可以擅加于赋,情不可以委之于倖,乱不可以启之于萌[8]。法紊不赏,爵紊不封,闻荒不救,见馑不矜,逆谏自贤,违道变古,此堂得以杀之[9]。

故曰:庙堂之上、樽俎之前,有兵有刑,有梃有刃,有斧钺,有鸩毒,有夷族,有破家,登此堂者得以行之[10]。故伊尹放太甲之不嗣[11],周公逐管、蔡之不义[12],霍光废昌邑之乱[13],梁公正庐陵之位[14]。自君弱臣强之后,宰相主生杀之柄,天子掩九重之耳[15];燮理化为权衡,论思变成机务[16],倾身祸败,不可胜数。列国有传[17],青史有名,可以为终身之诫无罪。记云。

《李遐叔文集》卷三

〔1〕 唐代以三省长官(中书省中书令,门下省侍中,尚书省尚书令;尚书省自太宗以后不设尚书令,则为仆射)为宰相,宰相执政的方式是在政事堂议政处分公事。中书省制定法令,门下省复审,然后交尚书省执行。由此可见,中书、门下两省是政令出台的中枢机关。本文写了这么几个意思:回顾政事堂议政制度的由来,强调政事堂议政的重要性,强调宰相的得人,尤其是"秉笔"宰相的得人。文章写得庄严凝重,谓其字字千钧,亦不为过。

〔2〕 "政事"五句:说明政事堂旧制是在门下省。武德,唐高祖年号。门下省,唐三省之一。唐制,中书省制定政策,门下省复核批准,尚书省执行。

〔3〕 "故长孙"四句:谓唐重臣长孙无忌等皆曾任门下省长官(侍中)之职。长孙无忌,太宗、高宗朝宰相,封赵国公。起复,封建社会官员因遭父母丧,守制未满,应诏为官,称作起复。司空,唐三公之一,位尊,为正一品。房玄龄,太宗时为宰相,封梁国公。左仆射,尚书省长官。魏徵,太宗时任谏议大夫、侍中。太子太师,唐三师之一,为皇帝老师,位尊,为正一品。

〔4〕"至高宗"四句:谓政事堂由门下省迁至中书省。裴炎,武后朝宰相。执宰相笔,即所谓"秉笔宰相"。唐三省长官同为宰相,其中一人职权最重,称作秉笔宰相。按,高宗光宅元年,为公元684年,高宗已于弘道元年(683)去世,光宅是武则天年号。

〔5〕"君不"六句:意谓人君举大事不可以违背天道,施爵禄不可违背于地道,不可行倾覆社稷之事,对百姓不可行无道之事。若有以上情况,宰相于此堂得以议论批评。

〔6〕"臣不"七句:意谓臣子于君不可相悖,于仁义不可相逆,于财货不可贪求,于刑罚不可混乱纲纪;不可实行剋剥一方百姓的政令,不可改变先王的成命,若有上述情况,此堂应该更换他。黩(dú独),贪贿。

〔7〕"兵不"八句:意谓战事不可以擅自发动,权力不可以擅自付与,财货不可以私自积蓄,皇帝的恩泽不可以擅自剥夺,君主于臣子的恩宠不可以离间,私仇不可以擅自报复,国家的官爵不可以擅自作为私人所有。若有上述情况,此堂得以斥责他。

〔8〕"事不"六句:意谓处理政事不能以轻为重,处罚有罪的人不能以生为死,刑法不能用来剥害于人,赋税征收不能擅自增加,不能以一己之私情而将国事委任于佞幸之人,不可开启祸乱的萌芽,法令紊乱时不可行赏,官爵紊乱时不可加封。

〔9〕"闻荒"七句:意谓若有听到有灾荒而不施救,看见饥饿而不怜悯,自以为是而不听劝谏,违背正道而改变古制,此堂可以诛杀他。

〔10〕"故曰"十句:意谓政事堂上,杯酒之前,凡国家兵刑之事,处罚、诛杀、灭族、破家之事,登此堂者都得以实施之。庙堂之上、樽俎之前,皆指宰相政事堂议事。唐时宰相议事毕,相聚会食。有兵有刑,兵、刑指军国大事。梃、刃、斧钺,皆刑具,指处分犯法官员之事。鸩毒、毒酒,指官员犯罪以毒酒赐死。夷族,古代严重刑罚之一,即夷灭宗族,其株连的范围历代不一。破家,古代严重刑罚之一,指籍没财产,妻子为奴。

〔11〕"故伊尹"句:用商朝时伊尹放太甲事。伊尹,商汤时贤相。太甲,商汤之孙,即位后为殷太宗。太甲既立,不明,乱德,暴虐,不遵汤之

法,于是伊尹流放其至桐宫。事见《史记·殷本纪》。不嗣,不继承汤之法。

〔12〕"周公"句:用周公逐管、蔡事。管、蔡,即管叔、蔡叔,周武王之弟。武王崩,成王少,周公摄政。管叔、蔡叔流言于国,谓"公将不利于孺子",周公避居东都。后成王迎周公归,管、蔡惧,挟纣之子武庚叛。成王命周公讨伐,诛杀武庚、管叔,放蔡叔。事见《史记·管蔡世家》。

〔13〕"霍光"句:用霍光废昌邑王事。霍光,西汉霍去病异母弟,武帝时为奉车都尉。武帝病将死,光奉遗诏辅政。昭帝即位,光任司马大将军,权力极大。昭帝死,光迎立昌邑王刘贺。昌邑王无道,立二十七日被废,改立刘询为帝,即汉宣帝。事见《汉书·霍光传》。

〔14〕"梁公"句:用唐狄仁杰事。狄仁杰,武后时为相,中宗复位后封梁国公。庐陵,指唐中宗李显。李显即位之次年,被武后废为庐陵王。狄仁杰每奏事,均以母子之情说武后,中宗竟得召还,为皇太子。事见两《唐书·狄仁杰传》。

〔15〕"天子"句:意谓天子遭蒙蔽,耳目不明。九重,天之门,后指帝王之宫。

〔16〕"燮理"二句:意谓宰相职权由协助天子燮理阴阳变为大权在握(对上侵犯皇帝);由论道谋划政策法令变为具体执行(对下侵夺职能部门)。

〔17〕列国:历朝历代。

吊古战场文[1]

浩浩乎平沙无垠,敻不见人[2]。河水萦带,群山纠纷[3]。黯兮惨悴,风悲日曛[4]。蓬断草枯,凛若霜晨。鸟飞不下,兽铤亡群[5]。亭长告予曰[6]:"此古战场也。尝覆三军[7],往往鬼哭,天阴则闻。"伤心哉!秦欤汉欤?将近代欤[8]?

吾闻夫齐、魏徭戍,荆、韩召募[9],万里奔走,连年暴露。沙草晨牧,河冰夜渡,地阔天长,不知归路。寄身锋刃,腷臆谁诉[10]?秦、汉而还,多事四夷,中州耗斁[11],无世无之。古称戎夏,不抗王师;文教失宣,武臣用奇[12]。奇兵有异于仁义,王道迂阔而莫为[13]。

鸣呼噫嘻!吾想夫北风振漠,胡兵伺便,主将骄敌,期门受战[14]。野竖旄旗[15],川迥组练[16]。法重心骇,威尊命贱[17]。利镞穿骨,惊沙入面。主客相搏,山川震眩,声析江河,势崩雷电。

至若穷阴凝闭[18],凛冽海隅,积雪没胫[19],坚冰在须。鸷鸟休巢,征马踟蹰[20],缯纩无温[21],堕指裂肤。当此苦寒,天假强胡[22],凭陵杀气,以相剪屠[23]。径截辎重,横攻士卒[24]。都尉新降[25],将军覆没。尸踣巨港之岸[26],血满长城之窟。无贵无贱,同为枯骨,可胜言哉!鼓衰兮力竭,矢尽兮弦绝,白刃交兮宝刀折,两军蹙兮生死决。降矣哉,终身夷狄;战矣哉,暴骨沙砾[27]。鸟无声兮山寂寂,夜正长兮风淅淅。魂魄结兮天沉沉,鬼神聚兮云幂幂[28]。日光寒兮草短,月色苦兮霜白,伤心惨目,有如是耶?

吾闻之,牧用赵卒,大破林胡,开地千里,遁逃匈奴[29]。汉倾天下,财殚力痛[30]。任人而已,其在多乎?周逐猃狁,北至太原;既城朔方,全师而还[31]。饮至策勋,和乐且闲;穆穆棣棣,君臣之间[32]。秦起长城,竟海为关,荼毒生灵,万里朱殷[33]。汉击匈奴,虽得阴山,枕骸遍野,功不补患[34]。苍苍蒸民[35],谁无父母?提携捧负,畏其不寿[36]。谁无兄弟,如足如手？谁无夫妇,如宾如友？牛也何恩,杀之何咎[37]？其存其殁,家莫闻知,人或有言,将信将疑。悁悁心目[38],寤寐见之。布奠倾觞,哭望天涯[39]。天地为愁,草木凄悲。吊祭不至,精魂无依。必有凶年[40],人其流离。呜呼噫嘻！时耶命耶？从古如斯。为之奈何？守在四夷[41]。

《李遐叔文集》卷四

〔1〕 此篇以亭长"此古战场也,常覆三军"开启下文,将秦汉至近代数千年之战事,写得悲痛凄惨,极奇警,极正大,寄意亦极深远。感慨悲凉之中,又饶风韵,故人人乐诵,为古今名篇。

〔2〕 夐(xiòng 雄去声):远,寥廓。

〔3〕 纠纷:交错杂乱。

〔4〕 日曛:日光暗淡。

〔5〕 铤:疾走。

〔6〕 亭长:秦汉制度,十里一亭,设亭长一人,掌治安、诉讼等。唐时亭长是管理治安和传达政令的小官。

〔7〕 三军:周制,天子可拥兵六军,诸侯大国可拥兵三军,每军一万二千五百人。此处泛指军队。

〔8〕 将:副词,相当于抑或、还是。

〔9〕 "吾闻"二句:徭戍、召募都是招募、征发士卒戍边之意。齐、魏、荆、韩泛指战国诸侯国。荆即楚国。

〔10〕 腷臆(bì yì 必易):心情郁闷不舒。

〔11〕 中州:中原。此指中国。耗斁(dù 杜):遭受损失破坏。

〔12〕 "古称"四句:意谓古时无论戎狄与华夏,凡王者之师出征,皆不抵抗;然而后世文教失宣,武将的奇兵谋略得以施展。戎夏,戎狄、华夏。文教,文德教化。

〔13〕 王道:指仁义礼乐等治理国家的原则。迂阔:不切实际。

301

〔14〕 期门：即旗门，军营大门。

〔15〕 旄旗：古代在旗杆上用牦牛尾装饰的旗子。

〔16〕 组练：组甲和练袍，即军人服装。此处代指战士。

〔17〕 "法重"二句：意谓军法严厉士卒骇怕，在军威驱使下冒死作战。

〔18〕 穷阴凝闭：寒冬阴云密布。穷，岁穷。指寒冬。

〔19〕 胫：人的小腿。

〔20〕 踟蹰：徘徊不进。

〔21〕 缯纩（zēng kuàng 增矿）：丝织品。此指棉衣。

〔22〕 "天假"句：意谓严寒的天气有利于胡人。

〔23〕 剪屠：剪除、屠杀。

〔24〕 "径截"二句：意谓恣意地抢夺辎重，拦腰冲击军队。径，肆意。辎重，军用物资的通称。

〔25〕 都尉：军职名。汉代在边郡设都尉，掌军事。按，此处或暗用李陵事。汉武帝时李陵为骑都尉，战匈奴，降。

〔26〕 踣（bó 博）：僵仆。巨港：大河口。

〔27〕 "降矣"四句：意谓将军势穷，战则死，降则名誉毁灭。按，此处亦暗用汉李陵事。

〔28〕 幂幂（mì 密）：阴惨貌。

〔29〕 "牧用"四句：用战国时赵国大将李牧事。李牧驻守雁门郡（今山西宁武、代县一带），大破匈奴，降服林胡，单于逃走，其后十馀年，不敢近赵国边城。事见《史记·廉颇蔺相如列传》。林胡，古部族名，战国时分布在今山西朔县及内蒙一带，从事畜牧，精骑射，战国末为李牧击败，遂归附赵国。

〔30〕 "汉倾"二句：意谓汉朝倾天下财力物力，也未能做到李牧那样。痛（fū 夫），病。

〔31〕 "周逐"四句：用周宣王击败猃狁事。猃狁（xiǎn yǔn 险允），古代北方少数民族，即秦汉时的匈奴。周懿王时，猃狁入侵，暴虐中国。至

302

周宣王时,派尹吉甫击之,逐至太原方归。事见《汉书·匈奴传上》。朔方,北方。

〔32〕"饮至"四句:谓尹吉甫班师回朝时君臣饮酒庆贺、纪功欢庆事。饮至,古代诸侯朝、会、盟、伐完毕,在宗庙举行的饮酒庆贺典礼。策勋,把功劳记在简策上。策,古代用竹片、木片记事,成编的为策。后指书册。穆穆,端庄恭敬貌。棣(dì 地)棣,娴雅和顺貌。

〔33〕"秦起"四句:谓秦筑长城荼毒天下事。秦并天下,乃使蒙恬将三十万众筑长城,西起临洮,东至辽东。朱殷,指流血。

〔34〕"汉击"四句:谓汉击匈奴,虽得阴山,然死伤太众,功不补患。阴山,在今内蒙中部,为匈奴根据地。汉武帝时,卫青、霍去病数出击匈奴,控制阴山地区,逐匈奴出漠北,汉边境始少安。然汉军士死伤亦很惨重,得不偿失。《汉书·匈奴传上》:"初,汉两将大出围单于,所杀虏八九万,而汉士物故者亦万数,汉马死者十馀万匹。"

〔35〕"苍苍"句:谓天生民众。苍苍,青色,指天。蒸民,民众。

〔36〕"提携"二句:意谓父母对儿女百般爱护,唯恐其不能长久。

〔37〕"生也"二句:意谓民众生时于其有何恩德,现在将其驱赶上战场无故殒命,其又有何错?

〔38〕悄悄:忧愁貌。

〔39〕"布奠"二句:谓家人祭奠阵亡的亲人。布奠,安放祭品。倾觞,将酒洒在地上。

〔40〕凶年:荒年。《老子》三十章:"大军之后,必有凶年。"

〔41〕"守在"句:语出《左传·昭公二十三年》:"古者天子,守在四夷。"意谓用仁政使四方归顺,四方之夷皆为天子守卫国土,战争即可避免。

303

柳 识

柳识(？—781)，字方明，襄州(今湖北襄樊)人，德宗朝宰相柳浑之兄。工文章，享重名于天宝间。代宗大历二年(766)官左拾遗，性乐闲旷，退居润州茅山。朝廷以屯田郎中、集贤殿学士征，诏书三下，不起。文风简洁峻拔，为一时作者所推服。两《唐书》有传。

吊夷齐文[1]

洪河之东兮首阳穹崇[2]，侧闻孤竹二子[3]，昔也馁在其中。偕隐胡为？得仁而死[4]。青苔古木，苍云秋水，魂兮来何依兮去何止？掇涧溪之毛，荐精诚而已[5]。

初，先生鸿逸中州，鸾伏西山[6]。顾薇蕨之离离[7]，歌唐虞之不还[8]。谓易暴兮文武，谓墨縗兮胡颜[9]。时一叱兮忘饥，若有诮兮千岩之间[10]。岂不以冠弊在于上，履新居于下[11]？且曰一人之正位，孰知三圣之纯嘏[12]？让周之意[13]，不其然乎？是以知先生所恤者偏矣[14]。

当昔夷羊在牧，商纲解结[15]。乾道息，坤维绝，鲸吞噬兮鬼妖孽[16]。王奋厥武，天意若曰：覆昏暴，资濬哲[17]！于是三老归而八百会[18]，一戎衣而九有截[19]。况乎旗锡黄鸟，珪命赤乌[20]。俾荷钜桥之施,俾伸羑里之辜[21]。故能山立雨集,电扫风驱[22]。及下车也,五刃不砺于武库,九骏伏辕于文途[23]。虽二士不食,而兆人其苏[24]。

既而溥天率土,咸为周人[25]。吁嗟先生!逃将何臻[26]?万姓归仰兮,独郁乎方寸[27];六合莽荡兮,终跼于一身[28]。虽忤时而过周,固呕心而恻殷[29]。所以不食其食,求仁得仁。

然非一端,事各其志[30]。若皆旁通以阜厥躬,应物以济其利,则焉有贞节之规,各亲之事[31]?灵乎,灵乎,虽非与道而保生,可勖为臣之不二[32]。

《全唐文》卷三七七

〔1〕 夷齐,即伯夷、叔齐,殷末孤竹君之二子。孤竹君死前欲立次子叔齐为继承人,死后叔齐让兄长,而伯夷以有父命在先不从,于是二人俱弃君位投奔周。武王举兵伐纣,夷、齐拦马谏阻,武王不听。殷亡后,夷、齐隐于首阳山,义不食周粟,采薇而食,遂饿死。事见《史记·伯夷列传》。祭文又称哀祭文,通常祭文,多对死者表示哀悼。此篇祭文却颇异于常调。祭文虽然对夷、齐"得仁而死"、坚定的意志表示了由衷敬佩,但也对夷、齐不顾天下苍生、偏袒殷纣、逆潮流的行为提出了严厉的批评,表现了作者卓异的识见。孔子赞夷、齐为"古之贤人"、"求仁而得仁"(见《论语·述而》),但对夷、齐阻拦武王讨伐无道殷纣的行为却未置一词。孔子对夷、齐评价留下的空间,在本篇中得到充分地补充。

〔2〕 洪河:黄河。首阳穹崇:指首阳山。在今山西永济西南、黄河以东。穹崇,高山。

〔3〕 侧闻:从旁听说、曾有所闻。

〔4〕 "得仁"句:意谓伯夷、叔齐同隐于此,虽死而得仁。得仁,"求仁得仁"的省语,语出《论语·述而》:"子贡……曰:'伯夷叔齐何人也?'曰:'古之贤人也。'曰:'怨乎?'曰:'求仁而得仁,又何怨?'"

305

〔5〕"掇涧"二句：意谓采摘涧溪边小草来祭奠，表示我一片诚心而已。毛，草。《左传·隐公三年》："苟有明信，涧溪沼沚之毛……可荐于王公。"

〔6〕"先生"二句：意谓伯夷叔齐早先逃遁于中原，隐匿于首阳。鸿、鸾，都是对伯夷、叔齐的美称。西山，指首阳山的西山。《史记·伯夷列传》载伯夷叔齐隐于首阳，作《采薇》之歌云："登彼西山兮，采其薇矣。"

〔7〕 离离：草繁盛貌。

〔8〕"歌唐"句：《史记·伯夷列传》载伯夷叔齐《采薇》之歌云："神农虞夏，忽焉没兮！"唐虞，即唐尧、虞舜。

〔9〕"谓易"二句：是伯夷对周武王伐纣的批评。易暴兮文武，是说周文、周武伐纣是以暴易暴（时文王已死，伐纣主要是武王）。《史记·伯夷列传》载《采薇》之歌云："以暴易暴兮，不知其非矣！"墨縗（cuī 崔）兮胡颜，是说武王有重孝在身，有何脸面领兵作战见天下人？墨縗，黑色孝服。古人居丧，在家守制，孝服白色，若遇战争须任军职者，孝服用黑。

〔10〕"时一"二句：意谓伯夷叔齐当采薇之际不时发出对武王的斥责，愤怒之情使他忘记了饥饿，《采薇》之歌在山岩间回荡，似乎也在讥诮周朝。

〔11〕"岂不"二句：意谓伯夷叔齐难道也是持"冠弊在于上，履新居于下"的观点，认为武王不该伐纣吗？"冠弊在于上，履新居于下"语出《史记·儒林列传》。儒生辕固生与黄生争论汤、武伐桀、纣顺逆，黄生说："冠虽弊，必加于首；履虽新，必关于足。何者？上下之分也。今桀、纣虽失道，然君上也；汤、武虽圣，臣下也。夫主有失行，臣下不能正言匡过以尊天子，反因过而诛之，代立践南面，非弑而何也？"

〔12〕"且曰"二句：意谓何况伯夷叔齐仅强调殷纣一人应当居于帝位，哪里知道周朝三圣是大福之人呢？三圣，指周文、周武及周公。纯嘏（gǔ 古），大福。《诗·小雅·宾之初宴》："锡尔纯嘏，子孙甚湛。"朱熹集传："嘏，福；湛，乐也。"

〔13〕 让周：责备周朝。

306

〔14〕 所恤者偏:所怜悯者有偏向。

〔15〕 "当昔"二句:意谓殷纣当政治腐败之际。夷羊在牧,语出《国语·周语上》:"商之兴也,梼杌次于丕山;商之亡也,夷羊在牧。"夷羊,神兽名;牧,地名,即牧野,在商之郊。夷羊在郊是商将亡的征兆。商纲解结,商朝统治瓦解。纲,网上总绳,纲解,则网紊乱不能举。

〔16〕 "乾道"三句:意谓世道混乱,将发生巨大动乱。乾道息,即天道息止;坤维绝,即地道断绝。鲸吞噬、鬼妖孽,皆怪异现象,预示世道混乱。

〔17〕 "王奋"四句:意谓武王奋起他的神武之力,天意似乎在说:推翻那暴君,帮助这个睿智的人!濬(jùn 俊)哲,深邃的智慧。《尚书·舜典》:"濬哲文明。"孔传:"濬,深;哲,智也。"

〔18〕 "于是"句:谓天下贤哲俱归于周。三老,指伯夷、叔齐与太公望。《孟子·离娄上》作"二老":"伯夷辟纣,居北海之滨,闻文王作,兴曰:'盍归乎来!吾闻西伯善养老者。'太公辟纣,居东海之滨,闻文王作,兴曰:'盍归乎来!吾闻西伯善养老者。'二老者,天下之大老也,而归之,是天下之父归之也;天下之父归之,其子焉往?"八百,指八百诸侯。武王东观兵,至于盟津,诸侯不期而会盟津者八百。见《史记·周本纪》。

〔19〕 "一戎"句:谓一战而有天下。一戎衣,一战。《尚书·武成》:"一戎衣,天下大定。"孔传:"衣,服也。一着戎衣而灭纣。"九有截,九州统一。语出《诗·商颂·长发》:"九有有截。"郑玄笺:"九州齐一截然。"

〔20〕 "况乎"二句:谓上天亦属意于周,赐其象征帝王的黄旗、珪及赤鸟。旗锡黄鸟,即赤色军旗。《墨子·非攻下》:"天赐武王黄鸟之旗。"孙诒让注:"黄与朱色近,故赤旗谓之黄鸟之旗。大赤为周正色之旗,流俗缘饰,遂以为天赐之祥矣。"珪,古代礼器,帝王以珪封诸侯,诸侯执珪朝天子。赤鸟,瑞鸟。《墨子·非攻下》:"赤鸟衔珪,降周之岐社,曰:'天命周文王伐殷有国。'"

〔21〕 "俾荷"二句:意谓灭纣使天下人得到周王的施舍,而武王亦伸雪了文王被囚于羑里的冤屈。钜桥,殷纣屯粮之处。《史记·周本纪》载,

武王灭纣后,"散鹿台(殷纣储藏珠玉钱帛之处)之财,发钜桥之粟"。羑(yǒu有)里,殷纣囚禁文王之处,故址在今河南汤阴北。辜,罪恶。

〔22〕"故能"二句:意谓周朝得诸侯拥戴,军威强大。山立,如高山屹立不动摇。雨集,形容诸侯拥护武王如雨之集。电扫风驱,形容灭纣之战进展神速。

〔23〕"及下车"三句:谓灭商之战结束,天下归于太平。下车,指战事结束。五刃,刀、剑、矛、戈、矢等五种兵器。不砺,不磨,即收起刀剑不用之意。武库,储藏兵器的仓库。九骏伏辕,九匹马驾的车,指天子之驾。文途,文教之途。

〔24〕"虽二"二句:意谓虽然伯夷叔齐不食周粟,但亿万百姓得以苏息。

〔25〕"既而"二句:语本《诗·小雅·北山》:"溥天之下,莫非王土,率土之滨,莫非王臣。"谓周王朝一统天下。溥天,即普天下。率土,疆域之内。

〔26〕何臻:何止、到哪里。

〔27〕郁乎方寸:内心不欢。方寸,指心。

〔28〕"六合"二句:意谓普天下坦荡开阔,而独伯夷叔齐蜷拘不伸。莽荡,开阔无垠貌。踢,屈曲不伸貌。

〔29〕"虽忤"二句:意谓伯夷叔齐逆潮流而责备于周,实则是费心竭力同情殷纣。忤时,与社会主流相悖逆。

〔30〕"然非"二句:意谓人的看法并非皆同,做事也可以各行其是。按,"非"字前或缺一"言"字,或"见"字。

〔31〕"若皆"四句:意谓如果人人皆旁通以有益于自身,顺应外物的变化以取其利,则哪有坚持个人节操的典型,和各亲所亲之事?旁通,遇事不固执而多所通。阜厥躬,有利于自身。应物,顺应外物变化。

〔32〕"灵乎"四句:是对伯夷叔齐之灵说的几句话,意谓先生的行为虽然并不合乎大道,亦不能保全自己的生命,但可以鼓励作臣子的对君王忠诚不二。勗(xù序),勉励。

苏源明

苏源明(？—764)，字弱夫，初名预，避代宗讳改今名。京兆武功县(今属陕西)人。幼孤，居徐、兖州，读书泰山，天宝间举进士，又登制科。尝任州县官，后迁太子谕德。天宝十二载(753)出为东平太守，十三载召为国子司业。安禄山陷京师，称病不受伪署。两京收复，擢考功郎中知制诰，肃宗乾元元年(758)为中书舍人、翰林学士，官终秘书少监。工文辞，有盛名于天宝间，韩愈曾将其与李白、杜甫、元结等一起称为唐之善鸣者(见《送孟东野序》)。有集已佚。《全唐文》存文五篇。《新唐书》有传。

秋夜小洞庭离宴序[1]

源明从东平太守征国子司业[2]，须昌外尉袁广载酒于回源亭[3]，明日遂行，及夜留宴。会庄子若讷过归莒[4]，相里子同袆过如魏[5]，阳谷管城、青阳权衡二主簿在座[6]，皆故人也。

撤馔新鱄，移方舟中[7]。有宿鼓[8]，有汶簧[9]，济上嫣然能歌者五六人共载[10]。止回源东柳门入小洞庭，迟夷彷徨[11]，眇缅旷漾[12]。流商杂徵，与长言者啾焉合引[13]。潜鱼惊或跃，宿鸟飞复下，真嬉游之择耳。源明歌曰："浮涨湖兮莽条遥[14],川后礼兮扈予桡[15]。横增沃兮篷迁延[16],川后福兮易予舷[17]。月澄凝兮明空波,星磊落兮耿秋河[18]。夜既良兮酒且多,乐方作兮奈别何[19]!"曲阕[20],袁子曰:"君公行当挥翰右垣[21],岂止典胄米廪耶[22]?广不敢受赐,独不念四三贤[23]?"源明醉,曰:"所不与吾子及四三贤同恐惧安乐,有如秋水[24]!"晨前而归。及醒,或说向之陈事。源明局局然笑曰[25]:"狂夫之言,不足罪也。"乃志为序。

《唐文粹》卷九六

〔1〕 小洞庭,湖名,在今山东东平北。唐人重内职(京城之官),故苏源明自东平太守调任国子监司业,是值得庆贺之事。在相送的酒宴上,有友人期许大富贵之辞,有源明富贵不相忘之辞,皆酒后之"大言"。醒而记之,不以为狂,反映了作者狂放不羁的性格,而出言无忌,也是天宝盛世的反映。

〔2〕 "源明"句:苏源明自东平太守召为国子司业在天宝十三载(754)。东平,唐郡名,即郓州(故址在今山东东平东北)。国子司业,国子监副长官。

〔3〕 须昌:唐县名,为郓州治所。外尉:即县尉,为定员外所置,故称外。袁广:事迹不详。回源亭:亭名,在小洞庭湖畔。

〔4〕 庄子若讷:天宝九载进士,馀不详。子是对男子的敬称,下同。莒(jǔ 举):县名,唐时属密州,即今山东莒县。

〔5〕 相里子同祎:事迹不详。相里为复姓。魏:唐州名,州治贵乡,即今河北大名。

〔6〕 阳谷、青阳:唐县名。阳谷(今属山东)唐时属济州;青阳(今属安徽),唐时属宣州。管城、权衡:事迹不详。主簿:官名,位在县令之下,负责勾稽簿书、掌印等。按,据文意,主簿不是管城、权衡二人的现任职务。

〔7〕 "撤馔"二句:谓撤去菜肴、酒器,将宴席移至舟中。方舟,两舟并进为方舟。此指舟。

〔8〕 宿鼓:宿地之鼓。东平是春秋时宿国之地。此以宿鼓代鼓乐。

〔9〕 汶篁:汶上的笙簧。汶,水名,流经东平。此以汶篁代管乐。

〔10〕 嫣然:美好貌。

〔11〕 迟夷:迟回,徘徊。

〔12〕 眇缅:远视貌。旷漾:水势浩大貌。

〔13〕 "流商"二句:意谓乐声响起,与歌声合在一起。商、徵(zhǐ 纸),均五音之一。长言,引长声音歌唱。

〔14〕 涨湖:形容湖水涨满。莽条遥:水面辽阔无际貌。

〔15〕 川后:水神。扈予桡:护卫我的船。扈,随从、护卫。桡,船桨。此处代船。

〔16〕 "横增"句:谓船行迟缓。横增沃,指水面横生,流向不顺。篷迁延,船行不快。蓬,船篷,代指船。

〔17〕 "川后"句:意谓水神赐福,我的船转换方向。易,一本作"翼",亦有羽翼、护卫之意。

〔18〕 "星磊"句:意谓银河里众星明亮。磊落,众多貌。耿,明亮。河,银河。

〔19〕 "乐方"句:犹言音乐之声大作,无奈告别的时间已到。

〔20〕 曲阕:曲终。

〔21〕 挥翰右垣:从事于中书省,为中书舍人。右垣,指中书省。唐门下、中书两省分居宣政殿左右两侧,分称左、右垣或左、右掖。中书省中书舍人之职掌起草诏令,职位清要,为天下文人所向往。

〔22〕 典胄米廪:指为国子监司业之职。典,执掌、掌管。胄米廪,王公贵族子弟的学校。西周时鲁国的学校称作米廪。唐制,国子监所属国子学收文武官员三品以上子弟入学,太学收文武官员五品以上子弟入学。

〔23〕 四三贤:指在座的三四人。

〔24〕 "所不"二句:是指秋水起誓之辞。《左传·僖公二十四年》载

311

晋公子重耳经流亡后返回晋国时向其舅子犯发誓说:"所不与舅氏同心者,有如白水!"杨伯峻注:"'有如'亦誓词中常用语……意谓河神鉴之。"

〔25〕 局局然:笑貌。

元　结

元结(719—772),字次山,河南鲁山(今属河南)人。少时倜傥不羁,十七岁折节向学。天宝十三载(753)举进士。安史乱起,举家避难于猗玗洞。肃宗乾元二年(759),苏源明荐元结于肃宗,结上《时议》三篇,擢右金吾兵曹参军,旋以监察御史充山南东道节度参谋,招缉唐、邓、汝、蔡一带义军。因讨史思明有功,进水部员外郎。代宗宝应元年(762),拜著作郎,辞官退隐樊上。广德元年(763)出任道州刺史,一年后,因见憎于权臣而罢。永泰二年(766)再刺道州。大历后历仕容州刺史、左金吾卫将军等。《新唐书》有传。元结为盛唐著名文学家,于诗反对"拘限声病,喜尚形似"(《箧中集序》)的风气,提倡质朴自然之诗风。其散文,实为中唐韩柳古文运动先驱,欧阳修称其文"笔力雄健,意气超拔,不减韩之徒也"(《集古录跋尾》)。有《元次山集》十卷传世。

大唐中兴颂[1]并序

天宝十四载,安禄山陷洛阳,明年,陷长安[2]。天子幸蜀,太子即位于灵武[3]。明年,皇帝移军凤翔,其年复两京,上皇还京师[4]。于戏!前代帝王有盛德大业者,必见于歌颂。若令歌颂大业,刻于金石,非老于文学,其谁宜为[5]?

颂曰:噫嘻前朝,孽臣奸骄,为昏为妖[6]。边将骋兵,毒乱国经,群生失宁[7]。大驾南巡,百僚窜身,奉贼称臣[8]。天将昌唐,繄晓我皇,匹马北方[9]。独立一呼,千麾万旟,戎卒前驱[10]。我师其东,储皇抚戎,荡攘群凶[11]。复服指期,曾不逾时,有国无之[12]。事有至难,宗庙再安,二圣重欢[13]。地辟天开,蠲除妖灾[14],瑞庆大来。凶徒逆俦,涵濡天休,死生堪羞[15]。功劳位尊,忠烈名存,泽流子孙[16]。盛德之兴,山高日升,万福是膺[17]。能令大君,声容沄沄,不在斯文[18]。湘江东西,中直浯溪,石崖天齐[19]。可磨可镌,刊此颂焉,何千万年[20]。

《元次山集》卷六

〔1〕 肃宗上元元年(760),史思明尝南犯,元结在泌阳屯兵据险抗贼,"全十五城"(《新唐书》本传)。作为亲历战乱、曾经领军平叛的元结,在安史之乱基本结束的上元二年,感到"地辟天开,蠲除妖灾,瑞庆大来",乘兴写下了这篇颂文,以表达对大唐光明前途欢欣鼓舞之情。元结曾两次出任道州刺史,数过浯溪,对浯溪的山水十分喜爱,留下了不少诗文。他又喜欢将自己撰写的诗文请人书丹刻石,《大唐中兴颂》即由著名书法家颜真卿书丹,刻于浯溪崖石上。

〔2〕 "天宝"数句:玄宗天宝十四载(755)十一月,安禄山反于范阳;十二月,陷洛阳,十五载六月,陷长安。

〔3〕 "天子"二句:天宝十五载六月,玄宗闻潼关失守,仓皇西走幸蜀。太子李亨北趋灵武(今属宁夏),七月,即位于灵武,改元至德,是为肃宗。

〔4〕 "明年"四句:至德二载(757)三月,肃宗赴凤翔(今属陕西)行

在,九月,复长安,十月,收复洛阳,十二月,上皇(玄宗)还长安。

〔5〕"非老于"二句:意谓要歌颂大业,除非有非常文学根底的人可为,其他谁能作呢! 按,此是自谦之辞,谓其并非作颂的合适人选。

〔6〕"噫嘻"三句:谓玄宗朝后期李林甫、杨国忠之流祸害朝廷。

〔7〕"边将"三句:谓安禄山发动叛乱,致使国家大乱,百姓不得安宁。国经,国家的纲纪。

〔8〕"大驾"三句:潼关破,玄宗仓皇幸蜀,百官扈从不及,受安禄山父子伪职者如陈希烈、张垍等三百馀人。

〔9〕"天将"三句:意谓天意将使我大唐昌盛,晓喻我皇,匹马来到灵武。繄(yī 衣),语助。晓,晓喻、使明白。我皇,指李亨。匹马北方,指李亨率数百骑至灵武。

〔10〕"独立"三句:意谓肃宗即位灵武后,天下勤王之师纷纷而至。麾、旟(yú 于),军队旗帜。

〔11〕"我师"三句:意谓官军东进,太子率领大军,将扫荡群凶。储皇,指太子广平王李俶(肃宗长子,初名俶,后改名豫)。至德二载(757)九月,以太子为天下兵马元帅。

〔12〕"复服"三句:意谓指日恢复旧制,从不迟延时刻,自建国以来未曾有。复服,恢复旧服色。古时王朝易姓则改正朔、易服色。服色指官员品服及吏民衣着的颜色。安禄山陷洛阳后,称皇帝,国号燕,建元圣武。

〔13〕"事有"三句:意谓宗庙再得安宁,二圣在长安重新欢聚,这些皆是最难的事,而今都实现了。二圣,指玄宗、肃宗。肃宗即位后,玄宗自称太上皇。

〔14〕蠲除:废除、消除。

〔15〕"凶徒"三句:意谓凶徒逆党,虽然沾濡天恩未加严惩,但终究值得羞耻。按,此指受安禄山伪职的唐官员。涵濡,沾溉。天休,上天的美德。

〔16〕"功劳"三句:意谓在平叛战争中立有大功者皆处尊位,其忠烈大名永世存留,帝王的恩泽直到子孙都在享用。按,此指在平叛战争中死

于王事者,如张巡、许远等。

〔17〕"盛德"三句:意谓唐朝文教的兴盛,如山之高,如日之升,承受上天降下的万种福祗。膺,承受、接受。

〔18〕"能令"三句:意谓贤能有令德的天子,名声容状如滔滔水势,不是这篇颂文能表达得了的。能令,贤能美善。沄(yún 云)沄,水势大貌。

〔19〕"湘江"三句:意谓湘江横贯东西,中间有浯溪汇入,此地有石崖高与天齐。按,湘江自今广西流入湖南一段为东西流向,至湖南南始北折,改为南北流向。浯溪,源出今湖南祁阳西南松山,东北流入湘水。浯溪汇入湘水处,有西、中、东峰三峰并峙。中峰西临湘江,最高,悬崖壁立,元结《大唐中兴颂》摩崖即刻在此处。

〔20〕何千万年:犹言何止千万年。按,浯溪元结《大唐中兴颂》摩崖石刻后署"上元二年(761年)秋八月撰,大历六年(771年)夏六月刻",可知颂文末六句(自"湘江东西"以下)为刻碑时所增入。

右溪记[1]

道州城西百馀步[2],有小溪。南流数十步合营溪[3],水抵两岸,悉皆怪石,欹嵌盘屈[4],不可名状。清流触石,洄悬激注。佳木异竹,垂阴相荫[5]。此溪若在山野,则宜逸民退士之所游处[6],在人间[7],则可为都邑之胜境、静者之林亭。而置州已来[8],无人赏爱,徘徊溪上,为之怅然!乃疏凿芜秽,俾为亭宇;植松与桂,兼之香草,以裨形胜[9]。为溪在州右,遂命之曰"右溪"。刻铭石上,彰示来者。

《元次山集》卷九

〔1〕 与前篇为同时之作。右溪是道州城西的一条小溪,这里泉清石奇,草木葱郁,环境十分优美。元结任道州刺史时,又对它进行了一番修葺,并刻石铭文,取名右溪。作者擅长状物记事,短短百馀字,即把此溪的幽趣描绘得历历在目。文笔淡雅隽永,可以视作柳宗元山水游记的先声。

〔2〕 道州:州名,唐时属江南西道,治所在今湖南省道县。

〔3〕 营溪:水名,源于今湖南宁远南,流经道县,北至零陵西入湘水。

〔4〕 攲(qī 奇)嵌盘屈:倾斜嵌叠、曲折盘旋貌。

〔5〕 阴:树荫。荫:遮盖。

〔6〕 逸民退士:退居山林的隐士。

〔7〕 人间:与前文"山野"相对,指有居民的地方。

〔8〕 置州已来:成为州的治所以来。唐高祖武德四年(621)置营州,后改为道州。

〔9〕 裨:助。

九疑图记[1]

九疑山方二千馀里,四州各近一隅[2]。世称九峰相似,望而疑之,谓之九疑[3]。亦云:舜望九峰,疑禹而悲,从臣有作九疑之歌,因谓之九疑[4]。九峰殊极高大,远望皆可见也。彼如嵩、华之峻崎[5],衡、岱之方广[6],在九峰之下,磊磊然如布棋石者,可以百数。中峰之下,水无鱼鳖,林无鸟兽,时闻声如蝉蝇之类,听之亦无。往往见大谷长川,平田深渊,杉松百围[7],桧栝并茂[8]。青莎白沙[9],洞穴丹岩。寒泉飞流,异竹杂华。回映之处,似藏人家。实有九水,出于山中。四水南流[10],灌于南海;五水北注[11],合为洞庭。若度其高卑,比

317

洞庭、南海之岸,直上可二三百里。不知海内之山,如九疑者几焉!

或曰:"若然者,兹山何不列于五岳[12]?"对曰:"五帝之前[13],封疆尚隘,衡山作岳,已出荒服[14]。今九疑之南,万里臣妾[15],国门东望,不见涯际,西行几万里,未尽边陲。当合以九疑为南岳,以昆仑为西岳。衡、华之辈,听逸者占为山居,封君表作苑囿耳[16]。但苦当世议者拘限常情,牵引古制,不能有所改创也。如何!"故图画九峰,略载山谷,传于好事,以旌异之[17]。如山中之往迹,峰洞之名称,为人所传说者,并随方题记[18],庶几观者易知。时永泰丙午年也[19]。

《元次山集》卷九

〔1〕 作于代宗永泰二年(766)元结道州刺史任内。"图记"一般应该以图为主,此篇关于图只有简单的一句交待,仍旧倾力于九疑山形势山色的描写。"或曰"以下是神来之笔。作者以为应当以嵩、华为逸者之山居,为封君之苑囿,而另以九疑为南岳,以昆仑为西岳,如此构想,不能不说是盛唐时代施于这一代作者普遍的"大唐"意识。

〔2〕 四州:指九疑山连绵所及的道、永、郴、连四州。

〔3〕 "世称"三句:《山海经·海内经》:"南方苍梧之山丘,苍梧之渊,有九嶷山,舜之所葬,在长沙零陵界中。"郭璞注:"其山九溪皆相似,故云九疑。"《资治通鉴·汉纪一二》胡三省注:"九疑山,其山磐碁苍梧之野,峰秀数郡之间,罗岩九举,各导一溪,岫壑负阻,异岭同势,游者疑焉,故曰九疑。"或谓九峰相似,或谓九溪相似,未知孰是。

〔4〕 "舜望"四句:按,李白《远别离》诗云:"尧舜当之亦禅禹……或云尧幽囚,舜野死,九疑联绵皆相似,重瞳孤坟竟何是?"王琦注:"《史记正义》:'《括地志》云:"故尧城,在濮阳鄄城县东北十五里。"《竹书》云:"昔尧德衰,为舜所囚也。"又有偃朱故城,在县西北十五里。《竹书》云:"舜囚

尧,复偃塞丹朱,使不与父相见也。"《广弘明集》:"汲冢《竹书》云:舜囚尧于平阳,取之帝位,今见有囚尧城。'"琦按:今《竹书》并无此荒谬之说,意者起自六朝,君臣之间多有惭德,乃伪造此辞,谓古圣人已有行之者,以自文饰其过欤?太白虽用其事,而以或云冠其上,以见其说之不可信也。"此文所言舜、禹相疑之事,大约也是六朝时伪造之辞。至于从臣所作九疑之歌事,不知其出处。

〔5〕 嵩、华:嵩山、华山,分别在今河南、陕西境内。

〔6〕 衡、岱:衡山、岱山,分别在今湖南、山东境内。岱山,泰山别称。

〔7〕 百围:一百围,形容粗大。围,双手围拢;或云两臂环围。

〔8〕 桧栝(guì tiǎn 贵恬):皆木名。桧为柏科,长绿乔木。栝,即桧。

〔9〕 青莎:绿草。

〔10〕 "实有"数句:郭璞《山海经》注亦云九疑有九溪,但其中南流的四水名称不详。

〔11〕 五水:或云今湖南零陵境内的潇水、舜源水、泠水、拖水、砯水即源于九疑、北注入洞庭者。

〔12〕 五岳:五座山。即北岳恒山,南岳衡山,西岳华山,东岳泰山,中岳嵩山。

〔13〕 五帝:上古传说中的五位帝王,说法不一。《史记》依《世本》、《大戴记》,以黄帝、颛顼、帝喾、唐尧、虞舜为五帝。

〔14〕 荒服:古代王畿外围,以五百里为一区划,由近及远分为侯服、甸服、绥服、要服、荒服。荒服在二千五百里以外,是极远之处。

〔15〕 臣妾:臣和妾,古时指奴隶,此处指已经归化了的臣民。

〔16〕 "衡华"三句:意谓如衡、华一类山,可以听凭隐逸者占为山居之地,或成为受有封邑的贵族的苑囿。

〔17〕 旌异之:彰显它的特异之处。

〔18〕 随方题记:按原方位作题记。

〔19〕 永泰丙午年:为代宗永泰二年(766)。

时规[1]

乾元己亥[2],漫叟待诏在长安[3]。时中行公掌制在中书[4],中书有醇酒,时得一醉。醉中叟诞曰[5]:"愿穷天下鸟兽虫鱼,以充杀者之心;愿穷天下醇酎美色[6],以充欲者之心。"中行公闻之叹曰:"子何思不尽耶[7]?何不曰愿得如九州之地者亿万[8],分封君臣父子兄弟之争国者,使人民免贼虐残酷者乎?何不曰愿得布帛钱货珍宝之物,溢於王者府藏,满将相权势之家,使人民免饥寒劳苦者乎?"叟闻公言,退而书之,授于学者,用为时规。

《元次山文集》卷一一

〔1〕 规,文体名,告勉之辞,属箴铭一类。此体于古无所师承,唐人以意为之。元结有"五规":《出规》《处规》《戏规》《心规》《时规》,皆讽世之作,而独此篇得反话正说之趣。

〔2〕 乾元己亥:为代宗乾元二年(759)。

〔3〕 漫叟:元结自号。待诏:等待诏命。乾元二年,苏源明向肃宗荐元结可用,元结来长安待命。

〔4〕 中行公:即苏源明。苏自署"中行公"。掌制在中书:在中书省掌制诰。乾元中,苏源明为中书舍人。

〔5〕 诞:虚妄、夸诞。此指醉中语。

〔6〕 醇酎:美酒。

〔7〕 "子何"句:犹言你为什么不再将这个意思说尽呢?

〔8〕 九州:中国古代分天下为九州,说法不一。《尚书·禹贡》以冀、

兖、青、徐、扬、荆、豫、梁、雍为九州,《尔雅·释地》有幽、营而无青、梁,《周礼·夏官·职方》有幽、并而无徐、梁。

柳伉

柳伉(生卒年不详),冯翊人(今陕西大荔)。肃宗乾元元年(758)进士,以秘书省校书郎充翰林待诏,出鄠县尉;广德元年(763)改太常博士,次年,再入为翰林学士。改兵部员外郎、谏议大夫。其为人才学出众,识见深邃。《全唐文》仅存文一篇。

请诛程元振疏[1]

臣出身事君,忝备近密[2]。夙有志愿,铭之在心:若遭艰危,必死王事。当今日之际,是臣死之秋,将死之言,庶裨万一[3]。特乞陛下,少垂听览,则甘就鼎镬[4]。

且天生四夷,皆习战斗,轻走易北[5]。独有犬戎数万之师,犯关度陇,历秦渭,牧汾泾,曾不血刃,直至城阙[6]。馆谷向有三载,绵地数踰千里[7]。谋臣不为陛下陈一言,武士不为陛下效一战,各携卒伍,剽劫闾阎,污辱宫闱,烧焚陵寝者[8],何故?此将帅之心叛陛下也。自朝义东灭,回纥北归,陛下以为智力所能,神明所赞,委权近贵,失意元勋[9]。日引月长,浸成大祸[10]。陛下侍臣载路,多士盈庭[11],竟无一人折槛牵裾,犯颜回虑[12],至使北捐汾蒲[13],西失秦川者[14],何故?此公卿之心叛陛下也。陛下出城之日,銮驾未动,京师百姓劫夺府库,城外百姓更相杀戮者。何故?此三辅之心叛陛下也[15]。自九月二十八日闻有警急,十月一日下诏征兵,至今凡四十日矣,天下兵一人不至,何故?此四海之心叛陛下也。

近自京辅,远至海隅,文武百寮[16],志皆离叛。虽有朝恩戮力,陕郡坚城[17],陛下独能长守社稷乎?今臣所言四者皆叛,陛下以为虚邪?实邪?若以为实,陛下以今日之事为安邪?危邪?若以为危,陛下岂得高枕而卧,不决大计?臣闻良医之疗病也,必审观病源,当病授药,若不当病,疗之无益。陛下知今日之病何因至此?

臣实知之,请言其故。何者?天下之心皆恨陛下不练士卒,疏远贤良,委任宦官,离间将相,以至于此[18]。陛下必欲救今日之急,存宗庙社稷,即请斩程元振之首,悬示天下,尽出内使,配隶诸州[19]。以朝恩勋劳,留在左右,仍以神策兵马,回付汉官[20]。使朝臣百寮,每日坐议,左右使令,尽用文武[21]。然后大下明诏,削去尊号[22],引过归己,深自刻责,誓与下寮将相,率德励行[23]。后宫嫔妃,且移别院。与宰相已下,昼夜论政。下诏云:"若天下勋臣,知予自新,许予改过,即召募将士,来赴朝廷[24];若以为旧恶未悛,修身有阙,则帝王大器,敢妨圣贤,听天下所往也"[25]。陛下若纳臣此言,行臣所请,一月之内,天下兵马若不云集阙下,臣请阖门寸斩[26],以谢陛下。

伏乞陛下读臣此表一二十遍,亲与朝廷商量,事若可行,则自处置,不用露臣此表[27]。臣今日上表,即知万死,但愿行之,死无所恨。陛下若违臣所请,更无长策,社稷重事,伏惟陛下审图之。

《唐文粹》卷二八

〔1〕 程元振,唐京兆三原(今属陕西)人,少时以宦者入直内侍省。肃宗薨,张皇后谋废太子、立越王系,元振与宦者李辅国讨难,立太子,是为代宗,以拥立之功迁骠骑大将军,封邠国公,总禁兵,权震天下。元振凶决,专权自恣,诬杀襄阳节度使来瑱,构陷同华节度使李怀让,怀让忧愤自杀;又贬斥宰相裴冕,数加毁于元勋郭子仪、李光弼等,致使政令紊乱,群臣疑惧,方帅解体。《新唐书》有传。广德元年(763)十月,吐蕃入寇,元振不以时奏,至吐蕃渡渭水、扣便桥,代宗始知,仓卒出奔陕州。此疏即作于是年十、十一月间。古人云:"文死谏,武死战。"柳伉此疏,主旨是"请诛"程元振,情词慷慨,放言无忌,视死如归;以程元振权力之炽及代宗对程元振的依赖信任,可知此疏即是典型的"死谏"之疏。鉴于时局之艰,"疏闻,帝顾公议不与,乃下诏尽削元振官爵,放归田里"(《新唐书·程元振传》)。代宗返京后,元振着女装潜回长安,被执,判长流溱州(今属重庆綦江县),行至江陵,死。权倾天下的程元振命运急转直下,皆因柳伉此疏。柳文仅存此一篇,《新唐书·程元振传》摘要录入,《资治通鉴》亦录入,足见影响之大。

〔2〕 "臣出身"二句:意谓自己侍奉君王,能在皇上身边为官。出身,出而从事某种事情。此指为官。忝,谦词,指自己不堪当此任。近密,皇帝贴身的官,此指其担任的太常博士。太常博士是朝廷礼仪方面的学术权威,甚为清选。

〔3〕 "庶裨"句:犹言希望对皇帝有为万分之一的补益。庶,希冀之辞。裨,助益。

〔4〕 "特乞"三句:意谓特别请求陛下稍加听闻,而我甘愿去死。就鼎镬,服鼎镬之刑。鼎镬,原为古代两种烹饪器,后成为两种酷刑,即在鼎镬中烹人。

〔5〕 轻走易北:轻易逃走、败北。北,败逃。

〔6〕"独有"六句：言当时形势。代宗广德元年(763)冬十月,吐蕃入寇泾州(治安定,即今甘肃泾川),泾州刺史降,遂为向导,引吐蕃深入,过邠州(今陕西彬县)、寇奉天(今陕西乾县)、武功(今属陕西),京师震骇。代宗方治兵,而吐蕃已渡咸阳便桥,代宗仓卒不知所为,出幸陕州(今河南三门峡)。犬戎,指吐蕃。

〔7〕"馆谷"二句：意谓吐蕃占据内地、食用内地粮食已有三载,蔓延地面超过千里。馆谷,居其馆而食其谷。指驻军就食。《资治通鉴·唐纪三九》："吐蕃入大震关,陷兰、廓、河、鄯、洮、岷、秦、成、渭等州,尽取河西、陇右之地。唐自武德以来,开拓边境,地连西域……及安禄山反,边兵精锐者皆征发入援,谓之行营,所留兵单弱,胡虏稍蚕食之；数年间,西北数十州相继沦没,自凤翔以西,邠州以北,皆为左衽矣。"

〔8〕"武士"六句：据《资治通鉴》同卷载,吐蕃入寇,代宗狼狈出幸,发诏征诸道兵,李光弼(时为朔方节度使、天下兵马副元帅)等皆忌程元振居中,莫有至者。代宗车驾才出苑门、渡浐水,射生将(统领弓箭手的军官)王献忠拥四百骑叛还长安,胁迫丰王王琪(代宗子)等十王西迎吐蕃；而天子六军散者所在剽掠,士民避乱,皆入山谷。吐蕃入长安,立故邠王守礼之孙承宏为帝,改元,置百官,又剽掠府库市里,焚闾舍,长安中萧然一空；又欲掠城中士、女、百工,整众归国。数句即指此。

〔9〕"自朝义"六句：意谓自安史乱平定、回纥军队北归后,代宗以为所有成绩皆自己智慧所致,兼有神灵所佑,于是将权力尽委于亲近,而元老功臣反而疏远。朝义东灭,指安史残部被消灭。朝义,史思明之子,上元二年(761)杀其父自立,明年,唐借回纥(唐时少数民族,后改称回鹘,其一部分即今维吾尔族)之力屡败史朝义,朝义势穷,自缢死,安史乱平。广德元年(763)闰正月,回纥登里可汗率部北归,中原局面大致平定。近贵,指宦官。元勋,指郭子仪、李光弼等平安史乱有功者。

〔10〕"日引"二句：意谓天长日久,酿成大祸。浸成,渐成。

〔11〕多士：朝臣。

〔12〕"竟无"二句：意谓竟无一人犯颜极谏,使皇帝改变初衷。折

325

槛,用汉朱云事。汉成帝时,槐里令朱云面奏成帝,请赐剑斩佞臣张禹。成帝怒,命将朱云拉下斩首,云攀殿槛,抗声不止,槛为之折。经大臣劝解,云始得免。事见《汉书·朱云传》。牵裾,用魏辛毗事。魏文帝欲徙冀州十万户实河南,辛毗谏,帝不听,起入内,毗随而牵其衣裾,帝奋衣不还,良久乃出,云:"佐治(毗字),卿持我何太急邪?"事见《三国志·魏书·辛毗传》。

〔13〕 北捐汾蒲:北边损失了汾州、蒲州。捐,弃、失去。汾州(州治在今山西汾阳)、蒲州(州治在今山西永济西)。

〔14〕 秦川:指今陕西关中西部,战国时为秦之故地。

〔15〕 三辅:西汉时治理京畿地区的三个职官的合称,兼指其所辖地区。《太平御览》卷一六四引《三辅黄图》:"武帝太初元年……以渭城以西属右扶风,长安以东属京兆尹,长陵以北属左冯翊,以辅京师,谓之三辅。"此指京畿之地。

〔16〕 百寮:百官。寮,同"僚"。

〔17〕 "朝恩"句:朝恩,谓鱼朝恩,肃、代时宦官。《资治通鉴·唐纪三九》:"丁丑,车驾至华州,官吏奔散,无复供拟,扈从将士不免冻馁,会观军容使鱼朝恩将神策军自陕来迎,上乃幸朝恩营。"代宗自广德元年十月幸陕州,十二月还长安,鱼朝恩为天下观军容宣慰处置使,总禁兵,扈从代宗,甚有功。所谓"朝恩戮力"指此。

〔18〕 "天下"五句:《资治通鉴·唐纪三二》:"郭子仪数上言,吐蕃、党项不可忽,宜早为之备。"代宗不听,致吐蕃犯长安。"不练士卒"事指此。疏远贤良,指疏远郭子仪、李光弼、来瑱、李怀让等。郭子仪自宝应元年(762)八月入朝,遂留京师,闲废日久。委任宦官,指委任程元振。

〔19〕 "尽出"二句:谓尽行清除宫内宦官,分配至各州安置。

〔20〕 "以朝恩"四句:这是特例对待鱼朝恩的话。因朝恩有迎扈之功,故可以留在皇帝身边(不必发配诸州),但朝恩所统领的神策军,应交由朝臣统领。神策兵马,指神策军,属皇帝身边的近卫军。汉官,朝官,是相对于宦官而言。

〔21〕 "左右"二句:谓皇帝左右供驱使的人,尽用文武臣属,不用宦官。使令,差遣、使唤。

〔22〕 "削去"句:广德元年秋七月,群臣上代宗尊号曰"宝应元圣文武孝皇帝"。

〔23〕 率德:率先修德。励行:砥砺品性。

〔24〕 "若天下"五句:此是代皇帝所拟诏书的内容,意谓如果天下功勋大臣,知道我改过自新,允许我改正错误,那么就请招募将士,奔赴皇帝行在。

〔25〕 "若以为"五句:也是代皇帝所拟诏书内容,意谓如果认为我旧恶未改,修身还有阙失,那么虽以帝王之尊,亦不敢妨害圣贤的选择,随你们所往。悛(quān 权阴平),改正。帝王大器,指帝王之位。

〔26〕 阖门寸斩:全家处死。寸斩,碎尸万断。

〔27〕 "不用"句:不露出此表,是替皇帝着想,意谓表中所言之事,皆是皇帝自己的作为。

陆 羽

陆羽(733—804?),字鸿渐;一名疾,字季疵,复州竟陵(今湖北天门)人。家世不详,或云为竟陵禅师智积从水滨拾得,抚育成人。曾为伶人,天宝五载(746)竟陵太守教以诗书,始为士人。唐肃宗至德元载(756)避乱居湖州,与诗僧皎然为忘年之交。时出游江南各地,代宗大历间为湖州刺史颜真卿幕客,参与颜真卿、皎然等十数人之联唱。德宗建中中诏拜太常寺太祝,未就,贞元间入岭南节度使李复幕,检校太子文学。约卒于贞元末。羽能诗,著述甚多,于茶道尤精,时号茶仙,鬻茶家以茶神祀之。今存《茶经》三卷,馀皆佚。《新唐书》有传。

陆文学自传[1]

陆子名羽,字鸿渐[2],不知何许人也。或云字羽,名鸿渐,未知孰是。有仲宣、孟阳之貌陋[3],相如、子云之口吃[4];而为人才辩笃信,褊躁多自用意[5]。朋友规谏,豁然不惑[6]。凡与人宴处,意有所适,不言而去[7]。人或疑之,谓生多瞋[8]。又与人为信,虽冰雪千里,虎狼当道,而不愆也[9]。

上元初[10],结庐于苕溪之滨[11],闭门对书,不杂非类[12],名僧高士,谈谑永日[13]。常扁舟往来山寺,随身唯纱巾、藤鞋、短褐、犊鼻[14]。往往独行野中,诵佛经,吟古诗,杖击林木,手弄流水,夷犹徘徊[15],自曙达暮,至日黑兴尽,号泣而归。故楚人相谓:"陆子盖今之接舆也[16]。"

始三岁,惸露[17],育乎竟陵大师积公之禅院。幼学属文[18],积公示以佛书出世之业。子答曰:"终鲜兄弟,无复后嗣,染衣削发[19],号为释氏,使儒者闻之,得称为孝乎?羽将授孔圣之文可乎[20]?"公曰:"善哉,子为孝!殊不知西方染削之道,其名大矣。"公执释典不屈,子执儒典不屈。公因矫怜无爱[21],历试贱务:扫寺地、洁僧厕、践泥圬墙、负瓦施屋、牧牛一百二十蹄[22]。竟陵西湖无纸,学书以竹画牛背为字。他日问字于学者,得张衡《南都赋》[23],不识其字,但于牧所仿青衿小儿[24],危坐展卷,口动而已。公知之,恐渐渍外典,去道日旷[25],又束于寺中,令其剪榛莽,以门人之伯主焉[26]。或时心记文字,慛然若有所遗,灰心木立,过日不作[27]。主者以为惰慵,鞭之。因叹岁月往矣,恐不知其书,呜咽不自胜。主者以为蓄怒,又鞭其背,折其楚乃释[28]。因倦所役,舍主者而去,卷衣诣伶党[29]。著《谑谈》三篇,以身为伶正,弄木人、假吏、藏珠之戏[30]。公追之曰:"念尔道丧,惜哉!吾本师有言,我弟子十二时中,许一时外学,令降伏外道也[31]。以我门人众多,今从尔所欲,可缉学工书[32]。"

天宝中,郢人酺于沧浪道[33],邑吏召子为伶正之师[34]。时河南尹李公齐物黜守见异[35],捉手抚背,亲授诗集。于是汉沔之俗亦异焉[36]。后负书于火门山邹夫子别墅[37],属礼部郎中崔公国辅出守竟陵郡[38],与之游处,凡三年。赠白驴、乌犎牛一头[39],文槐书函一枚[40]:"白驴、犎牛,襄阳太守李憕见遗[41];文槐函,故卢黄门侍郎所与[42]。此物皆已之所惜也,宜野人乘蓄[43],故特以相赠。"

洎至德初[44],秦人过江,子亦过江[45],与吴兴释皎然为缁素忘年之交[46]。少好属文,多所讽谕。见人为善,若己有之;见人不善,若己羞之;苦言逆耳,无所回避,由是俗人多忌之。自禄山乱中原,为《四悲诗》;刘展窥江淮[47],作《天之未明赋》。皆见感激当时,行哭涕泗。著《君臣契》三卷,《源解》三十卷,《江表四姓谱》八卷,《南北人物志》十卷,《吴兴历官记》三卷,《湖州刺史记》一卷,《茶经》三卷,《占梦》上、中、下三卷,并贮于褐布囊。上元辛丑岁[48],子阳秋二十有九[49]。

《全唐文》卷四三三

〔1〕 此篇是陆羽自为之自传。自幼年起,止于肃宗上元二年其二十九岁时。陆羽为太子文学在德宗贞元时期,自传终止时间不及于此,题目当为后人所加。陆羽生平,颇具传奇性;唐赵璘《因话录》谓其为人"学赡辞逸,诙谐纵辩,盖东方曼倩(朔)之俦",自传充分反映了这些特点,诙谐幽默而又不失其真实。《唐才子传》及《新唐书》的陆羽传,皆采自此。

〔2〕 "陆子"二句:陆羽姓及名字,得之于《易·渐》:"鸿渐于陆……其羽可用为仪。"鸿渐,意为飞鸿渐进于高位。

〔3〕 仲宣、孟阳:分别为三国魏作家王粲、西晋作家张载字。史载王粲、张载皆貌丑。

〔4〕 相如、子云:指西汉赋家司马相如、扬雄。扬雄字子云。史载司马相如、扬雄皆口吃。

〔5〕 "而为人"二句:意谓其为人多才而善辩,诚实有信,但急躁器量狭小,多固执己见。褊(biǎn 扁)躁,器量狭窄。

〔6〕 "朋友"二句:与上句意义相反,意谓朋友规谏后则豁然明白(并不固执己见)。

〔7〕 "凡与人"三句:意谓凡与人平时相处,只要心中另有他意,就不告而辞。宴处,平时相处。宴,同"燕"。

〔8〕 瞋(chēn 琛):生气、恼火。

〔9〕 不愆(qiān 牵):无差错、无过失。愆,同"愆",意为错过、违失。

〔10〕 上元:肃宗年号(760—761)。

〔11〕 苕溪:水名,源出今浙江安吉西南天目山北麓者为西苕溪,源出今浙江临安西北天目山南麓者为东苕溪。东西苕溪于湖州合流北入太湖。相传此水夹岸多苕花,秋时飘飞水上如雪,故名。

〔12〕 非类:与"名僧高士"相反,即庸俗之辈。

〔13〕 谈谑:边宴饮边叙谈。永日:长日。

〔14〕 纱巾、藤鞋、短褐、犊鼻:皆出行者打扮。藤鞋,用葛藤编织的鞋。短褐,短粗布上衣。犊鼻,即犊鼻裤,一种无裆的短裤。一说即围裙,形如犊鼻,故名。

〔15〕 夷犹:迟疑不前。

〔16〕 接舆:春秋时楚人,佯狂避世,尝歌而过孔子,讥讽孔子不识时务。见《论语·微子》。

〔17〕 惸(qióng 穷)露:孤苦无依靠。惸,同"茕"。

〔18〕 属(zhǔ 主)文:撰写文章。属,连缀文辞。

〔19〕 染衣削发:着缁衣,削发为僧。

〔20〕 授孔圣之文:学习儒家经典。授,同"受"。

〔21〕 矫怜无爱:改正过去对他的怜爱而不再顾惜他。

〔22〕 一百二十蹄:三十头牛。

〔23〕 张衡(78—139):东汉赋家,字平子,南阳(今属河南)人,《南都赋》是其代表作之一。

〔24〕 青衿小儿:读书的学子。古时读书人着青衿。

〔25〕 "恐渐"二句:意谓恐怕他渐渐习染外典,距离佛门日益旷远。外典,佛学以外的著作。

〔26〕 门人之伯:弟子中年长者。

331

〔27〕 "慸然"三句:形容专心致志思考问题。若有所遗,好像遗失了什么东西。灰心木立,心如死灰,形如枯木。过日不作,长时间一动不动。

〔28〕 折其楚:打折了荆条。楚,荆条。

〔29〕 伶党:歌舞者团体。

〔30〕 "著《谑谈》"二句:大意谓写了三篇《谑谈》,并担任主角表演了木偶戏、参军戏等。《谑谈》,或即笑话之类。

〔31〕 "本师"四句:与以下数句皆是积公为自己下台阶的话,意谓本门师父说过,我佛家弟子一日十二时辰中,允许有一个时辰学习佛学以外的学问。十二时,指一天。古时一天有十二时辰。外道,佛教徒称佛教以外的宗教或思想为外道。

〔32〕 "以我"三句:意谓因我门人众多,今天从你所欲,可以外出去积累学识学好书法。

〔33〕 "鄀人"句:谓鄀人聚饮于沧浪道。鄀人,鄀州之人。唐鄀州治京山(今属湖北)。鄀又为古时楚国地名,即今湖北江陵一带。酺(pú蒲),聚饮。唐时禁民间聚饮,凡有大庆典则允许聚饮。沧浪道,水名,即夏水,故道自今湖北沙市南分长江东出,经今监利县北流,折东北至今沔阳入汉水。按,玄宗生日为八月五日,开元十七年(729)群臣奏请每岁此日为千秋节,布于天下,咸令宴乐。天宝七载(748)改称天长节,逢节赐天下民酺三日。

〔34〕 伶正之师:伶人的师傅,即导演、教练之类。按,伶正或为伶工之误。

〔35〕 李齐物:淮安王神通子李锐之孙,字运用,开元二十四年后历仕怀、陕二州刺史、鸿胪卿、河南尹,天宝五载(746)为李林甫所构贬竟陵(竟陵郡,即复州,天宝元年以州为郡)太守。见异,见而异之。

〔36〕 汉沔:汉水、沔水。汉水源出今陕西宁强之蟠冢山,名漾水,流经沔县(今陕西勉县)为沔水,东经褒城,合褒水,始称汉水。此处"汉沔"指今湖北汉水流域一带。按,此句与前后文意不连属,或有误。

〔37〕 火门山:即天门山,在今湖北天门县西五十里,后以俗忌改今

名。邹夫子:其人不详。

〔38〕 崔国辅:著名诗人,吴郡(今江苏苏州)人,一说山阴(今浙江绍兴)人。开元十四年进士,天宝初为左补阙,起居舍人,转礼部员外郎,十一载坐事贬竟陵郡司马。按,此句谓崔国辅为礼部郎中、出守竟陵郡(竟陵太守)皆有误。

〔39〕 乌犎牛:犎或为犇(fēng 封)之误。犎牛:一种领肉隆起的野牛,亦名封牛、峰牛。

〔40〕 文槐书函:槐木制的书函。文指槐木纹理。

〔41〕 李憕(chéng 成):太原文水(今属山西)人。举明经,天宝十四载,由京兆尹改光禄卿、东京留守,率兵抵抗安禄山,洛阳城破,为禄山所杀。两《唐书》有传。

〔42〕 卢黄门侍郎:中宗景龙中,卢藏用、卢怀慎俱曾任黄门侍郎,不知谓谁。

〔43〕 "宜野人"句:意谓此物适宜于平民百姓乘坐、蓄有。野人,住在郊野的人。此指无官职者。

〔44〕 至德:唐肃宗年号(756—758)。

〔45〕 "秦人"二句:指安史之乱时中原士人大批逃难江南。秦人,关中人。陶渊明《桃花源记》谓桃花源中人"避秦时乱",此处暗用其事。

〔46〕 释皎然(720—?):著名诗僧,俗姓谢,湖州长城(今浙江长兴)人。皎然天宝初曾应进士试,失意,遂出家。天宝后期漫游全国各地,到过长安,与卿大夫交,至德后定居湖州。缁素:指僧俗。

〔47〕 刘展:宋州刺史,领淮西节度副使,肃宗上元元年(760)十一月反,陷升、润、苏、常等地,江淮受其蹂躏。上元二年正月为平卢兵马使田神功等所击斩。

〔48〕 上元辛丑:即肃宗上元二年(761)。

〔49〕 阳秋:春秋。

333

陆　贽

　　陆贽(754—805),字敬舆,苏州嘉兴(今属浙江)人。代宗大历八年(773)登进士第,又中博学宏词科,授郑县尉,历渭南主簿、监察御史,德宗建中四年(783)以祠部员外郎充翰林学士,参决机谋,时号"内相"。后历任谏议大夫、中书舍人之职。贞元八年(792)以兵部侍郎知贡举,擢韩愈、李观、欧阳詹等登第,时称"龙虎榜"。同年为相,十年罢为太子宾客,贬忠州别驾,卒。谥宣,世称"陆宣公"。两《唐书》有传。贽"才本王佐,学为帝师"(苏轼《乞校正陆贽奏议进御扎子》),所为政论奏议之文,虽为骈体,但上承"燕许"融散入骈传统,下开赵宋四六散化先河,为杰出的骈文改革家,在中唐及后世享有巨大声誉,权德舆称其文"关乎时政,昭昭然与金石不朽"(《翰苑集序》)。今存《翰苑集》二十二卷。

奉天请罢琼林大盈二库状[1]

　　右[2]。臣闻"作法于凉,其弊犹贪;作法于贪,弊将安救?"[3]示人以义,其患犹私;示人以私,患必难弭[4]。故圣人之立教也,贱货而尊让,远利而尚廉。天子不问有无,诸侯不言多少[5]。百乘之室,不畜聚敛之臣[6]。夫岂皆能忘其欲贿之心哉[7]?诚惧贿之生人心而开祸端,伤风教而乱邦家耳。

是以务鸠敛而厚其帑椟之积者,匹夫之富也[8];务散发而收其兆庶之心者,天子之富也[9]。天子所作,与天同方[10]。生之长之,而不恃其为[11];成之收之,而不私其有[12];付物以道,混然忘情[13]。取之不为贪,散之不为费。以言乎体则博大,以言乎术则精微[14]。亦何必挠废公方[15],崇聚私货[16],降至尊而代有司之守,辱万乘以效匹夫之藏。亏法失人,诱奸聚怨[17],以斯制事,岂不过哉!

今之琼林、大盈,自古悉无其制。传诸耆旧之说[18],皆云创自开元[19]。贵臣贪权,饰巧求媚,乃言郡邑贡赋所用,盍各区分,税赋当委之有司,以给经用;贡献宜归乎天子,以奉私求[20]。玄宗悦之,新是二库[21]。荡心侈欲,萌柢于兹[22];迨乎失邦,终以饵寇[23]。《记》曰:"货悖而入,必悖而出。"[24]岂非其明效欤?

陛下嗣位之初,务遵理道[25],敦行约俭,斥远贪饕[26]。虽内库旧藏,未归太府,而诸方曲献,不入禁闱[27]。清风肃然,海内丕变[28]。议者咸谓汉文却马、晋武焚裘之事[29],复见于当今。近以寇逆乱常,銮舆外幸[30],既属忧危之运,宜增儆励之诚[31]。臣昨奉使军营,出由行殿[32],忽睹右廊之下,榜列二库之名,矍然若惊[33],不识所以。何则?天衢尚梗,师旅方殷[34],疮痛呻吟之声,噢咻未息[35];忠勤战守之效,赏赉未行[36]。而诸道贡珍[37],遽私别库[38],万目所视,孰能忍怀?窃揣军情,或生觖望[39]。试询候馆之吏,兼采道路之言,果如所虞,积憾已甚[40]。或忿形谤讟[41],或丑肆讴谣[42],颇含思乱之情,亦有悔忠之意[43]。是知畎俗昏鄙,识昧高卑,不可以尊极临,而可以诚义感[44]。

顷者六师初降,百物无储[45]。外扞凶徒,内防危堞[46],昼夜不息,追将五旬。冻馁交侵,死伤相枕,毕命同力,竟夷大艰[47]。良以陛下不厚其身,不私其欲,绝甘以同卒伍,辍食以啗功劳[48]。无猛制而人不携,怀所感也[49];无厚赏而人不怨,悉所无也[50]。今者攻围已解,衣食已丰,而谣蘁方兴,军情稍阻[51]。岂不以勇夫恒性,嗜货矜功,其患难既与之同忧,而好乐不与之同利,苟异恬默,能无怨咨[52]!此理之常,固不足怪。《记》曰:"财散则民聚,财聚则民散。"[53]岂非其殷鉴欤[54]?众怒难任,蓄怨终泄,其患岂徒人散而已[55]?亦将虑有构奸鼓乱,干纪而强取者焉[56]。

夫国家作事,以公共为心者,人必乐而从之;以私奉为心者,人必咈而叛之[57]。故燕昭筑金台,天下称其贤[58];殷纣作玉杯,百代传其恶[59]。盖为人与为己殊也。周文之囿百里,时患其尚小;齐宣之囿四十里,时病其太大[60]。盖同利与专利异也。为人上者,当辨察兹理,洒濯其心[61],奉三无私,以壹有众[62]。人或不率[63],于是用刑。然则宣其利而禁其私[64],天子所恃以理天下之具也。舍此不务,而壅利行私[65],欲人无贪,不可得已。今兹二库,珍币所归,不领度支[66],是行私也;不给经费[67],非宣利也。物情离怨,不亦宜乎!

智者因危而建安,明者矫失而成德[68]。以陛下天姿英圣,傥加之见善必迁[69],是将化蓄怨为衔恩[70],反过差为至当[71]。促畛遗孽[72],永垂鸿名,易如转规[73],指顾可致。然事有未可知者,但在陛下行与否耳。能则安,否则危;能则成德,否则失道。此乃必定之理也,愿陛下慎之惜之!

336

陛下诚能近想重围之殷忧[74],追戒平居之专欲[75],器用取给,不在过丰;衣食所安,必以分下。凡在二库货贿,尽令出赐有功,坦然布怀,与众同欲。是后纳贡,必归有司[76];每获珍华,先给军赏;瑰异纤丽[77],一无上供。推赤心于其腹中[78],降殊恩于其望外。将卒慕陛下必信之赏,人思建功;兆庶悦陛下改过之诚,孰不归德？如此,则乱必靖,贼必平,徐驾六龙[79],旋复都邑,兴行坠典,整缉棼纲[80]。乘舆有旧仪,郡国有恒赋[81],天子之贵,岂当忧贫？是乃散其小储,而成其大储也;损其小宝,而固其大宝也[82]。举一事而众美具[83],行之又何疑焉！悭少失多,廉贾不处[84];溺近迷远,中人所非[85]。况乎大圣应机,固当不俟终日[86]。不胜管窥愿效之至[87],谨陈冒以闻[88]。谨奏。

《翰苑集》卷一四

〔1〕 奉天,唐县名,即今陕西乾县。琼林、大盈,皇帝私库名。德宗建中四年(783)十月,泾源节度使姚令言率领本部兵被命东征,过长安,哗变,拥立原卢龙节度使、闲居长安的朱泚为主,德宗仓皇奔亡奉天,百官从之。泚称皇帝,国号大秦,建元应天(后更国号曰汉,改元天皇),旋攻奉天。十一月,唐各道兵讨朱泚。战至次年六月,朱泚败走,帝始还京。时陆贽以翰林学士侍从奉天,于军事纷繁之中草拟诏书,"挥笔持纸,成于须臾"(韩愈《顺宗实录》),此状即作于此时。德宗奔亡奉天之初,物资极为艰难,甚至侍卫服装亦不齐全。后来各地陆续送到一些贡赋,德宗于是在行宫两厢设库收藏贡品,陆贽遂上此状,请求废除。疏上,德宗从之。

〔2〕 右:古人写状,其格式是先将所论列的事由用一两句话写在前面以便让读状者对状的内容一望而知,然后提出意见,加以论列。从前书写的格式是自右向左竖行书写,事由写在前面,在右,所以正文开始例加

337

"右"字。

〔3〕 "作法"四句:语出《左传·昭公四年》:"郑子产作丘赋……浑罕曰:'国氏其先亡乎!君子作法于凉,其弊犹贪;作法于贪,弊将若之何?'"意谓由薄取制定法令,其弊尚不免于贪,何况由多取制定法令,其弊将如何防止呢。凉,薄、不厚道。

〔4〕 弭:止。

〔5〕 "天子"二句:语出《荀子·大略》:"天子不言多少,诸侯不言利害。"意谓对于财货,天子、诸侯均不应亲自过问,计较多少。

〔6〕 "百乘(shèng 胜)"二句:语出《礼记·大学》:"百乘之家,不畜聚敛之臣。"百乘之室,即大夫之家。西周春秋时,大夫较诸侯低一等。按周制,大夫食邑之地方十里,出兵车百乘。聚敛之臣,敛财的家臣。家臣即管家一类的人。

〔7〕 欲贿之心:希求财货的心思。

〔8〕 "是以"二句:意谓务求聚敛使其财富积蓄增加的,是普通平民的富。务鸠敛,专门从事聚敛。帑(tǎng 倘),储藏货币的库房。椟,储藏珍宝的柜子。

〔9〕 "务散"二句:意谓务求散发财货而笼络万民百姓之心,是天子的富。兆庶,万民百姓。兆,百万。庶,庶民。

〔10〕 与天同方:与天相同。方,术、方法。

〔11〕 不恃其为:不以自己有作为而自傲。恃,矜恃,自是。

〔12〕 不私其有:不独占自己之所有。

〔13〕 "付物"二句:意谓以自然之道对待外物,全然不掺杂个人情感。

〔14〕 "以言"二句:意谓以事体(财货聚散)言之则甚重大,以(处理财货)方法言之则甚精细而微小。

〔15〕 挠废公方:破坏公法。挠,违背、废弃。

〔16〕 崇聚私货:聚集私人的财货。崇,聚集。

〔17〕 "亏法"二句:意谓既损坏法令失去人心,又诱人为恶招来

怨愤。

〔18〕 耆(qí 其)旧:老人。耆,六十到八十岁之间的老人。

〔19〕 开元:唐玄宗年号。

〔20〕 "贵臣"八句:系据玄宗时王𫓧言行写出。天宝四载(745)王𫓧为勾当户口色役使(掌勘查逃户,核准户籍),岁进钱百亿万缗,凡非租庸正额(国家正常赋税收入)者,皆积于百宝、大盈库,以供天子燕私及赏赐之用。详见《旧唐书·王𫓧传》及《新唐书·食货志》。饰巧求媚,巧言以求媚于皇帝。税赋当委之有司,即租庸正额交付有关部门。贡献宜归乎天子,即租庸正额以外的收入由天子自由支配。贡献,州郡官员额外进献皇帝的财货。

〔21〕 新:新创。是:此,指琼林、大盈二库。

〔22〕 萌柢(dǐ 底):生根、萌芽。柢,根。

〔23〕 "迨(dài 代)乎"二句:意谓待到安史乱起,这些财货又成为引诱敌寇的诱饵。《新唐书·逆臣传》:"禄山未至长安,士人皆逃入山谷,将相第家委宝货不赀,群不逞争取之,累日不能尽。又剽左藏大盈库百司帑藏,竭,乃火其馀。禄山至,怒,乃大索三日,民间财货尽掠之。"

〔24〕 "《记》曰"数句:语本《礼记·大学》:"货悖而入者,亦悖而出。"意谓财货以不合理方式积累,必然以不合理方式出。

〔25〕 理道:治理国家之道。

〔26〕 贪饕(tāo 涛):贪贿。

〔27〕 "虽内库"数句:意谓虽然内库旧藏尚未归于太府管理,但地方官员的私献,也不入皇宫。内库旧藏,皇宫库藏。太府,政府管理库藏(国家正库)的官员。诸方曲献,地方私献,是正赋以外献给皇帝私人的珍奇宝玩。

〔28〕 丕变:大变。

〔29〕 汉文却马:汉文帝时,有人献千里马,文帝说:"我但出宫,前有鸾旗,后有属车(相连属的车),平时每日行五十里,行军每日三十里。我骑上千里马在前,将往何处?"遂将马还给献马者,并令四方毋求来献。事

见《汉书·贾捐之传》。晋武焚裘:晋武帝时,有人献雉头裘,武帝认为是奇技异服,不合典礼,将其焚于殿前。事见《晋书·武帝纪》。

〔30〕 寇逆乱常:指朱泚叛乱。銮舆外幸:指德宗出奔奉天。銮舆,皇帝车驾。外幸,是对德宗出奔在外的委婉说法。

〔31〕 儆励:警戒、勉励。儆,同"警"。

〔32〕 行殿:行宫。皇帝出行居住的宫殿。

〔33〕 戄(jué 决)然:惊讶貌。

〔34〕 "天衢"二句:意谓国家尚处艰难,战事频繁。天衢,京师的道路。梗,阻。师旅,原指军事编制,此指战事。

〔35〕 "疮痛"二句:意谓对因受灾难而痛苦呻吟的百姓,存念不已。噢咻(yǔ xǔ 语许),抚慰病痛。

〔36〕 "忠勤"二句:意谓对战守有功的将士,还未予以赏赐。战守之效,指战功。赏赉(lài 赖),赏赐。

〔37〕 道:唐代的行政区划。太宗贞观时因山河形便,分天下为十道,玄宗开元间增为十五道。

〔38〕 别库:国库以外的库。

〔39〕 欮(jué 决)望:怨望。欮,不满。

〔40〕 "试问"数句:意谓我曾尝试询问地方小吏,并采集行路人言语,果然如我所忧虑,百姓对皇帝积怨甚深。候馆,驿站。候馆之吏此指地方小吏。虞,忧虑。

〔41〕 谤讟(dú 读):诽谤。

〔42〕 丑肆讴谣:用歌谣肆意诋毁。

〔43〕 "颇含"二句:意谓百姓情绪颇有思乱之情,对皇帝的忠心也有后悔之意。

〔44〕 "是知"四句:意谓由此可知百姓糊涂,不懂得尊卑高下,但不可以至尊的名义去压制,只能以诚义感动他们。甿(méng 氓)俗,老百姓。

〔45〕 "顷者"二句:指皇帝大军初到奉天,没有物资储备。六师,六军。周制,天子六军。初降,是对皇帝出奔奉天的委婉说法。

〔46〕"外扞"二句：意谓对外要抵御凶悍的朱泚叛军，对内要防守危城。危堞，指奉天县城。堞，城上女（矮）墙。

〔47〕"毕命"二句：意谓众将士效死同心，终于度过大患难。按，据《旧唐书·德宗纪》，德宗自建中四年（783）出奔奉天，朱泚围攻甚急，前后将近两月。当时城中存粮已尽，死亡者众，幸赖战士拼死抵抗，保住危城。

〔48〕"良以"四句：意谓其所以如此，实在是因为皇上不厚待自身，不只顾自己，屏绝美食与士兵一样，停止自己进食以奖赏有功将士。辍，停止。啖（dàn 旦），给人吃。

〔49〕"无猛"二句：意谓无有严刑峻法而人无二心，是因为怀着感激皇帝之心。

〔50〕"无厚"二句：意谓虽无厚赏而人不抱怨，是因为大家知道要赏的东西连皇帝都没有。

〔51〕"军情"句：谓军心稍稍有了隔阂。

〔52〕"岂不"六句：意谓岂非因为勇夫的本性是爱好财货而矜夸功劳，当患难之际既与他们同忧，而不与他们同享安乐，若非沉默不语者，焉得没有怨望之情？勇夫，指军人。恒性，固有的性格。矜功，夸耀自己的功劳。

〔53〕"《记》曰"数句：语出《礼记·大学》。

〔54〕 殷鉴：可以作为鉴戒的人或事。语出《诗·大雅·荡》："殷鉴不远，在夏后之世。"意思是夏朝作为殷朝的鉴戒，并不遥远。

〔55〕 人散：人心离散。

〔56〕"亦将"二句：意谓还要顾虑到有制造奸谋、违法而强行夺取的人。

〔57〕 咈（fú 弗）：违背。

〔58〕"故燕"二句：相传战国时，燕昭王筑台，置黄金其上，以招贤士。《文选》鲍照《代放歌行》李善注："黄金台在易水东南十八里，燕昭王置千金于台上，以延天下之士。"其故址当在今河北易县东南。

〔59〕"殷纣"二句：《韩非子·喻老》："昔者纣为象箸而箕子怖，以

为象箸必不加于土铏,必将犀玉之杯;象箸、玉杯必不羹菽藿,必旄象豹胎。"此用其事。玉杯,比喻生活奢侈。

〔60〕"周文"四句:语出《孟子·梁惠王下》:"文王之囿方七十里,刍荛者往焉,雉兔者往焉,与民同之,民以为小……郊关之内有囿方四十里,杀其麋鹿者,如杀人之罪……民以为大。""郊关之囿"即齐宣王之囿。囿,帝王豢养禽兽的园林。

〔61〕洒濯其心:清洗其心中的贪欲。

〔62〕"奉三"二句:意谓奉行无私以劝勉天下,使天下人齐心。三无私,语本《礼记·孔子闲居》:"天无私覆,地无私载,日月无私照。"此以三无私喻帝王德泽。壹,同、使齐心。

〔63〕不率:不遵从,不遵守。

〔64〕宣其利:宣泄财货。宣,流通、散开。

〔65〕壅利:囤积其财货,与"宣利"相反。

〔66〕不领度支:不由度支统辖管理。度支,官名,属户部,掌管天下财赋预算与开支。

〔67〕不给经费:不作为国家经费统一支出。

〔68〕矫失:矫正错误。成德:成就大德。

〔69〕见善必迁:去恶从善。语本《易·益》:"君子以见善则迁,有过则改。"

〔70〕蓄怨:积怨。衔恩:牢记恩情。

〔71〕过差:大错误。

〔72〕促殄(tiǎn 舔):加速消灭。遗孽:残馀的叛匪。

〔73〕易如转规:形容一往无阻,毫无阻拦。转规,转动圆形器物。

〔74〕殷忧:深重的忧患。

〔75〕追戒:戒备以后。平居:日常生活。

〔76〕有司:有关机构。此指主管财货的度支。

〔77〕瑰异纤丽:指珍贵华丽之物。

〔78〕"推赤"句:即"推心置腹"之意。语出《后汉书·光武帝纪》:

"萧王(光武帝)推赤心于人腹中。"

〔79〕 六龙:日之御。后以指天子车驾。

〔80〕 "兴行"二句:意谓恢复并执行业已废弛的典章制度,修整已经紊乱的纲纪。缉,修葺。棼(fén 坟),紊乱不整。

〔81〕 "乘舆"二句:意谓皇帝用度有一定的规矩可循,地方上缴的赋税有固定的标准。乘舆,皇帝车驾。古代皇帝车驾及一切用度,皆有一定之规。此代指皇帝。郡国,州郡。

〔82〕 大宝:天子之位。《易·系辞下》:"圣人之大宝曰位。"

〔83〕 举一事:即办理二库之事。

〔84〕 "悋少"二句:意谓因小而失大之事,聪明的商贾不为。悋,同"吝"。廉贾,不贪图小利的商人。

〔85〕 "溺近"二句:意谓沉迷于眼前利益而丧失长远利益的事,中等智力的人也以其为非。

〔86〕 "况乎"二句:意谓圣人应机处理事务,应立即去做,不必等到一天之后。语出《易·系辞下》:"君子见机而作,不俟终日。"

〔87〕 管窥:比喻所见甚小。愿效:说出意见,表达效忠的意愿。

〔88〕 陈冒:冒昧陈述。

权德舆

权德舆(761—818),字载之,天水略阳(今甘肃秦安)人,家于润州丹徒(今属江苏)。幼颖悟,四岁能诗,年十五,为文数百篇,见称于诸儒间。德宗建中元年(780)受辟为淮南黜陟使韩洄从事,同年改右金吾卫兵曹参军。贞元间历仕太常博士、左补阙、起居舍人兼知制诰、中书舍人、礼部侍郎等,宪宗元和初历兵部、吏部侍郎,元和五年(810),自太常卿拜礼部尚书同中书门下平章事,为政以宽厚为本。八年罢为礼部尚书,后历为东都留守、刑部尚书等职,十三年卒于山南节度使任所。德舆当贞元、元和间掌文柄,名重一时,柳宗元、刘禹锡等皆投文门下,求其品题。为文宏博雅正,温润周详,公卿侯王、硕儒名士之碑铭,多出其手,时人奉为宗匠。为文主张"有补于时"(《崔寅亮集序》),不满于"词或侈靡,理或底伏"(《崔文翰文集序》)的衰薄文风。有《权载之文集》五十卷传世。两《唐书》有传。

酷吏传议[1]

《诗》美仲山甫曰:"刚亦不吐,柔亦不茹。"[2]故体备健顺,是为全德[3]。不然,则直己循性[4],能秉一方。事举于中,皆理道也。得柔之道者为循吏[5],失刚之理者为酷吏[6]。

司马氏修《史记》,始作二传,以诫世尔[7]。而后以郅都为酷吏传首[8],愚有惑焉。都之为中郎将,上欲搏野彘活贾姬,从容奏议,引宗庙太后之重[9]。其为济南守,诛豪猾首恶,道不拾遗[10]。其为中尉[11],宗室贵臣,敛手仄目。其为雁门守,匈奴不敢近边,至为偶人像之,骑射莫能中[12]。然其勇敢气节,根于公廉,不发私书,不受请寄[13]。具此数者,为汉名臣。入居命卿[14],出总列郡[15],坚刚忠纯,终始若一。坐临江之嫌,当太后之怒,身死汉庭,首足异处[16],有以见汉氏之不纲,王泽之弛绝也。盖在史氏发而明之,以旌事君,以励使臣,俾百代之下,有所惩劝。子长既首冠酷吏,班氏又因而从之[17],善善恶恶之义,于此缺矣。夫椎埋沉命舞文巧诋之徒,自为等夷[18],杂列篇次。至于述赞[19],虽云引是非争大体,又何补焉?

噫嚱!《洪范》之沉潜[20],《大易》之直方[21],皆臣道也,都虽未蹈之,斯近之矣。不隐忠以避死[22],不枉道以莅官[23],无处父之华,异申枨之欲[24],所至之邦,必以称职闻。其古之刚而无害、怒而中节者欤[25]?刚似酷,弱似仁,在辩之不惑而已[26]。天下似是之为失多矣,岂独是哉?开卷之际,恍然有感,且以司马氏、班氏,皆良史也,犹不能辩,故为论之[27]。

《全唐文》卷四八八

〔1〕 司马迁、班固皆以郅都入《酷吏传》,作者以为不妥,于是论之。作者从刚柔并济入手论为臣之道,故所论取径甚微而取义甚大。

〔2〕 "《诗》美"三句:仲山甫,周宣王大臣,"刚亦不吐,柔亦不茹"见

345

《诗·大雅·烝民》,据说为宣王大臣尹吉甫所作,赞扬仲山甫的美德及其辅佐宣王的忠直。《烝民》诗云:"人亦有言:'柔则茹之,刚则吐之。'维仲山甫,柔亦不茹,刚亦不吐。"茹,吃;吐,不吃。人言柔软的东西可以吃下去,坚硬的东西则要吐出来,而仲山甫则柔软的不吃,坚硬的不吐,意谓其不畏强暴,刚柔兼备。

〔3〕 "故体"二句:意谓刚柔兼备,道德上就完美无缺了。

〔4〕 直己循性:一味地顺着自己的性情去做。

〔5〕 循吏:守法循理的官吏。

〔6〕 酷吏:滥用刑法残害人民的官吏。

〔7〕 "司马氏"三句:司马迁作《史记》,有"循吏"、"酷吏"二列传。

〔8〕 "而后"句:《史记·酷吏列传》共有十数人,郅都为酷吏传之首。郅都,汉河东大阳(故址在今山西平陆东)人。以郎事文帝,景帝时为中郎将,能直谏,常面折大臣于朝。后为中尉,执法严酷,宗室见其侧目而视,号为"苍鹰"。

〔9〕 "都之"数句:郅都为中郎将时,从景帝入上林苑猎,帝之贾姬如厕,野彘猝入厕,帝目都,都不行;帝欲自持兵救贾姬,都伏帝前阻之,曰:"亡一姬,复一姬进,天下难道少一个贾姬吗?陛下纵然自轻,如何向祖宗和太后交待?"帝遂还,野彘亦逃去。事见《史记·酷吏列传》。

〔10〕 "其为"三句:景帝时,济南豪强瞷氏有宗人三百馀家,守吏不能制,于是景帝拜郅都为济南太守。至则族灭瞷氏首恶,馀皆股栗,居岁馀,郡中不拾遗。事见《史记·酷吏列传》。

〔11〕 中尉:秦汉时官职名,为列卿之一。主要执掌是担任宫殿之外、京城之内警卫、消防及治安工作。

〔12〕 "其为"四句:景帝以郅都为雁门(郡名,治所善无,在今山西右玉南,辖境相当今山西河曲、五寨、宁武等县以北、恒山以西及内蒙南部)守,匈奴闻郅都居边,为引兵去,至郅都死不近雁门。匈奴至为偶人像郅都,令骑驰射莫能中,其惮如此。事见《史记·酷吏列传》。

〔13〕 "不发"二句:意谓不拆看私自告密的书信,不接受请托。私

书,隐秘不公开的书信。此指告密信。请寄,请托。

〔14〕 命卿:由天子任命的大臣。按,郅都为中尉,中尉为列卿之一。

〔15〕 总列郡:总领一郡之事。指为郡守。

〔16〕 "坐临江"数句:临江,谓临江王荣,景帝之子,景帝四年立为皇太子,四年后废为临江王,又三年,坐侵庙地为宫,诣中尉府对簿。中尉郅都责讯王,王恐,自杀,百姓怜之。后窦太后借故处死郅都。事见《史记·酷吏列传》。

〔17〕 "班氏"句:谓班固《汉书·酷吏传》亦列入郅都,并以之为首。

〔18〕 "夫椎埋"二句:意谓那些杀人绝命、玩弄文字诋毁构陷之徒,自以为与郅都同等。椎埋沉命,劫杀人而埋之。泛指杀人。舞文巧诋,指酷吏玩弄文字构陷杀人。

〔19〕 述赞:指列传后作者加的评论性质的语言。

〔20〕 "《洪范》"句:《洪范》,《尚书》篇名。武王克殷,访问箕子以天道,箕子以《洪范》陈之。沉潜,指地。《尚书·洪范》:"沉潜刚克,高明柔克。"孔颖达疏:"地之德沉深而柔弱矣,而有刚,能出金石之物。"蔡沈集传:"谓以刚克柔也,以柔克刚也。"

〔21〕 "《大易》"句:《大易》,即《周易》。直方,即直方大,平直、端方、正大,语出《易·坤》:"六二,直方大。"

〔22〕 "不隐"句:谓郅都公开自己的忠诚而不怕死。《史记·酷吏列传》:"(都)常自称曰:'已倍(背)亲而仕,身固当奉职死节官下,终不顾妻子矣。'"

〔23〕 "不枉"句:谓郅都莅官而不违背正道。枉道,违背正道。《史记·酷吏列传》:"都为人勇,有气力,公廉,不发私书,问遗无所受。"

〔24〕 "无处父"二句:意谓郅都无阳处父的华而不实,无申枨的多欲。处父,即阳处父,春秋时晋国太傅。阳处父聘于卫,返晋时,过宁,舍于逆旅宁嬴氏,宁嬴以阳处父为君子,举而从之,至中途而还,其妻问之,宁嬴回答说:"阳处父言行不一,华而不实,招来的怨恨一定很多,故此返回。"事见《左传·文公五年》、《国语·晋语五》。申枨(chéng 橙),孔子弟

子,《史记·仲尼弟子列传》枨字作党。孔子尝批评申枨多欲,见《论语·公冶长》。

〔25〕 "其古"二句:意谓郅都与古时刚而无害、怒而有节的人相同。刚而无害,性格刚强而无害处。中节,合乎礼义法度。《礼记·中庸》:"喜怒哀乐之未发,谓之中,发而皆中节谓之和。"

〔26〕 辩之不惑:加以分辨,使其明白。辩,同"辨"。下同。

〔27〕 犹不能辩:尚且不能分辨。

两汉辩亡论[1]

言两汉所以亡者,皆曰莽、卓[2]。予以为莽、卓篡逆,污神器以乱齐民[3],自贾夷灭[4],天下耳目,显然闻知。静征厥初,则亡西京者张禹,亡东京者胡广[5]。皆以假道儒术,得伸其邪心,徼一时大名,致位公辅,词气所发,损益系之[6]。而多方善柔,保位持禄,或陷时君以滋厉阶,或附凶谗以结祸胎[7]。故其荡覆之机,篡夺之兆,皆指导之、驯致之[8]。虽年祀相远,犹手授颐指之然也[9]。其为贼害,岂直莽、卓之比乎?

禹以经术为帝师,身备汉相,特见尊信,当主臣之重[10],极儒者之贵。永始、元延之间[11],天地之眚屡见[12],言事者皆讥切王氏专政[13]。时成帝亦悔惧天变,而未有以决,驾至禹第,辟左右以问之,须其一言,以为律度[14]。为禹计者,亦须陈《大易》"坚冰"之诫,诵《小雅·十月》之刺,乘其向纳,痛言得失[15]。反以"罕言命"、"不语怪"为词,致成帝不疑之心,授王氏浸盛之势[16],上下恬然,奄忽亡国[17]。傥帝虑不至是,犹当开陈切劇,面折廷辩,矧当就第燕闲之际,虚怀访决之时[18],方且视小男于床下,官子婿于近郡,款款然用家人匹夫为心,以身图安,不恤国患[19]。致使群盗弄权,迭执魁柄,祸稔毒流,至于新都,不可遏也[20]。斯可愤也!

逮至东都顺、桓之间[21],国统三绝[22]。胡广以钜儒柄用,位极上台[23]。初,梁冀席外戚之重[24],贪戾当国,既鸩质帝[25],议立嗣君。公卿大臣,皆以清河王蒜年长有德[26],属最尊亲,可以靖人[27],亦既定策。冀乃惮其明哲,且不利长君,私于蠡吾,独异群议[28]。为广议者,亦当中立如石,介然不回,率赵戒之徒,同李、杜所守,然后三事百工,正词于朝[29]。虽冀之暴恣,岂能一旦尽诛汉廷群公邪?反徇一息之安,首鼠畏懦,竟使清河徒废,蠡吾为梗[30]。邦家陵夷,汉道日蹙,结党锢之狱,成阉寺之祸[31]。祸乱循环,以至董卓[32],赫赫汉室,化为当涂[33],盖栋桡鼎折之所由来久矣[34]。彼梅福以孤远上疏,张纲以卑秩埋轮[35],独何人哉?而不是思也[36]。

噫嘻!就利违害,荣通丑穷,大凡有生之常性也[37]。暨乎手持政柄,体国存亡,则谨之于初,决之于始,以导善气,以遏乱原[38]。若祸胎既萌,则死而后已,白刃可蹈,鸿毛斯轻[39]。奈何禹、广于完安之时,则务小忠而立细行,数数然献吉筮于露蓍,沮立后于探筹[40]。及夫安危之际,邦家之大,则甘心结舌,阴拱观变[41]。岂止然也?方又炽焰焰以燎原,决汤汤以襄陵,投天下于烟煨,挤万民于昏垫[42]。百代之下,无所指名,虽史赞粗言,而不究论本末[43]。且出不越境,书弑君之恶;言伪而辩,有两观之诛[44]。若当春秋之时,明禹、广之罪,作诫来世,可胜纪乎!向若西京抑损王氏,尊君卑臣,则庶乎无哀、平之坏[45];东京登庸清河,主明臣忠,则庶乎无灵、献之乱[46]。大汉之祚,未易知也。

或以国之兴亡,皆有阴骘之数[47],非人谋能亢[48]。则但取瞽矇者而相之,立土木偶而尊之,被以章组,列于廊庙,斯可矣[49]。何尧、舜之或咨或吁,殷、周之或梦或卜,忧勤日昃之若是,然后为理耶[50]?予因肄古史[51],且嗜《春秋》褒贬之学,心所愤激,故辨其所以然。

《全唐文》卷四九五

〔1〕 此为一篇史论,辩两汉之所以亡。西汉亡于王莽,东汉亡于董卓,几乎已是定论。而作者追根溯源,独发惊悚之论,以为亡于张禹、胡广。在史家看来,禹、广或仅仅是贪恋禄位、无是非的乡愿,然而在作者看来,禹、广则是"投天下于烟煨,挤万民于昏垫"的罪魁祸首。全文不但论辩严密,且爱憎分明,字里行间,义形于色,迥异于一般史家之史论。

〔2〕 莽、卓:王莽、董卓。莽字巨君,汉元帝王皇后侄,以外戚掌大权,成帝时封为新都侯。哀帝死,与王皇后共立幼主平帝,专制朝政,称安汉公。元始五年(5)毒死平帝,另立二岁刘婴为太子,号孺子,自称假皇帝,初始元年(8)称帝,改国号为新,年号始建国,西汉亡。卓字仲颖,陇西临洮人,汉桓帝时为羽林郎,后仕并州牧。灵帝卒,何进谋诛宦官,召董卓入京,遂凭借所率凉州兵专擅朝政,位至相国。后废少帝,立献帝,肆杀公卿,焚烧洛阳,迁都长安,造成两京百姓生命大损伤。董卓死后,权柄落在曹操手中,献帝不过一傀儡而已,东汉名存而实亡。

〔3〕 污神器:玷污神器。神器,指帝位。齐民:平民百姓。

〔4〕 自贾(gǔ古)夷灭:自取灭亡。更始三年(23),绿林军攻入长安,王莽被杀。初平三年(192),董卓死于吕布、王允之手。

〔5〕"静征"数句:意谓仔细考查起因,原来亡西汉的是张禹,亡东汉的是胡广。征,征实。厥初,起初。张禹,字子文,西汉河内轵(故址在今河南济源东南)人。禹以明习经学为博士,元帝时,诏令授太子《论语》。成帝即位,以帝师任为光禄大夫,领尚书事,后为丞相,封安昌侯。为相六年,前后得赏赐数千万,买田至四万亩,皆泾渭流域膏腴之地。《汉书》有传。胡广,字伯始,南郡华容(今湖北潜江)人。汉安帝时举孝廉,累迁为尚书仆射,后历仕司徒、太尉、司空等职,以策立桓帝功封安乐乡侯。居台省三十馀年,历事六帝。《后汉书》有传。

〔6〕"词气"二句:意谓张、胡二人每一言论,关乎国家兴衰。徼,求取。

〔7〕"而多方"四句:意谓张、胡二人善于奉承保住自己的官位爵禄,或者深陷君主于祸端之中,或者依附恶人结成祸胎。凶沴(lì 厉),坏人、恶人。沴,旧时谓因天地四时之气不和而生的灾害。

〔8〕"故其"四句:意谓两汉动荡覆亡的契机,被篡夺的征兆,皆是在张、胡指导下逐渐达到的。驯致,逐渐招致。

〔9〕"虽年祀"二句:意谓张、胡在位距离西、东两汉灭亡年代尚远,但就像他们亲自教授的一般。手授颐指,亲自传授、指示。颐指,即气指颐使。

〔10〕主臣:《史记·张释之冯唐列传》:"唐曰:'主臣!陛下虽得廉颇、李牧,弗能用也。'"司马贞索隐:"人臣进对前称主臣,犹上书前云昧死。"此处代指皇帝身边重臣。

〔11〕永始、元延:汉成帝年号(前16—前9)。

〔12〕天地之眚(shěng 生上声):指地震、日月之蚀等自然灾害。

〔13〕王氏专政:指王莽篡权。

〔14〕"须其"二句:意谓成帝等待他一句话作为判断是非的尺度。须,等待。律度,尺度、标准。

〔15〕"为禹"数句:意谓为张禹设想,他应该向成帝陈述《周易》关于防微杜渐的告诫,诵读《小雅·十月》之诗,乘着皇帝虚怀纳之时,痛言得失。"坚冰"之诫,语出《易·坤》:"履霜坚冰至。"孔颖达疏:"履霜必

至坚冰……以坚冰为戒，所以防渐虑微，慎终于始也。"《小雅·十月》之刺，指《诗·小雅·十月之交》，诗作于周幽王时，讥刺掌权贵族乱政殃民，遇到日蚀、地震、山崩、河沸等大灾异，也不知警惕。向纳，虚心听取。

〔16〕"反以"三句：意谓张禹反而以"罕言命""不语怪"为借口，致使成帝不再疑心，造成王莽势力日益强大的有利局面。罕言命，语出《论语·子罕》："子罕言利与命与仁。"意思是孔子很少谈到功利、命运和仁慈。不语怪，语出《论语·述而》："子不语怪、力、乱、神。"意思是孔子不谈怪异、勇力、荒诞和鬼神一类的事。张禹以孔子的话对天地灾异现象不作评论。按，张禹精通《论语》，其说《论语》独成一家，号"张侯论"。

〔17〕"上下"二句：意谓君臣上下都恬然相安，于是倏忽之间国家灭亡。奄忽，很快、迅疾。

〔18〕"傥帝"五句：是退一步说，意谓假若成帝考虑不到这些，张禹也应该对成帝陈述解说，犯颜直谏，当面斥责，何况成帝是当张禹闲居时亲临其家、虚心访问待其一言而决的时候。开陈：陈述、解说。切劘，切磋。矧（shěn 审），何况、况且。燕闲，燕居、闲居。按，成帝车驾至禹第、以灾异及王莽事询及张禹，事见《汉书·张禹传》。

〔19〕"方且"五句：事见《汉书·张禹传》："天子愈益敬厚禹，禹每病，辄以起居闻，车驾自临问之。上亲拜禹床下，禹顿首谢恩，因归诚，言'老臣有四男一女，爱女甚于男，远嫁为张掖太守萧咸妻，不胜父子私情，思与相近。'上即时徙咸为弘农太守。又禹小子未有官，上临候禹，禹数视其小子，上即禹床下拜为黄门郎，给事中。"款款然，和乐貌。

〔20〕"致使"五句：群盗弄权，指王氏兄弟及子侄辈王凤、王音、王商、王根、王莽等连续执掌大权。王凤，王皇后弟，成帝即位，以外戚为大司马大将军，封阳平侯，专断朝政，兄弟贵倾朝廷，辅政十一年。王音，商从侄，尊事凤，卑恭如子，凤将死，荐音自代，遂代凤为大司马车骑将军，辅政八年。王商，凤弟，代王音为大司马卫将军辅政。王根，商弟，代其兄为大司马骠骑将军辅政。其后王莽专权。魁柄，喻朝政大权。北斗第一至第四星（天枢、天璇、天玑、天权）为魁。祸稔（rěn 忍），祸乱生成。新都，代

指王莽。王莽封新都侯。

〔21〕 东都:东汉首都洛阳。此指东汉。顺、桓:东汉顺帝刘保、桓帝刘志。

〔22〕 国统三绝:国家世代相传的统绪尝三次断绝。建康元年(144)四月顺帝崩,冲帝刘炳立;永嘉元年(145)正月冲帝崩,质帝刘缵继立;本初元年(146)六月质帝崩,桓帝继立,是为三绝。

〔23〕 钜儒柄用:以大儒得到重用。柄用,任用并授予权柄。上台:星名,三台之一。古以三公(周以太师、太傅、太保为三公,或以司马、司徒、司空为三公)应三台。

〔24〕 梁冀:字伯卓,安定乌氏(今甘肃平凉)人,其妹为顺帝后,顺帝死后,他与梁太后先后立冲、质、桓帝,专断朝政近二十年。骄奢横暴,政治黑暗,后为宦官单超所逼,自杀。席:倚仗、凭借。

〔25〕 鸩质帝:《后汉书·梁冀传》:"冀立质帝。帝少而聪慧,知冀骄横,尝朝群臣,目冀曰:'此跋扈将军也。'冀闻,深恶之,遂令左右进鸩加煮饼,帝即日崩。"鸩,一种鸟,其羽有毒,可浸制毒酒。此指毒酒。

〔26〕 清河王蒜:汉章帝曾孙刘蒜,封清河王。

〔27〕 "属最"二句:意谓刘蒜地位尊,且血统近,可以安定人心。靖,安定。

〔28〕 "冀乃"四句:意谓梁冀忌惮刘蒜聪明智慧,不利于其妹,又私心欲立蠡吾侯刘志,遂独与众议相异。长君,成年的兄弟或姊妹,此指梁冀妹。蠡吾,指蠡吾侯刘志。梁冀已许嫁妹于刘志,故私心欲立刘志。刘志继立,是为桓帝。

〔29〕 "为广"七句:意谓替胡广设想,他应当保持中正立场,坚定不动摇,率领赵戒等人,与李固、杜乔取同一立场,然后众文武大臣乃可以正言于朝。中立,独立。介然,坚定不动摇。赵戒,大臣,顺帝时为司空,质帝时为司徒。李、杜,指李固、杜乔,质帝时为太尉、大鸿胪。梁冀召集百官议事、提出立蠡吾侯刘志,面对梁冀凶焰,唯李固、杜乔坚持立清河王刘蒜,胡广、赵戒以下百官皆惊恐,说:"惟大将军令!"事见《后汉书·李固

353

传》。三事：即三公。东汉以太尉、司徒、司空为三公。百工，百官。

〔30〕"反徇"数句：意谓胡广反而谋求一时苟安，胆怯懦弱，竟使清河王刘蒜被废，而蠡吾侯成为东汉中兴的阻碍。徇，谋求、营求。清河徒废，质帝崩，朝臣李固等莫不归心清河王刘蒜。后桓帝立，刘蒜由是得罪梁冀。桓帝建和元年（147）贬刘蒜爵为尉氏侯，徙桂阳，旋自杀，国绝。事见《后汉书·章帝八王列传》。蠡吾为梗，指桓帝即位后宦官专权，东汉急速衰微。

〔31〕"结党锢"二句：桓帝延熹二年（159）八月，桓帝借宦者之力收梁冀大将军印绶，冀与妻皆自杀，梁氏中外宗亲皆下狱死。桓帝赏定乱有功者，封宦官单超等五人为县侯，自是宦官骄横不能制。士大夫李膺、陈蕃等联合太学生郭泰、贾彪等，猛烈抨击宦官集团，宦官诬告他们结为朋党，诽谤朝廷，李膺等二百馀人遭捕，后虽释放，但终身不许做官。灵帝时，膺等复被起用，与大将军窦武谋诛宦官，事败，膺等百馀人被杀，陆续处死、流徙、囚禁的党人达六、七百人之多。详见《后汉书·党锢列传》。阉寺，宦官。

〔32〕"祸乱"二句：意谓祸乱延续不断，且互为因果，直到董卓。灵帝时，袁绍、何进谋诛宦官，事败，宦官杀何进，袁绍又捕杀宦官，无少长，尽杀之。董卓以此为借口领兵至洛阳，东汉由此名存实亡。

〔33〕"赫赫"二句：意谓汉室为曹魏所取代。当涂，"当涂高"之省。《三国志·蜀书·周群传》："时人有问：'《春秋谶》曰代汉者当涂高，此何谓也？'（周）舒曰：'当涂高者，魏也。'"当道而高，是魏的隐语。魏，义同"巍"，象宫前观阙。

〔34〕栋桡鼎折：屋梁弯曲，鼎足折断。语出《易·大过》："九三，栋桡，凶。"又《鼎》："九四，鼎折足，覆公餗……凶。"此以喻国家基础颓坏。

〔35〕"彼梅福"二句：意谓梅福在僻远的南昌可以上书言事，张纲虽然官职低下却弹劾高官。梅福，字子真，成帝时为南昌尉。王凤擅权，梅福数上书言事，讥切王氏。《汉书》有传。张纲，字文纪，顺帝时为司徒府属吏，上书指斥宦官当权。汉安元年选派张纲等八人巡视全国，纠察吏

治,馀人皆受命之郡,而纲独埋其车轮于洛阳都亭,曰:"豺狼当道,安问狐狸!"遂上书弹劾梁冀。《后汉书》有传。埋轮,埋住车轮,以示坚守。

〔36〕"独何人"二句:意谓梅福、张纲尚且如此,而张禹、胡广是什么人,为什么不去想一想呢!

〔37〕"就利"三句:意谓趋利而避害,以通显为荣,以穷困为丑,这是人之常情。

〔38〕"暨乎"六句:意谓待到执掌大权、身系国家存亡之时,就应该谨慎于初,决断于始,以开导正气,以堵塞祸乱源头。体国,治理国家。

〔39〕"若祸"四句:意谓如果祸害已经发生,则死而后已,白刃可以蹈,视死亡如鸿毛之轻。白刃,兵器之刃。鸿毛斯轻,取司马迁《报任安书》"人固有一死,或重于太山,或轻于鸿毛"句义。

〔40〕"奈何"数句:意谓禹、广二人在天下安定之时,专意于对皇帝的小忠和个人小节的修养,热衷于向皇帝呈献吉利的卦象,若无吉兆,则取决于探签。完安,安定。数(shuò朔)数然,频繁、屡次。吉筮,吉利的卦象。古时占卦用龟甲叫做卜,用蓍草叫做筮。露蓍,占卦前夕,将蓍草放在露天星宿之下,古人以为这样占卦才会灵验。沮立,情绪沮丧站立。探筹,犹今之抽签。筹,签筹、算筹,古人计数的工具。《汉书·张禹传》:"禹见时有变异,若上体不安,择日絜斋露蓍,正衣冠立筮,得吉卦则献其占,如有不吉,禹为感动忧色。"按,以上事实主要针对张禹。

〔41〕"及夫"四句:意谓等到国家安危存亡之际,禹、广二人则甘心哑口不言,静观其变。结舌,不敢讲话。阴拱,暗中坐观成败。

〔42〕"岂止"五句:意谓禹、广二人作为岂止于此,当大火熊熊成燎原之势、大水冲决堤防淹没山陵时,他们又将天下投入火焰里,推万民于洪水之中。汤(shāng商)汤,水流大貌。襄陵,漫过山陵。《尚书·尧典》:"汤汤洪水方割,荡荡怀山襄陵。"昏垫,沉溺于水灾。《尚书·益稷》:"洪水滔天,浩浩怀山襄陵,下民昏垫。"

〔43〕"虽史"二句:意谓虽然史书的赞语有粗略批评,但不能深究本末。按,《汉书·张禹传赞》:"张禹……以儒宗居宰相位……皆持禄保位,

355

被阿谀之讥。"《后汉书·胡广列传赞》:"胡公庸庸,饰情恭貌,朝章虽理,据正或挠。"皆有所批评,但未提高到危害国家之大。

〔44〕 "且出"四句:用《左传》载赵盾弑君事,谓史书对历史人物应该有公正而严厉的评价;又用孔子诛少正卯事,谓对为害国家的坏人不能宽恕而应该予以严惩。《左传·宣公二年》:"赵穿杀灵公于桃园,宣子(赵盾)未出山而复。太史书曰:'赵盾弑其君。'宣子曰:'不然。'对曰:'子为正卿,亡不越境,反不讨贼,非子而谁?'"《孔子家语·始诛》:"孔子为鲁司寇,摄行相事……于是朝政七日而诛乱政大夫少正卯,戮之于两观之下,尸于朝三日。"

〔45〕 "向若"二句:意谓如果西汉时能抑制王氏,使君尊而臣卑,则西汉的政治大约不会出现哀帝、平帝时的败坏。哀、平,西汉末两个皇帝。哀帝在位六年(前6—前1),王莽为大司马,擅权。平帝在位五年(1—5),王莽为太傅,加号"安汉公",位在诸侯王之上,又加九锡。元始五年(5)十二月,王莽毒死平帝,居摄践祚,称"假皇帝"。

〔46〕 "东京"数句:意谓东汉如果由清河王登基,皇上明慧,臣子忠心,则大约不会有灵帝、献帝时的动乱。登庸,即登基。灵、献,东汉末两个皇帝。灵帝时宦官擅权,大杀党人;献帝时董卓乱政。

〔47〕 阴骘(zhì 至)之数:天意注定的安排。

〔48〕 亢:同"抗",抵抗。

〔49〕 "则但取"五句:意谓如果天意早已安排好,那么就让瞎子来作宰相,立一些土木偶来尊奉,为其披上朝服,排列在朝廷之上,就可以了。章组,绣有日月星辰的古代礼服。

〔50〕 "何尧舜"四句:意谓如果天意早有安排,为什么尧、舜为国事忧虑感叹,殷、周天子对国家之事或有梦,或占卜,忧劳勤勉从早到晚,然后国家才能得到治理呢?尧、舜之或咨或吁,《尚书》中《尧典》、《舜典》记载尧舜为国事忧劳时,每用"帝曰咨"或"帝曰吁"表示尧、舜忧虑的深重,如《虞书·尧典》:"帝曰咨!四岳汤汤,洪水方割,荡荡怀山襄陵。"殷、周之或梦或卜,指殷高宗梦得说,后得说于傅险中,号为傅说,用为相,殷国

大治。见《史记·殷本纪》。周文王出猎前占卜,卦象显示所获非虎非熊,而是"霸王之辅",于是得姜太公于渭滨,遂以为师。见《史记·齐太公世家》。日昃,日偏西。《尚书·无逸》记文王忧劳国事,"自朝至于日中昃,不遑暇食。"

〔51〕 肄:学习。

梁　肃

梁肃(753—793),字宽中,一字敬之,祖籍安定(今甘肃泾川),世居河南陆浑(今河南嵩县),至其父梁逵时又迁新安(今属河南)。少为古文家李华所推奖,又师事独孤及习古文。德宗建中初中文辞清丽科,授校书郎,累转右补阙、翰林学士,兼皇太子诸王侍读,卒赠礼部郎中。肃继萧颖士、李华、独孤及之后,倡导古文,为文渊奥,儒林推重,韩愈、李观等皆师事之。《新唐书》有传。有两卷本《梁补阙集》清抄本存世。今人有整理本《梁肃文集》,甘肃人民出版社2000年出版。

过旧园赋[1]并序

余行年十八,岁当上元辛丑,盗入洛阳,三河间大涂炭。因窜身东下,旅于吴越,转徙阸难之中者,垂二十年[2]。上嗣位岁[3],应诏诣京师。其年夏,除东宫校书郎[4],遂请告归觐于江南[5]。八月,过崤渑[6],次于新安[7];东南十数里,旧居在焉。时岁滋远,荆榛芜翳,乔木苍然,三径莫辨[8]。访邻老而已尽,盻庭柯以霑衣,情之所锺,可胜叹耶? 夫怀旧之志,在昔所不免,圣如尼父[9],达若庄叟[10],且有归与之叹,怅然之思。予蓬艾存乎胸中,喜惧形于膝下[11],寓江海之遐阻,念归来而不得,思潘园板舆之乐[12],陶野巾车之游[13],愿言莫展[14],一食三叹。至是当秋日萧索,征途浩渺,栋宇摧落,曾不得乎少留。心之忧伤,又加于他日一等。遂作赋纪事,以"过旧园"命篇。其辞曰:

白露既戒夫清秋[15],爰驾言而东迈[16],漫征路之悠悠。且予发乎新安,历函关之旧邱[17],灌丛林以相属,披一径而可求。阒里巷之罕人[18],辨原田而莫由[19]。堂除既缺[20],衡宇亦折[21]。树蔽户而稍稍[22],水冲堤而活活[23]。骇兽群起,颓墉四达[24]。识旧井于庭隅[25],吊重萝于木末[26]。既循省而顾慕[27],愈辛酸而惨怛。何缠迫而求所安[28],激予哀而不可遏也!

昔予生之三岁,值勍房之冲奔[29]。徙穹庐于华县[30],蒙郊庙于氛昏[31]。皇游蜀川,帝出朔原[32],尸逐才血[33],乌丸又屯[34]。俄四逆之荐凶,扇熛炭而爇黎元[35]。予既幼舍此居业,虑性命之所存,始窜迹于许都[36],又逃刃于夷门[37];沿汴水之汤汤,棹淮波之翻翻[38]。荷闻诗之前训,迫驰役而不敢言[39]。截浙河以径度,趣诸越而休止[40]。在长洲与兰陵,亦一闰而三徙[41]。裊裊兮秋风,湛湛兮春江,伤吾心其何已!皇八叶之御极,亦既安此寰中[42]。浮窳缤其来归,真独郁犹未通[43]。

洎大历之二七,六龙忽其上升[44]。赫元圣之统天,敷太和于黎蒸[45]。建皇极以成化,启公车以选能[46]。予筮遇观之六四,聿投迹于云罗[47]。谬试言于内殿,俾典校乎承

359

华[48]。聆圣贤之休风,仰坟籍之长圃[49]。与世道而游息,实人伦之宪矩[50]。史正直以终始,蘧卷舒于嘿语[51]。展甘黜而不去,庄颐神以遝举[52]。谅修己之异宜,各宏道而得所[53]。矧微生之庸拙,胡可嫚夫出处[54]？眇江湖之漂荡,废田里于草莽[55]。苟将惬乎予思,孰辨夫怀安之与怀土[56]？伊吾土之所安,乃陋狭而在斯[57]。实旧德之师俭,庶后昆以易持[58]。(高祖父赵王府记室宜春公洎曾王父侍御史府君已降,三世居陆浑,有田不过百亩。开元中为大水所坏,始徙于函关)[59]其始也,桑柘接连,蔬果芳滋；彼茅轩与瓮牖,亦寒燠之攸宜[60]。羌百岁而员居,曾未几而乱离[61]。二十载而一来,纷芜秽而莫治。驻周览而未已,又旋指于江湄[62]。曾是追感于平生,孰不悲伤而涕洟[63]？抑闻乎仲长之园,面流水而览平原,遭世绪之溷浊,竟初怀之罕存[64]。又闻夫郭泰之德不违亲,贞不绝俗,当罻罗之周布,竟淳白而不辱[65]。何天宇之交泰,塞予生之屡独[66]？退无庇迹之所,进靡代耕之禄[67]。慨舍此而不留,徒仰高于前躅[68]。日睆晚而命驾,恨盘桓以出谷[69]。虑将归之或迷,吾斯志夫乔木[70]。乱曰：

　　所居而安,易之序兮[71]；历聘怀归,孔之虑兮[72]。粤予庸昧,道莫著兮[73]。曩离旧邦,纷世故兮[74]。林井残泥,禽亦去兮[75]。坠废居业,忸而惧兮[76]。迟归有时,葆吾素兮[77]。

《梁肃文集》卷一

〔1〕　德宗建中元年(780)初,梁肃中"文辞清丽"科,得授东宫校书郎之职。莅任未久,因母老辞归。是年八月,过新安(今属河南)旧居,伤

衡宇摧折，林井残泥，乃赋此篇。赋寄恨于安史之乱带给他家族及其童年的祸患，对残破的新安故居怀有深深的眷恋之情。赋铺陈往事，始终沿着两条线索：时局和家族迁徙。故而使此赋具有"史"的性质。

〔2〕"余行年"八句：唐肃宗上元元年（760）闰四月，史思明入东京洛阳，次年，唐将李光弼攻洛阳，与史思明战于邙山，大败，河阳、怀州皆陷，梁肃一家转徙不定，最后避难于浙东。三河，汉代以河内、河东、河南三郡为三河，即今河南洛阳黄河南北一带。按梁肃生于天宝十二载（753），至上元二年（761）始九岁，"行年十八"当为"行年九岁"之误。岑仲勉《唐音质疑》："赋序'十八'，实'九'字之破体，一字而误析为两也。"所说是。

〔3〕上嗣位岁：指唐德宗即位之建中元年（780）。

〔4〕东宫校书郎：建中元年，梁肃中文辞清丽科，授太子府校书郎之职。

〔5〕请告归觐：请假归谒母亲（其父已去世）。

〔6〕崤渑：亦称崤塞，在今河南陕县东南、渑池西，为崤山、渑池间交通要隘。

〔7〕新安：今属河南。

〔8〕三径：旧以三径指归隐者家园。此指故园。

〔9〕尼父：对孔子的尊称。

〔10〕庄叟：庄子。

〔11〕"予蓬艾"二句：意谓故乡草野一直存念于胸中，虽在父母身边亦不能掩饰喜惧之情。蓬艾，草野、民间。膝下，形容在父母身旁。

〔12〕"思潘园"句：用晋潘岳《闲居赋》事。《闲居赋》："太夫人乃御版舆，升轻轩，远览王畿，近周家园，体以行和，药以劳宣，常膳载加，旧疴有瘳。"后因以"潘园"代指养亲之所。版舆，即板舆，一种人抬的代步工具，多为老人乘坐。

〔13〕"陶野"句：用陶渊明《归去来辞》事。《归去来辞》："或命巾车，或棹孤舟。既窈窕以寻壑，亦崎岖而经丘。木欣欣以向荣，泉涓涓而

始流。"巾车,有帷幕的车子。

〔14〕 愿言:思念殷切貌。

〔15〕 戒夫清秋:谓到了秋天。戒,通"届",至、到。

〔16〕 爰:语首助词。驾言:驾车,乘车。言,语助。

〔17〕 函关:即函谷关。旧邸:故居。

〔18〕 阒:空,寂静。罕人:罕见行人。

〔19〕 原田:原野与田畴。

〔20〕 堂除:堂下的台阶。

〔21〕 衡宇:指房屋。

〔22〕 "树蔽户"句:意谓树木遮蔽,门户隐约可见。稍稍,稍微。

〔23〕 活（guō 郭）活:水流貌。

〔24〕 颓埵:崩塌的墙壁。

〔25〕 旧井:多年的老井。

〔26〕 吊:感伤、凭吊。重萝:攀缘植物。

〔27〕 循省（xǐng 醒）:犹言环视。顾慕:眷念爱慕。

〔28〕 缠迫:谓日月运行,岁月迫人。

〔29〕 "昔予"二句:指天宝十四载（755）发生的安史之乱。勍（qíng 晴）房,强寇,指安史叛军。

〔30〕 "徙穹庐"句:意谓安、史叛军进占中原腹地。穹庐,古代游牧民族居住的毡帐。华县,即中原之地。我国古代称华夏,省称"华";县,古称天子所居之地。安、史叛军先据有洛阳,后又进占关中,入长安。

〔31〕 "蒙郊庙"句:谓天子蒙尘。郊庙,古代天子祭天地与祖先处。氛昏,云雾、烟尘。

〔32〕 "皇游"二句:谓玄宗避难蜀地,肃宗即位于灵武。天宝十五载六月,潼关破,玄宗西出京,仓皇逃蜀,太子李亨北趋灵武,七月,即帝位,即肃宗。蜀川,即今四川。朔原,朔州、原州,此指灵武(今属宁夏)。

〔33〕 尸逐:汉时匈奴官名"尸逐骨都侯"的省称,此指安禄山。安系突厥族人,天宝后期身兼平卢、范阳、河东三节度使。血,死。至德二载

(757)初,安禄山被部将严庄杀死。

〔34〕 乌丸:亦作乌桓,汉时北方少数民族名,原是东胡族的一支,因迁移至乌桓山而得名。此指史思明。史亦突厥族人。屯,屯兵。肃宗乾元二年(759),史思明称帝于范阳,上元元年(760),入洛阳,改元应天。

〔35〕 "俄四逆"二句:谓安、史连年作乱,祸及百姓。四逆,指安禄山、安庆绪父子,史思明、史朝义父子。荐凶,连年为祸。熛(biāo 标)炭,燃烧的炭火。爇(ruò 若),烧、焚烧。黎元,百姓。

〔36〕 "始窜"句:谓其家在乱中先避难于许都。许都,即许昌(今属河南)。

〔37〕 "又逃"句:谓其家再避难于汴州。逃刃,躲避锋刃。夷门,指汴州(今河南开封)。战国时魏有隐士侯嬴,曾为魏国都大梁(唐时汴州)夷门(东门)监者。此以夷门代汴州。

〔38〕 "沿汴水"二句:谓其继续沿汴水东南行,避难于越中。汤(shāng 商)汤,水流貌。翻翻,疾驰貌。

〔39〕 "荷闻"二句:意谓其曾蒙《诗经》教诲,兼因路途急迫而不敢言。按《诗·小雅·雨无正》有"哀哉不能言"之句,毛诗序云:"大夫刺幽王也。"

〔40〕 "截浙(zhè 折去声)河"二句:谓全家渡过浙江,到达越国之地方才停下来。浙河,即浙江。截、径度,都是渡过的意思。趣,同"趋"。诸越,春秋时越国,此指今浙江绍兴一带。

〔41〕 "在长洲"二句:谓在江南之地,亦曾多次迁徙。长洲,唐置县,为苏州治所。兰陵,当指东晋所置的侨郡兰陵郡,治今江苏武进。一闰,三年。我国历法,三年一闰。

〔42〕 "皇八叶"二句:谓代宗即位,天下始安定。皇八叶,指代宗。代宗为李唐第八代皇帝。叶,世、代。御极,即位、登位。代宗宝应元年(762)即位,次年正月,史朝义势穷,自缢死。长达八年的安史之乱结束。

〔43〕 "浮窳(yǔ 羽)"二句:谓流离失所的百姓纷纷归还故乡,自己

因为不得回返旧居而忧郁不释。浮窳，游荡懒惰，此指因战乱而逃离家园的老百姓。真独，隐居者，作者自指。

〔44〕"洎大历"二句：谓代宗薨于大历十四年（779）。洎，至，到。二七，十四年。六龙上升，指代宗薨。古代天子的车驾为六马，马八尺称龙，因以为天子车驾的代称。此处代指天子。

〔45〕"赫元圣"二句：谓德宗即位，普天下百姓享受太平之福。元圣，大圣，此指德宗。统天，统领天下，此指德宗即位。太和，天地间冲和之气，此指天下太平。黎蒸，百姓。

〔46〕"建皇极"二句：谓德宗建大中之道，开启科举以选贤能。皇极，帝王统治天下的大中至正之道。成化，完成教化。公车，汉代以公家车马递送应征之人，后以"公车"为举人应试的代称。

〔47〕"予筮"二句：谓其占卜吉凶，得吉兆，遂决定参加科举。筮，占卜。观之六四，即"观"卦（坤下巽上）之六四，《周易·观六四》："象曰：'观国之光，尚宾也。'"是参加科举考试的吉兆。云罗，高入云天的网罗，此指科举。

〔48〕"谬试"二句：谓侥幸中选，授东宫校书郎之职。试言，指其参加"文辞清丽"科考试。典校，即校书郎。承华，东宫宫门名，此处代太子府。

〔49〕"聆圣贤"二句：谓在太子府，可以听到诸多鸿儒的美妙议论，读到丰富的古代典籍。休风，美好的风格、风度。坟籍，古代典籍。长廛，比喻藏书丰富。

〔50〕"与世道"二句：意谓与世间社会共行止，确实是人伦的法式。游息，犹行止。宪矩，法式、典范。

〔51〕"史正直"二句：意谓史家以正直而终始，蘧伯玉在默与语之间卷舒自如。史正直，用春秋时齐太史简事。襄公二十五年，齐大夫崔杼弑齐庄公，太史书曰："崔杼弑其君。"崔子杀之，其弟嗣书而死者二人，其弟又书，乃舍之。南史氏闻太史尽死，执简以往，闻既书矣，乃还。见《左传·襄公二十五年》。蘧伯玉，名瑗，春秋卫大夫，汲汲于

仁,处献公之乱世,或嘿或语,以善自终。其事迹散见于《史记·卫世家》、《孔子家语·弟子行》、《论语·宪问》等。嘿语,沉默与言语。嘿,同"默"。

〔52〕"展甘黜"二句:意谓展禽三黜而不离故土,庄周颐养精神远行飞扬。展禽,名获,居柳下,仕为士师,三黜而不去。人问之,曰:"直道而事人,焉往而不黜?枉道而事人,何必去父母之邦?"见于《论语·微子》。

〔53〕"谅修己"二句:意谓前贤所适虽然各不相同,但他们修养自身品行,能各自弘扬道德而得其所。修己,自我修养。异宜,所宜各不相同。

〔54〕"矧微生"二句:意谓何况自己平庸笨拙,岂可轻慢自己的出处?嫚(màn 慢),轻慢、懈怠。

〔55〕"眇江湖"二句:谓往日飘荡于江湖,祖先之田里废弃于草莽间。眇,辽远、久远。

〔56〕"苟将"二句:意谓人情之常,只要快意于一己之思,谁又能分辨怀安与怀土有何区别?怀安,留恋妻室、贪图安逸。怀土,怀恋故土。

〔57〕"伊吾土"二句:意谓让我安宁的故土,即是简陋而狭窄的此处。伊,发语词。

〔58〕"实旧德"二句:意谓这实在是先人节俭的德泽,庶几让后辈子孙易于保持永久。后昆,后嗣,后辈。

〔59〕按:括号中一段话,《文集》及《文苑英华》、《全唐文》等皆为双行小字夹注形式,当是作者所为。

〔60〕"彼茅轩"二句:意谓故居的茅屋虽然简陋,但无论寒热居住也甚相宜。瓮牖,以瓮为窗户,形容贫寒之家。燠(yù 域),热。

〔61〕"羌百岁"二句:意谓原打算永久居住在此,孰料未几就发生了乱离。羌,发语词。员居,即居,员同云,无义。

〔62〕"驻周览"二句:意谓驻足环视未已,又回转向着江岸。周览,遍览。江湄,江岸。

〔63〕"曾是"二句:意谓追感于平生遭遇,谁不为之悲伤而流涕?涕

365

洟,眼泪和鼻涕。

〔64〕"抑闻"数句:用汉仲长统事,谓仲长统有良田广宅的美好理想,然遭世之乱,功业难就,其良田广宅的理想,罕有能实现者。仲长统,字公理,山阳(今江苏淮安)人,性倜傥,敢直言,每州郡命召,辄辞疾不就,欲卜居清旷,以乐其志,尝论之曰:"使居有良田广宅,背山临流,沟池环匝,竹木周布,场圃筑前,果园树后。舟车足以代步涉之艰,使令足以息四体之役。"其后参谋曹操军事,献帝逊位之年卒,年仅四十一岁。事见《后汉书·仲长统传》。溷(hùn 混)浊,义同"浑浊"。

〔65〕"又闻"数句:用汉郭泰事(泰,《后汉书》本传作太)。泰字林宗,太原介休(今属山西)人,家世贫贱,早孤,母欲使泰给事县廷,泰曰:"大丈夫焉能处斗筲之役乎?"遂辞。然事母至孝。泰通博坟籍,善谈论。游洛阳,见河南李膺,遂相友善,名震京师。州郡举有道,皆不就,或劝仕进,对曰:"吾夜观乾象,昼察人事,天之所废,不可持也。"遂并不应。然性明知人,好奖掖士类。晚年于乡里讲学,弟子多至数千。或问汝南范滂:"郭林宗何如人?"滂曰:"隐不违亲,贞不绝俗,天子不得臣,诸侯不得友,吾不知其他。"泰善人伦,而不为危言峻论,故宦官擅政而不能伤,当党锢之祸时,泰得以全身免祸。事见《后汉书·郭太列传》。不违亲,谓依从母亲之命。罻(wèi 慰)罗,捕鸟的罗网,此指党锢之祸。淳白,清白。

〔66〕"何天宇"二句:意谓天地之气融通、万物通泰,为何我的一生却弱小孤独?交泰,谓天地之气融通,万物各遂其生。蹇,语首助词。孱(chán 缠)独,弱小孤独。

〔67〕"退无"二句:意谓自己退无可凭依之所,进无做官的俸禄足以养家。靡,无。代耕之禄,指做官。旧时官吏不耕而食,因称为官食禄为代耕。

〔68〕"慨舍此"二句:意谓怀着感慨离开此地,徒然仰慕前人高尚的风范。仰高,即"高山仰止"之意。前躅(zhú 竹),前人的风范。

〔69〕"日晚"二句:谓天已晚,于是命驾动身,怀着怅恨,盘桓而出山

谷。晼(wǎn 晚)晚，太阳偏西，日将暮。

〔70〕"虑将归"二句：意谓恐怕将来归来或者迷路，于是在故居的大树上做了标志。志，记住。

〔71〕"所居"二句：意谓理应久安于所居，然而时局改变了这个次序。易，改变。

〔72〕"历聘"二句：意谓自己游历天下以求聘用，但仍深深怀念着故乡。历聘，游历以求聘用，指此次应"文辞清丽"科考试。孔之虑，深虑。孔，甚，很。

〔73〕"粤予"二句：意谓自己平庸愚昧，道德修养未著。粤，语首助词。

〔74〕"曩离"二句：意谓从前离开故乡，是因为世事变故纷乱。曩，从前。旧邦，指在新安的旧居。

〔75〕 林井：即上文所说的乔木、旧井。残泥：指燕巢残泥，取"空梁落燕泥"之意，形容破败。

〔76〕 忸而惧：惭愧而且恐惧。

〔77〕 葆吾素：永葆我的素心。素心，即回归旧乡之心。

周公瑾墓下诗序[1]

昔赵文子观九原，有归欤之叹[2]；谢灵运适朱方，兴墓下之作[3]。或怀德异世，或感旧一时，而清词雅义，终古不歇。十三年春[4]，予与友人欧阳仲山旅游于吴[5]，里巷之间，有坟岿然[6]。问于人，则曰："吴将军周公瑾之墓也。"予尝览前志[7]，壮公瑾之业；历于遗墟，想公瑾之神。息驾而吊[8]，徘徊不能去。

昔汉纲既解[9],当涂方炽[10],利兵南浮,江汉失险[11]。公瑾尝用寡制众,挫强为弱,燎火一举,楼船灰飞[12]。遂乃张吴之臂,壮蜀之趾[13]。以魏祖之雄武[14],披攘踯躅[15],救死不暇。袁彦伯赞是功曰:"三光三分,宇宙暂隔。"[16]富哉言乎[17]!于是时弥远而气益振,世逾往而声不灭,有由然矣[18]。

诗人之作,感于物,动于中,发于咏歌,形于事业[19]。事之博者其辞盛,志之大者其感深[20]。故仲山有过墓之什,廓然其虑,粲乎其文[21],可以窥盘桓居贞之道,梁父闲吟之意[22]。凡有和者,当系于斯文[23]。

《梁肃文集》卷二

〔1〕 代宗大历十三年(778),作者寓居浙东、漫游吴地时作。周公瑾,即三国时东吴名将周瑜(175—210)。瑜字公瑾,庐江府舒城(今属安徽)人,少与孙策为友,随策征战有功,任建威中郎将,时年仅二十四岁,人称"周郎"。策死,与张昭同辅孙权,任前部大都督。建安十三年(208),与刘备合兵破曹操于赤壁,拜偏将军、南郡太守。后以病卒。《三国志》有传。瑜墓,一说在苏州,一说在庐江,另有舒城、巢湖、宿松之说,今已难详。文中表达了作者对周瑜丰功伟业的敬仰,借友人过墓下之诗,抒发其守正待时、建不世之功的向往之情。

〔2〕 "昔赵文子"二句:用赵文子企慕前贤事。赵文子,即赵武,春秋晋人,赵盾之孙、赵朔之子。为晋卿,死谥"文",世称赵文子,事迹见《史记·赵世家》。九原,山名,在今山西新绛北,晋国卿大夫墓地多在此。后因称墓地为"九原"。归欤,犹言"归附于何人"。《礼记·檀弓下》:"赵文子与叔誉观乎九原。文子曰:'死者如可作也,吾谁与归?'"意谓墓中人倘可以起死回生,其中何人最贤可令我归附?

〔3〕 "谢灵运"二句:用谢灵运事。谢灵运(385—433),东晋陈郡阳

夏(今河南太康)人,东晋名将谢玄之孙,袭封康乐公,世称"谢康乐"。朱方,春秋时地名,故址在今江苏丹徒东南。灵运有《过庐陵王墓下作》诗,其中有"晓月发云阳,落日次朱方"之句。

〔4〕 十三年:指唐代宗大历十三年(778)。

〔5〕 欧阳仲山:生平事迹不详。其《过周公瑾墓下》之作亦不传。

〔6〕 岿(kuī 窥)然:高大耸立貌。

〔7〕 前志:前代史志、记载。

〔8〕 息驾:停车。

〔9〕 汉纲既解:指东汉末年汉天子的权威已经涣散松懈。

〔10〕 当涂方炽:谓魏势力方盛。当涂,又作当涂高,均是三国魏的代称。《三国志·魏书·文帝纪》"肃承天命"裴松之注:太史丞许芝见谶纬于魏王曰:"故白马令李云上事曰:'许昌气见于当涂高。当涂高者,当昌于许。'当涂高者,魏也;象魏者,两观阙是也。当道而高大者魏,魏当代汉。"

〔11〕 "利兵"二句:谓曹兵大举南下,荆州刘琮不战而降,江东已无险可以凭借。利兵,锋利的武器,此指曹魏大军。

〔12〕 "公瑾"四句:谓周瑜联合刘备抵御曹军,以弱胜强,赤壁用火,曹军大败。

〔13〕 "遂乃"二句:意谓经赤壁一役,东吴与西蜀两国军事实力均大为增强。张,张大。

〔14〕 魏祖:指曹操。操先为魏王,建安二十五年,其子丕代汉称帝,国号魏,追称操为太祖武皇帝。

〔15〕 披攘:披靡,喻军队溃败。踯躅(zhí zhú 直逐):以足顿地、徘徊不进貌。

〔16〕 "袁彦伯"数句:袁彦伯,谓东晋文学家袁宏,宏字彦伯。"三光三分,宇宙暂隔"见于袁宏《三国名臣序赞》(《文选》卷四七),意谓赤壁一役,造成三国鼎立局面,犹如三光三分,天下隔断为三。三光,日、月、星。

〔17〕 富哉言乎:指其言论含义宏富。

〔18〕 "于是时"三句:意谓周瑜的功业,时代愈远而气势愈壮,声名愈加不灭,这是有由来的。

〔19〕 "诗人"五句:语出《礼记·乐记》:"乐者……其本在人心之感于物也。"又,《诗·周南·关雎序》:"情动于中而形于言。"

〔20〕 "事之博"二句:赞欧阳仲山之作。

〔21〕 粲乎其文:粲然有文采。

〔22〕 "可以窥"二句:意谓由欧阳仲山之诗可以窥见作者虽然迟滞不进而志行端正、身为隐者而忧乱伤时的怀抱。盘桓,停滞不前。居贞,遵守正道。贞通正。梁父闲吟,用三国诸葛亮事。《三国志·蜀书·诸葛亮传》:"亮躬耕陇亩,好为《梁甫吟》。"梁甫一作梁父,乐府曲调名。

〔23〕 系于斯文:联属于此文之后。

韩　愈

　　韩愈(768—824),字退之,河南河阳(今河南孟州)人。德宗贞元八年(792)进士第,两为节度使幕僚,十八年(802)授四门博士,迁监察御史,因论事贬阳山令。宪宗元和元年(806)召为国子博士,后历仕河南令、比部郎中史馆修撰、考功郎中、中书舍人等。元和十二年(817)随彰义军节度使裴度讨淮西,迁刑部侍郎。十四年因谏迎佛骨贬潮州刺史,量移袁州刺史。穆宗即位,召为国子祭酒,历兵部侍郎、京兆尹、吏部侍郎,长庆四年卒。愈诗文兼擅。其诗豪健雄放,与孟郊齐名,并称"韩孟"。愈推尊儒学,力排佛老,反对六朝以来的骈文,提倡古文,与柳宗元同为当时文坛盟主,世称"韩柳"。苏轼谓韩愈"文起八代之衰"(《潮州韩文公庙碑》),对后世散文影响极大。两《唐书》有传。有宋编《昌黎先生集》四十卷传世。今人整理本有《韩愈全集校注》,四川大学出版社1996年出版;文集整理本有《韩昌黎文集注释》,三秦出版社2004年出版。

原道[1]

　　博爱之谓仁[2],行而宜之之谓义[3],由是而之焉之谓道,足乎己、无待于外之谓德[4]。仁与义为定名,道与德为虚位[5]。故道有君子小人[6],而德有凶有吉[7]。老子之小仁义[8]，非毁之也，其见者小也。坐井而观天[9]，曰天小者，非天小也。彼以煦煦为仁[10]，孑孑为义[11]，其小之也则宜。其所谓道，道其所道，非吾所谓道也。其所谓德，德其所德，非吾所谓德也[12]。凡吾所谓道德云者，合仁与义言之也，天下之公言也[13]。老子之所谓道德云者，去仁与义言之也，一人之私言也[14]。

周道衰，孔子没，火于秦[15]，黄老于汉[16]，佛于晋、魏、梁、隋之间[17]，其言道德仁义者，不入于杨，则入于墨[18]；不入于老，则入于佛。入于彼，必出于此。入者主之，出者奴之；入者附之，出者污之[19]。噫！后之人其欲闻仁义道德之说，孰从而听之？老者曰：孔子，吾师之弟子也。佛者曰[20]：孔子，吾师之弟子也[21]。为孔子者，习闻其说，乐其诞而自小也，亦曰：吾师亦尝师之云尔。不惟举之于其口，而又笔之于其书。噫！后之人虽欲闻仁义道德之说，其孰从而求之？甚矣！人之好怪也！不求其端，不讯其末，惟怪之欲闻。古之为民者四[22]，今之为民者六[23]；古之教者处其一[24]，今之教者处其三[25]；农之家一，而食粟之家六；工之家一，而用器之家六；贾之家一，而资焉之家六。奈之何民不穷且盗也？

古之时，人之害多矣。有圣人者立，然后教之以相生相养之道。为之君，为之师，驱其虫蛇禽兽而处之中土。寒，然后为之衣，饥，然后为之食；木处而颠[26]，土处而病也，然后为之宫室。为之工，以赡其器用；为之贾[27]，以通其有无；为之医药，以济其夭死，为之葬埋祭祀，以长其恩爱；为之礼[28]，以次其先后；为之乐，以宣其湮郁[29]；为之政，以率其怠倦[30]；为之刑，以锄其强梗[31]。相欺也，为之符玺、斗斛、权衡以信之[32]；相夺也，为之城郭甲兵以守之。害至而为之备，患生而为之防。今其言曰："圣人不死，大盗不止。剖斗折衡，而民不争。"[33]呜呼！其亦不思而已矣！如古之无圣人，人之类灭久矣。何也？无羽毛鳞介以居寒热也，无爪牙以争食也。是故君者，出令者也；臣者，行君之令而致之民者也；民者，出粟米麻丝、作器皿、通货财，以事其上者也。君不出令，则失其所以为君；臣不行君之令而致之民，则失其所以为臣；民不出粟米麻丝、作器皿、通货财，以事其上，则诛[34]。今其法曰：必弃而君臣[35]，去而父子，禁而相生相养之道，以求其所谓清净寂灭者。呜呼！其亦幸而出于三代之后，不见黜于禹、汤、文、武、周公、孔子也；其亦不幸而不出于三代之前，不见正于禹、汤、文、武、周公、孔子也[36]。

帝之与王，其号虽殊，其所以为圣一也[37]。夏葛而冬裘，渴饮而饥食，其事虽殊，其所以为智一也。今其言曰：曷不为太古之无事[38]？是亦责冬之裘者曰：曷不为葛之之易也？责饥之食者曰：曷不为饮之之易也。传曰[39]："古之欲明明德于天下者，先治其国；欲治其国者，先齐其家；欲齐其家者，先修其身；欲修其身者，先正其心；欲正其心者，先诚其意。"[40]然则古之所谓正心而诚意者，将以有为也[41]。今也欲治其心，而外天下国家，灭其天常；子焉而不父其父，臣焉而不君其君，民焉而不事其事[42]。孔子之作《春秋》也，诸侯用夷礼，则夷之；进于中国，则中国之[43]。经曰[44]："夷狄之有君，不如诸夏之亡。"[45]《诗》曰："戎狄是膺，荆舒是惩。"[46]今也，举夷狄之法，而加之先王之教之上，几何其不胥而为夷也[47]！

373

夫所谓先王之教者,何也?博爱之谓仁,行而宜之之谓义,由是而之焉之谓道,足乎己、无待于外之谓德。其文《诗》、《尚书》、《易》、《春秋》,其法礼、乐、刑、政,其民士、农、工、贾;其位君臣、父子、师友、宾主、昆弟、夫妇,其服麻、丝,其居宫、室;其食粟米、果蔬、鱼肉。其为道易明,而其为教易行也。是故以之为己,则顺而祥;以之为人,则爱而公;以之为心,则和而平;以之为天下国家,无所处而不当。是故生则得其情,死则尽其常[48]。郊焉而天神假,庙焉而人鬼飨[49]。曰:斯道也,何道也?曰:斯吾所谓道也,非向所谓老与佛之道也。尧以是传之舜,舜以是传之禹,禹以是传之汤,汤以是传之文、武、周公,文、武、周公传之孔子,孔子传之孟轲;轲之死,不得其传焉。荀与扬也[50],择焉而不精,语焉而不详。由周公而上,上而为君,故其事行[51];由周公而下,下而为臣,故其说长[52]。

然则如之何而可也?曰:不塞不流,不止不行。人其人[53],火其书[54],庐其居[55]。明先王之道以道之[56],鳏寡孤独废疾者有养也[57]。其亦庶乎其可也。

《韩昌黎文集注释》卷一

〔1〕 韩愈有"五原"(《原道》、《原性》、《原毁》、《原人》、《原鬼》)之作,约作于德宗贞元末、其任四门博士之前。"五原"的主旨,或阐述和发挥儒家的基本思想,或批判社会陋习,是韩愈作为儒家思想家的代表作。本篇是"五原"中系统阐述儒家思想、排斥佛老最重要的作品。当中唐之际,佛、老思想对士人思想严重的侵蚀,遍地林立的寺院、道观中孳生的大量的"坐食"阶层对社会生产和国家经济严重的破坏,是韩愈写作此文的背景。"原道"就是探求道的本源,即篇中反复陈述并强调的儒家"仁义"

之道。作者以此为理论武器,批判老子的"去仁与义"之道和释氏的"弃君臣、去父子、禁生养"的"夷狄之道"。文章立言正大而布置谨严,条分缕析,说理极其透彻。

〔2〕 博爱:义同爱人、泛爱等儒家思想。《论语·颜渊》:"樊迟问仁,子曰'爱人。'"《学而》:"泛爱众,而亲仁。"《孟子·梁惠王上》:"老吾老,以及人之老;幼吾幼,以及人之幼,天下可运于掌。"《尽心上》:"亲亲而仁民,仁民而爱物。"语义本此。

〔3〕 义:儒家之行为规范,即符合正义、情理之行为。《礼记·中庸》:"义者,宜也。"《论语·述而》:"不义而富且贵,于我如浮云。"即此义。

〔4〕 "由是"三句:意谓按此标准而进行修养便是道,发自内心而无待于外力去实行仁义便是德。

〔5〕 "仁与义"二句:定名,即实,意谓仁义有具体所指,故为定名(实);虚位,即无所实指,意谓道德须待仁义充实乃为儒家之道德,故为虚。

〔6〕 "故道有"句:谓道有大小之别。君子之道为大,为儒家之道;小人之道为小,为老子之道。《易·泰》:"君子道长,小人道消也。"《礼记·中庸》:"君子之道暗然而日章,小人之道的然而日亡。"

〔7〕 "而德"句:吉德、凶德,即君子、小人之德。《左传·文公十八年》:"孝敬忠信为吉德,盗贼藏奸为凶德。"

〔8〕 小仁义:以仁义为小。《老子》十八章:"大道废,有仁义。"三十八章:"失道而后德,失德而后仁,失仁而后义。"

〔9〕 坐井而观天:语出《尸子》:"自井中视星,所见不过数星;自丘上以望,则见始出也。非明益也,势使然也。"

〔10〕 煦煦:小惠貌。

〔11〕 孑孑:琐细貌。

〔12〕 "其所谓"六句:《老子》又称《道德经》,故云。

〔13〕 公言:公众的言论。

375

〔14〕 私言:一家之言。

〔15〕 火于秦:谓秦始皇焚书坑儒。

〔16〕 黄老:黄帝与老子。编纂于秦汉之际的《黄帝内经》被视为黄帝所作,与《老子》共称黄老之术。后世道家奉黄帝为始祖,黄老遂并称。黄老于汉,谓汉尊黄老之术。《汉书·外戚传》:"窦太后好黄帝、老子言,景帝及诸窦不得不读《老子》、尊其术。"

〔17〕 "佛于晋"句:东汉明帝时,佛教自印度传入中国,盛于南北朝间。

〔18〕 杨、墨:谓杨朱与墨翟。杨朱,战国时魏人,字子君,又称杨子,时代后于墨翟而前于孟子,其说重在爱己,不以物累,不拔一毛而利天下。墨翟,又称墨子,春秋、战国之际宋人(一说鲁人),主张兼爱、非攻。《孟子·滕文公下》:"圣王不作,诸侯放恣,处士横议,杨朱、墨翟之言盈天下,天下之言不归杨,则归墨。"

〔19〕 "入者"二句:附,增益。污,卑下。

〔20〕 "老者曰"三句:老者,指学老子者。《史记·孔子世家》:孔子"适周,问礼,盖见老子云。"《史记·老庄申韩列传》及《孔子家语》俱有孔子问礼于老子的记载。

〔21〕 "佛者曰"三句:佛教尝妄称孔子、老子、颜回为佛门三弟子。《海录碎事》卷一三上引《清静法行经》:"佛遣三弟子震旦教化。儒童菩萨,彼称孔丘;净光菩萨,彼称颜回;摩诃迦叶,彼称老子。"

〔22〕 为民者四:指士、农、工、商。

〔23〕 为民者六:士农工商之外再加僧、道为六。

〔24〕 古之教者:施教育于人者,此指士。处其一:谓士处四民之一。

〔25〕 今之教者:此指士与僧、道。处其三:谓士、僧、道处六民之三。

〔26〕 木处而颠:传说远古之民穴居野处,有巢氏乃教民构木为巢,居于树上。见《韩非子·五蠹》。

〔27〕 贾(gǔ 古):商贾贸易。

〔28〕 礼:行为准则及道德规范。《论语·子罕》:"博我以文,约我

以礼。"

〔29〕 乐:音乐。湮(yān 烟)郁:义同"抑郁"。

〔30〕 率:督促,劝勉。怠倦:疲倦、懈怠。

〔31〕 强梗:骄横跋扈。

〔32〕 符玺:契约、印信。斗斛:量器。权衡:衡器。

〔33〕 "圣人"四句:语见《庄子·胠箧》。

〔34〕 诛、责、罚。《周礼·天官·大宰》:"以八柄诏王驭群臣……八曰诛。"郑玄注:"诛,责让也。"

〔35〕 而:同"尔"、"汝"。下同。

〔36〕 "呜呼"数句:幸与不幸,分别就佛老与儒家而言。佛老之说出于三代之后,禹、汤、文、武、周公、孔子不得及见而黜之,故能孳生繁盛,是为佛老之幸;而佛老之说出于三代之后,禹、汤、文、武、周公、孔子不得见而正之,致使其扰乱中国,是为儒家之不幸。

〔37〕 "帝之"三句:帝,指尧、舜。王,指禹、汤、文、武。意谓帝与王名号虽异,然其有功德于民间则同。

〔38〕 "今其言"二句:概括老子"为无为,事无事"及"老死不相往来"、回归原始时代的主张。

〔39〕 传:儒家称五经之外解释经典的著作为传。此指《礼记》。

〔40〕 "古之欲明"十句:语出《礼记·大学》。明德:光明之德。儒家以为人皆有明德,但为气禀所拘,人欲所蔽,故教人者须遂其理使明其明德。治其国:使其国得以治理。齐其家:教育并整治其家庭。修身:修成自身道德。正心、诚意:谓心术正、意念诚。皆是修身之先决。

〔41〕 "然则"二句:意谓古人其所以强调正心诚意者,在于其为修身、齐家、治国、明明德之始端,而后乃有大作为。

〔42〕 "今也"数句:意谓佛者亦欲教人治心,但却以天下国家为外,灭人天常,使人子不子、臣不臣、民不民。天常,即天伦。

〔43〕 "孔子之作"三句:意谓孔子为《春秋》,下字谨严,凡中国诸侯用夷礼,其书中则以夷视之,而夷人能向慕中国之礼者,其书中则以中

377

视之。

〔44〕 经:此指《论语》。至东汉,五经之外,增《公羊》、《论语》为七经。

〔45〕 "夷狄"二句:语出《论语·八佾》。意谓夷狄虽有君长而无礼义,中国虽偶无君,如周召共和之时,而礼义不废。诸夏,义同中国。

〔46〕 "戎狄"二句:语出《诗·鲁颂·闷(bì 闭)宫》。戎狄,指西北方少数民族。膺,抵御。荆舒,南方二国。荆指楚国,舒约在今安徽庐江一带。惩,讨伐。

〔47〕 "今也"四句:意谓今之佛者、老者以夷狄之法施之于中国,不须几时中国民众将皆为夷狄。胥,皆。

〔48〕 "是故"二句:意谓人生则得父母之养,得师友、宾主、昆弟、夫妇之爱;死则得医药之济,终其天年。

〔49〕 "郊焉"二句:意谓祭天则天神降临,祭祖则祖宗享受祭品。古时皇帝祭天曰郊,祭祖曰庙。假,通"格",降临。人鬼,谓祖宗。飨,通享。

〔50〕 荀与扬:荀卿与扬雄。

〔51〕 周公而上:指尧、舜、禹、汤、文、武。句谓以其说为君,则政事畅通。

〔52〕 周公而下:指周公、孔、孟。句谓以其说为臣,则流传长远。

〔53〕 人其人:谓使僧道之徒还俗并尽其出粟米、麻丝、作器皿等义务。

〔54〕 火其书:焚其(佛道)经典。

〔55〕 庐其居:谓改其寺观庙宇为房屋庐舍。

〔56〕 道之:导引民众。道同导。

〔57〕 "鳏寡"句:《孟子·梁惠王下》:"老而无妻曰鳏,老而无夫曰寡,老而无子曰独,幼而无父曰孤。此四者,天下之穷民而无告者,文王发政施仁,必先斯四者。"鳏寡孤独皆有所养,即"生则得其情"之急迫者。

原毁[1]

古之君子[2],其责己也重以周[3],其待人也轻以约[4]。重以周,故不怠;轻以约,故人乐为善。闻古之人有舜者,其为人也,仁义人也。求其所以为舜者,责于己曰:"彼,人也;予,人也。彼能是,而我乃不能是[5]!"早夜以思,去其不如舜者,就其如舜者。闻古之人有周公者,其为人也,多才与艺人也[6]。求其所以为周公者,责于己曰:"彼,人也;予,人也。彼能是,而我乃不能是!"早夜以思,去其不如周公者,就其如周公者。舜,大圣人也,后世无及焉;周公,大圣人也,后世无及焉。是人也[7],乃曰:"不如舜,不如周公,吾之病也。"是不亦责于身者重以周乎?其于人也,曰:"彼人也,能有是,是足为良人矣。能善是,是足为艺人矣。"取其一,不责其二;即其新,不究其旧[8]。恐恐然惟惧其人之不得为善之利[9]。一善易修也。一艺易能也。其于人也,乃曰:"能有是,是亦足矣。"曰:"能善是,是亦足矣。"不亦待于人者轻以约乎?

今之君子则不然[10]。其责人也详,其待己也廉[11]。详,故人难于为善;廉,故自取也少[12]。己未有善,曰:"我善是,是亦足矣。"己未有能,曰:"我能是,是亦足矣。"外以欺于人,内以欺于心[13],未少有得而止矣。不亦待其身者已廉乎[14]?其于人也,曰:"彼虽能是,其人不足称也。彼虽善是,其用不足称也。"举其一,不计其十;究其旧,不图其新。恐恐然惟惧其人之有闻也。是不亦责于人者已详乎？夫是之谓不以众人待其身[15]，而以圣人望于人，吾未见其尊己也。

虽然，为是者有本有原：怠与忌之谓也[16]。怠者不能修[17]，而忌者畏人修。吾尝试之矣。尝试语于众曰："某良士，某良士。"其应者，必其人之与也[18]；不然，则其所疏远不与同其利者也；不然，则其畏也。不若是，强者必怒于言[19]，懦者必怒于色矣。又尝语于众曰："某非良士，某非良士。"其不应者，必其人之与也；不然，则其所疏远不与同其利者也；不然，则其畏也。不若是，强者必说于言[20]，懦者必说于色矣。是故事修而谤兴，德高而毁来。呜呼！士之处此世，而望名誉之光[21]、道德之行，难已！

将有作于上者，得吾说而存之，其国家可几而理欤！

《韩昌黎文集注释》卷一

〔1〕 原毁，即探讨毁谤之本源。本篇揭露并批判当时社会在人才问题上存在的不正之风，即怠与忌的心理，很有针对性。韩愈出身于寒素之家，在个人奋斗的经历中多有挫折和磨难，故本篇也有他深切的感受在。而怠与忌的心理不独古代有，今时也存在，所以在"五原"中，《原毁》是最具当代现实意义的一篇。文章通篇排比，古之君子与今之君子，责己与待人，详（重以周）与廉（轻以约），作为全文的两扇，句与句、段与段、意与意皆相对，在比较中展开议论，最后归结到怠与忌，变化中不失其整齐，愈排比而愈古。又能曲尽人情，摹写世俗，如闻如见。

〔2〕 古之君子：泛指古之贤者。此为立论方便而设，不必有所专指。

〔3〕 重以周：严格而全面。

〔4〕 轻以约：宽松而简约。按：此即孔子"躬自厚而薄责于人"（《论语·卫灵公》）之意。

〔5〕"责于己"数句:《孟子·滕文公上》有:"颜渊曰:'舜何人也?予何人也?有为者亦若是。'"文义出于此。

〔6〕 多才与艺:是周公自谓,见《尚书·金縢》:"予,仁若考,能多材多艺,能事鬼神。"材、才通。

〔7〕 是人也:这个人,即"古之君子"。

〔8〕 "即其新"二句:意谓关注其现在,不追究其从前。

〔9〕 恐恐然:忧惧貌。

〔10〕 今之君子:泛指当世之人。与前"古之君子"相对。

〔11〕 "其责人"二句:详,多,即"重以周"之义;廉,少,即"轻以约"之义。

〔12〕 自取也少:个人所得甚少。

〔13〕 "外以欺"二句:即自欺欺人之意。欺,蒙骗。

〔14〕 已廉:甚少。已,甚词。

〔15〕 众人:当为"圣人"之误。

〔16〕 怠:懈怠。忌:忌妒。

〔17〕 修:修身,提高道德修养。

〔18〕 与:同伙、交好者。

〔19〕 怒于言:言辞激烈表示反对。

〔20〕 说:同"悦"。下同。

〔21〕 光:光大。

马说[1]

世有伯乐[2],然后有千里马。千里马常有,而伯乐不常有[3]。故虽有名马,祗辱于奴隶人之手[4],骈死于槽枥之间[5],不以千里称也。

马之千里者,一食或尽粟一石。食马者[6],不知其能千里而食也。是马也,虽有千里之能,食不饱,力不足,才美不外见[7],且欲与常马等不可得[8],安求其能千里也?

策之不以其道[9],食之不能尽其材[10],鸣之而不能通其意,执策而临之曰:"天下无马。"呜呼!其真无马邪?其真不知马也!

《韩昌黎文集注释》卷一

〔1〕 韩愈有《杂说》四首,本篇为第四首。"杂"是随题立名、无一定文体之意;"说"为论说文之一体,解释义理而出以己意。本文兼杂、说二体。当为韩愈早期作品。韩愈四试于礼部(进士试)始一得,三试于吏部(博学宏词科)皆落选;又三上宰相书,宰相置之不理。于是作此文泄其不平。通篇借伯乐与马为喻,比喻人才固然难得,而鉴识发现人才尤为难得。全文短小精悍,无限感慨,且寓意深刻。

〔2〕 伯乐:姓孙名阳,字伯乐,春秋秦穆公时人,善相马,以识千里马著名当时。

〔3〕 "千里马常有"二句:意谓各处皆有人才,惟在善于发现并善使之。

〔4〕 奴隶人:指驱役马者。

〔5〕 骈死:并死、接连而死。

〔6〕 食(sì 饲):同饲。下句"食之不能尽其材"同。

〔7〕 外见:表现出来。见,同"现"。

〔8〕 "且欲"句:谓千里马欲与寻常之马得同等待遇亦不可。

〔9〕 策:马鞭。不以其道:犹言鞭笞过甚。

〔10〕 尽其材:充分满足千里马的食量。

师说[1]

　　古之学者必有师。师者,所以传道、受业、解惑也[2]。人非生而知之者[3],孰能无惑?惑而不从师,其为惑也,终不解矣。生乎吾前,其闻道也,固先乎吾,吾从而师之;生乎吾后,其闻道也,亦先乎吾,吾从而师之。吾师道也[4],夫庸知其年之先后生于吾乎[5]?是故无贵无贱,无长无少,道之所存,师之所存也。

　　嗟乎!师道之不传也久矣[6]!欲人之无惑也难矣!古之圣人,其出人也远矣,犹且从师而问焉;今之众人,其下圣人也亦远矣,而耻学于师;是故圣益圣,愚益愚,圣人之所以为圣,愚人之所以为愚,其皆出于此乎?

　　爱其子,择师而教之;于其身也,则耻师焉。惑矣[7]!彼童子之师,授之书而习其句读者,非吾所谓传其道解其惑者也。句读之不知[8],惑之不解,或师焉,或不焉,小学而大遗[9],吾未见其明也。

　　巫、医、乐师、百工之人[10],不耻相师;士大夫之族,曰师、曰弟子云者,则群聚而笑之。问之,则曰:"彼与彼年相若也,道相似也[11]。"位卑则足羞,官盛则近谀[12]。呜呼!师道之不复可知矣。巫、医、乐师、百工之人,君子不齿[13],今其智乃反不能及,其可怪也欤!

　　圣人无常师[14]。孔子师郯子、苌弘、师襄、老聃[15]。郯子之徒,其贤不及孔子。孔子曰:"三人行,则必有我师。"[16]是故弟子不必不如师,师不必贤于弟子,闻道有先后,术业有专攻,如是而已。

李氏子蟠[17],年十七,好古文,六艺经传[18],皆通习之;不拘于时,学于余。余嘉其能行古道,作《师说》以贻之[19]。

《韩昌黎文集注释》卷二

〔1〕 德宗贞元十八年(802)韩愈为国子监四门博士时作。此文虽因李蟠从其为师而作,实则借此抨击当时以世族士大夫为代表的知识阶层自恃门第高贵、骄傲自满、耻于从师并轻视巫、医、乐师、百工之人的恶习。文中还对师、弟子之道有精辟论述,鼓吹从师的重要性,提高师的尊严,以扭转社会不良风习。柳宗元《答韦中立论师道书》中说:"今之世不闻有师,有辄哗笑之,以为狂人。独韩愈不顾流俗,犯笑侮,收召后学,作《师说》,因抗颜为师。"说明此文在当时产生了极大的社会反响。文章结构严密,笔法波澜起伏,在不长的篇幅里,极尽错综变化之妙。

〔2〕 传道、受业、解惑:此三项为师的职业工作。谢枋得《文章轨范》卷五:"道者,致知格物诚意正心治国平天下之道;业者,六经礼乐文章之业;惑者,胸中有疑惑而未开明也。"

〔3〕 "人非"句:《论语·季氏》:"生而知之者上也,学而知之者次也。"句出此而用意略有不同。

〔4〕 吾师道:犹言我所师从的是道。

〔5〕 庸知:岂知,何必知。

〔6〕 师道:为师和从师之道。为师之道指师对学生学业和品德上的教导,从师之道指学生对师的不耻于学和尊重。

〔7〕 惑矣:犹言真胡涂啊。此处的"惑"作动词,与前"解惑"不同。

〔8〕 句读(dòu 豆):古人指文辞休止和停顿处。文辞语意已尽为句,语意未尽而须停顿处为读。

〔9〕 小学而大遗:意谓小惑而从师,大惑则不从师。

〔10〕 百工之人:各种从事手工技艺者。

〔11〕 "彼与"二句:年相若,谓年龄相仿佛。道相似,谓学问相同。

〔12〕 "位卑"二句:位卑、官盛,谓职位低下和官职很高。皆指所从之师。

〔13〕 不齿:不与同列。不齿一作"鄙之",是瞧不起的意思,较为妥当。

〔14〕 无常师:无固定专一之师。

〔15〕 郯(tán 坛)子:春秋时郯国国君。鲁昭公十七年,郯子来鲁,昭公问郯子少皞氏以鸟名名官之事,孔子听说,见于郯子而学之。见《左传·昭公十七年》。苌(cháng 常)弘:春秋时周敬王大夫,孔子尝问乐于苌弘,见《孔子家语·观周》。师襄:鲁国乐师,孔子尝学琴于师襄,见《史记·孔子世家》。老聃(dān 丹):即老子,孔子尝问礼于老子,见《史记·孔子世家》、《孔子家语》。

〔16〕 "三人行"句:见《论语·述而》:"子曰:'三人行,必有我师焉。择其善者而从之,其不善者而改之。'"

〔17〕 李蟠:贞元十九年进士。

〔18〕 六艺:即《诗》、《尚书》、《礼》、《易》、《乐》、《春秋》,又称六经。《乐》至汉时已亡,此处泛指儒家经典。经传:分指六艺本文和后世儒者阐释六艺之书,如《礼》为经,《礼记》为传;《春秋》为经,《左传》、《公羊》、《穀梁》为传。

〔19〕 贻:赠送。

进学解[1]

国子先生晨入太学[2],招诸生立馆下[3],诲之曰:"业精于勤,荒于嬉;行成于思,毁于随[4]。方今圣贤相逢[5],治具毕张[6]。拔去凶邪,登崇俊良[7]。占小善者率以录[8],名一艺者无不庸[9]。爬罗剔抉,刮垢磨光[10]。盖有幸而获选,孰云多而不扬[11]?诸生业患不能精,无患有司之不明[12]。行患不能成,无患有司之不公。"

言未既[13],有笑于列者曰:"先生欺余哉!弟子事先生,于兹有年矣。先生口不绝吟于六艺之文[14],手不停披于百家之编[15];记事者必提其要[16],纂言者必钩其玄[17];贪多务得,细大不捐[18],焚膏油以继晷[19],恒兀兀以穷年[20]:先生之于业,可谓勤矣。抵排异端[21],攘斥佛老[22],补苴罅漏[23],张皇幽眇[24];寻坠绪之茫茫[25],独旁搜而远绍[26];障百川而东之,回狂澜于既倒[27]:先生之于儒,可谓有劳矣。沉浸酽郁,含英咀华[28]。作为文章,其书满家。上规姚姒[29],浑浑无涯;周诰殷盘[30],佶屈聱牙[31];《春秋》谨严[32],左氏浮夸[33];《易》奇而法[34],《诗》正而葩[35];下逮庄骚[36],太史所录[37],子云相如,同工异曲[38]:先生之于文,可谓闳其中而肆其外矣[39]。少始知学,勇于敢为。长通于方,左右具宜[40]:先生之于为人,可谓成矣。然而公不见信于人,私不见助于友。跋前踬后[41],动辄得咎[42]。暂为御史,遂窜南夷[43]。三年博士,冗不见治[44]。命与仇谋,取败几时[45]!冬暖而儿号寒,年丰而妻啼饥。头童齿豁[46],竟死何裨?不知虑此,而反教人为!"

先生曰:"吁!子来前。夫大木为杗[47],细木为桷[48]。欂栌侏儒[49],椳闑扂楔[50],各得其宜,施以成室者,匠氏之工也。玉札丹砂[51],赤箭青芝[52],牛溲马勃[53],败鼓之皮[54],

俱收并蓄,待用无遗者,医师之良也。登明选公[55],杂进巧拙[56],纡馀为妍[57],卓荦为杰[58],校短量长,惟器是适者,宰相之方也。昔者孟轲好辩,孔道以明,辙环天下,卒老于行[59];荀卿守正,大论是弘。逃谗于楚,废死兰陵[60]。是二儒者,吐辞为经,举足为法。绝类离伦,优入圣域[61],其遇于世何如也?今先生学虽勤而不繇其统[62],言虽多而不要其中[63],文虽奇而不济于用,行虽修而不显于众,犹且月费俸钱,岁靡廪粟[64]。子不知耕,妇不知织。乘马从徒,安坐而食。踵常途之促促[65],窥陈编以盗窃[66]。然而圣主不加诛,宰臣不见斥,兹非其幸欤?动而得谤,名亦随之[67],投闲置散,乃分之宜[68]。若夫商财贿之有亡,计班资之崇庳[69],忘己量之所称,指前人之瑕疵[70],是所谓诘匠氏之不以杙为楹[71],而訾医师以昌阳引年,欲进其豨苓也[72]。”

《韩昌黎文集注释》卷二

〔1〕 宪宗元和七年(812)作,时韩愈为国子学博士。"进学解"意谓关于增进学、行的辨析,借师生之间的问答,阐述自己对于卫道、治学、为文及做人的见解。两《唐书》本传俱录此文,《新唐书》本传说愈"既才高数黜,官又下迁,乃作《进学解》以自喻。"故本文又是发牢骚之文,借学生之口,突出自己学问精深、信念坚定,但历尽坎坷,居于下位的景况,曲折含蓄地对社会待己的不公予以批评,其源出于东方朔《答客难》、扬雄《解嘲》而实过之。文中骈散相间,又杂以韵语,语言上力去陈言,极富创造性,有强烈的艺术感染力。

〔2〕 国子先生:即国子博士,愈自称。太学:唐国子监有国子学、太学、四门馆学,太学招收五品以上官员子弟。

〔3〕 馆:学馆、学舍。

387

〔4〕"业精于勤"四句:是先生在学问、德行两方面对学生的教诲。嬉,嬉游。思,独立思索。随,因循随俗。

〔5〕 圣贤:指圣君贤相。

〔6〕 治具毕张:治理国家的法令措施俱得其宜。

〔7〕 "拔去"二句:意谓除去凶暴邪恶者,提拔才德优秀者。

〔8〕 占:有、具有。录:录用。

〔9〕 名一艺:谓能通一经。艺,即经。唐科举有明经科,凡通二经以上皆可应试。庸:同"用"。

〔10〕 "爬罗"二句:形容政府搜求、培育人才不遗馀力。爬,梳;罗,罗致;剔,剔除;抉,选择。刮垢,刮去污垢;磨光,磨去瑕疵,使其发光。

〔11〕 "盖有幸"二句:意谓虽有凭借侥幸而获得选拔者,但绝无才艺多而名声不扬者。选,指学生经国子监选拔而取得应朝廷(进士、明经)考试资格。

〔12〕 有司:指主管职能部门。古代设官分职,各有专司,因称主管部门为有司。

〔13〕 言未既:言未终了。

〔14〕 六艺:六经。详见《师说》注〔18〕。

〔15〕 手不停披:形容读书之勤。披,翻阅。百家之编,指六艺以外诸子百家之文。

〔16〕 记事者:指记载史实一类的著作。提其要:概括其要点。

〔17〕 纂言者:指言论一类著作。钩其玄:探取其深奥道理。

〔18〕 "贪多"二句:形容读书之博。捐,弃置。

〔19〕 "焚膏"句:形容读书用功。膏油,灯烛之类。晷(guǐ 轨),日影。

〔20〕 "恒兀兀"句:形容读书终年勤苦。兀兀,劳苦貌。

〔21〕 抵排:抵制、排斥。异端:与儒家学说相抵触者。

〔22〕 攘斥:排斥。佛老:佛家和道家。老,指老子,道家以老子为鼻祖。

〔23〕 补苴(jū居):填补。罅(xià)漏:裂缝、缺口。

〔24〕 张皇:张大、显豁。幽眇:幽邃而不明者。此指儒家思想隐秘深奥之处。

〔25〕 坠绪茫茫:指儒家学说衰落,其端绪已难把握。

〔26〕 旁搜远绍:形容四处寻觅。

〔27〕 "障百川"二句:形容独力支撑儒家残局,成效巨大。障,挡、堵,"障百川而东之"就是阻挡一切川水使归入大海。

〔28〕 "沉浸"二句:谓涵泳于精妙文章意味之中,仔细体会咀嚼。酕郁:酒香芳烈。此形容文章。含、咀、英、华,俱同义互用。

〔29〕 规:取法。姚姒:代《尚书》。《尚书》中有《虞书》、《夏书》,虞舜姚姓,夏禹姒姓。此句"上规"言文章取法自前代,"规"字直贯以下所言《周诰》、《殷盘》、《春秋》、《左氏》、《易》、《诗》等;下文"下逮"用法略同。

〔30〕 周诰:代《尚书》中的《周书》。《周书》中有《大诰》、《康诰》等篇。殷盘:代《尚书》中的《商书》。《商书》中有《盘庚》篇。

〔31〕 佶(jí吉)屈聱(áo熬)牙:意谓《周书》《商书》文字艰涩难懂。

〔32〕 谨严:谓《春秋》文字严谨简约,语含褒贬。

〔33〕 浮夸:谓《左传》文字铺排夸张。

〔34〕 《易》奇而法:谓《周易》文辞奇幻而有法则。

〔35〕 《诗》正而葩(pā趴):谓《诗经》思想纯正而文辞华美。葩,华美。

〔36〕 庄骚:指《庄子》和《离骚》。

〔37〕 太史:史官名。此指司马迁及所著《史记》。

〔38〕 "子云"二句:谓扬雄、司马相如赋的文辞皆工致而意趣不同。扬雄字子云。

〔39〕 闳中肆外:指所作文章内容博大精深而文辞壮美恣肆。

〔40〕 "长通"二句:与"少始知学"二句对言,意谓年长之后学术为人俱到老成练达地步,无所不宜。

〔41〕 跋:踩踏;踬(zhì质):跌倒。语出《诗·豳风·狼跋》:"狼跋

389

其胡,载疐其尾。"意谓狼向前则踩踏其胡(颔下赘肉),后退则绊其尾。疐,音义俱同"踬"。

〔42〕 动辄得咎:但有举动便获罪责。辄,承接连词,犹则、便。

〔43〕 "暂为"二句:指韩愈贞元十九年(803)冬任监察御史时上书言事贬阳山令事。阳山,今属广东,唐时属江南西道连州,地接岭南,故称南夷。

〔44〕 "三年"二句:谓韩愈元和元年(806)任国子博士,至元和四年(809)始调任都官员外郎,三年之间如置于闲散之地而不显其政绩。冗,冗官,闲散之职。见(xiàn 现)治,表现出政绩。

〔45〕 "命与"二句:意谓命运与仇敌相合,取败已无需多久。谋,谋合。

〔46〕 头童:头发脱落。童,山无草木,以喻人发秃。

〔47〕 㝠(máng 忙):栋梁之属。

〔48〕 桷(jué 决):方形椽子。

〔49〕 欂栌(bó lú 博炉):柱上承托栋梁的方形短木,即斗拱。侏儒:亦作朱儒、株櫰,梁上短柱。

〔50〕 椳(wēi 威):门臼,以承门枢。闑(niè 聂):古代门中央所竖立木。古代门有二闑,二闑之中为中门,二闑之旁为㭔,以别尊卑出入。扂(diàn 电):门闩。楔(xiē 些):门两旁竖木。

〔51〕 玉札:药名,即地榆。丹砂:药名,即朱砂。

〔52〕 赤箭:药名,即天麻。青芝:药名,又名龙芝。以上皆贵重药材。

〔53〕 牛溲:牛尿,可入药。李时珍《本草纲目·兽一·牛溲》:"牛溺,气味苦辛,微温,无毒,主治水肿、腹胀、脚满,利小便。"马勃:菌类,干燥后可以入药。

〔54〕 败鼓:破鼓。破鼓之皮可以入药。以上皆至贱之药。

〔55〕 登明选公:录用举荐人材明察且出于公心。

〔56〕 杂进巧拙:杂用巧拙之人使各得其宜。巧拙,敏便和朴讷

之人。

〔57〕 纡馀:委婉曲折。此以喻才艺缜密者。

〔58〕 卓荦:超绝干练。此以喻才能杰出者,

〔59〕 "昔者"四句:谓孟子以其雄辩,使孔子之道大明天下,但其一生周游诸侯,不遑安处,最后老死于游说途中。《孟子·滕文公下》:"公都子曰:'外人皆称夫子好辩,敢问何也?'孟子曰:'予岂好辩哉?予不得已也!'"辙环天下,谓车轮之迹遍天下。按,孟子晚年归于邹,与弟子讲学并著《孟子》,并未"卒老于行"。

〔60〕 "荀卿"四句:谓荀子遵守儒家正道,其理论发扬弘大,但因躲避谗言,逃于楚国,不为世用而死于兰陵。兰陵,战国时楚地名,故址在今山东苍山县境。《史记·孟子荀卿列传》:"齐襄王时,而荀卿最为老师,齐尚修列大夫之缺,而荀卿三为祭酒焉。齐人或谗荀卿,荀卿乃适楚。而春申君以为兰陵令。春申君死而荀卿废,因家兰陵……序列著数万言而卒。"

〔61〕 优入圣域:犹言进入圣人境界而优。圣域,圣人的境界。《汉书·贾山传》:"禹入圣域而不优。"语本此。

〔62〕 繇:同"由"。统:统系。

〔63〕 "言虽多"句:犹言不得其要害。要(yāo 腰),求得;中(zhòng 众),要害。

〔64〕 靡:消耗、浪费。

〔65〕 "踵常途"句:谓随俗逐众,虽劳苦而无成绩。踵,随人行走。促促,劳苦不安貌。

〔66〕 "窥陈编"句:谓其著述不过窥探旧籍,盗窃其辞句而已。陈编,指古人著作,即前文所说《尚书》、《春秋》、《左传》、《易》、《诗》等。

〔67〕 "动而"句:谓举动即遭毁谤,名誉也随之低落。

〔68〕 "投闲"句:谓就任博士闲散之职,恰如其分。

〔69〕 商、计:同义互用,谋算、计较的意思。财贿之有亡:指俸禄的多寡,亡,同"无"。班资之崇庳:指品秩的高下,庳,同"卑"。

〔70〕 "忘己"二句：意谓自不量力而去指责上司的缺失。量，容量。称，相称、相符。前人，即前文所说的宰相。

〔71〕 诘：诘责。杙(yì 意)：小木桩。楹：柱子。

〔72〕 "而訾"二句：訾，非议、批评。昌阳，药名，即菖蒲，有聪耳明目、延年益寿等效用。豨(xī 希)苓，药名，即猪苓，贱药，可以利尿。

子产不毁乡校颂[1]

我思古人，伊郑之侨[2]。以礼相国[3]，人未安其教，游于乡之校，众口嚣嚣。或谓子产："毁乡校则止。"曰："何患焉，可以成美。夫岂多言，亦各其志。善也吾行，不善吾避。维善维否[4]，我于此视。川不可防，言不可弭[5]。下塞上聋[6]，邦其倾矣。"既乡校不毁，而郑国以理[7]。

在周之兴，养老乞言[8]。及其已衰，谤者使监[9]。成败之迹，昭哉可观。维是子产，执政之式[10]。维其不遇，化止一国[11]。诚率是道，相天下君，交畅旁达，施及无垠[12]。

於虖[13]！四海所以不理，有君无臣。谁其嗣之，我思古人！

《韩昌黎文集注释》卷三

〔1〕 子产，春秋时郑大夫，后为郑相。姓公孙，名侨，字子产。执郑国政二十六年，郑大治。《史记》有传，其事迹多见《左传》。子产不毁乡校事见《左传》襄公三十一年："郑人游于乡校，以论执政。然明谓子产曰：'毁乡校何如？'子产曰：'何为？夫人朝夕退而游焉，以议执政之善否。其

所善者,吾则行之;其所恶者,吾则改之,是吾师也,若之何毁之?我闻忠善之损怨,不闻作威以防怨。岂不遽止?然犹防川。大决所犯,伤人必多,吾不克救也。不如小决使道,不如吾闻而药之也。'"乡校,郑之学校。春秋时,国学为天子之学,诸侯之学为庠、序、校。本篇称赞子产广开言路、虚心听取批评意见,借子产不毁乡校的故事和西周因对待言论不同而一兴一衰的教训,告诫当时的执政者。文中"我思古人"首尾一呼一应,充满激愤之情,有深刻的现实意义。茅坤评云:"子产之思远,故不毁乡校;退之之思深,故为颂。"(《唐宋八大家文钞·昌黎文钞》卷一〇)极是。

〔2〕 伊:发语词。

〔3〕 以礼相国:谓子产为政以宽。

〔4〕 维:语首助词。否(pǐ 痞):恶、坏。

〔5〕 弭:止。

〔6〕 下塞:谓民众言路堵塞。上聋:谓天子不闻民众声音。《穀梁传·文公六年》:"上泄则下闇,下闇则上聋。"句意本此。闇,音义俱同"暗"。

〔7〕 理:治。唐时避高宗讳,以治为理。

〔8〕 养老乞言:语出《诗·大雅·行苇序》:"周室忠厚,仁及草木,故能内睦九族,外尊事黄耇,养老乞言。"西周公刘时,已举行养老的典礼。老指老成有德之人,乞言即请求老人说话。

〔9〕 "及其"二句:西周末,厉王虐,国人谤王,王使监谤者,以告,则杀之。事见《国语·周语》。

〔10〕 式:准则、榜样。

〔11〕 "维其"二句:谓子产不遇于时,其教化仅止于一国。

〔12〕 "诚率"四句:谓若使子产以此道相于天子,则上下畅达,仁爱惠及无穷。

〔13〕 於虖:同"呜呼"。

393

张中丞传后叙[1]

　　元和二年四月十三日夜,愈与吴郡张籍阅家中旧书[2],得李翰所为《张巡传》[3]。翰以文章自名,为此传颇详密。然尚恨有阙者:不为许远立传[4],又不载雷万春事首尾[5]。

　　远虽材若不及巡者,开门纳巡,位本在巡上,授之柄而处其下,无所疑忌,竟与巡俱守死,成功名[6]。城陷而虏,与巡死先后异耳[7]。两家子弟材智下,不能通知二父志,以为巡死而远就虏,疑畏死而辞服于贼[8]。远诚畏死,何苦守尺寸之地,食其所爱之肉[9],以与贼抗而不降乎?当其围守时,外无蚍蜉蚁子之援[10],所欲忠者,国与主耳;而贼语以国亡主灭[11],远见救援不至,而贼来益众,必以其言为信。外无待而犹死守,人相食且尽,虽愚人亦能数日而知死处矣,远之不畏死亦明矣。乌有城坏其徒俱死,独蒙愧耻求活?虽至愚者不忍为。呜呼!而谓远之贤而为之邪?

　　说者又谓远与巡分城而守,城之陷自远所分始,以此诟远[12]。此又与儿童之见无异。人之将死,其脏腑必有先受其病者;引绳而绝之,其绝必有处。观者见其然,从而尤之,其亦不达于理矣。小人之好议论,不乐成人之美如是哉[13]!如巡、远之所成就,如此卓卓,犹不得免,其他则又何说!当二公之初守也,宁能知人之卒不救?弃城而逆遁[14],苟此不能守,虽避之他处何益?及其无救而且穷也,将其创残饿羸之馀,虽欲去,必不达。二公之贤,其讲之精矣[15]。守一城,捍天下,以千百就尽之卒,战百万日滋之师,蔽遮江、淮,沮遏其势,天下之不亡,其谁之功也[16]?当是时,弃城而图存者,不可一二数;擅强兵,坐而观者,相环也[17]。不追议此,而责二公以死守,亦见其自比于逆乱,设淫辞而助之攻也。

愈尝从事于汴、徐二府[18]屡道于两府间,亲祭于其所谓双庙者[19]。其老人往往说巡、远时事,云:南霁云之乞救于贺兰也[20],贺兰嫉巡、远之声威功绩出己上,不肯出师救[21]。爱霁云之勇且壮,不听其语,强留之,具食与乐,延霁云坐。霁云慷慨语曰:"云来时,睢阳之人不食月馀日矣[22]。云虽欲独食,义不忍;虽食,且不下咽。"因拔所佩刀断一指,血淋漓,以示贺兰[23]。一座大惊,皆感激为云泣下。云知贺兰终无为云出师意,即驰去。将出城,抽矢射佛寺浮屠[24],矢著其上砖半箭,曰:"吾归破贼,必灭贺兰,此矢所以志也。"愈贞元中过泗州,船上人犹指以相语。城陷,贼以刃胁降巡。巡不屈,即牵去,将斩之。又降霁云,云未应,巡呼云曰:"南八,男儿死耳,不可为不义屈。"云笑曰:"欲将以有为也[25];公有言,云敢不死?"即不屈。

张籍曰:有于嵩者,少依于巡。及巡起事,嵩常在围中[26]。籍大历中于和州乌江县见嵩[27],嵩时年六十馀矣。以巡,初尝得临涣县尉[28]。好学,无所不读。籍时尚小,粗问巡、远事,不能细也。云:"巡长七尺馀,须髯若神。尝见嵩读《汉书》,谓嵩曰:'何为久读此?'嵩曰:'未熟也。'巡曰:'吾于书读不过三遍,终身不忘也。'因诵嵩所读书,尽卷,不错一字。嵩惊,以为巡偶熟此卷,因乱抽他帙以试[29],无不尽然。

395

嵩又取架上诸书,试以问巡,巡应口诵无疑。嵩从巡久,亦不见巡常读书也。为文章,操纸笔立书,未尝起草。初守睢阳时,士卒仅万人[30],城中居人户亦且数万,巡因一见问姓名,其后无不识者。巡怒,须髯辄张。及城陷,贼缚巡等数十人坐,且将戮。巡起旋[31],其众见巡起,或起或泣。巡曰:'汝勿怖,死,命也!'众泣不能仰视。巡就戮时,颜色不乱,阳阳如平常。远宽厚长者,貌如其心。与巡同年生,月日后于巡,呼巡为兄,死时年四十九。"

嵩贞元初死于亳、宋间[32]。或传嵩有田在亳、宋间,武人夺而有之,嵩将诣州讼理,为所杀。嵩无子。张籍云。

《韩昌黎文集注释》卷三

〔1〕 宪宗元和二年(807)作,时韩愈为国子博士分司东都。张中丞为张巡。天宝末(755),禄山乱起,巡为真源(今河南鹿邑)令,率兵保雍丘(今河南杞县),以拒禄山。至德二载(757),巡又与睢阳(即宋州,故址在今河南商丘南)太守许远合兵镇守睢阳,玄宗闻而壮之,授巡主客郎中兼御史中丞。后因援绝粮尽,城陷被杀。两《唐书》有传。《张中丞传》,李翰上元二年(761)所作;后叙,《传》后所补叙之事。韩愈因李翰所为《传》有阙失,乃作此《后叙》。又因为当时流行着一股对张、许横加指责的言论,即张、许二家子弟亦为这些言论所惑,互相攻讦,舆论一时纷扰。这些言论,貌似公正,实际上是为叛乱者张目,为拥兵自保、坐视不救者张目。激于义愤,韩愈为此《后叙》。安史之乱为唐朝政局一大变故,前后历经八年始平息,而乱后藩镇林立,唐中央政府对国家的军事控制,几乎不能出京畿之外。韩愈为此文,用意不止于重为英雄立传,而有重要现实意义。文章夹叙夹议,叙则笔下生风,或缓或疾,时如飘风骤雨,得《史记》叙事精髓;议则义形于色,透彻精辟,将浮言谬论一扫而光。

〔2〕 张籍:字文昌,原籍吴郡(今江苏苏州),著名诗人,韩愈友人。

详见本书张籍文作者简介。

〔3〕 李翰:字子羽,赵州赞皇(今属河北)人,天宝中进士,为盛唐著名古文家。李翰《张巡传》今已不存,其《进张中丞传表》尚存,见《全唐文》卷四三〇。

〔4〕 许远:字令威,天宝末拜睢阳太守,与张巡婴城固守,以拒安禄山,坚守十月之久,城陷,被执送洛阳,不久为叛军所杀。两《唐书》有传。

〔5〕 雷万春:张巡守睢阳时偏将,与南霁云同为巡所倚重。城陷,与巡等一同被害。《新唐书》有传附张巡、许远传后。传极简略,云:"雷万春者,不详所来。"即因李翰《张巡传》有所阙所致。

〔6〕 "远虽"数句:《资治通鉴·唐纪三五》:至德二载(757)正月甲戌(二十八日),安庆绪将尹子奇将兵十三万"趣睢阳,许远告急于张巡,巡自宁陵(今属河南)引兵入睢阳。巡有兵三千人,与远兵合六千八百人。贼悉众逼城,巡督励将士,昼夜苦战,或一日至二十合。凡十六日,擒贼将六十馀人,杀士卒二万馀,众气自倍。远谓巡曰:'远懦,不习兵,公智勇兼济,远请为公守,公请为远战。'自是之后,远但调军粮,修战具,居中应接而已,战斗筹划一出于巡。"

〔7〕 "城陷"二句:至德二载冬十月癸丑(九日),睢阳城陷,巡、远等俱被执,巡与南霁云、雷万春等三十六人即日被害,贼将尹子奇生致许远于洛阳,囚于偃师。至十月庚辰(十六日),唐大军至,安庆绪帅其党走河北,杀所获唐将哥舒翰、程千里、许远等。详见《资治通鉴·唐纪三五》。据此,远后死于巡不过七日而已。

〔8〕 两家子弟:指张巡子去疾、许远子岘。《新唐书·许远传》:"大历中,巡子去疾上书曰:'孽胡南侵,父巡与睢阳太守远各守一面,城陷,贼所入,自远分。尹子奇分郡部曲各一方,巡及将校三十六人皆割心剖肌,惨毒备尽,而远与麾下无伤。故远心向背,梁、宋人皆知之,使国威丧衄,巡功业堕败,则远与臣不共戴天。请追夺官爵,以刷冤耻。'诏下尚书省,使去疾与许岘及百官议。"

〔9〕 "远诚"数句:睢阳被围时,城中粮尽,巡杀爱妾食众,远亦杀其

奴僮。见两《唐书·张巡传》。

〔10〕 蚍蜉(pí fú 皮浮):大蚂蚁。蚁子:小蚂蚁。

〔11〕 国亡主灭:谓唐祚及天子俱亡灭。当巡守雍丘时,雍丘令令狐潮降贼,潮语巡曰:"本朝危蹙,兵不能出关,天下事去矣。"又大将六人语巡其势不敌,天子存亡莫知,劝巡降。详见两《唐书·张巡传》。

〔12〕 说者:当时妄议巡、远之事的人。其议论见前引张巡子去疾所上皇帝书。妄议者在先,去疾不明就里而苟同之。

〔13〕 不乐成人之美:语本《论语·颜渊》:"子曰:'君子成人之美,不成人之恶。小人反是。'"《新唐书·许远传》:巡子去疾上书后,"诏下尚书省,使去疾与许岘及百官议,皆以去疾证状最明者,城陷而远独生也。且远本守睢阳,凡屠城,以生致主将为功;则远后死,巡不足感。且艰难以来,忠烈未有先二人者,事载简书,若日月不可妄轻重。议乃罢。然议者纷纭不齐。"文中所谓"不乐成人之美"者,即议罢之后仍"纷纭不齐"、议论不休的人。

〔14〕 逆遁:预先转移他处。巡、远当时原有弃城他去之议,《新唐书·张巡传》:"众议东奔,巡、远议:以睢阳江淮保障也,若弃之,贼乘胜鼓而南,江淮必亡;且帅饥众行,必不达。"

〔15〕 其讲之精:指李翰《张巡传》所载当时巡、远关于拒守孤城或弃城逆遁的议论已很明确。

〔16〕 "守一城"八句:李翰《进张中丞传表》中称:"巡退守睢阳,扼其咽领,前后拒守,自春徂冬,大战数十,小战数百,以少击众,以弱击强,出奇无穷,制胜如神,杀其凶丑凡九十馀万,贼所以不敢越睢阳而取江淮,江淮所以保全者,巡之力也。"数句本此。

〔17〕 "当是时"六句:《资治通鉴·唐纪三十五》至德二载:"是时,许叔冀在谯郡,尚衡在彭城,贺兰进明在临淮,皆拥兵不救。"又《资治通鉴·唐纪三六》至德二载:"张镐(代贺兰进明为河南节度、采访等使)闻睢阳围急,倍道急进,檄浙东、浙西、淮南、北海诸节度及谯郡太守闾丘晓,使共救之。(闾丘)晓素傲狠,不受镐命,比镐至,睢阳城已陷三日。镐召晓,

杖杀之。""擅强兵坐而观者",即此类。

〔18〕 汴、徐二府:即今河南开封、江苏徐州。贞元十二年至十四年(796—798),韩愈为汴州观察推官;十五年至十六年(799—800),为徐州节度推官。

〔19〕 双庙:至德二载末,唐政府立巡、远庙于睢阳,岁时致祭,时号双庙。

〔20〕 南霁云:张巡偏将,善骑射。禄山反,始从巡守睢阳。睢阳陷,与巡同时遇难。《新唐书》有传附巡、远传后。贺兰:即贺兰进明,时为河南节度使,屯兵临淮(故址在今江苏泗洪东南)。南霁云往临淮求救,约在至德二载八月上、中旬间。

〔21〕 "贺兰"二句:据《资治通鉴·唐纪三五》,至德初,房琯为相,恶贺兰进明,既以贺兰进明为河南节度使,又以许叔冀为进明都知兵马使,二人俱兼御史大夫衔,以牵制贺兰进明。许叔冀自恃麾下精锐,且官与进明同等,故不受其节制。贺兰进明不敢分兵救睢阳,不但疾巡、远功名,亦惧为许叔冀所袭。

〔22〕 "睢阳"句:《资治通鉴·唐纪三五》至德二载:七月"壬子,尹子奇复征兵数万,攻睢阳。先是,许远于城中积粮至六万石,虢王巨(唐宗室,曾祖父凤为高祖第十四子。禄山乱初,巨为河南尹兼东京留守)以其半给濮阳、济阴二郡,远固争之,不能得。既而济阴得粮,遂以城叛,而睢阳城至是食尽,将士人廪米日一合(十合为一升),杂以茶纸、树皮为食,而贼粮运通,兵败复征。睢阳将士死不加益,诸军馈救不至,士卒消耗至一千六百人,皆饥病不堪斗,遂为贼所围。"

〔23〕 "因拔"三句:柳宗元《南霁云睢阳庙碑》述南霁云事云:"(霁云)乃自噬其指,曰:'噉此足矣。'"见《柳宗元集》卷五,与此略不同。《旧唐书·张巡传》与柳文同,《新唐书·张巡传》与韩文同。

〔24〕 浮屠:亦作浮图,佛寺。此指佛塔。

〔25〕 朱熹以为"欲、将"二字衍(多出)一字。其说是。见其《韩文考异》。

〔26〕 常:同"尝",曾经。

〔27〕 和州:即今安徽和县。乌江县:和州属县,故址在今和县东北。张籍祖籍吴郡(今江苏苏州),后徙居和州乌江。

〔28〕 "以巡"句:谓于嵩因随从张巡守睢阳之功授临涣县尉。临涣县,今属安徽。

〔29〕 帙:书衣。

〔30〕 仅万人:多达万人。仅,将近,多至。

〔31〕 起旋:起来小便。《左传·定公三年》:"阍(守门人)以瓶水沃廷,郯子(郯庄公)望见之,怒,阍曰:'夷射姑(郯国大夫)旋焉。'"杜预注:"旋,小便。"杨伯峻注:"此谓因有尿而喷水。"韩愈《石鼎联句诗序》:"道士起,出门,若将便旋然。"旋亦作小便解。一说旋即盘旋环视,亦通。

〔32〕 亳(bó博)、宋:亳州、宋州。亳州今为安徽亳县,宋州在今河南商丘。

画记[1]

杂古今人物小画共一卷:骑而立者五人,骑而被甲载兵立者十人[2],一人骑执大旗前立,骑而被甲载兵行且下牵者十人[3],骑且负者二人,骑执器者二人,骑拥田犬者一人[4],骑而牵者二人,骑而驱者三人,执羁靮立者二人[5],骑而下倚马臂隼而立者一人[6],骑而驱涉者二人[7],徒而驱牧者二人[8],坐而指使者一人,甲胄手弓矢、铁钺植者七人[9],甲胄执帜植者十人,负者七人,偃寝休者二人,甲胄坐睡者一人,方涉者一人,坐而脱足者一人[10],寒附火者一人[11],杂执器物役者八人,奉壶矢者一人[12],舍而具食者十有一人[13],挹且注者四人[14],牛牵者二人,驴驱者四人,一人杖而负者,妇人以孺子载而可见者六人[15],载而上下者三人,孺子戏者九人。凡人之事三十有二,为人大小百二十有三,而莫有同者焉。

马大者九匹。于马之中,又有上者、下者、行者、牵者、涉者、陆者、翘者、顾者、鸣者、寝者、讹者[16]、立者、人立者、龁者[17]、饮者、溲者、陟者[18]、降者、痒磨树者、嘘者、嗅者、喜相戏者、怒相踶啮者[19]、秣者[20]、骑者、骤者[21]、走者、载服物者、载狐兔者。凡马之事二十有七,为马大小八十有三,而莫有同者焉。

牛大小十一头。橐驼三头,驴如橐驼之数而加其一焉。隼一。犬、羊、狐、兔、麋、鹿共三十。旃车三两[22]。杂兵器弓矢,旌旗、刀剑、矛楯、弓服、矢房、甲胄之属[23],瓶盂、簦笠、筐筥、锜釜、饮食服用之器[24],壶矢、博奕、之具,二百五十有一。皆曲极其妙。

贞元甲戌年[25],余在京师,甚无事,同居有独孤生申叔者[26],始得此画,而与余弹棋[27],余幸胜而获焉。意甚惜之,以为非一工人之所能运思,盖丛集众工人之所长耳,虽百金不愿易也。明年出京师,至河阳[28],与二三客论画品格,因出而观之。座有赵侍御者[29],君子人也,见之戚然,若有感然。少而进曰[30]:"噫!余之手摸也[31],亡之且二十年矣。余少时,常有志乎兹事,得国本[32],绝人事而摸得之[33],游闽中而丧焉[34]。居闲处独,时往来余怀也[35],以其始为之劳而夙好之笃也[36]。今虽遇之,力不能为已,且命工人存其大都焉[37]。"余既甚爱之,又感赵君之事,因以赠之,而记其人物之形状与数,而时观之,以自释[38]焉。

《韩昌黎文集注释》卷三

〔1〕 文中所记之画,或为《出猎图》。先备记各色人物,其他兵器、旗帜、甲胄弓矢器具等随人而记;再记马,次牛、驼、驴、车等,极参错而精整,文句全用白描,繁而明,简而曲,"流水帐"式的记述中处处生色,读来令人兴味盎然。文末交待画的来历,失而复得者的喜悦,爱而不吝、慷慨赠与者的大方,使全文进入另一种境界。

〔2〕 被甲载兵:穿着铠甲,扛着兵器。被,同"披",载,同"戴",背负。

〔3〕 下牵者:在下牵马者。

〔4〕 拥田犬:带着猎犬。田,音义俱同"畋"。

〔5〕 羁:马络头。靮(dí 敌):马缰。

〔6〕 臂隼(sǔn 损):臂上驾着隼。隼,即鹘,猛禽类,能辅助人捕获禽兽。

〔7〕 骑而驱涉者:骑在马上驱赶马群过河者。

〔8〕 徒而驱牧者:徒步行走驱赶牲畜者。

〔9〕 甲胄手弓矢、铁钺植者:身着甲胄手持弓矢、执铁钺者。甲胄,军帽、军服。铁,斧;钺,大斧。皆长柄。植,立,此指铁钺之柄立于地。

〔10〕 脱足:脱去鞋袜。

〔11〕 寒附火者:因冷而烤火者。附火,靠近火。

〔12〕 壶矢:古代投壶所用器具。其法是:将矢投入壶中,以投中多少定胜负。

〔13〕 舍而具食:在屋中准备饭食。

〔14〕 挹且注者:汲水并将水注入者。挹,汲取。

〔15〕 妇人以孺子载:妇女带着孩子乘车。

〔16〕 讹者:指马抖动者。

〔17〕 龁(hé 何)者:马嚼草者。

402

〔18〕 陟(zhì 质)者:马爬高者。

〔19〕 踶(dì 帝)啮者:指马踢且咬。

〔20〕 秣者:指马吃饲料。

〔21〕 骤者:指马奔跑者。

〔22〕 旃(zhān 毡)车:毡篷车。

〔23〕 矛楯:即藤牌。楯同盾。弓服矢房:弓袋、箭囊。

〔24〕 簦(dēng 登)笠:雨具。簦为有柄之笠,类后世的伞。筥(jǔ 举):圆形筐。锜(qí 其):三足釜。

〔25〕 贞元甲戌年:即德宗贞元十年(794)。

〔26〕 独孤生申叔:洛阳人,贞元十三年进士,能诗文,与韩愈友善。生,先生的简称。

〔27〕 弹棋:古代博戏之一。《后汉书·梁冀传》李贤注引《艺经》:"弹棋,两人对局,白黑棋各六枚,先列棋相当,更先弹之。其局以石为之。"洪兴祖《韩子年谱》:"沈存中云:弹棋有谱一卷,其局方二尺,中心高如覆盂,其巅为小壶,四角微隐起……白乐天诗'弹棋局上事,最妙是长斜',谓抹角斜弹,一发过半局。"其形制及规矩今已难详。

〔28〕 河阳:韩愈故乡,即今河南孟州。

〔29〕 赵侍御:名字不详。侍御,官职名,即侍御史,掌纠弹百官和受理冤讼。

〔30〕 少而进:少停而进言。

〔31〕 手摸:亲手临摹。摸,同"摹"。

〔32〕 国本:皇家藏本。

〔33〕 绝人事:屏居,谓断绝人事往来。

〔34〕 闽中:今福建一带。

〔35〕 往来余怀:时常牵挂于我心。

〔36〕 夙好之笃:往昔爱好之深。

〔37〕 大都:大略。

〔38〕 自释:自我宽解。

蓝田县丞厅壁记[1]

丞之职所以贰令[2],于一邑无所不当问。其下主簿、尉,主簿、尉乃有分职[3]。丞位高而逼,例以嫌不可否事[4]。文书行,吏抱成案诣丞[5]。卷其前,钳以左手[6],右手摘纸尾[7],雁鹜行以进[8],平立,睨丞曰[9]:"当署。"丞涉笔占位署[10],惟谨,目吏,问"可不可",吏曰"得",则退,不敢略省,漫不知何事。官虽尊,力势反出主簿、尉下。谚数慢,必曰"丞"[11],至以相訾謷[12]。丞之设,岂端使然哉!

博陵崔斯立[13],种学绩文,以蓄其有,泓涵演迤,日大以肆[14]。贞元初,挟其能,战艺于京师,再进再屈于人[15]。元和初,以前大理评事言得失黜官,再转而为丞兹邑[16]。始至,喟曰:"官无卑,顾材不足塞职。"[17]既噤不得施用,又喟曰:"丞哉!丞哉!余不负丞,而丞负余。"则尽枿去牙角[18],一蹴故迹,破崖岸而为之[19]。丞厅故有记,坏漏污不可读。斯立易楹与瓦,墁治壁[20],悉书前任人名氏。庭有老槐四行,南墙钜竹千梃,俨立若相持,水㶁㶁循除鸣[21]。斯立痛扫溉,对树二松[22],日哦其间。有问者,辄对曰:"余方有公事,子姑去。"考功郎中、知制诰韩愈记[23]。

《韩昌黎文集注释》卷三

〔1〕 蓝田县,唐时属京兆府,今属陕西西安。韩愈友人崔斯立于元和十年(815)任蓝田县丞,时韩愈任考功郎中、知制诰,本文即写于此年。

唐时,朝廷各官署常有人题写"壁记",叙述官署的创设、官秩确定、官员任迁始末等,刻于壁间。其后,地方官署也起而效法。写"壁记"的目的在于使后任了解自己的职责和前任情况,所以一般都写得比较详实严谨。韩愈的这篇"壁记"却有所不同。文章主要描写当时县丞一职的有职无权,形同虚设;受到胥吏的欺凌时,只能低眉顺眼、噤若寒蝉,有才能有抱负者居此亦无所作为。文章代崔斯立发出不平之鸣,对崔斯立任蓝田县丞的种种境遇尽情刻画,将小官奉职、狡吏怠惰玩忽光景,写得声容毕见,有极强的讽刺意味。

〔2〕 贰令:县令之副。

〔3〕 主簿、尉:县令之佐。主簿掌勾检稽失、纠正非违,县尉判众曹、催征课税及追捕盗贼,其位皆在县丞之下。

〔4〕 "丞位"二句:谓县丞位高而逼近县令,为避嫌猜,对一县之事不置可否。

〔5〕 成案:已办理好了的案卷。

〔6〕 钳以左手:谓胥吏以左手卷起案卷前半。钳,握住、夹住。

〔7〕 摘纸尾:指示公文末端部分。

〔8〕 雁鹜行:侧身行貌。

〔9〕 睨:斜视貌。

〔10〕 涉笔:动笔。占位:应署名的位置。

〔11〕 "谚数"二句:犹言俗语列举官慢者,必是县丞。慢,官闲且升迁缓慢。

〔12〕 相訾謷:谓县丞之间每以此互相讥诮。

〔13〕 崔斯立:名立之,博陵(今河北定县)为其郡望。

〔14〕 "种学"四句:谓崔斯立苦学为文,大有储蓄。种学绩文,犹言为学为文如农夫之耕作,如织妇之纺绩。泓涵演迤,形容其学识广大,源流深远。

〔15〕 "贞元"数句:谓崔斯立科场得意。按:崔斯立贞元四年进士第,六年又登博学宏词科。再屈于人,即使人再屈服于己。

〔16〕 再转:经过两次贬官。

〔17〕 "官无"二句:犹言官无大小,在于材能不足以称职。

〔18〕 栉(niè 聂)去牙角:除去牙和角,形容消去锐气。栉,树木砍伐后留下的根株。此处作动词用。

〔19〕 "一蹶"二句:意谓为丞一如从前,平心静气应付差事。崖岸,庄重、岸然貌;破崖岸,犹言放下尊严。

〔20〕 墁治壁:粉刷墙壁。墁,粉刷工具。

〔21〕 瀑(guó 国)瀑:水流声。循除:绕阶。

〔22〕 对树二松:在竹林对面栽植二松。

〔23〕 考功郎中、知制诰:韩愈当时的官职名。考功郎中属吏部,掌文武官员考绩;知制诰,属中书省,掌草拟诏书。考功郎中是他的官衔,实际的职事是知制诰。

答李翊书[1]

六月二十六日,愈白。李生足下:生之书辞甚高,而其问何下而恭也[2]。能如是,谁不欲告生以其道?道德之归也有日矣,况其外之文乎?抑愈所谓望孔子之门墙而不入于其宫者[3],焉足以知是且非邪?虽然,不可不为生言之。

生所谓"立言"者[4],是也;生所为者与所期者,甚似而几矣[5]。抑不知生之志:蕲胜于人而取于人邪[6]?将蕲至于古之立言者邪?蕲胜于人而取于人,则固胜于人而可取于人矣!将蕲至于古之立言者,则无望其速成,无诱于势利,养其根而俟其实,加其膏而希其光。根之茂者其实遂[7],膏之沃者其光晔。仁义之人,其言蔼如也[8]。

抑又有难者。愈之所为,不自知其至犹未也;虽然,学之二十馀年矣。始者,非三代两汉之书不敢观,非圣人之志不敢存。处若忘,行若遗,俨乎其若思[9],茫乎其若迷。当其取于心而注于手也,惟陈言之务去,戛戛乎其难哉[10]!其观于人,不知其非笑之为非笑也。如是者亦有年,犹不改,然后识古书之正伪[11],与虽正而不至焉者,昭昭然白黑分矣,而务去之,乃徐有得也。当其取于心而注于手也,汩汩然来矣[12]。其观于人也,笑之则以为喜,誉之则以为忧,以其犹有人之说者存也。如是者亦有年,然后浩乎其沛然矣。吾又惧其杂也,迎而距之[13],平心而察之[14],其皆醇也,然后肆焉[15]。虽然,不可以不养也。行之乎仁义之途,游之乎《诗》《尚书》之源,无迷其途,无绝其源,终吾身而已矣。

气,水也;言,浮物也。水大而物之浮者大小毕浮。气之与言犹是也,气盛则言之短长与声之高下者皆宜[16]。虽如是,其敢自谓几于成乎?虽几于成,其用于人也奚取焉?虽然,待用于人者,其肖于器邪[17]?用与舍属诸人[18]。君子则不然。处心有道,行己有方[19],用则施诸人,舍则传诸其徒,垂诸文而为后世法。如是者,其亦足乐乎?其无足乐也?

有志乎古者希矣[20],志乎古必遗乎今[21]。吾诚乐而悲之。亟称其人,所以劝之,非敢褒其可褒而贬其可贬也[22]。问于愈者多矣,念生之言不志乎利,聊相为言之[23]。愈白。

《韩昌黎文集注释》卷三

〔1〕 李翊,生平事迹不详,德宗贞元十八年(802)进士,书当作于李

翱中进士前。书中,韩愈将自己学习古文的经验向后进和盘托出,如对面促膝而坐,循循善诱,恳切而且和蔼,一副长者热忱对待青年人的姿态。书中谈了两方面问题。一是"学",一是"养";"学"是学习为文,"养"是养其仁义之"根"。韩愈谈学习为文,又是刻苦读书、分辨正伪,又是陈言务去,到了"浩乎其沛然"的地步后,还要"迎而距之,平心而察之",直到"其皆醇也",才肯放手去做。这都是他的切身体会,所以谈得仔细而周到。然而韩愈念兹在兹者,尤其是"养"。他先是劝导李翱在学习古文时"无望其速成,无诱于势利"、"行之乎仁义之途,游之乎《诗》《尚书》之源",最后又将气与言的关系比喻作水与浮物的关系,"气盛则言之短长与声之高下者皆宜",说明在韩愈看来,"养"毕竟还是第一位的。

〔2〕 下而恭:谦虚而恭敬。

〔3〕 "抑愈"句:意谓孔子的道德学问如大宫殿,但门墙很高,我不得其门而入,故不见其宫室之富。是韩愈自谦之词,语出《论语·子张》:"夫子之墙数仞,不得其门而入,不见宗庙之美,百官之富。"

〔4〕 立言:著书而立其说。语出《左传·襄公二十四年》:"太上有立德,其次有立功,其次有立言,虽久不废,此之谓不朽。"

〔5〕 甚似而几:犹言甚为相似而所差无几。

〔6〕 蕲(qí 齐):求。

〔7〕 实遂:果实饱满。

〔8〕 蔼如:和气可亲貌。

〔9〕 俨乎:庄严敬肃貌。

〔10〕 戛戛(jiá 荚):艰难貌。

〔11〕 古书之正伪:指古书意义之正与不正,与"真伪"不同。其正即下文所说的"醇"。

〔12〕 汩汩然:水出貌。

〔13〕 迎而距之:逆而严格检察。距通拒,拒绝、排斥之意,是站在"敌对"的立场拒绝自己笔下的文辞,唯恐犹有他人之说存。

〔14〕 平心而察之:与"迎而距之"相对,经过一番拒绝、排斥之后,乃

能平心静气地检察自己的文辞。

〔15〕 肆:放肆,放开去写。

〔16〕 "气盛"句:此指古文之利与骈文之弊。骈文讲求偶对,言之短长一律;又讲求声律,声之高下有一定。古文则否,只要气盛,则无论言之短长与声之高下。

〔17〕 肖于器:形同于器。器,器皿、器具。《论语·为政》:"子曰:'君子不器。'"语本于此。

〔18〕 "用与"句:意谓用或不用皆由人决定。

〔19〕 "处心"二句:心中有主见,行动有定规。

〔20〕 希:通"稀",稀少。

〔21〕 遗乎今:犹言为今人所弃用。

〔22〕 "非敢"句:也是韩愈自谦的话,意谓只有圣人可以褒贬人,我非圣人,不敢随意褒贬他人。

〔23〕 聊:姑且。

送孟东野序[1]

大凡物不得其平则鸣。草木之无声,风挠之鸣;水之无声,风荡之鸣。其跃也或激之[2],其趋也或梗之[3],其沸也或炙之[4]。金石之无声,或击之鸣。人之于言也亦然:有不得已者而后言,其歌也有思,其哭也有怀。凡出乎口而为声者,其皆有弗平者乎!乐也者,郁于中而泄于外者也,择其善鸣者而假之鸣[5]。金、石、丝、竹、匏、土、革、木八者[6],物之善鸣者也。维天之于时也亦然,择其善鸣者而假之鸣。是故以鸟鸣春,以雷鸣夏,以虫鸣秋,以风鸣冬。四时之相推敚[7],

409

其必有不得其平者乎！

其于人也亦然。人声之精者为言，文辞之于言，又其精也，尤择其善鸣者而假之鸣。其在唐、虞[8]，咎陶、禹，其善鸣者也[9]，而假以鸣；夔弗能以文辞鸣[10]，又自假于《韶》以鸣；夏之时，五子以其歌鸣[11]；伊尹鸣殷[12]，周公鸣周[13]；凡载于《诗》、《尚书》六艺，皆鸣之善者也。周之衰，孔子之徒鸣之，其声大而远。传曰："天将以夫子为木铎。"[14]其弗信矣乎？其末也，庄周以其荒唐之辞鸣[15]。楚，大国也，其亡也，以屈原鸣[16]。臧孙辰、孟轲、荀卿[17]，以道鸣者也。杨朱、墨翟、管夷吾、晏婴、老聃、申不害、韩非、慎到、田骈、邹衍、尸佼、孙武、张仪、苏秦之属[18]，皆以其术鸣。秦之兴，李斯鸣之[19]。汉之时，司马迁、相如、扬雄，最其善鸣者也[20]。其下魏、晋氏，鸣者不及于古，然亦未尝绝也。就其善者，其声清以浮，其节数以急[21]，其辞淫以哀[22]，其志弛以肆[23]，其为言也，乱杂而无章。将天丑其德莫之顾邪？何为乎不鸣其善鸣者也？

唐之有天下，陈子昂、苏源明、元结、李白、杜甫、李观[24]，皆以其所能鸣。其存而在下者[25]，孟郊东野始以其诗鸣；其高出魏、晋，不懈而及于古，其他浸淫乎汉氏矣[26]。从吾游者，李翱、张籍其尤也[27]。三子者之鸣信善矣。抑不知天将和其声，而使鸣国家之盛邪？抑将穷饿其身、思愁其心肠，而使自鸣其不幸邪？三子者之命，则悬乎天矣。

其在上也奚以喜？其在下也奚以悲[28]？东野之役于江南也[29]，有若不释然者，故吾道其命于天者以解之。

《韩昌黎文集注释》卷四

〔1〕 德宗贞元十八年(802)作,时韩愈为四门博士。孟东野即孟郊。郊湖州武康(今浙江德清)人,贞元十二年中进士,时年已五十,间四年,即贞元十六年,方授溧阳(今属江苏)尉,郁郁不得志。次年春,郊适江南,愈为此文相送。全文由"物不得其平则鸣"发端,由物而至于人之于言;复由人之于言说到天之于时,再说到人声之精者文辞。在历数唐、虞、三代、秦、汉以及唐之善鸣者后,最后乃归到孟郊以其诗鸣。铺垫陪衬之多,几令人目眩。文章虽然说到了善鸣与不善鸣的区别、鸣国家之盛与自鸣其不幸的区别,似乎皆未脱"鸣"字,然其要旨,则在"不平"二字;合而观之,即韩愈重要的文论观点:"不平则鸣"。韩愈的古文理论,就思想内容而言,有两点。一是"修辞明道"(见韩愈《争臣论》。韩愈弟子李汉总结为"文以贯道",宋儒总结为"文以载道",其义大致相同),一是"不平则鸣"。如果没有"不平则鸣"为"修辞明道"作补充,则韩愈不过一儒者而已。有了这一条,使他的古文歌哭有怀,感情充沛,而且上升为对社会的批判。本文的另一个作意是寄同情于孟郊,"穷饿、思愁"固然是孟郊的不幸,但却可以"自鸣其不幸",成为当代的善鸣者。以此为孟郊释怀,也很得体。

〔2〕 跃:水流飞溅。激:阻遏。

〔3〕 趋:水流急湍。梗:阻塞。

〔4〕 沸:水喧腾声。炙:烧、烤。

〔5〕 假之鸣:借助其发出鸣声。

〔6〕 金、石、丝、竹、匏(páo 袍)、土、革、木:即所谓八音(八种乐器)。金谓钟镈(bó 勃)之类,石谓磬之类,丝谓琴瑟之类,竹谓管箫之类,匏谓笙之类,土谓埙之类,革谓鼓之类,木谓柷敔(zhú yǔ 祝语)之类。见《周礼·春官·大师》及郑玄注。

〔7〕 推敚:推移变迁。敚同夺。

〔8〕 唐、虞:即尧舜。尧初封于陶,又封于唐,号陶唐氏。舜其先国于虞,故称。或以为舜生于虞。

〔9〕 咎陶(gāo yáo 高摇):亦作皋陶、咎繇,舜的贤臣。

〔10〕 夔(kuí 葵):舜时为乐官,制乐以赏诸侯。《韶》为乐名,然《尚

411

书·益稷》孔安国传,仅云"《韶》,舜乐名",不言为夔所制。

〔11〕 五子:夏时,启之子太康失国,昆弟五人与其母待太康于洛水之滨,怨其不返,作《五子之歌》。伪《尚书·夏书》有《五子之歌》。五子之名已不可知。

〔12〕 伊尹:殷之臣,名挚,佐汤伐夏桀,被尊为阿衡(宰相)。汤逝,其孙太甲不遵法度,伊尹放太甲于桐宫,三年后迎之复位,今古文《尚书》有《汤誓》、《咸有一德》、《伊训》、《太甲》诸篇,传为伊尹所作。

〔13〕 周公:即周公旦,姬姓,周武王弟。武王死,成王年幼,周公佐之,制礼作乐,《尚书》中《大诰》、《康诰》、《多士》、《无逸》、《立政》诸篇,相传亦为其所作。

〔14〕 "传曰"二句:语出《论语·八佾》。木铎,铃,以木为舌,故名木铎。相传古者有文事振木铎,武事振金铎。

〔15〕 "庄周"句:意谓《庄子》言辞荒唐无根。庄子名周,晚年尝居于楚。荒唐谓其言辞广大漫无边际。

〔16〕 屈原:楚三闾大夫,有《离骚》、《九章》、《九歌》等。

〔17〕 臧孙辰:春秋时鲁大夫。孟轲:战国时邹人,有《孟子》七篇。荀卿:战国时赵人,有《荀子》三十二篇。

〔18〕 杨朱:战国时魏人,倡爱己,拔一毛利天下不为。墨翟:战国时鲁人,倡兼爱,有《墨子》五十三篇。管夷吾:即管仲,春秋时佐齐桓公霸诸侯,有《管子》二十四卷。晏婴:春秋齐人,有《晏子春秋》八卷。老聃:即老子,春秋战国之际楚人,有《老子》(即《道德经》)。申不害:战国时郑人,其说主刑名,有《申子》六篇。韩非:即韩非子,战国时韩人,有《韩非子》二十卷。慎(shèn 甚)到:战国时赵人,有《慎子》五篇。慎,古"慎"字。田骈:一名陈骈,战国时人,学黄老之术。邹衍:战国时齐人,阴阳家,有《邹子》四十九篇,今不传。尸佼:战国时鲁人,有《尸子》二十卷,久佚,今有清人辑本。孙武:春秋时吴人,有《孙子兵法》十三篇。张仪:战国时魏人,纵横家。苏秦:战国时东周洛阳人,纵横家。

〔19〕 李斯:战国末楚人,后相秦,佐始皇灭六国,定郡县制,下禁书

令,变籀文为小篆。

〔20〕 司马迁:著《史记》。相如:即司马相如,辞赋家。扬雄:辞赋家,又有《法言》、《太玄》等。

〔21〕 "其节"句:谓其音节繁杂短促。数(shuò 朔),频、急。

〔22〕 "其辞"句:谓其文辞放荡而衰颓。

〔23〕 "其志"句:谓其内容松弛而放纵。

〔24〕 陈子昂:字伯玉,梓州射洪(今属四川)人,武后时为右拾遗,为诗倡汉魏风骨有名于时。苏源明、元结:皆已见前。李观:字元宾,陇西(今属甘肃)人,韩愈同年进士,好古文。

〔25〕 存而在下:指尚存活而居下位。按,李观卒于贞元十年(794)。

〔26〕 浸淫:进入、接近。

〔27〕 李翱:字习之,陇西成纪(今甘肃秦安)人,从韩愈学古文。张籍:字文昌,和州(今属安徽)人,善乐府诗,又从韩愈学古文。

〔28〕 "其在"二句:在上、在下皆指官位。

〔29〕 "东野"句:指孟郊将赴溧阳尉任。

送李愿归盘谷序[1]

太行之阳有盘谷[2]。盘谷之间,泉甘而土肥,草木丛茂,居民鲜少。或曰:"谓其环两山之间,故曰'盘'。"或曰:"是谷也,宅幽而势阻,隐者之所盘旋[3]。"友人李愿居之。

愿之言曰:"人之称大丈夫者,我知之矣:利泽施于人,名声昭于时,坐于庙朝[4],进退百官[5],而佐天子出令;其在外,则树旗旄[6],罗弓矢,武夫前呵,从者塞途,供给之人,各执其物,夹道而疾驰。喜有赏,怒有刑。才畯满前[7],道古今而誉盛德,入耳而不烦。曲眉丰颊,清声而便体[8],秀外而惠中[9],飘轻裾,翳长袖[10],粉白黛绿者[11],列屋而闲居[12];妒宠而负恃,争妍而取怜[13]。大丈夫之遇知于天子,用力于当世者之所为也。吾非恶此而逃之,是有命焉,不可幸而致也。穷居而野处,升高而望远,坐茂树以终日,濯清泉以自洁。采于山,美可茹;钓于水,鲜可食。起居无时,惟适之安。与其有誉于前,孰若无毁于其后;与其有乐于身,孰若无忧于其心。车服不维[14],刀锯不加,理乱不知[15],黜陟不闻。大丈夫不遇于时者之所为也,我则行之。伺候于公卿之门,奔走于形势之途[16],足将进而趑趄[17],口将言而嗫嚅[18],处污秽而不羞,触刑辟而诛戮,侥幸于万一,老死而后止者,其于为人,贤不肖何如也?"

昌黎韩愈闻其言而壮之[19],与之酒而为之歌曰:

"盘之中,维子之宫[20];盘之土,维子之稼;盘之泉,可濯可沿[21];盘之阻[22],谁争子所?窈而深,廓其有容[23];缭而曲,如往而复。嗟盘之乐兮,乐且无殃[24];虎豹远迹兮,蛟龙遁藏;鬼神守护兮,呵禁不祥[25]。饮且食兮寿而康,无不足兮奚所望!膏吾车兮秣吾马[26],从子于盘兮,终吾生以徜徉!"

《韩昌黎文集注释》卷四

〔1〕 德宗贞元十七年(801)作,时韩愈辞去徐州幕职,闲居于洛阳。唐时有两李愿:一为西平王李晟(shèng 圣)之子,一为隐者。此文为隐者李愿而作,其生平不可知。盘谷位于太行山中,在今河南济源境内。文章借李愿之口,将遇知于天子的大丈夫与奔走于权势之门的小人作了对比,揭露了前者在雍容华贵背后的骄横和虚伪,刻画了后者的卑劣和

怯懦。文中颂美李愿不慕荣利、归隐山林的高洁品质,是当时闲居洛阳的韩愈心情的反映。此文前半散中有骈意,后半作歌而有骚意,极尽变化之能事。

〔2〕 阳:山之南为阳。

〔3〕 盘旋:义同"盘桓"。

〔4〕 庙朝:庙堂、朝廷。此指中央政权机构。

〔5〕 进退百官:指升降、罢黜百官。

〔6〕 旗旄(máo 毛):旗竿上饰以旄牛尾,是大官员外出的一种仪仗。

〔7〕 才畯:同"才俊",才能出众者。

〔8〕 便(pián 骈)体:体态轻捷美好。

〔9〕 惠中:资质聪慧。惠通慧。

〔10〕 "飘轻裾"二句:谓美人能歌善舞,舞姿妙曼。裾,衣服的前后襟;翳(yì 亿),遮掩,是跳舞时挥舞衣袖的掩映姿势。

〔11〕 黛绿:谓眉。黛,青黑色的颜料,古时妇女用以画眉。青黑色近于绿,故称黛绿。

〔12〕 闲居:静居。闲,通"娴",娴,静貌。

〔13〕 "妒宠"二句:谓众妇女皆自恃美貌,争相献媚邀宠并嫉妒得宠者。

〔14〕 车服不维:没有做官的种种羁绊。车服,车舆、礼服,此处代指职官。维,羁绊、牵制。古代对天子以及级别不同的官员的车马、服饰有严格的规定,如新旧《唐书》的《车服志》《舆服志》,即是关于这些规定的记载。

〔15〕 "刀锯"二句:意谓刑罚不加于身,国家治乱不扰于心。理乱即治乱,唐代避高宗李治讳,以理代治。

〔16〕 形势之途:有地位、权势的处所。

〔17〕 赼趄(zī jū 资居):且前且却、犹豫不进貌。

〔18〕 嗫嚅(niè rú 聂如):欲说又止貌。扬雄《解嘲》有"欲谈者宛舌而固声,欲行者拟足而投迹",为以上两句所本。

〔19〕 昌黎:魏晋时地名,故址在今辽宁凌源附近,为韩氏郡望。唐

人重郡望,故韩愈自称"昌黎韩愈"。

〔20〕 宫:宫室、房舍。

〔21〕 可濯可沿:可以洗濯和游览。

〔22〕 阻:道路曲折。

〔23〕 廓:空廓。句谓其地空廓可以包容。

〔24〕 殃:殃祸。殃一作央,无央即无边际,亦通。

〔25〕 呵禁:喝止、禁止。不祥:谓山魈木魅之类。

〔26〕 膏(gào 告)车、秣马:为车上油,为马喂料,即启程之意。

送董邵南序[1]

　　燕赵古称多感慨悲歌之士[2]。董生举进士,连不得志于有司,怀抱利器[3],郁郁适兹土,吾知其必有合也。董生勉乎哉! 夫以子之不遇时,苟慕义强仁者皆爱惜焉[4],矧燕赵之士出乎其性者哉[5]!

　　然吾尝闻风俗与化移易,吾恶知其今不异于古所云邪[6]? 聊以吾子之行卜之也。董生勉乎哉!

　　吾因子有所感矣。为我吊望诸君之墓[7],而观于其市,复有昔时屠狗者乎[8]? 为我谢曰[9]:"明天子在上,可以出而仕矣!"

《韩昌黎文集注释》卷四

〔1〕 约作于德宗贞元十九年(803),时韩愈为四门博士。董邵南,寿州安丰(故址在今安徽寿县西)人。愈此前有《嗟哉董生行》诗,咏董邵南

之事甚详,说他"刺史不能荐,天子不闻名声,爵禄不及门,门外唯有吏,日来征租更索钱。嗟哉董生朝出耕,夜归读古人书,尽日不得息",是个既耕且读而不免于贫困的下层知识分子。因科场连连失利,遂决意往河北另寻出路。中唐时,藩镇恃强坐大,自署官吏(节度使判官),唐政府的命令几不能出京畿。此文一本"董邵南"下有"游河北"三字;当时藩镇中有所谓"河北三镇"(卢龙、成德、魏博,据有今河北北部、西北部和中部一带),最为强悍,不服王命。韩愈是坚决反对分裂、拥护中央集权的,他既同情董的遭遇,又不愿董去为藩镇效力,故为此序,措辞上极费斟酌。全文百五十一字,始言往必有合,中言未必有合,末又讽以河北藩镇之归顺,极尽蚁封曲折、盘旋开合之能事,又感慨古今,包含无尽,明茅坤誉为"昌黎序文当属第一首"(《唐宋八大家文钞·昌黎文钞》)。

〔2〕燕赵:指战国时燕、赵二国,约有今河北北部、河北西部一带。感慨悲歌之士:谓荆轲、高渐离之属。

〔3〕利器:精良的工具。此以喻杰出才能。

〔4〕慕义强仁者:仰慕仁义并勉力去实行的人。

〔5〕矧(shěn 审):何况。

〔6〕恶(wū 乌)知:焉知、怎知。

〔7〕望诸君:指战国时乐毅。乐毅中山灵寿(今属河北)人,初在赵,燕昭王时入燕,任亚卿,大败齐军,下齐七十馀城。惠王即位,齐施反间计,毅出奔至赵,赵封毅为望诸君。《史记》有传。

〔8〕屠狗者:隐于市井的豪侠之士。战国时荆轲至燕,爱燕之狗屠及善击筑者高渐离,日饮于燕市,酒酣相乐。事见《史记·刺客列传》。

〔9〕谢:告知、告诉。

祭十二郎文[1]

年月日,季父愈闻汝丧之七日,乃能衔哀致诚,使建中远

具时羞之奠[2],告汝十二郎之灵:

呜呼!吾少孤,及长,不省所怙[3],惟兄嫂是依。中年,兄殁南方[4],吾与汝俱幼,从嫂归葬河阳[5],既又与汝就食江南[6]。零丁孤苦,未尝一日相离也。吾上有三兄,皆不幸早世[7]。承先人后者,在孙惟汝,在子惟吾。两世一身,形单影只。嫂尝抚汝指吾而言曰:"韩氏两世,惟此而已!"汝时尤小,当不复记忆。吾时虽能记忆,亦未知其言之悲也。

吾年十九,始来京城;其后四年,而归视汝。又四年,吾往河阳省坟墓,遇汝从嫂丧来葬[8]。又二年,吾佐董丞相于汴州[9],汝来省吾。止一岁,请归取其孥。明年,丞相薨,吾去汴州[10],汝不果来。是年,吾佐戎徐州[11],使取汝者始行,吾又罢去[12],汝又不果来。吾念汝从于东,东亦客也,不可以久。图久远者,莫如西归[13],将成家而致汝。呜呼!孰谓汝遽去吾而殁乎!吾与汝俱少年,以为虽暂相别,终当久相与处,故舍汝而旅食京师,以求斗斛之禄[14]。诚知其如此,虽万乘之公相,吾不以一日辍汝而就也。

去年孟东野往[15],吾书与汝曰:"吾年未四十,而视茫茫,而发苍苍,而齿牙动摇。念诸父与诸兄[16],皆康强而早世。如吾之衰者,其能久存乎?吾不可去,汝不肯来,恐旦暮死,而汝抱无涯之戚也!"孰谓少者殁而长者存,强者夭而病者全乎!呜呼!其信然邪[17]?其梦邪?其传之非其真邪?信也,吾兄之盛德而夭其嗣乎?汝之纯明而不克蒙其泽乎[18]?少者、强者而夭殁,长者、衰者而存全乎?未可以为信也。梦也,传之非其真也,东野之书,耿兰之报[19],何为而在吾侧也?呜呼!其信然矣!吾兄之盛德而夭其嗣矣!汝之纯明宜业其家者,不克蒙其泽矣!所谓天者诚难测,而神者诚难明矣!所谓理者不可推,而寿者不可知矣!虽然,吾自今年来,苍苍者或化而为白矣,动摇者或脱而落矣。毛血日益衰,志气日益微,几何不从汝而死也[20]!死而有知,其几何离;其无知,悲不几时,而不悲者无穷期矣[21]。汝之子始十岁,吾之子始五岁[22]。少而强者不可保,如此孩提者,又可冀其成立邪!呜呼哀哉!呜呼哀哉!

汝去年书云:"比得软脚病[23],往往而剧。"吾曰:"是疾也,江南之人,常常有之。"未始以为忧也。呜呼!其竟以此而殒其生乎?抑别有疾而至斯乎?汝之书,六月十七日也。东野云:汝殁以六月二日;耿兰之报无月日。盖东野之使者,不知问家人以月日;如耿兰之报[24],不知当言月日。东野与吾书,乃问使者,使者妄称以应之耳[25]。其然乎?其不然乎?今吾使建中祭汝,吊汝之孤与汝之乳母。彼有食,可守以待终丧[26],则待终丧而取以来;如不能守以终丧,则遂取以来。其馀奴婢,并令守汝丧。吾力能改葬,终葬汝于先人之兆[27],然后惟其所愿[28]。

呜呼!汝病吾不知时,汝殁吾不知日;生不能相养以共居,殁不得抚汝以尽哀;敛不凭其棺,窆不临其穴[29]。吾行负神明,而使汝夭;不孝不慈,而不能与汝相养以生,相守以死。一在天之涯,一在地之角,生而影不与吾形相依,死而魂不与吾梦相接。吾实为之,其又何尤[30]!彼苍者天,曷其有极[31]!

自今已往,吾其无意于人世矣!当求数顷之田于伊颍之上[32],以待馀年,教吾子与汝子,幸其成;长吾女与汝女,待其嫁。如此而已。呜呼！言有穷而情不可终,汝其知也邪！其不知也邪！呜呼哀哉！尚飨[33]！

《韩昌黎文集注释》卷五

〔1〕 贞元十九年(803)作,时韩愈为四门博士。题一作《祭兄子十二郎老成文》。韩愈父亲韩仲卿有子三人:韩会、韩介、韩愈,十二郎名老成,原为韩介次子,韩会无子,老成遂出嗣韩会为子。韩愈幼年丧父,由长兄韩会夫妇抚养成人。老成年龄稍小于韩愈,叔侄二人经历患难,关系非常亲密。对于老成的死,韩愈极其悲伤。祭文按格式应为韵文,又多为骈体,以四言为主。韩愈为此文时,不拘定式,只是随着感情波涛信笔写来。由于真情流露,字字如血泪凝成,遂成为祭文中千古绝调。

〔2〕 建中:韩愈的差人。韩老成时寓居宣州(今属安徽),韩愈为官,不便亲往,遂差人代己往宣城祭奠。

〔3〕 不省(xǐng 醒):不记得。怙(hù 户):依靠、凭恃。此指丧父。《诗·小雅·蓼莪》:"无父何怙?"韩愈父亲韩仲卿卒于大历五年(770),时韩愈三岁。

〔4〕 "兄殁"句:谓兄韩会卒于韶州(今广东韶关)。大历九年(774),韩会为宰相元载用为起居舍人,十二年(777),元载以"恣为不法"被下狱赐死,韩会受元载案牵连贬韶州刺史,不久卒于任,其时约四十二岁。

〔5〕 河阳:即今河南孟州,为韩愈籍贯所在,有韩氏祖茔。

〔6〕 就食江南:指在宣州(今安徽宣城)居住。韩氏在宣州有田庄。

〔7〕 "吾上"二句:韩愈三兄,今所知者仅长兄韩会、次兄韩介二人。韩介约卒于三十岁时。

〔8〕 "又四"数句:韩愈来京城应进士试在贞元二年(786),"其后四年"为贞元六年(790);"又四年"为贞元十年(794),韩愈嫂郑夫人卒。

〔9〕 "又二"数句:贞元十二年(796)韩愈为宣武军节度使董晋所辟,为观察推官。董丞相,指董晋。晋时以检校尚书左仆射同中书门下平

章事,即以宰相的名义兼汴州刺史、宣武军节度使。汴州,即今河南开封,为宣武军治所。

〔10〕 丞相薨(hōng轰):指董晋卒。贞元十五年(799)二月董晋卒,汴州军乱,韩愈失去幕职。

〔11〕 佐戎徐州:贞元十五年秋,韩愈再受宁武军(治徐州)节度使张建封辟为节度推官。

〔12〕 "使取"二句:贞元十六年五月,韩愈辞徐州幕职,归洛阳。

〔13〕 西归:指归于河阳旧籍。

〔14〕 斗斛之禄:指自己贞元十七年(801)入京选官,调四门博士。斗斛:古代量器,十斗为一斛。此指官微职卑,俸禄极少。

〔15〕 "去年"句:孟东野,即孟郊。贞元十八年(802)孟郊调任溧阳尉,韩愈有《送孟东野序》一文。溧阳今属江苏,唐时属江南西道,为宣州属县,所以韩愈托孟郊捎书。

〔16〕 诸父:伯叔辈。诸兄:兄与从兄辈。

〔17〕 其信然邪:犹言难道这是真的吗? 其为语首助词,下数句其字并同。

〔18〕 不克:犹言终于不能。蒙其泽:蒙受先人的遗泽,即继承先人事业。

〔19〕 "梦也"数句:老成死,任溧阳尉的孟郊有书信致韩愈,耿兰(应是宣州老成家里的差人)入京向韩愈报丧。

〔20〕 "几何"句:犹言不久将随你死去。几何,若干、多少。此处表示少。

〔21〕 "死而"数句:意谓如果死而有知,则我们的分离没有多久(自己也即将死去,即相会于九泉之下的意思);若死而无知,则我的悲伤也没有几时(因为自己行将死去),而死后就永远感受不到悲伤了。

〔22〕 "汝之子"二句:韩老成有子二人:湘、滂,此指韩湘;韩愈子指韩昶。

〔23〕 比得:最近患病。软脚病:一种脚病。孙思邈《千金要方序》:

421

"因晋朝南移,衣缨士族不袭水土,皆患软脚之疾。"

〔24〕 如:依朱熹说,如字即"而"字之转。见朱熹《韩文考异》。

〔25〕 以上皆韩愈猜测之辞。老成死前(六月十七日)有书于韩愈,而孟郊书称老成死于六月二日,发生大的差错,故韩愈有此猜度。

〔26〕 终丧:古礼,人死三年除服(除去孝服),称为终丧。

〔27〕 先人之兆:指祖先坟茔。即归葬于河阳旧籍的意思。

〔28〕 惟其所愿:听从他们(指守以终丧的乳母、奴婢等)的意愿。

〔29〕 窆(biǎn 贬):下棺落葬。

〔30〕 尤:责怪、怪罪。

〔31〕 "彼苍者天"二句:语出《诗·唐风·鸨羽》:"悠悠苍天,何其有极!"是悲愤无奈时呼叫苍天。

〔32〕 伊颍:伊水和颍水,都在河南境内。求数顷之田于伊、颍是归隐不做官的意思。

〔33〕 尚飨:旧时祭文的结束语,表示希望死者享用祭品。

平淮西碑[1]

天以唐克肖其德[2],圣子神孙,继继承承于千万年,敬戒不怠[3],全付所覆[4],四海九州,罔有内外,悉主悉臣[5]。高祖、太宗,既除既治[6]。高宗、中、睿[7],休养生息。至于玄宗,受报收功,极炽而丰,物众地大,孽牙其间[8]。肃宗、代宗、德祖、顺考[9],以勤以容。大慝适去[10],稂莠不薅[11],相臣将臣,文恬武嬉[12],习熟见闻,以为当然。

睿圣文武皇帝既受群臣朝[13],乃考图数贡[14],曰:"呜呼!天既全付予有家[15],今传次在予[16],予不能事事,其何以见于郊庙?[17]"群臣震慑,奔走率职[18]。明年,平夏[19]。又明年,平蜀[20]。又明年,平江东[21]。又明年,平泽潞[22],遂定易、定[23],致魏、博、贝、卫、澶、相[24],无不从志。皇帝曰:"不可究武[25],予其少息。"

九年,蔡将死[26],蔡人立其子元济以请,不许[27]。遂烧舞阳,犯叶、襄城,以动东都[28],放兵四劫。皇帝历问于朝,一二臣外皆曰[29]:"蔡帅之不庭授,于今五十年,传三姓四将[30],其树本坚,兵利卒顽,不与他等。因抚而有,顺且无事。"大官臆决唱声[31],万口和附,并为一谈,牢不可破。

皇帝曰:"惟天惟祖宗所以付任予者,庶其在此,予何敢不力! 况一二臣同[32],不为无助。"曰:"光颜,汝为陈许帅,维是河东、魏博、郃阳三军之在行者,汝皆将之!"[33]曰:"重胤,汝故有河阳、怀,今益以汝,维是朔方、义成、陕、益、凤翔、延、庆七军之在行者,汝皆将之!"[34]曰:"弘,汝以卒万二千属而子公武往讨之!"[35]曰:"文通,汝守寿,维是宣武、淮南、宣歙、浙西四军之行于寿者,汝皆将之!"[36]曰:"道古,汝其观察鄂岳!"[37]曰:"愬,汝帅唐、邓、随,各以其兵进战!"[38]曰:"度,汝长御史,其往视师!"[39]曰:"度,惟汝予同,汝遂相予,以赏罚用命不用命!"[40]曰:"弘,汝其以节都统诸军!"[41]曰:"守谦,汝出入左右,汝惟近臣,其往抚师!"[42]曰:"度,汝其往,衣服饮食予士。无寒无饥,以既厥事。遂生蔡人。赐汝节斧,通天御带,卫卒三百。凡兹廷臣,汝择自从。惟其贤能,无惮大吏。庚申,予其临门送汝!"[43]曰:"御史,予悯士大夫战甚苦,自今以往,非郊庙祠祀,其无用乐!"[44]

423

颜、胤、武合攻其北,大战十六,得栅城[45]、县二十三,降人卒四万。道古攻其东南,八战,降万三千,再入申[46],破其外城。文通战其东,十馀遇,降万二千。愬入其西,得贼将,辄释不杀,用其策,战比有功[47]。十二年八月,丞相度至师,都统弘责战益急,颜、胤、武合战亦用命。元济尽并其众洄曲以备[48]。十月壬申[49],愬用所得贼将,自文城因天大雪疾驰百二十里,用夜半到蔡,破其门,取元济以献,尽得其属人卒[50]。辛巳[51],丞相度入蔡,以皇帝命赦其人,淮西平,大飨赉功[52]。师还之日,因以其食赐蔡人。凡蔡卒三万五千,其不乐为兵愿归为农者十九,悉纵之。斩元济京师。

〔1〕 宪宗元和九年(814)闰八月,彰义军(又称淮西军,治蔡州,今河南汝南)节度使吴少阳死,其子吴元济匿丧不报,自为留后。十年正月,宪宗发十道兵讨元济。至元和十二年(817)八月,讨蔡几三年而无功。宰相裴度请督师,宪宗许之,以度为淮西宣慰处置使,度引时为太子右庶子的韩愈为行军司马,大军驻郾城(今属河南)。十月,唐随邓节度使李愬乘虚入蔡州,擒吴元济,淮西平。十二月,讨蔡军归京,愈以功迁刑部侍郎。十三年正月,宪宗命愈撰《平淮西碑》,至三月底,碑成,即此文。《平淮西碑》分两大部分,前为序,以散文;后为铭,以韵文。序文首段以"天以唐克肖其德"领起,见得唐朝据有天下,率土之滨,应无阙遗,辞严义正,凛不可犯。次段叙宪宗即位之初平夏、楚之功,承以吴元济不臣,宪宗决定伐蔡,突出宪宗的能"断",兼突出裴度的能"助"。中间叙众将用命,尤突出李愬入蔡擒贼之功。末段写皇帝行赏。铭文次序与序文同。序文语言质朴简要,铭文用语飞动酣畅,是韩愈"奉天子命所作,乃全集中第一用意文字"(清林云铭《古文析义》评语)。《平淮西碑》呈上后,宪宗诏令树碑于蔡州紫极宫。其后发生了李愬之妻(德宗之女,封唐安公主)诉碑文不实之事。所谓韩碑"不实"的议论,表面上有两方面,一曰"多归度功",二曰"李愬

特以入蔡功第一",实质问题是裴度功第一,还是李愬功第一。李愬袭蔡州擒吴元济,固然是平定蔡州关键一役,但重要的一点是,淮西战事的胜利,不仅是军事攻守、一城一地的得失,政治策略的抉择和实施,更是重要环节,《平淮西碑》的撰写,就是要达到韩愈所说的"为将来法式"(《进平淮西表》)这样的目的。仅着眼于吴元济之被擒,是唯有军事眼光而缺乏政治眼光。然而宪宗对武臣心存怯惧,诏令磨去韩文,令翰林学士段文昌另撰。段文见《全唐文》卷六一七。韩、段文之优劣,后世评论者很多,多贬低段文,以晚唐诗人李商隐的长篇七古《韩碑》最为著名,恰可为韩碑作总结。至北宋初,蔡州地方官陈珦下令再磨去段碑,仍刊韩文。

〔2〕"天以"句:意谓上苍以为唐王朝之德与其(天)相似。克,表示程度,能、可以。肖,相似。

〔3〕敬戒不怠:恭敬谨慎,不懈怠。

〔4〕全付所覆:谓上苍将其所覆盖尽付与唐王朝。

〔5〕悉主悉臣:意谓尽为天下之主,而天下尽为其臣。

〔6〕"高祖"二句:谓高祖及太宗既除去强暴,又治理天下太平。高祖为李渊,太宗为李世民。

〔7〕"高宗"二句:谓高宗、中宗、睿宗之时,较少征伐,使百姓得以休养生息。高宗为李治,中宗为李显,睿宗为李旦。

〔8〕"至于"数句:谓玄宗时期国力达到极盛,物产丰饶,然祸患亦萌芽于其间。蘖牙,萌芽,始有端绪。此指安史之乱。牙,同"芽"。

〔9〕肃宗:为李亨。代宗:为李豫。德祖:谓德宗李适,宪宗之祖。顺考:为李诵,宪宗之父。古人称故去的父亲为考。

〔10〕大慝(tè 特):大邪恶者,指安、史馀部。

〔11〕稂莠(liáng yòu 良右)不薅(hāo 蒿):未能除去杂草。稂莠,都是类似庄稼的杂草。薅,拔去。

〔12〕文恬武嬉:文官安闲而武官嬉戏为乐。意谓习于和平而生疏战争,不加戒备。

〔13〕睿圣文武皇帝:指宪宗。元和三年(808)正月,宪宗受"睿圣文

武皇帝"尊号。

〔14〕 考图数贡:考察舆地的广狭,计算贡赋的至与不至。

〔15〕 天既全付予有家:意谓上苍既将天下付与我家。有,语助词。

〔16〕 传次在予:依次相传于我。予,宪宗自称。

〔17〕 "予不"二句:意谓我不能成就帝王之业,有何面目见于祖宗?事事,做事、有所成就。郊庙,指祭天祭祖宗。古时帝王祭天地在郊,祭祖宗在庙。

〔18〕 奔走率职:勤奋于职务。

〔19〕 "平夏"句:元和元年(806),宪宗平定夏州。永贞元年(805)八月,夏绥银节度使(治夏州,故址在今陕西靖边境内)留后李惠琳叛,元和元年,兵马使张承金讨斩之。按,贞元二十一年(805)八月宪宗即位,改元永贞,故称元和元年为"明年"。

〔20〕 "平蜀"句:永贞元年八月,剑南节度使(治成都)韦皋卒,行军司马刘辟自称留后,叛。元和元年,东川节度使擒辟以献。按,刘辟之叛及被擒,皆在元和元年,叙事在"明年平夏"之后,而曰"又明年",误。或是为了行文排比有气势,故意如此说。

〔21〕 "平江东"句:元和二年(807)十月,镇海军节度使(治润州,在今江苏南京附近)李锜反,大将张子良执锜以献。

〔22〕 "平泽潞"句:元和五年(810)四月,昭义军节度使(治潞州,即今山西长治)卢从史反,护军中尉吐突承璀及大将乌重胤设计擒之。

〔23〕 "遂定易定"句:谓安定易、定二州(即今河北易县、定县)。元和五年十月,义武军节度使张茂昭以易、定二州归于朝廷。

〔24〕 "致魏"句:元和七年(812)十月,魏博节度使(治魏州,故址在今河北大名县北)田弘正以所管六州归于朝廷。博州即今山东聊城,贝州故址在今河北清河西,卫州即今河南卫辉,澶州故址在今河南清丰附近,相州即今河南安阳。

〔25〕 究武:用尽武力。

〔26〕 "九年"二句:元和九年(814)闰八月,彰义军节度使吴少阳

死。蔡将,指吴少阳。

〔27〕"蔡人"二句:吴少阳死,其子吴元济摄蔡州刺史,匿丧以病闻,自领军务,表请朝廷,不许。

〔28〕"遂烧"数句:谓吴元济纵兵四掠。舞阳、叶城、襄城,今皆属河南,地近东都洛阳。

〔29〕一二臣外:犹言一二大臣之外。按,当时大臣中唯宰相武元衡、御史中丞裴度主张进讨,其他皆主张安抚,故云"一二臣外"。

〔30〕"蔡帅"三句:代宗广德元年(763),以李忠臣为淮西节度使,德宗贞元二年(786)四月,以陈奇为之,同年十月,以吴少诚为之。此为"三姓"。代宗大历十四年(779),李忠臣为部将李希烈所逐,共为"四将"。自广德元年至吴少阳死,恰五十年。

〔31〕臆决:以一己之意决定。唱声:倡言,首言。

〔32〕一二臣同:谓武元衡、裴度与宪宗主张相同。

〔33〕"曰光颜"数句:光颜为李光颜,时为陈州(今河南太康)刺史、忠武军节度使(领陈、许二州,治许州,即今河南许昌)。讨吴元济时,以光颜等分掌行营,河东(今山西蒲州)、魏博二州及郃阳(即今陕西合阳)所出之兵皆归其统制。

〔34〕"曰重胤"数句:重胤为乌重胤,其时为汝州(今河南临汝)刺史,充河阳(今河南孟州)、怀(今河南沁阳)、汝(今河南临汝)节度使,讨吴元济时,朔方军(治灵武,今属甘肃)、义成军(治滑州,今河南滑县)、陕州(今河南陕县)、益州(今四川成都)、凤翔(今属陕西)、延州(今陕西延安)、庆州(今甘肃庆阳)之兵皆归其统制。

〔35〕"曰弘"数句:弘谓韩弘,为宣武军(治汴州)节度使,讨吴元济时,韩弘为淮西诸军都统,其子公武率一万三千参战。而,义同"尔"。二千,为"三千"之误。

〔36〕"曰文通"数句:文通谓李文通,为左金吾大将军,讨吴元济时,文通为寿州(今安徽寿春)团练使,扼固始(今属河南)之险,凡宣武军(治汴州)、淮南(治扬州)、宣歙(治宣州,今属安徽)、浙西(治润州,今江苏镇

427

江)之兵皆归其统制。

〔37〕"曰道古"数句:道古为李道古,为黔州(今重庆彭水)观察使,讨吴元济时,道古为鄂岳观察使(治鄂州,今属湖北)。

〔38〕"曰愬"数句:愬为李愬,为太子詹事,讨吴元济时,为唐、邓、随州节度使(治随州,今属湖北)。

〔39〕"曰度"数句:度为裴度,先为御史中丞,主张对淮西取强硬态度,元和十年五月尝亲往淮西视察。长御史,即为御史台之长。

〔40〕"曰度"数句:元和十年六月,宰相武元衡遇刺身亡,宪宗以度为中书侍郎、同中书门下平章事。惟汝予同,指唯有裴度与宪宗主张相同。用命不用命,语出《尚书·甘誓》:"用命赏于祖,不用命戮于社。"

〔41〕"曰弘"数句:讨吴元济之初,宪宗任命韩弘以宣武军节度使充淮西行营兵马都统。其后宪宗命裴度督师,使裴度为行营兵马都统,裴度辞之,只保留淮西宣慰招讨处置使名号,韩弘都统名号仍旧。

〔42〕"曰守谦"数句:守谦为梁守谦,为枢密近臣(内侍宦官),讨吴元济时,宪宗以之为监军。抚师即监军使,是安史乱后宦官特权表现。

〔43〕"曰度"数句:是裴度大军出发前宪宗对裴度的叮嘱。遂生蔡人,谓不须多杀戮。节斧,印信仪仗之类。通天御带,即犀带,皇帝所用,以赐裴度。元和十二年(777)八月三日,裴度大军出发,诏以神策军三百骑卫从,宪宗御通化门(长安东门)慰勉之,赐犀带。

〔44〕"曰御史"数句:因悯念战士死伤,以御史监察百官,战争期间除祭祀天地外,撤除娱乐之事。

〔45〕栅城:用竹、木等围成的阻拦物,此指军营。按,吴元济驻军处多称栅,如凌云栅、文城栅、兴桥栅等。

〔46〕申:即申州,即今河南信阳。

〔47〕"愬入"数句:据《新唐书·李愬传》,凡贼来降,李愬辄听其便,或父母及孤未葬者,即遣还。擒贼将丁士良,不杀,署为将,士良感激,用计降元济将吴秀琳,愬亦不杀。秀琳复助李愬擒元济健将李祐,亦不杀,后果用李祐计,雪夜入蔡城,擒吴元济。

〔48〕 洄曲:因汝水、溵水在此洄曲而得名,为吴元济精锐驻防之处,其地当在郾城东南。

〔49〕 十月壬申:元和十二年十月十六日。

〔50〕 "愬用"数句:据《新唐书·吴元济传》,吴元济降将李祐为愬谋,守蔡城者,皆百姓及疲卒,劲兵皆在外,若直捣蔡城,元济可擒。愬然之,以精骑夜袭蔡,戍者不知。元济恃重兵防洄曲,不虞师之至。及愬攻内城,接战,元济始惊。官兵烧内城门,百姓抱薪增火,门坏,擒元济,举族押送长安。

〔51〕 辛巳:为十月二十五日。

〔52〕 大飨:大摆宴席。赉(lài 赖)功:赏有功将士。

册功[53]:弘加侍中[54];愬为左仆射,帅山南东道[55];颜、胤皆加司空[56];公武以散骑常侍帅鄜、坊、丹、延[57];道古进大夫;文通加散骑常侍。丞相度朝京师,道封晋国公[58],进阶金紫光禄大夫,以旧官相[59],而以其副总为工部尚书,领蔡任[60]。既还奏,群臣请纪圣功,被之金石[61]。皇帝以命臣愈[62]。臣愈再拜稽首而献文曰:
唐承天命,遂臣万邦。孰居近土,袭盗以狂[63]?
往在玄宗,崇极而圮[64]。河北悍骄,河南附起[65]。
四圣不宥[66],屡兴师征。有不能克,益戍以兵[67]。
夫耕不食,妇织不裳。输之以车,为卒赐粮[68]。
外多失朝[69],旷不岳狩[70]。百隶怠官[71],事亡其旧[72]。
帝时继位[73],顾瞻咨嗟。惟汝文武,孰恤予家?
既斩吴蜀,旋取山东。魏将首义,六州降从[74]。
淮蔡不顺,自以为强。提兵叫讙,欲事故常[75]。
始命讨之,遂连奸邻[76]。阴遣刺客,来贼相臣[77]。

429

方战未利,内惊京师。群公上言,莫若惠来[78]。
帝为不闻,与神为谋。乃相同德[79],以讫天诛。
乃敕颜胤,慭武古通。咸统于弘,各奏汝功[80]。
三方分攻[81],五万其师。大军北乘,厥数倍之[82]。
常兵时曲[83],军士蠢蠢[84]。既翦陵云[85],蔡卒大窘。
胜之邵陵[86],郾城来降[87]。自夏入秋,复屯相望[88]。
兵顿不励,告功不时[89]。帝哀征夫,命相往釐[90]。
士饱而歌,马腾于槽[91]。试之新城,贼遇败逃[92]。
尽抽其有,聚以防我。西师跃入,道无留者[93]。
额额蔡城[94],其疆千里。既入而有,莫不顺俟。
帝有恩言,相度来宣。诛止其魁,释其下人。
蔡之卒夫,投甲呼舞。蔡之妇女,迎门笑语。
蔡人告饥,船粟往哺。蔡人告寒,赐以缯布。
始时蔡人,禁不往来。今相从戏,里门夜开[95]。
始时蔡人,进战退戮[96]。今旰而起[97],左飧右粥。
为之择人,以收余惫[98]。选吏赐牛,教而不税。
蔡人有言:始迷不知。今乃大觉,羞前之为。
蔡人有言:天子明圣。不顺族诛,顺保性命。
汝不吾信,视此蔡方。孰为不顺,往斧其吭[99]。
凡叛有数[100],声势相倚。吾强不支,汝弱奚恃[101]?
其告而长[102],而父而兄。奔走偕来,同我太平。
淮蔡为乱,天子伐之。既伐而饥,天子活之。
始议伐蔡,卿士莫随。既伐四年,小大并疑。
不赦不疑,由天子明。凡此蔡功,惟断乃成[103]。

既定淮蔡,四夷毕来[104]。遂开明堂[105],坐以治之。

《韩昌黎文集注释》卷七

〔53〕 册功:皇帝册封功臣。

〔54〕 侍中:门下省长官,是韩弘的兼衔。

〔55〕 "懋为"二句:左仆射,尚书省长官之一。帅山南东道,即为山南东道节度使。

〔56〕 司空:三公之一,是节度使的兼衔。

〔57〕 以散骑常侍帅鄜坊丹延:即以散骑常侍的兼衔为鄜坊丹延节度使。散骑常侍,谏官名,中唐以后,散骑常侍职位高而无实际职务。

〔58〕 "丞相"二句:谓班师途中封裴度为晋国公。度为晋人,故封为晋国公。国公为唐爵位之一,在九等爵位中仅次于亲王和郡王。

〔59〕 "进阶"二句:谓晋升裴度官阶为金紫光禄大夫,仍以旧官(裴度原为门下侍郎)为丞相。金紫光禄大夫,唐代文散官阶品名,为正三品。

〔60〕 "而以"二句:谓以裴度之副马总以工部尚书为彰义军节度使。按,裴度讨蔡时,以刑部侍郎马总为宣慰副使;裴度班师后,马总节度留后。

〔61〕 "皇帝"句:按,裴度还朝后,韩愈以军功迁刑部侍郎。

〔62〕 被之金石:指撰文刻于碑石。

〔63〕 "孰居"二句:犹言是谁居于京畿近地为非作歹? 近土,指关内及中原、江南之地。安史乱前,唐政府仅在缘边地区设方镇,近土则不设方镇,亦无叛乱者。

〔64〕 崇极而圮:盛极而发生叛乱。圮,倾颓。

〔65〕 "河北"二句:谓安史乱后河北、河南藩镇叛乱迭起。

〔66〕 四圣:指肃宗、代宗、德宗、顺宗。不宥:不宽赦。

〔67〕 "有不"二句:意谓若有不能克者,则益兵以防守之。

〔68〕 "夫耕"数句:谓因输粮于兵卒,蔡州百姓耕者不得食而织者不得衣。

〔69〕 外多失朝:意谓外地官员因叛乱者所隔断,不得进京朝觐。

431

〔70〕旷不岳狩:谓皇帝巡狩四岳之礼亦多旷废。

〔71〕百隶怠官:百官荒疏职守。

〔72〕事亡其旧:意谓朝廷之事皆失去从前章程。

〔73〕帝:指宪宗。

〔74〕"魏将"二句:指魏博节度使田弘正以六州之地归于朝廷。按,六州之地唐时属河北道,此处按华山以东称山东。

〔75〕"淮蔡"数句:谓淮蔡嚣张不服朝命。欲事故常,打算按旧样子维持现状,即《新唐书·藩镇传》所谓"擅署吏,以赋税自私,不朝献于廷,以土传子孙"。

〔76〕遂连奸邻:宪宗讨淮西,平卢节度使(领淄、青等六州)李师道与成德节度使(领镇、冀等四州)王承宗与淮西相呼应,奸计百端,阻挠进兵,并频献表章,请赦元济。

〔77〕"阴遣"二句:指元和十年六月李师道遣刺客行刺宰相武元衡事。

〔78〕"方战"数句:谓接战未久,并不顺利,群臣共言休兵招抚。惠来,招徕。

〔79〕乃相同德:指宪宗以主战的裴度为相。

〔80〕"乃敕"数句:谓宪宗分派各路兵马,以韩弘为都统。

〔81〕三方分攻:即由北、东南、东三个方向进攻淮西。参见前注。

〔82〕"大军"二句:谓裴度大军自北而南,兵员数倍于淮西。

〔83〕常:同尝。时曲:即洄曲,元济屯兵于此。

〔84〕蠢蠢:骚动貌。此指元济兵。

〔85〕陵云:即元济驻兵的凌云栅。

〔86〕邵陵:亦作召陵,地名,在郾城东,裴度大军曾于此大胜元济军。

〔87〕"郾城"句:指元济郾城守将邓怀金降于李光颜。

〔88〕"自夏"二句:谓自元和十年夏至秋,讨元济之军收复元济屯兵之所相望皆是。

〔89〕 "兵顿"二句:谓自元和十一年五月之后,讨元济之军战事不利。兵顿,兵士疲顿。励,同"利"。

〔90〕 "帝哀"二句:谓宪宗命裴度前往督战。釐(lí 离),料理、处置。

〔91〕 "士饱"二句:形容士气复振。

〔92〕 "试之"二句:谓裴度大军初至郾城与元济军接战,取得小胜。新城,指裴度大军在郾城外所筑之新城。

〔93〕 "尽抽"数句:谓李愬军长驱袭蔡。因蔡州重兵皆防于北境,李愬西进之兵于途毫未遇蔡州兵卒。西师,指李愬军。

〔94〕 颍颍(é 额):高耸貌。颍,同"额"。

〔95〕 "帝有"数句:谓裴度代表皇帝宣慰安抚蔡人。吴少阳父子治蔡时,法严苛,禁人偶语于途,夜不燃烛,有以酒食相过从者,死。至此蔡人始知人生之乐。

〔96〕 "始时"句:谓吴少阳父子时,蔡人唯有进战,倘有退却则杀戮。

〔97〕 日旰(gàn 赣)而起:谓蔡人日晚尚往来无禁。日旰,日晚。

〔98〕 "为之"二句:谓为蔡人选择官吏,以解除其疲敝。

〔99〕 往斧其吭:是拟蔡人言语,犹今俗语用斧子砍其头,因协韵而用"吭"。吭,喉。

〔100〕 "凡叛"句:谓反叛者数镇,如平卢、成德等。

〔101〕 "吾强"二句:意谓我(朝廷)强大而不姑息反叛者,则反叛者势弱有何可恃? 不支,不助长其势。

〔102〕 而长:你的兄长。而,代词。下同。

〔103〕 "惟断"句:是总结淮西战事胜利,关键在于宪宗皇帝能断,即下决心。讨蔡前,韩愈有《论淮西事宜状》,其中说:"以三小州残弊困剧之馀,而当天下之全力,其破可立而待。所未可知者,在陛下断与不断尔。"即此意。

〔104〕 四夷毕来:谓四方之国俱来朝觐。

〔105〕 明堂:天子朝见诸侯之所。

柳子厚墓志铭[1]

子厚讳宗元。七世祖庆为拓跋魏侍中,封济阴公[2]。曾伯祖奭为唐宰相[3],与褚遂良、韩瑗俱得罪武后,死高宗朝[4]。皇考讳镇[5],以事母弃太常博士,求为县令江南[6];其后以不能媚权贵失御史[7],权贵人死,乃复拜侍御史[8];号为刚直,所与游皆当世名人[9]。

子厚少精敏,无不通达。逮其父时,虽少年,已自成人,能取进士第,崭然见头角[10]。众谓柳氏有子矣。其后以博学宏词授集贤殿正字[11]。俊杰廉悍,议论证据今古,出入经史百子,踔厉风发[12],率常屈其座人[13]。名声大振,一时皆慕与之交。诸公要人争欲令出我门下,交口荐誉之。贞元十九年,由蓝田尉拜监察御史[14]。顺宗即位,拜礼部员外郎[15]。遇用事者得罪,例出为刺史[16];未至,又例贬永州司马[17]。

居闲益自刻苦[18],务记览,为词章泛滥停蓄[19],为深博无涯涘[20],而自肆于山水间[21]。元和中,尝例召至京师,又偕出为刺史,而子厚得柳州[22]。既至,叹曰:"是岂不足为政邪?"因其土俗,为设教禁[23],州人顺赖。其俗以男女质钱,约不时赎,子本相侔,则没为奴婢[24]。子厚与设方计[25],悉令赎归。其尤贫力不能者,令书其佣[26],足相当,则使归其质[27]。观察使下其法于他州[28],比一岁,免而归者且千人。衡湘以南为进士者[29],皆以子厚为师,其经承子厚口讲指画为文词者,悉有法度可观。

其召至京师而复为刺史也,中山刘梦得禹锡亦在遣中[30],当诣播州。子厚泣曰:"播州非人所居,而梦得亲在堂,吾不忍梦得之穷,无辞以白其大人[31];且万无母子俱往理。"请于朝,将拜疏[32],愿以柳易播,虽重得罪[33],死不恨。遇有以梦得事白上者[34],梦得于是改刺连州[35]。呜呼!士穷乃见节义。今夫平居里巷相慕悦,酒食游戏相征逐[36],诩诩强笑语以相取下[37],握手出肺肝相示[38],指天日涕泣,誓生死不相背负,真若可信;一旦临小利害,仅如毛发比,反眼若不相识;落陷穽,不一引手救,反挤之又下石焉者,皆是也。此宜禽兽夷狄所不忍为,而其人自视以为得计。闻子厚之风,亦可以少愧矣。

子厚前时少年,勇于为人[39],不自贵重顾籍[40],谓功业可立就,故坐废退。既退,又无相知有气力得位者推挽[41],故卒死于穷裔[42],材不为世用,道不行于时也。使子厚在台省时[43],自持其身,已能如司马刺史时,亦自不斥;斥时,有人力能举之,且必复用不穷。然子厚斥不久,穷不极,虽有出于人,其文学辞章,必不能自力以致必传于后如今,无疑也。虽使子厚得所愿,为将相于一时,以彼易此,孰得孰失,必有能辨之者。

子厚以元和十四年十一月八日卒,年四十七。以十五年七月十日归葬万年先人墓侧[44]。子厚有子男二人:长曰周六,始四岁;季曰周七,子厚卒乃生;女子二人,皆幼。其得归葬也,费皆出观察使河东裴君行立[45]。行立有节概[46],立然诺[47],与子厚结交,子厚亦为之尽[48],竟赖其力。葬子厚于万年之墓者,舅弟卢遵[49]。遵,涿人[50],性谨慎,学问不厌。自子厚之斥,遵从而家焉,逮其死不去。既往葬子厚,又将经纪其家[51],庶几有始终者。铭曰:

是惟子厚之室,既固既安,以利其嗣人。

《韩昌黎文集注释》卷七

〔1〕 柳宗元字子厚。为墓志铭,称墓主官衔是惯例。韩愈为柳宗元为墓志,称字而不称官衔,表示作者与墓主是知交。德宗贞元间,韩愈与柳宗元为文字至交,且为御史台同僚。后来柳宗元(还有刘禹锡等)参与王叔文集团,而韩愈非集团中人;贞元末,韩愈因上书言事遭贬,尝怀疑是王叔文集团所为,故韩柳关系一度蒙上阴影。宪宗即位,严厉惩罚王叔文集团中人,柳宗元先贬永州,再贬柳州,十馀年不得还朝,少年志气挫折殆尽;韩愈在官场升沉浮降,也经历了复杂的人生际遇,二人重新建立了深厚的友谊。元和十五年(820)柳宗元病故,遗言以墓志托付韩愈。柳宗元久处贬地,其平生出色处,乃在品德与文章,故此篇墓志,全力发明柳宗元的文学风义而略于世系政绩。凡叙及人情世态及柳宗元遭遇处,笔端每挟感情,或顿挫盘郁,慷慨淋漓,或婉曲缠绵,小心回护,无限爱惜,皆能感人至深。

〔2〕 "七世祖"二句:柳宗元《先侍御史府君神道表》云:"六代祖讳庆,后魏侍中平齐公。五代祖讳旦,周中书侍郎济阴公。"韩愈此处所记有误。侍中,门下省长官,掌传达皇帝的命令。北魏时侍中位同宰相。拓跋魏,北魏国君姓拓跋(后改姓元),故称。

〔3〕 "曾伯祖"句:柳奭(shì 事)字子邵,唐高宗永徽四年(653)代褚遂良为中书令(宰相)。按,奭为柳宗元父之曾伯祖,见柳宗元《神道表》,此处亦误。凡为人墓志,于其先世,多据其子孙开列之行状。宗元虽有子,然皆幼稚,无能为其父开列先世;韩愈为此墓志时,远在袁州(时愈任袁州刺史),于柳先世,只能据个人记忆书写,故多有误植。

〔4〕 "与褚"二句:永徽五年(654),高宗欲废王皇后,立武则天为皇后,柳奭、韩瑗、褚遂良等力争,不许,后废,贬柳奭象州刺史。许敬宗等构奭通宫掖,与韩、褚等朋党,奭被杀,褚遂良贬潭州,韩瑗贬振州。褚遂良,字登善,高宗时为吏部尚书、同中书门下三品;韩瑗,字伯玉,官至侍中。

〔5〕 皇考:对亡父的尊称。

〔6〕 "以事"二句:天宝间,柳镇任长安主簿时,居母丧,服除,吏部命为太常博士,镇以有尊老孤弱在吴,愿为宣城(今属安徽)令。太常博士:太常寺属官,掌宗庙祭祀等。

〔7〕 "其后"句:肃宗时,镇上书言事,擢右卫率府兵曹。佐郭子仪朔方府,三迁至殿中侍御史,以事触窦参,贬夔州司马。权贵,此指窦参,时为御史中丞。

〔8〕 "权贵"二句:窦参贞元五年(789)以中书侍郎同中书门下平章事,贞元八年以交结中外,贬郴州别驾,再贬驩州司马,未至,赐死。

〔9〕 "号为"二句:柳宗元《先君石表阴先友记》列其父之友六十八人,知名当世者有二十馀人。

〔10〕 "能取"二句:柳宗元以贞元九年(793)进士第。见,同"现"。

〔11〕 "其后"句:柳宗元以贞元十四年(798)中博学宏词科,授集贤殿正字。博学宏词,唐代制科名目之一,由吏部主持(进士科由礼部主持)。

〔12〕 踔(chuō 戳)厉风发:谓议论纵横不歇。

〔13〕 率常:常常。屈其座人:使人折服。

〔14〕 监察御史:御史台属官,掌纠察百官、巡察刑狱。

〔15〕 礼部员外郎:礼部属官,掌礼乐、学校、图书等。按,监察御史为正八品上,礼部员外郎从六品上,因王叔文执政之故,柳宗元得以超拜。

〔16〕 "遇用"句:永贞元年(805)八月,宪宗即位,贬王叔文渝州司户,宗元与同辈七人同贬,宗元贬邵州(今湖南邵阳)刺史。用事者,指王叔文。例出,循例出为刺史。

〔17〕 "未至"二句:同年十一月,宪宗加重对"永贞党人"的处罚:王

叔文赐死,柳宗元等贬为远州司马。宗元为永州(即今湖南零陵)司马。其时宗元尚在赴邵州途中,故曰"未至"。

〔18〕 居闲:指州司马职务清闲。

〔19〕 泛滥停蓄:形容柳宗元文笔汪洋恣肆而深厚含蓄。

〔20〕 深博无涯涘:深厚博大无边际。此亦用来形容柳宗元文笔。按,柳宗元去世后,韩愈尝致书刘禹锡,称赞柳宗元文章"雄深雅健,似司马子长",约与此义同。

〔21〕 "而自肆"句:谓柳宗元放情于山水间,为"永州八记"等山水文章。

〔22〕 "元和"四句:宪宗元和十年(815)春正月,因坐王叔文党人谪官者十年不得量移,执政有怜其才而欲进之者,遂悉召至京师;然终不为所用,再出为远州刺史。柳宗元为柳州(今属广西),刘禹锡为播州(故址在今贵州遵义附近)。

〔23〕 教禁:教导与禁止的法令。

〔24〕 "其俗"四句:唐时岭南一带有所谓典贴男女的风俗,即良民百姓以身作抵押(充奴仆)偿还债务。以良人为奴是触犯唐代法律的,但政令不通,岭南一带以良为奴现象仍很严重。穷苦人家因天灾人祸,或因赋税迫急,窘困之中将儿女质钱入富户为奴,至期再以钱赎出。逾期无钱赎出,则永沦为奴隶。子本相侔,利息与本金相等。

〔25〕 设方计:筹划计策。

〔26〕 书其佣:计算其为佣所应得的报酬。

〔27〕 质:人质,即没入为奴的男女。

〔28〕 观察使:即观察处置使。唐初置十道(玄宗开元间增为十五道。道是州郡以上的更大的行政区划),每道设采访处置使;安史乱后,易采访处置使为观察处置使,简称观察使。观察使有很大的行政权力。

〔29〕 为进士者:指习进士学业者。

〔30〕 中山:古国名,约在今河北正定县东北。刘禹锡自称郡望为中山。

〔31〕 大人:此指刘禹锡母亲。

〔32〕 拜疏:向皇帝上奏章。

〔33〕 重(chóng 虫)得罪:再加一重罪。

〔34〕 "遇有"句:谓御史中丞裴度及户部侍郎崔群。《新唐书·刘禹锡传》:"御史中丞裴度为言播极远,猿狖所宅,禹锡母八十馀,不能往,当与其子死诀,恐伤陛下孝治,请稍内迁。乃易连州。"崔群亦上疏言及此。

〔35〕 连州:即今广东连阳。

〔36〕 相征逐:互相召唤追随。形容往来密切。

〔37〕 诩诩:笑貌。以相取下,表示谦恭居下。

〔38〕 出肺肝相示:形容坦诚,似乎要掏出肝肺来。

〔39〕 勇于为人:即勇于助人。

〔40〕 顾籍:顾惜。

〔41〕 推挽:荐引。

〔42〕 穷裔:穷荒僻远之地。此指柳州。

〔43〕 台省:指御史台及尚书省礼部。柳宗元先为监察御史,属御史台;再为礼部员外郎,属尚书省。

〔44〕 万年:县名。唐长安辖两县,西为长安,东为万年。

〔45〕 河东:唐时区划名,开元时十五道之一,治蒲州(故址在今山西永济西南)。河东为裴姓郡望。裴行立:元和十二年为桂管观察使,柳州为其所辖。

〔46〕 节概:气概、气节。

〔47〕 立然诺:树立信用。

〔48〕 为之尽:为之尽心尽力。按,此指柳宗元为其下属,尽心尽力做出政绩。

〔49〕 舅弟:表弟。柳宗元母亲姓卢。

〔50〕 涿:今河北涿州。

〔51〕 经纪:照料、经管。

439

毛颖传[1]

　　毛颖者[2],中山人也[3]。其先明眎[4],佐禹治东方土,养万物有功[5],因封于卯地[6],死为十二神[7]。尝曰:"吾子孙神明之后,不可与物同,当吐而生。"[8]已而果然。明眎八世孙䨲[9],世传当殷时居中山,得神仙之术,能匿光使物,窃姮娥、骑蟾蜍入月[10],其后代遂隐不仕云。居东郭者曰㕙,狡而善走,与韩卢争能,卢不及,卢怒,与宋鹊谋而杀之,醢其家[11]。

　　秦始皇时,蒙将军恬南伐楚[12],次中山,将大猎以惧楚。召左右庶长与军尉[13],以《连山》筮之[14],得天与人文之兆。筮者贺曰:"今日之获,不角不牙,衣褐之徒,缺口而长须,八窍而趺居[15]。独取其髦[16],简牍是资。天下其同书,秦其遂兼诸侯乎[17]!"遂猎,围毛氏之族,拔其豪[18],载颖而归,献俘于章台宫[19],聚其族而加束缚焉[20]。秦皇帝使恬赐之汤沐[21],而封诸管城[22],号曰管城子,日见亲宠任事。

　　颖为人强记而便敏,自结绳之代以及秦事[23],无不纂录。阴阳、卜筮、占相[24]、医方、族氏、山经、地志、字书、图画、九流[25]、百家、天人之书[26],及至浮图[27]、老子、外国之说,皆所详悉。又通于当代之务,官府簿书、市井贷钱注记[28],惟上所使。自秦皇帝及太子扶苏[29]、胡亥[30]、丞相斯[31]、中车府令高[32],下及国人,无不爱重。又善随人意,正直、邪曲、巧拙,一随其人。虽见废弃[33],终默不泄。惟不喜武士,然见请,亦时往。累拜中书令[34],与上益狎,上尝呼为"中书君"。上亲决事,以衡石自程[35],虽官人不得立左右,独颖与执烛者常侍,上休方罢。颖与绛人陈玄、弘农陶泓及会稽褚先生友善[36],相推致[37],其出处必偕。上召颖,三人者不待诏,辄俱往,上未尝怪焉。

后因进见,上将有任使,拂拭之[38],因免冠谢。上见其发秃,又所摹画不能称上意。上嘻笑曰:"中书君老而秃,不任吾用。吾尝谓中书君,君今不中书邪?"对曰:"臣所谓尽心者。"[39]因不复召,归封邑,终于管城。其子孙甚多,散处中国夷狄,皆冒管城;惟居中山者,能继父祖业。

太史公曰:毛氏有两族。其一姬姓,文王之子,封于毛,所谓鲁、卫、毛、聃者也[40]。战国时有毛公、毛遂[41]。独中山之族,不知其本所出,子孙最为蕃昌。《春秋》之成,见绝于孔子,而非其罪[42]。及蒙将军拔中山之豪,始皇封诸管城,世遂有名,而姬姓之毛无闻。颖始以俘见,卒见任使,秦之灭诸侯,颖与有功,赏不酬劳,以老见疏,秦真少恩哉。

《韩昌黎文集注释》卷八

〔1〕 约作于元和三、四(808、809)年间,时韩愈为国子博士分司东都。是以史传体裁为"毛颖"(即毛笔)写的一篇传记。或以为《毛颖传》是传奇;然而传奇须有人物、情节(故事)和场景,《毛颖传》则缺乏完整的情节,也几乎没有场景的描写。唐李肇《国史补》:"韩愈撰《毛颖传》,其文尤高,真良史才也。"基本上倾向于将《毛颖传》归于"史传",但是无论正史、野史,未尝为不存在之"物"(或幻想中之"物")写传。《毛颖传》设幻为文,又有所寄托,似可以归于寓言类;但寓言是明示读者"此为幻",不

441

似此篇一本正经地先叙毛颖籍贯,再叙其先世,又依次叙其经历,至于终,有太史公"传赞"。李汉编韩愈文,在传统的书启、赠序、碑志、祭文等以外,有杂文类,《毛颖传》即编在此,可见李汉(可能还包括韩愈本人)也不好将《毛颖传》分类。似史传而非史传,似传奇而非传奇,似寓言而非寓言,《毛颖传》在体裁和艺术上的重大突破即在此。大体上说,《毛颖传》是古文家的韩愈受当时传奇影响所写的一篇游戏之作,有寓意,然寓意究竟何在,亦不能明,或竟是韩愈抒其牢骚之作。韩愈此文传开后,社会上颇多批评,谓其"讥戏不近人情,此文章之甚纰缪者"(《旧唐书·韩愈传》)。元和五年(810),柳宗元在永州读到《毛颖传》,大加赞扬,说:"读之若捕龙蛇,搏虎豹,急与之角而力不敢暇,信韩子之怪于文也!"(《读韩愈所作〈毛颖传〉后题》)真正是文章行家的鉴赏语。柳宗元的评语,用现在的话说,就是"可读性极强,捧起来就放不下",这是只有传奇才具有的特点。

〔2〕 毛颖:毛笔。颖为笔尖之锋毫。

〔3〕 中山:古国名,旧地在今河北正定一带。

〔4〕 明眎:兔的别名。眎,同"视"。《礼记·曲礼下》:"兔曰明眎。"贾公彦疏:"兔肥则目开而视明。"

〔5〕 "佐禹"二句:《说文》:"土,地之吐生物者也。"兔、土谐音,故谓兔"养万物"。

〔6〕 卯地:谓东方。古以十二支配十二方位,卯在东方。

〔7〕 十二神:即十二相属,十二肖。古以十二种动物与十二支相配,兔为卯。卯主东方,故兔为东方之神。其说见王充《论衡·物势》。

〔8〕 当吐而生:据说兔舐毫而孕,及其生子,从口而出。见王充《论衡·物势》。

〔9〕 㺅(nóu 耨阳平):兔之子。

〔10〕 "世传"数句:《淮南子·览冥》高诱注:"姮娥,羿妻。羿请不死之药于西王母,未及服之,姮娥盗食之,得先奔入月中,为月精。"姮本作恒,汉避文帝讳改作常,通作嫦。旧传月中有兔,然此处谓"窃姮娥、骑蟾蜍"则无所依据,并前"匿光使物"云云,皆出

于想象。

〔11〕"居东郭"数句:夋(qūn 逡),良兔名。夋一作逡。韩卢、宋鹊,皆良犬名。《战国策·齐策三》:"韩子卢者,天下之疾犬也。东郭逡者,天下之狡兔也。卢逐逡,环冈者三,腾山者五,兔殛于前,犬疲于后。"《礼记·少仪》:"为问犬名。"郑玄注:"若韩卢、宋鹊之属。"醢(hǎi 海):肉酱。

〔12〕蒙恬:秦大将。始皇二十六年,恬率军攻齐,助始皇统一天下。

〔13〕左右庶长:秦爵名。军尉:秦军中低级军官。

〔14〕《连山》:占卜之书。《周礼·春官·大卜》:"掌三《易》之法,一曰《连山》,二曰《归藏》,三曰《周易》。"筮:以蓍草占卜。

〔15〕"不角"数句:皆是兔子形状。衣褐之徒,兔毛灰白色。八窍,兔唇上裂,共八窍。跌居,兔盘足而蹲。

〔16〕髦:兔毛之长而硬者,取来制笔。

〔17〕"天下"二句:始皇统一中国后,天下同书(统一写秦国文字),故而是吉兆。

〔18〕豪:双关语,既指兔毛,又指兔族之为长者。

〔19〕章台宫:秦咸阳宫名。

〔20〕聚其族:双关语。既指俘获兔族,又指捆扎兔毛而制笔。

〔21〕赐之汤沐:双关语。既指赐浴,制笔时又须将兔毛濡湿。

〔22〕封诸管城:双关语。既指分封兔族,又指将毛笔纳于笔管之内。管城,古地名,在今河南郑州。崔豹《古今注》:"蒙恬造笔,以柘木为管,鹿毛为柱,羊毛为被,非兔毫也。"按,此是作者随手借用,与崔豹注无关。

〔23〕结绳之代:传说上古时代结绳记事。

443

〔24〕 占相:占卜看相。

〔25〕 九流:古以儒、道、阴阳、法、名、墨、纵横、杂、农九家为九流。

〔26〕 天人之书:有关天文与人事的书。

〔27〕 浮图:指佛教。

〔28〕 市井贷钱注记:民间贷钱的记载和记录。

〔29〕 扶苏:始皇长子。

〔30〕 胡亥:始皇少子。后为秦二世。

〔31〕 丞相斯:指李斯。

〔32〕 中车府令高:指赵高。中车府令为宦者之职。

〔33〕 见废弃:被废弃。指笔秃。

〔34〕 中书令:唐有中书省,长官为中书令。此为双关语,既指官职,也指毛笔书写便利顺手。

〔35〕 衡石自程:《史记·秦始皇本纪》:"天下之事,无大小皆决于上,上至以衡石量书,日夜有程,不中程不得休息。"衡,即秤。石,一百二十斤为一石。

〔36〕 "颖与"二句:绛人陈玄、弘农陶泓、会稽褚先生,分指墨、砚、纸。墨以陈者佳,故曰陈玄;砚为陶制,中间凹处蓄水,故称陶泓;褚,通"楮"为木名,皮可制纸,故称褚先生。

〔37〕 相推致:互相推究、协助。

〔38〕 拂拭之:指笔在墨汁中拂拭。

〔39〕 尽心者:语义双关。既是尽心尽力之意,又指笔心之毫残缺。《孟子·梁惠王上》有"寡人之于国也,尽心焉耳矣",此用其意。

〔40〕 "文王"二句:鲁、卫、毛、聃,皆文王子周初所封之国。周公旦封于鲁,康叔封于卫,毛伯郑封于毛,聃季载封于沈。

〔41〕 毛公:西周初人,为周卿士。毛遂:战国时为平原君

门客。

〔42〕"春秋"三句:意谓孔子修《春秋》,绝笔于获麟,其时尚无毛颖,故非其罪。

送穷文[1]

元和六年正月乙丑晦[2],主人使奴星结柳作车[3],缚草为船,载糗舆粻[4],牛系轭下[5],引帆上樯。三揖穷鬼而告之曰:"闻子行有日矣,鄙人不敢问所涂,窃具船与车,备载糗粻,日吉时良,利行四方,子饭一盂[6],子啜一觞[7],携朋挈俦,去故就新,驾尘彍风[8],与电争先,子无底滞之尤[9],我有资送之恩,子等有意于行乎?"

屏息潜听,如闻音声,若啸若啼,砉敠嘤嘤[10],毛发尽竖,竦肩缩颈,疑有而无,久乃可明。若有言者曰:"吾与子居,四十年馀;子在孩提,吾不子愚。子学子耕,求官与名;惟子是从,不变于初。门神户灵,我叱我呵[11];包羞诡随,志不在他[12]。子迁南荒[13],热烁湿蒸;我非其乡,百鬼欺陵[14]。太学四年,朝齑暮盐[15];唯我保汝,人皆汝嫌。自初及终,未始背汝;心无异谋,口绝行语。于何听闻,云我当去?是必夫子信谗,有间于予也[16]。我鬼非人,安用车船?鼻齉臭香[17],糗粻可捐[18]。单独一身,谁为朋俦?子苟备知,可数已不[19]?子能尽言,可谓圣智;情状既露,敢不回避?"

主人应之曰:"予以吾为真不知也耶!子之朋俦,非六非四,在十去五,满七除二[20]。各有主张,私立名字,搦手覆羹,

445

转喉触讳[21]。凡所以使吾面目可憎、语言无味者,皆子之志也。其名曰智穷:矫矫亢亢[22],恶圆喜方[23],羞为奸欺,不忍伤害;其次名曰学穷:傲数与名[24],摘抉杳微[25],高挹群言[26],执神之机[27];又其次曰文穷:不专一能,怪怪奇奇,不可时施[28],只以自嬉;又其次曰命穷:影与行殊,面丑心妍,利居众后,责在人先;又其次曰交穷:磨肌戛骨,吐出心肝[29],企足以待,寘我仇冤[30]。凡此五鬼,为吾五患;饥我寒我,兴讹造讪,能使我迷,人莫能间[31];朝悔其行,暮已复然;蝇营狗苟[32],驱去复还。"

言未毕,五鬼相与张眼吐舌,跳踉偃仆[33],抵掌顿脚[34],失笑相顾。徐谓主人曰:"子知我名,凡我所为[35];驱我令去,小黠大痴[36]。人生一世,其久几何?吾立子名,百世不磨。小人君子,其心不同;惟乖于时,乃与天通。携持琬琰,易一羊皮[37];饫于肥甘,慕彼糠麋[38]。天下知子,谁过于予?虽遭斥逐,不忍于疏。谓予不信,请质《诗》、《尚书》[39]。"

主人于是垂头丧气,上手称谢[40],烧车与船,延之上座。

《韩昌黎文集注释》卷八

[1] 元和六年(771)正月作,时韩愈为河南令。南朝梁宗懔《荆楚岁时记》有云:"(正月)晦日,送穷。按《金谷园记》云:'高阳氏子廋约,好衣弊食糜,人作新衣与之,即破裂,以火烧穿,着之,宫中号曰穷子。正月晦日,巷死。'今人作糜,弃破衣,是日祀于巷,曰'送穷鬼'。"旧注引《文宗备问》又云是颛顼时宫中之子,可见民俗送穷,由来已久。此文拟扬雄《逐贫词》,而所送之穷,为"智穷、学穷、文穷、命穷、交穷",并非"叹老嗟贫"的"穷",是典型的不平则鸣发泄牢骚之作,与《进学解》有异曲同工之妙。而作者又出于游戏之笔,游戏之中时见激愤之词,读来不但觉得多诙诡之

趣,且能感受到下层官吏的耿直之气。作品以四言韵语为主,间以散行长句错杂期间。

〔2〕 晦:月末。此夜无月,故称晦。

〔3〕 星:奴仆名。

〔4〕 糗粻(qiǔ zhāng 丘上声张):用米麦做的干粮。

〔5〕 軛(è 饿):车辕前套在牲口脖子上的器具。

〔6〕 子饭一盂:犹言请你吃一碗饭。子,对穷鬼的称呼。饭,作动词用。

〔7〕 子啜(chuò 辍)一觞:请你饮一杯酒。

〔8〕 弣:原意是张弓,此处作驾驭解。

〔9〕 底滞:停滞。

〔10〕 舂欻(huā xū 花虚):形容其声音。嚶嘤(yōu yīng 优英):欲语不语状。

〔11〕 "门神"二句:犹言我如戒备门户之神灵,凡有殃咎,皆斥之呵之。

〔12〕 "包羞"二句:意谓忍受羞耻随从于你,别无他志。诡随,不问情由地跟随。

〔13〕 子迁南荒:指贞元十九年(803)韩愈因上疏自监察御史贬阳山令。

〔14〕 "我非"二句:意谓若无我在其乡,则百鬼皆欺负于你。

〔15〕 "太学"二句:韩愈元和元年至元和四年(806—809)为国子博士。朝齑(jī击)暮盐:形容生活贫困。齑,腌菜。

〔16〕 有间:有挑拨离间者。

〔17〕 鼻齅:用鼻子闻。齅,同"嗅"。

〔18〕 可捐:应该扔掉。捐,弃。

〔19〕 "子苟"二句:犹言你若备知我等,可否一一列举。

〔20〕 "子之"数句:皆是"五"的暗示。

〔21〕 "捩(liè 列)手"二句:谓动辄惹祸,抬手即覆羹,开口即犯忌。

447

捩手,转手。触讳,触犯禁忌。

〔22〕 矫矫亢亢:不同流俗,卓异高尚。

〔23〕 恶(wù 物)圆喜方:不喜圆通而坚守方正。圆,指为人圆通骑墙。

〔24〕 傲数与名:轻视术数与名物之学。术数,如关于天文、历法、占卜之类。名物,辩事物之名与特征等。

〔25〕 摘(tī 剔)抉杳微:阐发儒者幽微的道理。摘,开发、阐发。

〔26〕 高挹群言:谓挹取群言之高妙者。挹,吸取。

〔27〕 执神之机:谓具有神妙之思。神机,神奇灵巧。

〔28〕 时施:施用于当时。

〔29〕 "磨肌"二句:形容诚心交友,刻骨磨肌,恨不能吐出心肝。戛,刮刻、敲击。

〔30〕 "企足"二句:承上二句,谓我企足以待彼(友人),而彼竟然置我于仇冤之地。寘,同"置"。

〔31〕 人莫能间:意谓他人皆不能在我与五鬼之间有相异之词。间,异词。《论语·先进》:"子曰:孝哉闵子骞!人不间于其父母之言。"即此义。

〔32〕 蝇营狗苟:谓五鬼祸祟其身,使其沉迷不醒故态依然。营,蝇往返飞。苟,苟且因循不思改进。

〔33〕 跳踉偃仆:跳跃狂笑状。跳踉,跃起。偃仆,仆倒。

〔34〕 抵掌:手掌相击。

〔35〕 凡我所为:犹言并知我之所为。

〔36〕 小黠大痴:小处聪明而大处愚笨。

〔37〕 "携持"二句:犹言携持美玉而去换取羊皮。琬琰,美玉。

〔38〕 "饫于"二句:犹言饱于美食而羡慕糠粥。

〔39〕 "请质"句:《论语·卫灵公》有"君子固穷,小人穷斯滥矣"句,故云。

〔40〕 上手:举手相让。

鳄鱼文[1]

　　维年月日[2],潮州刺史韩愈,使军事衙推秦济[3],以羊一、猪一投恶溪之潭水,以与鳄鱼食,而告之曰:

　　昔先王既有天下,列山泽[4],罔绳擉刃[5],以除虫蛇恶物为民害者,驱而出之四海之外。及后王德薄,不能远有,则江、汉之间,尚皆弃之以与蛮夷楚越,况潮,岭海之间[6],去京师万里哉!鳄鱼之涵淹卵育于此,亦固其所。今天子嗣唐位,神圣慈武,四海之外,六合之内,皆抚而有之;况禹迹所揜[7],扬州之近地[8],刺史、县令之所治,出贡献以供天地宗庙百神之祀之壤者哉!鳄鱼其不可与刺史杂处此土也!

　　刺史受天子命,守此土,治此民,而鳄鱼睅然不安溪潭,据外食民畜、熊、豕、鹿、麞,以肥其身,以种其子孙[9],与刺史亢拒[10],争为长雄。刺史虽驽弱,亦安肯为鳄鱼低首下心,伈伈睍睍[11],为民吏羞,以偷活于此邪?且承天子之命以来为吏,固其势不得不与鳄鱼辨。鳄鱼有知,其听刺史言:

　　潮之州,大海在其南,鲸鹏之大,虾蟹之细,无不容归,以生以食,鳄鱼朝发而夕至也。今与鳄鱼约:尽三日,其率丑类南徙于海[12],以避天子之命吏。三日不能至五日,五日不能至七日,七日不能,是终不肯徙也,是不有刺史、听从其言也;不然,则是鳄鱼冥顽不灵,刺史虽有言,不闻不知也。夫傲天子之命吏,不听其言,不徙以避之,与冥顽不灵而为民物害

449

者,皆可杀。刺史则选材技吏民,操强弓毒矢,以与鳄鱼从事,必尽杀乃止。其无悔!

《韩昌黎文集注释》卷八

〔1〕 作于宪宗元和十四年(819)四月,时韩愈莅潮州刺史任未久。《旧唐书·韩愈传》:"初,愈至潮阳,既视事,询吏民疾苦,皆曰:'郡西湫水有鳄鱼,卵而化,长数丈,食民畜产将尽,以是民贫。'居数日,愈往视之,令判官秦济炮一豚一羊,投之湫水,呪(《新唐书》呪字作祝字)之曰"云云。故此文是韩愈体恤百姓疾苦之作。韩愈驱鳄,至今在潮州传为美谈,但面对冥顽不灵的鳄鱼,而以大道理呪它(或嘱咐它),作成一篇大文章,韩愈的行为多少显得有些滑稽。可以设想,当作为刺史的韩愈在实施"驱鳄"(或杀鳄)的政府行为时,文学家的韩愈的本性"复活"了:何不写一篇文章以助其兴趣呢? 所以此文仍带有"以文为戏"的成分。但毕竟是好文章,辞严义正,腕下凛然生风霜。两《唐书》全文予以录入,说明编者是多么的欣赏。一些选本题多作《祭鳄鱼文》,是自茅坤《唐宋八大家文钞》始。唐时地方官员,多有祭神之文,然鳄鱼不是神,故茅坤题前加"祭"字无道理。

〔2〕 年月日:一本作元和十四年四月二十四日。

〔3〕 军事衙推:刺史属吏。

〔4〕 列:同"烈",焚烧。

〔5〕 罔绳擉(chuō 戳)刃:用网绳捕捉,用刃刺杀。罔,同"网",擉,同"戳"。

〔6〕 岭海之间:谓潮州处于五岭与南海之间。

〔7〕 禹迹所揜:大禹治水足迹所到之处。揜,同"掩"。

〔8〕 "扬州"句:大禹治水时,分天下为九州,扬州为其一。潮州古属扬州。

〔9〕 种:繁衍。

〔10〕 亢拒:抗拒。亢,同"抗"。

450

〔11〕 伈伈(qǐn 寝)俔(sì 四)俔:怯惧窥伺貌。
〔12〕 丑类:同族、族类。

论佛骨表[1]

臣某言[2]:伏以佛者,夷狄之一法耳。自后汉时始流入中国[3],上古未尝有也。昔者黄帝在位百年,年百一十岁[4];少昊在位八十年[5],年百岁;颛顼在位七十九年[6],年九十八岁;帝喾在位七十年[7],年百五岁;帝尧在位九十八年,年百一十八岁;帝舜及禹年皆百岁。此时天下太平,百姓安乐寿考,然而中国未有佛也。其后殷汤亦年百岁,汤孙太戊在位七十五年[8],武丁在位五十九年[9],书史不言其寿所极,推其年数,盖亦俱不减百岁。周文王年九十七岁,武王年九十三岁,穆王在位百年[10]。此时佛法亦未至中国,非因事佛而致然也。汉明帝时,始有佛法,明帝在位才十八年耳。其后乱亡相继,运祚不长。宋、齐、梁、陈、元魏已下[11],事佛渐谨,年代尤促。惟梁武帝在位四十八年,前后三度舍身施佛,宗庙之祭,不用牲牢,昼日一食,止于菜果,其后竟为侯景所逼,饿死台城[12],国亦寻灭[13]。事佛求福,乃更得祸。由此观之,佛不足信,亦可知矣。

高祖始受隋禅,则议除之。当时群臣材识不远,不能深究先王之道、古今之宜,推阐圣明,以救斯弊,其事遂止[14]。臣常恨焉[15]!伏惟皇帝陛下,神圣英武,数千百年已来,未有伦比。即位之初,即不许度人为僧尼、道士,又不许别立寺观[16]。臣常以为高祖之志，必行于陛下之手。今纵未能即行，岂可恣之转令盛也？今闻陛下令群僧迎佛骨于凤翔[17]，御楼以观，舁入大内[18]，又令诸寺递迎供养。臣虽至愚，必知陛下不惑于佛，作此崇奉以祈福祥也。直以年丰人乐，徇人之心，为京都士庶设诡异之观、戏玩之具耳。安有圣明若此，而肯信此等事哉！然百姓愚冥，易惑难晓，苟见陛下如此，将谓真心信佛，皆云："天子大圣，犹一心敬信；百姓何人，岂合更惜身命！"焚顶烧指[19]，百十为群；解衣散钱，自朝至暮；转相仿效，唯恐后时；老少奔波，弃其业次[20]。若不即加禁遏，更历诸寺，必有断臂脔身以为供养者[21]。伤风败俗，传笑四方，非细事也。

夫佛本夷狄之人，与中国言语不通，衣服殊制。口不道先王之法言，身不服先王之法服[22]，不知君臣之义、父子之情。假如其身至今尚在，奉其国命，来朝京师，陛下容而接之，不过宣政一见[23]，礼宾一设，赐衣一袭，卫而出之于境，不令惑众也。况其身死已久，枯朽之骨，凶秽之馀，岂宜令入宫禁！孔子曰："敬鬼神而远之。"[24]古之诸侯行吊于国，尚令巫祝先以桃茢祓除不祥，然后进吊[25]。今无故取朽秽之物，亲临观之，巫祝不先，桃茢不用，群臣不言其非，御史不举其失，臣实耻之。乞以此骨付之有司，投诸水火，永绝根本，断天下之疑，绝后代之惑。使天下之人知大圣人之所作为，出于寻常万万也，岂不盛哉！岂不快哉！佛如有灵，能作祸祟，凡有殃咎，宜加臣身。上天鉴临，臣不怨悔。无任感激恳悃之至[26]。谨奉表以闻。臣某诚惶诚恐[27]。

《韩昌黎文集注释》卷八

〔1〕 宪宗元和十四年(819)正月作,时韩愈为刑部侍郎。史载,关内道凤翔府扶风县(今属陕西)法门寺内有护国真身宝塔一座,藏有释迦牟尼佛指骨一节。元和十三年十一月,"功德使上言:凤翔法门寺塔有佛指骨一节,相传三十年一开,开则岁丰人安。来年应开,请迎之。"(《资治通鉴·唐纪五六》)宪宗准奏,遣中使(宦官)率众僧往扶风迎之。十四年正月十四日,佛骨入长安,宪宗命留禁中三日,然后送京城各佛寺供养。随着佛骨进入长安,长安士庶掀起了一次空前的崇佛高潮。面对"群臣不言其非,御史不举其失"的局面,一贯持反佛立场的韩愈上《论佛骨表》。当此时,佛教对宗法伦理、行政秩序和经济秩序的危害显得格外突出,韩愈已无暇、亦无必要从哲学思想上对佛教仔细加以论列。即使如此,《论佛骨表》还是韩愈在《原道》之后再一次对儒家原则的阐发和坚守。《表》中对佛及佛骨都极为蔑视,至如"佛如有灵,能作祸祟,凡有殃咎,宜加臣身,上天鉴临,臣不怨悔"等语,更显示了韩愈不屈的斗志和反佛的决心。

〔2〕 臣某言:臣下奏表起头的一种格式。"某"代表上奏表者。

〔3〕 "自后汉"句:据《后汉书》,明帝刘庄夜梦金人,长丈馀,头有金光。以问群臣,傅毅言:是佛。于是派遣使臣蔡愔往西竺(古印度)求取佛法,得《四十二章经》及佛像、僧人等归来。蔡愔用白马载经,因此立白马寺于洛阳,从此中国有佛。

〔4〕 "昔者"二句:此及以下古帝王年岁,多据皇甫谧《帝王世纪》,或据传闻,并不可靠。

〔5〕 少昊:姓己,一说姓嬴,名挚,居曲阜,号穷桑帝。

〔6〕 颛顼(zhuān xù 专续):相传为黄帝之子昌意的后裔,居帝丘,号高阳氏。

〔7〕 帝喾(kù 库):相传是黄帝之子玄嚣的后裔,居西亳,号高辛氏。

〔8〕 太戊:为汤第五代孙。

〔9〕 武丁:为汤第十一代孙。

〔10〕 穆王:名满,文王五世孙。

〔11〕 元魏:即拓跋魏。自孝文帝迁都洛阳,改拓跋氏为元。

〔12〕 "惟梁武"八句:梁武帝即萧衍,字叔达,梁朝开国皇帝。平生信佛,曾三次到佛寺舍身作佛徒。舍身之后,按佛教之规矩,日止一食,膳无鲜腴,惟豆羹粝饭而已。太清三年(549)三月,降将侯景叛,围台城,武帝所求皆不供,忧愤寝疾,至五月,崩于净居殿。台城,建康(今江苏南京)附郭宫城,武帝居于此。

〔13〕 国亦寻灭:武帝卒后七年,梁亡。

〔14〕 "高祖"数句:唐高祖武德九年(626)四月,诏有司沙汰天下僧尼道士女冠,其精勤练行者,迁居大寺观,给其衣食,无令阙乏,庸猥粗秽者,悉令罢,勒还乡里。京师留寺三所,观一所,诸州各留一所,馀皆罢之。高祖诏见两《唐书·高祖纪》。诏下未久,高祖崩,事遂不行。

〔15〕 常:同"尝"。

〔16〕 "即位"数句:宪宗元和二年(807)三月诏,谓"男丁女工,耕织之本,雕墙峻宇,耗蠹之源。天下百姓或冒为僧道士,苟避徭役,有司宜备为科制"。宪宗诏见《唐会要》卷五。

〔17〕 凤翔:唐时府名,今属陕西。唐时扶风属凤翔。

〔18〕 舁:抬。大内:皇宫。

〔19〕 焚顶烧指:皆佛教苦行之法。自残其体,以表示其信仰之诚。下文"断臂、脔身"等亦是。

〔20〕 业次:指持生之业。

〔21〕 供养:佛家语。谓善男信女用香花、灯明、饮食、赀财等物以资养佛。上文"令诸寺递迎供养"的"供养",意义略同于供奉,与此不同。

〔22〕 "口不"二句:谓佛教不合乎礼义规定的言论和服装。语出《孝经·卿大夫》:"非先王之法言不敢言,非先王之德行不敢行,非先王之法服不敢服。"

〔23〕 宣政:指宣政殿,在大明宫。

〔24〕 "敬鬼"句:语出《论语·雍也》。意思是对鬼神要尊敬,但不可过于亲近。

〔25〕 "古之"三句:谓古之诸侯临臣之丧,令巫祝先以桃茢祓除其不

祥,然后才进行吊丧。桃,桃枝;苅,笤帚。古人以之扫除不祥。

〔26〕 恳悃:恳切诚心。

〔27〕 诚惶诚恐:是臣子在表疏中向皇帝表示忠心恐惶的套语。

柳宗元

柳宗元(773—819)，字子厚，郡望河东解县(今山西永济)，世称柳河东。因官终柳州刺史，又称"柳柳州"。代宗大历八年(773)出生于京都长安(今陕西西安)仕宦之家，德宗贞元九年(793)中进士，十四年登博学鸿词科，授集贤殿正字，一度为蓝田尉。十九年升监察御史里行，后积极参与王叔文集团政治革新，迁礼部员外郎。永贞元年(805)九月，革新失败，贬邵州刺史，十一月再遭贬永州(今湖南零陵)司马，元和十年(815)春回京师，又旋出为柳州刺史。元和十四年(819)十一月初八卒于柳州任所，年四十有六。两《唐书》有传。宗元其诗风格冷峭，淡泊简古。他又与韩愈共同倡导古文运动，并称"韩柳"，同被列入"唐宋八大家"。其文峭拔矫健，韩愈以"雄深雅健，似司马子长"(刘禹锡《唐故尚书礼部员外郎柳君集记》引)誉之。说理之作以谨严胜，批判时政尖锐有力；寓言篇幅精短，笔锋犀利；山水游记，写景状物，多所寄托，语言清峻，风格清逸。有《柳河东集》流传于世。今人整理本有《柳宗元集》，中华书局1979年出版；《柳河东全集》，中国书店1991年出版。

答韦中立论师道书[1]

二十一日，宗元白[2]：辱书云欲相师[3]，仆道不笃，业甚浅近[4]，环顾其中，未见可师者[5]。虽常好言论，为文章，甚不自是也。不意吾子自京师来蛮夷间，乃幸见取[6]。仆自卜固无取[7]，假令有取[8]，亦不敢为人师。为众人师且不敢，况敢为吾子师乎？

孟子称"人之患在好为人师"[9]。由魏、晋氏以下，人益不事师。今之世，不闻有师，有辄哗笑之[10]，以为狂人。独韩愈奋不顾流俗，犯笑侮[11]，收召后学，作《师说》，因抗颜而为师[12]。世果群怪聚骂[13]，指目牵引[14]，而增与为言辞[15]。愈以是得狂名，居长安，炊不暇熟[16]，又挈挈而东[17]，如是者数矣。屈子赋曰："邑犬群吠，吠所怪也[18]。"仆往闻庸、蜀之南[19]，恒雨少日，日出则犬吠[20]，余以为过言。前六七年，仆来南[21]，二年冬[22]，幸大雪逾岭[23]，被南越中数州[24]。数州之犬，皆苍黄吠噬狂走者累日[25]，至无雪乃已，然后始信前所闻者。今韩愈既自以为蜀之日，而吾子又欲使吾为越之雪，不以病乎[26]？非独见病，亦以病吾子[27]。然雪与日岂有过哉？顾吠者犬耳[28]！度今天下不吠者几人，而谁敢衒怪于群目[29]，以召闹取怒乎？

仆自谪过以来[30]，益少志虑。居南中九年，增脚气病，渐不喜闹。岂可使呶呶者，早暮咈吾耳、骚吾心[31]？则固僵仆烦愦，愈不可过矣[32]。平居望外[33]，遭齿舌不少，独欠为人师耳。

抑又闻之，古者重冠礼，将以责成人之道[34]，是圣人所尤用心者也。数百年来，人不复行。近有孙昌胤者，独发愤行之。既成礼，明日造朝至外廷，荐笏言于卿士曰："某子冠毕[35]。"应之者咸怃然[36]。京兆尹郑叔则怫然曳笏却立，曰：

"何预我耶?"[37]廷中皆大笑。天下不以非郑尹而快孙子[38],何哉？独为所不为也。今之命师者大类此。

吾子行厚而辞深,凡所作,皆恢恢然有古人形貌[39],虽仆敢为师,亦何所增加也？假而以仆年先吾子,闻道著书之日不后,诚欲往来言所闻,则仆固愿悉陈中所得者[40]。吾子苟自择之,取某事去某事,则可矣[41]。若定是非以教吾子,仆材不足,而又畏前所陈者,其为不敢也决矣[42]。吾子前所欲见吾文,既悉以陈之,非以耀明于子,聊欲以观子气色,诚好恶如何也[43]。今书来,言者皆大过[44]。吾子诚非佞誉诬谀之徒,直见爱甚故然耳[45]！

始吾幼且少,为文章,以辞为工。及长,乃知文者以明道[46],是固不苟为炳炳烺烺,务采色、夸声音而以为能也[47]。凡吾所陈,皆自谓近道,而不知道之果近乎,远乎？吾子好道而可吾文[48],或者其于道不远矣。故吾每为文章,未尝敢以轻心掉之,惧其剽而不留也[49];未尝敢以怠心易之,惧其弛而不严也[50];未尝敢以昏气出之,惧其昧没而杂也[51];未尝敢以矜气作之,惧其偃蹇而骄也[52]。抑之欲其奥[53],扬之欲其明[54],疏之欲其通[55],廉之欲其节[56],激而发之欲其清[57],固而存之欲其重[58],此吾所以羽翼夫道也[59]。本之《尚书》以求其质[60],本之《诗》以求其恒[61],本之《礼》以求其宜[62],本之《春秋》以求其断[63],本之《易》以求其动[64],此吾所以取道之原也。参之穀梁氏以厉其气[65],参之《孟》、《荀》以畅其支[66],参之《庄》、《老》以肆其端[67],参之《国语》以博其趣[68],参之《离骚》以致其幽[69],参之太史公以著其洁[70],此吾所以旁推交通而以为之文也[71]。凡若此者[72],果是耶,非耶？有取乎，抑其无取乎？吾子幸观焉择焉，有馀以告焉[73]。苟亟来以广是道[74]，子不有得焉，则我得矣，又何以师云尔哉！取其实而去其名[75]，无招越、蜀吠怪，而为外廷所笑，则幸矣！宗元复白。

《柳宗元集》卷三四

〔1〕 本文作于元和八年(813)，是柳宗元被贬永州时期写给韦中立的一封复信。这封回信的前半论师道之衰，后半阐述"文以明道"的主张，并介绍了自己学习写作的经验和体会。韦中立，潭州刺史韦彪之孙，元和十四年(819)进士。未中进士前，曾千里迢迢从长安赴永州向柳宗元拜访求教。回京后写信要求拜宗元为师，宗元婉拒，但仍给予了许多帮助和指导。

〔2〕 此句开头即点明回信时间和回信之人，是古人书信常用的款式。白：下对上告诉、陈述，此为对韦以示敬意的客气话。

〔3〕 辱：表谦敬副词，意谓您这样做使您蒙受了耻辱。相：副词，表示一方对另一方有所施为，此外相兼有替代宾语的作用，"相师"即为"师我"之意。

〔4〕 "仆道"二句：意谓我的道还不笃实，学业还浅近。仆，用于自谦，起第一人称代词"我"的作用。道，即柳宗元强调的"大中之道"，主张以儒家的礼、义为指导思想，来达到改造社会现实政治的目的。

〔5〕 "环顾"二句：意谓自我分析一下，没有什么可以让别人学习的地方。

〔6〕 不意：没有料想到。子：对人的敬称。吾子：以示亲切之意。京师：首都，此指长安。蛮夷：旧时对少数民族的蔑称。蛮夷间：此指柳宗元当时的贬谪地永州(治所在今湖南零陵)。幸：表谦敬，谓荣幸之意。见取：被你取法，即前指"欲相师"之意。

〔7〕 卜：估量，推断。固：原本。

459

〔8〕 假令:假如,即使。

〔9〕 孟子(约前372—前289):名轲,字子舆,战国时邹(今山东邹城)人,是继孔子之后的儒家学派的代表人物,著有《孟子》一书。此处引自《孟子·离娄上》。患:毛病。

〔10〕 哗:通"哗",喧哗。

〔11〕 犯:冒着。笑侮:嘲笑和侮辱。

〔12〕 因:于是,就。抗颜:指态度严正不屈。

〔13〕 群怪:大家都觉得(韩愈的做法)奇怪。聚骂:聚在一起谩骂。

〔14〕 指目牵引:指他们对韩愈指手划脚,互使眼色以示意。

〔15〕 "而增"句:意谓世人渲染编造言辞来污蔑韩愈。增与,增加,渲染。为,编造。

〔16〕 "居长安"二句:意谓韩愈难以在长安久居安顿。炊不暇熟,连饭都来不及煮熟,形容时间匆忙短促。

〔17〕 挈挈(qiè切):急切的样子。

〔18〕 屈子:即屈原(约前340—约前278),名平,字原。此处引自《九章·怀沙》。邑:人民聚居之处。大曰都,小曰邑。泛指村落、城镇。吠:狗叫。此句乃引屈子赋设喻,作一类比,言反对从师的人"群怪聚骂"犹如"邑犬群吠。"

〔19〕 往:过去。庸蜀:此泛指湖北、四川之地。庸,古国名,在今湖北竹山东南。后为楚灭。蜀,古国名,在今四川成都一带。

〔20〕 "恒雨"句:成语"蜀犬吠日"即本于此,后世常以之比喻少见多怪。

〔21〕 "仆来南"句:唐顺宗永贞元年(805),柳宗元被贬为邵州刺史,中途,加贬为永州司马,故说来南。

〔22〕 二年冬:唐宪宗元和二年(807)冬。

〔23〕 踰:越过。岭:指五岭,即越城、都庞、萌渚、骑田、大庾等岭,横亘在江西、湖南、两广之间。

〔24〕 被:覆盖。南越:泛指今广东、广西一带。

〔25〕苍黄:同"仓皇",慌张。噬(shì世):咬。

〔26〕病:诟病,辱骂。此用于被动意义,即受到辱骂。

〔27〕"非独"二句:意谓不但使我有好为人师之困,而且使您受为人弟子之辱。非独,不但。见病,被辱骂。

〔28〕顾:但是,只是。

〔29〕衒(xuàn绚):通"炫",炫耀,卖弄。

〔30〕谪(zhé哲)过:因罪过而被贬谪。

〔31〕"岂可"二句:意谓怎能让那些喧闹不休的人从早到晚来刺激我的耳朵,扰乱我的心绪呢?呶呶(náo挠),说话唠叨,喧闹不止。咈(fú弗),骚扰。

〔32〕"则固"二句:意谓那么必将使我卧病不起,心烦意乱,更不能生活下去了。僵仆,指卧病不起。烦愦,心烦意乱。

〔33〕平居:平日,平时。望外:出乎意料之外。

〔34〕抑:发语助词,用在全句之首,表示要阐发议论的语气。责成人之道:以成人之道责之。责,要求。

〔35〕"明日"二句:造朝,去上朝。外廷,外朝,相对皇帝宫内(内廷)而言。此指群臣等待上朝和办公议事的地方。荐笏(hù护):把笏插入衣带。荐,通"搢",插。笏,即"朝笏"。荐笏又称搢笏。古代君臣朝见时均执笏,用以记事备忘,不用时插于腰带上。某,自谦,代指孙昌胤。

〔36〕忤(wǔ午)然:惊愕貌。

〔37〕"京兆"三句:京兆尹,官名,汉以来,历代以京城所在州为京兆,京兆尹是其行政长官。怫然,不高兴的样子。何预我,与我有什么相干。

〔38〕非:非难,责怪。咲:嘲笑。孙子:即孙昌胤。

〔39〕行厚:品行敦厚。辞深:文辞含义很深。恢恢然:宽广阔大的样子,此指气魄宏大。

〔40〕"假而"四句:意谓假如因为我年长于你,闻道著书的时间也不在你之后,你确实愿意与我交往谈论彼此的学习体会,那么我当然愿意向

461

你全部说出我心中的体会。诚,的确。固,当然。悉,全部。陈,陈述。中,心中。

〔41〕"吾子"三句:意谓你只要自己选择取舍就可以了。苟,只要。择,选择。取,吸取,取法。去,去掉,扬弃。

〔42〕"若定"四句:从内外两方面陈述不敢为师的原因。

〔43〕"非以"三句:意谓并非以此向你炫耀,只是姑且想要看看,从你的神情态度上反映出我的文章的确是好是坏。

〔44〕"今书"二句:意谓你对我文章的评价太高了。

〔45〕"吾子"二句:意谓你的确不是那种巧言谄媚假意奉承的人,只不过是特别喜欢我的文章,所以才这样说罢了。佞誉诬谀,花言巧语地赞美奉承。直,通"只",只不过。

〔46〕 文者以明道:文章是用来阐明"道"的,"文以明道"是柳宗元倡导古文运动的中心思想。

〔47〕"是固"二句:是固,因此。苟,随意,轻率。炳(bǐng 柄)炳烺(lǎng 朗)烺,漂亮,有光彩,形式上好看。采色,指辞藻的华美。声音,指文章的声韵。

〔48〕 好(hào 号)道:喜爱道。可吾文:以吾文为可。可,认可赞许之意。

〔49〕 未尝:不曾,从未有过。轻心掉之:即"掉以轻心",此处形容写文章时漫不经心的态度。剽(piào 票):轻捷。此处引申为"轻浮"、"浮滑"。留:指含蓄深厚。

〔50〕 怠(dài 戴)心:懈怠之心。易:治,从事。《孟子·尽心上》:"易其田畴,薄其税敛。"赵岐注:"易,治也。"弛:松弛,松散。严:谨严。

〔51〕 昏气:指思虑不清楚。昧没:隐蔽不明,此处意为晦涩,不明朗清晰。

〔52〕 矜气:骄气,骄矜之气。此指骄傲的心理。偃蹇(yǎn qiān 掩铅):高傲、盛气凌人。以上四个排比句,概言写作时所要禁忌的四种弊病。

〔53〕"抑之"句：意谓加以抑制是希望能够使文章含蓄。抑，遏止，抑制。奥，深奥，此处指含蓄。

〔54〕"扬之"句：意谓进行发挥是希望能够使文章明快。扬，发扬，此指发挥。明，明快。

〔55〕"疏之"句：意谓加以疏导是希望能够使文章文气流畅。疏，疏通，疏导。通，通畅，畅达。

〔56〕"廉之"句：意谓进行精简是希望能够使文辞凝炼。廉，精简，简洁。节，节制。

〔57〕"激而"句：意谓剔除污浊是希望能够使语言清新雅丽。激而发之，比喻剔除污浊。清，清新，清雅。

〔58〕"固而"句：意谓凝聚保存文气是希望能够使文风庄重不浮滑。固，凝聚。存，保存。重，庄重而不轻浮。

〔59〕羽翼：辅佐、辅助。夫：那，指示代词。

〔60〕本：根据，以……为本原。《书》：即《尚书》，亦称《书经》，儒家经典之一，相传由孔子编选而成。质：质朴。柳宗元认为要学习《尚书》文风质朴、不尚藻饰的长处。

〔61〕《诗》：即《诗经》，现存最早的诗歌总集，儒家经典之一。恒：常，久。柳宗元认为《诗经》有永恒的情理。

〔62〕《礼》：指《仪礼》、《周礼》、《礼记》，合称《三礼》。儒家经典之一，春秋、战国时代礼制的汇编。宜：合理，合乎礼制。柳宗元认为《礼》是体现伦常关系的典范。

〔63〕《春秋》：现存最早编年体史书，儒家经典之一，相传孔子依据鲁国史官所编《春秋》加以整理修订而成。断：判断，指有褒有贬，判断是非的能力。柳宗元认为要学习《春秋》微言大义的笔法。

〔64〕《易》：即《易经》，亦称《周易》，儒家经典之一。动：变动，变化。《易》由六爻递相推动而生变化，演为六十四卦。故柳宗元认为《易》有"动"的优点。以上五个"本之"阐明了柳宗元在对待前人遗产上，主张要以五经为根本。

463

〔65〕 参:参考,参照。榖梁氏:指战国时鲁人榖梁赤所撰的《榖梁传》,亦称《春秋榖梁传》,是为《春秋》作传的儒家经典之一。厉其气:炼其气,加强文章的气势。厉,砥砺,磨炼。范宁《春秋榖梁传序》:"《榖梁》清而婉,其失也短。"杨士勋疏:"清而婉者,辞清义通。"柳宗元认为《榖梁传》的文气是值得学习的。

〔66〕《孟》:即《孟子》。《荀》:即《荀子》,战国时荀子(名况)所著。畅其支:使文章条理舒畅。柳宗元认为要学习《孟子》《荀子》文章的条理通达的优点。

〔67〕《庄》:即《庄子》,亦称《南华经》。道家经典之一,庄子(名周)及其后学著。《老》:即《老子》,亦称《道德经》,道家经典之一,相传春秋末老聃(dān 丹)著。肆其端:主要是指《庄子》文章的汪洋恣肆,无端生涯。肆,放开,放纵。端,端绪,头绪,此指文思。庄子曾说他的文章是"以谬悠之说,荒唐之言,无端涯之辞,时恣纵而不傥"(见《庄子·天下篇》)。所以柳宗元这样说。至于《老子》的文章,十分谨严,此处虽与《庄子》并提,但实际只是起陪衬的作用。

〔68〕《国语》:第一部国别体史书,相传为春秋时鲁国史官左丘明著,有《春秋外传》之称。博其趣:增强文章的情趣。柳宗元认为《国语》的文章富有情趣。

〔69〕《离骚》:战国时期楚国诗人屈原的代表作之一。致其幽:求得文意的幽微。致,达到,求得。幽,指《离骚》文字的幽深微妙和感情的幽愤抑郁两个方面。

〔70〕 太史公:即司马迁所著的《史记》,原名《太史公书》,是第一部纪传体通史。著:显著,有"使其显著"之意。洁:指语言简洁。柳宗元认为要学习《史记》简洁精炼的语言。他曾在《报袁君陈秀才避师名书》中也说:"榖梁子、太史公甚峻洁。"以上六个"参之"阐明了柳宗元在写作方法上,主张转益多师,向子史百家广泛学习,兼收并蓄、各取所长。

〔71〕 旁推交通:意谓旁及子史百家,广泛学习,吸取各家之长,融会贯通。旁推,广泛推求。交通,交互贯通。

〔72〕 若此者:这样的主张和做法,概括其上面所述。果:究竟,到底。取:可取之处。抑:还是,表示选择的连词。

〔73〕 馀:馀暇,空闲。一说,指对于所读之书的不同的心得见解。

〔74〕 苟:如果。亟:屡次。广:扩大,此处是发扬光大的意思。是道:指作文之道。是,此。

〔75〕 实:实质,此指以我为师的实际情况。名:名义,虚名。

与李翰林建书[1]

杓直足下:州传遽至[2],得足下书[3]。又于梦得处得足下前次一书[4],意皆勤厚[5]。庄周言:逃蓬藋者,闻人足音,则跫然喜[6]。仆在蛮夷中,比得足下二书,及致药饵[7],喜复何言!

仆自去年八月来,痞疾稍已[8]。往时间一二日作,今一月乃二三作。用南人槟榔馀甘[9],破决壅隔大过[10],阴邪虽败,已伤正气。行则膝颤,坐则髀痹[11]。所欲者补气丰血,强筋骨,辅心力,有与此宜者[12],更致数物[13]。忽得良方偕至,益善。

永州于楚为最南,状与越相类[14]。仆闷即出游,游复多恐。涉野有蝮虺大蜂[15],仰空视地,寸步劳倦;近水即畏射工、沙虱[16],含怒窃发,中人形影,动成疮痏[17]。时到幽树好石,暂得一笑[18],已复不乐。何者?譬如囚拘圜土[19],一遇和景[20],负墙搔摩,伸展支体。当此之时,亦以为适。然顾地窥天,不过寻丈[21],终不得出,岂复能久为舒畅哉?明时百姓[22]，皆获欢乐；仆士人，颇识古今理道，独怆怆如此[23]。诚不足为理世下执事[24]，至比愚夫愚妇又不可得[25]，窃自悼也[26]。

仆曩时所犯[27]，足下适在禁中[28]，备观本末，不复一一言之。今仆癃残顽鄙[29]，不死幸甚。苟为尧人[30]，不必立事程功[31]，唯欲为量移官[32]。差轻罪累[33]，即便耕田艺麻[34]，取老农女为妻，生男育孙，以供力役。时时作文，以咏太平。摧伤之馀，气力可想。假令病尽已[35]，身复壮，悠悠人世，越不过为三十年客耳。前过三十七年，与瞬息无异[36]。复所得者，其不足把玩[37]，亦已审矣[38]。杓直以为诚然乎？

仆近求得经史诸子数百卷，常候战悸稍定[39]，时即伏读[40]，颇见圣人用心、贤士君子立志之分[41]。著书亦数十篇。心病言少次第[42]，不足远寄，但用自释。贫者士之常[43]，今仆虽羸馁[44]，亦甘如饴矣[45]。

足下言已白常州煦仆[46]，仆岂敢众人待常州耶！若众人，即不复煦仆矣。然常州未尝有书遗仆[47]，仆安敢先焉？裴应叔、萧思谦[48]，仆各有书，足下求取观之，相戒勿示人。敦诗在近地，简人事，今不能致书[49]，足下默以此书见之。勉尽志虑[50]，辅成一王之法，以宥罪戾[51]。不悉[52]。宗元白。

《柳宗元集》卷三〇

[1] 本文作于柳宗元贬谪永州司马期间，据文中称"前过三十七年"，知本文当作于元和四年（809）。李建，字杓（biāo 彪）直，李逊之弟。

贞元中,补校书郎。德宗时擢左拾遗、翰林学士。顺宗时,除太子詹事,改殿中侍御史。以兵部郎中知制诰。后因兄之事而出为澧州刺史。召拜刑部侍郎。卒后,赠工部尚书。

〔2〕 传(chuán 船):驿站传送。遽(jù 具):传车,驿马。

〔3〕 足下:古代下称上或同辈相称的敬词。书:书信。

〔4〕 梦得:刘禹锡字。刘禹锡(772—842),字梦得,晚年自号"庐山人",世称"刘宾客"。曾任监察御史,参与王叔文永贞革新,败后被贬为朗州司马。一度奉诏还京后,又因诗句"玄都观里桃千树,尽是刘郎去后栽"触怒权贵被贬为连州刺史。后转徙夔州、和州刺史。晚年回到洛阳,任太子宾客加检校礼部尚书,死后被追赠为户部尚书。事见两《唐书》本传。

〔5〕 勤厚:殷勤,深厚。

〔6〕 "庄周"句:出自《庄子·徐无鬼》:"夫逃虚空者,藜藋柱乎鼪鼬之径,踉位其空,闻人足音,跫然而喜矣。"意思是逃向空旷原野的人,丛生的野草堵塞了黄鼠狼出入的路径,却能在杂草丛中的空隙里跌跌撞撞地生活,听到人的脚步声就高兴起来。藜藋(lí diào 梨吊),称灰藋、灰菜。一年生草本植物。嫩叶可食,老茎可为杖。跫(qióng 琼)然,形容脚步声。成玄英疏曰:"跫,行声也。"此意在表达处于孤寂之中收到李建来信的兴奋之情。

〔7〕 比:并。致:送来。

〔8〕 痞疾:腹内郁结成块的病。稍:渐,逐渐。已:停止。

〔9〕 槟榔:木名。棕榈科常绿乔木,产于热带。羽状复叶。其果实可供药用,有消食、驱虫等功效。馀甘:植物名,味苦,甘寒,主治风虚热气。

〔10〕 壅隔:拥堵,郁结,此指痞疾在体内郁结形成的块状物。隔,一作"塞"。

〔11〕 "行则"二句:膝颤,两腿打颤。髀(bì 必),股部;大腿。痹(bì 必),中医指风、寒、湿侵袭肌体导致肢节疼痛、麻木、屈伸不利的病症。

〔12〕 宜:相宜,适合。

〔13〕更致数物:犹言另外还需要几种药物。更,副词,另外。

〔14〕永州:古州名。春秋战国时期为楚地,隋改零陵郡为永州,唐承隋制,郡治在今湖南零陵。状:此指地理风土。越:古代南方越民族居住地。分布于长江中、下游以南,部落众多,地域极广,有百越、百粤之称。

〔15〕蝮虺(fù huǐ 负悔):古称蝮蛇一类的毒蛇。头呈三角形,体色灰褐而有斑纹,口有毒牙。生活在平原及山野,以鼠、鸟、蛙等为食,也能伤人畜。毒腺的毒液可治麻风病。大蜂:一种毒蜂。

〔16〕射工:即蜮(yù 玉),相传一种能含沙射人为害的动物。《诗·小雅·何人斯》:"为鬼为蜮。"毛传:"蜮,短狐也。"陆德明释文:"蜮,状如鳖,三足。一名射工,俗呼之水弩。在水中含沙射人。一云射人影。"沙虱:一种虫怪,传说也能害人。

〔17〕疮痏(wěi 伪):疮疡,伤痕。痏,一作疣。

〔18〕蹔:同"暂"。

〔19〕圜(huán 环)土:牢狱。《周礼·地官·比长》:"若无授无节,则唯圜土内之。"郑玄注:"圜土者,狱城也。"

〔20〕和景:春天的景色。

〔21〕寻丈:古代长度单位,八尺为寻,或说是六、七尺。十尺为丈。

〔22〕明时:天气晴朗时。

〔23〕怆怆:忧伤的样子。

〔24〕"诚不"句:意谓我确实不能做治世的下等官吏。理世,即治世,避李治讳,而改之。

〔25〕至:至于。愚夫愚妇:此指平民百姓。

〔26〕窃:暗地里。自悼:自伤。

〔27〕曩(nǎng 囊上声)时:从前,昔日。所犯:指参加王叔文集团而遭贬之事。

〔28〕适:正巧,适逢。禁中:即皇宫。旧注云时建为翰林学士。翰林院即在皇宫之内。

〔29〕癃(lóng 龙)残:衰老病弱,肢体残废。顽鄙:愚顽鄙陋。

〔30〕 尧人:即平民百姓,避李世民讳而改"民"为"人"。

〔31〕 立事程功:做出事业,显示功名。

〔32〕 量移:旧时官吏因罪远谪,在遇赦时酌情调迁近处任职。

〔33〕 差轻罪累:职责虽轻,罪过犹重。

〔34〕 艺:种植。

〔35〕 假令:假如。尽已:全好了。

〔36〕 瞬息:形容极短促的时间。

〔37〕 把玩:赏玩。

〔38〕 审:明白,清楚。

〔39〕 战悸:战栗,害怕。

〔40〕 即:就,立刻。

〔41〕 分:分别。

〔42〕 "心病"句:意谓自己心中以文章语言无次序为病。病,不满。次第,次序,顺序。

〔43〕 贫者士之常:语出《列子·天瑞篇》,荣启期曰:"贫者士之常,死者人之终。"

〔44〕 羸馁(léi něi 雷内上声):瘦弱饥饿。《国语·楚语下》:"民之羸馁,日日已甚。"按,馁,亦作"餒"。

〔45〕 饴(yí 怡):饴糖。

〔46〕 白:告诉。常州:李建之兄李逊,当时任常州刺史。古人为表示尊敬,往往敬称官职来代替姓名。煦(xù 旭):使……温暖,形容词用如使动,此指关心、照顾。

〔47〕 遗(wèi 魏):赠与。

〔48〕 裴应叔:即裴埛,河东闻喜(今属山西)人,曾任户部郎中。萧思谦:即萧俛(fǔ 府),贞元七年进士及第,曾授右拾遗、右补阙等职,穆宗时,授中书侍郎、同中书门下平章事,进门下侍郎,开成初年卒。

〔49〕 敦诗:崔群,字敦诗,元和初为翰林学士。因供职于宫内禁地,按照规定不能与外界交往,所以说不能致书给他。

469

〔50〕 勉尽志虑:尽心竭力。勉,尽力,努力。

〔51〕 宥(yòu 又):宽宥,宽恕。罪戾:罪过。

〔52〕 不悉:不一一详说,用于书信结尾。

驳复仇议[1]

臣伏见天后时[2],有同州下邽人徐元庆者[3],父爽为县吏赵师韫所杀[4],卒能手刃父仇,束身归罪[5]。当时谏臣陈子昂建议诛之而旌其闾[6],且请编之于令,永为国典[7]。臣窃独过之[8]。

臣闻礼之大本[9],以防乱也,若曰无为贼虐,凡为子者杀无赦[10];刑之大本,亦以防乱也,若曰无为贼虐,凡为理者杀无赦[11]。其本则合,其用则异,旌与诛莫得而并焉[12]。诛其可旌,兹谓滥,黩刑甚矣[13];旌其可诛,兹谓僭,坏礼甚矣[14]。果以是示于天下,传于后代,趋义者不知所以向,违害者不知所以立,以是为典可乎[15]?

盖圣人之制,穷理以定赏罚,本情以正褒贬,统于一而已矣[16]。向使刺谳其诚伪,考正其曲直,原始而求其端,则刑礼之用,判然离矣[17]。何者?若元庆之父,不陷于公罪,师韫之诛,独以其私怨,奋其吏气,虐于非辜[18],州牧不知罪[19],刑官不知问,上下蒙冒[20],呼号不闻[21];而元庆能以戴天为大耻[22],枕戈为得礼[23],处心积虑,以冲仇人之胸,介然自克[24],即死无憾,是守礼而行义也。执事者宜有惭色,将谢之不暇[25],而又何诛焉?其或元庆之父[26],不免于罪,师韫之诛,不愆于法[27],是非死于吏也[28],是死于法也。法其可仇乎?仇天子之法,而戕奉法之吏[29],是悖骜而凌上也[30]。执而诛之,所以正邦典[31],而又何旌焉?

且其议曰:"人必有子,子必有亲,亲亲相仇,其乱谁救?"[32]是惑于礼也甚矣。礼之所谓仇者,盖其冤抑沉痛,而号无告也[33];非谓抵罪触法,陷于大戮[34]。而曰"彼杀之,我乃杀之",不议曲直,暴寡胁弱而已[35]。其非经背圣[36],不亦甚哉!《周礼》:"调人,掌司万人之仇。凡杀人而义者,令勿仇;仇之则死。有反杀者,邦国交仇之。"[37]又安得亲亲相仇也?《春秋公羊传》曰:"父不受诛,子复仇可也。父受诛,子复仇,此推刃之道,复仇不除害。"[38]今若取此以断两下相杀,则合于礼矣[39]。且夫不忘仇,孝也;不爱死[40],义也。元庆能不越于礼,服孝死义[41],是必达理而闻道者也[42]。夫达理闻道之人,岂其以王法为敌仇者哉[43]?议者反以为戮,黩刑坏礼,其不可以为典,明矣。

请下臣议,附于令,有断斯狱者[44],不宜以前议从事。谨议[45]。

《柳宗元集》卷四

〔1〕 本文约作于柳宗元礼部员外郎任上。这是一篇驳论性的奏议,针对陈子昂的《复仇议状》而发。徐元庆为父报仇,杀人后到官府自首。对于此案,陈子昂提出杀人犯法,应处死罪,而为父报仇却合乎礼义,应予表彰。宗元予以驳斥,以为这赏罚非但不明,还自相矛盾。指出徐元庆的行为既合乎礼义,又合乎法律,应予肯定。徐元庆事之原始,详见《新唐书·孝友传》。

〔2〕 伏:敬词,古时臣下对君主上奏言事多用之,现代汉语中没有这

样的对应词,翻译时不译。见:看到。天后:指武则天,名曌,并州文水(今山西文水)人。唐高宗李治永徽六年(655)被立为皇后,后废睿宗李旦自立,称"神圣皇帝",改国号为周,在位十六年。中宗李哲复位后,被尊为"则天大圣皇帝",后人因称武则天。

〔3〕 同州:唐代州名,辖境相当于今陕西大荔、合阳、韩城、澄城、白水等县一带。下邽(guī龟):县名,今陕西渭南。

〔4〕 县吏赵师韫:当时的下邽县尉。

〔5〕 束身:自缚其身,表示认罪。

〔6〕 陈子昂(661—702):字伯玉,梓州射洪(今四川射洪)人。武后时曾任右拾遗,为谏诤之官。旌(jīng京):表彰。闾:民户聚居处;里巷。《周礼·地官·闾胥》:"闾胥各掌其闾之征令。"郑玄注引郑司农曰:"二十五家为闾。"《尚书大传》卷四:"八家为邻,三邻为闾。"

〔7〕 令:法令。国典:国家的法律制度。

〔8〕 窃:私下,多用作谦词。过:错误,失当。

〔9〕 礼:封建时代道德和行为规范的泛称。本:根本。

〔10〕 "若曰"二句:意谓倘若说不能让杀人者逍遥法外,那么凡是作儿子的为报父母之仇而杀了人,就必须处死,不能予以赦免。

〔11〕 "若曰"二句:意谓倘若说不能让杀人者逍遥法外,那么凡是当官的错杀了人,也必须处死,不能予以赦免。

〔12〕 "其本"三句:意谓它们的根本作用是一致的,采取的方式则不同。本,根本(作用)。用,运用(方式)。

〔13〕 "诛其"三句:意谓处死可以表彰的人,这就叫滥杀,就是滥用刑法太过了。滥,滥杀。黩(dú独)刑,滥用刑法。黩,轻率。

〔14〕 "旌其"三句:意谓表彰应当处死的人,这就是过失,破坏礼制太严重了。僭(jiàn建),超出本分。

〔15〕 "果以"五句:意谓如果以这种处理方式作为刑法的准则,并传给后代,那么,追求正义的人就不知道前进的方向,想避开祸害的人就不知道怎样立身行事,拿它作为法典可行吗?

〔16〕 "盖圣"四句:大凡圣人制定礼法,是探究事理后规定赏罚,根据事实来确定奖惩,不过是把礼、刑二者结合在一起罢了。穷理,探究事理。穷,查究。《文子·上仁》:"有言者穷之以辞,有谏者诛之以罪。"本情,根据实际情况。

〔17〕 "向使"五句:意谓假如当时能审察案情的真伪,查清是非,推究案件的起因,那么刑法和礼制的运用,就能明显地区分开来了。向使,假使,假令。刺谳(yàn艳),审理判罪。谳,议罪;判定。《汉书·景帝纪》:"诸狱疑,若虽文致于法而于人心不厌者,辄谳之。"颜师古注:"谳,平议也。"原始,考察本始。端,原因。判然,显然,分明貌。

〔18〕 虐:残害,欺凌。非辜:无辜,无罪之人。

〔19〕 州牧:官名。古代指一州的最高行政长官。《尚书·周官》:"唐虞稽古,建官惟百,内有百揆四岳,外有州牧侯伯。"蔡沈集传:"州牧,各总其州者。"

〔20〕 蒙冒:蒙蔽,庇护。

〔21〕 吁号:呼号,此指喊冤之声。

〔22〕 戴天:头上顶着天,意即和仇敌共同生活在一个天地里。《礼记·曲礼上》:"父之仇,弗与共戴天。"

〔23〕 枕戈:睡觉时枕着兵器。得礼:合乎礼制。

〔24〕 介然:坚正不移,坚定不动摇。《荀子·修身》:"善在身,介然必以自好也。"自克:自我控制。

〔25〕 谢:致歉。不暇:来不及。

〔26〕 其或:表示假设。如果,假如。

〔27〕 愆(qiān铅):违背,违失。《诗·大雅·假乐》:"不愆不忘,率由旧章。"郑玄笺:"成王之令德,不过误,不遗失。"

〔28〕 是:指示代词,这。非:否定副词。是非为两词连用。

〔29〕 戕(qiāng腔):杀害。奉法:奉行或遵守法令。

〔30〕 悖骜:亦作"悖傲",桀骜不驯。

〔31〕 邦典:国法。

〔32〕 "且其"句:意谓人必有儿子,儿子必有父母,因为爱自己的亲人而互相仇杀,这种混乱局面靠谁来救呢? 此处引自陈子昂《复仇议状》。亲亲,第一个亲,为动词,爱。第二个亲为名词,亲人。

〔33〕 冤抑:犹冤屈。汉东方朔《七谏·怨世》:"独冤抑而无极兮,伤精神而寿夭。"号无告:呼号无处申诉。

〔34〕 "非谓"二句:意谓(所谓的仇)并不是指触犯了法律,以身抵罪而被处死这种情况。

〔35〕 暴寡胁弱:欺凌孤寡,威胁弱者。

〔36〕 非经背圣:违背经传和圣贤。

〔37〕 "《周礼》"句:意谓调人,是负责调解众人怨仇的。凡是杀人而又合乎礼义的,就不准被杀者的亲属报仇,如要报仇,则处死刑。有反过来再杀死对方的,全国的人都要把他当作仇人。此处引自《周礼·地官·司徒》,有删节。《周礼》,又名《周官》、《周官经》,儒家经典之一。调人,周代官名,掌管司法。交,会合,共同。

〔38〕 "《春秋公羊传》"句:意谓父亲无辜被杀,儿子是可以报仇的。父亲犯法被杀,儿子报仇,这就是互相仇杀的做法,这样的报复行为是不能根除彼此仇杀不止的祸害的。此处引自《春秋公羊传·定公四年》。《春秋公羊传》,解释《春秋》的三传之一(另二传是《春秋左氏传》和《春秋穀梁传》),旧题公羊高作。推刃,往来相杀。

〔39〕 "今若"二句:意谓现在如果用这个标准来判断赵师韫杀死徐元庆的父亲和徐元庆杀死赵师韫,就合乎礼制了。

〔40〕 爱:吝惜。

〔41〕 服孝死义:克尽孝道,为义而死。

〔42〕 达理:通达明晓事理。

〔43〕 岂其:表示反问语气,难道。

〔44〕 狱:案件,官司。

〔45〕 谨:恭敬。

六逆论[1]

　　《春秋左氏》言卫州吁之事,因载"六逆"之说曰:"贱妨贵、少陵长、远间亲、新间旧、小加大、淫破义,六者,乱之本也[2]。"余谓"少陵长、小加大、淫破义",是三者[3],固诚为乱矣[4]。然其所谓"贱妨贵、远间亲、新间旧",虽为理之本可也[5],何必曰乱?

　　夫所谓"贱妨贵"者[6],盖斥言择嗣之道[7],子以母贵者也。若贵而愚,贱而圣且贤,以是而妨之[8],其为理本大矣,而可舍之以从斯言乎?此其不可固也[9]。夫所谓"远间亲、新间旧"者,盖言任用之道也。使亲而旧者愚[10],远而新者圣且贤,以是而间之,其为理本亦大矣,又可舍之从斯言乎?必从斯言而乱天下,谓之师古训可乎[11]?此又不可者也。

　　呜呼!是三者,择君置臣之道,天下理乱之大本也[12]。为书者执斯言[13],著一定之论[14],以遗后代,上智之人固不惑于是矣[15];自中人而降,守是为大据,而以致败乱者,固不乏焉[16]。晋厉死而悼公入,乃理[17];宋襄嗣而子鱼退,乃乱[18]:贵不足尚也[19]。秦用张禄而黜穰侯,乃安[20];魏相成、璜而疏吴起,乃危[21]:亲不足与也[22]。苻氏进王猛而杀樊世,乃兴[23];胡亥任赵高而族李斯,乃灭[24]:旧不足恃也[25]。顾所信何如耳[26]!然则斯言殆可以废矣[27]。

　　噫!古之言理者罕能尽其说[28]。建一言,立一辞,则龊龊而不安[29],谓之是可也,谓之非亦可也,混然而已[30]。教

475

于后世,莫知其所以去就[31]。明者慨然将定其是非[32],则拘儒瞽生相与群而咻之[33],以为狂为怪,而欲世之多有知者可乎?夫中人可以及化者[34],天下为不少矣,然而罕有知圣人之道,则固为书者之罪也。

《柳宗元集》卷三

〔1〕 据施子愉《柳宗元年谱》知,本文作于元和四年(809)永州司马任上。本文论述用人问题,针对《春秋左传》所记载卫国大夫石碏(què确)所提的"六逆"(六种违反伦常的行为)之说而发。柳宗元站在政治革新的立场,用大量历史事实和有力的逻辑推理,一一驳斥了石碏的观点,鲜明地表现了作者主张任人唯贤、反对任人唯亲的用人思想。

〔2〕《春秋左氏》:即《左传》,此引文见《左传·隐公三年》:"卫庄公娶于齐东宫得臣之妹,曰庄姜。美而无子,卫人所为赋《硕人》也。又娶于陈,曰厉妫,生孝伯,蚤死。其娣戴妫生桓公,庄姜以为己子。公子州吁,嬖人之子也。有宠而好兵,公弗禁,庄姜恶之。石碏谏曰:臣闻爱子,教之以义方,弗纳于邪。骄、奢、淫、佚,所自邪也;四者之来,宠禄过也。将立州吁,乃定之矣;若犹未也,阶之为祸。夫宠而不骄,骄而能降,降而不憾,憾而能眕者,鲜矣。且夫贱妨贵,少陵长,远间亲,新间旧,小加大,淫破义,所谓六逆也;君义,臣行,父慈,子孝,兄爱,弟敬,所谓六顺也。去顺效逆,所以速祸也。君人者,将祸是务去,而速之,无乃不可乎?"贱:出身低贱,此指庶出的州吁。贵:指嫡子卫桓公。陵:凌驾。间:离间,此指排挤。淫:骄纵。本:本源。

〔3〕 是:指示代词,这。

〔4〕 固:本来。诚:的确,确实。

〔5〕 理:治理,整理。

〔6〕 夫:语助词,表示要发表意见和议论。

〔7〕 斥言:驳斥,批评。择嗣之道:选择继承人的原则。

476

〔8〕 以是:因此。

〔9〕 "此其"句:意谓这样做不可以,是显而易见的。固:原来,本来。

〔10〕 使:假使,假如。

〔11〕 "必从"二句:意谓如果按照这话行事而招致天下大乱,又称是遵循古人的教诲,可以吗? 师,学习,效法。

〔12〕 理乱:理即治之意,唐人避高宗名讳,以"理"为"治"。乱亦是治之意,治理。《尚书·顾命》:"其能而乱四方。"蔡沈注:"乱,治也。"

〔13〕 为书者:此指《左传》的作者。

〔14〕 著一定之论:建立起一个固定的观点。著,建立。

〔15〕 上智之人:拥有高智慧之人,此指能够辨别是非曲直之人。固:固然。

〔16〕 "自中人"四句:意谓自中等智力以下的人,遵奉此言作为行事时强有力的根据,因此导致混乱的,确实不乏其人。守,遵守,奉行。大据,极有说服力的根据。以致,表示由于上文所说的情况,引出了下文出现的结果(多指不好的结果)。

〔17〕 "晋厉"二句:晋厉即晋厉公(?—前573),晋景公之子,姬姓,《左传》载其名州蒲,生年不详。公元前573年被大臣栾书、中行偃出兵逮捕下狱,并被杀于狱中。死后其侄姬周被拥立为君,是为晋悼公。悼公在位时重用吕相、士鲂、魏颉、赵武等人,惩乱任贤,整顿内政,国家出现大治局面。曾联宋纳吴,九合诸侯,将晋国霸业推至巅峰。参见《史记·晋世家》。

〔18〕 "宋襄"二句:宋襄即宋襄公(?—前637),宋桓公次子,姓子,名兹甫,春秋五霸之一。以其庶兄目夷为相。目夷,字子鱼,又名司马子鱼。公元前638年宋与楚战于泓水(今河南柘城西北),当时楚兵强大,子鱼劝襄公趁楚人渡水之时截杀之,此时襄公却大讲仁义,要待楚兵渡河列阵才攻击之。当楚军上岸时,子鱼又劝宋襄公趁楚军此时阵列尚未成形时袭杀之,襄公再拒绝。结果宋师大败而回。参见《史记·宋世家》。

〔19〕 尚:崇尚。

〔20〕"秦用"二句:张禄,即一代名相范雎(?—前255),字叔。战国时魏人,他是秦国历史上智谋深远、继往开来的一代名相,公元前266年范雎拜为丞相。穰侯,本名魏冉,亦作魏厓,战国时秦国大臣。原为楚国人,秦昭襄王之舅舅,宣太后异父同母的弟弟。由于他权势赫赫,专权跋扈,导致人心不附,对秦王政权构成了严重威胁。公元前266年,被秦王罢免,由范雎代相。范雎为相后,积极辅佐秦昭王,为秦国统一六国做出重大贡献。参见《史记·范雎蔡泽列传》。黜,废逐,罢免。

〔21〕"魏相"二句:魏成子,即魏文侯之弟。翟璜,当时魏国贵族。吴起(约前440—前381)战国初期著名的政治改革家,卓越的军事家。卫国人。后世把他和孙子连称"孙吴",著有《吴子》。魏文侯时,任河西守,屡立战功。但魏文侯重用魏成子和翟璜为相,疏远吴起,后吴起由魏入楚,此后魏国日益衰败。参见《史记·孙子吴起列传》。相,做动词,任用……为相。

〔22〕 与:用。《诗·唐风·采苓》:"人之为言,苟亦无与。"毛传:"无与,弗用也。"

〔23〕"苻氏"二句:苻氏,即苻坚,十六国时期前秦皇帝,氐族人。字永固,一名文玉。在位二十九年。王猛,字景略,苻坚的重要大臣,执政以来,着力整顿吏治,裁汰冗劣,擢拔贤能,兴修水利。积极辅佐苻坚统一北方,到王猛死前,秦已基本上统一了北方。樊世,前秦贵族,苻坚的旧臣,因反对苻坚而被杀。参见《晋书·前秦载记》。

〔24〕"胡亥"二句:胡亥,即秦二世(前230—前207)。秦始皇出游南方病死途中时,胡亥在赵高与李斯的帮助下,杀害哥哥扶苏当上秦朝的二世皇帝。赵高,本为赵国贵族,后入秦。秦始皇死后,他与李斯合谋伪造诏书,逼扶苏自杀,另立胡亥为帝,并自任郎中令。他在任期间独揽大权,结党营私,征役更加繁重,行政更加苛暴。公元前207年又设计害死李斯,成为秦国丞相。次年他迫秦二世自杀,另立子婴。不久被子婴杀掉,被诛夷三族。

〔25〕 恃:依靠。

〔26〕 "顾所"句:意谓回头看看他们相信这话的结果怎么样呢?顾,回头,回顾。

〔27〕 然则:为两词连用。然,这样。则,就,那么。

〔28〕 罕:罕见,很少。尽:详尽,详细。

〔29〕 臲卼(niè wù 聂误):动摇不安的样子。

〔30〕 混然:含混不清的样子。

〔31〕 去就:取舍。

〔32〕 慨然:感慨的样子。

〔33〕 拘儒:拘泥于经典的儒生。瞽(gǔ 古):失明的人;盲人。瞽生:指像瞎子一样盲从别人,没有主见的儒生。咻(xiū 休):喧嚷,扰乱。

〔34〕 及化者:接受教化的人。

段太尉逸事状[1]

太尉始为泾州刺史时[2],汾阳王以副元帅居蒲[3],王子晞为尚书[4],领行营节度使[5],寓军邠州[6],纵士卒无赖[7]。邠人偷嗜暴恶者[8],率以货窜名军伍中[9],则肆志[10],吏不得问[11]。日群行丐取于市[12],不嗛[13],辄奋击折人手足,椎釜鬲瓮盎盈道上[14],袒臂徐去,至撞杀孕妇人[15]。邠宁节度使白孝德以王故[16],戚不敢言[17]。

太尉自州以状白府[18],愿计事[19],至则曰:"天子以生人付公理[20],公见人被暴害,因恬然[21]。且大乱[22],若何?"孝德曰:"愿奉教[23]。"太尉曰:"某为泾州甚适,少事,今不忍人无寇暴死,以乱天子边事。公诚以都虞候命某者,能为公已乱,使公之人不得害[24]。"孝德曰:"幸甚!"如太尉请[25]。既

479

署一月[26],晞军士十七人入市取酒,又以刃刺酒翁,坏酿器,酒流沟中。太尉列卒取十七人[27],皆断头注槊上[28],植市门外[29]。晞一营大噪[30],尽甲。孝德震恐,召太尉曰:"将奈何?"太尉曰:"无伤也!请辞于军[31]。"孝德使数十人从太尉,太尉尽辞去。解佩刀,选老躄者一人持马[32],至晞门下。甲者出,太尉笑且入曰:"杀一老卒,何甲也?吾戴吾头来矣。"甲者愕。因谕曰[33]:"尚书固负若属耶[34]?副元帅固负若属耶?奈何欲以乱败郭氏?为白尚书,出听我言。"晞出,见太尉。太尉曰:"副元帅勋塞天地[35],当务始终[36]。今尚书恣卒为暴[37],暴且乱,乱天子边,欲谁归罪?罪且及副元帅。今邠人恶子弟以货窜名军籍中,杀害人,如是不止,几日不大乱?大乱由尚书出,人皆曰尚书倚副元帅不戢士,然则郭氏功名其与存者几何[38]?"言未毕,晞再拜曰:"公幸教晞以道,恩甚大,愿奉军以从[39]。"顾叱左右曰:"皆解甲散还火伍中,敢哗者死[40]!"太尉曰:"吾未晡食[41],请假设草具[42]。"既食,曰:"吾疾作,愿留宿门下。"命持马者去,旦日来。遂卧军中。晞不解衣,戒候卒击柝卫太尉[43]。旦,俱至孝德所,谢不能[44],请改过。邠州由是无祸[45]。

先是太尉在泾州,为营田官[46]。泾大将焦令谌取人田,自占数十顷,给与农,曰:"且熟,归我半。"[47]是岁大旱,野无草,农以告谌。谌曰:"我知入数而已,不知旱也。"[48]督责益急[49]。农且饥死,无以偿,即告太尉[50]。太尉判状辞甚巽,使人来谕谌[51]。谌盛怒,召农者曰:"我畏段某耶?何敢言我[52]!"取判铺背上,以大杖击二十,垂死[53],舆来庭中[54]。

480

太尉大泣曰:"乃我困汝。"[55]即自取水洗去血,裂裳衣疮[56],手注善药[57],旦夕自哺农者[58],然后食。取骑马卖,市谷代偿[59],使勿知。淮西寓军帅尹少荣[60],刚直士也。入见谌,大骂曰:"汝诚人耶[61]?泾州野如赭[62],人且饥死,而必得谷,又用大杖击无罪者。段公,仁信大人也[63],而汝不知敬。今段公唯一马,贱卖,市谷入汝,汝又取,不耻。凡为人傲天灾[64]、犯大人、击无罪者,又取仁者谷,使主人出无马,汝将何以视天地,尚不愧奴隶耶!"谌虽暴抗[65],然闻言则大愧流汗,不能食,曰:"吾终不可以见段公。"一夕自恨死[66]。

及太尉自泾州以司农征[67],戒其族[68]:"过岐[69],朱泚幸致货币[70],慎勿纳。"及过,泚固致大绫三百匹[71]。太尉婿韦晤坚拒,不得命[72]。至都,太尉怒曰:"果不用吾言!"[73]晤谢曰:"处贱[74],无以拒也。"太尉曰:"然终不以在吾第。"[75]以如司农治事堂[76],栖之梁木上。泚反,太尉终[77]。吏以告泚,泚取视,其故封识具存[78]。

太尉逸事如右[79]。

元和九年月日,永州司马员外置同正员柳宗元谨上史馆[80]。今之称太尉大节者,出入以为武人一时奋不虑死,以取名天下,不知太尉之所立如是[81]。宗元尝出入岐周邠鄜间[82],过真定[83],北上马岭[84],历亭鄣堡戍[85],窃好问老校退卒[86],能言其事。太尉为人姁姁[87],常低首拱手行步,言气卑弱,未尝以色待物[88],人视之儒者也。遇不可,必达其志,决非偶然者[89]。会州刺史崔公来[90],言信行直[91],备得太尉遗事[92],覆校无疑[93]。或恐尚逸坠[94],未集太史氏[95],

敢以状私于执事[96]。谨状[97]。

《柳宗元集》卷八

〔1〕 本文作于元和九年(814)永州司马任上。本篇属传记文,柳宗元选取段太尉一生中勇服郭晞、仁愧焦令谌、节显治事堂三件逸事,生动刻画了一位正直官吏的形象,在客观的叙述中隐含着深沉的颂赞之情。段太尉(719—783),名秀实,字成公。唐汧阳(今陕西千阳)人。唐代宗广德二年(764),因邠宁节度使白孝德的推荐,段秀实任泾州(治所在今甘肃泾川北)刺史,后拜泾原郑颖节度使,德宗建中元年征召司农卿。建中四年(783),泾原士兵在京哗变,德宗仓皇出奔,叛军遂拥戴原卢龙节度使朱泚为帝。时段在朝中,以狂贼斥之,并以朝笏击朱泚面额,后被害。德宗兴元元年追赠太尉,谥"忠烈"。状,又称行状、行述,是古人详记死者世系、姓名、爵里、生平履历、寿年等的一种文体,用以供撰写墓志或史传者采择。逸事状专录人物逸事,其他生平事迹多从略,是状的一种变体。

〔2〕 泾州:治所在今甘肃泾川北。

〔3〕 汾阳王:即郭子仪。郭子仪平定安史之乱有功,于肃宗宝应元年(762)进封汾阳王。代宗广德二年正月,郭子仪兼任关内、河东副元帅,河中节度、观察使,出镇河中。蒲:州名,唐为河中府(治所在今山西永济)。

〔4〕 晞:郭晞,汾阳王郭子仪第三子,随父征伐,屡建战功。代宗广德二年(764),吐蕃侵边,郭晞奉命率朔方军支援邠州,时任御史中丞、转御史大夫,后于大历中追赠兵部尚书。《资治通鉴·唐纪三九》胡三省注:"据《实录》,时晞官为左常侍,宗元云尚书,误也。"

〔5〕 领:兼任,汉代以后,以地位较高的官员兼理较低的职务,谓之"领"。行营:出征时的军营,亦指军事长官的驻地办事处。节度使:主要掌军事。唐代开元间设置。《旧唐书·职官志》:"天宝中,缘边御戎,置八节度使。受命之日,赐之旌节,谓之节度使,得以专制军事。行则建符节,树六纛。外任之中无比焉。至德以后,天下用兵,中原刺史,亦循其例受

节度使之号。"后来节度使权力大大扩张,还兼任驻区的刺史、一道的采访处置使、屯田、水陆转运等职,集地方军、政、财权于一身。节度使们常常拥兵自立,成为唐代中晚祸乱根源之一。

〔6〕 寓军:在辖区之外驻军。邠(bīn 宾)州:治所在今陕西彬县。

〔7〕 纵:放纵。无赖:横行不法。

〔8〕 偷嗜暴恶者:好吃懒做强横凶恶之徒。

〔9〕 率:都。货:财物,这里指贿赂。窜名军伍:在军籍在册,白领军饷。

〔10〕 肆志:任意胡作非为。

〔11〕 问:过问。

〔12〕 群行:成群行走。丐取:强取,白拿。

〔13〕 嗛(qiè 窃):满足。《战国策·魏策二》:"齐桓公夜半不嗛。"高诱注:"快也。"

〔14〕 椎(chuí 捶):打击,此指打碎。釜(fǔ 斧):锅,敛口,圆底,或有二耳。其用如鬲,置于灶口,上置甑以蒸煮。有铁制的,也有铜和陶制的。鬲(lì 立):古代一种炊器。口圆,似鼎,三足中空而曲。甕(wèng 翁去声):亦作瓮,盛酒的陶器。盎(àng 昂去声):腹大口小的瓦盆。盈:充满。

〔15〕 至:以至,甚至。

〔16〕 白孝德:安西(治所在今新疆库车)人,广德二年任邠宁节度使。以王故:因为郭子仪的缘故。

〔17〕 戚:忧愁。

〔18〕 自州:从泾州。状:文体名称。是一种向上级陈述意见或事实的文书。白:秉告。

〔19〕 计:商计,谋划。

〔20〕 生人:即生民,普通百姓。理:即治,管理。唐代为避李世民、李治讳而改。

〔21〕 因:犹;如同。恬然:安然,不在意的样子。

〔22〕 且:将要。

483

〔23〕 愿奉教:意谓请指教。

〔24〕 "公诚"三句:意谓您假如真的任命我为都虞候,我能替您制止暴乱,使您的百姓不再遭到伤害。诚,果真。都虞候,军队中的执法官。已乱,止乱。

〔25〕 如太尉请:顺从了太尉的请求。如,随顺,依照。

〔26〕 署:代理,兼摄,指暂任或试充官职。

〔27〕 列卒:陈列、布置士兵。

〔28〕 注:置,即悬挂。槊(shuò 朔):长矛。

〔29〕 植:竖立。

〔30〕 噪(zào 造):叫嚷;喧闹。

〔31〕 请:请允许我,表敬副词。辞于军:向军队解释、说明。

〔32〕 躄(bì 必):跛脚。

〔33〕 谕:教导;教诲。

〔34〕 固:副词。岂,难道。负:亏待。若属:你们。

〔35〕 勋:功勋。塞:充塞。

〔36〕 当务始终:应当善始善终。

〔37〕 恣(zì字):听任;任凭。

〔38〕 "大乱"三句:意谓大乱从您这儿发生,人们都会说您是倚仗了副元帅的势力,不管束部下。那么郭家的功名,将还能保存多少呢?倚,依仗。戢(jí及),约束。

〔39〕 "晞再拜"句:意谓郭晞再次拜谢说承蒙您用大道理教导我,恩情真大,我愿意率领部下听从您的教诲。

〔40〕 "顾叱"句:顾,回头。叱,责骂,呵斥。火伍,泛指队伍。古代兵制,五人为伍,十人为火。

〔41〕 晡(bū 不阴平)食:晚餐。晡,即申时,现在下午十五时至十七时。

〔42〕 假:暂且。设:准备,置办。草具:粗劣的饭食。

〔43〕 柝(tuò 唾):古代巡夜人敲以报更的木梆。

〔44〕 谢:道歉,致歉。不能:没有做好的事情。

〔45〕 由是:从此。

〔46〕 营田官:白孝德初任邠宁节度使时,任段秀实为营田副使。按唐制,驻军万人以上置营田副使一人,掌管军队屯垦。

〔47〕 "泾大将"四句:意谓泾州大将焦令谌掠夺他人土地,自己强占了几十顷,租给农民耕种,说:"到谷子成熟时,一半归我。"焦令谌(chén辰),为当时泾州的高级军吏。

〔48〕 "谌曰"句:意谓我只知道收入的数量,不知道旱不旱。

〔49〕 督:催促。责(zhài 寨):"债"的古字。

〔50〕 "农且"三句:意谓农民将要饿死,没有谷子偿还,只得去求告段太尉。

〔51〕 "太尉"二句:意谓段太尉对诉状作了判决,语气很温和,派人去通知焦令谌。判状,对诉状所作的判决。巽(xùn 训),通"逊",恭顺,委婉。谕,告诉。

〔52〕 何敢:怎么敢。言我:告发我。

〔53〕 垂死:将死。

〔54〕 舆(yú 榆):抬,扛。

〔55〕 困:使之陷入困境。

〔56〕 裂裳衣疮:撕下衣服,包扎伤口。

〔57〕 注:谓敷药。

〔58〕 旦夕:从早到晚。

〔59〕 市:购买。

〔60〕 淮西:淮西镇(今河南许昌、信阳一带)。管辖蔡州、申州、光州。

〔61〕 汝诚人耶:为骂人之语,即:"你还是人吗?"

〔62〕 赭(zhě 者):红土,赤土。野如赭,极言土地干旱之严重。

〔63〕 仁信大人:仁慈爱民、诚信无欺的道德高尚之人。

〔64〕 凡:凡是。傲:骄傲,轻视。

485

〔65〕　暴抗:强暴抗横。

〔66〕　自恨死:据《通鉴考异》,唐代宗大历八年焦令谌尚在人世,柳宗元所记疑有误,可能是听从传闻所致。

〔67〕　以:表凭借某种身份或资格。司农:即司农卿。为司农寺长官,掌国家储粮用粮之事。德宗建中元年(780)二月,段秀实自泾原节度使被召为司农卿。征:出行。

〔68〕　戒其族:告诫他的族属。

〔69〕　岐:岐州,治所在今陕西凤翔,当时为朱泚驻守之地。

〔70〕　朱泚(cǐ此):昌平(今北京昌平区)人,时为凤翔府尹。幸:假使,倘若。致:送,献。货币:物品和钱币。

〔71〕　固:副词。一再;执意、坚决地。绫:一种薄而细,纹如冰凌,光如镜面的丝织品。

〔72〕　不得命:没有被允许,即没有推辞掉。

〔73〕　不用:没有听从。

〔74〕　处贱:处于卑贱的地位。

〔75〕　第:府第。

〔76〕　如:到,往。治事堂:办公的大堂。

〔77〕　"泚反"二句:德宗建中四年(783),泾原士兵在京哗变,德宗仓皇出奔,叛军遂拥戴原卢龙节度使朱泚为帝。时段在朝中,以狂贼斥之,并以朝笏击朱泚面额,后被害,追赠太尉(详见两《唐书》本传)。

〔78〕　故:原来的。封识:封条上的标记。识(zhì置):通"志",标记。具存:完好。

〔79〕　"太尉"句:这是表示正文结束的话。如右,如右所说。古人行文顺序从右到左,犹如今天"如上"。

〔80〕　员外置同正员:指定额、编制以外的与正员俸禄相同的官员。

〔81〕　"今之"四句:意谓现在称赞段太尉大节的人,大抵认为是武夫一时冲动而不怕死,从而获取了盛名,不了解太尉立身处世就像上述的那样。出入,大体上,大抵。指所估计的情况与实际或上或下、接近但并不

等同。取名:博取盛名。所立:所作所为。如是:如此,像这样。

〔82〕 岐周:周在岐山下,因周建国于此,故称。斄(tái 抬):古县名。原为周后稷封地,秦时置县,东汉初废。故址在今陕西武功西南。

〔83〕 真定:不可考,或是"真宁"之误。真宁即今甘肃正宁。

〔84〕 马岭:山名,在今甘肃庆阳西北。

〔85〕 历:经历。鄣(zhàng 账):同障,古代边塞上作防御用的城堡工事。

〔86〕 校:下级军官。

〔87〕 姁(xǔ 许)姁:和悦的样子。

〔88〕 色:脸色。物:此指人。

〔89〕 "遇不"三句:意谓遇到不能赞同的事,一定要达到自己的目的,他的事迹决不是偶然的。不可:不赞同之事。

〔90〕 会:适逢。崔公:指崔能,字子才,元和九年任永州刺史。

〔91〕 言信行直:言而有信,行为正直。

〔92〕 备:详尽。

〔93〕 覆校:反复核对考订。无疑:没有错误之处。

〔94〕 尚:副词,还。逸坠:散失。

〔95〕 太史氏:指史官。西周、春秋时太史掌记载史事、编写史书、起草文书,兼管国家典籍和天文历法等。秦汉曰太史令,汉属太常,掌天时星历。魏晋以后,修史之职归著作郎,太史专掌历法。隋改称太史监,唐改为太史局。

〔96〕 敢:敬词,有冒昧之意。执事:敬词,此指史官韩愈。

〔97〕 谨:恭敬,恭谨。

捕蛇者说[1]

永州之野产异蛇,黑质而白章[2],触草木尽死[3],以啮人[4],无御之者[5]。然得而腊之以为饵[6],可以已大风、挛踠、瘘、疠[7],去死肌[8],杀三虫[9]。其始,太医以王命聚之[10],岁赋其二[11],募有能捕之者[12],当其租入[13]。永之人争奔走焉。

有蒋氏者,专其利三世矣[14]。问之,则曰:"吾祖死于是,吾父死于是[15]。今吾嗣为之十二年,几死者数矣[16]。"言之,貌若甚戚者[17]。余悲之,且曰:"若毒之乎[18]?余将告于莅事者[19],更若役,复若赋,则何如[20]?"

蒋氏大戚,汪然出涕曰[21]:"君将哀而生之乎?则吾斯役之不幸,未若复吾赋不幸之甚也[22]。向吾不为斯役,则久已病矣[23]。自吾氏三世居是乡,积于今六十岁矣,而乡邻之生日蹙[24]。殚其地之出[25],竭其庐之入[26],号呼而转徙[27],饥渴而顿踣[28],触风雨,犯寒暑,呼嘘毒疠[29],往往而死者相藉也[30]。曩与吾祖居者[31],今其室十无一焉[32];与吾父居者,今其室十无二三焉;与吾居十二年者,今其室十无四五焉,非死则徙尔[33]。而吾以捕蛇独存。悍吏之来吾乡[34],叫嚣乎东西,隳突乎南北[35],哗然而骇者,虽鸡狗不得宁焉。吾恂恂而起[36],视其缶[37],而吾蛇尚存,则弛然而卧[38]。谨食之[39],时而献焉[40]。退而甘食其土之有,以尽吾齿[41]。盖一岁之犯死者二焉,其余则熙熙而乐[42],岂若吾乡邻之旦旦有是哉[43]!今吾虽死乎此,比吾乡邻之死则已后矣,又安敢毒耶[44]?"

余闻而愈悲。孔子曰:"苛政猛于虎也[45]。"吾尝疑乎是[46],今以蒋氏观之,犹信[47]。呜呼!孰知赋敛之毒,有甚是蛇者乎[48]!故为之说[49],以俟夫观人风者得焉[50]。

《柳宗元集》卷一六

〔1〕 本文作于柳宗元被贬永州时,确年不可考。文章的主旨胎于孔子"苛政猛于虎"之说,借捕蛇之事发之,命意非奇而蓄势甚奇。文章前半极言捕蛇之害,后半说赋敛之毒,反以捕蛇之乐形出,含无限凄婉之情。全文处处运用对比和反衬,借题发挥,比附连类,曲折跌宕,卒章显其志。"说"是古代的一种文体,叙事兼议论,可以说明事物,亦可以阐述关于某一事物、问题的道理。

〔2〕 黑质而白章:黑色底子上有白色花纹。质,质地,底子。而,表并列。章:彩色花纹。

〔3〕 触草木尽死:谓蛇触及到的草木全都枯死。

〔4〕 啮(niè 聂)咬,啃。

〔5〕 无御之者:没有什么可以抵御、医治蛇伤。

〔6〕 腊(xī 西):制成干肉。饵:药饵。

〔7〕 已:止,即医治好。大风:麻风病。挛踠(luán wǎn 峦宛):手脚等关节弯曲不能伸展的病。瘘(lòu 漏):颈肿大的病。即颈部淋巴结核。疠(lì 利):恶疮。

〔8〕 去死肌:消除腐烂、坏死的肌肉。

〔9〕 三虫:泛指人体内的寄生虫。或说指长虫、赤虫、蛲虫。

〔10〕 太医:即御医,唐代太常寺下设有太医署,专门为皇室及后宫服务。王命:皇帝的命令。聚之:征集它。

〔11〕 岁赋其二:每年征收两次。岁,年,一年为一岁。《尔雅·释天》:"载,岁也。夏曰岁,商曰祀,周曰年,唐虞曰载。"邢昺疏:"取岁星行一次。"赋,征收赋税。

〔12〕 募:募集,征求。

〔13〕 当(dàng 荡)其租入:抵充缴纳的租赋。当:抵充;抵得上。

〔14〕 专其利:独享这种好处。世:父子相承为世。因以指一代。《周礼·秋官·大行人》:"凡诸侯之邦交,岁相问也,殷相聘也,世相朝也。"郑玄注:"父死子立曰世。"三世即三代人。

〔15〕 死于是:死在(以蛇抵充租赋)这件事上。

489

〔16〕"今吾"二句:意谓现在我继承祖业干这差事也已十二年了,有好几次险些死掉。嗣(sì饲),继承。几,几乎,险些。数(shuò朔),多次。

〔17〕 戚:忧伤。

〔18〕 若毒之乎:你痛恨这件事吗？毒,怨恨,憎恨。《后汉书·袁绍列传》:"每念灵帝,令人愤毒。"李贤注:"毒,恨也。"

〔19〕 莅(lì立)事者:掌管这事的人,此指地方官吏。莅,临视;治理。

〔20〕"更若"三句:意谓更换掉你捕蛇的差事,恢复你原来的租赋,怎么样？

〔21〕 汪然:形容泪水众多的样子。孙甫注之曰:"汪然,涕貌。"

〔22〕"君将"三句:意谓您是哀怜我,想让我活下去吗？那么我这差事的不幸,还不如恢复我租赋遭受的不幸那么厉害呀。哀,可怜,怜悯。未若,比不上。

〔23〕"向吾"二句:意谓假使我不干这差事,那么我早就困苦不堪了。向,假设,如果。则,那么,就。病,贫困。《左传·哀公十四年》:"孟孙为成之病,不围马焉。"杜预注:"病,谓民贫困。"

〔24〕 生:生计。日:日益,一天天地。蹙(cù促):困窘,窘迫。

〔25〕"殚其"句:意谓竭尽土地上出产的所有。殚(dān丹),尽,竭尽。

〔26〕"竭其"句:意谓竭尽全家的收入。竭,竭尽。庐,房屋,此指全家。

〔27〕 号(háo豪)呼:号叫哭喊。转徙(xǐ洗):迁移,逃亡。

〔28〕 顿:顿仆;跌倒。《资治通鉴·梁纪三》天监十二年:"约惧,不觉上起,犹坐如初;及还,未至床而凭空,顿于户下,因病。"胡三省注:"踣而首先至地为顿。"踣(bó搏):向前仆倒。顿踣,向前摔倒。

〔29〕"触风雨"三句:意谓顶着狂风暴雨,冒着严寒酷暑,呼吸着带毒的疫气。呼嘘,呼吸。毒疠,有毒的疫气。

〔30〕 相藉(jiè借):尸体一个压着一个。

〔31〕 曩(nǎng 囊上声):从前。

〔32〕 室:家。十无一:十家中没有剩下一家。

〔33〕 非…则…:不是…就是…。

〔34〕 悍吏:凶悍霸道的官吏,此指官府中的胥吏或差役。

〔35〕 叫嚣:狂呼乱叫。隳(huī 灰)突:横行,骚扰。东西、南北:此为互文,即到处。

〔36〕 恂(xún 旬)恂:小心谨慎的样子。

〔37〕 缶(fǒu 否):瓦盆,此指盛蛇的容器。《尔雅·释器》:"盎谓之缶。"郭璞注:"盆也。"

〔38〕 弛然:轻松的样子。

〔39〕 谨食(sì 饲)之:小心地饲养它。

〔40〕 时而献焉:按时进献上去。

〔41〕 "退而"二句:意谓回家后有滋有味地吃着田地里出产的东西,来度过我的馀年。甘,以为甘美。齿,年齿,年寿。

〔42〕 熙熙:愉快的样子。

〔43〕 "岂若"句:意谓哪像我的乡邻们天天都在危险之中呢。旦旦,天天,每天。

〔44〕 "今吾"三句:意谓现在我即使死在这差事上,比起我的乡邻已经死在他们后面了,又怎么敢怨恨它(捕蛇这件事)呢?虽,即使。

〔45〕 苛政猛于虎也:意谓苛酷的统治比老虎还要凶猛啊。语出《礼记·檀弓下》:"孔子过泰山侧,有妇人哭于墓者而哀。夫子式而听之,使子路问之曰:'子之哭也,壹似重有忧者。'而曰:'然。昔者吾舅死于虎,吾夫又死焉,吾子又死焉。'夫子曰:'何为不去也?'曰:'无苛政。'夫子曰:'小子识之,苛政猛于虎也。'"

〔46〕 尝:曾经。

〔47〕 犹信:还是相信了。

〔48〕 "孰知"二句:意谓谁知道苛捐杂税的毒害比这种毒蛇还厉害呢!

〔49〕 故为之说:所以我写了这篇《捕蛇者说》。

〔50〕 俟(sì寺):等待,等候。夫:那。观人风:即"观民风"。唐太宗名李世民,唐人避其名讳,将"民"改称为"人"。

种树郭橐驼传[1]

郭橐驼,不知始何名,病偻[2],隆然伏行[3],有类橐驼者[4],故乡人号之"驼"[5]。驼闻之曰:"甚善,名我固当[6]。"因舍其名,亦自谓橐驼云[7]。其乡曰丰乐乡,在长安西。驼业种树[8],凡长安豪富人为观游及卖果者[9],皆争迎取养[10]。视驼所种树,或移徙[11],无不活,且硕茂,早实以蕃[12]。他植者虽窥伺效慕[13],莫能如也。

有问之,对曰:"橐驼非能使木寿且孳也[14],能顺木之天[15],以致其性焉尔[16]。凡植木之性,其本欲舒,其培欲平,其土欲故,其筑欲密[17]。既然已,勿动勿虑,去不复顾[18]。其莳也若子[19],其置也若弃[20],则其天者全而其性得矣。故吾不害其长而已,非有能硕茂之也;不抑耗其实而已[21],非有能早而蕃之也。他植者则不然,根拳而土易,其培之也,若不过焉则不及[22]。苟有能反是者[23],则又爱之太恩[24],忧之太勤,且视而暮抚,已去而复顾。甚者爪其肤以验其生枯,摇其本以观其疏密,而木之性日以离矣[25]。虽曰爱之,其实害之;虽曰忧之,其实仇之。故不我若也[26]。吾又何能为哉!"

问者曰:"以子之道,移之官理[27],可乎?"驼曰:"我知种树而已,理,非吾业也。然吾居乡,见长人者好烦其令[28],若甚怜焉[29],而卒以祸[30]。且暮吏来而呼曰:'官命促尔耕[31],勖尔植[32],督尔获[33],早缫而绪[34],早织而缕[35],字而幼孩[36],遂而鸡豚[37]。'鸣鼓而聚之,击木而召之。吾小人辍飧饔以劳吏者[38],且不得暇,又何以蕃吾生而安吾性耶[39]?故病且怠[40]。若是,则与吾业者其亦有类乎?"

问者曰:"嘻,不亦善夫[41]!吾问养树,得养人术[42]。"传其事以为官戒也[43]。

《柳宗元集》卷一七

〔1〕 施子愉《柳宗元年谱》系本传于长安时期(贞元十四年—永贞元年),但确年不可考。此篇前半写橐驼之命名、种树技能高超及种树之法,娓娓述来,貌似游戏笔墨,涉笔成趣,曲尽种树之妙。后半借种树以喻居官治民,关乎政教至理,寓言而出之,以箴牧民者无违于民,大有深意,与《捕蛇者说》同一机杼。橐(tuó驼)驼:骆驼。

〔2〕 瘘(lú吕阳平):佝偻,驼背。病瘘,患了驼背的病。

〔3〕 隆然:高高突起的样子。伏行:俯下身子走路。

〔4〕 类:类似,相像。

〔5〕 号之:给他起外号、名号。

〔6〕 名我固当:这样称呼我确实恰当。名,称呼。固,的确,确实。当,恰当。

〔7〕 舍:舍弃。自谓:自称。

〔8〕 业:以……为职业。

〔9〕 观游:观赏游览之地。

〔10〕 争迎取养:争着把他迎接到家里奉养,即争相雇请他。

〔11〕 移徙:移植,移种。

〔12〕 早实以蕃(fán烦):早结果实并且还多。

〔13〕 窥伺效慕:暗中观察效仿。

〔14〕 寿且孳(zī资):活得长久并且繁殖茂盛。孳,繁殖,生育。

〔15〕 天:自然规律。

〔16〕 致其性:使它按照自己的习性生长。致,通至。尽,极。焉尔,罢了,句末语气词连用,起加强语气的作用。

〔17〕 "其本"四句:意谓它的根要舒展,它的培土要均匀,它的土要是旧的,给它筑土要紧密。本,树根。欲,要。舒,舒展。培,培土。故,指用树木原生长地的土。筑,捣土。密,结实。

〔18〕 "既然"三句:意谓这样做了之后,就不要再去动它,也不必担心它,离开时不要再回顾。

〔19〕 "其莳"句:意谓如果栽种时就像对待子女一样。其,连词,表示假设。如果,假如。莳(shì试),移栽;种植。《尚书·尧典》"播莳百谷",汉郑玄注:"种莳五谷以救活之。"

〔20〕 "其置"句:意谓如果栽好以后像丢弃了一样不管,即顺其本性,使之自由生长。置,指栽好以后。

〔21〕 不抑耗其实:不抑制、损耗它的果实(的成熟过程)。

〔22〕 "根拳三句":意谓种树时使树根蜷曲,又换上新土,培土时,不是过紧就是过松。根拳,使树根拳曲。土易,更换新土。过,超过。及,不够。

〔23〕 苟:如果,假使。反是者:与此相反的人。

〔24〕 恩:爱护,宠爱。

〔25〕 "甚者"三句:意谓更过分的做法是抓破树皮来察看它是死是活,摇动树干来观察栽得是松是紧,这样树的生长天性就与实际一天天地相背离了。爪,用指甲划。肤,此指树皮。生枯,活着还是枯死。离,背离。

〔26〕 不我若:即"不若我",不像我一样。

〔27〕 官理:为官治民。理,即治,唐人避高宗李治名讳,改称"治"为"理"。

〔28〕 长(zhǎng掌)人者:做官的。长,此指各级地方官吏。好:喜欢。烦其令:使他的命令繁多。烦,繁多,繁杂。

〔29〕 若:好像。甚:很。怜:爱怜。

〔30〕 卒以祸:以祸卒,以祸(民)结束。卒,结束。

〔31〕 促尔耕:催促你们耕田。

〔32〕 勖(xù 序)尔植:勉励你们种植。勖,勉励。

〔33〕 督尔获:督促你们收获。

〔34〕 早缫(sāo 骚)而绪:早点缫好你们的丝。缫,抽茧出丝。绪,丝头。

〔35〕 早织而缕:早点纺好你们的线。缕,线。

〔36〕 字而幼孩:养育好你们的孩子。字,哺育,养育。

〔37〕 遂而鸡豚:喂养好你们的鸡和猪。遂,生长,养育。《国语·齐语》:"牺牲不略,则牛羊遂。"韦昭注:"遂,长也。"

〔38〕 小人:平民百姓,指被统治者。辍飧饔(sūn yōng 孙拥):不吃饭。辍,停止。飧,晚饭。饔,早饭。《孟子·滕文公上》:"贤者与民并耕而食,饔飧而治。"赵岐注:"朝曰饔,夕曰飧。"劳:慰劳,招待。

〔39〕 "又何"句:意谓我们又靠什么来繁衍生息、安居乐业呢?

〔40〕 病且怠:困苦倦息。

〔41〕 嘻:感叹声。夫:用于句末表感叹。

〔42〕 养人术:治理百姓的方法。

〔43〕 传(zhuàn 撰):记载。

童区寄传[1]

柳先生曰[2]:越人少恩[3],生男女必货视之[4]。自毁齿以上[5],父兄鬻卖,以觊其利[6]。不足,则取他室,束缚钳梏之[7]。至有须鬣者,力不胜,皆屈为僮[8]。当道相贼杀以为

495

俗[9]。幸得壮大，则缚取幺弱者[10]。汉官因以为己利，苟得僮，恣所为不问[11]。以是越中户口滋耗[12]。少得自脱，惟童区寄以十一岁胜[13]，斯亦奇矣。桂部从事杜周士为余言之[14]。

童寄者，柳州荛牧儿也[15]。行牧且荛[16]，二豪贼劫持反接[17]，布囊其口[18]。去逾四十里之墟所卖之[19]。寄伪儿啼，恐栗，为儿恒状[20]。贼易之[21]，对饮，酒醉。一人去为市[22]，一人卧，植刃道上[23]。童微伺其睡，以缚背刃，力下上，得绝，因取刃杀之[24]。逃未及远，市者还，得童大骇[25]。将杀童，遽曰："为两郎僮，孰若为一郎僮耶？彼不我恩也。郎诚见完与恩，无所不可[26]。"市者良久计曰[27]："与其杀是僮，孰若卖之；与其卖而分，孰若吾得专焉[28]。幸而杀彼，甚善。"即藏其尸，持童抵主人所，愈束缚牢甚[29]。夜半，童自转，以缚即炉火烧绝之[30]，虽疮手勿惮[31]，复取刃杀市者。因大号[32]，一墟皆惊。童曰："我区氏儿也，不当为僮。贼二人得我，我幸皆杀之矣，愿以闻于官[33]。"

墟吏白州[34]，州白大府，大府召视，儿幼愿耳[35]。刺史颜证奇之[36]，留为小吏，不肯。与衣裳，吏护还之乡。乡之行劫缚者，侧目莫敢过其门[37]。皆曰："是儿少秦武阳二岁[38]，而讨杀二豪，岂可近耶！"

《柳宗元集》卷一七

〔1〕 本文作于柳州刺史任上，但确年不可考。童区（ōu 欧）寄：一个叫区寄的儿童。

〔2〕 柳先生：作者自称。

〔3〕 越人:古代指岭南一带的少数民族。少恩:德泽、恩情寡薄。

〔4〕 必:一作"以"。货视之:把他们当作财货一样看待。

〔5〕 自毁齿以上:即指七八岁以上的孩子。毁齿,又称为龀(chèn 趁)齿,指儿童换去乳牙。儿童至七八岁乳牙脱落,换生恒牙。

〔6〕 鬻(yù 玉)卖:出卖。鬻,卖。觊(jì 计):希图,贪图。

〔7〕 钳梏(gù 固)之:用铁圈套其颈,用木铐铐其手。钳,古刑具,束颈的铁圈。《旧唐书·刑法志》:"又系囚之具,有枷、杻、钳、锁,皆有长短广狭之制。"梏,刑具名,古代木制的手铐。《易·蒙》:"利用刑人,用说桎梏。"孔颖达疏:"在足曰桎,在手曰梏。"

〔8〕 "至有"三句:意谓甚至有的成年人因敌不过束缚者也被逼为奴仆。须鬣(liè 列),此指成年人。鬣,长而硬的胡须。力不胜,体力支持不住,犹言体弱。屈,不得不。

〔9〕 当道:在大路上,犹言明火执仗。贼杀:抢劫残杀。

〔10〕 幸:侥幸,有幸。幺(yāo 夭)弱者:幼小体弱的。

〔11〕 "汉官"三句:意谓汉族官吏则利用这种恶习为自己谋利,只要能得到僮仆,他们就放纵而不加追究。恣,听任,放纵。问,过问。

〔12〕 以是:因此。滋耗:指死亡人数增多,在籍人口减少。

〔13〕 以十一岁胜:以只有十一岁的小小年纪就战胜了绑架他的强盗。

〔14〕 桂部:唐高宗永徽以后分岭南道为广州、桂州、容州、邕州、交州五都督府,统称"岭南五管"。桂部是五管之一,故又称桂管,即桂州都督府。从事:官名,州郡等地方长官的副手。杜周士:贞元时进士,元和年间曾任桂管观察留后。

〔15〕 荛(ráo 饶)牧儿:打柴放牧的孩子。荛,柴草。

〔16〕 行牧且荛:一面放牧,一面打柴。行:从事。

〔17〕 豪贼:强盗。反接:把双手反绑在背后。

〔18〕 布囊其口:用布封住他的嘴。囊,覆盖、蒙住。

〔19〕 墟所:集市。

497

〔20〕"寄伪"三句:伪,假装,装作。恐栗,恐惧发抖。为儿恒状,做出小孩常有的情态。

〔21〕易:轻忽,轻视。《史记·高祖本纪》:"高祖为亭长,素易诸吏。"

〔22〕为市:去谈生意,寻找买主。

〔23〕植刃道上:把刀插在路上。

〔24〕"童微"五句:意谓区寄悄悄地窥探,见他睡着了,便把捆手的绳索背对刀刃,用力上下磨擦,割断了绳子,然后拿刀杀死了睡着的强盗。微,暗暗,悄悄。伺,窥探。绝,断。

〔25〕骇:惊骇,又惊又怕。

〔26〕"遽曰"句:遽(jù 剧),赶快,急忙。孰若,何如,怎么比得上。表示反诘语气。彼,他。不我恩,即不恩我,对我没有恩德。诚见完与恩,假如你不杀我并好好待我。诚,假如。见,表被动。完,保全。无所不可,即一切皆从你的安排。

〔27〕良久:好久。计:盘算,思考。

〔28〕与其…孰若…:表示比较,属固定搭配。得专:独自占有。

〔29〕牢:使牢固。

〔30〕即:靠近,就近。

〔31〕疮手:烧伤手。

〔32〕大号:大声呼喊。

〔33〕"愿以"句:意谓请把这件事报告给官府。

〔34〕墟吏:管理集市的官吏。

〔35〕大府:即州的上一级官府,此指桂管观察使府衙。召视:上对下、尊对卑的接见。愿:恭谨,老实。《尚书·皋陶谟》:"愿而恭。"孔颖达疏:"愿者,悫谨良善之名。"

〔36〕刺史:原为朝廷所派督察地方之官,后沿为地方官职名称。汉武帝时,分全国为十三部(州),部置刺史。成帝改称州牧,哀帝时复称刺史。魏晋于要州置都督兼领刺史,职权益重。隋炀帝、唐玄宗两度改州为

郡,改称刺史为太守。后又改郡为州,称刺史,此后太守与刺史互名。

〔37〕 侧目:转过脸去,不敢正视,形容畏惧。

〔38〕 少:小。秦武阳:亦称秦舞阳,战国时燕国的少年勇士,相传他十三岁时就能杀强暴的人。后被燕太子丹选中与荆轲一起去刺杀秦王嬴政,失败被杀。事见《战国策·燕策》。

蝜蝂传[1]

蝜蝂者,善负小虫也。行遇物,辄持取,卬其首负之[2]。背愈重,虽困剧不止也[3]。其背甚涩,物积固不散,卒踬仆不能起[4]。人或怜之,为去其负。苟能行,又持取如故[5]。又好上高,极其力不已,至坠地死[6]。

今世之嗜取者[7],遇货不避[8],以厚其室[9],不知为己累也,唯恐其不积[10]。及其怠而踬也[11],黜弃之[12],迁徙之[13],亦以病矣[14]。苟能起,又不艾[15]。日思高其位,大其禄[16],而贪取滋甚,以近于危坠,观前之死亡不知戒[17]。虽其形魁然大者也[18],其名人也,而智则小虫也。亦足哀夫[19]!

《柳宗元集》卷一七

〔1〕 本文作于柳宗元被贬永州时期,确年无考。其为讽刺性寓言小品,南宋廖莹中刻世采堂本《河东先生集》评云:"公之所言,盖谓当时用事贪取滋甚者。"宋黄震《黄氏日钞》卷六〇评云:"《蝜蝂传》讥贪者。"本文刻画"今世之嗜取者"聚敛资财、贪得无厌、至死不悟的丑恶形象入木三

分。文章以人虫类比,恰切形象,叙述生动简洁,语言犀利,寓意精警深刻。于今千载,仍能警戒世人。蝂蝜(fù bǎn 负版):小虫名。

〔2〕"辄持"二句:辄(zhé 哲),就。卬(áng 昂),同昂,高高抬起。另一说,卬为"仰"的古字。向上,抬头向上。《庄子·天地》:"为圃者卬而视之。"陆德明释文:"卬,音仰。"

〔3〕"背愈"二句:愈,越来越,表程度逐步加深。虽,即使。困,疲惫。剧,很,极。

〔4〕"其背"三句:涩,不光滑,不滑润。固,原本为"因"字,据他本改。散,散落。卒,终于,最后。踬(zhì 至),跌倒。

〔5〕"人或"四句:或,有的人。为去其负,替它去掉背上所背的东西。苟,如果,一旦。如故,像往常一样。

〔6〕"又好"三句:好(hào 浩),喜爱。极,尽,用尽。已,停止。至,以至,以至于。

〔7〕嗜(shì 世)贪:贪求。《国语·楚语下》:"吾闻国家将败,必用奸人,而嗜其疾味。"韦昭注:"嗜,贪也。"

〔8〕货:财货。

〔9〕厚其室:使其家富裕,厚用如使动。

〔10〕唯恐其不积:只恐怕财货积聚的不够多。

〔11〕及:等到。怠:疲惫不堪。

〔12〕黜弃:罢免,弃用。

〔13〕迁徙:因遭贬谪而被外放。

〔14〕病:困苦,吃尽苦头。

〔15〕"苟能"二句:起,爬起来,这里指重新起用他做官。艾(yì 义),自责,改悔。

〔16〕"日思"二句:高其位,使其官位高。大其禄,使其俸禄多。"高"和"大"均用如使动。

〔17〕"观前"句:宋韩醇音释《新刊诂训唐柳先生文集》"不知戒"前有"曾"字。曾,乃,竟。

〔18〕 魁然:高大的样子。
〔19〕 哀:一作"悲"。足:确实,足以。

三戒[1]并序

吾恒恶世之人[2],不知推己之本[3],而乘物以逞[4],或依势以干非其类[5],出技以怒强[6],窃时以肆暴[7],然卒迨于祸[8]。有客谈麋、驴、鼠三物,似其事,作《三戒》。

临江之麋[9]

临江之人,畋得麋麑[10],畜之。入门,群犬垂涎[11],扬尾皆来。其人怒,怛之[12]。自是日抱就犬[13],习示之[14],使勿动,稍使与之戏[15]。积久,犬皆如人意[16]。麋麑稍大,忘己之麋也,以为犬良我友[17],抵触偃仆,益狎[18]。犬畏主人,与之俯仰甚善[19],然时啖其舌[20]。三年,麋出门,见外犬在道甚众,走欲与为戏[21]。外犬见而喜且怒,共杀食之,狼藉道上[22]。麋至死不悟。

501

黔之驴[23]

　　黔无驴,有好事者船载以入[24]。至则无可用,放之山下。虎见之,庞然大物也,以为神。蔽林间窥之[25],稍出近之,慭慭然莫相知[26]。他日,驴一鸣,虎大骇,远遁[27],以为且噬己也[28],甚恐。然往来视之,觉无异能者[29]。益习其声[30],又近出前后,终不敢搏。稍近,益狎[31],荡倚冲冒[32]。驴不胜怒[33],蹄之。虎因喜,计之曰[34]:"技止此耳[35]!"因跳踉大㘚[36],断其喉,尽其肉,乃去。噫!形之庞也类有德[37],声之宏也类有能[38]。向不出其技[39],虎虽猛,疑畏[40],卒不敢取。今若是焉[41],悲夫!

永某氏之鼠[42]

　　永有某氏者,畏日[43],拘忌异甚[44]。以为己生岁直子[45],鼠,子神也,因爱鼠,不畜猫犬[46],禁僮勿击鼠[47]。仓廪庖厨[48],悉以恣鼠不问[49]。由是鼠相告,皆来某氏,饱食而无祸。某氏室无完器,椸无完衣[50],饮食大率鼠之馀也[51]。昼累累与人兼行[52],夜则窃啮斗暴[53],其声万状,不可以寝。终不厌。数岁,某氏徙居他州[54],后人来居,鼠为态如故。其人曰:"是阴类恶物也[55],盗暴尤甚[56],且何以至是乎哉!"假五六猫[57],阖门撤瓦,灌穴[58],购僮罗捕之[59]。杀鼠如丘,弃之隐处,臭数月乃已[60]。呜呼!彼以其饱食无祸为可恒也哉[61]!

《柳宗元集》卷一九

〔1〕 本文作于柳宗元被贬永州之时。三戒,即三件值得警戒、提防的事情。柳宗元此题盖源于孔子之言,《论语·季氏》篇记载:"子曰:'君子有三戒。'"本文借麋鹿、毛驴、老鼠三个寓言劝戒世人,要弄清楚自己的实际能力,不要像它们一样,如果"乘物以逞",或者"依势以干非其类",或者"出技以怒强",或者"窃时以肆暴",最终将会自取灭亡。作品篇幅虽小,但情节生动,寓意深刻,笔锋犀利,讽刺有力,为柳宗元寓言作品的名篇。

〔2〕 恒:常常、经常。恶(wù务):讨厌。

〔3〕 推:推究、审察。本:本来面目、实际情况。

〔4〕 乘:凭借、依靠。物:外界条件和力量。逞:放纵恣行。

〔5〕 或:有的。干:干犯、冲犯。非其类:不是它的同类。

〔6〕 出技:拿出自己的本领。怒强:触怒强大的对手。

〔7〕 窃时:趁机。肆暴:滥施暴力,行凶作恶。

〔8〕 卒:终于,最后。迨(dài代)及:等到。

〔9〕 临江:地名,即今江西清江。麋(mí迷):哺乳动物。毛淡褐色,雄的有角,角像鹿,尾像驴,蹄像牛,颈像骆驼,但从整体来看哪一种动物都不像,俗称四不像。

〔10〕 畋(tián田):打猎。麑(ní倪):幼鹿。

〔11〕 垂涎:因想吃而流口水。

〔12〕 怛(dá达):恐吓。

〔13〕 自是:从此。日:每天。就:接近。

〔14〕 习示之:(让狗)看惯它。

503

〔15〕 稍:逐渐地。

〔16〕 犬皆如人意:狗都能按照主人的意思行动。

〔17〕 良:的确,确实。

〔18〕 抵触:用头碰撞。偃仆:俯仰、翻滚。狎:亲近,亲昵。

〔19〕 俯仰:翻滚嬉戏。善:友好。

〔20〕 啖:吃,此指舔。

〔21〕 走:跑。

〔22〕 狼藉:随意散乱。

〔23〕 黔(qián 前):唐代的黔中道,包括现在四川、贵州、湖南、湖北等省的部分地区。今为贵州省的简称。

〔24〕 船载以入:以船载入。

〔25〕 蔽林间:隐蔽在树林中。窥:偷偷观察。

〔26〕 慭(yìn 印)慭然:谨慎小心的样子。莫相知:不知道它(是什么)。

〔27〕 远遁:逃得远远地。

〔28〕 且:将要。噬(shì 世):咬。

〔29〕 异能:超常的本领。

〔30〕 习:习惯。

〔31〕 狎:戏谑,狎玩。

〔32〕 荡倚冲冒:形容虎戏弄驴的样子。荡,碰撞。倚,顶触,倚靠。冲,冲击。冒,冒犯。

〔33〕 胜:禁得起,承受住。

〔34〕 计:盘算,思量。

〔35〕 技止此耳:技能只不过如此罢了。止,通"只"。

〔36〕 跳踉(liáng 良):跳跃。㘚(hǎn 喊):怒吼。

〔37〕 形之庞也类有德:驴子形体庞大,好像很有法道。

〔38〕 声之宏也类有能:声音宏亮,好像很有本领。

〔39〕 向使:假使,假如。

〔40〕疑畏:怀疑畏惧。

〔41〕若是:像这样。

〔42〕永某氏:永州某人。

〔43〕畏日:怕触犯忌日。旧时迷信者认为日子有好坏,在坏日子里就禁忌做某些事情。

〔44〕拘忌:拘泥、忌讳。异甚:非常厉害。

〔45〕直子:生年正当子年。直,同"值",正碰上。子,即子年。我国古代有十二生肖的说法,十二生肖与十二地支相配,谓子年出生的人属鼠。

〔46〕畜:养。

〔47〕僮:僮仆。

〔48〕仓廪(lǐn 凛):仓库。庖(páo 袍):厨房。

〔49〕恣:放纵。问:过问。

〔50〕椸(yí 疑):衣架。

〔51〕大率:大都。馀:剩下,剩馀。

〔52〕累累:众多的样子。兼行:并行。

〔53〕窃啮(niè 聂):偷咬。斗暴:剧烈地争斗打架。

〔54〕徙:迁徙,搬迁。

〔55〕阴类:只在阴暗中活动的动物,此指老鼠。

〔56〕尤甚:尤其厉害。

〔57〕假:借。

〔58〕"阖门"二句:阖(hé 何)门,关上门。撤瓦,撤掉瓦器。灌穴,往鼠洞灌水。

〔59〕购僮:出钱雇人。罗捕:用捕兽的网来捕捉。罗,捕兽的网。

〔60〕乃已:才停止。

〔61〕"彼以"句:意谓它们认为可以长久地吃饱而无祸害啊。

505

送薛存义之任序[1]

　　河东薛存义将行,柳子载肉于俎[2],崇酒于觞[3],追而送之江之浒[4],饮食之[5]。且告曰:"凡吏于土者,若知其职乎[6]?盖民之役,非以役民而已也[7]。凡民之食于土者[8],出其什一佣乎吏[9],使司平于我也[10]。今受其直怠其事者[11],天下皆然。岂惟怠之[12],又从而盗之。向使佣一夫于家[13],受若直[14],怠若事,又盗若货器,则必甚怒而黜罚之矣[15]。以今天下多类此,而民莫敢肆其怒与黜罚者何哉[16]?势不同也[17]。势不同而理同,如吾民何[18]?有达于理者,得不恐而畏乎[19]?"

　　存义假令零陵二年矣[20]。蚤作而夜思[21],勤力而劳心,讼者平[22],赋者均[23],老弱无怀诈暴憎[24],其为不虚取直也的矣[25],其知恐而畏也审矣[26]。

　　吾贱且辱,不得与考绩幽明之说[27];于其往也[28],故赏以酒肉而重之以辞[29]。

《柳宗元集》卷二三

〔1〕 本文作于柳宗元被贬永州时期,确年无考。一本题作"送薛存义之任序",录此备存。薛存义,河东人,与柳宗元同乡。薛曾任零陵代理县令两年,零陵即当时永州属邑,两人生同地而仕同方。此篇为送薛离行而作,前规后颂。前半提出官乃民之役而非役民、势不同而理同之说,闪耀着民本主义光辉,于今仍有借鉴意义;后半对薛的尽职尽责予以褒扬。

沈德潜《唐宋八家文读本》评曰:"前规后颂,颂不忘规,牧民者宜铭座右。"

〔2〕 俎(zǔ祖):古代祭祀、燕飨时陈置牲体或其他食物的礼器。

〔3〕 崇酒:斟满酒。《仪礼·乡饮酒礼》:"主人坐,奠爵于序端,阼阶上北面再拜,崇酒。宾西阶上答拜。"郑玄注:"崇,充也。"胡培翚正义引熊朋来曰:"添酌充满之。"觯:盛满酒的杯子。亦泛指酒器。《礼记·投壶》:"命酌,曰:'请行觯。'"

〔4〕 浒:水边。《诗·王风·葛藟》:"绵绵葛藟,在河之浒。"毛传:"水厓曰浒。"

〔5〕 饮食之:饮和食均用作使动,即让他喝酒吃东西。

〔6〕 "凡吏"二句:意谓凡是在地方上做官的人,你知道地方官的职责吗？吏,作动词,做官。若,第二人称代词"你"。

〔7〕 "盖民"二句:意谓官吏应当是人民的仆役,而不是来奴役人民的。而已,罢了。

〔8〕 食于土:从土地上谋生计。

〔9〕 "出其"句:意谓上交收入的十分之一,以满足官府雇佣之费。什一,古代表分数的习用方式,十分之一。佣,雇用。

〔10〕 司:主持,掌管。平:公平。

〔11〕 "今受"句:"今"字下原有"我"字。何焯《义门读书记》:"'我'字衍。"其说是,今删去。直,通"值",报酬之意。怠,懈怠,懒惰。

〔12〕 岂:表示疑问或反诘。相当于何况,不但。惟:语助词,用于调节音节。

〔13〕 向使:倘使,假若。

〔14〕 受:接受,拿取。

〔15〕 "则必"句:意谓那么(你)必然很恼怒而赶走、处罚他。黜,罢退,驱逐。罚,惩罚。

〔16〕 "而民"句:世采堂本"黜罚"下有"者"字,据补。莫,无定代词,没有谁,没有什么人。肆,放纵,不受约束。

〔17〕 势:形势,权势。

〔18〕 "势不"二句:意谓形势不同但是道理却是一样的,对于老百姓怎么办呢?

〔19〕 "有达"二句:意谓有懂得这个道理的官吏,能不感到恐慌畏惧吗?得不,能不,岂不。

〔20〕 假令:暂时代理县令。零陵:古地名。在今湖南宁远东南。

〔21〕 蚤:通"早"。

〔22〕 讼者平:诉讼官司都一律公平对待。

〔23〕 赋者均:收缴赋税平均,无偏袒。

〔24〕 怀诈暴憎:心中藏有欺骗,外表显露憎恨。

〔25〕 "其为"句:意谓他的行为的确是没有白拿俸禄。虚取,意为无所作为而拿。虚,空,与实相对。的(dí 敌),确实,肯定。

〔26〕 "其知"句:意谓他知道恐惧和敬畏是很清楚的。审,明白,清楚。

〔27〕 考绩幽明:考核官吏政绩的优劣,罢免昏暗的,提拔清明的。考绩,对官员任职内政绩的考核、评定。幽,暗,政绩暗淡,不显著。明,政绩出众。《尚书·尧典》有:"三载考绩,三考黜陟幽明。"之说。说:评议、评定。

〔28〕 于:介词,在、当之意。

〔29〕 赏以酒肉、重之以辞:状语后置句,即以酒肉赏之、以辞重之。重,加上。

愚溪诗序[1]

灌水之阳[2],有溪焉,东流入于潇水。或曰:"冉氏尝居也,故姓是溪为冉溪[3]。"或曰:"可以染也,名之以其能,故谓之染溪。"余以愚触罪[4],谪潇水上,爱是溪,入二三里,得其尤绝者家焉[5]。古有愚公谷[6],今予家是溪,而名莫能定,土之居者犹龂龂然[7],不可以不更也,故更之为愚溪。

愚溪之上,买小丘为愚丘。自愚丘东北行六十步,得泉焉,又买居之,为愚泉。愚泉凡六穴[8],皆出山下平地,盖上出也。合流屈曲而南[9],为愚沟。遂负土累石,塞其隘为愚池[10]。愚池之东为愚堂。其南为愚亭。池之中为愚岛。嘉木异石错置[11],皆山水之奇者,以余故,咸以愚辱焉[12]。

夫水,智者乐也[13]。今是溪独见辱于愚,何哉?盖其流甚下,不可以溉灌;又峻急[14],多坻石[15],大舟不可入也;幽邃浅狭,蛟龙不屑,不能兴云雨。无以利世[16],而适类于余[17],然则虽辱而愚之,可也[18]。宁武子"邦无道则愚"[19],智而为愚者也;颜子"终日不违如愚"[20],睿而为愚者也,皆不得为真愚。今余遭有道,而违于理,悖于事[21],故凡为愚者莫我若也[22]。夫然,则天下莫能争是溪,予得专而名焉[23]。

溪虽莫利于世,而善鉴万类[24],清莹秀澈,锵鸣金石[25],能使愚者喜笑眷慕,乐而不能去也。余虽不合于俗,亦颇以文墨自慰,漱涤万物[26],牢笼百态[27],而无所避之。以愚辞歌愚溪,则茫然而不违[28],昏然而同归[29],超鸿蒙[30],混希夷[31],寂寥而莫我知也[32]。于是作《八愚诗》,纪于溪石上[33]。

《柳宗元集》卷二四

〔1〕 本文作于元和五年(810)永州司马任上,作者为他的《八愚诗》所写的序。《八愚诗》是柳宗元被贬永州时期,将胸中之愤懑不平诉诸

笔端而成的一组寄情于山水的诗。柳集《八愚诗》今已经不存。本文陈述作者写作《八愚诗》的旨趣,借描摹自然风景来托物兴辞。通篇以"愚"字统贯,描摹了清莹秀澈的愚溪景色。全文结构严谨,夹叙夹议,借愚溪无人能赏,寄托着自己有志难伸、备遭冷落的愤懑和深慨。《古文观止》评此文:"通篇就一'愚'字点次成文,借愚溪自写照,愚溪之风景宛然,自己之行事亦宛然。前后关合照应,异趣沓来,描写最为出色。"

〔2〕 灌水:源出于广西灌阳西南,东北流至全州合于湘水,流经零陵。阳:山的南面或水的北面,此处指灌水的北面。

〔3〕 或:有的人。尝:曾经。姓:作动词,给……命姓。

〔4〕 以:因为。触罪:触犯……而获罪。

〔5〕 家:安家,居住。焉:指示代词兼语气词。家焉:相当于"居住在那里了"。

〔6〕 愚公谷:在今山东淄博西。汉刘向《说苑·政理》:"齐桓公出猎,逐鹿而走入山谷之中,见一老公而问之曰:'是为何谷?'对曰:'为愚公之谷。'桓公曰:'何故?'对曰:'以臣名……臣故畜牸牛,生子而大,卖之而买驹。少年曰:牛不能生马!遂持驹去。傍邻闻之,以臣为愚,故名此谷为愚公之谷。'"后以喻隐居之地。

〔7〕 龂(yín银)龂:争辩貌。

〔8〕 凡:表总括,总计,总共。穴:此指水道。

〔9〕 屈曲:弯曲,曲折。

〔10〕 隘:险要处。

〔11〕 错置:错落有致。

〔12〕 "以余"二句:意谓因为我的缘故,都被愚的名字所玷辱。

〔13〕 "夫水"句:出自《论语·雍也》:"智者乐水,仁者乐山。"乐(旧读 yào 要),喜爱。

〔14〕 峻急:湍急。

〔15〕 坻(chí池)石:水中的石头堆积形成的小高地。坻,水中小洲或高地。

〔16〕 无以:没有什么可以拿来,与"有以"相对。

〔17〕 适类于余:适合像我这样的人。

〔18〕 "然则"二句:意谓那么用"愚"的名字来玷辱它,也是可以的了。

〔19〕 宁武子:春秋卫大夫宁俞,谥武子。《论语·公冶长》:"子曰:'宁武子,邦有道则知,邦无道则愚。'"邢昺疏:"若遇邦国有道,则显其知谋;若遇无道,则韬藏其知而佯愚。"后以宁武子为国家有道则进以用其能、无道则佯愚以全身的智者典型。

〔20〕 颜子:即颜回(前521—前481),春秋末鲁国人。字子渊,亦称颜渊,孔子弟子。《论语·为政》:"子曰:'吾与回言终日,不违,如愚。退而省其私,亦足以发,回也不愚。'"终日不违如愚:谓颜回整天不提反对意见和疑问,好像个蠢人。

〔21〕 "今余"三句:意谓我现在正逢国家政治清明的时候,然而(自己)却违背道理,办错事情。有道,政治清明。

〔22〕 莫我若:即"莫若我",没有谁像我一样。

〔23〕 "夫然"三句:意谓既然如此,那么天下之人没有谁能和我争夺这条溪,我能够拥有并给它命名为愚溪。

〔24〕 鉴:照。万类:万物。

〔25〕 锵:金、玉的撞击之声,此形容流水之声。

〔26〕 漱涤:洗涤,此引申为留意、欣赏。

〔27〕 牢笼:包笼,包罗。

〔28〕 茫然:模糊不清,混沌成一体的样子。违:分开。

〔29〕 昏然:模糊不清,不能分开的样子。同归:交融在一起。

〔30〕 鸿蒙:自然的元气,这里指混沌蒙昧的时代。《庄子·外篇·在宥》:"云将东游,过扶摇之枝而适遭鸿蒙。"超鸿蒙,即出世之意。

〔31〕 希夷:无色无音,指虚寂玄妙的境界。《老子》十四章:"视之不见名曰夷,听之不闻名曰希。"河上公注:"无色曰夷,无声曰希。"后因以"希夷"指虚寂玄妙。混希夷,即与自然混同、物我不分的境界。

511

〔32〕 寂寥：无声无形。《老子》二十五章："有物混成，先天地生，寂兮寥兮，独立而不改。"王弼注："寂寥，无形体也。"

〔33〕 纪：同"记"，指书写。

始得西山宴游记[1]

自余为僇人[2]，居是州，恒惴慄[3]。其隙也[4]，则施施而行，漫漫而游[5]。日与其徒上高山[6]，入深林，穷迴溪，幽泉怪石，无远不到[7]。到则披草而坐[8]，倾壶而醉。醉则更相枕以卧，卧而梦。意有所极，梦亦同趣[9]。觉而起[10]，起而归。以为凡是州之山水有异态者，皆我有也[11]，而未始知西山之怪特[12]。

今年九月二十八日，因坐法华西亭[13]，望西山[14]，始指异之[15]。遂命仆人过湘江[16]，缘染溪[17]，斫榛莽[18]，焚茅茷[19]，穷山之高而止。攀援而登，箕踞而遨[20]，则凡数州之土壤，皆在衽席之下[21]。其高下之势，岈然洼然[22]，若垤若穴[23]，尺寸千里[24]，攒蹙累积[25]，莫得遁隐[26]。萦青缭白[27]，外与天际[28]，四望如一。然后知是山之特立，不与培塿为类[29]。悠悠乎与颢气俱，而莫得其涯[30]；洋洋乎与造物者游，而不知其所穷[31]。引觞满酌[32]，颓然就醉[33]，不知日之入。苍然暮色，自远而至，至无所见，而犹不欲归。心凝形释[34]，与万化冥合[35]。然后知吾向之未始游，游于是乎始[36]。故为之文以志[37]。是岁，元和四年也。

《柳宗元集》卷二九

〔1〕 本文作于元和四年(809),为"永州八记"的首篇。柳宗元在永贞元年(805),因参与王叔文永贞革新,失败后获罪,贬谪永州。遂寄情于永州山水,发而为优美的山水小品,其中以"永州八记"最为著称。

〔2〕 僇(lù 路)人:谓当加刑戮的人。后泛指罪人,此指因罪被贬。《韩非子·制分》:"故其法不用,而刑罚不加乎僇人。"陈奇猷集释:"所谓僇人者,乃当加刑戮之人。"僇,通"戮"。

〔3〕 惴慄(zhuì lì 缀利):亦作"惴栗",恐惧而战栗。

〔4〕 隙:公务闲暇之馀。

〔5〕 施(yí 怡)施:缓慢行走的样子。漫漫:随意,漫无目的。

〔6〕 日:每天,天天。其徒:此指同游者。

〔7〕 "穷迴"三句:意谓沿着迂回曲折的山间小溪一直走到尽头,深幽的泉水,怪异的山石,无论多远,我们都去游览。穷,穷尽,走到尽头,形容词用如使动。迴,迂回曲折。

〔8〕 披:拨开,打开。晋左思《杂诗》:"披轩临前庭,嗷嗷晨雁翔。"

〔9〕 极:至,到达。趣:通趋,往,赴。

〔10〕 觉:睡醒。

〔11〕 皆我有也:全都为我所拥有、观赏。

〔12〕 未始:从未,未曾。怪特:奇异怪特。

〔13〕 法华西亭:法华,寺名,在零陵县内东山之上。《永州府志》所指"有唐时寺"即法华寺。柳宗元曾居住于此。西亭,是柳宗元在法华寺西所建的亭子,他在《永州法华寺新作西亭记》一文中曾叙述建亭之事。

〔14〕 西山:在今湖南零陵西。关于其具体所指,综括学界对"西山"的考证,一说指粮子岭,一说指珍珠岭。

〔15〕 始指异之:开始指点并感到它的奇特。异,形容词的意动用法,以……为异。

〔16〕 湘江:乃潇水之误。柳宗元诗文中有时潇湘不分。潇水发源于江永县天都峰,流经零陵县,在零陵城西,自南津渡由南而北至浮洲(今称苹洲)与湘水汇流(参见《柳宗元永州行迹考》,载《零陵师专学报》1981

513

年第2期)。

〔17〕 缘:沿着。染溪:潇水之流,一称"冉溪",即柳宗元《愚溪诗序》中所谓"愚溪"。

〔18〕 斫(zhuó 酌):用刀斧等砍或削。榛(zhēn 真)莽:杂乱丛生的草木。

〔19〕 茅茷(fá 伐):杂而丛生的野草。

〔20〕 箕(jī 机)踞:一种轻慢、不拘礼节的坐的姿态,即随意张开两腿坐着,形似簸箕。《庄子·至乐》:"庄子妻死,惠子吊之,庄子则方箕踞鼓盆而歌。"成玄英疏:"箕踞者,垂两脚如簸箕形也。"遨:游,此指举目观赏。

〔21〕 "则凡"二句:意谓所有附近数州的土地,都在我的座席之下。极写居高望远,山下的景物一览无馀,尽收眼底。衽(rèn 认)席,座席。

〔22〕 岈(xiā 虾)然:山峰高耸貌。洼然:凹陷貌。

〔23〕 垤(dié 蝶):蚁冢形状的小土堆。蚁冢,即蚂蚁做窝时堆积在洞口周匝的浮土。

〔24〕 尺寸:指物体的高低、长短、大小等。此指放眼所望的范围。

〔25〕 攒蹙(cuán cù 窜阳平促):簇聚,聚集。

〔26〕 莫得遁隐:指景色尽入眼底,一览无馀。遁隐,逃避,隐藏。

〔27〕 萦青缭白:萦回着青山,缭绕着白云。

〔28〕 际:靠近,接近。

〔29〕 "然后"二句:意谓看了以后,才知道这座山确实特立不群,与一般的小土丘大不一样。培塿(pǒu lǒu 剖上声搂),小土丘。

〔30〕 "悠悠"二句:悠悠,辽阔无际,遥远。此指心神遨游无极之状。颢(hào 浩)气,清新洁白盛大之气。涯,边际,极限。

〔31〕 "洋洋"二句:洋洋,广远无涯貌,此指心神遨游无极之状。穷,尽头。

〔32〕 引觞:端起酒杯。

〔33〕 颓然:此指喝酒后身子歪斜、倾倒的样子。

514

〔34〕 心凝形释:心神凝结住了,形体消失了,此指忘我的境界。释,消溶,熔化。

〔35〕 万化冥合:与万物暗暗地融合为一体。

〔36〕 "然后"二句:意谓我这才知道过去并未有过真正的游览,真正的游览从此开始。向,从前。

〔37〕 志:记录。

钴鉧潭西小丘记[1]

得西山后八日[2],寻山口西北道二百步[3],又得钴鉧潭。潭西二十五步,当湍而浚者为鱼梁[4]。梁之上有丘焉,生竹树。其石之突怒偃蹇[5],负土而出[6],争为奇状者,殆不可数[7]。其嵚然相累而下者,若牛马之饮于溪[8];其冲然角列而上者[9],若熊罴之登于山。丘之小不能一亩[10],可以笼而有之[11]。问其主[12],曰:"唐氏之弃地,货而不售[13]。"问其价,曰:"止四百[14]。"余怜而售之[15]。李深源、元克己时同游[16],皆大喜,出自意外[17]。即更取器用[18],铲刈秽草[19],伐去恶木,烈火而焚之[20]。嘉木立,美竹露,奇石显。由其中以望[21],则山之高,云之浮,溪之流,鸟兽之遨游[22],举熙熙然回巧献技[23],以效兹丘之下[24]。枕席而卧,则清泠之状与目谋[25],瀯瀯之声与耳谋[26],悠然而虚者与神谋[27],渊然而静者与心谋[28]。不匝旬而得异地者二[29],虽古好事之士[30],或未能至焉[31]。

噫!以兹丘之胜[32],致之沣、镐、鄠、杜,则贵游之士争买

515

者,日增千金而愈不可得[33]。今弃是州也,农夫渔父过而陋之[34],贾四百[35],连岁不能售。而我与深源、克己独喜得之。是其果有遭乎[36]? 书于石,所以贺兹丘之遭也。

《柳宗元集》卷二九

〔1〕 本文为永州八记的第三篇,作于元和四年(809)永州司马任上。作者描写了小丘的奇景异致,借小丘遭弃,引起身世之感,寄寓了愤世傲时之情。钴鉧(gǔ mǔ 古母)潭:在永州西山西,因潭形似钴鉧(即熨斗)而得名。

〔2〕 西山:见前《始得西山宴游记》注。后八日:得西山在元和四年(809)九月二十八日,得此小丘当在十月初六。

〔3〕 寻:沿着。

〔4〕 "当湍"句:意谓在急流的深水处是一道鱼梁。当,对着,向着。湍(tuān 团),急流。浚(jùn 俊),深。指从上到下距离大。鱼梁,捕鱼设置,在水中垒石为桥,桥下留有孔道放鱼通行,以便网罗。

〔5〕 突怒:高出突起貌。偃蹇:傲然。

〔6〕 负土而出:戴着泥土,冒出地面。

〔7〕 殆:几乎,差不多。

〔8〕 "其嵚"二句:意谓山石高耸突起,从上而下排列着,像成群的牛马往溪边饮水。嵚(qīn 亲)然,形容山石高耸突起的样子。累(lěi 磊),堆集,积聚。下,石势向下。

〔9〕 "其冲"二句:意谓山石突起向上,卓然特立着,像熊罴向山上爬。冲然,突起向上的样子。角列,卓然特立的样子。罴(pí 皮),熊的一种,俗称马熊、人熊。

〔10〕 不能:不足,不到。

〔11〕 笼:包笼,包罗,占有。

〔12〕 其主:指小丘的主人。

516

〔13〕 "唐氏"二句:意谓这是一位姓唐的人家废弃的地方,想卖而没有卖出去。货,出卖。不售,没有卖掉。

〔14〕 止:仅仅,只。

〔15〕 怜:爱惜,喜爱。售:使之售,买进。

〔16〕 李深源、元克己:二人均为柳宗元友人。李深源名幼清,原任太府卿。元克己原任侍御史。二人此时同贬居永州。

〔17〕 出自意外:指没有想到能以贱价购得小丘。

〔18〕 即:立即。更取:轮流取来。更:轮流,轮番。

〔19〕 刈(yì 义):割除。秽草:杂草。

〔20〕 烈火:燃起大火。

〔21〕 其中:指小丘上。

〔22〕 鸟兽:一作"鸟兽鱼"。

〔23〕 举:全,都。熙熙:和乐的样子。回巧献技:施展呈献出它们的技巧。

〔24〕 效:显示,呈现。

〔25〕 清泠(líng 灵):清净凉爽。谋:接触,交接。

〔26〕 潆(yíng 营)潆:水流回旋的声音。

〔27〕 悠然而虚者与神谋:即《始得西山宴游记》所说"悠悠乎与颢气俱"。见前注。神,指精神。

〔28〕 渊然:广博的样子。

〔29〕 不匝旬:不满十日。匝:周,满。旬:十日为旬。得异地者二:指钴鉧潭和这个小丘。

〔30〕 好事之士:指喜于访山游水之人。

〔31〕 或:或许,也许。

〔32〕 胜:胜景,美景。

〔33〕 "致之"三句:意谓如果把小丘置于沣、镐、鄠、杜这些地方,那么那里的王公贵族子弟争相购买,即使每天价格增加千金,也买不到它。致之,把小丘置于……。沣(fēng 丰),沣水,古水名。源出陕西长安西南

517

秦岭山中,北流至西安市西北入渭水。或疑当作"丰",在今陕西户县境内。镐(hào浩),即西周都城镐京,在今陕西西安市西南。鄠(hù户),汉县名。故治在今陕西户县北。杜,杜陵,汉宣帝陵墓,靠近长安,为胜地。以上四地皆长安近郊名胜之地,当时豪贵所建别业园林甚多。

〔34〕 陋之:轻视它。

〔35〕 贾(jià嫁):同"价"。

〔36〕 遭:遭遇,此指好运气。

至小丘西小石潭记[1]

从小丘西行百二十步,隔篁竹[2],闻水声,如鸣佩环[3]。心乐之,伐竹取道[4],下见小潭,水尤清冽[5],泉石以为底[6]。近岸卷石底以出[7],为坻为屿[8],为嵁为岩[9]。青树翠蔓[10],蒙络摇缀[11],参差披拂[12]。潭中,鱼可百许头[13],皆若空游无所依[14]。日光下澈[15],影布石上[16],佁然不动[17];俶尔远逝[18],往来翕忽[19],似与游者相乐。

潭西南而望,斗折蛇行[20],明灭可见[21]。其岸势犬牙差互[22],不可知其源[23]。坐潭上,四面竹树环合,寂寥无人[24],凄神寒骨[25],悄怆幽邃[26]。以其境过清[27],不可久居,乃记之而去。

同游者,吴武陵[28]、龚古[29],余弟宗玄[30];隶而从者崔氏二小生[31],曰恕己,曰奉壹。

《柳宗元集》卷二九

〔1〕 本文为"永州八记"第四篇,作于元和四年(809)永州司马任上。此文妙尽山水奇致,描摹细致入微,比喻巧妙形象;以潭寄怀,寥寥几笔,其慨遂现。伤周遭环境之偏僻荒凉,虑及自身遭际,透露出谪居生活中寂寥凄怆的心境。轻抹淡描,意境弥深。小丘:即钴鉧潭西小丘。

〔2〕 篁(huáng皇)竹:丛竹,竹林。

〔3〕 佩环:古代士大夫佩戴的两种玉制品,行走时发出碰撞之声。佩,同"珮"。此处用来形容水声和谐动听。

〔4〕 取道:开辟道路。

〔5〕 清洌(liè列):清凉。

〔6〕 泉:本集作"全",蒋之翘等本作"泉",据改。以为:当作。

〔7〕 "卷石"句:意谓潭底大石翻卷而突出水面。

〔8〕 坻(chí池):水中小洲或高地。屿:小岛。

〔9〕 嵁(kān堪):陡峭的山石。岩:亦作"嵒",突起的石头。

〔10〕 翠蔓:碧绿的藤蔓。

〔11〕 蒙络:形容藤蔓覆盖缠绕树木之态。摇缀:指藤蔓摆动而连接在一起。

〔12〕 参差(cēn cī岑阴平疵):长短不齐的样子。披拂:吹拂,飘动。

〔13〕 可:大约。百许头:一百条左右。许,表约略估计数。

〔14〕 "皆若"句:意谓鱼都好像在空中游动,没有什么依托,形容水极清澈透明,好像无水。

〔15〕 下澈:向下照透。

〔16〕 影:指鱼影。布:呈现。石:指潭底。

〔17〕 佁(yǐ以)然:静止的样子。佁,一本作"怡"一本作"恬"。

〔18〕 俶(chù触)尔:犹"倏而",忽然。逝:消逝,谓鱼游走了。

〔19〕 翕(xī西)忽:飞快地。

〔20〕 斗折蛇行:谓流水像北斗星那样曲折,像蛇爬行那样蜿蜒流动。

〔21〕 明灭可见:意谓阳光下,远望流水在竹树遮蔽下时明时暗,闪

519

烁可见。

〔22〕 "其岸"句:意谓水岸的势态好像犬牙一样互相交错。差互,互相交错。

〔23〕 其源:水的源头。

〔24〕 寂寥:寂静无声,沉寂。

〔25〕 凄神寒骨:谓令人心情凄凉,寒冷彻骨。

〔26〕 悄怆(qiǎo chuàng 巧创):忧愁悲伤。悄,忧伤貌。《诗·陈风·月出》:"舒窈纠兮,劳心悄兮。"毛传:"悄,忧也。"怆,悲伤。幽邃:(感到)偏僻荒远。

〔27〕 以:因为。境:情景。过清:清净得过分。

〔28〕 吴武陵:信州(今江西上饶)人,元和二年进士,曾官太学博士,韶州刺史,同情永贞革新党人,元和三年贬谪永州。参《新唐书·吴武陵传》。

〔29〕 龚古:作者友人,一作龚右,其人未详。

〔30〕 宗玄:柳宗元之从弟。

〔31〕 隶而从者:附带跟随来的。崔氏二小生:姓崔的两个年轻人,即柳宗元姐夫崔简之子,一个叫恕己,一个叫奉壹。

小石城山记[1]

自西山道口径北[2],逾黄茅岭而下[3],有二道:其一西出,寻之无所得;其一少北而东[4],不过四十丈,土断而川分[5],有积石横当其垠[6]。其上为睥睨梁欐之形[7],其旁出堡坞[8],有若门焉[9]。窥之正黑,投以小石,洞然有水声[10],其响之激越[11],良久乃已[12]。环之可上[13],望甚远。无土壤而生嘉树美箭[14],益奇而坚[15],其疏数偃仰,类智者所施设也[16]。

噫！吾疑造物者之有无久矣[17]。及是愈以为诚有[18]。又怪其不为之于中州,而列是夷狄[19],更千百年不得一售其伎[20],是固劳而无用[21],神者傥不宜如是[22]。则其果无乎[23]？或曰:"以慰夫贤而辱于此者[24]。"或曰:"其气之灵,不为伟人,而独为是物,故楚之南少人而多石[25]。"是二者[26],余未信之。

《柳宗元集》卷二九

〔1〕 本文为"永州八记"的最后一篇,约作于元和七年(812)前后。文章的前半描写小石城山之奇异景色,后半藉景抒情,以佳胜之地湮没不彰,隐喻自己徒有经邦济世之才却横遭贬逐,蛰居蛮荒无用武之地。字里行间,隐含一股郁勃不平之气。吴楚材、吴调侯《古文观止》卷九评云:"借石之瑰玮,以吐胸中之气。柳州诸记,奇趣逸情,引人以深。而此篇议论,尤为崛出。"小石城山:在今湖南零陵西北。

〔2〕 径北:一直向北。径:直接,一直。

〔3〕 逾(yú 榆):亦作"踰"。越过,经过。黄茅岭:在永州潇水西岸,今名芝山。小石城山在黄茅岭西北方向。

〔4〕 少北:稍微偏向北。少,稍稍,略微。

〔5〕 土断:此指黄茅岭从愚溪起向北延伸至小石城山处山势中断,形成陡壁,故谓之土断。川:指桃江,汉代水名。属涿郡。《汉书·地理志上》:"良乡,侯国。垣水南东至阳乡入桃。"川分:被桃江分开。

〔6〕 "有积"句:意谓有块巨大的石头横挡在道路的旁边。垠(yín 银),界限,边际。

〔7〕 "其上"句:意谓石头上面的山势像城墙上的短墙和房屋大梁的形状。睥睨(bì nì 婢昵),城墙上锯齿形的短墙,女墙。梁欐(lì 利),房屋

的栋梁。《庄子·秋水》:"梁丽可以衝城,而不可以窒穴,言殊器也。"成玄英疏:"梁,屋梁也;丽,屋栋也。"欐,同"丽"。

〔8〕 堡坞(wù 误):小型城堡。此指堆积的石头像堡坞形状。

〔9〕 有若:如同,好像。

〔10〕 洞然:象声词,形容石子击水的声音。

〔11〕 激越:形容声音高亢清远。

〔12〕 良久:很久。乃已:才停止。

〔13〕 环之可上:指回环盘旋着可以上去。

〔14〕 箭:竹名。细小而劲实,可作箭杆。《说文·竹部》:"箭,矢竹也。"王筠句读:"《众经音义》:箭,矢竹也。大身小叶曰竹,小身大叶曰箭。"

〔15〕 益奇而坚:更加显得形状奇特材质坚硬。

〔16〕 "其疏"二句:意谓竹木分布疏密有致、高低参差,好像是人工特意布置的。疏,稀疏。数(cù 醋),细密,稠密。偃仰,俯仰。施设,布置,设计。

〔17〕 造物者:即天地万物的主宰。

〔18〕 及是:等到这。诚:的确,确实。

〔19〕 "又怪"二句:意谓但又奇怪造物者为何不把这小石城山安放到(人烟辐凑的)中原地区去,却把它摆在这荒僻遥远的蛮夷之地。中州,指中原地区。列,呈现。夷狄,指边远少数民族地区,此指永州地区。

〔20〕 "更千"句:谓即使经过千百年也没有一次可以显示自己奇异景色的机会。更,历经。伎,同"技"。

〔21〕 固:的确。劳而无用:白耗力气而毫无用处。

〔22〕 神者:即前指"造物者"。傥:或许,可能。不宜如是:不应该这样做。

〔23〕 "则其"句:意谓那么上帝果真没有的吧?

〔24〕 "以慰"句:意谓造物者安排这美景是为了安慰那些被贬逐在此地的贤人的。

〔25〕 "其气"四句:意谓这地方的钟灵之气不孕育伟人,而唯独凝聚成了奇山胜景,所以楚地南部少出瑰伟之人而多产奇峰怪石。

〔26〕 是:指示代词"这"。二者:即指以上两种说法。

吕　温

吕温(772—811),字和叔,河东府河中(今山西永济)人,郡望东平(今属山东)。初随父吕渭学《诗》、《礼》,又随陆质通《春秋》,又从梁肃习古文。德宗贞元十四年(798)登进士第,又登博学宏辞科,授集贤殿校书郎。与王叔文、柳宗元、刘禹锡等善,十九年擢为左拾遗。二十年出使吐蕃,为副使,被拘留吐蕃经年,永贞元年(805)回京,迁户部员外郎,转司封员外郎。宪宗元和三年(808)转刑部郎中,其后历仕道州、衡州刺史,卒于衡州。两《唐书》有传。吕温操翰精富,文体赡逸,清人李慈铭谓其文"根底深厚","气势格律,皆出于学问,非李元宾(李观)所可及也"(《越缦堂日记》)。亦能诗。有《吕衡州文集》十卷传世。

古东周城铭[1]并序

鲁昭公三十二年,周苌弘合诸侯之大夫城成周[2]。卫彪傒曰:"天之所坏,不可支也。苌弘违天,必受其咎。"[3]异岁,周人杀苌弘[4]。左氏明征,以为世规[5],俾持颠之臣,沮其胜气,非所以励尊王垂大训也[6]。予经其地,而作是铭:
文武受命,肇兴西土[7]。周公作洛,始会风雨[8]。居中正本,拓统开祚[9]。盛则骏奔,衰则夹辅[10]。平王东迁,九鼎已轻[11]。二伯之后,时无义声[12]。大夫苌弘,言抗其倾;坐召诸侯,廓崇王城[13]。虽微远猷,实被令名[14]。宜福而祸,何伤于明?[15]立臣之本,委质定分[16]。为仁不卜,临义不问;无天无神,惟道是信[17]。国危必扶,国灭必振。求而不获,乃以死徇[18]。兴亡理乱,在德非运。罪之违天,不可以训[19]。升墟览古,慨焉遐愤[20]。勒铭颓隅,以劝大顺[21]。

《吕衡州文集》卷八

〔1〕 古东周城,指成周旧址。西周都镐京,周成王三年(前1061),周公平三监之乱,杀武庚,五年,乃营洛邑为周之东都。筑城二,一为王城,一为成周,十四年,洛邑告成。周平王元年(前770),平王东迁,都洛邑之王城。其后王室衰微,诸侯渐强。周敬王四年(前516),王城内乱,敬王出居成周,十年,敬王使使臣苌弘、刘文公如晋,请城成周,于是晋卿范献子、魏献子乃合诸侯,盟,城成周,三旬而毕。周大夫苌弘持颠扶倾,合诸侯修筑成周。后来晋有范氏、中行氏之难,苌弘与之,晋人责周,周为之杀苌弘。旧史因以苌弘筑成周"违天",乃遭杀身评议之,作者于此怀有强烈愤慨,发而为此铭文。与其《张荆州画赞》(见后)一样,铭文据理力争,辞严义正,其中或蕴有其身世之感。

〔2〕 "鲁昭公"二句:鲁昭公三十二年即周敬王十年(前510)。苌弘,周敬王大夫,字叔。《国语·周语下》:"敬王十年,刘文公与苌弘欲成周,为之告晋。魏献子为政,说(悦)苌弘而与之,将合诸侯。"

〔3〕 "卫彪傒"数句:彪傒,卫国大夫。《左传·定公元年》"卫彪傒"作"晋女叔宽",女叔宽,姓女,晋卿。"天之所坏"二句,当为逸周诗,意思是"上天要毁坏成周,就不能支持"。苌弘违逆了上天,就要受到报应。

〔4〕 "异岁"二句:周敬王二十八年(鲁哀公三年,前492),晋卿范

氏、中行氏作乱,晋卿赵简子败范氏于朝歌,范氏出奔邯郸。范氏与刘氏(刘文公)世为婚姻,而苌弘旧属刘氏。时刘氏已死,苌弘秉政,赵简子以是责周敬王,敬王遂杀苌弘。其事见《左传·哀公三年》、《国语·周语下》。

〔5〕"左氏"二句:谓《左传》先是在定公元年记录了晋女叔宽(《国语》作"卫彪傒")诅咒苌弘的语言,然后在鲁哀公三年又记载了苌弘被杀之事,表示应验,并以此作为对后世的教训。明征,明确的征兆。

〔6〕"俾持颠"数句:数句是对左氏的批评,意谓如此记载,使扶持国家倾覆的臣子感到沮丧,这不是鼓励尊崇王室、垂后世以教育的作法。俾,使。大训,先王、圣哲的教言。

〔7〕"文武"二句:谓周文周武受命于天,在西部兴盛。肇,始。西土,指今关中周原之地。相对于殷商所处中原而言,周人始祖兴于西土。

〔8〕"周公"二句:意谓自周公经营洛邑,洛邑成为天下聚会风雨之地。周公,名旦,武王之弟,辅武王灭纣,武王死后又扶助成王,作礼乐,定典章制度。会风雨,洛邑居中原之地,故有"会风雨"的说法。《文选》张衡《东京赋》:"总风雨之所交,然后建王城。"

〔9〕"居中"二句:谓洛邑居天下之中,有利于国家生存发展。统,治理,管理。祚,国运。

〔10〕"盛则"二句:意谓国家强盛则如骏马之奔驰,衰微则形成协助辅佐之势。

〔11〕"平王"二句:谓自平王东迁之后,周天子已失去天下中心的地位。按,《春秋》纪事,自周平王四十九年起,历史上号为"春秋",周王室地位已轻。九鼎,相传为夏禹所铸,象征天下九州,夏商周三代以九鼎为国家王权的象征。战国周显王时,九鼎没于泗水,失去所在。

〔12〕"二伯"二句:谓齐桓、晋文之后,春秋时期即无主持正义之人了。伯,义同"霸",古代诸侯之长。齐桓、晋文尊王攘夷,齐桓、晋文之后,诸侯唯恃强称霸而不尊王,故"无义声"。

〔13〕"大夫"四句:谓苌弘欲挽救王室的颓势,召集诸侯规划扩建王

城。《左传·昭公三十二年》:"冬十一月,晋魏舒、韩不信(晋大夫)如京师,合诸侯之大夫于狄泉,寻盟,且令城成周……己丑,士弥牟营成周,计丈数,揣高卑,度厚薄,仞沟洫,物土方,议远迩,量事期,计徒庸,虑材用,书糇粮,以令役于诸侯,属役赋丈,书以授帅。"坐召,遂召集。廓崇,扩大、加高。王城,此指成周。

〔14〕 "虽微"二句:意谓苌弘地位虽然卑微,但却有远大的谋略,理应享有美名。猷,谋略。令名,美名,好的名声。

〔15〕 "宜福"二句:谓苌弘应该得到好处,不料却遭到祸殃,何损于他的英名?

〔16〕 "立臣"二句:意谓臣子要确立为臣的本分,即以死报国。委质,亦作委贽,臣子向君王献礼,表示献身。《国语·晋语九》:"委质为臣,无有二心,委质而策死,古之法也。"韦昭注:"言委贽于君,书名于策,示必死也。"

〔17〕 "为仁"数句:意谓苌弘为仁义之事,不须占卜,不问吉凶,无天无神,唯坚信道义。

〔18〕 死徇:以死徇于正义事业。徇,亦作"殉"。

〔19〕 "罪之"二句:意谓卫彪傒(《左传》作"晋女叔宽")以"违天"归罪于苌弘,实在不足为训。

〔20〕 "升墟"二句:谓登上成周废墟,满怀愤慨。遐愤,远愤,为前代之人感到愤慨。

〔21〕 "勒铭"二句:谓镌刻此铭文于废墟之一角,用来规劝天下归于大顺。大顺,顺乎伦常天道。《礼记·礼运》:"天子以德为车,以乐为御;诸侯以礼相与;大夫以法相序;士以信相考;百姓以睦相守……是谓大顺。"

成皋铭[1]

芒芒大野,万邦错峙[2]。惟王守国,设险于此[3]。呀谷

527

成堙,崇巅若累[4]。势轶赤霄,气吞千里[5]。洪河在下[6],太室傍倚[7]。冈盘岭蹙,虎伏龙起[8]。锁天中区,控地四鄙[9]。出必由户,入皆同轨[10]。拒昏纳明,闭乱开理[11]。

昔在秦亡,雷雨晦冥[12]。刘项分险,扼喉而争[13]。汉飞镐京,羽斩东城[14]。德有厚薄,此山无情[15]。维唐初兴,时未大同;王于东征,烈火顺风[16]。乘高建瓴,擒建系充[17]。奄有天下,斯焉定功[18]。二百年间,大朴既还[19]。周道如砥,成皋不关[20]。顺至则平,逆来惟难;敢迹成败,勒铭嶻颜[21]。

《吕衡州文集》卷八

〔1〕 成皋,本春秋郑虎牢邑,战国时属韩,又名崤关,后改名成皋。秦庄襄王元年(前249),秦伐韩,韩献成皋,秦于是在此设关。西汉置县,隋改为汜水县,唐开元末,县治迁荥阳,故城名为汜水关,在今河南荥阳汜水镇西。成皋南傍嵩山,北临黄河,扼东西咽喉,为洛阳东部屏障,自古为兵家必争之地。铭文先写成皋形势,然后总括前代兴亡及唐兴之迹,但落脚仍在政治之清明,并不专在关河之险,显示其识见之高。

〔2〕 "芒芒"二句:意谓茫茫原野,万邦错落峙立于其中。万邦,万国。此指西周分封的各诸侯国。

〔3〕 "惟王"二句:语出《易·坎·彖》:"王公设险以守其国。"意谓西周天子守其本土,设险于此。

〔4〕 "呀(xiā 虾)谷"二句:意谓成皋的山谷成为沟壑,高山若积累而成。呀,大而空貌。

〔5〕 "势轶"二句:形容成皋气势雄伟,似乎要超出云霄,控制千里之内。轶,超出。

〔6〕 洪河:黄河。

〔7〕 太室:峰名。嵩山双峰,东为太室,西为少室,总名嵩高山。

528

〔8〕"冈盘"二句:形容成皋冈、岭形状如虎伏、如龙起。

〔9〕"锁天"二句:谓成皋似乎锁住了中原区域,控制着四方边邑。天之中区,此指中原、中州地区。四鄙,四方边境城邑。

〔10〕"出必"二句:意谓成皋为东西交通要道,出入皆须经此。轨,古代车子两轮间的距离。此指道路。

〔11〕"拒昏"二句:意谓成皋关拒绝昏昧之人而接纳明理之人。时局混乱则关闭,国家治理则关开。

〔12〕"昔在"二句:意谓往日秦亡之际,天下大乱。晦冥,昏暗阴沉。

〔13〕"刘项"二句:意谓刘邦与项羽据险争斗。汉之四年(前203),项王围成皋,汉王独与滕公出成皋北门,走修武(故址在今河南获嘉境内),使刘贾将兵佐彭越,烧楚积聚。项王东顾,汉王则引兵渡河,复取成皋。事见《史记·项羽本纪》。扼喉,卡住喉咙。比喻双方各自控制要害部位。

〔14〕"汉飞"二句:谓汉楚争斗大局已定,刘邦定都于长安,项羽自刭于东城。汉之五年(前202)正月,诸侯及将相共尊汉王为皇帝。二月,乃即皇帝位汜水之阳,是为高祖。高祖都洛阳,后用齐人娄敬言,入都关中。镐京,西周国都,此代指长安。东城,县名,汉属九江郡,故址在今安徽定远东南。汉四年(前203)十二月,项羽败走东城,被围垓下,突围走乌江,自刎死。

〔15〕"德有"二句:意谓汉、楚(刘、项)之德有厚有薄,故而汉胜楚败,无关乎成皋关山有情无情。

〔16〕"维唐"四句:意谓唐初兴之际,全国尚未一统,秦王李世民东征诸侯,其势如烈火顺风。武德元年(618),高祖李渊于长安即皇帝位,然诸侯割据,中原未平。武德三年,命秦王李世民率军东征。

〔17〕"乘高"二句:意谓唐军处居高临下之势,擒窦建德,降王世充。窦建德,贝州漳南(今河北故城)人,隋炀帝大业七年(611)参加农民义军,十三年于乐寿称王,渐次控制河北大部,次年称夏王。唐武德四年(621)驰援被唐军围困的王世充,兵败被俘,被杀于长安。王世充,字行满,新丰

529

(今陕西临潼东北)人,祖籍西域。隋炀帝初,为江都通守。炀帝死,自立为帝,国号郑。唐武德四年,兵败降唐。至长安,为仇人所杀。乘高建瓴,即高屋建瓴,语出《史记·高祖本纪》:"(秦中)地势便利,其以下兵于诸侯,譬犹居高屋之上建瓴水也。"裴骃集解引如淳曰:"瓴,盛水瓶也。居高屋之上幡(翻)瓴水,言其向下之势易也。"

〔18〕"奄有"二句:意谓唐王朝从此一统天下。奄有,全部占有。斯焉定功,在此(指成皋一役)确立大功。

〔19〕"二百"二句:意谓大唐立国至今二百年,吏民的本性已回归质朴之道。二百年,唐自武德元年(618)至宪宗元和年间(806—820)约有二百年。大朴,原始的质朴之道。

〔20〕"周道"二句:意谓唐政治清平,贡赋平均,成皋关口开而不关。周道如砥,语出《诗·小雅·大东》:"周道如砥,其直如矢。"毛传:"如砥,贡赋平均也。"

〔21〕"顺至"四句:意谓政治清明就天下太平,叛乱到来就唯有灾难。我岂敢考察历史成败兴亡的事实,将此篇铭文刻于岩石之上呢!巉(chán 缠)颜,峭崖的壁面。

张荆州画赞[1]并序

中书令始兴文献公[2],有唐之夔亮臣也[3]。开元二十年后,元宗春秋高矣[4],以太平自致,颇易天下,综核稍怠,推纳浸广,君子小人,摩肩于朝[5]。直声遂寝,邪气始胜,中兴之业衰焉。公于是以生人为身[6],社稷自任,抗危言而无所避[7],秉大节而不可夺。小必谏,大必诤,攀帝槛[8],历天阶[9],犯雷霆之威，不霁不止[10]。日月之蚀，为公却明[11]。虎而冠者，不敢猛视[12]。群贤倚赖，天下仰息，凛乎千载之望矣。不虞天将启幽蓟之祸，俾奸臣负乘，以速致戎，诈成谖胜，圣不能保，褫我公衮，置于侯服[13]。身虽远而谏愈切，道既塞而诚弥坚，忧而不怨，终老南国[15]。

於戏！功业见乎变[15]，而其变有二：在否则通，在泰则穷[16]。开元初，天子新出艰难，久愤荒政，乐与群下励精致理，于是乎有否极之变[17]。姚、宋坐而乘之，举为时要，动中上急，天光照身，宇宙在手，势若舟楫相得，当洪流而鼓迅风，崇朝万里，不足怪也[18]。开元末，天子倦于勤而安其安，高视穆清，霈然大满，于是乎有泰极之变[19]。荆州起而扶之，举为时害，动咈上欲，日与谞党抗衡于交戟之中，势若微阳战阴，冲密云而吐丹气，欻耀而灭，又何叹乎[20]！所痛者，逢一时，事一圣，践其迹，执其柄，而有可有不可，有成有不成[21]。况乎差池草茅，沉落光耀者[22]，复何言哉？复何言哉！

曹溪沙门灵澈[23]，虽脱离世务，而犹好正直，得其图像，因以示予。睹而感之，乃作赞曰：
唐有栋臣，往矣其邈[24]。世传遗像，以觉后学[25]。德容恢异，天骨峻擢[26]。波澄东溟，日照太岳[27]。具瞻崇崇[28]，起敬起忠。貌与神会，凛然生风。气蕴逆鳞[29]，色形匪躬[30]。当时曲直，如在胸中。鲲鳞初脱，激海以化；羊角中颓,摩天而下[31]。无喜无愠[32],亦如此画。呜呼为臣,儆尔夙夜[33]。

《吕衡州文集》卷九

〔1〕 此文为人物画像赞,约作于德宗贞元年间。"张荆州"为张九龄。九龄字子寿,韶州曲江(今广东韶关)人。幼聪敏,七岁知属文,武则天长安二年(702)第进士,中宗神龙三年中材堪经邦科,授校书郎,至玄宗开元十九年(731),九龄自工部侍郎迁中书侍郎,二十一年,以本官同中书门下平章事,明年,迁中书令。二十四年,为李林甫所潜,改尚书右丞相,二十五年,贬荆州长史,二十八年病卒。九龄为开元朝贤相,王夫之谓其"抱忠清以终始,夐乎为一代泰山乔岳之风标"(《读通鉴论》)。因为张九龄是唐代历史上有大影响的人物,使此篇人物画像赞兼有史赞的意味。作者是怀着大敬仰之心写此篇画赞的,不但史识卓越,词简义正,且带有浓厚的感情,既能写出九龄政治家的胸次,亦能写出个人感慨,使人低徊不尽。

〔2〕 "中书令"句:张九龄曾祖始家于始兴(今属广东),开元二十三年九龄封始兴县公,卒谥文献。

〔3〕 鲠亮:刚直诚实。

〔4〕 元宗:即玄宗。当为清人编集时避康熙玄烨讳改。春秋高:谓年岁已高。按开元二十二年玄宗年五十。

〔5〕 "以太平"六句:意谓玄宗以为太平局面由自己所致,所以颇轻忽天下之事,松懈了对人的综合考察,推举引纳逐渐多而且广,致使君子小人并立于朝。综核,对人或事进行综合考察。推纳,推举引纳。浸广,逐渐增多。摩肩,形容多。按陈鸿《长恨歌传》"开元中,泰阶平,四海无事。玄宗在位久,倦于旰食宵衣,政无大小,始委于右丞相,深居游宴,以声色自娱",与此意同。

〔6〕 生人:养育人。

〔7〕 抗危言:高声讲出正直的话。危言,直言。

〔8〕 攀帝槛:用汉朱云事。详见前柳伉《请诛程元振疏》注。

〔9〕 历天阶:登上宫殿台阶。历阶,形容快步登上台阶。《仪礼·燕礼》:"凡栗阶,不过二等。"贾公彦疏:"凡升阶之法,有四等……历阶,三也。历阶谓从下至上皆越等无连步。"

〔10〕 "犯雷霆"二句:谓触犯人主天威,即使皇帝不高兴,亦不停止。不霁,雨雪未晴,比喻脸色难看。据《新唐书·张九龄传》,范阳节度使张守珪以斩可突干功,帝欲以为侍中,九龄曰:"宰相代天治物,有其人然后授,不可以赏功。"帝曰:"假其名若何?"九龄曰:"名器不可假也。"遂止。帝又将以凉州都督牛仙客为尚书,九龄不可,帝怒曰:"岂以仙客寒士嫌之耶? 卿固素有门阀哉?"九龄顿首曰:"臣荒陬孤生。陛下以文学用臣。仙客目不知书,陛下必用仙客,臣实耻之。"帝不悦。如此等事尚多。

〔11〕 "日月"二句:谓玄宗虽有过错,因张九龄而得到改正,政治上仍不失其明。日月之蚀,比喻人的过错。《论语·子张》:"子贡曰:'君子之过也,如日月之食焉,过也,人皆见之,更也,人皆仰之。'"

〔12〕 "虎而冠"二句:意谓藩镇虎将,连对张九龄怒目而视也不敢。虎而冠者,如虎而着冠,指安禄山等。

〔13〕 "不虞"七句:意谓不料天将开启安史之乱,致使奸臣居宰相之位,兵乱很快发生,奸诈和进谗得逞,虽玄宗之圣明,亦不能保,遂罢去九龄相位,贬荆州长史。不虞,未曾料到。幽蓟之祸,指安禄山之乱。天宝元年(742),以安禄山为平卢节度使,三载,又兼范阳节度使,十四载十一月,安禄山反于范阳。幽蓟,指安禄山盘踞处。天宝九载改范阳郡为幽州(今北京),幽州治蓟县。奸臣,指李林甫。负乘,语出《易·解》:"负且乘,致寇至。"谓居非其职而招致祸患。张九龄为中书令,李林甫为礼部尚书同中书门下三品。李林甫自无学术,心颇忌之,乃引牛仙客知政事,九龄屡言不可,帝不悦;太子瑛、鄂王瑶、光王琚皆以母失爱而有怨言,玄宗怒,谋于宰臣,将治以罪,九龄以为不可,拒不奉诏,玄宗不悦。林甫谓中贵人曰:"家事何须谋及于人?"又因牛仙客事进谗言曰:"但有材识,何必辞学? 天子用人,何有不可?"由是玄宗尤不悦,遂罢九龄中书令,即日以林甫代

533

之。监察御史周子谅言牛仙客非宰相器,玄宗怒而杀之,林甫言周子谅为张九龄所引用,乃贬九龄为荆州长史。详见两《唐书》张九龄传、李林甫传。襆,解。衮,即衮服(古代帝王及三公所穿绘有卷龙的礼服。天子绘升龙,三公但绘降龙)。解去衮服指罢去相位。置于候服,指贬为荆州长史。古代以距离京城五百里以外为候服。

〔14〕 终老南国:开元二十八年(740),张九龄病卒于荆州。南国,指荆州。

〔15〕 "功业"句:意谓个人能否表现出功业在于时局之变。见,同"现"。

〔16〕 "在否"二句:否、泰,皆《周易》卦名。《易·否卦·释文》:"否,闭也,塞也。"《易·泰卦·释文》:"通也。"二句意谓当否极可变为通,当泰极则变为穷。穷,途穷末路。

〔17〕 "开元"五句:谓玄宗即位之初政局艰难,在艰难之中有否极之变。中宗景龙末,韦后擅权,弑中宗,矫诏称制。玄宗定策讨乱,遂诛韦后。睿宗即位后,又有太平公主,则天皇后所生,权震天下,朝廷大政事,非公主关决不下,天子殆画可而已。左羽林大将军常元楷、知羽林军李慈皆私公主,且谋废太子(即玄宗),并使元楷、李慈杀太子。玄宗得其奸,前一日枭元楷、李慈于阙下,公主赐死于第。详见两《唐书·玄宗纪》。荒政,指睿宗末年荒乱的政局。

〔18〕 "姚、宋"九句:谓姚崇、宋璟助玄宗经营天下,凡有措施,皆为当时要务,举动合君王之意。有玄宗的信任,有充分的权力,二人相互扶持,舟楫相得,其势若当洪流而鼓劲风,形势发展瞬间就是万里,又何足为怪呢! 姚崇(651—21),字元之,陕州硖石(今河南陕县)人。睿宗立,拜兵部尚书同中书门下三品,进中书令。玄宗先天初,姚崇佐玄宗根除太平公主之患,封梁国公。开元初,崇三居相位,励精图治,为唐代名相之一。详见两《唐书·姚崇传》。宋璟(663—737),广平(今河北鸡泽)人,少好学,工文辞,弱冠举进士。睿宗即位,为吏部尚书、同中书门下三品。玄宗开元四年,居相位,刚正强直,取舍公正,为唐代名相之一。详见《唐书·

宋璟传》。天光照身、宇宙在手,谓玄宗对其信任且权力在手。天光,比喻帝王的恩宠。舟楫相得,比喻姚、宋二人能互相配合。按,开元初,姚崇荐宋璟代己为相,时人并称"姚宋"。崇朝,从天明到早饭,比喻时间短暂。

〔19〕 "开元末"五句:谓开元末年,玄宗倦于政事而追求安逸,仰视天空,志得意满,于是有泰极之变。穆清,天空。霈然,雨雪充沛貌。此处形容极其得意。

〔20〕 "荆州"八句:意谓当玄宗倦于政事之际,张九龄起而扶助皇上,凡有措施,皆为时政之弊,举动违背君王愿望,经常与谗党对抗于宫廷之中,其势若微弱之阳气战斗阴气,冲破密布阴霾吐露一丝彩霞,忽然而灭,有何可叹息的呢! 荆州,指张九龄。咈(fú 弗),违背、违逆。谗党,指李林甫辈。交戟,有士兵守卫之地。此指宫廷。丹气,彩霞。歘耀,忽然。形容时间短暂。

〔21〕 "所痛者"七句:意谓令人痛惜的是,张九龄与姚、宋同处开元之时,同事一个君主,前者步后者的足迹,同居于相位,而有可有不可,有成功有不成功。

〔22〕 "况乎"二句:意谓张九龄晚年被贬偏远之地,昔日光耀沉落,与姚、宋差别太大。按,姚、宋皆因年老致仕,享年俱在七十岁以上。张九龄六十三岁病卒于荆州。

〔23〕 "曹溪"句:灵澈,唐诗僧,俗姓汤,字澄源,会稽(今浙江绍兴)人,大历间以能诗闻名于江南,诗僧皎然盛称其诗,诗人包佶又广为延誉,诗名一时大振。贞元间与刘禹锡、柳宗元、吕温等关系甚密,元和后期卒于宣州开元寺。曹溪,此指曹娥江,上游称剡溪,流经今浙江绍兴东,入海。此以曹溪代灵澈家乡。沙门,梵语的译音,或作桑门,指佛教僧侣。

〔24〕 "唐有"二句:意谓张九龄为唐栋梁之臣,然而时代已很遥远。

〔25〕 以觉后学:犹言使后人觉醒。语出《孟子·万章上》:"伊尹曰:'使先觉觉后觉也。'"

〔26〕 "德容"二句:意谓张九龄画像的容貌异于常人,他的气度超凡,天庭饱满。德容,敬辞,指有道者的仪容。天骨,星相家谓天庭(人的

535

两眉之间)多奇骨者,人物杰出。此指人的气度不凡。峻擢,高升,此指人的天庭饱满。

〔27〕"波澄"二句:形容画像中张九龄相貌庄严,气度恢弘。东溟,东海。太岳,古山名,即霍山,在今山西霍县东南。

〔28〕具瞻:为众人所瞻望。崟崟:高大貌。

〔29〕"气蕴"句:意谓画像中张九龄气质里含有敢于批逆鳞的勇气。逆鳞,语出《韩非子·说难》:"夫龙之为虫也,柔可狎而骑也,然其喉下有逆鳞径尺,若人有婴之者,则必杀人。人主亦有逆鳞,说者能无婴人主之逆鳞,则几矣。"后以敢于谏争皇帝者为"批逆鳞"。

〔30〕"色形"句:意谓画像中张九龄形貌显出忠心耿耿的样子。匪躬,谓忠心耿耿,不顾自身。

〔31〕"鲲鳞"六句:用《庄子·逍遥游》事,形容张九龄志向远大,可惜中道而溃。《逍遥游》:"北冥有鱼,其名为鲲,鲲之大,不知其几千里也。化而为鸟,其名为鹏,鹏之背,不知其几千里也。怒而飞,其翼若垂天之云。是鸟也,海运则将徙于南冥……抟扶摇而上者九万里。"羊角,风曲上行若羊角。中颓,中天而颓。

〔32〕"无喜"句:谓张九龄遭贬后既不高兴亦无怨恨。愠,怨恨。

〔33〕"呜呼"二句:意谓作臣子的看到此像,早晚都会得到警戒。儆(jǐng 景),警戒、告诫。夙夜,早、晚。

刘禹锡

刘禹锡(772—842),字梦得,洛阳(今属河南)人,郡望中山(今河北定县)。幼随父寓居江南,从诗僧皎然、灵澈习诗。贞元九年(793)擢进士第,又登博学宏词科,授太子校书。十八年为渭南主簿,次年入朝为监察御史。贞元末,顺宗即位,王叔文秉政,擢禹锡为屯田员外郎,判度支盐铁。永贞元年(805),宪宗即位,大惩王叔文党人,贬禹锡为朗州司马。元和十年(815)召回,再出为连州刺史。其后历仕夔州、和州刺史。文宗大和间,仕主客、礼部郎中,苏、汝、同州刺史,开成元年(836),任太子宾客,会昌二年病故。禹锡诗文兼擅。其论说文长于说理,雄健晓畅;短文则辞藻华美,意味深厚。宋谢采伯谓"唐之文风,大振于贞元、元和之时,韩、柳畅其端,刘、白继其轨","皆足以拔于流俗,自成一家之言"(《密斋笔记》)。两《唐书》有传。有《刘宾客集》四十卷传于世。今人整理集有《刘禹锡集》,中华书局1990年出版;《刘禹锡集笺证》,上海古籍出版社1989年出版。

唐故尚书礼部员外郎柳君文集纪[1]

八音与政通[2],而文章与时高下。三代之文至战国而病[3],涉秦汉复起。汉之文至列国而病[4],唐兴复起。夫政庞而土裂,三光五岳之气分,大音不完,故必混一而后大振[5]。初,贞元中,上方向文章[6]。昭回之光,下饰万物[7]。天下文士,争执所长,与时而奋,粲焉如繁星丽天。而芒寒色正,人望而敬者,五行而已[8]。河东柳子厚[9],斯人望而敬者欤!

　　子厚始以童子有奇名于贞元初,至九年为名进士,十有九年为材御史[10],二十有一年,以文章称首,入尚书为礼部员外郎。是岁,以疏隽少检获讪[11],出牧邵州,又谪佐永州[12]。居十年,诏书征,不用,遂为柳州刺史[13]。五岁不得召,病且革[14],留书抵其友中山刘某,曰:"我不幸,卒以谪死,以遗草累故人[15]。"某执书以泣,遂编次为三十通[16],行于世。

　　子厚之丧,昌黎韩退之志其墓,且以书来吊曰:"哀哉,若人之不淑[17]!吾尝评其文,雄深雅健似司马子长,崔、蔡不足多也[18]。"安定皇甫湜于文章少所推让[19],亦以退之言为然。凡子厚名氏与仕与年暨行己之大方[20],有退之之志若祭文在[21]。今附于第一通之末云。

《刘禹锡集》卷一九

〔1〕　穆宗长庆元年(821)作,时刘禹锡丁母忧,在洛阳。柳君为柳宗元,礼部员外郎为柳宗元贞元末所任官职。唐人重内职,故称其前职。集纪即集序。刘禹锡父名绪,避父讳,以序为纪。元和十四年(819)柳宗元病卒于柳州,死前以为其编集托付好友刘禹锡。集纪论述了文学与时代、政治的关系,提出了"文章与时高下"的著名论断。作者在盛赞柳宗元之文的同时,对宗元为世所弃、不得其用也致慨再三。

〔2〕　八音:指古代八种乐器,即金、石、丝、竹、匏、土、革、木。此处泛指音乐。

538

〔3〕 三代:指夏、商、周三代。三代之文指《尚书》中的夏书、商书、周书。

〔4〕 列国:指东汉以后处于分裂状态的两晋、三国、南北朝而言。

〔5〕 "夫政"数句:意谓政治庞杂,土地分裂,三光五岳之元气分散不整,大音不完整,所以一定要待天下一统方能大振。政庞,政治庞杂。三光,谓日月星。五岳,谓泰、华、嵩、衡、恒。大音,语出《老子》四十一章:"大音希声。"大音指无声音的音乐。此处指最美好的音乐。

〔6〕 上:指德宗皇帝。按,德宗(李适)好文,尤工诗,常与朝臣唱和。《全唐诗》今尚存其诗十五首,《全唐文》编其文为六卷。

〔7〕 "昭回"二句:意谓皇帝有所好,则文士更加争先。昭回,日月,此指德宗皇帝。

〔8〕 "而芒寒"三句:意谓丽天繁星中光芒最亮、人望而敬仰的,必是金、木、水、火、土五星。

〔9〕 河东:唐郡名,即蒲州(今山西永济)。柳宗元为河东解县人。

〔10〕 材御史:有才干的监察御史。按,柳宗元当时的官职是监察御史里行(正员以外增置的官员称作"里行")。

〔11〕 "是岁"二句:贞元二十一年(805)正月,德宗薨,太子即位,是为顺宗。顺宗即位时,因中风已不能言。七月,令太子监国,八月,顺宗称太上皇,太子即位,改元永贞,是为宪宗。宪宗即位,贬王叔文、王伾等,柳宗元、刘禹锡等亦遭贬。"疏隽少检获讪"是对柳宗元因王叔文获罪而连带遭贬的含混说法。

〔12〕 "出牧"二句:柳宗元等先贬远州刺史,继又因处罚不严,再改为远州司马。柳宗元先贬邵州(今湖南邵阳)刺史,继又道贬永州(今湖南零陵)司马。

〔13〕 "居十年"四句:宪宗元和十年(815),刘、柳等被召回长安,继又外放为远州刺史。柳宗元得柳州。

〔14〕 病且革(jí 及):病危。

〔15〕 "以遗草"句:是托付为其编集的婉转说法。遗草,遗稿。

〔16〕 三十通：三十卷。

〔17〕 若人：此人。不淑：不善，指遭遇不幸。

〔18〕 "雄深"二句：是韩愈写给刘禹锡信中称赞柳宗元文章的几句话。韩愈信不见于韩集。司马子长，即司马迁。崔、蔡，东汉文学家崔瑗、蔡邕。不足多，犹言不及柳。

〔19〕 皇甫湜：唐散文家。皇甫祖籍安定（今宁夏固原）。

〔20〕 "凡子厚"句：指柳宗元的家世、仕历、生卒年及一生行事的大略。

〔21〕 "有退之"句：指韩愈《柳子厚墓志铭》及《祭柳子厚文》。若，及，和。

救沉志[1]

贞元季年夏大水，熊、武五溪斗，洺于沅，突旧防，毁民家[2]。跻高望之，溟溘葩华[3]，山腹为坻[4]，林端如莎[5]。湍道驶悍[6]，不风而怒。崛嵲前迈[7]，浸淫旁掩。柔者靡之，固者脱之；规者旋环之，矩者颠倒之；轻而泛浮者砢礚之，重而高大者前却之[8]。生者力音[9]，殚者弛形[10]，蔽流而东，若木栋然[11]。

有僧愀焉，誓于路曰："浮屠之慈悲，救生最大。能援彼于溺，我当为魁[12]。"里中儿愿从四三辈，皆狎川勇游者[13]，相与乘坚舟，挟善器，维以修绋，枻于崇邱[14]。水当洞汱[15]，人易置力。凝眸执用，俟可而拯[16]。大凡室处之类[17]，穴居之汇[18]，在牧之群，在豢之驯，上罗黔首，下逮毛物[19]，拔乎洪澜，致诸生地者，数十百焉。

适有挚兽如鸱夷而前[20],攫持流梯,首用不陷[21],睨目旁睨,其姿弭然[22],甚如六扰之附人者[23]。其徒将取焉,僧趣诃之曰[24]:"第无济是为![25]"目之,可里所,而不能有所持矣[26]。舟中之人曰:"吾闻浮图之教贵空,空生普,普生慈[27]。不求报施之谓空,不择善恶之谓普,不逆穷困之谓慈[28]。向也生必救,而今也穷见废,无乃计善恶而忘普与慈乎!"僧曰:"甚矣,问之迷且妄也!吾之教恶乎无善恶哉[29]?六尘者,在身之不善也,佛以贼视之[30]。末伽声闻者,在彼之未寤也,佛以邪目之[31]。恶乎无善恶耶?吾向也所援而出死地者众矣。形干气还,各复本状:蹄者踯躅然,羽者翘萧然,而言者䜣䜣然[32]。随其所之,吾不尸其施也[33]。不德吾则已,乌能害为[34]?彼形之干,鬐鬣之姿也;彼气之还,暴悖之用也[35]。心足反噬,而齿甘最灵[36]。是必肉吾属矣[37]。庸能踯躅䜣䜣之比欤?夫虎之不可使知恩,犹人之不可使为虎也。非吾自遗患焉尔,且将遗患于众多,吾罪大矣。"

子刘子曰[38]:余闻:"善人在患,不救不祥。恶人在位,不去亦不祥。"[39]僧之言远矣,故志之。

《刘禹锡集》卷二〇

〔1〕 元和元年(806)作于朗州,时刘禹锡为朗州司马。永贞元年朗州大水,此志所记,其事实或有所本。此志纪事、议论并重,纪事简约,议论明析。作者因参与王叔文集团而遭贬,文中僧人关于不施救于猛虎的一番议论,或者有其寄托在内。

〔2〕 "贞元"五句:《新唐书·五行志》:"永贞元年夏,朗州之熊、武五溪溢。秋,武陵、龙阳二县江水溢,漂万馀家。"贞元季年,指贞元二十一年,即永贞元年。熊、武五溪,即武陵五溪,熊溪、武溪俱为五溪之一,在今

541

湖南常德西南。斗,形容溪水暴涨湍急如战斗。泆(yì 溢),水涨,字同"溢"。沅,沅江。沅江源于今贵州剑河,东北流,至武陵东汇入洞庭。

〔3〕 溟涬(xīng 幸):水浩大貌。葩华:分散貌。此处形容溪水溢出河道四散奔流。

〔4〕 坻(chí 持):水中小洲。

〔5〕 莎(suō 缩):草名。

〔6〕 "湍道"句:形容水流湍急。

〔7〕 崱巎(zé nì 则逆):高大貌。此处形容水浪。

〔8〕 "柔者"六句:形容泛滥溪水的威力。柔弱的东西推倒它,坚固的东西拔起它,圆的东西冲得它旋转起来,方的东西冲得它不断翻滚,轻的东西到处漂浮着,互相撞击发出巨响,重而高大的东西冲得它向前倾斜。硠礚(láng kē 郎科),象声词,指石头互相撞击的声音。

〔9〕 力音:尽力呼救。

〔10〕 殪(yì 易)者:死者。弛形:摊开身体。

〔11〕 木柿(fèi 肺):削下的木片。

〔12〕 魁:首,带头者。

〔13〕 狎川:熟悉水性。

〔14〕 "维以"二句:用长绳系住舟船,再用木橛将长绳固定在山上。修绰(zuó 昨),长绳。杙(yì 易):短木桩。

〔15〕 洄洑:回流,漩涡。

〔16〕 "凝眹(lú 卢)"二句:意谓眼睛凝视,手拿工具,等候能够被救的就施救。眹,瞳仁。

〔17〕 室处之类:居于房屋者,指人类。

〔18〕 穴居之汇:指动物。汇,义同类。

〔19〕 黔首:老百姓。毛物:动物。

〔20〕 挚兽:猛兽。挚同"鸷"。此指老虎。鸱夷:皮囊。此处形容漂流水中的老虎。

〔21〕 "攫持"二句:谓虎抓住水流中的树干,头因此而未陷于水中。

栭(niè 捏),树的根株。

〔22〕"隅目"二句:意谓虎侧目旁视,其神态甚是温顺。隅目,用眼角看。弭然,顺从貌。

〔23〕"甚如"句:很像六畜依附于人那样。六扰,即六畜(马牛羊豕犬鸡)。

〔24〕趣诃(hē 喝)之:立即过来呵斥他。诃,呵斥、责备。

〔25〕"第无"句:犹言不要去救它。第,但,且。

〔26〕"目之"三句:意谓看它的样子,再有一里许即不能有所持(抓住树枝)了。

〔27〕"吾闻"四句:意谓佛法贵在于空,空而能普渡众生,普渡众生而有慈悲心怀。

〔28〕"不求"三句:意谓不求报答叫做空,施舍不选择善恶叫做普,不拒绝处于穷困者的求救叫做慈。逆,阻绝、拒绝。

〔29〕恶(wū 呜)乎:疑问代词,犹言何所、怎么。

〔30〕"六尘"数句:佛教以为色、香、声、味、触、法六者能通过眼、耳、鼻、舌、身、意影响人内心的洁净,故视其为六尘。贼,戕害人的事物。

〔31〕"末伽"数句:意谓佛教视初闻佛家教诲但尚未悟道者为邪。末伽,佛家语,即佛家之道。声闻,亦佛家语。佛教谓闻佛之言教悟四谛(苦、集、灭、道)真理为声闻。邪,恶、不正派。

〔32〕"形干"五句:谓所解救生物恢复元气后形态各异。形干气还,形体干燥,元气恢复。踯躅然,行走貌。翘萧然,轻飞貌。俴(jiàn 建)俴然,巧言貌。

〔33〕"吾不"句:意谓不以施救者自居。

〔34〕"乌能"句:犹言怎能加害于我? 乌能,表疑问。

〔35〕"彼形"四句:谓老虎形体干燥元气恢复之后形态。髤髵(pī ér 披而),猛兽鬃毛竖起发威貌。暴悍,暴戾、残暴。

〔36〕"心足"二句:意谓老虎以反噬为足,而人类则是它最美味的。反噬,反过来咬。最灵,指人类。

543

〔37〕 必肉吾属:必以我等为食物。

〔38〕 子刘子:作者自称。

〔39〕 "余闻"数句:语出《国语·晋语八》,意为:好人处于患难,不予施救则不祥;恶人在位,不离开他亦不祥。

陋室铭[1]

山不在高,有仙则名。水不在深,有龙则灵。斯是陋室,惟吾德馨[2]。苔痕上阶绿,草色入帘青。谈笑有鸿儒[3],往来无白丁[4]。可以调素琴[5],阅金经[6]。无丝竹之乱耳[7],无案牍之劳形[8]。南阳诸葛庐[9],西蜀子云亭[10]。孔子云:"何陋之有"?[11]

《刘禹锡集·补遗》

〔1〕 此篇为器物铭,有警戒、祝颂之义。文不见于宋本《刘禹锡集》,明彭大翼《山堂肆考》载此文,《全唐文》据此录入,又经《古文观止》等选本选入,遂成为刘禹锡文传诵最广的一篇。学术界对于此文真伪尚有争议,但现有论据尚不足以否定其为刘文。据传此文是刘禹锡为和州刺史时(唐敬宗宝历元年至二年,825—826)写其怀抱所作。

〔2〕 德馨:谓品德高尚。馨,散布很远的香气。《左传·僖公五年》:"黍稷非馨,明德唯馨。"

〔3〕 鸿儒:大儒。

〔4〕 白丁:白衣,即平民。此处指无学问的人。

〔5〕 素琴:无彩饰的琴。

〔6〕 金经:古代用泥金(一种金色颜料)书写的佛经。

〔7〕　丝竹:泛指乐器。此处指歌舞音乐之类。

〔8〕　案牍:官府公文。

〔9〕　南阳:汉郡名,治所在宛城,即今河南南阳。诸葛庐:汉末大乱,诸葛亮隐居南阳,筑有草庐。

〔10〕　子云亭:成都少城西南有扬雄宅,亦称"草玄堂",是扬雄著《太玄》处。扬雄字子云,成都(今属四川)人。

〔11〕　"孔子"二句:《论语·子罕》:"子欲居九夷,或曰:'陋,如之何?'子曰:'君子居之,何陋之有?'"

李　汉

李汉(生卒年不详),字南纪,李唐宗室。少师事韩愈,愈以女妻之。宪宗元和七年(812)登进士第,历佐使府,文宗大和间仕至礼、吏、户部侍郎,后以李宗闵党贬汾州司马,会昌中沦踬而卒。善古文。两《唐书》有传,《新唐书》本传称其"通古学,属辞雄蔚"。文多佚,《全唐文》仅存其文二篇。

《昌黎先生集》序[1]

文者,贯道之器也[2],不深于斯道,有至焉者不也[3]?《易》繇爻象,《春秋》书事,《诗》咏歌,《尚书》、《礼》剔其伪,皆深矣乎[4]!秦、汉以前,其气浑然[5],迨乎司马迁、相如、董生、扬雄、刘向之徒,尤所谓杰然者也[6]。至后汉、曹魏,气象萎荼[7]。司马氏已来,规模荡尽[8],悉谓《易》已下为古文,剽掠僭窃为工耳[9]。文与道蓁塞[10],固然莫知也。

先生生于大历戊申[11]。幼孤,随兄播迁韶岭。兄卒,鞠于嫂氏,辛勤来归[12]。自知读书为文,日记数千百言。比壮,经书通念晓析,酷排释氏[13],诸史百子,皆搜抉无隐[14]。汗澜卓踔,奫泫澄深,诡然而蛟龙翔,蔚然而虎凤跃,锵然而韶钧鸣[15]。日光玉洁,周情孔思[16],千态万貌,卒泽于道德仁义,炳如也[17]。洞视万古,愍恻当世,遂大拯颓风,教人自为[18]。时人始而惊,中而笑且排,先生志益坚,其终人亦翕然而随以定[19]。呜呼!先生于文,摧陷廓清之功[20],比于武事[21],可谓雄伟不常者矣。

长庆四年冬[22],先生殁。门人陇西李汉辱知最厚且亲,遂收拾遗文,无所失坠。得赋四,古诗二百五,联句十一,律诗一百七十三,杂著六十四,书启序八十六,哀辞祭文三十八,碑志七十六,笔砚鳄鱼文三,表状四十七,总七百,并目录合为四十一卷,目为《昌黎先生集》,传于代[23]。又有《注论语》十卷,传学者[24];《顺宗实录》五卷,列于史书,不在集中[25]。先生讳愈,字退之,官至吏部侍郎。馀在国史本传。

《昌黎先生集》卷首

〔1〕 韩愈卒于穆宗长庆四年(824)冬,李汉作为韩愈最亲近的学生和亲戚,受遗命编辑韩愈文集。据李翱《韩愈行状》,韩愈卒、葬之际,其文集已经编就,李汉序文亦当作于此时。韩愈卒、葬之际,皇甫湜有《墓铭》,李翱有《行状》,再加上李汉文,皆言及韩愈之文而各有所侧重。李汉序文,开首即以文、道关系评论韩文,有提纲挈领之效,尤着重于文章史的发展演变及韩愈文摧陷廓清之功,是为得体。

〔2〕 "文者"二句:意谓文只是承载(或表述)道的一种工具(或形式)。按,隋末王通《文中子中说》卷二《天地篇》云:"学者博诵云乎哉?必也贯乎道。文者苟作云乎哉?必也济乎义。"李汉"文以贯道"说本于此。后世用"文以贯道"概括韩愈古文理论。宋周敦颐有"文以载道"的提法,与此义同。

〔3〕 "不深"二句:意谓不精深于此道,文章能做到最好还是不能呢?不(fǒu 否),表示反诘,音义俱同"否"。

〔4〕 "《易》繇"五句:意谓五经即是以文贯道而且是深于此道的:

547

《易》以文辞预示人事的吉凶,《春秋》以文辞记载史实,《诗经》的文辞是以歌唱表达感情,《尚书》、《礼》的文辞是剔除了虚伪的大道。繇(zhòu宙),通籀,占卜的文辞。爻象,指《易》的六爻相交成卦所表示的事物的形象。《易·系辞下》:"爻象动乎内,吉凶见乎外。"

〔5〕 "秦汉"二句:谓秦、汉以前文质朴、浑然厚重。按,秦汉以前文主要指《春秋》、《左传》及诸子之文。

〔6〕 "迨(dài 代)乎"数句:谓西汉之文仍为杰出。迨,及、到。司马迁,《史记》作者。相如,指司马相如,汉赋名家。董生,指董仲舒,有《春秋繁露》等著作。扬雄,汉赋名家,又有《法言》、《太玄》等著作。刘向,汉赋名家,另有《说苑》、《新序》等著作。

〔7〕 "至后汉"二句:谓东汉、曹魏文章,气象已经萧索。萎苶(nié 聂阳平),枯萎凋谢。

〔8〕 "司马"二句:谓两晋之文,已丧失为文的法式。司马氏,代两晋。规模,规范、法式。

〔9〕 剽掠僭窃:剽窃前人文章。按,"悉谓"二句,诸本(《全唐文》、《唐文粹》及魏仲举《五百家注韩集》)多有异文,或有讹误。

〔10〕 榛(zhēn 真)塞:荆棘丛生,道路阻塞。

〔11〕 大历戊申:代宗大历戊申年为大历三年,公元768年。

〔12〕 "幼孤"数句:韩愈《祭十二郎文》云:"呜呼!吾少孤,及长,不省所怙,惟兄嫂是依。中年兄殁南方,吾与汝俱幼,从嫂归葬河阳。"即谓此。按,愈始生,即丧母,三岁又丧父,由长兄韩会及嫂郑夫人抚养其成人。兄会贬韶州刺史,不久病逝,愈与嫂归葬兄会于河阳(今河南孟州)故乡祖茔。韶岭,指韶州(今广东韶关)。鞠,抚养。参见韩愈《祭十二郎文》一文。

〔13〕 酷排:甚是排斥。释氏:释迦牟尼,此指佛教。

〔14〕 搜抉无隐:指对诸史百子之书通读无有遗漏。

〔15〕 "汗澜"五句:形容韩愈文气势波澜壮阔,格调卓尔不群。汗澜,波澜起伏貌。卓踔,高远貌。霱(yún 云)泫澄深,水深、水流回旋貌。

诡然,变化不测貌。蔚然,文采华美貌。锵然,形容声调高亢清脆。韶钧,韶乐与钧天广乐。韶乐为虞舜乐名,钧天广乐为上天仙乐。

〔16〕 周情孔思:周公孔子的思想感情。

〔17〕 "千态"数句:意谓韩文姿态面貌千变万化,但最终都浸润着道德仁义,思想感情明白显豁。泽,润泽,浸润。炳如,明显昭著貌。

〔18〕 "洞视"四句:意谓韩愈能透彻地认识古代社会,又同情悲悯于当代社会,于是韩文遂能拯救颓弛的社会风气,教导人们奋发有作为。

〔19〕 "时人"四句:写韩愈古文对当时文坛的震撼。皇甫湜《韩文公墓铭》:"先生……恣为书以传圣人之道,人始未信,既发不掩,声震业光,众方惊爆而萃排之。乘危将颠,不懈益张,卒大信于天下。"与此义略同,而偏重强调韩文的"传圣人之道",即排释老对当时社会风习的影响。《新唐书·韩愈传赞》云:"自晋讫隋,老、佛显行,圣道不断如带,诸儒倚天下正议,助为怪神;愈独喟然引圣,争四海之惑,虽蒙讪笑,跲而复奋。始若未之信,卒大显于时。"文字上于二家有所承袭,而取意则较倾向于皇甫。

〔20〕 摧陷廓清:攻克强敌并予以彻底扫荡。

〔21〕 武事:与战争或军事有关的事。

〔22〕 长庆四年:穆宗长庆四年,为公元824年。

〔23〕 代:世。唐人避李世民讳,以世为代。

〔24〕 "又有"二句:《新唐书·艺文志》著录韩愈"《注论语》十卷",今已佚。张籍《祭退之》诗有云"鲁论未讫注,手迹今微茫",或者是韩愈未完之稿。宋以后又有《论语笔解》二卷,传为韩愈、李翱合著,其真伪尚无定论。

〔25〕 "顺宗"数句:韩愈《顺宗实录》五卷,今传。

皇甫湜

皇甫湜(777？—834？)，字持正，睦州新安(今浙江淳安)人。为童子时尝受知于诗人顾况。宪宗元和元年(806)进士及第，三年，登贤良方正科，以策文直切，为宰相所忌，授陆浑尉。文宗大和间，在山南东道、宣武军节度使幕府。后历官至工部郎中。以性卞急，数忤同僚，求分司东都，留守裴度辟为判官。《新唐书》有传。湜为中唐著名古文家，尝与李翱从韩愈学为古文，"翱得其正，湜得其奇"(章学诚《皇甫持正集书后》)。其论文亦以怪、奇为宗。有《皇甫持正文集》六卷传世。

《顾况诗集》序[1]

吴中山泉气状，英淑怪丽，太湖异石[2]，洞庭朱实[3]，华亭清唳[4]，与虎丘、天竺诸佛寺[5]，均号秀绝。君出其中间，翕清轻以为性[6]，结泠汰以为质[7]，煦鲜荣以为词，偏于逸歌长句[8]，骏发踔厉，往往若穿天心、出月胁[9]，意外惊人语，非寻常所能及，最为快也。李白、杜甫已死，非君将谁与哉？

君字逋翁，讳况，以文入仕[10]，其为人类其词章。尝从韩晋公于江南为判官[11]，骤成其磊落大绩。入佐著作[12]，不能慕顺[13]，为众所排。为江南郡丞累岁[14]，脱縻无复北意[15]，起屋于茅山[16],意飘然若将续古三仙[17],以寿九十卒。

　　湜以童子见君扬州孝感寺。君披黄衫,白绢鞹头[18],眸子瞭然,炯炯清立。望之真白圭振鹭也[19]。既接欢然,以我为扬雄孟子。顾恨不及见,三十年于兹矣。知音之厚,曷尝忘诸?去年从丞相凉公襄阳[20],有曰顾非熊生者在门[21],讯之即君之子也。出君之诗集二十卷,泣请余发之。凉公适移莅宣武军[22],余衰,归洛阳,诺而未副[23],今又殒矣[24]。生来速文,乃题其集之首为序。

《皇甫持正集》卷二

　　〔1〕　约作于文宗大和三四年间。顾况(727?—816?),代、德间著名诗人,严羽称其诗"稍有盛唐风骨处"(《沧浪诗话》)。此文论顾况诗,颇中顾诗风格之肯綮,亦不乏皇甫湜"怪、奇"文风,若"穿天心、出月胁"等语,皆向来人所未道者。

　　〔2〕　太湖异石:指产于太湖之石。其石经风浪冲激而成,石面多坳坎嵌空,园林中用来叠造假山,点缀庭院。

　　〔3〕　洞庭朱实:指洞庭所产橘。

　　〔4〕　华亭清唳:即华亭鹤唳,为江南胜观之一。华亭在今上海松江西,陆机于吴亡入洛前,常与其弟云游于华亭墅中,闻鹤唳之声。

　　〔5〕　虎丘、天竺:山峰名。虎丘在今江苏苏州,天竺在今浙江杭州。

　　〔6〕　"翕清轻"句:意谓聚合清轻之气以为其本性。翕,和合、聚合。

　　〔7〕　"结泠汰"句:意谓以听从放任为其气质。泠汰,听从放任,随心所欲。

　　〔8〕　逸歌长句:声情激越的七言歌行。

　　〔9〕　穿天心、出月胁:比喻设辞造语达险奥的境界。天心,天中央;月胁,月之侧。

　　〔10〕　以文入仕:指以进士出身入仕。顾况肃宗至德二载(756)登进

士第。

〔11〕 "尝从"句:指顾况德宗建中元年(780)任浙江东西观察使韩滉判官。

〔12〕 入佐著作:德宗贞元四年(788),顾况为秘书省著作佐郎。

〔13〕 慕顺:趋附顺从。

〔14〕 "为江南"句:贞元五至九年,顾况为饶州司户。郡丞,州郡之佐。

〔15〕 脱縻:摆脱羁縻。无复北意:谓不再归于京都。

〔16〕 茅山:在今江苏句容东南。

〔17〕 三仙:即三茅君。茅山原名句曲山,相传汉景帝时有咸阳人茅盈与其弟衷、固采药修道于此,得道成仙,世称三茅君,山亦改名茅山。见《茅山志》卷五。

〔18〕 "君披"二句:黄衫、白绢等,皆道士打扮。贞元九年,顾况去官,隐于茅山,受道箓。鞳(tà 踏)头,裹头。

〔19〕 白圭振鹭:形容其神清气壮。白圭,洁白的玉。振鹭,展翅的鹭。

〔20〕 "去年"句:谓其大和二年(828)从李逢吉在山南东道节度使(治襄阳)幕府。李逢吉,字虚舟,陇西人,元和十一年、长庆二年两为门下侍郎、同平章事,封凉国公。

〔21〕 顾非熊:顾况子,武宗会昌五年进士,有诗名。

〔22〕 "凉公"句:大和二年,李逢吉由山南东道改宣武军节度使(治汴州)。凉公,指李逢吉。逢吉为陇西人,凉州旧属陇西。

〔23〕 诺而未副:谓答应了写序却未能兑现。

〔24〕 稔(rěn 忍):一年。

李 翱

李翱(774—836),字习之,陈留(今河南开封)人,郡望陇西成纪(今甘肃秦安)。德宗贞元十四年(798年)中进士。初仕秘书省校书郎,宪宗元和初为国子博士、史馆修撰,又先后从事于岭南、宣歙、浙东、淮南幕,元和十五年(820),授考功员外郎,历朗州、舒州、庐州、郑州刺史。文宗大和间历仕桂管观察使、湖南观察使,大和八年(834)入为刑部侍郎,九年转户部侍郎,终山南东道节度使。两《唐书》有传。李翱于德宗贞元十二年结识韩愈,从其习为古文,相交凡二十馀年,政治与哲学思想均受其影响。在古文写作上,他吸收了韩文较为平易的一面,文风平实质朴、从容和婉,对宋代散文影响甚巨。有《李文公集》十八卷传世。

题燕太子丹传后[1]

荆轲感燕丹之义,函匕首入秦,劫始皇,将以存燕、霸诸侯[2]。事虽不成,然亦壮士也,惜其智谋不足以知变识机。始皇之道异于齐桓,曹沫功成,荆轲杀身,其所遭者然也[3]。乃欲促槛车、驾秦王以如燕[4],童子妇人且明其不能,而轲行之,其弗就也非不幸[5]。燕丹之心,苟可以报秦[6],虽举燕国犹不顾,况美人哉[7]?轲不晓而当之,陋矣。

《李文公集》卷五

〔1〕 太子丹,燕王喜之子。秦王政即位,丹质于秦。秦王政十五年(前232),丹自秦逃归,密结刺客荆轲入秦行刺,不果。后秦大举入燕,燕王喜乃使使斩丹,献于秦。《史记》无燕太子丹传,此处"燕太子丹传"指无名氏小说《燕丹子》。《燕丹子》见于《旧唐书·经籍志》,叙荆轲刺秦事,似为《史记·刺客列传》荆轲事所本。此文是作者读《燕丹子》后的读后感,批评太子丹逆时而动的愚妄,而荆轲为小惠所惑,行刺于秦,亦不足取。文章短小精悍,识见颇高。

〔2〕 "荆轲"五句:概述荆轲刺秦事。函匕首,函封匕首。荆轲入秦时,献燕督亢地图,匕首在地图中隐藏。

〔3〕 "始皇"四句:意谓秦始皇时天下大势已与春秋齐桓公时有异,故曹沫功成而荆轲遭杀身。齐桓,即齐桓公,春秋"五霸"之一。曹沫,鲁庄公将,沫与齐战,三败北,庄公惧,乃献遂邑之地与齐和。庄公十三年(前681),桓公与庄公会于齐之柯地而盟,曹沫执匕首劫桓公,左右莫敢动,桓公不得已,归鲁地。事见《史记·刺客列传》。按,齐桓公时,周天子虽然衰微,但名义上仍旧是天下共主,齐桓、晋文等"五霸",皆以"尊王攘夷"为口号,尚不可能代替周室,亦不可能随意吞并某一国。秦时,列国诸侯并起,弱肉强食,若秦、齐、楚等强国,皆欲一统天下,时势与齐桓时已大不同。

〔4〕 "乃欲"句:谓荆轲欲生劫(活捉)秦王。

〔5〕 弗就:不能成功。

〔6〕 报秦:报复秦王。太子丹先质于赵,而秦王政生于赵,少时与丹相欢。及政立为秦王,丹质于秦,秦王遇丹不善,丹怨而逃归。见《史记·刺客列传》。

〔7〕 "虽举"二句:谓太子丹待荆轲甚厚。《燕丹子》(卷下):"太子置酒华阳之台,酒中,太子出美人能琴者。轲曰:'好手琴者!'太子即进

之,轲曰:'爱其手耳。'太子即断其手,盛以玉盘奉之。"又,《史记·刺客列传》:"(丹)尊荆卿为上卿,舍上舍,太子日造门下,供太牢具,异物间进,车骑美女,恣荆轲所欲,以顺适其意。"

杨烈妇传[1]

建中四年[2],李希烈陷汴州[3],既又将盗陈州[4],分其兵数千人抵项城县[5],盖将掠其玉帛,俘累其男女[6],以会于陈州。

县令李侃不知所为。其妻杨氏曰:"君县令也,寇至当守,力不足,死焉,职也。君如逃,则谁守?"侃曰:"兵与财皆无,将若何?"杨氏曰:"如不守,县为贼所得矣。仓廪皆其积也,府库皆其财也,百姓皆其战士也[7],国家何有?夺贼之财而食其食,重赏以令死士,其必济。"于是召胥吏百姓于庭,杨氏言曰:"县令诚主也,虽然,岁满则罢去[8],非若吏人百姓然。吏人百姓,邑人也,坟墓存焉,宜相与致死以守其邑,忍失其身而为贼之人耶?"众皆泣许之。乃徇曰[9]:"以瓦石中贼者,与之千钱;以刀矢兵刃之物中贼者,与之万钱。"得数百人,侃率之以乘城[10],杨氏亲为之爨以食之[11],无长少,必周而均。使侃与贼言曰:"项城父老,义不为贼矣,皆悉力守死。得吾城,不足以威,不如亟去。徒失利,无益也。"贼皆笑,有蜚箭集于侃之手[12],伤而归。杨氏责之曰:"君不在,则人谁肯固矣?与其死于城上,不犹愈于家乎?"侃遂忍之,复登陴[13]。

项城小邑也,无长戟劲弩高城深沟之固,贼气吞焉[14],率其徒将超城而下[15]。有以弱弓射贼者[16],中其帅坠马死。其帅希烈之婿也。贼失势,遂相与散走,项城之人无伤焉。刺史上侃之功,诏迁绛州太平县令[17]。杨氏至兹犹存。

妇人女子之德,奉父母舅姑尽恭顺[18],和于娣姒[19],于卑幼有慈爱,而能不失其贞者,则贤矣。至于辨行阵[20],明攻守勇烈之道,此固公卿大臣之所难。厥自兵兴[21],朝廷宠旌守御之臣[22],凭坚城深池之险,储蓄山积,货财自若,冠胄服甲,负弓矢而驰者,不知几人。其勇不能战,其智不能守,其忠不能死,弃其城而走者有矣,彼何人哉?若杨氏者,妇人也,孔子曰:"仁者必有勇。"[23]杨氏当之矣。

赞曰:凡人之情,皆谓后来者不及于古之人。贤者自古亦稀,独后代耶?及其有之,与古人不殊也。若高愍女、杨烈妇者[24],虽古烈女,其何加焉?予惧其行事堙灭而不传,故皆叙之,将告于史官。

《李文公集》卷一二

〔1〕 文当作于德宗贞元间。中唐之际,藩镇割据成为社会大毒瘤,本文表彰了在藩镇为乱时一位有智有勇、忠于国家的妇女——杨烈妇,直接表现了作者坚决反对藩镇的立场。尤为难得的是为妇女立传。作者先将杨烈女与其夫作对比,再与"其勇不能战,其智不能守,其忠不能死,弃其城而走者"的所谓"守御"之臣作对比,并借用孔子的言语称誉杨烈妇,均显示了作者超乎寻常的识见。

〔2〕 建中:德宗年号。建中四年为公元783年。

〔3〕 李希烈:辽西(今北京顺义)人,少入平卢军,代宗时为蔡州刺史、淮西军节度使留后,德宗时为淮宁节度使。建中三年叛,自称建兴王、

天下都元帅,四出略地。四年十二月陷汴州(今河南开封)。

〔4〕 陈州:唐州名,治宛丘(即今河南淮阳),辖宛丘、太康、西华、项城等县。

〔5〕 项城县:即今河南沈丘。

〔6〕 俘累:俘虏拘禁。

〔7〕 "仓廪"三句:意谓贼若攻破项城,则项城之仓廪、府库、百姓皆为贼所有。

〔8〕 "岁满"句:意谓任职年限满就罢去。

〔9〕 徇:向众人宣布。

〔10〕 乘城:登上城墙。

〔11〕 爨(cuàn窜):烧饭。食(sì四)之:给他们吃。

〔12〕 蜚箭:即飞箭。蜚,同"飞"。

〔13〕 陴(pí皮):城上女墙。

〔14〕 气吞:以气吞之。形容气势强大。

〔15〕 超城而下:越过城墙。按,贼将大约用云梯攻城,云梯高出城墙,故有"超城"之说。

〔16〕 弱弓:力量不强的弓。

〔17〕 绛州:唐时州名,即今山西新绛。太平县(故址在今山西襄汾西)为其属县。

〔18〕 舅姑:此指公婆。

〔19〕 娣姒(sì四):妯娌。

〔20〕 辨行阵:懂得行军布阵。

〔21〕 厥自兵兴:意谓自从朝廷有军事行动以来。唐自安史乱后,藩镇为祸一方,朝廷屡有征讨之举。

〔22〕 宠旌:从优奖赏。

〔23〕 "孔子曰"二句:语出《论语·宪问》。

〔24〕 高愍女、杨烈妇:杨烈妇即此篇。李翱另有《高愍女碑》篇,叙高愍女为贼所虏、不愿受辱而死事迹。

557

张　籍

　　张籍(772？—830)，字文昌，吴郡(今江苏苏州)人，后移居和州乌江(今安徽和县)。早年从韩愈学为古文，德宗贞元十四年(798)举进士第，宪宗元和元年(806)补太常寺太祝，十年不迁。元和十一年转国子博士，十五年迁秘书郎。穆宗长庆元年(821)迁水部员外郎，文宗大和二年(828)拜国子司业。为诗长于乐府，与王建齐名，并称"张王乐府"。两《唐书》有传。有宋编《张司业诗集》传世。

上韩昌黎书[1]

　　古之胥教诲[2]，举动言语，无非相示以义，非苟相谀悦而已[3]。执事不以籍愚暗[4]，时称发其善[5]，教所不及，施诚相与，不间塞于他人之说[6]，是近于古人之道也。籍今不复以义，是执竿而拒欢来者[7]，乌所谓承人以古人之道欤[8]？

　　顷承论于执事，尝以为世俗陵靡[9]，不及古昔，盖圣人之道废弛之所为也。宣尼没后[10]，杨朱墨翟[11]，恢诡异说，干惑人听[12]；孟子作书而正之，圣人之道，复存于世[13]。秦氏灭学[14]，汉重以黄老之术教人[15]，使人寝惑[16]；扬雄作《法言》而辩之，圣人之道犹明[17]。及汉衰末，西域浮屠之法入于中国[18]，中国之人世世译而广之，黄老之术相沿而炽，天下之言善者，唯二者而已矣！昔者圣人以天下生生之道旷[19]，乃物其金木水火土谷药之用以厚之[20]；因人资善，乃明乎仁义之德以教之，俾人有常。故治生相存而不殊[21]。今天下资于生者，咸备圣人之器用[22]；至于人情，则溺乎异学[23]，而不由乎圣人之道，使君臣父子夫妇朋友之义沉于世，而邦家继乱[24]，固仁人之所痛也。

自扬子云作《法言》，至今近千载，莫有言圣人之道者，言之者惟执事焉耳。习俗者闻之，多怪而不信，徒相为訾[25]，终无裨于教也[26]。执事聪明，文章与孟子扬雄相若，盍为一书以兴存圣人之道，使时之人后之人，知其去绝异学之所为乎[27]？曷可俯仰于俗[28]，嚣嚣为多言之徒哉[29]？

然欲举圣人之道者，其身亦宜由之也。比见执事多尚驳杂无实之说[30]，使人陈之于前以为欢。此有以累于令德[31]。又商论之际[32]，或不容人之短，如任私尚胜者[33]，亦有所累也。先王存六艺，自有常矣，有德者不为，犹以为损，况为博塞之戏与人竞财乎[34]？君子固不为也。今执事为之，以废弃时日，窃实不识其然。

且执事言论文章不谬于古人，今所为或有不出于世之守常者[35]，窃未为得也。愿执事绝博塞之好，弃无实之谈，弘广以接天下士，嗣孟子扬雄之作，辨杨墨老释之说，使圣人之道，复见于唐，岂不尚哉！籍诚知之，以材识顽钝，不敢窃居作者之位，所以咨于执事而为之尔[36]。若执事守章句之学[37]，因循于时，置不朽之盛事[38]，与夫不知言者亦无以异矣[39]。籍再拜。

《昌黎先生集》卷一四附

〔1〕 唐德宗贞元十四年(798),韩愈在汴州,为宣武军节度使推官,张籍经孟郊介绍来汴,与韩愈结识。书即作于此年。张籍与韩愈年龄相若,关系在师友间;其对韩愈崇儒反佛老的立场很赞同,故规劝韩愈放弃"俯仰于俗,嚣嚣为多言之徒"的做法而著书立说,以张扬孔孟之道。书中又责其"多尚驳杂无实之说"、"商论之际或不容人之短"、好"博塞之戏与人竞财",刚直之气,流于笔墨间,诚所谓诤友。韩有答书,为自己辩解;张再有第二书,韩亦有答书。韩、张的辩论成为后来的古文运动的发轫。韩愈虽然替自己的不著书反复辩解,但嗣后不久,即有系统表述其学说的"五原"(《原道》、《原性》、《原毁》、《原人》、《原鬼》)的写作,从而奠定了他在儒学以及古文写作上的地位。

〔2〕 "古之"句:语出《尚书·无逸》:"古之人犹胥……教诲。"胥,相互。

〔3〕 谀悦:谄媚讨好。

〔4〕 执事:对对方的敬称。愚暗:愚钝而不明事理。此处是张籍自谦之词。

〔5〕 发其善:意谓对对方的言论有所发挥。发,阐发。《论语·为政》:"子曰:'吾与回言终日,不违,如愚。退而省其私也,亦足以发。回也不愚。'"此用其义。

〔6〕 间塞:夹杂、混杂。

〔7〕 "是执"句:语出《庄子·秋水》:"庄子钓于濮水,楚王使大夫二人往先焉,曰:'愿以境内累矣。'庄子持竿不顾。"

〔8〕 乌:表疑问。

〔9〕 陵靡:衰颓。

〔10〕 宣尼:指孔子。汉平帝元始元年追谥孔子为褒成宣尼公,后因称孔子为宣尼。

〔11〕 杨朱:战国时魏人,字子居,又称扬子、阳子。其时代后于墨翟而前于孟子,其说重在爱己,不以物累,不拔一毛而利天下。著述不传,其说散见于《孟子》、《庄子》等书中。墨翟:战国时鲁人(一说宋人),又称墨

子,主张兼爱、非攻,有《墨子》一书传世。

〔12〕 干惑:干扰惑乱。

〔13〕 "孟子"数句:谓孟子辟杨墨之说。《孟子·滕文公下》:"圣王不作,诸侯放恣,处士横议,杨朱、墨翟之言盈天下。天下之言不归杨,则归墨。杨氏为我,是无君也;墨氏兼爱,是无父也。无父无君,是禽兽也。"又曰:"杨墨之道不息,孔子之道不著……能言距杨墨者,圣人之徒也。"

〔14〕 秦氏灭学:指秦始皇焚书坑儒。

〔15〕 "汉重"句:谓汉初文、景两帝为稳定社会经济,采取与民休息政策,尚黄老无为思想。黄老,即黄帝、老子。参见韩愈《原道》注。

〔16〕 寝惑:止息而迷惑。

〔17〕 "扬雄"二句:扬雄仿《论语》体例著《法言》,以儒家传统思想为中心,尊圣人,倡王道。扬雄,字子云,西汉末蜀郡成都人。《汉书·扬雄传》:"人有问雄者,常用法应之,撰以为十三卷,象《论语》,号曰《法言》。"

〔18〕 "西域"句:谓汉明帝时佛教传入中国。参见韩愈《论佛骨表》注。浮屠,亦作浮图,为梵语佛的音译。此指佛教。

〔19〕 生生:孳生不绝,繁衍不已。

〔20〕 "乃物"句:谓圣人以金、木、水、火、土、谷、药之属为人所利用。《左传·文公七年》:"六府,三事,谓之九功。水、火、金、木、土、谷,谓之六府;正德、利用、厚生,谓之三事。"语本于此。

〔21〕 治生:谋生计。相存:互相问候。指人与人之间礼尚往来。

〔22〕 "今天"二句:意谓今天下之人赖以为生者,皆备圣人之器用,即金、木、水、火、土、谷、药之属。

〔23〕 "至于"二句:意谓至于人之伦常,则陷溺于佛道二教。异学,指佛道二教之学。

〔24〕 邦家:国家。

〔25〕 訾:诋毁、指责。

〔26〕 无裨于教:无益于教化。

561

〔27〕 去绝异学:去除并断绝异学。

〔28〕 俯仰于俗:犹言一举一动都被俗世牵制。

〔29〕 嚣嚣:喧哗貌。

〔30〕 "比见"二句:批评韩愈好为混杂而无实际内容的文章。驳杂无实,形容文章内容杂乱、无正确主题。按:张籍批评韩愈好为"驳杂无实"之说,世多指《毛颖传》。源于《唐摭言》所谓"韩文公著《毛颖传》,好博塞之戏,张水部以书劝之"(卷五);然《毛颖传》之作,在元和三四年间,张籍所指"驳杂无实"之说,非《毛颖传》可知。考韩愈贞元十四年与张籍相识及此前的写作,并无符合张籍所说"驳杂无实"者,有之,或者指《杂说》、《获麟解》、《应科目时与人书》等稍许带有"设幻"性质的作品。裴度也曾指责韩愈"恃其绝足,往往奔放,不以文立制,而以文为戏",见其《寄李翱书》(《全唐文》卷五三八)。足见当时社会上对韩愈此类作品持批评的人很多。

〔31〕 令德:美好的品德。

〔32〕 商论:商榷讨论。

〔33〕 任私尚胜:听任个人意气求胜。

〔34〕 博塞之戏:游戏赌博之类。博塞本字作簙簺,《说文》:"簙,戏局也,六箸十二棋。"又:"行棋相塞谓之簺。"按,韩愈尝以博塞取胜赢得《古今人物画》一卷,参见韩愈《画记》)。

〔35〕 守常:固守常法,按照常规。

〔36〕 咨:征询。

〔37〕 章句之学:汉儒创立的一种研究儒家经典的方法,所重在于解释篇章字句,而不在阐发大义。

〔38〕 置:弃置、废弃。不朽之盛事:指撰写"存圣人之道"的一部书。

〔39〕 不知言者:不能理解他人言论者。

杨敬之

杨敬之(生卒年不详),字茂孝,虢州弘农(今河南灵宝北)人。宪宗元和二年(807)登进士第,平判入等,官右卫胄曹参军。文宗大和中累迁至屯田、户部二郎中,官终工部尚书兼国子祭酒。诗文兼擅,其作多佚。所作《华山赋》一篇,深为时辈推赏。《新唐书》有传。

华山赋[1] 并序

臣有意讽赋,久不得发。偶出东门三百里,抵华岳,宿于趾下[2]。明日,试望其形容,则缩然惧,纷然乐,戚然忧,歙然嬉[3]。快然欲追云将,浴于天河[4]。浩然毁衣裳,晞发而悲歌[5]。怯欲深藏,果欲必行[6]。热若宅炉,寒若室冰[7]。薰然以和,怫然不平[8]。三复晦明,以摇其精[9];万态既穷,乃还其真[10]。形骸以安,百钧去背。然后知身之治而见其难焉[11]。于是既留无成,辞以长叹,翛然一人下于崖[12]。金玉其声,霜雪其颜;传则有之,代无其邻[13]。姑射之神,蒙庄云[14]。始不敢视,然得与言。粲然笑曰[15]:"用若之求周大物,用若之智穷无端,三四日得无颠倒反侧于胸中乎[16]?是非操其心而自别者耶[17]!虽然,喜若之专而教若之听,无多传[18]。

岳之初成,二仪气凝其间[19]。小积焉为丘,大积焉为山。山之大者曰岳,其数五,余尸其一焉[20]。岳之尊,烛日月,居乾坤[21]。诸山并驰,附丽其根。浑浑河流,从禹以来,自北而奔[22]。姑射、九嵏、荆、巫、梁、岷[23]。道之云远兮,徒遥而宾[24]。岳之形,物类无仪[25]。其上无齐,其傍无依。举之千仞不为崇,抑之千仞不为卑。天雨初霁,三峰相差[26]。虹霓出其中,来饮河湄[27]。特立无朋[28],似乎贤人守位,北面而为臣[29]。望之如云,就之如天。仰不见其巅,肃阿芉芉[30]。蟠五百里,当诸侯田[31]。岳之作,鬼神反覆,蛟龙不敢伏[32]。若岁大旱,鞭之朴之,走之驰之,甘雨烂漫,百川东逝,千里而散[33]。噫气蹶然,怒乎幽岩,渐于人间,其声浏浏[34]。岳之殊,巧说不可穷[35]:见于中天,挚挚而掌,峨峨而莲[36]。起者似人,伏者似兽,坳者似池,洼者似臼,欹者似弁,呀者似口,突者似距,翼者似抱[37]。文乎文,质乎质,动乎动,息乎息,鸣乎鸣,默乎默[38]。上上下下,千品万类,似是而非,似非而是。其乃缮人事,吾焉得毕议[39]?

今作帝耳目,相其聪明[40]。下瞩九州[41],在宥群生[42]。初太易时[43],其人俞俞[44]。其主人者,始乎容成[45],卒乎神农[46],中间数十君,姓氏可称[47]。其徒以饮食为事[48],未有仁义。时哉时哉,又何足涖[49]!是后敬乎天,成乎人者,必辟

564

其心,假其神,与之龄,降其人[50]。故轩辕有盛德[51],蚩尤为贼[52]。生物不遂,帝乃用力[53]。大事不可独治,降以后牧[54]。三人有心,烈火就扑[55]。其子之子,其孙之孙,咸明且仁。虽德之衰,物其所宜[56]。由夏以降,汤、发仁以王[57],癸、受暴以亡[58]。甲戊诵钊,不敢有加;唯遵其常,享国遂长[59]。天事著矣,莫见乎高而谓乎茫茫[60]。余受帝命,亿有万岁,而不敢怠遑[61]!

臣赞之曰:"若此古矣祖矣,大矣异矣,富矣庶矣,骇矣怖矣。上古之事,粗知之矣。而神之言,又闻之矣。然起居于上,宫室于下[62],如此之久矣,其所见何如也?"曰:"见若咫尺,田千亩矣[63]。见若环堵,城千雉矣[64]。见若杯水,池百里矣[65]。见若蚁垤,台九层矣[66]。醯鸡往来,周东西矣[67]。蠛蠓纷纷,秦速亡矣[68]。蜂窠联联,起阿房矣[69]。俄而复然,立建章矣[70]。小星奕奕,焚咸阳矣[71]。累累茧栗,祖龙藏矣[72]。其下千载,更改兴坏,悲愁辛苦,循其上矣[73]。"

臣又问曰:"古有封禅[74],今读书者,云得其传,云失其传。语言纷纶[75],于神何如也?"曰:"若知之乎?闻圣人抚天下,既信于天下,则因山岳而质于天,不敢多物。若秦政汉彻[76],则率海内以奉祭祀,图福其身。故庙祠相望,坛墠迤逦[77]。盛气臭[78],夸金玉,聚薪以燔[79],积灰如封[80]。天下怠矣,然犹慊慊不足[81]。秦由是薙[82],汉由是弱。明天子得贤者在位,能者在职,庙堂之上,垂衣裳而已[83]。其于封禅,存可也,亡可也[84]。"

《全唐文》卷七二一

565

〔1〕 杨敬之为此赋后,尝呈韩愈,"愈称之,士林一时传布"(《新唐书·杨凭传》),赋当作于作者第进士之前。赋极力刻画华山的高大雄奇,千姿百态,笔墨恣肆,写得生动逼真。又借华山之神之口写千年兴废变化,不但极富想象力,且寓箴规的意义于其中。杜牧《阿房宫赋》在写法上明显有模拟此赋的痕迹。敬之文存世者仅此一篇,既享誉当时,又为后世所珍,不是没有道理的。

〔2〕 趾下:山脚下。

〔3〕 "明日"六句:写其远望华山忧惧喜乐混杂的心情。形容,形状容貌。缩然,畏缩恐惧貌。纷然,欢喜状。蹙然,皱眉忧状。歊(xiāo 消)然,热貌,此处形容高兴。

〔4〕 "快然"二句:写其心情激动,决定上天追赶云彩,浴于天河。云将,寓言中称云的主将,见于《庄子·在宥》。天河,银河。

〔5〕 "浩然"二句:用《楚辞》严忌《哀时命》"左袪挂于扶桑"及《九歌·少司命》"与女沐兮咸池,晞女发兮阳之阿"句意。袪,袖口;挂,绊、结。晞发,晒干头发。二句连上,意谓追赶云彩,浴于天河,衣袖宽大,绊于树枝,晒发时发出悲歌。

〔6〕 "怯欲"二句:意谓自己胆怯时欲深藏不行,一旦果决就一定要去做(攀登华山)。

〔7〕 "热若"二句:形容其攀越华山经历寒热变化之巨。宅炉、室冰,以火炉寒冰为居室。

〔8〕 "薰然"二句:形容其攀越华山时情绪变化剧烈。薰然,温和貌。怫然,愤怒貌。

〔9〕 "三复"二句:谓其攀越华山经历了三个昼夜,精神得到极大震撼。晦明,黑夜与白昼。

〔10〕 "万态"二句:直到将华山万态看遍,才恢复了自己的本性。

〔11〕 身之治:即治身,指修养其本性。

〔12〕 翛(xiāo 消)然:无拘束貌。

〔13〕 "金玉"四句:谓华山神仙降临。金玉其声,状其声音洪亮;霜

雪其颜,状其面孔白皙。代无其邻,犹言无人与其相识。代,即世。唐人避李世民讳,以世为代。

〔14〕"姑射"二句:代指华山之神。《庄子·逍遥游》:"藐姑射之山,有神人居焉,肌肤若冰雪,绰约若处子。"蒙庄,指庄子。庄子是战国时蒙城(今河南商丘附近)人,故云。按,"蒙庄云"三字,疑脱一字。

〔15〕 粲然:露齿笑貌。

〔16〕"用若"四句:意谓以你求知的欲望来周览浩大之物,以你个人的智慧来探究无边际之事,所得印象三四日之内岂非颠倒在胸怀吗?

〔17〕"是非"句:意谓这种行为岂不是坚执其心志而自别于他人吗?

〔18〕"虽然"三句:意谓虽然如此,但我喜欢你的专心而讲给你听,不要向外人传开。

〔19〕 二仪:古代哲学家以天地、日月、阴阳为二仪。此指阴阳。

〔20〕 余尸其一:犹言我居其一。这是华山之神自谦的说法。

〔21〕"岳之尊"三句:犹言五岳之尊,与日月同辉,与天地共存。烛,照耀。乾坤,天地。

〔22〕"浑浑"数句:谓黄河自北奔流而来。浑(gǔn滚)浑,水流浩大貌。传说禹凿龙门,河水始通,故云"从禹以来"。

〔23〕 姑射:山名,在今山西临汾西。九嵕(zōng宗),山名,在今陕西礼泉境内。荆,山名,在今湖北西部。巫,山名,在今重庆境内。梁,山名,在今陕西韩城境内。岷,山名,在今四川北部。

〔24〕"道之"二句:意谓以上诸山距离华山遥远,只能像宾客一样远远拱卫着它。

〔25〕 物类无仪:同类事物中无可比拟者。仪,匹配、比拟。

〔26〕 三峰相差:三峰错落有致。三峰,即华山西峰(莲花峰)、东峰(朝阳峰)、南峰(落雁峰)。

〔27〕 河湄:黄河之滨。湄,水边。

〔28〕"特立"句:谓华山独立天地间,无与伦比。朋,伦比、相类。

〔29〕"似乎"二句:意谓华山如贤人坚守其位,面向北方如同朝臣。

567

按,古时天子南面,众臣北面。

〔30〕"肃阿"句:意谓华山众峰肃立,草木茂盛。阿,山阿。芊芊,浓绿貌。

〔31〕"当诸侯"句:面对着诸侯的封地。西周时,周天子在关内,分封诸侯俱在关外,故云。田,田地、土地。

〔32〕"岳之作"三句:意谓华岳但有发作,则鬼神不安,蛟龙不敢藏身。作,指华岳有所发作。伏,藏。

〔33〕"若岁"四句:意谓大旱之年,华岳鞭扑鬼神,走驰蛟龙,使甘雨普降,百川溢满向东流去,至千里之外方才散开。

〔34〕"噫气"四句:形容大雨降临后百川奔流于山间如怒吼,渐至于人间,声音方才平息。噫气蹶然,呼吸急促,形容水势暴涨。浏浏,水流顺行无阻貌。

〔35〕"岳之殊"二句:犹言华岳的殊象,巧于言语者亦不能穷尽。巧说,善于说话的。

〔36〕"见于"三句:谓华岳仙掌峰、莲花峰高指中天。挲(suō 缩)挲,手掌抚摸的动作。峨峨,高貌。

〔37〕"起者"六句:形容华岳诸峰各具形态。起者,站立者。伏者,卧者。坳者,凹陷者。洼者,低洼者。欹者,倾斜者。弁,皮帽。呀(xiā虾)者,豁开貌。翼者,伸张如翅。

〔38〕"文乎"十句:形容华岳诸峰状态动静各不相同。文,指峰峦华美者。质,与文相对,峰峦质朴者。

〔39〕"其乃"二句:意谓形态非常复杂,我怎能说得完全?缮人,《周礼·夏官》有"缮人"一职,掌天子弓弩、矢服、赠弋等造作及修缮之事,职事甚为复杂琐碎。

〔40〕"今作"二句:意谓如今作为天帝耳目之臣,助天帝耳聪目明。相,助。

〔41〕九州:古代分中国为九州,说法不一。《尚书·禹贡》作冀、兖、青、徐、扬、荆、豫、梁、雍,《尔雅·释地》有幽、营而无青、梁,《周礼·夏

官·职方》有幽、并而无徐、梁。后以九州泛指中国。

〔42〕 在宥:指无为而治,任事物自然发展。《庄子·在宥》:"闻在宥天下,不闻治天下。"宥,宽容。

〔43〕 太易:古代哲学家认为天地形成经历了太易、太初、太始、太素几个阶段,太易是气尚未形成的阶段。见《列子·天瑞》。

〔44〕 俞俞:从容自得貌。

〔45〕 容成:相传为黄帝大臣,发明历法。

〔46〕 神农:即炎帝,传说中古帝名,始教民耕种,尝百草治民疾病。

〔47〕 "中间"二句:意谓神农氏以后的数十位君主,其姓名可一一说出。中间,此处作以后解,当是魏晋至唐时口语,李白诗"蓬莱文章建安骨,中间小谢又清发"是其例。按,容成为黄帝臣,而黄帝在神农之后,上文或有误。

〔48〕 饮食为事:指物质享受。

〔49〕 "时哉"二句:意谓先民朴厚,君主当其时,不必亲临治理。时哉时哉,犹言适当其时,语出《论语·乡党》:"曰:'山梁雌雉,时哉时哉!'子路共之,三嗅而作。"孔子见山梁野雉翔而后集,因有"时哉时哉"之叹。泊(h力),治理、管理。

〔50〕 "是后"六句:意谓其后的君主但能尊敬天帝、又能成就人事者,天帝必然会开启他的心智,给予他力量,使他长寿,并降生贤人辅佐他。

〔51〕 轩辕:即黄帝。传说黄帝生于轩辕之丘,因名轩辕。

〔52〕 蚩尤:传说中九黎族首领,与黄帝战于涿鹿,失败被杀。《史记·五帝本纪》张守节正义引《鱼龙河图》:"黄帝摄政,有蚩尤兄弟八十一人……诛杀无道,不慈仁。万民欲令黄帝行天子事,黄帝以仁义不能禁止蚩尤,乃仰天而叹。天遣玄女下授黄帝兵信神符,制伏蚩尤。"

〔53〕 "生物"二句:意谓天生万物不能遂人意,天帝于是予以协助。此指天帝遣玄女授黄帝兵信、神符制伏蚩尤。

〔54〕 后牧:泛指辅佐君主治理天下的臣子。后,诸侯。牧,州郡长官。

〔55〕"三人"二句:比喻帝、后、牧齐心就可以克服一切困难。

〔56〕"物其"句:谓万物皆得其所。

〔57〕"汤发"句:谓汤武、周武以仁义而兴旺。发,指周武王。武王姓姬名发。

〔58〕"癸受"句:谓夏桀商纣因残暴而亡国。癸,指夏桀。夏桀名履癸。受,指商纣。《尚书·西伯戡黎》:"祖伊恐,奔告于受。"孔安国传:"受,纣也。"

〔59〕"甲戊"数句:意谓商周两代守成之君,遵守前代成法,虽无所增加,但享国久长。甲、戊,指商之大甲、大戊(商代前期两位君主);诵、钊,指周之成王、康王。成王名诵,康王名钊。

〔60〕"天事"二句:意谓天事昭著,不要看见它高就以为茫昧难知。

〔61〕怠遑:怠慢、疏忽。

〔62〕"然起居"二句:谓华山之神起居于天上,但其宫室(岳庙)却在人间。

〔63〕"见如"二句:意谓在我只若咫尺,实际已有千亩之大。咫尺,比喻很小。八寸为咫。

〔64〕"见若环堵"二句:意谓看来只是方丈之室,实则是千雉的大城。环堵,四周环着每面一方丈的土墙。形容极狭窄。方丈曰堵,三堵曰雉,千雉已是巨大的城垣。

〔65〕"见若杯水"二句:意谓见到只若一杯水,实则是方圆百里的城池了。池,即护城河。

〔66〕"见若蚁垤(dié 叠)"二句:意谓见到只若蚁穴旁的小土冢,实则已是九层的高台。蚁垤,蚂蚁筑巢垒起的土冢。

〔67〕"醯(xī 西)鸡"二句:意谓见到似是小蠓虫往来飞去,实则是周室东迁了。醯鸡,酒醋瓮里生出的小蠓虫。按,周平王元年(前770),周室东迁至成周(今洛阳),是为东周。

〔68〕"蠛蠓(miè měng 灭蒙)"二句:意谓见到小蠓虫纷纷攘攘,原来是秦朝灭亡了。蠛蠓,能飞的小虫。此用来比喻秦末楚汉之争。

〔69〕"蜂窠"二句:意谓见到好似蜂巢联在一起的建筑,原来是秦朝修筑的阿房宫。

〔70〕"俄而"二句:意谓秦亡(阿房宫毁灭)未久,建章宫又建起来了。建章宫,汉武帝在长安所建宫殿。

〔71〕"小星"二句:意谓见到像小星闪亮,原来是在焚烧咸阳城。奕奕,明亮貌。此指火光。咸阳(今属陕西),秦都城。秦末,项羽入关,焚咸阳,大火三月不息。

〔72〕"累累"二句:意谓见到小小突起的土包,原来是埋葬始皇的坟墓。茧栗,兽角初生时如茧如栗。祖龙,秦始皇。

〔73〕"其下"数句:意谓秦汉以下千年间,其改朝换代、兴衰愁苦,又重复着以上的历史。

〔74〕封禅:古代帝王祭天地的大典。当帝王认为国家清明时,就要举行封禅。在泰山上筑坛祭天,报天之功,谓之封;在泰山下的梁父山上辟场祭地,报地之功,谓之禅。

〔75〕纷纶:谓说法不一,无有定见。

〔76〕秦政汉彻:指秦始皇、汉武帝。始皇名政,武帝名彻。

〔77〕坛墠(shàn 善)迤逦:祭祀的坛场连绵不断。

〔78〕盛气臭:指祭祀的香烟很浓。臭,义同"香"。

〔79〕聚薪以燔:祭祀时聚集木柴焚烧。

〔80〕封:土堆。

〔81〕慊(qiǎn 浅)慊:不满足貌。

〔82〕薙(tì 剃):音义俱同"剃",削、减。

〔83〕"明天子"数句:意谓明天子只要任用贤能之臣,自己就可以端坐庙堂垂衣而治。垂衣裳,原指古代帝王定衣服之制,示天下以礼,后用以称颂帝王无为而治。《易·系辞下》:"黄帝、尧、舜垂衣裳而天下治。"

〔84〕"其于"数句:意谓只要做好人事,至于封禅,有或无皆可。亡,音义俱同"无"。

吴武陵

　　吴武陵(？—834)，一名侃，信州贵溪(今属江西)人，祖籍濮阳(今山东鄄城北)。宪宗元和二年(807)登进士第，次年，坐事流永州，与柳宗元过从甚密。元和末，主盐务于朔州。文宗大和元年(827)官太学博士，直史馆，后以尚书员外郎出为韶州刺史。大和末以贪赃贬播州司户参军，卒。两《唐书》有传。武陵以才气自负，为文雄俊奇崛，柳宗元称其"直而甚文"(《同吴武陵送前桂州杜留后诗序》)。其作多佚。

遗吴元济书[1]

　　夫势有不必得，事有不必疑[2]，徒取暴逆之名，而殄物败俗[3]，不可谓智；一旦破亡，平生亲爱，连头就戮[4]，不可谓仁；支属繁衍，因缘磨灭，先魂伤馁，不可谓孝[5]；数百里之内，拘若槛穽[6]，常疑死于左右手，低回姑息，不可谓明。且三皇以来，数千万载，何有悖理乱常，而能自毕者哉[7]？

　　贞元时，德宗以函容御天下[8]。河北诸镇，专地不臣[9]。朝廷资以爵号，桀黠者自谓得计[10]，以反为利。于是杨惠琳、刘辟、李锜、卢从史等又乱[11]。皇帝即位[12]，赫然命偏师讨之[13]，尽伏其辜[14]，所谓时也。日者张太尉厌垣捍之勤，谢易、定为国老[15];田尚书知虑绝俗,又以魏博来归[16];幽、檀、沧、景,皆为信臣[17]。然而与足下者,独齐、赵耳[18]。夫齐安可为恃哉?徐压其首,梁薄其翼,魏断其胫,滑针其腹,淮南承其冲[19]。分兵不足相救,全举则曹、鲁、东平非其有也,彼何苦而自弃哉[20]?若赵则固竖子耳[21]。前日主上以泽潞为之导,既斥从史,姑赦罪复爵禄之,天下之人欲讨者十八[22]。无何,残丞相御史,朝廷以足下故,未加斧钺也[23]。然则中山薄藁城之险,太原乘井陉之隘,燕徇乐寿,邢扼临城,清河绝其南,弓高断其北,孤雏腐鼠,求责不暇,又曷以救人哉[24]?二镇不敢动亦明矣[25],足下何待而穷处耶!

昔仆之师裴道明尝言[26]:"唐家二百载,有中兴主[27]。当其时,佷傲者尽灭[28],河湟之地复矣[29]。"今天子英武任贤,同符太宗,宽仁厚物,有玄宗之度[30]。罚无贷罪,赏无遗功。诸侯豢齐赵以稔其衅[31],群帅筑室厉兵,进窥房蔡,屯田继漕[32]。前锋扼喉,后阵抚背,左排右掖,其几何而不踣邪[33]!

足下勿谓部曲勿我欺[34],人心与足下一也。足下反天子,人亦欲反足下。易地而论,则婴凶横之命,不若奉大君官守矣[35];枕戈持矛,死不得地,不若坐兼爵命而保胤嗣也[36]。足下苟能挺知几之烈,莫若发一介,籍士马土疆,归之有司[37]。上以覆载之仁[38],必保纳足下,涤垢洗瑕,以倡四海,将校官属不失宠且贵。何哉?为国者不以纤恶盖大善也[39]。且贰而伐,服而舍[40],宠辱可厚,骨肉可保,何独不为哉?

三州至狭也,万国至广也[41],力不相侔,判然可知。假使官军百败,而行阵未尝乏[42];足下一败,则成禽矣[43]。夫一

573

壮士不能当十夫者,以其左右前后咸敌也。矧以一卒欲当百人哉[44]！昏迷不返,诸侯之师集城下,环垒刳堑,灌以流潦[45];主将怨携[46],士卒崩离,田儋吕嘉,发于肘腋[47]。尸不得裹,宗不得祀,臣仆以为诫,子孙所不祖[48]。生为暗愎之人[49],没为忧幽之鬼。何其痛哉！

《全唐文》卷七一八

〔1〕宪宗元和十年(815)冬作。元和九年闰八月,淮西节度使吴少阳死,其子元济匿丧,自为留后,四出焚掠。十年,宪宗发十六道兵讨吴元济。往昔吴少阳为节度使时,闻武陵之才,邀其入幕,武陵不答。至吴元济为逆,武陵遗以此书,论形势,陈利害,劝其悬崖勒马,归降朝廷。全书分析精到,言辞严厉警策,如长者之训诫小儿,而元济终不悟。淮西一役,至元和十二年八月宰相裴度率大军亲征,十月李愬雪夜入蔡州生擒吴元济宣告结束。吴元济冥顽不灵,身首异处,果如吴武陵所言。

〔2〕"夫势"二句:意谓目前之形势不必自以为得意,而目前之事不必迟疑。势,指割据叛乱。事,指向朝廷投诚。

〔3〕殄(tiǎn 舔)物:残害人民生命。

〔4〕连头就戮:一个挨一个被杀。连头,成排、一个接一个。

〔5〕"支属"四句:意谓近亲所繁衍的后代,皆因叛乱之事遭到损亡,断绝了祭祀,使先人神灵受到伤害和冻馁,不算是孝顺子孙。因缘,发端、缘起。

〔6〕"数百里"二句:谓吴元济一自叛乱,即被局限于淮西境内,形若监禁。按,淮西节度使领申(治今河南信阳)、光(治今河南潢川)、蔡三州(治今河南汝南),在当时藩镇中,辖地为小。

〔7〕"且三皇"数句:犹言自古以来叛逆者皆不能终其天年。三皇,传说中上古三帝王。所指说法不一。或以伏羲、神农、黄帝为三皇,或无黄帝而有女娲,或无女娲而有燧人。自毕:自我终其天年。即老死。

〔8〕"贞元"二句：谓贞元时，德宗一味对藩镇宽大为怀。函容，包涵、宽容。

〔9〕"河北"二句：谓河北藩镇，据其领地与朝廷对立，行不臣之事。河北，指唐时河北道，其地约相当于今河北省及今辽宁大部、山西东南、河南东北、山东西南一部分地区。当中唐时，河北诸镇主要有昭义军节度使（治潞州，即今山西长治，领潞、邢、洺、磁四州）、义武军节度使（治定州，即今河北定县，领易、定二州）、义昌军节度使（治今河北沧州，领沧、德二州）、幽州节度使（治幽州，即今北京，领幽、蓟、营、涿、平、檀等九州）、成德军节度使（治镇州，即今河北正定，领镇、冀、深、赵四州）、魏博节度使（治魏州，即今河北大名，领魏、博、贝、卫、澶、相六州）。

〔10〕桀黠者：指藩镇中凶悍狡猾者。

〔11〕"于是"句：谓宪宗元和初数起藩镇作乱。杨惠琳，夏绥银节度使韩全义之甥，元和元年（806）三月，韩全义入朝，以杨惠琳为留后，有诏除李演为节度，代全义，杨惠琳遂反。宪宗讨平之，诛杨惠琳。刘辟，原为剑南西川节度使韦皋行军司马，永贞元年（805），韦皋卒，刘辟自为节度留后，朝廷不许，令赴阙，辟不奉诏，朝廷讨之，元和元年擒刘辟，斩之。李锜，原浙西镇海军节度使，元和二年（807）据润州反，宪宗发兵进讨，其部将执李锜以献，斩之。卢从史，原昭义军节度使，元和四年（809），镇州成德军节度使王承宗反，朝廷进讨，卢从史兵出却逗留不进，又阴与王承宗通谋，为镇州行营招讨使吐突承璀所擒，执送朝廷，贬骥州，赐死。

〔12〕皇帝：指宪宗。

〔13〕偏师：非主力部队。

〔14〕伏辜：伏罪。此指叛逆者皆得到惩罚。

〔15〕"日者"二句：日者，犹言最近数日。张太尉，即张茂昭，德宗时为义武军节度使（治定州，即今河北定县，领易、定二州）。元和五年（810）十月，茂昭以易、定归于朝廷，自请致仕（退休），留京师，奉朝请。宪宗不许，加官太尉，兼中书令，出任河中节度使（治河中府，即今山西永济）。事见两《唐书·张茂昭传》。厌垣捍之勤，是请辞节度使的委婉说法。旧称

575

藩镇为垣捍。谢易、定,即辞去易定(义武)节度使。

〔16〕"田尚书"二句:田尚书,谓田弘正。弘正原名兴,为魏博节度使(治魏州,即今山西长治,领魏、博等六州)田承嗣侄、节度使衙内兵马使。元和七年(812)承嗣死,子怀谏继为节度使。怀谏委政于家奴,激起哗变,乱众皆推弘正为帅。弘正闭门,拒不纳,众胁其还府。弘正知不免,乃与三军约,欲受天子法,举六州版籍归于朝廷,众从之。元和七年十月,弘正以六州归于朝廷,宪宗美其诚,诏检校工部尚书,充魏博节度使,且赐今名。事见两《唐书·田弘正传》。

〔17〕 幽、檀:幽州、檀州,属幽州节度使所领。沧、景:沧州、景州,属义昌军节度使所领。信臣:忠信之臣。

〔18〕"然而"句:谓与淮西声气相通者,唯有齐、赵二地。齐、赵,分别指淄青(亦称平卢,治青州,即今山东益都,领淄、青、齐、棣、登、莱六州)和成德。淄青节度使李师道,成德节度使王承宗。

〔19〕"夫齐"六句:谓淄青局势并不安稳。徐压其首,指徐州在其南。徐州时为武宁军节度使治所。梁薄其翼,指汴州处其西南。战国时,汴州名大梁。汴州时为宣武军节度使治所。魏斲(zhuó 卓)其胫,指魏州亦对其有威胁。魏州为魏博节度使治所。斲,同"斫",砍。滑针其腹,指滑州处于其腹地。滑州(今河南滑县)为郑滑节度使治所。鍼,同针,刺入。淮南承其冲,指淮南居其要冲之地。淮南节度使治扬州(今属江苏)。按,武宁军、宣武军、魏博、郑滑、淮南诸军,皆服从朝廷管辖,故能对淄青造成威胁。

〔20〕"分兵"三句:谓淄青不可能驰援淮西。曹、鲁、东平,分指曹州(今山东曹县)、兖州(今属山东)、郓州(今山东东平)。三州其时已为淄青所有。吴元济反,淄青节度使李师道屯兵曹州,有意驰援王承宗,但因徐、汴、魏、滑等州的制约,未敢轻举妄动。

〔21〕 竖子:对人的轻贱称呼,犹言小子。此指成德节度使王承宗。

〔22〕"前日"四句:谓宪宗以惩处卢从史警戒王承宗,暂赦其罪,实则天下人多数欲进讨王承宗。泽潞,指昭义军节度使卢从史。赦罪复爵

576

禄,元和五年(810)四月,宪宗既惩处卢从史,王承宗惧,七月,上表认罪,请朝廷派遣官吏,输常赋。宪宗遂赦其罪,复其官爵俸禄,仍为成德军节度使。

〔23〕"无何"数句:指近期王承宗派遣刺客入京行刺事。元和十年(815)六月三日,有刺客刺死主战派宰相武元衡、刺伤御史中丞裴度。当时以为刺客为王承宗所遣(实际为淄青李师道所派遣),朝廷因为正对淮西用兵,故未深究王承宗。足下,指吴元济。斧钺,兵器,形似斧。泛指刑罚、杀戮。

〔24〕"然则"八句:谓朝廷虽未兵临镇州,然周围的官军已对成德军形成包围之势,王承宗如孤雏腐鼠,自顾不暇,不可能驰援淮西。中山薄藁(gǎo搞)城之险,指义武节度使(治定州,领易、定二州)官军逼进成德。易、定二州与镇州东北紧邻。中山,此处代指定州。唐定州春秋时为中山国故地。薄,逼近。藁城,藁城县(故址在今河北正定东),属镇州。太原乘井陉(xíng形)之隘,指河东节度使官军随时可以穿过井陉关隘进发镇州。太原(今属山西),唐时为河东节度使治所。井陉,关隘名,在今河北井陉县西北井陉山,为太行八径之一。自太原出兵镇州,井陉是必经之路。燕徇乐寿,指幽州节度使官军兵临镇州边境。燕,即幽州。徇,率军徇行。乐寿,县名,唐时属瀛州(今河北献县)。乐寿原属成德军,后归属幽州。邢扼临城,指昭义军节度使官军兵临镇州边境。邢,即邢州(今河北邢台),为昭义军节度使所领。扼,阻塞、阻拦。临城,县名(今属河北),唐时属赵州,为王承宗所辖。清河绝其南,指魏博节度使官军阻断镇州之南。清河,县名(今属河北),唐时为贝州治所。贝州原属魏博节度使所领。弓高断其北,指义昌军节度使官军阻断镇州之北。弓高,县名(即今河北东光),唐时属景州,为义昌军节度使所领。孤雏腐鼠,比喻王承宗弱小、乏力。

〔25〕 二镇:指李师道淄青、王承宗成德二镇。

〔26〕 裴道明:其人不详。

〔27〕 "唐家"二句:谓唐王朝历经二百年,当有中兴之帝。按,唐自

577

高祖武德元年(618)到宪宗发兵讨吴元济的元和十年(815),约二百年。

〔28〕 佷(hěn 很)傲:凶狠骄傲。

〔29〕 河湟之地:指今青海东部黄河、湟水地区。安史之乱后,河湟地区渐为吐蕃所有。《资治通鉴·唐纪三九》:"代宗广德元年,吐蕃入大震关,陷兰、廓、河、鄯、洮、岷、秦、成、渭等州,尽取河西陇右之地。"

〔30〕 "今天子"四句:谓宪宗有太宗、玄宗之风度。同符,与……相合。宽仁厚物,宽容仁慈,厚待臣民。

〔31〕 "诸侯"句:意谓各镇官军暂时豢养淄青、成德以待时机成熟。豢,养而图其利。《左传·哀公十一年》:"是豢吴也夫!"杜预注:"豢,养也。若人养牺牲,非爱之,将杀之。"稔(rěn 忍)其衅,等待时机成熟。稔,庄稼成熟。衅,事端,此处犹言借口。

〔32〕 "群帅"二句:意谓各路大军正在建筑军营,磨砺兵器,逼近蔡州,并屯田储粮。厉兵,磨砺兵器,是积极备战之意。房蔡,房州、蔡州。房州(今湖北房县)唐时属山南东道。按,房州距淮西吴元济盘踞之地尚远,房字疑有误。蔡州(今河南汝南)为淮西节度使治所。屯田,垦荒种粮。继漕,接济漕运,即补充军粮之不足。

〔33〕 "前锋"四句:谓淮西局势危在旦夕。扼,控制。抚,通"拊",拍击。掖,挟持人的胳膊。踣(bó 勃),向前仆倒。

〔34〕 部曲:古代军队的编制。此指私人军队、家丁等。

〔35〕 "易地"三句:犹言换一个角度看问题,与其被凶横的结局困扰,不如做天子的官员好。婴,同"缨",缠绕、纠缠。大君,天子。

〔36〕 "不若"句:意谓不如稳坐而兼有官爵并保住子孙后代。胤嗣,子孙后代。

〔37〕 "足下"三句:意谓您如果预见到未来的结局,敢于面对这个现实,那么最好派遣一名信使,将登记在册的士兵名单、地域图籍交给朝廷有关衙门。知几,预见感知吉凶征兆。一介,一个人。多含有微小、轻视之意。籍,登记在册。

〔38〕 覆载之仁:最广大的仁慈。覆载,天覆地载。

〔39〕 纤恶:小恶,小的过失。

〔40〕 "且贰"二句:犹言有二心则伐,伏罪了就赦免。此是说天子的行为。贰,有二心、叛逆之心。

〔41〕 "三州"数句:三州,指淮西所辖之申、光、蔡三州。万国,指唐朝廷。

〔42〕 "而行阵"句:犹言兵员并未匮乏。行阵,队伍的行列。

〔43〕 禽:同"擒"。

〔44〕 矧(shěn 审):何况。

〔45〕 "环垒"二句:指唐各路军队环绕成垒,挖壕成堑,注以积水。刳(kū 枯),挖空。流潦,雨后积水。

〔46〕 怨携:埋怨而生二心。携,携二心。

〔47〕 "田儋"二句:犹言亲近将发生叛变。田儋,战国时狄县(今山东高青)人,齐国贵族。秦灭齐,沦为庶人。陈胜起义后,遭周市北进,至狄,田儋设计击杀狄令,自立为齐王,发兵击走周市。《史记》《汉书》俱有传。吕嘉,西汉时南粤王相,为南粤望族,宗族为长吏者七十馀人。武帝元鼎四年,南粤王兴及太后上书请求归属汉朝,内比诸侯,嘉举兵叛,杀王、太后及汉使者。《史记》、《汉书》俱有传。肘腋,喻亲近要害之地。

〔48〕 "尸不得"数句:意谓叛逆者死不得其所,祖宗不能祭祀,臣仆也以为警戒,子孙不承认其为先祖。尸不得裹,东汉伏波将军马援率军久在外,曾说大丈夫死,得马革裹尸还即可。此反用其意。臣仆,家中奴仆。

〔49〕 暗愎:昏昧顽固。

元　稹

元稹(779—831),字微之,其先属鲜卑族拓跋部。祖籍洛阳(今属河南),六世祖时移居长安。唐德宗贞元九年(793)元稹十五岁时,明经擢第,十九年中书判拔萃科,署秘书省校书郎。宪宗元和元年(806)登才识兼茂明于体用科,授左拾遗,上疏论政,不避权势,为宰臣所恶,出为河南县尉。四年,为监察御史,出使东川,劾奏官吏奸事,名动三川。明年召还,得罪宦官,贬江陵士曹参军。十年,返京,旋出为通州司马,十三年,转虢州刺史,再入为膳部员外郎。穆宗即位,擢祠部郎中、知制诰,进中书舍人、翰林承旨学士,长庆二年(822),由工部侍郎拜相,未几出为同州长史。三年,为越州刺史、浙东观察使。文宗大和三年(829),入为尚书左丞,次年又出为武昌军节度使,卒于镇。两《唐书》有传。元稹与白居易深交数十年,政治主张、诗歌理论均基本相同,又共同推动新乐府诗歌写作,世称"元白"。元稹文多贴近现实政治,一些祭文、墓志文颇有真情实感。有《元氏长庆集》六十卷、外集八卷传世。今人整理本有《元稹集》,中华书局1982年出版。

唐故工部员外郎杜君墓系铭[1]并序

叙曰:予读诗至杜子美,而知小大之有所总萃焉[2]。始尧舜时,君臣以赓歌相和[3]。是后诗人继作[4],历夏殷周千馀年,仲尼缉拾选练,取其干预教化之尤者三百篇,其馀无闻焉[5]。骚人作而怨愤之态繁[6],然犹去风雅日近,尚相比拟[7]。秦汉以还,采诗之官既废,天下俗谣民讴、歌颂讽赋、曲度嬉戏之词,亦随时间作[8]。逮至汉武赋《柏梁诗》,而七言之体具[9]。苏子卿、李少卿之徒,尤工为五言[10]。虽句读文律各异,雅、郑之音亦杂[11],而词意简远,指事言情,自非有为而为,则文不妄作[12]。建安之后,天下文士遭罹兵战,曹氏父子鞍马间为文,往往横槊赋诗,故其抑扬怨哀悲离之作,尤极于古[13]。晋世风概稍存[14]。宋、齐之间,教失根本,士以简慢、歘习、舒徐相尚,文章以风容、色泽、放旷、精清为高,盖吟写性灵,流连光景之文也,意义格力无取焉[15]。陵迟至于梁陈,淫艳、刻饰、佻巧、小碎之词剧,又宋齐之所不取也[16]。

唐兴,学官大振[17],历世之文,能者互出。而又沈宋之流,研练精切,稳顺声势,谓之为律诗[18]。由是而后,文体之变极焉。然而莫不好古者遗近,务华者去实[19];效齐梁则不逮于魏晋,工乐府则力屈于五言;律切则骨格不存,闲暇则纤秾莫备[20]。至于子美,盖所谓上薄风骚[21],下该沈宋[22],古傍苏李[23],气夺曹刘[24],掩颜谢之孤高[25],杂徐庾之流丽[26],尽得古今之体势,而兼今人人之所独专矣。使仲尼考

581

锻其旨要,尚不知贵其多乎哉[27]!苟以为能所不能,无可不可,则诗人以来,未有如子美者。时山东人李白[28],亦以奇文取称,时人谓之李杜。予观其壮浪纵恣,摆去拘束,模写物象及乐府歌诗,诚亦差肩于子美矣[29]。至若铺陈终始,排比声韵,大或千言,次犹数百,词气豪迈而风调清深,属对律切而脱弃凡近[30],则李尚不能历其藩翰[31],况堂奥乎[32]?

予尝欲条析其文[33],体别相附[34],与来者为之准[35],特病懒未就。适子美之孙嗣业启子美之枢[36],襄祔事于偃师[37],次于荆[38],雅知予爱言其大父为文[39],拜予为志。辞不可绝,予因系其官阀而铭其卒葬云[40]。

系曰:晋当阳成侯姓杜氏[41],下十世而生依艺,令于巩[42]。依艺生审言,审言善诗,官至膳部员外郎[43]。审言生闲,闲生甫。闲为奉天令[44]。甫字子美,天宝中,献《三大礼赋》,明皇奇之,命宰相试文,文善,授率府曹[45]。属京师乱,步谒行在,拜左拾遗[46]。岁馀,以直言失官,出为华州司功[47]。寻迁京兆功曹[48]。剑南节度使严武状为工部员外,参谋军事[49]。旋又弃去,扁舟下荆楚间,竟以寓卒[50],旋殡岳阳[51],享年五十九。夫人弘农杨氏女[52],父曰司农少卿怡[53],四十九年而终。嗣子曰宗武,病不克葬[54],殁,命其子嗣业。嗣业贫,无以给丧[55],收拾乞丐[56],焦劳昼夜,去子美殁后馀四十年,然后卒先人之志[57],亦足为难矣。

铭曰:维元和之癸巳,粤某月某日之佳辰[58],合窆我杜子美于首阳之山前[59]。呜呼!千岁而下,曰:此文先生之古坟[60]。

《元稹集》卷五六

〔1〕 唐宪宗元和八年(813)作,时元稹为江陵士曹参军。杜君即杜甫,字子美。代宗广德二年(764),甫友人严武镇成都,表奏甫为节度参谋、检校工部员外郎,后世因称其"杜工部"。大历五年(770),甫卒于由长沙至岳阳途中,权葬于岳阳。至元和八年,甫孙嗣业迁其祖灵柩归偃师故土,请元稹撰此文。墓系铭,墓志铭别称。一般的墓志铭分序(同叙)、铭两部分,序为散文,写墓主姓名、家世及生平,铭为韵文。杜甫一生的重点,不在仕宦功业,而在其诗歌创作。所以元稹此文故作变体:"叙曰"以下,概括地叙述了唐前及唐代诗歌发展史,高度评价杜甫诗歌"尽得古今之体势,而兼今人人之所独专"的集大成的艺术成就,构成全文的主干;"系曰"以下,简单叙其先世及生平大概;"铭曰"以下数句韵语,长短错综,近于散文,虽不整齐却寄意深远,表达了作者对墓主的敬仰。全文叙议结合,见解精辟,是研究中国诗歌史的重要文献。

〔2〕 总萃:会合、汇集。

〔3〕 "始尧舜"二句:《尚书·益稷》有尧舜君臣酬唱和诗的记载。赓(gēng 耕)歌,酬唱和诗。

〔4〕 诗人继作:此指《诗经》的作者。

〔5〕 "仲尼"三句:相传《诗经》三百零五篇,是经孔子删定编成。仲尼,孔子字。《史记·孔子世家》:"古者诗三千馀篇,及至孔子,去其重,取可施于礼义……三百五篇,孔子皆弦歌之。"

〔6〕 "骚人"句:谓屈宋等《楚辞》作者兴起。怨愤,指以《离骚》为代表的《楚辞》中的怨愤之气。

〔7〕 "然犹"二句:谓《楚辞》内容与《诗经》尚比较接近。风雅,代《诗经》。《诗经》有风、雅、颂。

〔8〕 "秦汉"五句:谓秦汉以后,周代采诗的制度废除,但以《汉乐

583

府》为代表的诗歌仍不断出现。采诗,周代采集诗歌的制度。《汉书·艺文志》:"周有采诗之官,王者所以观风俗,知得失,自考证也。"曲度嬉戏之词,可以配合曲调娱乐的歌词。

〔9〕 "逮至"二句:相传汉武帝元鼎二年(前115)春在长安起柏梁台,置酒于其上,诏群臣赋七言诗登台,人各一句,每句押韵,号为"柏梁体",是为七言诗之始。见《三辅黄图·台榭》引《三辅旧事》。

〔10〕 "苏子"二句:谓苏武(字子卿)、李陵(字少卿)工于五言诗。按,《文选》有苏、李五言诗数首,但后人多以为是伪托之作。

〔11〕 雅郑之音:雅乐与郑声。古代儒家以雅乐为正声,以郑声为淫邪之声。

〔12〕 "自非"二句:称赞汉诗皆是有为而作。若无为,则不作。

〔13〕 "建安"六句:称赞建安诗歌抑扬怨哀悲离,极于古。建安,汉献帝年号,时天下战乱不止,曹氏父子(三曹)及"建安七子"的诗歌皆能反映当时战乱对社会造成的破坏。横槊赋诗,指在军旅征途中,马上横槊(长矛)赋诗,语出《南齐书·桓荣祖传》:"若曹操、曹丕,上马横槊,下马谈论。"

〔14〕 "晋世"句:谓晋代诗歌尚存先秦汉魏诗之风概。

〔15〕 "宋齐"六句:意谓南朝宋、齐之间诗歌,由于教化失去根本,士人以简慢无礼、张扬个性、怠惰徐缓相崇尚,诗歌追求形式的华丽和文辞的华美,内容则追求放旷和精致清雅,大约都是抒写个人性灵、流连风光景物的作品,健康的思想和强劲的格调都放弃了。欷(xī 西)习,张扬放荡。

〔16〕 "陵迟"三句:意谓衰颓至南朝梁、陈间,诗歌浮艳雕琢,轻佻纤巧,短小的作品很多,甚至为宋、齐的作者所不取。陵迟,衰败、颓靡。小碎之词,指梁、陈间发展起来的篇幅短小的五言绝句之类。

〔17〕 学官:官府所办的学校,如中央政府所办的国子监以及州县所办的地方学校。

〔18〕 "而又"数句:谓唐初沈佺期、宋之问精练于声律,形成格律严

整的律诗。沈佺期(约656—713)、宋之问(约656—712),皆高宗、武后时著名宫廷诗人。顺稳声势,指协调声韵对仗工整。

〔19〕 "然而"二句:谓沈宋以后的诗人,凡好古体者则遗弃近体(律体),追求形式华丽(指律体)者则忽视了充实的内容。

〔20〕 "闲暇"句:义略同于"好古者遗近",谓诗歌情致自然宽缓者则缺乏细腻华美的文采。

〔21〕 上薄风骚:论古已逼进《诗经》和《楚辞》。薄,迫近。

〔22〕 下该沈宋:就近已具备沈宋的优长。该,具备。

〔23〕 古傍苏李:五言古诗的成就已经接近了苏(武)李(陵)。

〔24〕 气夺曹刘:诗歌的气势已压倒了曹(植)刘(桢)。按,曹植为"三曹"之一,刘桢为"七子"之一。

〔25〕 "掩颜谢"句:诗歌孤高的品格已经掩盖了颜(延之)谢(灵运)。按,颜延之(384—456)、谢灵运(385—433)均为南朝宋诗人。

〔26〕 "杂徐庾"句:诗歌具有徐(陵)庾(信)的流丽。按,徐陵(507—583)为南朝梁陈诗人,庾信(513—581)先在南朝梁,后入北朝。

〔27〕 "使仲尼"二句:意谓若让孔子来考查杜甫的诗歌,尚不知他是否以其诗歌之多为贵。按,孔子尝删定古代诗歌,故有此语。

〔28〕 "时山东"句:李白(701—762),字太白,陇西成纪(今甘肃天水附近)人,玄宗天宝间为翰林待诏,有大诗名于当时。李白尝定居于兖州(今属山东)所属瑕丘,古时称华山以东为山东,时人或以李白为山东人,杜甫在《苏端薛复筵简薛华醉歌》中亦有"近来海内为长句,汝与山东李白好"之句。

〔29〕 差肩:并列、成就相等。

〔30〕 "至若"六句:称赞杜甫的长篇五言排律的艺术成就。铺陈终始,指诗歌自始至终能完整详备地铺叙陈述。排比声韵,指诗歌运用格律声韵的场面很大。属对律切,指诗歌对偶工整格律严整。

〔31〕 藩翰:藩篱。比喻边界、边缘之处。

〔32〕 堂奥:厅堂和内室。比喻深邃之处。

〔33〕 条析其文:仔细分析其诗歌。

〔34〕 体别相附:按体裁予以归类。

〔35〕 为之准:作为标准。

〔36〕 嗣业:杜甫次子宗武之子。

〔37〕 祔:谓新死者附葬于先祖墓旁。偃师:地名,今属河南。杜甫先祖杜预及杜审言皆葬于偃师首阳山下。

〔38〕 次于荆:住宿于荆州。唐时荆州治所在江陵。

〔39〕 雅知:颇知、甚知。大父:祖父。

〔40〕 系其官阀:排列其官职和门第。

〔41〕 晋当阳成侯:谓杜甫十三世祖杜预。杜预(222—284),京兆杜陵(今陕西西安)人,为西晋名将,以灭吴功封当阳县侯。

〔42〕 "下十世"二句:依艺,杜甫曾祖,尝为巩县(今河南巩义)令,因定居于巩。

〔43〕 "依艺"三句:审言(约645—708),武后时著名诗人,与李峤、崔融、苏味道齐名,并称"文章四友",官至膳部员外郎(礼部属官)。

〔44〕 奉天:今陕西乾县。

〔45〕 "甫字"七句:杜甫天宝五载(746)至长安,明年,诏天下通一艺者考试于长安,为奸相李林甫所排,无有第者。十载(751),玄宗为三大礼,甫上"三大礼赋"(即《朝献太清宫赋》、《朝享太庙赋》、《有事于南郊赋》),玄宗奇之,命待制集贤院。十三载,甫复进《封西岳赋》,玄宗命宰相试文章,十四载授河西尉,不赴,改授右卫率府胄曹参军。明皇,即唐玄宗。玄宗谥号为"至道大圣大明孝皇帝",后世因称其为明皇。率府曹,即右卫率府胄曹,为东宫(太子府)属官,掌器械及公廨营缮。

〔46〕 "属京师"三句:天宝十四载(755)安禄山乱,此年六月攻陷京师长安。七月太子李亨即位,是为肃宗。杜甫步谒行在所,肃宗授甫左拾遗。行在,指天子巡行所在之处。时肃宗驻凤翔(今属陕西)。左拾遗,门下省属官,为谏官。

〔47〕 "岁馀"三句:肃宗至德二载(757)十一月,宰相房琯与叛军战

586

于陈陶斜,兵败,罢相。杜甫上疏,言房琯有才,救之,触怒肃宗,乾元元年(758)出为华州(今陕西华县)司功参军。司功,即司功参军,州府僚属。

〔48〕 京兆功曹:即京兆府功曹参军。按,代宗广德元年(763),诏补杜甫为京兆功曹参军,不赴。其时杜甫已入蜀三年,此处所记有误。

〔49〕 "剑南"二句:代宗广德二年,严武镇蜀,表甫为节度参谋,检校工部员外郎。剑南,指剑南道,领成都、彭州、蜀州等三十馀州,治成都。严武(726—765),华阴(今属陕西)人,其父与杜甫有旧。

〔50〕 "旋又"三句:代宗永泰元年(765)正月,杜甫辞严武幕,四月,严武卒,五月,杜甫辞成都携家沿江下至云安。大历元年(766)移居夔州,三年,甫自夔出峡,漂泊于荆湘间(今湖北、湖南一带),五年(770),病卒于湘水扁舟中。寓卒,寄居在外而卒。

〔51〕 殡:死人入殓后停柩待葬。

〔52〕 弘农:唐郡名,今河南灵宝。

〔53〕 司农少卿:唐司农寺的副长官。司农寺掌仓储、农林、苑囿等。

〔54〕 病不克葬:(宗武)因病而不能完成葬礼,即未能将父亲的灵柩返回旧籍安葬。

〔55〕 无以给丧:犹言无钱办理丧事。

〔56〕 收拾乞丐:犹言积攒并求人资助。乞丐,索求、求助。

〔57〕 卒先人之志:完成了先人的遗愿。

〔58〕 粤:语首助词。

〔59〕 首阳山:在河南偃师西北。

〔60〕 文先生:犹言文苑宗师。

祭亡妻韦氏文[1]

呜呼!叙官阀[2],志德行[3],具哀词[4],陈荐奠[5],皆生者之事也,于死者何有哉?然而死者为不知也,故圣人有无知之论[6]。呜呼!死而有知,岂夫人而不知予之心乎?尚何言哉!

且曰人必有死,死何足悲?死且不悲,则寿夭贵贱,縗麻哭泣[7],藐尔遗稚[8],蹙然鳏夫[9],皆死之末也,又何悲焉?况夫人之生也,选甘而味[10],借光而衣[11],顺耳而声[12],便心而使[13]。亲戚骄其意,父兄可其求[14],将二十年矣,非女子之幸耶?逮归于我,始知贱贫,食亦不饱,衣亦不温[15]。然而不悔于色,不戚于言。他人以我为拙,夫人以我为尊;置生涯于漫落,夫人以我为适道[16];捐昼夜于朋宴,夫人以我为狎贤[17],隐于幸中之言[18]。呜呼!成我者朋友,恕我者夫人,有夫如此其感也,非夫人之仁耶[19]?

呜呼歔欷,恨亦有之。始予为吏,得禄甚微,愧目前之戚戚,每相缓以前期[20]。纵斯言之可践,奈夫人之已而[21]。况携手于千里,忽分形而独飞;昔惨凄于少别,今永逝于终离。将何以解予怀之万恨?故前此而言曰"死犹不悲"。呜呼哀哉!惟神尚飨[22]。

《元氏长庆集》卷六〇

〔1〕 韦氏名丛,字茂之,京兆杜陵(今陕西西安南)人,其父韦夏卿官至京兆尹、太子少保。韦氏贞元十九年(803)嫁元稹,元和四年(809)病卒,文即写于此时。韦氏秉性温婉,生前与丈夫感情甚笃,卒后元稹有多首悼亡之诗。祭文按常规以四言韵文居多,此文出于作者大悲之际,信笔为文,自然流淌,感人肺腑。

〔2〕 叙官阀:排比官位门第。

〔3〕 志德行:记录道德品性。以上是为死者撰墓志时所为。

〔4〕 具哀词:撰写祭文。

〔5〕 陈荐奠:陈设祭奠物品。

〔6〕 "故圣人"句:《论语·子罕》有"子曰:'吾有知乎哉?无知也'"的话,此处因语及死者有知、无知,随手引用《论语》。

〔7〕 缞(cuī 崔)麻:粗麻布丧服。

〔8〕 藐尔遗稚:(死后)遗留下幼小的孩子。藐尔,幼小貌。

〔9〕 蹙然:愁苦貌。鳏夫:失去妻子的丈夫。

〔10〕 选甘而味:选择味美的食物去品尝。按,此及以下数句,皆写韦氏未嫁前生活的优渥。

〔11〕 借光而衣:选择光鲜的衣服穿。借,取、拿。

〔12〕 顺耳而声:犹言听到的话都是顺耳的。

〔13〕 便心而使:犹言所使用的都是称心如意的。

〔14〕 可其求:满足她的要求。

〔15〕 "遽归"四句:谓自嫁于元稹后生活开始贫困。按,元稹《遣悲怀三首》其一有"野蔬充膳甘长藿,落叶添薪仰古槐"之句,与此义同。

〔16〕 "置生涯"二句:意谓自己不善谋生计,而夫人却认为丈夫能遵正道。濩(huò 或)落,败落、沦落。

〔17〕 "捐昼夜"二句:意谓自己把时间都耗在与朋友的宴饮上,夫人却认为丈夫能亲近贤人。捐,弃、浪费。狎,亲近。

〔18〕 "隐于"句:意谓当安适中不经意间说出以上的话。

〔19〕 "有夫"二句:意谓有此令人不满意的丈夫,却能宽恕他,岂非夫人的仁慈吗?感,通憾,不满意。

〔20〕 "愧目前"二句:意谓自己从前因眼前的穷困而抱愧时,就说些将来会好起来的话宽解她。

〔21〕 "纵斯言":意谓纵然当初的话现在可以兑现,其奈夫人已经死去了。

〔22〕 尚飨:祭文结束时的套话,意思是希望死者来享用祭品。

白居易

白居易(772—846),字乐天,晚号香山居士、醉吟先生,渭南下邽(今陕西渭南)人。德宗贞元十六年(800)中进士,十八年登书判拔萃科,次年授秘书省校书郎。宪宗元和元年(806)登才识兼茂明于体用科,授周至尉,二年任翰林学士,三年为左拾遗,以亢直敢言和写作讽喻诗为权豪嫉恨。十年以"越职言事"贬江州司马,转忠州刺史。穆宗即位,为主客郎中、知制诰,迁中书舍人,后历仕杭州、苏州刺史。文宗大和三年(829),以太子宾客分司东都,遂定居洛阳,历河南尹、太子少傅等,武宗会昌二年(842)以刑部侍郎致仕,卒。两《唐书》有传。白居易诗名早著,与元稹推动"新乐府运动",诗亦齐名,并称"元白"。亦工于文。其文如诗,自然平易,文笔流畅。有《白香山集》七十一卷传世。今人整理本有《白居易集》,中华书局1979年出版;《白居易集笺校》,上海古籍出版社1988年出版。

草堂记[1]

匡庐奇秀,甲天下山[2]。山北峰曰香炉[3],峰北寺曰遗爱寺[4],介峰寺间,其境胜绝,又甲庐山。元和十一年秋,太原人白乐天见而爱之[5],若远行客过故乡,恋恋不能去。因面峰腋寺[6]，作为草堂。

明年春，草堂成。三间两柱，二室四牖，广袤丰杀[7]，一称心力[8]。洞北户，来阴风，防徂暑也[9]；敞南甍，纳阳日，虞祁寒也[10]。木斫而已，不加丹[11]；墙圬而已，不加白[12]。砌阶用石，幂窗用纸[13]，竹帘纻帏[14]，率称是焉[15]。堂中设木榻四[16]，素屏二，漆琴一张，儒、道、佛书，各三两卷。

乐天既来为主，仰观山，俯听泉，傍睨竹树云石，自辰及酉[17]，应接不暇。俄而物诱气随，外适内和[18]。一宿体宁，再宿心恬，三宿后颓然嗒然，不知其然而然[19]。自问其故，答曰：是居也，前有平地，轮广十丈[20]；中有平台，半平地；台南有方池，倍平台。环池多山竹野卉，池中生白莲白鱼。又南抵石涧，夹涧有古松老杉，大仅十人围，高不知几百尺。修柯戛云[21]，低枝拂潭，如幢竖[22]，如盖张[23]，如龙蛇走[24]。松下多灌丛，萝茑叶蔓，骈织承翳，日月光不到地，盛夏风气如八九月时[25]。下铺白石，为出入道。堂北五步，据层崖积石[26]，嵌空垤块[27]，杂木异草，盖覆其上。绿阴蒙蒙，朱实离离[28]，不识其名，四时一色。又有飞泉、植茗[29]，就以烹燀[30]。好事者见，可以销永日[31]。堂东有瀑布，水悬三尺，泻阶隅，落石渠，昏晓如练色[32]，夜中如环珮琴筑声。堂西倚北崖右趾，以剖竹架空，引崖上泉，脉分线悬[33]，自簷注砌，累累如贯珠，霏微如雨露，滴沥飘洒，随风远去。其四傍耳目杖屦可及者[34]，春有锦绣谷花[35]，夏有石门涧云[36]，秋有虎溪月[37]，冬有炉峰雪[38]：阴晴显晦，昏旦含吐[39]，千变万状，不可殚纪[40]。觕缕而言[41]，故云甲庐山者。

噫！凡人丰一屋，华一簣，而起居其间，尚不免有骄稳之态[43]，今我为是物主[42]，物至致知[44]，各以类至，又安得不外适内和，体宁心恬哉？昔永、远、宗、雷辈十八人，同入此山，老死不返[45]。去我千载，我知其心以是哉！矧予自思[46]：从幼迨老[47]，若白屋[48]，若朱门[49]，凡所止虽一日二日，辄覆簣土为台[50]，聚拳石为山，环斗水为池，其喜山水，病癖如此。一旦蹇剥[51]，来佐江郡[52]。郡守以优容而抚我[53]，庐山以灵胜待我。是天与我时，地与我所，卒获所好，又何以求焉？尚以冗员所羁，馀累未尽，或往或来，未遑宁处[54]。待予异时弟妹婚嫁毕，司马岁秩满[55]，出处行止，得以自遂，则必左手引妻子，右手抱琴书，终老于斯，以成就我平生之志。清泉白石，实闻此言[56]。时三月二十七日，始居新堂。四月九日，与河南元集虚、范阳张允中、南阳张深之[57]，东西二林长老凑、朗、满、晦、坚等凡二十有二人[58]，具斋施茶果以落之[59]，因为《草堂记》。

《白居易集》卷四三

〔1〕 元和九年(814)，淮西吴元济反，十年正月，朝廷发十六道兵讨淮西。六月，藩镇遣刺客刺死主战宰相武元衡。时任太子左赞善大夫的白居易急上疏请捕刺客，执政者认为他"越职言事"，贬为江州司马。贬江州司马是白居易政治态度由急进转为消极的转折点，司马又是闲职，无具体职事，于是白居易遍游江州古迹，流连风景，并在庐山筑草堂。十二年三月，草堂成，四月，为此记。记中备写庐山香炉峰北、遗爱寺南一带风景，流露出政治失意后乐天安命的思想。文章叙事舒缓自然，景物描写多妙趣，间以议论，反映了作者对大自然的热爱，对闲适生活的向往。一些选本题前或加"庐山"二字。

592

〔2〕 "匡庐"二句:谓庐山风景为天下第一。匡庐,庐山别称。《后汉书·郡国志四》刘昭注引释慧远《庐山记略》:"有匡俗先生者,出殷周之际,隐遁潜居其下,受道于仙人而共岭,时谓所止为仙人之庐而命焉。"甲,第一。

〔3〕 香炉:在庐山西北。宋乐史《太平寰宇记》谓:"香炉峰在庐山西北,其峰尖圆,烟云聚散,如博山香炉之状。"

〔4〕 遗爱寺:即东林寺,东晋时僧慧远居于此。

〔5〕 "太原"句:白居易祖籍太原(今属山西),故自称"太原白乐天"。

〔6〕 面峰腋寺:面对着香炉峰,紧挨着遗爱寺。

〔7〕 广袤丰杀(shài 晒):指(堂)宽窄大小。广,东西距离。袤,南北距离。丰,宽大。杀,窄小。

〔8〕 一称心力:完全按自己心意。

〔9〕 "洞北户"数句:意谓敞开北边的门,引来北风,以防止夏天的暑热。徂(cú 促阳平)暑:开始盛暑。

〔10〕 "敞南甍"数句:意谓高敞南面的屋栋,让阳光进来,以预防冬日的寒冷。虞,预料、忧虑。祁寒,极寒。

〔11〕 "木斫(zhuó 浊)"二句:所用的木材,只是砍削而已,不涂油漆。斫,砍、削。丹,红色油漆。

〔12〕 "墙圬"二句:墙壁只是涂泥,不加粉刷。圬,用泥涂墙壁。

〔13〕 幂(mì 密)窗:以纸糊窗。幂,遮、盖。

〔14〕 纻(zhù 住)帏:麻布做的帐子。纻,同"苎"。

〔15〕 率称是焉:大率都是这样(俭朴)。

〔16〕 榻:狭长而矮的坐卧用具。

〔17〕 自辰及酉:犹言从早到晚。辰、酉,时辰名。古代将一昼夜分为十二等分,以子丑寅卯……等十二地支名之,辰时相当于今七时至九时,酉时相当于今下午五时至七时。

〔18〕 "俄而"二句:意谓不久景物好似在招引自己,而自己亦与景物

593

相应,于是外感舒适,内觉和顺。

〔19〕 "三宿"二句:意谓过了三宿后,觉得疏散自由,亦不知竟怎样成了如此。颓然,极形容其疏散。嗒(tà 踏)然,形容释去物累。

〔20〕 轮广:长宽。

〔21〕 修柯戛云:高枝触及天上的云。

〔22〕 如幢竖:好似经幢竖立在那里。幢,指经幢,佛寺前竖立的石柱,刻佛经于其上。此以形容树干。

〔23〕 如盖张:此谓古树树冠高大宽广。

〔24〕 如龙蛇走:此形容古树枝条四散铺开。

〔25〕 "松下"五句:谓松下灌木枝叶缠绕遮蔽,日月之光不能穿透,盛夏气候如八九月时。萝茑(niǎo 鸟)叶蔓,萝和茑的叶茎。承翳,承接日月之光。

〔26〕 "据层崖"句:谓在层崖旁堆积石头(成假山)。

〔27〕 嵌空垤堄(dié nì 碟逆):谓假山土石相间,或突起,或凹下。嵌空,凹陷。垤堄,用土堆积。

〔28〕 朱实离离:红色果实累累。离离,多貌。

〔29〕 植茗:种植的茶树。茗,茶。

〔30〕 烹燀(chǎn 产):烹茶而饮。燀,烧、煮。

〔31〕 "好事者"二句:意谓喜欢新颖事物的人,在此可以消磨终日。

〔32〕 练色:白色。练,白色的绢。

〔33〕 脉分线悬:形容剖竹承水如脉络之分布,如细线悬空中。

〔34〕 "其四傍"句:意谓草堂四面视听可及、可以行走到达者。傍,同"旁"。杖屦(jù 巨),手杖、鞋履。

〔35〕 锦绣谷:庐山有锦绣峰,其下为锦绣谷。

〔36〕 石门涧:庐山马耳峰下有巨石,中空如门,俗称石门。石门下有涧水,称石门涧。

〔37〕 虎溪:在东林寺旁。据说慧远法师居东林,每送客至此,辄有虎鸣,因称为虎溪。

〔38〕炉峰:即香炉峰。

〔39〕昏旦含吐:形容云气时现时敛,如含如吐。

〔40〕殚纪:尽记。

〔41〕觊缕:备述、详说。此处用概述意。

〔42〕"凡人"数句:谓一般人能有一宽大房屋,有一华丽席子,起居于其间,都会产生一种骄矜之态。箦(zé 责),竹席。

〔43〕是物主:此物的主人。是物,指草堂。

〔44〕物至到知:意谓草堂四周景物开启了我的智慧。语出《礼记·大学》的"致知在格物"。

〔45〕"昔永"三句:东晋时,慧远建东林寺,谢灵运为凿池植白莲,慧远遂与僧俗十八人结社诵佛,号称莲社。永谓释慧永,宗、雷谓儒者宗炳、雷次宗,皆莲社中人。

〔46〕矧(shěn 审):况且。

〔47〕迨:及、到。

〔48〕白屋:茅屋。指贫寒之家。

〔49〕朱门:红漆大门,指富贵之家。

〔50〕篑(kuì 溃)土为台:倾土垒台。篑,盛土的竹筐。

〔51〕蹇剥:遭遇不好。蹇、剥,《易经》中六十四卦之一,皆艰难之兆。

〔52〕来佐江郡:指为江州司马。唐时司马为州郡长官之佐。

〔53〕"郡守"句:谓江州刺史以宽容待我。《旧唐书·白居易传》谓白居易出游庐山,"或经时不归,或逾月不返,郡守以朝贵遇之,不之责。"

〔54〕"尚以"数句:意谓即使如此,仍旧因为担任司马一职,不免有所牵累,或往或来,没有充裕的时间居住在草堂。冗员,指州司马一职。

〔55〕岁秩满:任职年限满。

〔56〕"清泉"二句:是指着清泉白石发誓,意思是清泉白石可以为我作证。

〔57〕"与河南"句:河南,即今河南洛阳。范阳,故址在今北京附近。

595

南阳,今属河南。元集虚、张允中、张深之,白居易友人,皆无官职。元集虚元和末曾受桂管观察使裴行立之辟,为协律郎。

〔58〕"东西"句:东西二林,指东林寺、西林寺。长老,对僧人的敬称。凑、朗、满、晦、坚,皆二寺僧人。

〔59〕"具斋"句:准备斋饭及茶果等以庆贺草堂落成。落之,落成。

养竹记[1]

竹似贤,何哉?竹本固[2],固以树德;君子见其本,则思善建不拔者[3]。竹性直,直以立身;君子见其性,则思中立不倚者[4];竹心空,空以体道[5];君子见其心,则思应用虚受者[6]。竹节贞[7],贞以立志;君子见其节,则思砥砺名行[8],夷险一致者[9]。夫如是,故君子人多树之为庭实焉[10]。

贞元十九年春,居易以拔萃选及第,授校书郎[11],始于长安求假居处[12],得常乐里故关相国私第之东亭而处之[13]。明日,履及于亭之东南隅[14],见丛竹于斯,枝叶殄瘁[15],无声无色。询于关氏之老,则曰:"此相国之手植者。自相国捐馆[16],他人假居,由是筐篚者斩焉[17],篲帚者刈焉[18]。刑馀之材[19],长无寻焉[20],数无百焉。又有凡草木杂生其中,菶茸荟郁[21],有无竹之心焉。"居易惜其尝经长者之手,而见贱俗人之目[22],剪弃若是,本性犹存;乃芟蘙荟[23],除粪壤[24],疏其间[25],封其下[26],不终日而毕。于是日出有清阴,风来有清声,依依然,欣欣然,若有情于感遇也。

嗟乎!竹,植物也,于人何有哉?以其有似于贤,而人犹爱惜之,封植之,况其真贤者乎? 然则竹之于草木,犹贤之于众庶。呜呼! 竹不能自异,惟人异之,贤不能自异,惟用贤者异之[27]。故作《养竹记》,书于亭之壁,以贻其后之居斯者[28],亦欲以闻于今之用贤者云。

《白居易集》卷四三

〔1〕 德宗贞元十九年(803)作,时白居易为秘书省校书郎。文借竹的生长形态"似贤"生发有关个人品德修养的议论,又由人皆爱惜竹而归于人材的培植和使用,皆有为而发。时作者初入仕途,此文既是励志之作,也包含有对个人前途的美好期待。

〔2〕 竹本固:谓竹根牢固。

〔3〕 善建不拔:语出《老子》五十四章:"善建者不拔。"晋王弼注:"固其根而后营其末,故不拔也。"不拔,不可拔除,不可动摇。

〔4〕 中立不倚:语出《礼记·中庸》:"中立而不倚,强哉矫。"孔颖达疏:"中立独立,而不偏倚,志意强哉,形貌矫然。"

〔5〕 体道:躬行正直。

〔6〕 虚受:语出《易·咸》:"君子以虚受人。"孔颖达疏:"君子……空虚其怀,不自有实,受纳于物,无所弃遗。"

〔7〕 竹节贞:谓竹节端方正直。

〔8〕 砥砺名行:磨砺名声与品行。

〔9〕 夷险一致:无论平坦与险阻,皆能保持一致。

〔10〕 庭实:原指陈列于朝堂的贡献物品。此指庭院中供人观赏者。

〔11〕 "贞元"三句:白居易贞元十六年第进士,十八年登书判拔萃科,次年授秘书省校书郎。拔萃,即书判拔萃,唐选举科目之一。进士科为常科,每年举行;书判拔萃为制科,不定期举行。校书郎,掌典籍校勘与刊布,属秘书省。

〔12〕 假居:租屋而居。

〔13〕 常乐里：长安坊名。关相国：即关播（709—787）。播字务元，卫州汲（今属河南）人，天宝间进士，为河南府兵曹、滁州刺史，德宗建中三年（782）拜相，旋因荐人不当罢，不久去世。

〔14〕 履及：步行到。

〔15〕 殄瘁（tiǎn cuì 舔翠）：凋谢枯萎。

〔16〕 捐馆：抛弃馆舍，是对人死亡的婉饰说法。

〔17〕 筐篚者：做竹筐的人。筐篚，盛物竹器，方为筐，圆为篚。

〔18〕 簪箒者：做笤帚的人。簪箒，即笤帚。刈：割。

〔19〕 刑馀：指遭砍伐后的竹。

〔20〕 长无寻焉：长不及八尺。寻，古代长度单位，八尺为寻。

〔21〕 菶茸（běng róng 绷容）荟郁：草木茂密繁盛。菶茸、荟郁，都形容草木茂盛。

〔22〕 见贱俗人：被俗人所轻贱。见，被。

〔23〕 芟（shān 山）蘙荟：铲除杂草。

〔24〕 粪壤：秽土。

〔25〕 疏其间：清理其间隔。

〔26〕 封其下：培土于其根。

〔27〕 "竹不能"四句：意谓竹不能使自己区别于杂草，只有人可以使它脱颖而出；人不能使自己区别于常人，只有用贤者可以起用他。

〔28〕 贻：赠。

冷泉亭记[1]

东南山水，馀杭郡为最[2]。就郡言，灵隐寺为尤[3]。由寺观，冷泉亭为甲。亭在山下，水中央，寺西南隅。高不倍寻，广不累丈，而撮奇得要，地搜胜概，物无遁形[4]。春之日，吾爱其草薰薰[5],木欣欣,可以导和纳粹[6],畅人血气。夏之夜,吾爱其泉渟渟[7],风泠泠[8],可以蠲烦析酲[9],起人心情。山树为盖,岩石为屏,云从栋生,水与阶平。坐而玩之者,可濯足于床下;卧而狎之者,可垂钓于枕上。矧又潺湲洁澈[10],粹冷柔滑。若俗士,若道人,眼耳之尘[11],心舌之垢[12],不待盥涤,见辄除去。潜利阴益[13],可胜言哉?斯所以最馀杭而甲灵隐也。

杭自郡城抵四封[14],丛山复湖,易为形胜。先是,领郡者,有相里君造作虚白亭[15],有韩仆射皋作候仙亭[16],有裴庶子棠棣作观风亭[17],有卢给事元辅作见山亭[18],及右司郎中河南元藇最后作此亭[19]。于是五亭相望,如指之列,可谓佳境殚矣,能事毕矣。后来者,虽有敏心巧目,无所加焉,故吾继之,述而不作[20]。长庆三年八月十三日记。

《白居易集》卷四三

〔1〕 穆宗长庆三年(823)作于杭州。冷泉亭,在杭州西飞来峰下。前一年,白居易为中书舍人,上疏论事,不听。时国是日荒,朋党倾轧,乃求外任,七月,除杭州刺史。文章写冷泉亭怡人景致,是其倦于朝政心情的反映。

〔2〕 馀杭郡:即杭州。唐天宝时曾改杭州为馀杭郡。

〔3〕 灵隐寺:在杭州西灵隐山中,建于晋。

〔4〕 "而撮奇"三句:意谓冷泉亭所处之地,撮取地形优势之要,聚集诸多美景,周围山水景致尽皆显露,无所隐蔽。

〔5〕 薰薰:温暖和煦貌。

〔6〕 导和纳粹:导引和顺,吸纳精华。

〔7〕 渟渟:水平静貌。

599

〔8〕 泠泠:清凉貌。

〔9〕 蠲(juān 捐)烦析酲(chéng 成):弃去烦恼,解除酒病。

〔10〕 矧(shěn 沈):况且。

〔11〕 眼耳之尘:犹言看到与听到的烦心之事。

〔12〕 心舌之垢:犹言思想与口舌带来的祸患。

〔13〕 潜利阴益:不知不觉间有所补助增益。

〔14〕 四封:四面的疆界。

〔15〕 相里君造:即相里造,唐代宗大历间为杭州刺史。复姓相里,名造。虚白亭:相里造所建,具体所在已不详。

〔16〕 韩仆射皋:即韩皋,唐代宗贞元二十一年(805)为杭州刺史。后官至尚书左仆射。候仙亭:韩皋所建,具体所在已不详。

〔17〕 裴庶子棠棣:即裴常棣,"棠"为"常"之误。裴常棣唐宪宗元和四年(809)为杭州刺史,其后官至太子(右)庶子。观风亭:裴常棣所建,具体所在已不详。

〔18〕 卢给事元辅:即卢元辅,元和八至十年(813—815)为杭州刺史。其后官至给事中。见山亭:卢元辅所建,具体所在已不详。

〔19〕 右司郎中河南元藇:元藇元和十五年至长庆元年(820—821)为杭州刺史,即白居易前任。元藇,河南(今河南洛阳)人,其后官至尚书省右司郎中。

〔20〕 述而不作:意谓自己继任杭州刺史,为此文而不再建新亭。

与元九书[1]

月日,居易白。微之足下[2]:

自足下谪江陵至于今[3],凡枉赠答诗仅百篇[4]。每诗来,或辱序[5],或辱书,冠于卷首:皆所以陈古今歌诗之义,且自叙为文因缘与年月之远近也。仆既受足下诗,又谕足下此意,常欲承答来旨,粗论歌诗大端,并自述为文之意,总为一书,致足下前。累岁已来,牵故少暇,间有容隙,或欲为之;又自思所陈,亦无出足下之见;临纸复罢者数四,卒不能成就其志,以至于今。今俟罪浔阳[6],除盥栉食寝外无馀事,因览足下去通州日所留新旧文二十六轴[7],开卷得意,忽如会面。心所畜者,便欲快言,往往自疑,不知相去万里也。既而愤悱之气[8],思有所泄,遂追就前志,勉为此书,足下幸试为仆留意一省[9]。

夫文尚矣!三才各有文[10]:天之文,三光首之[11];地之文,五材首之[12];人之文,六经首之[13]。就六经言,《诗》又首之。何者?圣人感人心而天下和平。感人心者,莫先乎情,莫始乎言,莫切乎声,莫深乎义。诗者,根情、苗言、华声、实义。上自圣贤,下至愚骏[14],微及豚鱼,幽及鬼神,群分而气同,形异而情一,未有声入而不应,情交而不感者。圣人知其然,因其言,经之以六义[15];缘其声,纬之以五音[16]。音有韵,义有类。韵协则言顺,言顺则声易入;类举则情见,情见则感易交。于是乎孕大含深,贯微洞密[17],上下通而一气泰,忧乐合而百志熙[18]。五帝三皇所以直道而行[19],垂拱而理者[20],揭此以为大柄,决此以为大宝也[21]。

故闻"元首明,股肱良"之歌,则知虞道昌矣[22]。闻五子洛汭之歌,则知夏政荒矣[23]。言者无罪,闻者足戒[24],言者闻者莫不两尽其心焉。

洎周衰秦兴[25],采诗官废[26],上不以诗补察时政,下不以歌泄导人情。乃至于谄成之风动[27],救失之道缺。于时六义始刓矣[28]。

国风变为骚辞[29]，五言始于苏、李[30]。苏、李、骚人，皆不遇者，各系其志，发而为文。故河梁之句，止于伤别[31]；泽畔之吟，归于怨思[32]。彷徨抑郁，不暇及他耳。然去《诗》未远，梗概尚存，故兴离别则引双凫一雁为喻[33]，讽君子小人则引香草恶鸟为比[34]。虽义类不具，犹得风人之什二三焉。于时六义始缺矣。

晋、宋以还，得者盖寡。以康乐之奥博，多溺于山水[35]；以渊明之高古，偏放于田园[36]。江、鲍之流，又狭于此[37]。如梁鸿《五噫》之例者[38]，百无一二焉。于时六义寖微矣，陵夷矣[39]。

至于梁、陈间，率不过嘲风雪、弄花草而已。噫！风雪花草之物，《三百篇》中岂舍之乎？顾所用何如耳。设如"北风其凉"，假风以刺威虐也[40]；"雨雪霏霏"，因雪以愍征役也[41]；"棠棣之华"，感华以讽兄弟也[42]；"采采芣苢"，美草以乐有子也[43]。皆兴发于此而义归于彼。反是者，可乎哉？然则"馀霞散成绮，澄江净如练"[44]、"离花先委露，别叶乍辞风"之什[45]，丽则丽矣，吾不知其所讽焉。故仆所谓嘲风雪、弄花草而已。于时六义尽去矣。

唐兴二百年，其间诗人不可胜数。所可举者，陈子昂有《感遇诗》二十首[46]，鲍防有《感兴诗》十五首[47]。又诗之豪者，世称李、杜[48]。李之作，才矣奇矣，人不逮矣，索其风雅比兴，十无一焉。杜诗最多，可传者千馀首，至于贯穿今古，觑缕格律[49]，尽工尽善，又过于李，然撮其《新安吏》、《石壕吏》、《潼关吏》、《塞芦子》、《留花门》之章[50]，"朱门酒肉臭，路有冻死骨"之句[51],亦不过三四十首。杜尚如此,况不逮杜者乎?

〔1〕 元九即元稹,稹行九。宪宗元和十年(815)冬作,时白居易为江州司马,元稹为通州(即今重庆达州)司马。元和二年至六年(807—811),白居易在朝为拾遗、翰林学士,以亢直敢言自任,又大量写作新乐府诗,干预时政,讥刺权贵,为贵幸所嫉恨。六年丁母忧,服阕,召授太子左赞善大夫。十年秋,因上疏言事被贬江州。江州之贬使白居易政治热情大受挫折,况且司马职闲无事,在流连山水之馀,白居易遂有意对个人诗歌创作经历及诗歌理论予以总结,旋因元稹寄赠诗作而发为此书。书中,他总结了自《诗经》以来到唐代的诗歌进步理论,结合时代需要,对诗歌与现实的关系、诗歌的社会作用,都予以明确地阐述。关于文学与现实的关系,作者认为文学应该积极反映社会生活,从而提出了有名的"文章合为时而著,歌诗合为事而作"的主张;关于诗歌的社会作用,作者认为诗歌应该"补察时政""泄导人情",用"根情、苗言、华声、实义"以概括自《诗经》以来诗歌内容与形式的关系。本着《诗经》六义的标准和诗歌为现实政治服务的要求,书中评述了历代诗歌的兴衰发展,对既往的许多有代表性的作家,表达了自己的看法。他认为历代诗歌中价值最高的是《诗经》,对晋宋以还至梁陈间"嘲风雪,弄花草"的诗歌,则予以全盘否定。作者最推崇的当代诗人,是杜甫及其反映现实的诗歌。对于自己的诗歌,白居易最看重的是富于美刺兴比的讽喻诗,原因在于讽喻诗反映了国计民生,对政治可以发生美刺作用。当然,陷于时代的局限,《与元九书》也存在着一些不足,如过分强调反映现实的诗歌而忽视了诗歌抒情的特点,对浪漫主义诗歌的社会作用严重认识不足,对李白、陶渊明等伟大诗人的评价,显然也有失公允。总的来看,白居易在书中的理论主张,是富有战斗性的,在唐代进步的诗歌理论中有重要的意义。

〔2〕 微之:元稹字。

〔3〕 "自足下"句:元和五年(810),元稹因与宦官发生争执,贬江陵

(今属湖北)士曹参军。

〔4〕"凡柱赠"句:指元稹自江陵寄赠诗给自己。柱赠,是客套话。仅,此处作"多至"解。

〔5〕辱序:犹言委曲您在诗前写序。辱,表示谦虚的客套话。

〔6〕俟罪浔阳:指自己为江州司马。俟罪,即待罪。这是对自己遭贬的婉曲说法。浔阳,江州又称。

〔7〕"因览"句:元和十年(815)正月,元稹自江陵奉诏回朝,旋又调任通州司马。

〔8〕愤悱:谓其积思求解。《论语·述而》:"不愤不启,不悱不发。"朱熹集注:"愤者,心求通而未得之意;悱者,口欲言而未能之貌。"

〔9〕一省(xǐng 醒):一览。

〔10〕三才:指天地人。

〔11〕三光:指日月星。

〔12〕五材:指金木水火土。

〔13〕六经:指儒家的六部经典《诗》、《尚书》、《礼》、《易》、《乐》、《春秋》。

〔14〕愚骏(ái 挨):愚笨。

〔15〕"经之"句:犹言以六义对《诗》加以镕裁。下句"纬之"同义。六义,即风、雅、颂、赋、比、兴,一般认为,前三者是《诗经》的体裁,后三者是《诗经》的表现方法。

〔16〕五音:指宫、商、角、徵(zhǐ 纸)、羽。《诗经》皆可以歌唱,五音表示歌唱时声音的清浊高低。

〔17〕"于是乎"二句:意谓《诗经》包孕博大而蕴含深厚,能贯通至事物微小细密之处。

〔18〕"上下通"二句:意谓《诗经》沟通了上自天子下至庶民,于是天地之气可以交通,百姓忧乐相合,心志和乐。泰,通。熙,和乐。

〔19〕五帝:古以黄帝、颛顼、帝喾、尧、舜为五帝。三皇:指伏羲、女娲、神农。

〔20〕 垂拱而理:垂衣拱手而治,即无为而治。此因避高宗李治讳,以治为理。

〔21〕 "揭此"二句:犹言举此以为根本,明确此以为大法。揭,举、举起。决,判断、明确。"此"皆代表《诗经》的言和声。

〔22〕 "故闻"二句:相传虞舜在位时,天下大治,舜与其臣子皋陶唱和作歌,其中有"元首明哉!股肱良哉!庶事康哉"之句,见《尚书·皋陶谟》。"元首明,股肱良"犹言君王明,臣子良。

〔23〕 "闻五子"二句:传说夏君太康(启之子)政荒,不恤民事,为羿所逐,失去权位。太康兄弟五人待其于洛水边,不见太康,于是作歌哀伤。见伪古文《尚书·五子之歌》。洛汭(ruì 锐),洛水曲处。

〔24〕 言者无罪,闻者足戒:语出《诗·大序》:"言之者无罪,闻之者足以戒。"

〔25〕 洎(jì 记):待到,等到。

〔26〕 采诗官:周朝有采诗制度,设官自民间采诗。《汉书·艺文志》:"孟冬之月,行人振木铎徇于路,以采诗献之大师,比其音律,以闻于天子。"所说"行人"即采诗官。

〔27〕 谄成之风:颂扬成绩的风气。

〔28〕 刓(wán 完):缺损,不全。

〔29〕 骚辞:《离骚》和《楚辞》。

〔30〕 "五言"句:《文选》收有苏(武)李(陵)五言诗,被认为是五言诗之始。

〔31〕 "故河梁"二句:谓苏李诗主题仅限于感伤离别。河梁,《文选》李陵《与苏武诗三首》之三有"携手上河梁"句。

〔32〕 "泽畔"二句:谓屈原赋的主题仅限于怨思。泽畔之吟,《楚辞·渔父》有"屈原既放,游于江潭,行吟泽畔"之句。

〔33〕 "故兴"句:指苏李赠答诗以凫雁之类起兴。《古文苑》苏武《别李陵》诗有"双凫俱北飞,一凫独南翔"之句。

〔34〕 "讽君子"句:谓屈原赋中屡以善鸟香草配忠贞,以恶禽秽草喻

605

佞人。

〔35〕"以康乐"二句:谓谢灵运诗多写山水。康乐,指谢灵运,灵运封康乐公。

〔36〕"以渊明"二句:谓陶渊明诗多写田园。陶渊明,东晋诗人。

〔37〕"江鲍"二句:谓江淹、鲍照诗题材范围又小于陶谢。江淹,字文通,南朝齐梁间诗人。鲍照,字明远,南朝宋诗人。

〔38〕梁鸿:东汉扶风平陵(今陕西兴平)人,《五噫》为其代表作。梁鸿有感于政局腐败,愤而出关,作《五噫》之歌,歌曰:"陟彼北邙兮,噫!顾览帝京兮,噫!宫室崔嵬兮,噫!人之劬劳兮,噫!辽辽未央兮,噫!"

〔39〕寖微、陵夷:皆衰败零落之意。

〔40〕"设如"二句:"北风其凉"为《诗·邶风·北风》中一句,《诗序》云:"《北风》,刺虐也。卫国并为威虐,百姓不亲,莫不相携持而去焉。"

〔41〕"雨雪"二句:"雨雪霏霏"为《诗·小雅·采薇》中一句,其《序》云:"《采薇》,遣戍役也。"

〔42〕"棠棣"二句:"棠棣之华"为《诗·小雅·常棣》中一句,其《序》云:"《常棣》,燕兄弟也。闵管、蔡之失道。"

〔43〕"采采"二句:"采采芣苢(fú yǐ 浮以)"为《诗·周南·芣苢》中一句,其《序》云:"《芣苢》,后妃之美也。和平则妇人乐有子矣。"

〔44〕"馀霞散成绮,澄江净如练":为南朝齐诗人谢朓《晚登三山还望京邑》中二句。

〔45〕"离花先委露,别叶乍辞风":为南朝宋诗人鲍照《玩月城西门廨中》二句。

〔46〕陈子昂:初唐诗人,字伯玉,梓州射洪(今属四川)人,武后时为右拾遗,直言敢谏,力陈时弊,为权贵所忌,辞职还乡后为县令段简所害。子昂主张改革诗风,提倡汉魏风骨,为诗刚健质朴,有《感遇》诗三十八首。

〔47〕鲍防:玄宗天宝至德宗时诗人,字子慎,襄州(今属湖北)人。鲍防天宝间有《感遇》诗十七篇。

〔48〕李杜:李白、杜甫。李白字太白,郡望陇西,长于蜀中,天宝初

应诏入京,待诏翰林,后出京,漫游齐鲁及江南各地,代宗宝应初(762)卒于当涂(今属安徽)。杜甫字子美,祖籍京兆(即今陕西西安),出生于巩(今属河南),肃宗时为左拾遗,后流寓蜀中,为工部员外郎。代宗大历初出蜀,卒于江湘舟中。

〔49〕 俪(luó罗)缕格律:曲尽格律之妙。俪缕,委曲周备。

〔50〕 "然撮其"句:《新安吏》、《石壕吏》、《潼关吏》、《塞芦子》、《留花门》,皆杜甫安史乱中反映现实之作。

〔51〕 "朱门酒肉臭,路有冻死骨":为杜甫《自京赴奉先县咏怀五百字》中二句。

仆常痛诗道崩坏,忽忽愤发,或食辍哺、夜辍寝,不量才力,欲扶起之。嗟夫!事有大谬者,又不可一二而言[52],然亦不能不粗陈于左右[53]。

仆始生六七月时,乳母抱弄于书屏下,有指无字之字示仆者[54],仆虽口未能言,心已默识[55]。后有问此二字者,虽百十其试,而指之不差,则仆宿昔之缘,已在文字中矣。及五六岁,便学为诗,九岁谙识声韵,十五六始知有进士,苦节读书。二十已来,昼课赋[56],夜课书,间又课诗,不遑寝息矣[57]。以至于口舌成疮,手肘成胝[58],既壮而肤革不丰盈,未老而齿发早衰白,瞥瞥然如飞蝇垂珠在眸子中也,动以万数。盖以苦学力文所致,又自悲矣。

家贫多故,二十七方从乡赋[59]。既第之后,虽专于科试[60],亦不废诗。及授校书郎时,已盈三四百首。或出示交友如足下辈,见皆谓之工,其实未窥作者之域耳[61]。自登朝来[62],年齿渐长,阅事渐多,每与人言,多询时务,每读书史,多求理道,始知文章合为时而著,歌诗合为事而作。是时皇

607

帝初即位[63],宰府有正人,屡降玺书,访人急病[64]。仆当此日,擢在翰林[65],身是谏官[66],手请谏纸[67],启奏之外,有可以救济人病,裨补时阙,而难于指言者,辄咏歌之,欲稍稍递进闻于上。上以广宸聪,副忧勤,次以酬恩奖,塞言责;下以复吾平生之志[68]。岂图志未就而悔已生,言未闻而谤已成矣。

又请为左右终言之。凡闻仆《贺雨》诗[69],而众口籍籍,已谓非宜矣。闻仆《哭孔戡》诗[70],众面脉脉[71],尽不悦矣。闻《秦中吟》[72],则权豪贵近者相目而变色矣。闻乐游园寄足下诗[73],则执政柄者扼腕矣。闻《宿紫阁村》诗[74],则握军要者切齿矣。大率如此,不可遍举。不相与者号为沽名[75],号为诋讦[76],号为讪谤[77]。苟相与者,则如牛僧孺之戒焉[78]。乃至骨肉妻孥皆以我为非也。其不我非者,举不过三两人。有邓鲂者,见仆诗而喜,无何而鲂死[79]。有唐衢者,见仆诗而泣,未几而衢死[80]。其馀则足下,足下又十年来困踬若此[81]。呜呼!岂六义四始之风[82],天将破坏不可支持耶?抑又不知天之意不欲使下人之病苦闻于上耶?不然,何有志于诗者不利若此之甚也。

然仆又自思关东一男子耳[83]。除读书属文外[84],其他懵然无知[85],乃至书画棋博可以接群居之欢者[86],一无通晓,即其愚拙可知矣。初应进士时,中朝无缌麻之亲[87],达官无半面之旧,策蹇步于利足之途[88],张空拳于战文之场[89]。十年之间,三登科第[90],名入众耳,迹升清贯[91],出交贤俊,入侍冕旒[92]。始得名于文章,终得罪于文章,亦其宜也。

日者，又闻亲友间说：礼、吏部举选人，多以仆私试赋判传为准的[93]。其馀诗句，亦往往在人口中。仆恧然自愧[94]，不之信也。及再来长安，又闻有军使高霞寓者[95]，欲聘倡妓[96]，妓大夸曰："我诵得白学士《长恨歌》，岂同他妓哉？"由是增价。又足下书云：到通州日[97]，见江馆柱间有题仆诗者。复何人哉？又昨过汉南日[98]，适遇主人集众乐，娱他宾，诸妓见仆来，指而相顾曰："此是《秦中吟》、《长恨歌》主耳。"自长安抵江西，三四千里，凡乡校[99]、佛寺、逆旅[100]、行舟之中往往有题仆诗者，士庶、僧徒、孀妇、处女之口每每有咏仆诗者。此诚雕虫之技，不足为多[101]，然今时俗所重，正在此耳。虽前贤如渊、云者[102]，前辈如李、杜者，亦未能忘情于其间哉！

古人云："名者公器，不可以多取。"[103]仆是何者，窃时之名已多。既窃时名，又欲窃时之富贵，使已为造物者[104]，肯兼与之乎[105]？今之迍穷[106]，理固然也。况诗人多蹇，如陈子昂、杜甫，各授一拾遗，而迍剥至死[107]；李白、孟浩然辈不及一命，穷悴终身[108]。近日孟郊六十，终试协律[109]；张籍五十，未离一太祝[110]。彼何人哉！彼何人哉！况仆之才又不逮彼。今虽谪佐远郡，而官品至第五[111]，月俸四五万，寒有衣，饥有食，给身之外，施及家人，亦可谓不负白氏之子矣。微之微之，勿念我哉。

〔52〕不可一二而言：犹言不能一点两点地说清楚。

〔53〕左右：表示对对方尊敬的客套话。

〔54〕无字之字：按："无"字或当作"亡"字。"亡"字一音"忘"，如"逃亡"；一音"无"。音"无"时其义同"无"。"亡"字行、草书与"之"字极

609

相似,故乳母指示幼儿辨识。或因形近后世传抄致误。

〔55〕 识(zhì 志):记。

〔56〕 课赋:以赋为攻习之功课。此下"课"字义同。

〔57〕 不遑:顾不上。

〔58〕 胝(zhī 知):皮厚成茧。

〔59〕 乡赋:即乡贡。唐代士人先须参加本乡(本州)考试,始能获取到京城参加进士科考试的资格。

〔60〕 科试:指制科考试。唐代士人得中进士科后,尚不能立即做官,还须参加吏部举行的制科考试,通过后,乃可以分派官职。制科考试名目很多,如"博学宏词"科、"才识兼茂明于体用"科、"书判拔萃"科等。

〔61〕 "其实"句:谓虽然作品不少,但尚达不到真正的作者境地。作者,指前文所称道的诗人。

〔62〕 自登朝来:指其任职翰林学士、左拾遗以来。

〔63〕 皇帝:指唐宪宗。

〔64〕 访人:即访民。唐避李世民讳,以民为人。

〔65〕 翰林:指其为翰林学士。白居易为翰林学士在宪宗元和二年(807)。

〔66〕 谏官:指左拾遗。

〔67〕 谏纸:提供给谏官书写谏言的纸张。

〔68〕 "上以"五句:解释前文行为的目的,"上"(第一点)就皇帝而言,可以扩大圣听;"次"(第二点)就职守而言,可以尽谏官的职责;"下"(第三点)就个人平生志愿而言,可以酬壮志。宸,北极星所居,即紫微垣,借指帝王所居,又引申为帝王的代称。副忧勤,对皇帝忧民勤政予以协助。副,帮助、协助。

〔69〕《贺雨》诗:白居易讽喻诗篇名,诗写久旱得雨,其末劝谏皇帝改善百姓生活。

〔70〕《哭孔戡》诗:白居易讽喻诗篇名。孔戡,尝从军山东,后西归,居闲职,郁郁而死。诗为孔戡不得其用而鸣不平。

〔71〕 众面脉脉:众人默默相视。脉脉,此处作怒目相视解。

〔72〕 《秦中吟》:白居易著名讽喻组诗,共十首,一首一事,题材广泛。

〔73〕 乐游园寄足下诗:题作《登乐游园望》,为白居易讽喻诗篇名。诗写登高下视,徒见车马满眼而伤感亲者或死或贬。

〔74〕 《宿紫阁村》诗:白居易讽喻诗篇名,题一作《宿紫阁山北村》。诗写神策军挟宠臣中尉(宦者)威风,鱼肉百姓事。

〔75〕 不相与者:不相识、不相来往者。

〔76〕 诋讦(jié 节):诋毁攻击。

〔77〕 讪谤:嘲笑毁谤。

〔78〕 "则如"句:意谓将遭到牛僧孺那样的境遇。牛僧孺,中唐文人、政治家,字思黯,安定鹑觚(今甘肃灵台)人。贞元二十一年进士,元和三年策试贤良方正、能直言极谏科,牛僧孺等指陈时政,语言激烈,为宰相李吉甫所恶,考官受处分,牛僧孺仅授伊阙尉。

〔79〕 "有邓鲂"三句:邓鲂,籍贯不详,白居易同时人,举进士不第,至三十岁不仕而逝。白居易有《邓鲂张彻落第》及《读邓鲂诗》诗。

〔80〕 "有唐衢"三句:唐衢,籍贯不详,白居易同时人,好哭,"应进士,久而不第,能为歌诗,意多感发,见人文章有所伤叹者,读讫必哭,涕泗不能已"(《旧唐书·唐衢传》),约卒于元和五至十年间。白居易有《寄唐生诗》、《伤唐衢》等诗。

〔81〕 "足下"句:谓元稹命运亦多舛。按元稹元和五年因与宦官争执贬江陵士曹参军,十年召还,旋出为通州司马。困踬,困顿颠仆。

〔82〕 六义四始:风、雅、颂、赋、比、兴为六义,风、小雅、大雅、颂为四始。

〔83〕 关东:函谷关以东。白居易祖籍太原,因而自称"关东一男子"。

〔84〕 属(zhǔ 主)文:作文章。

〔85〕 懵然:无知的样子。

〔86〕 接群居之欢:犹言可以借以交结友朋。

〔87〕 缌麻之亲:较为疏远的亲戚。缌麻,古代"五服"中最轻的丧服。

〔88〕 蹇步:跛足之步。利足之途:功名利禄之途。此指科第之途。

〔89〕 战文之场:凭借文章取胜的场所,即科试之场。

〔90〕 "十年"二句:白居易于德宗贞元十六年(800)中进士,贞元十八年应吏部"书判拔萃"科再得第,宪宗元和元年(806)应"才识兼茂明于体用"科第三次得第。

〔91〕 迹升清贯:置身于清要的官员之列。按,元和三年,白居易任翰林学士、左拾遗,职衔虽然不高,但可以参与朝政,接近皇帝,职位很清要。

〔92〕 冕旒:古代皇帝冠上的装饰。此代指皇帝。

〔93〕 私试赋判:指其准备应试或参加考试时所作的赋及判词。准的:标准。

〔94〕 恧(nù 女去声)然:惭愧貌。

〔95〕 高霞寓:范阳(今河北涿县)人,时为邠宁节度使。

〔96〕 娼妓:歌妓。唐时官吏家中可以置女乐。

〔97〕 通州:即今重庆达州。元和十年,元稹为通州司马。

〔98〕 汉南:汉水以南。约当今湖北北部一带。白居易元和十年贬江州司马时途经此地。

〔99〕 乡校:唐时州县以下设乡校。

〔100〕 逆旅:旅店。

〔101〕 多:看重、重视。

〔102〕 渊、云:即王粲、扬雄。王粲字子渊,扬雄字子云。

〔103〕 "古人云"数句:语出《庄子·天运》:"名,公器也,不可多取。"公器,天下所共用。

〔104〕 造物者:指天,或主宰人间世者。

〔105〕 兼与之:犹言名与利兼而与之。

〔106〕 迍(zhūn 准阴平)穷:困顿穷困。迍,通"屯",《易》卦名,艰难貌。

〔107〕 迍剥:困厄。迍,通"屯"。迍、剥,《易》二卦名。屯谓艰难,剥谓剥落。

〔108〕 "李白"二句:李白虽暂为翰林待诏,然并无具体执掌,不过侍从文学而已。孟浩然,襄阳(今属湖北)人,玄宗时著名诗人。浩然开元间尝一至长安应试,落第,归山,赋诗有"不才明主弃"之句,自此终生为布衣。穷悴,穷困憔悴。

〔109〕 "近日"二句:孟郊,字东野,湖州武康(今浙江德清)人,屡试不第,德宗贞元十二年始得一第,年近五十始授溧阳尉,不久弃官。宪宗元和元年郑余庆拜河南尹,水陆转运使,辟孟郊为水陆转运从事、试协律郎。协律郎,唐太常寺职官名,正八品上。试协律郎是孟郊水陆转运从事的兼衔,又非正式任命,故称"试"。

〔110〕 "张籍"二句:张籍,字文昌,和州(今属安徽)人,德宗贞元十四年进士,宪宗元和元年官太常寺太祝。太祝,唐太常寺职官名,正九品上。

〔111〕 官品至第五:唐制:上州司马从五品。

仆数月来,检讨囊袠中[112],得新旧诗,各以类分,分为卷目[113]。自拾遗来,凡所适所感,关于美刺兴比者,又自武德讫元和因事立题,题为《新乐府》者[114],共一百五十首,谓之讽谕诗。又或退公独处[115],或移病闲居,知足保和[116],吟玩情性者一百首,谓之闲适诗。又有事务牵于外,情理动于内,随感遇而形于叹咏者一百首,谓之感伤诗。又有五言、七言、长句[117]、绝句,自一百韵至两韵者四百馀首,谓之杂律诗。凡为十五卷,约八百首。异时相见,当尽致于执事。

微之!古人云:"穷则独善其身,达则兼济天下。"[118]仆虽不肖,常师此语[119]。大丈夫所守者道,所待者时。时之来也,为云龙,为风鹏,勃然突然,陈力以出[120];时之不来也,为雾豹,为冥鸿,寂兮寥兮,奉身而退[121]。进退出处,何往而不自得哉?故仆志在兼济,行在独善,奉而始终之则为道,言而发明之则为诗。谓之讽谕诗,兼济之志也;谓之闲适诗,独善之义也。故览仆诗,知仆之道焉。其馀杂律诗,或诱于一时一物,发于一笑一吟,率然成章,非平生所尚,但以亲朋合散之际,取其释恨佐欢。今铨次之间[122],未能删去,他时有为我编集斯文者,略之可也。

微之!夫贵耳贱目,荣古陋今,人之大情也[123]。仆不能远征古旧,如近岁韦苏州歌行[124],才丽之外,颇近兴讽。其五言诗又高雅闲淡,自成一家之体。今之秉笔者谁能及之?然当苏州在时,人亦未甚爱重,必待身后,然后人贵之。今仆之诗,人所爱者,悉不过杂律诗与《长恨歌》已下耳。时之所重,仆之所轻。至于讽谕者,意激而言质,闲适者,思淡而词迂,以质合迂,宜人之不爱也。

今所爱者,并世而生,独足下耳。然千百年后,安知复无足下者出而知爱我诗哉?故自八九年来,与足下小通则以诗相戒[125],小穷则以诗相勉[126],索居则以诗相慰[127],同处则以诗相娱。知吾罪吾,率以诗也。如今年春游城南时,与足下马上相戏,因各诵新艳小律[128],不杂他篇,自皇子陂归昭国里[129],迭吟递唱,不绝声者二十里馀,樊、李在旁[130],无所措口。知我者以为诗仙,不知我者以为诗魔。何则?劳心灵,役声气,连朝接夕,不自知其苦,非魔而何?偶同人当美景,或花时宴罢,或月夜酒酣,一咏一吟,不知老之将至,虽骖鸾鹤、游蓬瀛者之适[131]，无以加于此焉，又非仙而何？微之微之，此吾所以与足下外形骸、脱踪迹、傲轩鼎、轻人寰者，又以此也[132]。

当此之时，足下兴有馀力，且欲与仆悉索还往中诗[133]，取其尤长者，如张十八古乐府[134]，李二十新歌行[135]，卢、杨二秘书律诗[136]，窦七、元八绝句[137]，博搜精掇，编而次之，号《元白往还诗集》。众君子得拟议于此者，莫不踊跃欣喜，以为盛事。嗟乎！言未终而足下左转[138]，不数月而仆又继行[139]，心期索然[140]。何日成就，又可为之叹息矣。

又仆尝语足下：凡人为文，私于自是，不忍于割截，或失于繁多，其间妍媸益又自惑[141]，必待交友有公鉴无姑息者[142]，讨论而削夺之，然后繁简当否得其中矣。况仆与足下，为文尤患其多。己尚病之，况他人乎？今且各纂诗笔[143]，粗为卷第[144]，待与足下相见日，各出所有，终前志焉。又不知相遇是何年，相见在何地，溘然而至[145]，则如之何？微之微之，知我心哉！

浔阳腊月，江风苦寒，岁暮鲜欢，夜长无睡，引笔铺纸，悄然灯前，有念则书，言无次第，勿以繁杂为倦，且以代一夕之话也。微之微之！知我心哉！乐天再拜。

《白居易集》卷四五

〔112〕 检讨：检寻。囊袠：书箧之类。

〔113〕 分为卷目：以类划分为卷，标以目。

〔114〕 "又自"二句：武德，唐高祖年号；元和，唐宪宗年号。"自武德讫元和"是白居易《新乐府》组诗反映时事的起讫时间。《新乐府》，白居易著名讽喻诗组诗，共五十首，因事立题，一事一题。

615

〔115〕 退公:公事了结,退职归家。

〔116〕 知足保和:生活及名誉地位上知足,保养其精神元气。

〔117〕 长句:唐人称七言绝句以外的七言诗为长句。此处"长句"指七言古诗,如《长恨歌》、《琵琶行》等。

〔118〕 "穷则"二句:语出《孟子·尽心上》,意谓不见用则做好自我修养,见用则为天下人谋福。

〔119〕 常师此语:以此语为师,即奉行此语之意。

〔120〕 "时之来"五句:意谓机会来到,就如云龙,如风鹏,勇往直前,奋力而进。云龙,古人以为云生龙,龙生云,龙乘云雾可以为所欲为。风鹏,即《庄子·逍遥游》中乘风而上的大鹏,可以"抟扶摇而上者九万里"。

〔121〕 "时之不"五句:意谓机会未曾到来,就成为云雾中的豹,高空中的鸿,忍耐寂寞,全身而退。雾豹,典出刘向《列女传·陶答子妻》:"南山有玄豹,雾雨七日而不食者,何也?欲以泽其毛而成文章者也,故藏而远害。"后以喻怀才畏忌而隐居不出者。

〔122〕 铨次:编选。

〔123〕 "夫贵耳"三句:语出隋炀帝《赐史祥》诗:"贵耳唯闻古,贱目讵知今。"意谓人皆相信传闻而不相信亲眼所见事实,又以古为荣而以今为陋。

〔124〕 韦苏州:指盛唐诗人韦应物。韦应物,京兆(今陕西西安)人,尝官苏州刺史,人称"韦苏州"。歌行,一般指七言长篇诗歌。

〔125〕 小通:官运顺利。

〔126〕 小穷:与"小通"相反,指官运不顺。

〔127〕 索居:独居、散处。此指二人不在一处。

〔128〕 新艳小律:辞藻华丽的律诗。小律,与"长律"(六韵以上的律诗)相对而言。

〔129〕 皇子陂:地名,在长安城南。昭国里:长安坊名,白居易尝居于此。

〔130〕 樊、李:樊宗宪与李景信,元、白的朋友。一说是樊宗师与

李建。

〔131〕 骖鸾鹤、游蓬瀛:意谓驾鸾鹤游仙山。蓬瀛,即传说中海上仙山蓬莱、瀛洲。

〔132〕 "此吾"三句:犹言此(醉心于诗歌创作)正是我与足下可以外形骸、脱踪迹、傲轩鼎、轻人寰的原因之一啊。外形骸,以形骸为外物,即随心任意之意。脱踪迹,摆脱与世俗人的往还。傲轩鼎,蔑视富贵。轩,高车;鼎,古时王侯盛放食物用。轻人寰,轻视人间世俗生活。

〔133〕 悉索还往中诗:尽量索取与友人交往中之诗。

〔134〕 张十八:指张籍。

〔135〕 李二十:指李绅。李绅字公垂,无锡(今属江苏)人,元和间著名诗人,官右拾遗。新歌行:指李绅当时写作的新题乐府诗。

〔136〕 卢、杨二秘书:指卢拱、杨巨源,二人时皆任秘书郎。卢拱籍贯不详。杨巨源字景山,河中(今山西永济)人。

〔137〕 窦七、元八:指窦巩、元宗简。窦巩字友封,京兆金城(今陕西兴平)人,元和间为节度使府掌书记。元宗简字居敬,河南洛阳(今属河南)人,元和间任侍御史。

〔138〕 足下左转:指元稹左迁通州司马。

〔139〕 仆又继行:指自己贬江州司马。

〔140〕 心期索然:心情乏味。

〔141〕 其间妍媸:指诗文的好坏优劣。

〔142〕 有公鉴无姑息者:有公正的鉴赏力而不姑息宽贷者。

〔143〕 各纂诗笔:各自编辑其诗与文。笔,指文。

〔144〕 粗为卷第:大致编好卷次。卷第,卷次。

〔145〕 溘然而至:死期来到。溘然,忽然死去。

荔枝图序[1]

荔枝生巴峡间[2],树形团团如帷盖,叶如桂,冬青。华如橘,春荣。实如丹,夏熟。朵如蒲萄,核如枇杷,殻如红缯[3],膜如紫绡[4]。瓤肉莹白如冰雪,浆液甘酸如醴酪[5]。大略如彼,其实过之。若离本枝,一日而色变,二日而香变,三日而味变,四五日外,色香味尽去矣。元和十五年夏,南宾守乐天命工吏图而书之[6],盖为不识者与识而不及一二三日者云。

《白居易集》卷四五

〔1〕 唐宪宗元和十五年(820),白居易为忠州(今重庆忠县)刺史时,为工吏所画荔枝图而作。唐李肇《国史补》卷上:"杨妃生于蜀,好食荔枝,南海所生,尤胜蜀者,故每岁飞驰以进。"然宋苏轼《荔支叹》云:"永元(汉和帝年号)荔支来交州,天宝岁贡取之涪。"忠州与涪州相邻,可知此文非仅为图形荔枝而作。文中所谓荔枝"若离本枝,一日而色变,二日而香变,三日而味变,四五日外,色香味尽去矣",讥刺之意尤为明显。

〔2〕 巴峡:巴州、峡州。泛指今重庆三峡一带。

〔3〕 缯:丝织品总称缯。帛之厚者亦称缯。

〔4〕 绡:薄丝。

〔5〕 醴酪:糖粥。此形容甘甜。

〔6〕 南宾守:南宾太守,即忠州刺史。忠州隋开皇间称南宾郡。

舒元舆

舒元舆(789—835),婺州东阳(今属浙江)人。宪宗元和八年(813)举进士第,授鄠县尉。穆宗长庆三年(823)为兴元节度掌书记,以文檄豪健,为时推许。文宗大和初入朝为监察御史,五年(831)改著作郎,分司东都。八年,为御史中丞,兼判刑部侍郎,不久以本官同平章事。与李训谋诛宦官,事败,死于"甘露之变"。两《唐书》有传。元舆以文才自负,工诗文,颇有传诵之作,《牡丹赋》时称其工。原有集,已佚。

牡丹赋[1]并序

古人言花者,牡丹未尝与焉[2]。盖遁于深山,自幽而芳,不为贵者所知。花则何遇焉[3]!天后之乡西河也[4],有众香精舍[5],下有牡丹,其花特异。天后叹上苑之有阙,因命移植焉[6]。由此京国牡丹,日月寖盛[7]。今则自禁闼泊官署[8],外延士庶之家,弥漫如四渎之流[9],不知其止息之地。每暮春之月,遨游之士如狂焉,亦上国繁华之一事也[10]。近代文士,为歌诗以咏其形容,未有能赋之者。余独赋之,以极其美[11]。或曰:"子常以丈夫功业自许,今则肆情于一花,无乃犹有儿女之心乎?"余应之曰:"吾子独不见张荆州之为人乎[12]?斯人信丈夫也,然吾观其《文集》之首,有《荔枝赋》焉[13]。荔枝信美矣,然亦不出一果耳,与牡丹何异哉?但问其所赋之旨何如,吾赋牡丹何伤焉!"或者不能对而退,余遂赋以示之。

圆玄瑞精,有星而景,有云而卿[14]。其光下垂,遇物流形[15]。草木得之,发为红英。英之甚红,锺乎牡丹。拔类迈伦,国香欺兰[16]。

我研物情,次第而观。暮春气极,绿苞如珠。清露宵偃,韶光晓驱[17]。动荡支节,如解凝结[18]。百脉融畅,气不可遏;兀然盛怒,如将愤泄;淑色披开,照曜酷烈[19]。美肤腻体,万状皆绝[20]。赤者如日,白者如月;淡者如赭,殷者如血;向者如迎,背者如诀[21];圻者如语,含者如咽[22];俯者如愁,仰者如悦;裹者如舞,侧者如跌;亚者如醉[23],曲者如折;密者如织,疏者如缺;鲜者如濯,惨者如别[24]。初胧胧而上下,次鲜鲜而重叠[25]。锦衾相覆,绣帐连接[26]。晴笼昼薰,宿露宵浥[27]。或灼灼腾秀[28],或亭亭露奇[29];或飑然如招,或俨然如思[30];或带风如吟,或泣露如悲;或垂然如缒[31],或烂然如披;或迎日拥砌,或照影临池[32];或山鸡已驯,或威凤将飞[33]。

其态万万,胡可立辨[34]!不窥天府[35],孰得而见?乍疑孙武,来此教战。其战谓何?摇摇纤柯[36]。玉栏风满,流霞成波。历阶重台,万朵千窠。西子、南威,洛神、湘娥[37]。或倚或扶,朱颜已酡[38]。角衔红缸,争簪翠娥[39]。灼灼夭夭,逶逶迤迤[40]。汉宫三千,艳列星河;我见其少,孰云其多[41]!弄彩呈妍,压景骈肩[42]。席发银烛,炉升绛烟;洞府真人,会于群仙[43]。晶荧往来,金釭列钱[44];凝睇相看,曾不晤言。未及行雨,先惊旱莲[45]。公室侯家,列之如麻。咳唾万金,买此繁华[46]。遑恤终日,一言相夸[47]。列幄庭中,步障开霞;曲庑重梁,松篁交加[48]。如贮深闺,似隔窗纱。仿佛息妫,依稀馆娃[49]。我来睹之,如乘仙槎[50]。脉脉不语,迟迟日斜。九衢游人,骏马香车[51]。有酒如渑[52],万坐笙歌。一醉是竞,孰知其他?

我案花品[53],此花第一。脱落群类,独占春日。其大盈尺,其香满室。叶如翠羽,拥抱比栉[54]。蕊如金屑,妆饰淑质。玫瑰羞死,芍药自失。夭桃敛迹,秾李惭出。踯躅宵溃,木兰潜逸。朱槿灰心,紫薇屈膝[55]。皆让其先,敢怀愤嫉?焕乎美乎,后土之产物也,使其花之如此而伟乎!何前代寂寞而不闻,今则昌然而大来[56]?曷草木之命,亦有时而塞,亦有时而开?吾欲问汝:"曷为而生哉?"汝且不言,徒留玩以徘徊。

《全唐文》卷七二七

〔1〕 牡丹盛于唐,唐代的牡丹诗也很多。唐人的咏物赋非常发达,而赋牡丹者,惟舒元舆与李德裕。舒元舆称牡丹"近代文士……未有能赋之者,余独赋之,以极其美",则舒之作,又在李作之前。此赋形容牡丹盛开之状,连用二十馀"如"字、十馀"或"字,颇能淋漓尽致。其后又以孙武教战、汉宫三千、洞府真人大会群仙等作比,更是妙于想象。全篇句式虽然整齐而少变化,但语言劲拔而不纤弱,藻饰华丽而不繁缛,诚为中唐咏物赋名篇。

621

〔2〕 "古人"二句:唐段成式《酉阳杂俎》:"牡丹,前史中无说处,惟《谢康乐集》中言'水际竹间多牡丹'。成式检隋朝《种植法》七十卷中,初不记说牡丹,则知隋朝花药中所无也。"(前集卷一九)除此处引谢灵运一句之外,唐前典籍确未曾见有言牡丹者。

〔3〕 "花则"句:犹言花何时才有遇合呢?

〔4〕 天后:指武则天。西河,汉郡名,辖境不断有所变更,至东汉顺帝永和间,辖境当今山西中部一带。武则天故乡为唐并州(即太原府,今属山西)文水,在此范围以内。又县名,唐上元元年(760)改隰城县置,为汾州(今山西汾阳)治所。

〔5〕 众香精舍:即众香寺,在汾州。精舍为寺院别称。按,此赋以武则天故乡为汾州,与史籍不符。

〔6〕 "天后"二句:按,段成式《酉阳杂俎》载:"开元末,裴士淹为郎官,奉使幽蓟回,至汾州众香寺,得白牡丹一窠,植于长安私第,天宝中,为都下奇赏。"(前集卷一九)与此所载武则天移牡丹于长安不同。

〔7〕 寖盛:逐渐兴盛。

〔8〕 禁闼(tà 踏):宫禁之中。洎:至、到。

〔9〕 四渎:古以长江、黄河、淮河、济水为四渎。

〔10〕 "每暮春"数句:唐遨游之士赏牡丹,唐代笔记所载甚多。如李肇《国史补》:"长安贵游尚牡丹,三十馀年。每暮春车马若狂,以不就观为耻。人种以求利,一本有直数万者。"

〔11〕 按,唐李德裕亦有《牡丹赋》。李德裕与舒元舆时代相同,舒之作当在李之先。

〔12〕 张荆州:指开元名相张九龄。参见前吕温《张荆州画赞》注。

〔13〕 张九龄《荔枝赋》今存于《张曲江集》中。

〔14〕 "圆玄"三句:意谓上天祥瑞,凝聚而为景星卿云。景星,德星、瑞星,古谓出现于有道之国。《史记·天官书》:"景星者,德星也,其状无常,常出于有道之国。"卿云,即庆云,祥瑞之云。

〔15〕 "其光"二句:意谓景星、卿云之光下照于地,遇万物而成种种

形状。

〔16〕"拔类"二句:意谓牡丹超乎群类,甚至压倒了国香兰花。国香,极言其香。谓其香甲于一国,故云。此指兰花。兰花有国香之称。《左传·宣公三年》:"兰有国香。"

〔17〕"暮春"数句:形容牡丹当暮春之际开始生长,花苞已经形成,晚间的清露伴它安卧,清晨的阳光催动它生长。绿苞,花苞。韶光,早晨的阳光。

〔18〕"动荡"二句:形容牡丹抽动枝条,迅速生长。

〔19〕"百脉"数句:形容牡丹如同脉络舒畅,枝叶蓬勃成长,其势不可阻挡;花朵开放,明艳非常。淑色披开,谓牡丹开放。

〔20〕"美肤"二句:形容牡丹如美人,千姿百态,美艳绝伦。

〔21〕"向者"二句:意谓正面的花朵如笑迎来人,背面的花朵却似与人诀别。

〔22〕"坼(chè 彻)者"二句:意谓开放者如与人相语,含苞未放者如吞声鸣咽。坼,裂开。指花开。

〔23〕亚者:低垂者、俯首者。

〔24〕惨者:指花色浅而淡者。

〔25〕"初胧"二句:形容牡丹从初开时不分明到盛开时鲜艳重叠。胧胧,不分明貌。

〔26〕锦衾、绣帐:皆形容牡丹花开硕大而颜色鲜艳。

〔27〕"晴笼"二句:意谓昼日有阳光照耀,夜晚有露水滋润。浥,湿润、滋润。

〔28〕灼灼:鲜亮夺目貌。

〔29〕亭亭:一枝挺出貌。

〔30〕"或飐(zhǎn 展)"二句:意谓有的花朵迎风摇摆如同向人招手,有的则凝重不动若沉思。飐然,风吹摇动貌。

〔31〕缒(zhuì 坠):以绳系物下坠。

〔32〕"或迎"二句:形容石阶旁、水池畔牡丹开放。拥砌,簇拥着石

阶。照影临池,在水池里留影。

〔33〕"或山鸡"二句:形容花朵小者温顺若山鸡,花朵大者若凤鸟将飞。威凤,旧说凤凰有威仪,故称。

〔34〕胡可:岂可、怎么能。

〔35〕天府:此指京师园林。古有长安为天府之国的说法。

〔36〕"乍疑"数句:以孙武教练吴宫美女形容牡丹花开繁盛。孙武,亦称孙子,春秋时军事家,吴王阖闾请其教练宫中美女以显示阵法。事见《史记·孙子吴起列传》。纤柯,形容花枝纤细如美人。

〔37〕西子、南威,洛神、湘娥:皆美女名,此处用来比喻牡丹。西子,即西施,春秋时越国美女。南威,春秋时晋国美女,亦称南之威。晋文公得南之威,三日不听朝。见《战国策·魏策二》。洛神,传说中洛水之神。见于曹植《洛神赋》。湘娥,传说中湘水之神。见于屈原《九歌·湘夫人》、《湘君》。

〔38〕酡:醉酒面色红貌。此处形容花色。

〔39〕"角衔"二句:形容园圃四角花朵如灯笼,满园花朵如争艳的美女。釭,灯盏。颦,皱眉。传说西施病心而捧心皱眉,里中人以为美。翠蛾,即眉。翠是画眉颜色。

〔40〕"灼灼"二句:形容花开繁盛,美艳非常。灼灼、夭夭,皆鲜明美盛貌。逶逶迤迤,即逶迤,亦作委佗,佳丽美艳貌。

〔41〕"汉宫"数句:以后宫佳丽喻牡丹,意谓牡丹远超过三千之数,仍不觉其多。白居易《长恨歌》:"后宫佳丽三千人,三千宠爱在一身。"

〔42〕压景:遮住光影。景,同"影",日光。骈肩:形容多。

〔43〕"席发"数句:意谓花朵繁盛,犹如在银烛明亮、香烟缭绕的宴席间,洞府真人在与群仙聚会。洞府,道教称仙人所居为洞府。真人,仙人。

〔44〕"晶荧"二句:写洞府真人聚会时情景。晶荧,形容牡丹花朵颜色。金釭列钱,形容牡丹排列成行如金钱。《汉书》班固《两都赋》:"金釭衔璧,是为列钱。"注:"谓以黄金为釭,其中衔璧,纳之于壁带为行列,历历

如钱也。"金釭,宫室壁带(壁间横木露出如带)上的环形装饰物,以金为之,谓之金釭。金釭一字排开,如同金钱。

〔45〕 "未及"二句:意谓旱莲被牡丹的艳丽所惊。旱莲,荷花之一种,因不生长于水中,故名。牡丹形似旱莲,未经雨,表示亦不在水中,故能惊旱莲。

〔46〕 "公室"数句:谓公室侯家纷纷前来观赏牡丹,一诺万金,购买牡丹。咳唾万金,犹言开口就是万金。

〔47〕 "遑恤"二句:意谓终日侍弄牡丹,向人总是夸示自己的牡丹。遑,闲暇。恤,顾及、顾念。

〔48〕 "列幄"数句:写牡丹主人百般保护牡丹。列幄,排列帐幕。步障,屏障。帐幕、屏障皆用来遮蔽牡丹,免受日光照射及风雨侵蚀。曲庑,原意指曲折的走廊,此指为牡丹遮阳搭建的廊屋。重梁,屋梁重叠。松篁,用来给牡丹搭建廊屋的材料。篁,竹子。

〔49〕 "如贮"数句:意谓如同对待美女一样,将其深藏起来。息妫(guī 规),春秋时息国的美女,亦称息夫人。妫姓,故称息妫。楚文王灭息国,虏其为妻,后世称为桃花夫人。见《左传·庄公十四年》。馆娃,即西施。吴王得西施,为筑馆娃宫,故名。

〔50〕 "我来"二句:意谓我来看花,如同乘槎上天一般。传说天河与海相通。有人居海渚,年年八月,见有浮槎去来,不失期,遂乘槎浮海至天河,见织女、牵牛。见晋张华《博物志》卷一〇所载。槎,竹筏、木筏之类。

〔51〕 香车:用香木作的车子。泛指豪华的车。一般为妇女所乘坐。

〔52〕 "有酒"句:谓酒很多。语出《左传·昭公十二年》:"齐侯举矢曰:'有酒如渑,有肉如陵。'"渑,指渑水,在今山东境内。

〔53〕 案:考察。

〔54〕 比栉(zhì 志):形容花朵密集如栉。栉,梳、篦的总称。

〔55〕 "玫瑰"数句:谓多种名花皆逊于牡丹,甘居下风。踯躅,杜鹃花的别名。朱槿,即扶桑花。

〔56〕 昌然:兴盛、盛大。

625

长安雪下望月记[1]

今年子月月望[2],长安重雪终日[3]。玉花搅空,舞下散地。予与友生喜之,因自所居南行百许步,登崇冈,上青龙寺门[4]。门高出绝寰埃,宜写目放抱[5],今之日尽得雪境。惟长安多高,我不与并[6]。

日既夕,为寺僧道深所留,遂引入堂中。初夜有皓影入室,室中人咸谓雪光射来。复开门偶立[7],见沍云驳尽[8],太虚真气,如帐碧玉[9]。有月一轮,其大如盘,色如银,凝照东方,辗碧玉上征[10],不见辙迹。至乙夜[11],帖悬天心[12]。予喜方雪而望舒复至[13],乃与友生出大门恣视。直前终南[14],开千叠屏风,张其一方。东原接去,与蓝岩骊峦,群琼含光,北朝天宫[15]。宫中有崇阙洪观,如氂珪叠璐,出空横虚[16]。此时定身周目,谓六合八极,作我虚室[17]。峨峨帝城,白玉之京,觉我五藏出濯清光中[18],俗埃落地,涂然寒胶;莹然鲜著,彻入骨肉[19];众骸跃举,若生羽翎,与神仙人游云天汗漫之上[20],冲然而不知其足犹蹋寺地[21],身犹求世名。二三子相视,亦不知向之从何而来,今之从何而遁。不讳言,不嘻声,复根还始,认得真性[22]。非天借静象[23],安能辅吾浩然之气若是邪?

且冬之时凝沍有之矣[24],若求其上月下雪,中零清霜[25],如今夕或寡。某以其寡不易会,而三者俱白[26],故序之耳。

《全唐文》卷七二七

〔1〕 本篇作年不可确知,大约在作者第进士(元和八年,813)之前。大雪以后,周天寒彻,又逢皓月临空,玉宇澄清,当此之际,作者登高四望,心情之畅美可想而知。文章将这一心情备细写出。作者笔下的长安月夜雪景,气象壮阔,又体察细致,极富感染力。

〔2〕 "今年"句:"今年"不知何年。子月,十一月。旧历以十一月建子。月望,月中。

〔3〕 重(zhòng 众)雪:大雪。

〔4〕 青龙寺:在长安城东南。

〔5〕 写目放抱:犹言纵目观赏,舒展怀抱。

〔6〕 "惟长"二句:意谓长安高处甚多,我不能一一登临。

〔7〕 偶立:并肩而立。

〔8〕 冱(hù 互)云:冻云。驳:退。此谓天空放晴。

〔9〕 "太虚"二句:意谓宇宙间空气清澈,如为碧玉之帐所笼罩。

〔10〕 "辗碧"句:谓月亮东升。碧玉,指天空。

〔11〕 乙夜:指二更天。一夜有五更,一更为甲夜,二更为乙夜,三更为丙夜,四更为丁夜,五更为戊夜。

〔12〕 "帖悬"句:谓月亮当天中。

〔13〕 望舒:传说中月神之御。此指月亮。

〔14〕 终南:终南山。此指秦岭当长安南之一段。

〔15〕 "东原"四句:意谓终南山向东延伸而去,与蓝田山、骊山相接,如群玉闪烁着光芒,与北边的天宫连接。蓝田山,在今陕西蓝田东。骊山,在今陕西临潼西。天宫,此指唐长安大明宫。大明宫在长安北。

〔16〕 "宫中"三句:意谓宫中楼阁台殿,如玉砌叠翠一般,横在空中。崇阙洪观,指宫中建筑。甃(zhòu 宙),用砖砌。珪、璐,美玉。此处形容被雪覆盖的宫中楼台如白玉一般。

〔17〕"此时"三句:意谓此时定下身子四望,觉得六合八极之内成为我的空屋子。六合,上下四方。八极,四面八方。虚室,无遮蔽障碍的空屋。

〔18〕"峨峨"四句:意谓巍峨皇都一片冰雪世界,如白玉之京,乃觉我五脏皆在清光中清洗而出。白玉之京,即白玉京,原指天帝所居之处。此处形容雪后长安。五藏,即五脏。藏,同"脏"。

〔19〕"俗埃"四句:形容通体经彻骨严寒和清新空气洗濯后的感受。俗埃落地,谓世俗尘埃落地。涂然寒胶,谓寒冷如同胶漆一般附着在身。

〔20〕"众骸"四句:意谓骨骼似将飞跃,腋下若生羽翼,与神仙人游于云天无涯际之处。羽翎,翅膀。汗漫,无边无际。此指天空。

〔21〕冲然:谦恭貌。

〔22〕"复根"二句:佛家语,谓恢复本根,认识自己真性。

〔23〕静象:静谧的景象,指雪、月之夜。

〔24〕凝冱:冻结、冰冻。

〔25〕"中零"句:谓在雪、月之间有零星清霜。零,雨雪徐徐落下。按,酷寒天气不当再有霜。或者是被风扬起的雪粒,作者指以为是霜。

〔26〕三者:指雪、霜和月。

录桃源画记[1]

四明山道士叶沈[2],囊出古画[3]。画有《桃源图》[4]。图上有溪,溪名武陵之源[5]。按《仙记》分灵洞三十六之一支[6]。其水趣流[7],势与江河同。有深而绿,浅而白。白者激石,绿者落镜[8]。

溪南北有山,山如屏形,接连而去,峰竖不险,翠秾不浮。其夹岸有树木千万本,列立如揖,丹色鲜如霞,擢举欲动,灿若舒颜[9]。山铺水底,草散茵毯。有鸾青其衿[10],有鹤丹其顶,有鸡玉其羽,有狗金其色,毛偬偬亭亭间而立者十有八九[11]。

岸而北有曲深岩门,细露室宇。霞槛缭转[12],云磴五色[13],雪冰肌颜,服身衣裳皆负星月文章[14]。岸而南有五人,服貌肖虹玉[15],左右有书童玉女,角发而侍立者十二[16]。视其意况,皆逍遥飞动,若云十许片,油焉而生,忽焉而往[17]。

其高处有坛,层级沓玉冰[18]。坛面俄起烬灶,灶口含火,上有云气,具备五色[19]。中有溪艇泛上,一人雪华鬓眉,身著秦时衣服,手鼓短枻[20],意状深远。

合而视之,大略山势高,水容深,人貌魁奇,鹤情闲暇,烟岚草木,如带香气。熟得详玩,自觉骨夏清玉[21],如身入镜中,不似在人寰间,眇然有高谢之志从中来[22]。

坐少选[23],道士卷画而藏之,若身形却落尘土中。视向所张壁上,又疑有顽石化出,塞断道路。某见画物不甚寡,如此图未尝到眼,是知工之精而有如是者邪!叶君且自珍重,无路得请[24],遂染笔录其名数[25],将所以备异日写画之不谬也。

《全唐文》卷七二七

[1] 将一幅构图颇为复杂的图画叙述清楚,既要精整,又要参错,颇为不易。此文佳处,即在精整中求错综,简而明,质而不失其雅致。又时时以个人感慨作陪,是为难得。

629

〔2〕 四明山:在今浙江东南部。道士叶沈:身世不详。

〔3〕 囊出:从布袋中取出。

〔4〕 《桃源图》:根据陶渊明《桃花源诗》诗意作的画。

〔5〕 武陵:即今湖南常德。陶渊明《桃花源记》:"晋太元中,武陵人捕鱼为业,缘溪行,忘路之远近。"

〔6〕 《仙记》:不详为何书,或者是作者对某部道家之书的简称,如旧题为汉刘向所撰《列仙传》、旧题晋葛洪撰《神仙传》等。灵洞三十六:道家称神仙居住人间的三十六处名山洞府。

〔7〕 趣流:急流。

〔8〕 "绿者"句:形容水清澈如落下之镜。绿,指水清。

〔9〕 舒颜:颜面舒展。

〔10〕 衿:指鸟翅。

〔11〕 "毛傞(suō缩)傞"句:谓画中金色狗形态。傞傞,飘动貌。亭亭,直立貌。间而立,谓狗在人或物中夹杂而立。

〔12〕 霞槛:红色栏干。缭转:形容栏干随山势隐现。

〔13〕 云磴:高入云间的台阶。

〔14〕 "雪冰"二句:谓画面上人物体貌及服装。雪冰肌颜,语出《庄子·逍遥游》:"肌肤若冰雪,绰约若处子。"衣裳皆负星月文章,谓人物衣裳绘有像星月的图画。

〔15〕 虹玉:彩色美玉。此以拟神仙人物形貌服色。又,《江表录》谓"首阳山有晚虹,下饮溪水,化为女子"(《类说》卷四〇引《稽神异苑》),或为此处所本。

〔16〕 角发:即总角。古时儿童束发为两结,向上分开,形状如角,故称。

〔17〕 "若云"三句:形容画中人物行动飘忽若云彩,忽然而生,忽然而逝。

〔18〕 "层级"句:意谓台阶净洁如玉、冰重叠。沓,重叠。

〔19〕 "坛面"四句:此即所谓丹灶,道士用来炼丹。传说道士炼丹以

五色石,故有五色云气。烬灶,烧火的灶。

〔20〕 鼓短枻(yì 易):划短桨。

〔21〕 骨戛清玉:用清澈的清玉之声形容骨骼的轻举出尘。敲冰戛玉,敲击冰和玉,原意是比拟歌声的清脆圆润。

〔22〕 眇然:高远貌。高谢之志:高举远引、告别人间之志。

〔23〕 少选:一会儿。

〔24〕 无路得请:此后没有机缘再得一睹。得请,请求得到。

〔25〕 录其名数:犹言记录下它的细部。

养狸述[1]

野禽兽可驯养而有裨于人者,吾得之于狸。狸之性,憎鼠而喜爱[2]。其体趫,其文斑,予爱其能息鼠窃,近乎正且勇[3]。尝观虞人有生致者[4],因得请归,致新昌里客舍[5]。

舍之初未为某居时,曾为富家廪,墉堵地面,甚足鼠窾[6]。穴之口光滑,日有鼠络绎然。某既居,果遭其暴耗[7]。常白日为群,虽敲拍叱嚇,略不畏忌。或暂黾俛踡缩[8],须臾复来,日数十度。其穿巾孔箱之患,继晷而有[9]。昼或出游,及归,其什器服物,悉已破碎。若夜时,长留缸续晨[10],与役夫更吻驱呵,甚扰神抱[11]。有时或缸死睫交[12],黑暗中又遭其缘榻过面[13],泊泊上下[14],则不可奈何。或知之,借棱以收拾衣服[15],未顷则棱又孔矣。予心深闷,当其意欲掘地诛剪,始二三十日间未果[16]。颇患之,若抱痒疾[17]。

自获此狸,尝阖关实窦[18],纵于室中。潜伺之。见轩首

631

引鼻[19],似得鼠气,则凝蹲不动。斯须,果有鼠数十辈接尾而出。狸忽跃起,竖瞳迸金,文毛磔班,张爪呀牙,划泄怒声[20]。鼠党帖伏不敢窜。狸遂搏击,或目抉牙截,尾捎首摆[21],瞬视间群鼠肝脑涂地。迨夜,始背缸潜窥,室内洒然[22]。予以是益宝狸矣,常自驯饲之。到今仅半年矣,狸不复杀鼠,鼠不复出穴,穴口有土虫丝封闭欲合。向之韫椟服物[23],皆纵横抛掷,无所损坏。

噫!微狸,鼠不独耗吾物,亦将咬啮吾身矣[24]。是以知吾得高枕坦卧,绝疮痏之忧,皆斯狸之功异乎!鼠本统乎阴,虫其用,合昼伏夕动,常怯怕人者也[25]。向之暴耗,非有大胆壮力,能凌侮于人,以其人无御之之术,故得恣横若此。今人之家,苟无狸之用,则红墉皓壁,固为鼠室宅矣,甘醲鲜肥[26],又资鼠口腹矣。虽乏人智,其奈之何[27]?

呜呼!覆帱之间[28],首圆足方,窃盗圣人之教,甚于鼠者有之矣。若时不容端人[29],则白日之下,故得骋于阴私。故桀朝鼠多而关龙逢斩[30],纣朝鼠多而王子比干剖[31],鲁国鼠多而仲尼去[32],楚国鼠多而屈原沈[33]。以此推之,明小人道长,而不知用君子以正之,犹向之鼠窃,而不知用狸而止遏。纵其暴横,则五行七曜[34],亦必反常于天矣,岂直流患于人间耶[35]!

某因养狸而得其道,故备录始末,贮诸箧内,异日持谕于在位之端正君子。

《全唐文》卷七二七

〔1〕 狸,也叫山猫。本文指被人驯养的山猫。"述"略同于"记",类

似于杂记文中的人事杂记,故而前幅记人叙事。但后幅则承以议论,可知本文写作目的不在记事,而在于议论。叙事部分非常生动,鼠的可憎可怖,使人如身临其境,可感而知。后幅的议论部分不但不牵强,且因叙事的生动增强了议论的力度,是本文一大特点。

〔2〕"憎鼠"句:犹言狸猫天性憎鼠而善讨人喜爱。

〔3〕正且勇:勇敢而具有正义。

〔4〕虞人:古代掌山泽苑囿的官。此指猎人之类。生致:活捉。

〔5〕新昌里:长安坊名。

〔6〕"墉堵"二句:谓墙体地面,鼠穴甚多。墉堵,墙。

〔7〕暴耗:大祸害。

〔8〕黾俛跧(měng tuì quán 猛退蜷)缩:如蛙之畏人,暂时蜷伏退缩。黾,蛙的一种。俛,退的通假字。跧缩,踡伏。蛙鸣时,有其他动静,即不鸣。此以形容鼠。

〔9〕"其穿"二句:谓鼠咬坏衣服、咬穿衣箱之事每日都有。晷,日光。

〔10〕留缸续晨:夜里留着灯光,直到天亮。缸,同"釭",灯。

〔11〕"与役"二句:意谓与仆人轮流发声驱赶老鼠,非常伤神。抱,人体胸腹间的部位。此指胸怀、心情。

〔12〕缸死睫交:灯火灭,眼睛闭住(睡着了)。

〔13〕缘榻过面:顺着床榻爬上,经过脸面。

〔14〕泊泊:象声词。形容鼠声。

〔15〕椟:箱子、柜子。

〔16〕欲掘地诛蕲:意欲挖掘地面直抵鼠穴灭杀它们。

〔17〕瘁疾:疾病。瘁,忧思过度所成的心病。

〔18〕阖关实窭:关住门,塞住洞口。

〔19〕轩首引鼻:昂首伸出鼻子。

〔20〕"狸忽"数句:写猫见老鼠发怒形状。竖瞳迸金,瞳孔竖起,眼露金光。文毛磔(zhé 折)班,形容猫发怒耸身,浑身皮毛好像折断一样。

633

磔,分割、折断。班,同"斑"。划泄怒声,大声吼叫。划泄,象声词。

〔21〕"狸遂"二句:写猫搏击老鼠之状。目抉,用目光震慑。牙截,用牙齿撕裂。尾捎,用尾巴击打。首摆,头部摆动。

〔22〕洒然:清静、安静。

〔23〕韫椟服物:用箱、柜储藏衣物。韫,藏。

〔24〕"微狸"数句:意谓倘无狸猫,则鼠不但毁我衣物,且将要咬伤我的身体。微,假若没有。

〔25〕"鼠本"数句:意谓鼠本来属于阴性动物,与虫的活动规律相同,应该昼伏夜出,害怕人类。

〔26〕甘醲鲜肥:指美味食品。甘醲,味道醇厚。

〔27〕"虽乏"二句:谓鼠虽无人之智,但人却没奈何它。

〔28〕覆帱(dào 到)之间:犹言天地之间。覆帱,覆盖。《礼记·中庸》:"譬如天地……无不覆帱。"

〔29〕端人:正直的人。

〔30〕"故桀"句:意谓夏桀时坏人多因而斩了关龙逢。桀,夏朝末代君主。关龙逢,夏桀时贤臣。夏桀无道,为酒池肉林,关龙逢极谏,夏桀不听,因而杀之。事见《庄子·人间世》。

〔31〕"纣朝"句:意谓商纣坏人多因而杀害了比干。纣,商朝末代君主。比干,纣的叔父,官少师。纣无道,比干屡次劝谏,被纣剖心而死。事见《史记·殷本纪》。

〔32〕"鲁国"句:意谓鲁国坏人多因而孔子离开了鲁国。仲尼,孔子字。

〔33〕"楚国"句:意谓楚国坏人多因而屈原遭到流放被迫沉江自杀。

〔34〕五行:金木水火土。七曜:日月及金木水火土五星。

〔35〕岂直:岂只是、岂止。

令狐楚

令狐楚(766—837),字殻士,宜州华原(今陕西耀县)人,其先敦煌(今属甘肃),自言为唐初十八学士中令狐德棻之后裔。五岁能做文章,贞元七年(791)登进士第,初为太原府从事,自掌书记迁至节度判官。元和年间又累迁至中书侍郎同平章事,后历任宣武、天平、河东等节度使,大和七年(833)入为吏部尚书,转太常卿,进左仆射,封彭阳郡公,开成元年(836)出山南西道节度使,卒于任。两《唐书》有传。令狐楚擅长笺奏制令,每一篇成,人皆传诵。《旧唐书》本传称其"才思俊丽。德宗好文,每太原奏至,能辨楚之所为,颇称之。"原有《漆奁集》一百三十卷,已佚。《全唐文》存其文五卷。

刻苏公太守二文记[1]

大和五年春三月[2],兖海节度副使李员外虞致本府书币[3],修好于我。卒事返命[4],且以故太守苏源明集中小洞庭宴籍及序二首见寄[5],请余立一贞石[6],识其故处云[7]。

余为之考寻图牒[8],询访耆老[9],自五六日至于旬时[10],茫然曾不得回源亭涡泊依稀仿佛者[11]。从天宝十二载而下[12],及兹八十年[13],源明有盛名于朝,遗爱在郓[14]。

尝与五太守会集,宴游之所,形于文字,囧若金石[15]。若良二千石好事君子接武而来[16],纵不恢张增饰之[17],必当思人爱树[18],存为此州故事[19]。悲夫!恩泽之外,四纪有馀[20],自荡平而还,三政相继[21]。不铦锋摩刃,以战斗为务;则长臂利爪,而攫拾是谋[22]。视嘉山水好风月,如越人之髦、瞽者之鉴[23],非惟无用,又从而仇之[24]。

余以为不可使中行子之文无传于此地[25],乃于溪亭作金石刻[26],引而记之[27],亦李志也[28]。

秋七月二十七日,天平军节度等使检校尚书右仆射郓州刺史兼御史大夫彭阳县公令狐楚记[29]。

《唐文粹》卷九六

〔1〕 此文作于大和五年(831),乃令狐楚为苏预二文刻石纪事而作。文章语言自然清雅,却又时时流露出一种淡淡的感伤,慨叹时局,虽点到为止,然其惜景伤时之情已跃然纸上。苏公,指苏预,字源明,参看《秋夜小洞庭离宴序》作者小传。二文指苏预的《小洞庭五太守宴集序》和《秋夜小洞庭离宴序》。

〔2〕 大和五年:唐文宗年号,大和五年为公元831年。

〔3〕 兖海:唐方镇名,辖兖、海、沂、密四州,治所在今山东兖州。李虞:人名,生平不详。员外:即员外郎,唐时尚书省二十四司各有员外郎一人,位居郎中之下。致:送给。本府:作者自称,时作者为天平军节度使,故称"本府"。书币:信件与礼品。币:本为缯帛,古时以帛为赠送宾客的礼物,故亦泛指赠送礼品。

〔4〕 卒:终,尽,完成。返命:回去复命。

〔5〕 苏源明集:《新唐书·艺文志》载有《苏源明集》三十卷,今已亡佚。见:助动词,表示他人的行为及于己。

〔6〕 贞石:本指坚固之石,多用作碑石的美称。

〔7〕 识(zhì志):同"志",标记、标识。故处:指苏预当时的宴游之处。

〔8〕 考:考察。图:地图。牒:指记录下来的文书。

〔9〕 耇(gǒu苟)老:老年人。《国语·晋八》中有"吾闻国家有大事,必顺于典型,而访咨于耇老,而后行之"。

〔10〕 旬时:十天。

〔11〕 茫然:模糊不清,迷蒙不明。涡泊:停船之处。

〔12〕 天宝十二载:天宝为唐玄宗年号,天宝十二载为公元753年。而下:以后,往后。

〔13〕 及:到。兹:现在。

〔14〕 遗爱:指官员有仁德、仁政传于后世。郓:即郓州,辖今山东东平、梁山、郓城、巨野等地,治所在须昌县(故址在今山东东平西北)。

〔15〕 冏(jiǒng迥):明亮。金石:金指钟鼎,石指碑碣,古人常在上面镌刻文字以颂功纪事寓戒。

〔16〕 良:贤能。二千石:汉代内自九卿、郎将,外至郡守,俸禄等级均为二千石,后因称郎将、郡守、知府为二千石,此处指太守。好事:喜欢多事,此处指关心地方掌故。接武:原指足迹前后相接,后泛指人或事前后相继。武:足迹。

〔17〕 恢张:扩展、扩大。增饰:增修。

〔18〕 思人爱树:周召公奭在甘棠树下听讼,后人追念他,也连带思树。《史记·燕召公世家》:"太史公曰:召公奭可谓仁矣!甘棠且思之,况其人乎?"此处指思念苏源明亦当保护其宴集处之风物,如回源亭等。

〔19〕 故事:旧事、旧物,相当于今天所说的"文物"。

〔20〕 恩泽:朝廷的恩惠。此处指朝廷。纪:古以十二年为一纪。《尚书·毕命》中有"既历三纪",传曰:"十二年曰纪。"

〔21〕 荡平:扫荡平定,此处指唐宪宗削平藩镇割据势力。唐朝自安史之乱后,北方逐渐形成藩镇割据的局面,历五十馀年,方有唐宪宗平藩

镇,使统一局面暂时恢复。三政:指唐宪宗李纯之后的唐穆宗李恒、唐敬宗李湛和唐文宗李昂三个皇帝。

〔22〕 "不铦(xiān 先)锋摩刃"四句:意谓割据的藩镇只知道从事战争和搜刮财利。唐穆宗时,河北藩镇复叛,藩镇割据局面又在一定程度上死灰复燃。铦,锐利,此处用作动词,磨利。摩,通"磨",磨砺。攫(jué 绝),用爪抓取。拾,捡取。

〔23〕 视:看待。嘉:美、善。越人之鬌(dì 弟):典出《庄子·逍遥游》:"宋人资章甫而适诸越,越人断发文身,无所用之。"古越人有断发之俗,故不需假发。鬌,假发。瞽者:盲人。鉴:镜子。

〔24〕 从:聚集。

〔25〕 中行子:意谓有德君子,此指苏源明。中行,即中庸,为儒家最高的道德标准,如《易·泰》:"得尚于中行"。《论语·子路》:"不得中行而与之,必也狂狷也!"

〔26〕 作金石刻:即立碑刻字之意。

〔27〕 引:文体的一种,如序而稍短。

〔28〕 志:志愿,愿望。

〔29〕 检校:诏除而非正名的加官,故"检校"后面所列的官职皆非实职。

刘宽夫

刘宽夫(生卒年不详),洺州广平(今河北永年)人。元和时登进士第,宝历年间任监察御史,转左补阙,颇有直言进谏之举,大和年间迁起居郎。两《唐书》有传。

剸竹记[1]

左史院迩宸居之正地,直日华之东偏[2]。俗尘不飞,人意自远。闃邃幽闃[3],似非官曹[4]。有竹一丛,翠接阶所。其虚中洁外之操,荫座祛烦之能[5],紫微郎高公尝赋之,固以备尽[6]。然而岁月滋久,蔓衍浸淫[7],大小相依,高下丛茂。俾日光不透[8],阴气常凝。暝色为之早来,阳春为之减煦[9]。四序不正[10],一庭常昏。蚊虻曹飞,雀鹞自遂[11]。披图散帙[12],观览不快。

二年冬[13],侍轩之暇,载笔之馀[14],偶步庭除,病其蔽翳[15]。因命斤斧,将治其芜[16]。沉吟即时,乃用申诫[17]。且谓其徒曰:"砺尔器用,端尔瞻视,谨尔操执,慎尔区分[18]。有其质微而叶环莘蓐者去之[19],从风而不能自正者去之,大而倚者去之,聚而曲者去之,窍而不能备笙簧之用者去之[20],挺而不能栖鸾凤者去之[21]。其有群居不乱,独立自持[22];振风发屋,不为之倾[23];大旱干物,不为之瘁[24];坚可以配松柏[25],劲可以凌雪霜[26],密可以泊晴烟[27],疏可以漏宵月[28];婵娟可玩[29],劲挺不回者[30],尔其保之。"

既而芟翦毕功[31],繁芜立尽[32]。去者存者,邪正乃分。不浃旬[33],扶疏一林,历历可见[34]。有清风澡虑之效,瞰日明奸之机[35]。檀栾风生,韵合宫徵[36]。君子是以知竹箭之美,尚科别之功,即其他不俟言而详矣[37]。或以斯为小,可以伸之[38]。因记一时之妙,笔而述之[39]。

《唐文粹》卷七七

〔1〕 此文作于大和二年(828),其时朋党之争以及朝臣与宦官的斗争愈演愈烈,政局日趋混乱。作者不满于这种现实,遂写了这篇象征性的文章。全文句法整齐又流畅生动,以左史院中丛竹象征朝廷,暗喻朝堂之上已是蚊虻群飞,不见天日。继而借命人整治,以求"去者存者,邪正乃分",表达了自己的美好愿望和理想。剀(guǒ果):《玉篇》:"割也。"此指修剪整理。

〔2〕 左史:即起居郎,属门下省,高宗武后时曾两度改称左史,中宗神龙年间复为起居郎。门下省位于大明宫宣政殿东的日华门外,左史院当在其中。迩:接近。宸居:皇帝的居所,此指大明宫内常朝所在地宣政殿。直:临。日华:即日华门,位于宣政殿前东廊。

〔3〕 闷(bì必)邃幽阒(qù去):幽深寂静。闷,神秘、幽深。邃,幽深。阒,寂静。

〔4〕 官曹:即官府、衙署。

〔5〕 荫:树荫,此处指遮蔽。祛:除去。

〔6〕 紫微郎:指中书省的郎官,中书省曾于开元元年改称紫微省。高公:即高铱(yì意),字翘之,曾为校书郎,后拜中书舍人,为官无党,其所作赋已佚。尝:曾经。备:完备。

〔7〕 滋:愈、益。蔓衍:犹蔓延,向外滋长延伸。浸(qīn 亲)淫:渐相亲附,渐次接近。

〔8〕 俾(bǐ 比):使。

〔9〕 暝色:指夜色。煦:阳光的温暖。

〔10〕 四序:四季。

〔11〕 虻(méng 萌):牛蝇。曹:群。雀鷃(yàn 艳):麻雀、黄雀等的通称。自遂:自得。

〔12〕 披图散帙:指开卷读书。披、散皆指打开。帙(zhì 志):书套。

〔13〕 二年:唐文宗大和二年(828)。

〔14〕 侍轩:唐制,皇帝临朝时起居郎分立殿下,记录皇帝及朝臣的言论与行为。暇:空、闲。载笔:携带文书记录王事,《礼记·曲礼上》有"史载笔,士载言"。此处当指修纂起居注。

〔15〕 庭除:庭前阶下,即院内。除,台阶。病:恨。蔽翳(yì 义):遮蔽、遮盖。翳,障蔽。

〔16〕 斤斧:斧头。芜:杂乱。

〔17〕 沉吟:指深思。申:申述,言明。诫:教令。

〔18〕 砺:磨砺。器用:指斤斧。端:正。瞻视:指眼光。谨:谨慎。操执:指手里的工具。操,拿着。

〔19〕 质微:指竹竿细微。质,本体,竹之本体即竿。苯䔿(běn zǔn 本撙):草茂盛的样子,此处指竹叶丛生杂乱的状态。

〔20〕 窍:孔、洞。笙簧:管乐器。簧,《唐文粹》作"篁",据《全唐文》改。

〔21〕 鸾:凤凰之类的神鸟。

〔22〕 自持:自我克制,保持一定的操守。

〔23〕 振风:指狂风、暴风。发屋:把房顶掀开。

〔24〕 瘁:困病。

〔25〕 配:匹对、媲美。

〔26〕 劲:坚强有力。凌:冒着,引申为不畏。

641

〔27〕泊:停留。晴烟:指晴日里的轻烟薄雾。

〔28〕宵:夜晚。

〔29〕婵娟:形态美好。玩:观赏。

〔30〕劲挺:指刚劲挺拔。回:此处指屈曲。

〔31〕芟(shān 山)蕑:即剪除、割除。芟,除草。毕功:完功。毕,结束、完成。

〔32〕繁芜:指杂乱的竹子。繁,繁杂。芜,杂乱。立:即刻。

〔33〕浃(jiā 家)旬:十天。十天为一旬。

〔34〕扶疏:高低疏密有致的样子。历历:分明可数。

〔35〕澡虑:洗去忧虑。皦(jiǎo 皎)日:白日。明奸:明察奸邪。机:功能。

〔36〕檀栾:秀美的样子,多用于形容竹。韵:和谐的声音。宫徵(zhǐ 纸):古代五音宫、商、角、徵、羽的略称。

〔37〕竹箭:细竹,此处泛指竹。尚:贵、重视。科别:区别。科,品类、等级。俟(sì 四):等待。详:知悉,知道。

〔38〕"或以斯为小"二句:是说有人认为这是小事,但其意义可以扩大引申。或,有的。斯,此、这。

〔39〕笔:书写,记载。

殷侔

殷侔(生卒年不详),大和年间曾任魏州书佐,其他事迹不详。

窦建德碑[1]

云雷方屯[2],龙战伊始[3],有天命焉,有豪杰焉[4],不得受命,而命归圣人[5]。于是玄黄之祸成,而霸图之业废矣[6]。

隋大业末[7],主昏时乱[8],四海之内,兵革咸起[9]。夏王建德,以耕甿崛兴[10],河北山东,皆所奄有[11]。筑宫金城,立国布号[12],岳峙虎踞[13],赫赫乎当时之雄也[14]。是时李密在黎阳[15],世充据东都[16],萧铣王楚[17],薛举擅秦[18],然视其创割之迹,观其模略之大[19],皆未有及建德者也。唯夏氏为国,知义而尚仁,贵忠而爱贤,无暴虐及民,无淫凶于己[20],故兵所加而胜,令所到而服。与夫世充、铣、密等,甚不同矣。行军有律[21],而身兼勇武;听谏有道,而人无拒拂[22]。斯盖豪杰所以勃兴,而定霸一朝、拓疆千里者哉[23]!

或以建德方项羽之在前世,窃谓不然[24]。羽暴而嗜杀[25],建德宽容御众[26],得其归附,语不可同日。迹其英兮雄兮[27],指盻备显[28],庶几孙长沙流亚乎[29]。唯天有所勿属,唯命有所独归[30],故使失计于救邻,致败于临敌[31]。云

643

散雨覆,亡也忽然[32]。嗟夫!此亦莫之为而为者欤[33]。向令运未有统,时仍割分[34],则太宗龙行乎中原[35],建德虎视于河北,相持相支,胜负岂须臾辨哉[36]!

自建德亡,距今已久远,山东、河北之人,或尚谈其事,且为之祀。知其名不可灭,而及人者存也[37]。圣唐大和三年[38],魏州书佐殷侔过其庙下[39],见父老群祭,骏奔有仪[40],夏王之称,犹绍于昔[41]。感豪杰之兴奋[42],吊经营之勿终[43],始知天命之莫干[44],惜霸略之旋陨[45]。激于其文,遂碑[46]。

《全唐文》卷七四四

〔1〕 此文作于大和三年(829),形式虽为碑文,但重点在颂美窦建德。作者从"主昏时乱"的时代背景历述窦之仁德贤明,并通过与同时人物、历史人物的对比进一步突出其爱民得众的特点,甚至将其与唐太宗并举。文章最终以窦建德死后二百馀年仍受人民祭祀收笔,透露出作者对明君、仁政的期望。窦建德(573—621),漳南(今山东武城西北漳南镇)人,隋末河北起义军领袖,公元618年称夏王,建都乐寿(今河北献县),筑金城宫,年号五凤,后迁都洺州(今河北永年),武德四年(621)于虎牢之战中被李世民击败生擒,解往长安处斩。事迹见两《唐书》本传。

〔2〕 云雷方屯:《易·屯》:"云雷屯(zhūn 谆)。"象曰:"屯,刚柔始交而难生。"即云雷相交而灾难降临之意。此指隋末大乱。

〔3〕 龙战:《易·坤》:"上六,龙战于野,其血玄黄。"本指阴阳相战,后指争夺最高统治权的战争。伊始:开始。

〔4〕 天命:此指天命所归者。豪杰:才智出众者,此指争夺天下的群雄。

〔5〕 圣人:对帝王的尊称。

〔6〕 玄黄之祸:指战败身亡。玄黄,语出《易·坤》:"龙战于野,其血

644

玄黄。"代指流血。霸图:称霸的雄图。废:停业,中止,引申为失败。

〔7〕 大业:隋炀帝年号(605—617)。

〔8〕 主昏:皇帝昏乱。此处指隋炀帝杨广屡行暴政。昏,迷乱、糊涂。

〔9〕 兵革:即军备,代指战争,兵为武器,革为甲胄,此处指各地的义军与反隋势力。咸:皆,都。

〔10〕 耕甿(méng萌):农民。甿,同"氓",田民,农民。

〔11〕 河北:指黄河下游以北的地区。山东:指太行山以东的地区。奄有:占领。奄,覆盖,包括。

〔12〕 金城:《资治通鉴·唐纪一》高祖武德元年:"建德定都乐寿,命所居曰金城宫,备置百官。"布号:颁布年号。《资治通鉴·唐纪二》:"有大鸟五集于乐寿,群鸟数万从之,经日乃去。窦建德以为己瑞,改元五凤。"

〔13〕 岳峙:如山岳耸立一般。岳,泛指高峻的大山。峙,耸立。踞:蹲或坐。

〔14〕 赫赫乎:显赫盛大的样子。

〔15〕 李密(582—618):字玄邃,京兆长安(今陕西西安)人,杨玄感起兵反隋时曾为谋主,后投瓦岗军,据洛口,称魏公,后为王世充所败,降唐复叛而被处斩。黎阳:在今河南浚县,武德元年(618)六月,李密曾率瓦岗精锐在此大战宇文化及。事迹见两《唐书》本传。

〔16〕 王世充(?—621):原为隋将,被隋炀帝派往东都以拒李密,武德元年击败李密后晋封郑王,次年四月自立为帝。武德四年,李世民攻破洛阳,王世充降唐,后被仇人所杀。事迹见两《唐书》本传。东都:隋唐以洛阳(今属河南)为东都。

〔17〕 萧铣(xiǎn显)(?—621):南朝梁皇室后裔,隋末割据今两湖、江西一带,武德元年自立为梁帝。武德四年被李孝恭、李靖所率唐军击败,投降被杀。王(wàng望):称王。楚:指现在的湖北、湖南一带。

〔18〕 薛举(?—618):隋末金城(今甘肃兰州)富豪,乘乱割据陇西,自称秦帝。武德元年准备东攻长安时病死,其部亦为唐军所破。擅:

645

占有。秦:秦人先祖始封于今甘肃天水一带,薛举以天水为都,故称"擅秦"。

〔19〕 创割:开创、割据。模略:指所占疆土。模,规模。略,疆界、地域。

〔20〕 "唯夏氏为国"五句:是说窦建德重仁义,敬忠贤,恤下民,生活俭朴,没有暴行。史书中对此也多有记载,《资治通鉴·唐纪四》称其"劝课农桑,境内无盗,商旅野宿。"

〔21〕 律:纪律。

〔22〕 谏:直言规劝,用于以下对上,以臣正君。拒:拒绝。拂:违逆。

〔23〕 拓疆:开拓疆土。

〔24〕 方:比拟。项羽(前232—前202):名籍,祖上世为楚将,秦末为义军领袖,曾大破秦军主力,秦亡后自立为"西楚霸王",在与刘邦争夺天下的战争中战败自刎。前世:佛教以过去的一生为前世。窃:谦称自己。

〔25〕 羽暴而嗜杀:项羽残暴好杀,如坑秦降卒、西屠咸阳等,参见《史记·项羽本纪》。

〔26〕 御:治理,统治。

〔27〕 迹:考核、推究。英兮雄兮:即英雄。

〔28〕 指盼备显:指挥观察周到而清楚。盼,看。备,完全。显,明显。

〔29〕 庶几:相近,差不多。孙长沙:即孙坚(156—192),字文台,吴郡富春(今浙江富阳)人,汉灵帝时曾任长沙太守,为东吴开国打下了初步基础。流亚:同一类的人物。

〔30〕 "唯天有所勿属"二句:意谓天命不属于他而归于唐。

〔31〕 "故使计于救邻"二句:武德四年(621),李世民率军围攻洛阳,王世充不支,求救于窦建德,窦建德欲收渔利,遂率十馀万人前往,李世民率精锐三千五百人据虎牢,与窦建德相持四十馀日,待夏军饥渴疲倦时发兵猛攻,夏军大溃,建德受伤被俘。

〔32〕 忽:迅速、突然。

〔33〕 "此亦"句:意谓窦建德之败实属天意。

〔34〕 向令:假使。运:天运。统:统一。时:时势。割分:分裂割据。

〔35〕 太宗:指唐太宗李世民,公元627—649年在位。

〔36〕 "相持"二句:是说双方僵持争斗,胜败怎么会在短时间内就见分晓呢?须臾,片刻。辨,分辨、辨别。

〔37〕 及人者:指深入人心的善政。及,及于、达到。

〔38〕 大和三年:大和,唐文宗年号,大和三年为公元829年。

〔39〕 魏州:治所在贵乡县(今河北大名东北大街乡),辖境相当于今河北大名、魏县、馆陶、河南南乐、清丰、范县、山东冠县、莘县等地。

〔40〕 骏奔:急速奔走。《诗·周颂·清庙》中有"骏奔走在庙"之句。仪:法度、标准。

〔41〕 绍:继承。

〔42〕 兴奋:兴起。

〔43〕 吊:悲伤、怜悯。经营:规划创业。

〔44〕 莫干:不能强求。干,求取。一说"干"意为抵触,"莫干"意为不能改变,亦可通。

〔45〕 旋:顷刻。陨:坠落、破灭。

〔46〕 文:美、善,《礼记·乐记》:"以进为文。"注:"文犹美也、善也"。此指窦建德的善行、善政。一说"文"指祭祀仪式,或指原有碑文。碑:撰写碑文,一说为立碑刻石。

杜 牧

杜牧(803—853),字牧之,京兆万年(今陕西西安)人。宰相杜佑之孙,因祖居长安城南之樊川,故世称"杜樊川",后人又称之为"小杜",以别于杜甫,又因与李商隐齐名,并称"小李杜"。大和二年(828)登进士第,复举贤良方正直言极谏科,授弘文馆校书郎。曾长期在外地府署中担任幕职。历监察御史,膳部、比部及司勋员外郎,黄州、池州、睦州、湖州刺史,官终中书舍人。两《唐书》有传。杜牧工诗文,且于艺术上均有其独创性。其诗清新俊爽,于拗峭中见风华;其文则承古文一路,有为而作,气雄笔健,尝自云"凡为文以意为主,气为辅,以辞彩章句为之兵卫"(《答庄充书》),在文坛骈文复炽之时独树一帜。有《樊川文集》二十卷,《外集》、《别集》各一卷。有今人整理本《杜牧集系年校注》,中华书局2008年出版。

阿房宫赋[1]

六王毕,四海一[2]。蜀山兀,阿房出[3]。覆压三百馀里,隔离天日[4]。骊山北构而西折,直走咸阳[5]。二川溶溶[6],流入宫墙。五步一楼,十步一阁。廊腰缦回,檐牙高啄[7];各抱地势,钩心斗角[8]。盘盘焉,囷囷焉[9],蜂房水涡[10],矗不知其几千万落[11]。长桥卧波,未云何龙[12]?复道行空,不霁何虹[13]?高低冥迷,不知西东[14]。歌台暖响,春光融融;舞殿冷袖,风雨凄凄[15]。一日之内,一宫之间,而气候不齐。

妃嫔媵嫱,王子皇孙,辞楼下殿,辇来于秦。朝歌夜弦,为秦宫人[16]。明星荧荧,开妆镜也[17];绿云扰扰,梳晓鬟也[18];渭流涨腻,弃脂水也;烟斜雾横,焚椒兰也[19];雷霆乍惊,宫车过也;辘辘远听,杳不知其所之也[20]。一肌一容,尽态极妍[21]。缦立远视[22],而望幸焉[23]。有不得见者,三十六年[24]。

燕赵之收藏,韩魏之经营[25],齐楚之精英,几世几年;摽掠其人,倚叠如山[26];一旦不能有,输来其间[27]。鼎铛玉石,金块珠砾,弃掷逦迤[28]。秦人视之,亦不甚惜。嗟乎!一人之心,千万人之心也。秦爱纷奢,人亦念其家[29]。奈何取之尽锱铢,用之如泥沙[30]?使负栋之柱,多于南亩之农夫;架梁之椽,多于机上之工女;钉头磷磷,多于在庾之粟粒[31];瓦缝参差,多于周身之帛缕[32];直栏横槛,多于九土之城郭[33];管弦呕哑,多于市人之言语[34]。使天下之人,不敢言而敢怒。独夫之心[35],日益骄固。戍卒叫,函谷举[36],楚人一炬,可怜焦土[37]!

呜呼!灭六国者,六国也,非秦也。族秦者[38],秦也,非天下也。嗟夫!使六国各爱其人,则足以拒秦[39]。使秦复爱六国之人,则递三世可至万世而为君[40],谁得而族灭也?秦人不暇自哀,而后人哀之[41];后人哀之而不鉴之[42],亦使后人而复哀后人也。

《樊川文集》卷一

649

〔1〕 本文作于唐敬宗宝历元年(825),是杜牧的成名作,他在《上知己文章启》中谓:"宝历大起宫室,广声色,故作《阿房宫赋》。"唐敬宗李湛少年即位,贪声色,昵群小,穷奢极欲,大兴土木,杜牧此文针对现实,借古讽今,以秦之盛衰论天下之兴亡,指出掠民财、贪享乐者必将失民心而归于覆灭。文章先极写阿房宫之宏大富丽,想象丰富,奇笔纷出,气脉流动,音韵铿锵,继而笔锋陡转,将宫室之奢华与人民之苦难对比,夹叙夹议,直泻而下,终至卒章显志,昭示鉴戒。全文波澜起伏又组织严密。语言生动,气势恢弘。据《唐摭言》记载,此文甫一问世即受追捧,并对杜牧登进士第产生了积极的作用。阿房(ē páng 婀旁)宫:遗址位于今陕西西安市西南大古城村一带,秦始皇三十五年(前212)开始营建,据《史记·秦始皇本纪》:"营作朝宫渭南上林苑中,先作前殿阿房,东西五百步,南北五十丈,上可以坐万人,下可以建五丈旗。周驰为阁道,自殿下直抵南山,表南山之颠以为阙。为复道,自阿房渡渭,属之咸阳,以象天极,阁道绝汉抵营室也。阿房宫未成,成,欲更择令名名之。作宫阿房,故天下谓之阿房宫。"司马贞索隐:"此以其形名宫也,言其宫四阿旁广也。"四阿,指房屋四周有曲檐,为古代宫殿常用式样。据最新考古结果显示,阿房宫其实并没有建成,后人对阿房宫的误解纯系由杜牧此文而起,可见其影响。

〔2〕 六王毕:指秦始皇统一六国。六王,齐、燕、魏、楚、赵、韩。毕,结束、终结。四海一:天下统一。

〔3〕 蜀山兀:为了修建阿房宫而砍尽了蜀地山中的木材。兀,光秃。

〔4〕 覆压三百馀里:意谓在三百多里的地面上都是阿房宫的建筑。覆压:遮蔽。隔离天日:即遮天蔽日之意。

〔5〕 "骊山"句:意谓从骊山之北开始建造,曲折向西,一直延伸到咸阳。骊山,在今陕西西安临潼区东南。咸阳,秦朝首都,故址在今陕西咸阳市东。

〔6〕 二川:指沣水与樊川。樊川,源出秦岭,流经今陕西西安长安区南。溶溶:流动的样子。

〔7〕 廊腰:指环绕在房屋之间如腰带一般的走廊。缦回:是以缯缦之萦回状走廊之曲折。缦,没有花纹图案的缯帛。檐牙:指像突出的牙齿一般高耸的屋檐。高啄:指屋檐状如禽鸟啄食。

〔8〕 抱:依持、环绕。钩心斗角:形容宫室结构之参差错落。钩心,指各楼阁与宫室的中心区相钩连。斗角,指檐角对凑如相斗状。

〔9〕 盘盘、囷(qūn逡)囷:均为曲折回旋的样子。

〔10〕 蜂房水涡:形容建筑物密集。

〔11〕 矗(chù触)立:耸立貌。落:屋檐上的滴水装置。俗称檐滴水。此处系以"落"之多表现宫室的密集。

〔12〕 "长桥"二句:此以龙喻桥。未云何龙,《易·乾》:"云从龙,风从虎。"

〔13〕 "复道"二句:此以彩虹喻复道。复道,楼阁间架在空中的木制走道,俗称天桥。霁(jì计),雨停为霁。

〔14〕 冥迷:迷惑、不清楚。冥,暗昧。

〔15〕 "歌台"二句:意谓宫中的歌声带来的暖意使人仿佛处在温暖的春光中。融融,和暖貌。"舞殿"二句:意谓宫中舞女袖子带起的风使人感到凉意,仿佛处在寒冷的风雨之中。凄凄,寒凉。

〔16〕 妃嫔(pín贫)媵嫱(yìng qiáng映墙):泛指六国的后宫女子。《左传·哀公元年》:"宿有妃嫱嫔御焉。"杜预注:"妃嫱,贵者;嫔御,贱者。皆内宫。"媵,古代诸侯女儿出嫁时随嫁或陪嫁的人,多为该女子的妹妹或侄女,后也用来指妾。辇(niǎn碾)来:指用车装来。辇,人拉的车,后用来专指天子之车。弦:弦歌,以琴、瑟伴奏的歌。

〔17〕 荧荧:微光闪烁的样子。

〔18〕 绿云:形容女人发多而黑。扰扰:纷乱的样子。鬟(huán环):一种环形的发髻。

〔19〕 渭流:即渭河。腻:滑泽。脂水:指宫女用过的含有胭脂的水。椒、兰:均为芳香植物,可用作香料。

〔20〕 辘辘:车声。杳(yǎo咬):深远。之:往。

651

〔21〕 "一肌一容"二句：意谓每一位宫女都美到了极点。

〔22〕 缦立：延伫，久立。

〔23〕 幸：帝王亲临谓之"幸"，帝王宠爱亦可谓之"幸"。

〔24〕 三十六年：秦始皇一共在位三十年。此句意谓有的宫女终身未能见到皇帝。

〔25〕 精英：精华。前面的"收藏"，"经营"均用用名词，与"精英"同指六国积聚的珍宝。

〔26〕 摽（piāo 飘）掠：抢夺、掠夺。倚叠：堆积。

〔27〕 "一旦"二句：意谓一旦国家覆亡，便无法再据有这些珍宝，而是全部送进了阿房宫。

〔28〕 "鼎铛（chēng 撑）"三句：意谓将鼎当铛，玉当石，金当土块，珍珠当瓦砾，丢得到处都是。鼎，古代祭祀、宴宾等重要场合使用的器具。铛，铁锅。块，土块。砾（lì 厉），小石子。逦迤（lǐ yǐ 里以），曲折绵延的样子。

〔29〕 "一人之心"二句：意谓一个人的心思和千万人的心思有共同之处，也就是说皇帝应该用自己的心去理解百姓的心。"秦爱纷奢"二句：意谓皇帝希望自己的住所豪华壮丽，百姓同样也希望自己的住所能好一些。

〔30〕 奈何：如何。锱铢（zī zhū 姿朱）：指非常微小的数量。锱，重量单位，六铢为一锱。铢，重量单位，具体说法不一。

〔31〕 磷磷：色泽鲜明的样子。庾：露天粮仓。粟：黍、稷、粱、秫等谷物的总称。

〔32〕 帛：丝织物的总称。缕：丝线、麻线。

〔33〕 槛（jiàn 剑）：栏杆。九土：九州，指全国。城郭：内城曰城，外城曰郭，此处泛指城邑。

〔34〕 管弦：管乐和弦乐，泛指音乐。呕哑：管弦声。

〔35〕 独夫：众叛亲离的统治者，此指秦始皇。

〔36〕 戍卒叫：指陈涉、吴广起义，陈、吴原为谪戍渔阳的戍卒，于大

泽乡发动反秦起义,事见《史记·陈涉世家》。函谷举:指刘邦攻破函谷关。函谷,即函谷关,战国时秦所建,为秦之东关,在今河南灵宝,东自崤山,西至潼津,路在山间,深险如函,故称函谷。汉武帝时东移三百里至今河南新安县。举,攻克,拔取。

〔37〕"楚人一炬"二句:指项羽入关后焚咸阳宫殿事。《史记·项羽本纪》:"项羽引兵西屠咸阳,杀秦降王子婴,烧秦宫室,火三月不灭。"楚人项羽祖上世为楚将,起兵后又自立为"西楚霸王",故称"楚人"。

〔38〕族:族灭,整个家族被诛灭,即灭亡秦朝之意。

〔39〕拒:抵御。

〔40〕三世:指秦始皇、秦二世胡亥及子婴,其中子婴去帝号称王,秦帝号未及三世。万世:《史记·秦始皇本纪》载,始皇二十六年统一六国后,秦始皇曾下诏曰:"自今以来,除谥法,朕为始皇帝,后世以计数,二世三世至于万世,传之无穷。"

〔41〕不暇自哀:来不及自哀。

〔42〕鉴之:以此为鉴。

《李贺集》序[1]

大和五年十月中[2],半夜时,舍外有疾呼传缄书者[3]。某曰:"必有异[4],亟取火来[5]!"及发之[6],果集贤学士沈公子明书一通[7],曰:"吾亡友李贺,元和中义爱甚厚[8],日夕相与起居饮食。贺且死[9],尝授我平生所著歌诗,离为四编[10],凡若干首[11]。数年来东西南北,良为已失去[12]。今夕醉解,不复得寐[13],即阅理箧帙[14],忽得贺诗前所授我者。思理往事,凡与贺话言嬉游,一处所,一物候[15],一日夕,一觞一饭[16],显显焉无有忘弃者[17],不觉出涕[18]。贺复无家室子弟得以给养恤问[19],常恨想其人,咏其言止矣[20]。子厚于我,与我为贺集序,尽道其所来由,亦少解我意[21]。"某其夕不果以书道不可[22],明日就公谢[23],且曰:"世谓贺才绝出于前。"让[24]。居数日,某深惟公曰[25]:"公于诗为深妙奇博,且复尽知贺之得失短长。今实叙贺不让,必不能当君意[26],如何?"复就谢,极道所不敢叙贺。公曰:"子固若是,是当慢我[27]。"某因不敢复辞,勉为贺序,然其甚惭[28]。

皇诸孙贺[29],字长吉。元和中,韩吏部亦颇道其歌诗[30]。云烟绵联,不足为其态也[31];水之迢迢,不足为其情也[32];春之盎盎,不足为其和也[33];秋之明洁,不足为其格也[34];风樯阵马[35],不足为其勇也;瓦棺篆鼎[36],不足为其古也;时花美女[37],不足为其色也;荒国陊殿,梗莽丘垅[38],不足为其恨怨悲愁也;鲸呿鳌掷[39],牛鬼蛇神,不足为其虚荒诞幻也。盖《骚》之苗裔,理虽不及,辞或过之[40]。《骚》有感怨刺怼[41],言及君臣理乱[42],时有以激发人意。乃贺所为,无得有是[43]?贺能探寻前事,所以深叹恨今古未尝经道者,如《金铜仙人辞汉歌》[44]、《补梁庾肩吾宫体谣》[45]。求取情状,离绝远去笔墨畦迳间[46],亦殊不能知之[47]。贺生二十七年死矣,世皆曰:"使贺且未死,少加以理,奴仆命《骚》可也[48]。"

贺死后凡十五年,京兆杜某为其序[49]。

《樊川文集》卷一〇

〔1〕 本文作于大和五年(831),是杜牧为《李贺集》撰写的序。作者先述作序之缘起,再论李贺之诗歌,运用一连串的比喻对李贺诗歌的风

格、内容、情调等一系列特征做了形象化的阐释,使人们得以直观地认识、感知李贺诗歌的艺术特色和魅力,九个排句铺张扬厉又风情摇曳,描绘渲染淋漓尽致。杜牧继而将李贺与屈原并提,在点明其艺术渊源的同时指出其不足,并深惜其英年早逝,未得"奴仆命骚",既惋且慕之情溢于言表。全篇评价恰切又文情并茂,洵为佳作。李贺(827—835):字长吉,福昌(今河南宜阳)人,中唐著名诗人,诗风瑰奇,后人以"诗鬼"称之。

〔2〕 大和五年:大和为唐文宗年号,大和五年为公元831年。

〔3〕 缄(jiān尖):书函。

〔4〕 某:自指,古人常用"某"代己名。异:奇特的事,特别情况。

〔5〕 亟(jí疾):赶快。取火:指点灯。

〔6〕 及发之:等到打开信函。

〔7〕 集贤学士:集贤指集贤殿,设集贤学士,掌刊辑经籍等。沈公子明:即沈述师,字子明,沈传师之弟。公,敬称。一通:一篇。

〔8〕 元和:唐宪宗年号,公元806—820年。厚:深。

〔9〕 且死:临终的时候。且,将要。

〔10〕 离:相别曰离。《礼记·曲礼上》:"离坐离立,毋往参焉。"

〔11〕 凡若干首:原作"凡千首",据《全唐文》改,李贺存诗二百馀首,远不及千。

〔12〕 良为:确实以为。良,确实。

〔13〕 寐:入睡。

〔14〕 箧(qiè妾):小箱子。帙(zhì制):书套。

〔15〕 物候:此处指景物,以其随季节而变化,故称。

〔16〕 觞(shān商):本义为盛有酒的杯子,引申为自己饮酒或劝别人饮酒。

〔17〕 显显焉:意谓记忆犹新。显,清楚,明显。

〔18〕 涕:眼泪。

〔19〕 家室子弟:此处指妻子儿女。子弟,对后辈的统称。恤(xù序):抚恤慰问。

655

〔20〕 恨:遗憾。

〔21〕 少:稍微。解:缓解、宽解。

〔22〕 不果:没有做到。果,成为事实。

〔23〕 就公:到沈子明那里去。就,趋向、靠近。谢:辞谢、推辞。

〔24〕 让:推辞、辞让。

〔25〕 深惟公曰:意谓反复考虑了沈子明的情况后说。惟,思考、考虑。

〔26〕 当:担当、符合。

〔27〕 固:坚持、一定。若是:这样、如此。慢:轻慢、怠慢。

〔28〕 勉:努力、尽力。其:指代作者自己。

〔29〕 皇诸孙:即李唐宗室子孙。李贺为郑孝王李亮的后裔,然已没落。

〔30〕 韩吏部:指韩愈,因其曾任吏部侍郎,故称韩吏部。李贺《高轩过》序中云:"韩员外愈、皇甫侍御湜见过,因而命作。"张固《幽闲鼓吹》亦记:"贺以歌诗谒韩吏部。吏部……极困,门人呈卷,解带旋读之。首章《雁门太守行》曰:'黑云压城城欲摧,甲光向日金鳞开。'却援带,命邀之。"

〔31〕 态:状态,容貌。

〔32〕 迢迢:悠远的样子,一说漫长的样子。

〔33〕 盎盎:洋溢的样子。

〔34〕 格:格调。

〔35〕 风樯:指顺风的船。樯,桅杆,代指船。阵马:战场上的马。

〔36〕 瓦棺:古时棺为烧土而成。《礼记·檀弓上》:"有虞氏瓦棺。"篆鼎:指商周时的青铜古鼎,其上多有篆书铭文,故称篆鼎。

〔37〕 时花:应时开放的鲜花。

〔38〕 荒国:废弃的国都。扬雄《太玄经》中有"内不克妇,荒家及国"。荒,灭亡、废弃。国,国都、城邑。陊(duò 堕):塌落,引申为破败。梗:有刺的草木。莽:丛生的草木。丘垅:坟墓。

〔39〕 呿(qù 驱):张口。鳌:传说中海里的大龟。掷:跳跃。

〔40〕 骚:指屈原的《离骚》。苗裔:后代子孙。即传承者、继承者之意。理:对于这里"理"的内涵,历来说法不一。有人认为是条理,有人认为是思想内容,也有人认为是理性,结合对句"辞或过之"来看,理解为思想内容似更为妥当。辞:辞采。

〔41〕 刺:讽刺。怼(duì 对):怨恨。

〔42〕 理乱:即治乱,唐人避唐高宗李治讳,改"治"为"理"。

〔43〕 无得有是:难道没有这些内容吗?

〔44〕 《金铜仙人辞汉歌》:李贺诗篇名,写汉武帝所铸捧露盘仙人被魏明帝从长安拆走一事,借史抒怀。诗中有"衰兰送客咸阳道,天若有情天亦老"等名句。

〔45〕 《补梁庾肩吾宫体谣》:李贺诗篇名,今李贺集中题为《还自会稽歌》,序云:"庾肩吾于梁时,尝作《宫体谣引》以应和皇子,及国势沦败,肩吾先潜难会稽,后始还家。仆意其必有遗文,今无得焉,故作《还自会稽歌》以补其意。"该诗亦为咏史抒怀之作。庾肩吾,字慎之,南朝诗人,为宫体诗代表作家之一,其子庾信亦为著名诗人。

〔46〕 "离绝"句:意谓李贺的诗歌远远甩开了作诗的常规路数。畦径,原指田间小路,此处指规矩、手法。

〔47〕 殊不能知之:意谓有些特别之处还不能很好的理解。

〔48〕 奴仆命《骚》:意谓成就超过屈原。

〔49〕 京兆:京兆府,即唐朝首都长安(今陕西西安),杜牧为京兆万年人,故称。

杭州新造南亭子记[1]

佛著经曰:生人既死,阴府收其精神[2],校平生行事罪福之[3]。坐罪者,刑狱皆怪险,非人世所为,凡人平生一失举止,皆落其间。其尤怪者,狱广大千百万亿里,积火烧之,一日凡千万生死,穷亿万世,无有间断,名为"无间"[4]。夹殿宏廊,悉图其状[5],人未熟见者,莫不毛立神骇[6]。佛经曰:我国有阿闍世王[7],杀父王篡其位,法当入所谓狱无间者,昔能求事佛,后生为天人[8]。况其他罪,事佛固无恙。梁武帝明智勇武[9],创为梁国者,舍身为僧奴,至国灭饿死不闻悟。况下辈,固惑之[10]。为工商者,杂良以苦[11],伪内而华外,纳以大秤斛[12],以小出之,欺夺村闾戆民[13],铢积粒聚[14],以至于富。刑法钱谷小胥[15],出入人性命[16],颠倒埋没[17],使簿书条令不可究知[18],得财买大第豪奴[19],如公侯家。大吏有权力,能开库取公钱,缘意恣为[20],人不敢言。是此数者,心自知其罪,皆捐己奉佛以求救[21],日月积久,曰:"我罪如是,贵富如所求,是佛能灭吾罪,复能以福与吾也。"有罪罪灭,无福福至,生人唯罪福耳,虽田妇稚子,知所趋避[22]。今权归于佛,买福卖罪,如持左契[23],交手相付。至有穷民啼一稚子,无以与哺[24],得百钱,必召一僧饭之[25],冀佛之助,一日获福[26]。若如此,虽举寰海内尽为寺与僧[27],不足怪也。屋壁绣纹可矣[28],为金枝扶疏[29],擎千万佛[30],僧为具味饭之可矣[31],饭讫持钱与之[32]。不大、不壮、不高、不多、不珍奇瑰怪为忧[33],无有人力可及而不为者。

　　晋,霸主也[34],一铜鞮宫之衰弱,诸侯不肯来盟[35],今天下能如几晋,凡几千铜鞮,人得不困哉?文宗皇帝尝语宰相曰[36]:"古者三人共食一农人[37],今加兵、佛,一农人乃为五人所食[38],其间吾民尤困于佛。"帝念其本牢根大,不能果去之[39]。武宗皇帝始即位[40],独奋怒曰:"穷吾天下,佛也。"始去其山台野邑四万所[41]，冠其徒几至十万人[42]，后至会昌五年[43]，始命西京留佛寺四[44]，僧唯十人，东京二寺[45]。天下所谓节度、观察、同、华、汝三十四治所得留一寺[46]，僧准西京数[47]，其他刺史州不得有寺。出四御史缕行天下以督之[48]，御史乘驿未出关[49]，天下寺至于屋基，耕而刓之[50]。凡除寺四千六百，僧尼笄冠二十六万五百[51]。其奴婢十五万，良人枝附为使令者[52]，倍笄冠之数，良田数千万顷，奴婢口率与百亩[53]，编入农籍。其馀贱取民直[54]，归于有司[55]，寺材州县得以恣新其公署传舍[56]。今天子接位[57]，诏曰："佛尚不杀而仁，且来中国久，亦可助以为治。天下州率与二寺，用齿衰男女为其徒[58]，各止三十人，两京数倍其四五焉。"著为定令，以徇其习[59]，且使后世不得复加也。

赵郡李子烈播[60]，立朝名人也[61]，自尚书比部郎中出为钱塘[62]。钱塘于江南，繁大雅亚吴郡[63]，子烈少游其地，委曲知其俗蠹人者[64]，剔削根节，断其脉络，不数月人随化之[65]。三笺干丞相云[66]："涛坏人居，不一锝锢[67]，败侵不休。"诏与钱二千万，筑长堤，以为数十年计，人益安善。子烈曰："吴越古今多文士[68]，来吾郡游，登楼倚轩，莫不飘然而增思。吾郡之江山甲于天下，信然也[69]。佛炽害中国六百岁[70]，生见圣人[71]，一挥而几夷之[72]，今不取其寺材立亭胜地，以彰圣人之功，使文士歌诗之，后必有指吾而骂者。"乃作南亭，在城东南隅[73]，宏大焕显[74]，工施手目，发匀肉均，牙滑而无遗巧矣[75]。江平入天，越峰如髻，越树如发，孤帆白鸟，点尽上凝。在半夜酒馀，倚老松，坐怪石，殷殷潮声[76]，起于月外。

东闽、两越[77],宦游善地也[78],天下名士多往之。予知百数十年后,登南亭者,念仁圣天子之神功,美子烈之旨迹[79],睹南亭千万状,吟不辞已[80],四时千万状,吟不能去。作为歌诗,次之于后[81],不知几千百人矣。

《樊川文集》卷一〇

[1] 本文作于唐宣宗大中初年,正值唐宣宗修复佛寺以反唐武宗灭佛之时。而杜牧虽在武宗会昌年间受到排挤,却仍撰写此文肯定武宗的反佛政策,足可见其反对宗教迷信的坚定立场和不以个人得失评判朝政好坏的可贵精神。文章条分缕析、层层铺展,从佛教的基本教义和人的基本心理写起,展开为对佛教外衣掩饰下种种现象的揭露,指出了佛教炽盛对社会的严重危害。文末对南亭子本身及周围环境的描写亦可圈可点,白描精纯,寥寥几笔而神韵全出,颇见功力。

[2] 精神:此指人的灵魂。

[3] 校:考核。罪福之:加罪或降福于他。

[4] 无间:即无间地狱,也叫阿鼻地狱,是八大地狱中的第八狱。

[5] 夹殿:左右两侧的房间。宏廊:深廊、长廊。状:情状。

[6] 骇:惊。

[7] 我国:指古天竺国。阿阇(shé 舌)世王:释迦牟尼在世时古天竺摩揭陀国悉苏那伽王朝的国王,年轻时与人密谋,弑父即位,后皈依佛教并为之护法。

[8] 生为天人:升入西天净土世界的得道之人。

[9] 梁武帝:南朝梁的开国君主,名萧衍,字叔达,公元502—548年在位,笃信佛教,不但大修佛寺,甚至三次舍身同泰寺,后于侯景叛乱中被囚死于建康台城。

[10] 下辈:指地位低下的平民。

[11] 杂良以苦(gǔ 古):意谓将不好的掺在好的当中。苦,坏的。

〔12〕 纳:买入。斛(hú 胡):量器名,古代以十斗为一斛,南宋末年改为五斗一斛。

〔13〕 间:古代以二十五家为一间。戆(zhuàng 状):刚直而愚。

〔14〕 铢:古计量单位,具体说法不一,据《礼记·儒行》:"虽分国,如锱铢。"疏:"十黍为参,十参为铢。"《汉书·律历志》:"一龠容千二百黍,重十二铢。"则百粒为铢。粒:量词,古时以黍粒为基本的计量单位。

〔15〕 刑法钱谷小胥:即掌管刑狱、钱粮的小吏们。钱谷,即钱粮。胥,小吏。

〔16〕 出入人性命:意谓随意决定人的性命。

〔17〕 颠倒:反复,此处指(赋税)重收,已缴又收。埋没:此处指中饱私囊。

〔18〕 簿书:记录财物出纳的簿籍。

〔19〕 第:房屋,府第。

〔20〕 恣:放纵,肆意。

〔21〕 捐己事佛:谓拿出自己的身体或钱财来事奉佛。

〔22〕 趋避:此处意谓求福避祸。

〔23〕 左契:古时契约写在竹板上,分成左右两片,双方各执其一,左片叫左券,也叫左契,一般为债权人所持。

〔24〕 哺:喂食。

〔25〕 饭之:给僧人施饭。信众以供养僧人为一种功德。

〔26〕 "冀佛之助"二句:意谓希望能够得到佛的护佑,有朝一日获得福报。

〔27〕 举:全。寰海:海内,天下。

〔28〕 绣:绘画用色,五采俱备。

〔29〕 金枝:贴金的宝树图案。扶疏:繁茂分披的样子。

〔30〕 擎:举、托。佛:此处指佛像。

〔31〕 具味:提供食物。具,备办。味,一种食物叫一味,此处泛指食物。

661

〔32〕 讫:完毕。

〔33〕 瓌:同"瑰",奇伟珍贵。

〔34〕 晋:春秋时侯国,据有今山西省大部与河北西南部。霸主:晋国自晋文公起称霸中原,为诸侯盟主,晋平公时逐渐失去霸主地位。

〔35〕 铜鞮(dī低)宫:晋平公所建离宫,大致在今山西沁县南。晋平公的穷奢极欲是晋国失去霸主地位的重要原因之一。《左传·襄公三十一年》载子产之语:"今铜鞮之宫数里,而诸侯舍于隶人。"诸侯之离心由此可见。之:走向。

〔36〕 文宗皇帝:唐文宗李昂,公元827—840年在位。

〔37〕 "古者"句:古代民分士、农、工、商四类,士、工、商均需农提供食物。

〔38〕 今加兵佛:意谓需要食物的再加上兵和佛。唐初行府兵制,兵农合一,盛唐时期转向募兵制,士兵脱产,亦须农供应食物。

〔39〕 果:果断、坚决。

〔40〕 武宗皇帝:唐武宗李炎,公元841—846年在位。

〔41〕 山台野邑:指山野中私自营造,没有得到官方承认或批准的寺院。万原作"方",据《全唐文》改。

〔42〕 冠:用作动词,给……戴上帽子,此处指使僧尼蓄发还俗。

〔43〕 会昌五年:会昌为唐武宗年号,为公元841—846年,会昌五年即845年。

〔44〕 西京:唐时以长安(今陕西西安)为西京。

〔45〕 东京:唐时以洛阳(今属河南)为东京。

〔46〕 "天下"四句:是说全国各节度使、观察史及同、华、汝等三十四州的治所各留一寺。节度使、观察史均为地区长官,中唐后观察使常由节度使兼领,不设节度使处即以观察使为地区最高长官。同,同州,治所在今陕西大荔。华,华州,治所在今陕西华县。汝,汝州,治所在今河南临汝。

〔47〕 准:以……为标准。

〔48〕御史:此处指监察御史,属御史台,负责巡行州县,弹劾纠察。缕:详尽、细致。

〔49〕乘驿:指骑乘的驿马。

〔50〕刓(wán 完):削成圆形,此处指铲、挖。

〔51〕笄(jī 机):簪子,此处用为动词,插上簪子,指使尼姑还俗。

〔52〕枝附:依附。

〔53〕口:一人为一口。率(lǜ 律):皆、均。

〔54〕直:通"值",本指物价,此处泛指财物。

〔55〕有司:古代设官分职各有专司,故称有司。此处指官府。

〔56〕"寺材"句:是说从佛寺中拆下来的建筑材料,州县可以随意拿去翻新官署、驿站等。

〔57〕今天子:指唐宣宗李忱。公元846—859 年在位。

〔58〕齿衰:指年老。

〔59〕徇:顺从、曲从。

〔60〕赵郡:地名,治所位于今河北赵县,唐乾元初改称赵州,因赵郡为李姓郡望,此处仍用旧称。李子烈播:李播,字子烈。

〔61〕立朝:本指国君在位或大臣执政于朝,此处指在朝中为官。

〔62〕尚书比部郎中:官名。比部为尚书省刑部四司之一,以郎中为长官。出为钱塘:指担任杭州刺史。出,由中央出往地方为官。钱塘:钱塘县为杭州刺史治所,位于今浙江杭州。

〔63〕雅:平素。亚:仅次于。吴郡:即苏州,治所位于吴县(今江苏苏州)。

〔64〕委曲:事情的原委底细。蠹(dù 度):损害。

〔65〕化:改变。此处指百姓接受李播教化而改变了蠹人的旧俗。

〔66〕笺:书信。干:求取、请求。

〔67〕一:逐一。锝锢:意为筑堤以保民居。

〔68〕吴越:江苏、浙江地区,春秋时属吴国、越国,故称吴越。

〔69〕信然:诚然,确实。

663

〔70〕 炽:昌盛。六百岁:佛教在东汉明帝(公元58—75年在位)时已传入中国,但直至魏晋时期(公元三世纪),尤其是西晋后南北长期分裂时期,才得到广泛传播,以"炽害"论,约六百年左右。

〔71〕 圣人:指唐武宗。

〔72〕 夷:削平、铲除。

〔73〕 隅:角落。

〔74〕 焕:光亮鲜明。

〔75〕 "工施"三句:是以人为喻描写亭子之精巧。

〔76〕 殷殷:拟声词,多用来指雷声,此处用来描写潮声。

〔77〕 东闽:指福建一带。闽,古民族名,聚居于福建。两越:指两浙地区,即浙江、浙西。

〔78〕 宦游:外出求官或做官,此处亦兼指游玩。

〔79〕 旨:味美,引申为美好。

〔80〕 吟不辞已:意谓吟起诗来言辞便无法停止。

〔81〕 次之于后:意谓依次书写在后面。

李商隐

李商隐(813—858),字义山,号玉溪生、樊南生,怀州河内(今河南沁阳)人。少时为天平节度使令狐楚巡官,开成二年(837)登进士第,会昌二年(842),以书判拔萃,授秘书省正字。因卷入牛李党争,于仕途中处处受到排挤,一生郁郁不得志,大部分时间在外地担任幕职,时人崔珏《哭李商隐》乃有"虚负凌云万丈才,一生襟抱未曾开"之叹。两《唐书》有传。李商隐工诗能文,诗与杜牧齐名,称"小李杜",又与温庭筠、段成式皆以骈文著名,时号"三十六体"(一说"三才子体")。其诗自成一格,深情绵邈,蕴含无尽;其文以四六骈文为主,用事遣词,精切雅饬,《旧唐书》本传称其"博学强记,下笔不能自休,尤善为诔奠之辞。"李商隐曾自编其文为《樊南甲集》、《樊南乙集》各二十卷,有今人整理本《李商隐文编年校注》,中华书局 2002 年出版。

上河东公启[1]

商隐启:两日前于张评事处伏睹手笔[2],兼评事传指意,于乐籍中赐一人,以备纫补[3]。

某悼伤以来[4],光阴未几。梧桐半死,方有述哀[5];灵光独存[6],且兼多病。眷言息胤,不暇提携[7]。或小于叔夜之男[8],或幼于伯喈之女[9]。检庾信荀娘之启[10],常有酸辛;咏陶潜通子之诗,每嗟漂泊[11]。

所赖因依德宇,驰骤府庭[12]。方思效命旌旄,不敢载怀乡土[13]。锦茵象榻[14],石馆金台[15],入则陪奉光尘,出则揣摩铅钝[16]。兼之早岁,志在玄门[17],及到此都,更敦夙契[18]。自安衰薄,微得端倪[19]。至于南国妖姬,丛台妙妓[20],虽有涉于篇什,实不接于风流[21]。

况张懿仙本是无双,曾来独立[22],既从上将,又托英僚[23]。汲县勒铭,方依崔瑗[24];汉庭曳履,犹忆郑崇[25]。宁复河里飞星,云间堕月,窥西家之宋玉,恨东舍之王昌[26]。诚出恩私,非所宜称[27]。伏惟克从至愿,赐寝前言[28]。使国人尽保展禽[29],酒肆不疑阮籍[30]。则恩优之理,何以加焉?

干冒尊严,伏用惶灼[31]。谨启。

《樊南文集详注》卷四

〔1〕 本文作于大中五年(851),该年夏秋间李商隐之妻王氏去世,府主柳仲郢欲将乐籍中人张懿仙与商隐为侍妾,商隐作此书辞谢。文章先以散句开篇,复用骈体铺叙,用典巧妙贴切而灵活多变,对句自然,不伤流畅之气,虽以学道之志既久、艳情之作原多比兴、张懿仙心自有属等为托辞,然亡妻之痛仍于字里行间隐隐可辨。河东公:即柳仲郢,字谕蒙,京兆华原(故址在今陕西耀县东南)人,其时任梓州刺史、剑南东川节度使,聘商隐为节度书记。柳氏以河东为郡望,故尊称其为河东公。启,书函。

〔2〕 张评事:据刘学锴、余恕诚考证,此人名张觊。见其《李商隐文编年校注》。评事,官名,属大理寺,掌平决刑狱。手笔:亲笔书信。

〔3〕 乐籍:乐户的名籍,此指官妓。唐时官妓的"籍"(即记录在册的簿籍)在官府,并由官府统一管理。备纫补:指做侍妾。纫补,即缝补

衣服。

〔4〕 悼伤:指妻子去世。

〔5〕 梧桐半死:语出枚乘《七发》:"龙门之桐,高百尺而无枝,其根半死半生。"此处指妻亡己存。述哀:江淹《杂体诗三十首》中有拟潘岳《述哀》,当为拟潘岳《悼亡诗三首》而作,此处即指悼念亡妻的诗文。

〔6〕 灵光独存:灵光指汉景帝子鲁恭王刘馀所建灵光殿,据东汉王延寿《鲁灵光殿赋序》,西汉时的诸多宫殿至东汉时已"皆见隳坏",只有灵光殿尚存。此处亦指妻亡己存。

〔7〕 睠言:回顾貌,此处指顾恋。言,语助词,无义。息胤:子女。息,子息。胤,嗣、后代。不暇提携:指没有时间照料。暇,空、闲。

〔8〕 叔夜之男:叔夜即魏晋名士嵇康,字叔夜,其《与山巨源绝交书》中有"男年八岁,未及成人"。

〔9〕 伯喈之女:伯喈即东汉蔡邕,字伯喈,有女蔡琰,"少聪慧秀异。年六岁,邕鼓琴弦绝,琰曰:'第二弦。'邕故断一弦,琰曰:'第四弦。'"(《艺文类聚·乐部·琴》引《蔡琰别传》)。

〔10〕 庾信荀娘之启:庾信(513—581),南北朝诗人。庾信有《谢赵王赉息荀娘丝布启》,倪璠在《庾开府集注》中疑"荀娘"为庾信之子庾立的小字。此处指柳仲郢送给他子女的东西。

〔11〕 陶潜通子之诗:陶潜,即东晋著名诗人陶渊明(365?—427)。陶潜《责子诗》中有"通子垂九龄,但觅梨与栗"。嗟:忧叹、悲叹。此句意谓自己辗转在外,无法很好地照顾子女。

〔12〕 因依:依靠。德宇:有德之人的房屋,此处指府主的庇荫。驰骤:疾奔、奔走。府庭:指东川节度使的官署。

〔13〕 方:正当,正好。旌旄:唐制,节度使出镇,赐双旌双节,此处以旌旄代指柳仲郢。旌,用牦牛尾与鸟羽作竿饰的旗。旄,即牦牛尾。怀乡土:即怀土,《论语·里仁》:"君子怀德,小人怀土。"何晏《集解》引汉孔安国曰:"怀土,重迁。"

〔14〕 锦茵:用锦制成的坐褥。象榻:用象牙装饰的床。

667

〔15〕 石馆:即碣石宫,《史记·孟子荀卿列传》:"(驺衍)如燕,昭王拥彗先驱,请列弟子之座而受业,筑碣石宫。"金台:即黄金台,《文选》鲍照《放歌行》:"将起黄金台。"李善注引《上谷郡图经》:"黄金台,易水东南十八里,燕昭王置千金于台上,以延天下之士。"

〔16〕 光尘:称人风采的敬词,此指柳仲郢。铅钝:班固《答宾戏》:"搦朽磨钝,铅刀皆能一断。"意谓自己虽资质愚鲁,但尚可一用。

〔17〕 玄门:玄门本指道教,取《老子》一章"玄之又玄,众妙之门"意,后亦用来指称佛教。李商隐居东川时颇耽于佛理,故此指佛教。

〔18〕 此都:指剑南东川节度使治所梓州(今四川三台县)。敦:厚,此处有加深的意思。凤契:平素志愿所契合的。

〔19〕 端倪:头绪。语出《庄子·大宗师》:"反复终始,不知端倪。"

〔20〕 南国:本指江汉一带的诸侯国,《诗经·小雅·四月》有"滔滔江汉,南国之纪",后泛指南方。妖:艳丽、妩媚。丛台:战国赵武灵王筑,位于邯郸城内,因数台连聚而得名,邹阳《上吴王书》中有"武力鼎士袨服丛台之下者,一旦成市"之句。

〔21〕 "虽有"二句:意谓自己虽有艳诗,但无艳事。篇什,《诗经》中雅、颂以十篇为一什,后因称诗为篇什。

〔22〕 张懿仙:柳仲郢欲与商隐为侍妾的乐籍中人。独立:超绝于世。用《汉书·外戚列传》载李延年歌"北方有佳人,绝世而独立"语义。

〔23〕 "既从"二句:意谓张懿仙与节度使幕下的文武官将都有旧好。托,依托。僚,幕僚。

〔24〕 "汲县"二句:《崔氏家传》载:"瑗为汲令,开渠造稻田……迁济北率,官吏男女号泣,共垒石作坛,立碑颂德而祠。"汲县,即今河南卫辉。崔瑗,东汉时人,《后汉书》有传。二句以崔瑗代张懿仙的旧好。

〔25〕 "汉庭"二句:《汉书·郑崇传》载:哀帝擢(郑崇)为尚书仆射,数求见谏争,上初纳用之,每见曳革履。上笑曰:"我识郑尚书履声"。此处复以郑崇代指张懿仙的旧好。

〔26〕 "宁复"四句:意谓张懿仙心自有属,不宜下嫁于我。河里飞

星,指织女渡河。《荆楚岁时记》:"天河之东有织女,……天帝怜其独处,许嫁河西牵牛郎,嫁后遂废织衽。天帝怒,责令归河东,惟每年七月七日夜,渡河一会。"云间堕人,谢灵运《东阳溪中赠答二首》中有"明月在云间,迢迢不可得","但问情若为,月就云间堕"。西家之宋玉,宋玉《登徒子好色赋》:"臣东家之子,……嫣然一笑,惑阳城,迷下蔡。然此女登墙窥臣三年,至今未许也。"东舍之王昌,王昌为南朝乐府及唐代艳诗中常用之典,如上官仪《和太尉戏赠高阳公》中有"东家复是忆王昌",大抵是一个风流美少男,惜本事已无考。

〔27〕"诚出"二句:意谓这件事确是出于您对我的特别恩惠,但具体情况并不合适。

〔28〕惟:思考、考虑。克:能。寝:止。

〔29〕展禽:即柳下惠,本名展禽,食邑柳下,谥惠,故而又叫柳下惠,春秋时鲁国大夫。《荀子·大略》:"柳下惠与后门者同衣而不见疑。"(后门者指无处住宿之女)又《孔子家语》:"子何不如柳下惠然,妪(用身暖)不逮门之女,国人不称其乱。"

〔30〕"酒肆"句:用魏晋阮籍事。阮籍字嗣宗,魏晋诗人,《世说新语·任诞》载:"阮公邻家妇有美色,当垆酤酒……阮醉,便眠其妇侧。夫始殊疑之,伺察,终无他意。"

〔31〕冒:冒犯。用:因此。惶灼:恐惧而焦灼。

祭小侄女寄寄文[1]

正月二十五日,伯伯以果子弄物[2],招送寄寄体魄,归大茔之旁[3]。

哀哉!尔生四年,方复本族[4]。既复数月,奄然归无[5]。

于鞠育而未深,结悲伤而何极[6]！来也何故,去也何缘[7]？念当稚戏之辰,孰测死生之位[8]？时吾赴调京下,移家关中[9]。事故纷纶,光阴迁贸[10]。寄瘗尔骨[11],五年于兹。白草枯荄[12],荒途古陌[13]。朝饥谁抱,夜渴谁怜？尔之栖栖[14],吾有罪矣。今吾仲姊[15],返葬有期。遂迁尔灵,来复先域[16]。平原卜穴,刊石书铭[17]。明知过礼之文,何忍深情所属[18]！

　　自尔没后,侄辈数人。竹马玉环[19],绣襜文袴[20]。堂前阶下,日里风中,弄药争花[21],纷吾左右。独尔精诚[22],不知何之。况吾别娶已来,胤绪未立[23]。犹子之谊,倍切他人[24]。念往抚存,五情空热[25]。

　　呜呼！荥水之上[26],坛山之侧[27],汝乃曾乃祖,松槚森行[28]。伯姑仲姑,冢坟相接[29]。汝来往于此,勿怖勿惊。华彩衣裳,甘香饮食。汝来受此,无少无多[30]。汝伯祭汝,汝父哭汝,哀哀寄寄[31],汝知之耶！

《樊南文集详注》卷六

〔1〕 本文作于会昌四年(844)。这年正月,李商隐回河南荥阳故乡迁葬其裴氏姊与侄女寄寄。文虽采用四六骈文的形式,然纯系白描,骈散结合,自然真挚,将叙事、描写、抒情紧密结合,视死者如生时,念其饮食寒暖,怜其栖栖不定,更备"华彩衣裳,甘香饮食"以飨之,至情至性,读之令人感动。

〔2〕 弄物:玩具。弄,玩弄、游戏。

〔3〕 体魄:此指遗体和魂魄。大茔:祖坟。茔,墓、葬地。

〔4〕 方复:才回到。复,返回。本族:指李姓本族。寄寄幼时一直寄养在别人家,四岁才被接回,接回后不久即去世。

〔5〕 奄:忽然。归无:指死去。

〔6〕 鞠育:抚养、养育。结:凝聚、凝结。何极:无尽。极:穷尽、终了。

〔7〕 来也何故,去也何缘:佛家认为世间事事皆有因缘,故有此叹。来、去,此处指生、死。

〔8〕 稚:幼小。辰:时刻。孰:疑问代词,谁。位:方位,此处指时间。

〔9〕 京下:指国都长安。关中:主要指今陕西中部一带。《史记·项羽本纪》:"关中阻山河四塞。"裴骃集解引徐广曰:"东函谷、南武关、西散关、北萧关。"《三辅旧事》则谓:"西以散关为限,东以函谷为界。"

〔10〕 事故:事情。纷纶:众多、杂乱。迁贸:变动,指时间过得很快。

〔11〕 瘗(yì 义):埋葬。

〔12〕 白草:枯草。荄(gāi 该):草根。

〔13〕 陌:田间小道。

〔14〕 栖栖:忙碌不安的样子。

〔15〕 仲姊:二姐,即裴氏姊,亦于此时归葬祖茔。

〔16〕 先域:祖坟。域:墓地。

〔17〕 卜穴:通过占卜选择下葬之处。穴,圹穴。刊:刻。铭:指墓志铭。

〔18〕 过礼:按礼制,幼女不应刻碑作铭。属(zhǔ 主):聚集。此处指深情所寄,情之所钟。

〔19〕 竹马:儿童游戏时当马骑的竹竿。玉环:冯浩注引《左传》"范宣子有玉环"之句,注曰:"此玉环,儿童弄物也。"

〔20〕 襜(chān 搀):遮至膝盖前的短衣,有点类似于今天的围裙。据冯浩注,此处代指"襦",则为一种短上衣。文褓(bǎo 宝):有花纹的包被。褓,幼儿的包被。

〔21〕 药:指芍药花。

〔22〕 精诚:真诚,此处指灵魂。

〔23〕 别娶:另娶、续娶。指开成三年(838)李商隐娶泾原节度使王

671

茂元之女。胤绪:子嗣。胤,嗣、后代。

〔24〕 犹子:兄弟的子女,即侄子、侄女。切:贴近、亲近。

〔25〕 五情:五内,此处指内心。热:激动。

〔26〕 荥水:即荥泽,故址在河南荥阳。

〔27〕 坛山:亦作"檀山",同属荥阳。

〔28〕 槚(jiǎ 假):一名山楸,槚与松都是古人常在墓前种植的树。

〔29〕 伯姑:大姑,即徐氏姑。仲姑:二姑,即裴氏姑。冢:坟墓。

〔30〕 无少无多:无论多少之意,即随便享用。

〔31〕 哀哀:伤心的,可怜的。

孙 樵

孙樵(？—？)，字可之，一说字隐之，自称关东人，而不知其确切籍贯所在。大中九年(855)登进士第，官至中书舍人。广明元年(880)，黄巢攻入长安，孙樵随僖宗出奔，授职方郎中，上柱国。孙樵自称为韩愈三传弟子，学韩愈而有意为奇，自述其为文主张云："储思必深，摛辞必高。道人之所不道，到人之所不到，趋怪走奇，中病归正。以之明道则显而微，以之扬名则久而传。"(《与王霖秀才书》)。其作品从理论到实践都坚持古文运动的方向，颇有一些能反映晚唐时政的篇章。有《经纬集》十卷传世。

书何易于[1]

何易于尝为益昌令[2]，县距刺史治所四十里[3]，城嘉陵江南[4]。刺史崔朴尝乘春自上游多从宾客歌酒[5]，泛舟东下，直出益昌旁。至则索民挽舟[6]，易于即腰笏引舟上下[7]。刺史惊问状[8]，易于曰："方春[9]，百姓不耕即蚕，隙不可夺[10]。易于为属令[11]，当其无事，可以充役。"刺史与宾客跳出舟，偕骑还去[12]。

益昌民多即山树茶[13]，利私自入[14]。会盐铁官奏重榷管[15]，诏下所在不得为百姓匿[16]。易于视诏曰："益昌不征

673

茶[17],百姓尚不可活,矧厚其赋以毒民乎[18]?"命吏刬去[19],吏争曰:"天子诏所在不得为百姓匿,今刬去,罪愈重,吏止死,明府公宁免窜海裔耶[20]?"易于曰:"吾宁爱一身以毒一邑民乎?亦不使罪蔓尔曹[21]。"即自纵火焚之。观察使闻其状[22],以易于挺身为民,卒不加劾[23]。邑民死丧,子弱业破不能具葬者[24],易于辄出俸钱[25],使吏为办。百姓入常赋[26],有垂白偻杖者[27],易于必召坐食,问政得失。庭有竞民[28],易于皆亲自与语,为指白枉直[29]。罪小者劝,大者杖[30]。悉立遣之[31],不以付吏。治益昌三年,狱无系民[32],民不知役。改绵州罗江令[33],其治视益昌[34]。是时故相国裴公刺史绵州[35],独能嘉易于治[36]。尝从观其政[37],导从不过三人[38]。其察易于廉约如是[39]。

会昌五年[40],樵道出益昌[41],民有能言何易于治状者。且曰:"天子设上下考以勉吏[42],而易于考止中上。何哉?"樵曰:"易于督赋如何[43]?"曰:"上请贷期[44],不欲紧绳百姓[45],使贱出粟帛[46]。""督役如何[47]?"曰:"度支费不足[48],遂出俸钱,冀优贫民。""馈给往来权势如何[49]?"曰:"传符外一无所与[50]。""擒盗如何?"曰:"无盗。"樵曰:"余居长安,岁闻给事中校考[51],则曰:'某人为某县[52],得上下考,由考得某官。'问其政,则曰:'某人能督赋,先期而毕。某人能督役,省度支费。某人当道[53],能得往来达官为好言。某人能擒若干盗,反若干盗[54]。'县令得上下考者如此。"邑民不对[55],笑去。

樵以为当世在上位者,皆知求才为切。至如缓急补吏[56],则曰:"吾患无以共治。"膺命举贤[57],则曰:"吾患无以塞诏[58]。"及其有之,知者何人哉[59]！继而言之,使何易于不有得于生,必有得于死者,有史官在[60]。

《孙樵集》卷三

〔1〕 此文通过记叙何易于为官期间抗苛政、爱百姓的几件事例,进而与当时的大量贪官酷吏作对比,勾勒出一个清廉爱民的官员形象,并坚信像何易于这样的官员必将名垂青史。文章语言生动,布局合理,详略得当,在赞扬何易于、揭露贪官酷吏的同时,还进一步指出了黑白颠倒的原因,即考核制度的不合理及在上位者的不知人,具有深刻的认识意义。书,记、记载。何易于,庐江(今属安徽)人,除此文所记外,其他事迹不详,《新唐书》有传,亦取材于本文。

〔2〕 尝:曾经。益昌:唐时县名,隶属利州,治所在今四川广元市西南四十五里的昭化镇。

〔3〕 刺史治所:益昌属山南西道之利州管辖,刺史治所即利州城(今四川广元市)。治所,地方长官的驻地。

〔4〕 嘉陵江:原作"嘉陵河",据《全唐文》改。在今四川省东部,为长江支流。

〔5〕 崔朴:利州刺史,生平不详。乘春:乘着春天的时光。多从宾客:使许多宾客随从,即带了许多宾客。歌酒:唱歌饮酒。

〔6〕 索民:索取民夫。挽舟:拉纤。

〔7〕 腰笏(hù 户):把笏插在腰间。笏,古时官员朝会时所执手板,有事书于上以备忘。引舟上下:拉着船跑上跑下。引,拉、牵。

〔8〕 状:情状。此处指何易于亲自拉纤的原因。

〔9〕 方:正好,正当。

〔10〕 蚕:用为动词,采桑养蚕。隙:空、闲。此处指很短的时间。

〔11〕 属令:所管属的官吏。

〔12〕 偕:共同,一起。

〔13〕 即山种茶:在附近的山上种植茶树。即,靠近。

〔14〕 利私自入:利益归各家私有,不上交官府。

〔15〕 会:恰巧,适逢。盐铁官:即盐铁使,官名,唐置,主管收运盐铁之税,或兼两税使、租庸使。重:加强。榷管:指对某些物资实行政府专营。榷,专卖。管,管理。

〔16〕 匿:隐藏、隐瞒。

〔17〕 征茶:征收茶税。

〔18〕 矧(shěn审):何况。厚:加重。毒:伤害。

〔19〕 划(chǎn铲)去:此处指毁掉茶树。划,通"铲"。

〔20〕 止:仅仅,只不过。明府公:唐时对县令的尊称,此处指何易于。宁:岂,难道。原无"宁"字,据《唐文粹》补。窜:放逐。裔:边远的地方。

〔21〕 蔓:蔓延,此处指牵连。尔曹:尔辈,你们这班人。尔:你,你们。

〔22〕 观察使:官名。唐于诸道置观察使,中叶以后,多以节度使兼领,掌管考察州县官吏政绩等事。权任甚重。

〔23〕 卒:终。劾:弹劾,揭发罪状。

〔24〕 具葬:备办丧事。具,备办。

〔25〕 辄(zhé辙):就。俸钱:官吏所得的薪金。

〔26〕 常赋:指"两税法"规定的赋税,与后来在"两税"以外临时增收的杂税相对。

〔27〕 垂白:头垂白发。偻(lóu楼):弯腰曲背。杖:用作动词,拄着拐杖。

〔28〕 竞民:指打官司的百姓。

〔29〕 指白枉直:指明谁是谁非。

〔30〕 杖:用作动词,用杖责打。

〔31〕 悉:全、都。遣:使离去。

〔32〕 系民:被监禁的百姓。系,拘囚。

〔33〕 改:改任,调任。绵州:治所在巴西县(今四川绵阳市涪江东

岸），辖境相当于现在的四川罗江上游以东、潼河以西、江油、绵阳间的涪江流域。罗江，县名，唐天宝元年（742）改万安县治，乾元初属绵州，治所即今四川德阳市东北五十里的罗江镇。

〔34〕 视：比照，相当于。

〔35〕 故：此指前任或卸任。相国：即宰相。裴公：《新唐书·何易于传》中称"刺史裴休"，然两《唐书》裴休本传中均不载其刺史绵州事，且裴休大中六年（852）任宰相，下文中有"会昌五年（845）"，则此处不应称"故"。因此"裴公"似非裴休。一说"裴公"指裴度，裴度历四朝为相，长庆中曾出为山南西道节度使，然此时山南西道所辖十三州不包括绵州，似亦不合。究为何人，尚待详考。刺史：此处用作动词，担任绵州刺史。

〔36〕 嘉：赞美，表彰。

〔37〕 从观其政：前去考察他的施政情况。

〔38〕 导从：前导与随从的人员。导，原作"道"，据《全唐文》改。

〔39〕 察：考核、调查。原作"全"，《四部丛刊·孙樵集》原注曰一本作"察"，据改。约：节俭。原无"约"字，据《全唐文》补。

〔40〕 会昌五年：公元845年。会昌，唐武宗年号（841—846）。

〔41〕 道出：路过。道，原作"过"，据《全唐文》改。

〔42〕 上下考：唐代考核官吏政绩分三等九级：上上、上中、上下、中上、中中、中下、下上、下中、下下。地方官所能得到的最好成绩为"上下考"。勉，鼓励。

〔43〕 督赋：催纳赋税。

〔44〕 贷期：放宽期限。贷，宽免。原作"常"，据《全唐文》改。

〔45〕 紧绳：过急地勒逼。

〔46〕 贱出粟帛：低价卖掉粮食和丝绸。"两税法"实行后改为用钱缴纳赋税，因此在缴税期间物贱钱贵，期限越紧，百姓"贱出粟帛"，受剥削越严重。粟，谷物的总称。帛，丝织物的总称。

〔47〕 督役：催服劳役。

〔48〕 度支费：财政经费。度支，官名，唐有度支郎中，属户部，掌管

677

全国财赋的统计和支调。

〔49〕 馈:赠送、进献。

〔50〕 传(zhuàn 撰)符:凭券、证件。古代官员、使者外出,按品级发给凭券,由沿途驿站提供食宿、车马。传,符信。

〔51〕 给事中:官名,属门下省,每年尚书省吏部考核官吏时,给事中参加监考。校(jiào 叫)考:考核官员好坏。

〔52〕 为:治理。

〔53〕 当道:在交通要道。

〔54〕 反:反正,由邪归正。

〔55〕 对:应答。

〔56〕 缓急:偏义复词,急需。补吏:补充官吏。

〔57〕 膺(yīng 英)命:接受皇帝的命令。膺,受到。

〔58〕 塞诏:符合皇帝诏命的要求。塞,塞职,称职。

〔59〕 知者:能识别人才的官员。

〔60〕 "使何易于"三句:是说即使何易于在世时没有得到"在上位者"的赏识,其死后也一定会得到公正的评价,因为秉笔直书的史官会记下他的事迹。史官,掌管修史的官员。

书褒城驿壁[1]

褒城驿号天下第一。及得寓目[2],视其沼,则浅混而汙[3]。视其舟,则离败而胶[4]。庭除甚芜[5],堂庑甚残[6],乌睹其所谓宏丽者[7]?讯于驿吏[8],则曰:"忠穆公尝牧梁州[9],以褒城控二节度治所[10],龙节虎旗[11],驰驿奔轺[12],以去以来,毂交蹄劘[13]。由是崇侈其驿[14],以示雄大。盖当时视他驿为壮。且一岁宾至者,不下数百辈。苟夕得其庇[15],饥得其饱,皆暮至朝去,宁有顾惜心耶[16]?至如棹舟,则必折篙、破舷、碎鹢而后止[17];鱼钓,则必枯泉、汩泥、尽鱼而后止[18]。至有饲马于轩,宿隼于堂[19]。凡所以污败室庐,糜毁器用[20]。官小者,其下虽气猛,可制;官大者,其下益暴横,难禁。由是日益破碎,不与曩类[21]。某曹八九辈[22],虽以供馈之隙[23],一二力治之[24],其能补数十百人残暴乎?"

语未既[25],有老氓笑于旁[26]。且曰:"举今州县皆驿也[27]。吾闻开元中[28],天下富蕃[29],号为理平[30]。踵千里者不裹粮[31],长子孙者不知兵[32]。今者天下无金革之声[33],而户口日益破[34]。疆场无侵削之虞[35],而垦田日益寡[36]。生民日益困,财力日益竭,其故何哉?凡与天子共治天下者,刺史、县令而已[37]。以其耳目接于民,而政令速于行也。今朝廷命官[38],既已轻任刺史、县令,而又促数于更易[39]。且刺史县令,远者三岁一更,近者一二岁再更。故州县之政,苟有不利于民,可以出意革去其甚者[40],在刺史曰:'明日我即去,何用如此。'在县令亦曰:'明日我即去,何用如此。'当愁醉酞[41],当饥饱鲜[42],囊帛椟金[43],笑与秩终[44]。"

呜呼!州县真驿耶!矧更代之隙[45],黠吏因缘恣为奸欺[46],以卖州县者乎[47]?如此而欲望生民不困,财力不竭,户口不破,垦田不寡,难哉!予既揖退老氓[48],条其言,书于褒城驿屋壁[49]。

《孙樵集》卷三

679

〔1〕 此文即小见大,由近及远,借用一个雄大驿站变得衰败不堪的事例,揭示出"举今州县皆驿也"的严酷现实。文章运用类比的手法,以过客比刺史、县令,以驿站比天下州县,说明州县官员用非其人且又频繁更替所带来的严重后果,指出晚唐时期吏治腐败、政治黑暗的一大症结。全文语言平实,布局严整,以驿吏与老氓的陈述为主体,增加了叙事说理的真实感。褒城,唐时县名,初属梁州,后属山南西道兴元府,治所在今陕西汉中市西北打钟寺。驿,驿站,掌投递公文、转运官物及供来往官员休息的机构,唐制,凡三十里有驿,驿有长。

〔2〕 寓目:过目,亲眼见到。

〔3〕 沼:水池。汙(wū污):同"污",恶浊,不清洁。

〔4〕 离败:破裂。胶:粘着,引申为舟船搁浅。

〔5〕 庭除:庭院和台阶。

〔6〕 堂庑:中堂及四周的房屋。堂,正房。庑,正房周围的房子。

〔7〕 乌睹:哪里看得到。乌,疑问助词,哪里。

〔8〕 讯:问。驿吏:管理驿站的小吏。

〔9〕 忠穆公:指严震。严震,字遐闻,唐德宗时为梁州刺史,兼御史大夫、山南西道节度观察等使,卒谥忠穆。两《唐书》有传。牧梁州:担任山南西道节度使。梁州,山南西道属古梁州地区,故以代称。

〔10〕 褒城控二节度治所:褒城县北有褒谷山,山南口叫褒,北口叫斜,两旁高峻,中为褒斜道,长四百七十里,形势险要,为由陕经兴元府入川的交通要道。二节度治所,指山南西道节度使治所兴元府和凤翔节度使治所凤府。二,原作"三",据别本改。

〔11〕 龙节:原为古代使者所持的节。虎旗:画有虎的旗帜。二者皆泛指持有各种符节、旌旗的官员、使者。唐制,节度使奉命出镇,赐双旌双节。

〔12〕 驿:指驿站传递官方文书用的驿马。轺:使者所乘的小车。

〔13〕 毂(gǔ古):车轮中间车轴贯入处的圆木,亦指车。劙(mó摩):磨擦。

〔14〕 崇侈其驿:扩大驿站的规模,使之高大宏敞。崇,高。侈,广、宽。

〔15〕 夕得其庇:意谓夜间得到住宿的地方。庇,遮盖,掩护。

〔16〕 宁有:岂有。宁,难道。顾惜:爱惜。

〔17〕 棹(zhào 照):划水行船。篙:撑船的竿。舷:船边。鹢(yì益):一种水鸟,善飞,不畏风浪,古时常画之于船头,此代指船头。

〔18〕 枯泉:指弄干池中的水。汩(gǔ 古)泥:搅混池中的泥。汩,扰乱,弄乱。

〔19〕 轩:长廊或小室。隼:猛禽的一种,此处指驯养的猎鹰。

〔20〕 糜毁:毁坏。

〔21〕 曩(nǎng 攮):往昔,从前。类:相似。

〔22〕 某曹:即我等、我们这班人。某,原作"其",据《全唐文》改。

〔23〕 供馈:供给膳事,即招待过往官吏用餐。隙:空闲。

〔24〕 一二力治之:是说驿站的小吏们曾有一二次尽力修理被破坏的驿站。

〔25〕 既:尽。

〔26〕 甿:同"氓",田夫,农民。

〔27〕 "举今"句:犹言现在所有的州县都像驿站一样。举,皆、全。

〔28〕 开元:唐玄宗李隆基的年号,公元713—741 年。

〔29〕 富蕃:财货富足,人口众多。

〔30〕 理平:即治平、太平之意。唐人避唐高宗李治讳而以"治"为"理"。

〔31〕 踵:原意为脚跟,此处指行走、走到。

〔32〕 长:抚养。兵:兵器。

〔33〕 金革:犹言甲兵,此处指战争。金,兵戈。革,甲胄。

〔34〕 户口:计家曰户,计人曰口,此指在籍的人口。破:减少。

〔35〕 疆埸(yì 易):边疆。埸,边界。侵削:因外敌入侵而被削夺国土。虞:忧虑。

〔36〕 垦田:正在耕种的田地。垦,翻耕,开发土地。

〔37〕 刺史:唐时为州一级的地方行政长官。县令:掌管一县政令的官员,唐时以县为州的下级行政区划。

〔38〕 命官:任命官员。

〔39〕 轻:轻易,轻视。促数(shuò 朔):时间短促而又次数频繁。数,屡次、多次。更:易换,替代。易:改变。

〔40〕 其甚者:其中最有害的弊政。甚:过分。

〔41〕 当愁醉酞(nóng 浓):忧愁的时候就畅饮美酒。酞,味厚之酒。

〔42〕 鲜:鸟兽等新杀曰鲜,此处指新鲜的肉食。

〔43〕 囊帛:袋子里装满了丝绸。帛,丝织物的总称。椟(dú 独)金:柜子里装满了金银。椟,木匣、木柜。

〔44〕 秩:任期。

〔45〕 矧:何况。更代之隙:新旧官员交替的间隙,即旧官离任而新官尚未到任的时期。

〔46〕 因缘:利用这个机会。恣:放肆,任意。

〔47〕 卖:欺骗,蒙蔽。

〔48〕 揖退:作揖送别。揖,古时拱手礼。

〔49〕 条其言:整理记下他说的话。条,整理,逐条记下。

皮日休

皮日休(834？—883？)，字逸少，后改袭美，襄阳竟陵(今湖北天门)人。早年隐居鹿门山，自号鹿门子，又号醉吟先生、间气布衣。咸通八年(867)登进士第，咸通十年(869)入苏州刺史崔璞幕，与陆龟蒙结为诗友，彼此唱和，人称"皮陆"。咸通十三年(872)回京为著作佐郎，迁太常博士，后出任毗陵副使。广明元年(880)，黄巢入长安，署为翰林学士。黄巢起义失败后，皮日休亦不知所终，一说为朝廷所杀，一说为黄巢所杀，一说逃奔吴越依靠钱镠。皮日休工诗能文，诗学白居易，文学韩愈。其文多采用小品形式，抨击现实，笔锋犀利，鲁迅曾称皮、陆等的小品文为唐末"一塌糊涂的泥塘里的光彩和锋芒"(《南腔北调集·小品文的危机》)。有《皮子文薮》十卷传世，今人有整理本，上海古籍出版社1981年出版。

原谤[1]

天之利下民，其仁至矣[2]。未有美于味而民不知者，便于用而民不由者，厚于生而民不求者[3]。然而暑雨亦怨之，祁寒亦怨之[4]，己不善而祸及亦怨之，己不俭而贫及亦怨之。是民事天[5]，其不仁至矣。天尚如此，况于君乎？况于鬼神乎？是其怨訾恨謷[6]，蓰倍于天矣[7]。有帝天下、君一国者[8],可不慎欤?故尧有不慈之毁,舜有不孝之谤[9]。殊不知尧慈被天下而不在于子,舜孝及万世乃不在于父[10]。呜乎!尧舜大圣也,民且谤之,后之王天下[11],有不为尧舜之行者[12],则民扼其吭[13],捽其首[14],辱而逐之,折而族之[15],不为甚矣[16]。

《皮子文薮》卷三

〔1〕 原:论文的一种,用原字为题,对某事物推究其本原而加以论述,始于韩愈作"五原"(《原道》等)。皮日休《十原系述》云:"夫原者,何也?原其所自始也"。《原谤》一文即《十原》的第七篇。此文从怨天说到怨皇帝,以前者为陪衬而将矛头直指后者,步步紧逼,直至卒章显志:对于残暴的统治者,即使诛灭其家族都不算过分。这种猛烈抨击暴君的思想,上承孟子的"桀纣可诛",下启明末清初思想家对君权的批判,是唐末社会矛盾激化的反映,更可见出当时大规模的群体暴动已经是"山雨欲来风满楼"了。

〔2〕 天:古人认为天是有意志的神,是万物的主宰。利:此处用作动词,给百姓利益。至:极。

〔3〕 "未有"三句:没有好吃而不让人民知道的,没有好用而不让人民使用的,没有使人民生活充裕的东西却不让人民追求的。由、用、利用。

〔4〕 祁寒:严寒。祁,盛大。

〔5〕 是:此、这。此处有"这样看来"、"由此可见"之意。事:事奉,此处有对待之意。

〔6〕 訾(zǐ子):诋毁。黩(dú独):诽谤、怨言。

〔7〕 蓰(xǐ喜)倍:好几倍。《孟子·滕文公上》:"或相倍蓰"。赵岐注:"五倍也"。

〔8〕 帝天下:做天下的帝王。君一国:做一国的君主。

〔9〕 尧、舜:均为传说中的"圣人贤君"。尧没有将天下传给儿子丹

朱,有人说他不慈爱;舜的父亲瞽(gǔ古)叟偏爱小儿子象,不喜欢舜,有人说他不讨父母的喜欢是不孝。事见《史记·五帝本纪》。

〔10〕 被:覆盖。及:达到,推及。

〔11〕 王(wàng望)天下:做天下的君王。王,用做动词。

〔12〕 "有不为"句:犹言有不仿效尧、舜仁慈行为的人。

〔13〕 扼:掐住。吭(háng杭):咽喉。

〔14〕 捽(zuó昨):揪住。首:头。

〔15〕 折:挫败,此处指推翻。族:族灭,诛灭整个家族。

〔16〕 甚:厉害,过分。

读《司马法》[1]

古之取天下也,以民心;今之取天下也,以民命。

唐虞尚仁,天下之民从而帝之[2],不曰取天下以民心者乎?汉魏尚权[3],驱赤子于利刃之下[4],争寸土于百战之内,由士为诸侯,由诸侯为天子,非兵不能威,非战不能服[5],不曰取天下以民命者乎?

由是编之为术[6],术愈精而杀人愈多,法益切而害物益甚[7]。呜呼!其亦不仁矣。

蚩蚩之类不敢惜死者[8],上惧乎刑,次贪乎赏。民之于君犹子也[9],何异乎父欲杀其子,先给以威,后啖以利哉[10]?

孟子曰:"我善为阵,我善为战,大罪也[11]。"使后之君于民有是者,虽不得土,吾以为犹土也[12]。

《皮子文薮》卷七

〔1〕 此文为作者读古代兵书《司马法》的感想。文章从儒家民本思想出发,运用古今对比的手法,抨击了自汉魏以来统治者不惜民命、一味靠杀伐来满足个人政治野心的罪恶行径。其对战争一概否定虽有失偏颇,但置于藩镇割据、战乱频繁的晚唐时代,则有明显的针对性和批判性,现实感强,寓意深远。《司马法》,古兵书名,一卷,据《史记·司马穰苴列传》,齐威王使大夫追论司马兵法而附穰苴于其中。司马穰苴为春秋时齐国名将,姓田,官为司马,主要活动于齐景公时期。

〔2〕 唐:唐尧,即陶唐氏,传说中的古帝名。初封于陶,后封于唐,故称。虞:虞舜,即有虞氏,传说中的古帝名,初封于虞,故称。尧、舜帝位不传子孙而行"禅让",深得民心,历来作为圣君的楷模。尚:崇尚,尊崇。从而帝之:归顺他,奉之为帝。

〔3〕 权:权术、计谋、诡变。

〔4〕 赤子:婴儿,此处指平民百姓。利刃之下:指上战场。

〔5〕 "由士为诸侯"四句:汉魏之际,曹操举孝廉为士,任兖州牧为诸侯,追谥魏武帝为天子,其间多靠武力,推而广之,则由平民升为天子,唯靠武力。诸侯,古代对中央政权所分封各国国君的统称,此处亦兼指地方官员。天子,《礼记·曲礼下》:"君天下曰天子。"威,以武力使之畏服。

〔6〕 由是编之为术:是说曹操用兵作战有了经验之后就将其编写为兵法。

〔7〕 切:切实。物:指平民百姓。

〔8〕 蚩蚩(chī吃)之类:百姓。蚩蚩:敦厚貌。《诗·卫风·氓》:"氓之蚩蚩。"孔颖达疏:"敦厚之貌。"

〔9〕 犹子:好像是儿子。

〔10〕 绐(dài代):欺骗。啖(dàn旦):利诱。

〔11〕 "我善为阵"三句:语出《孟子·尽心下》。阵,列阵。

〔12〕 "使后之君"三句:如果后来的人对百姓能够这样,即使他没有获得天下,我认为也和得到了天下一样(意谓得到了天下的民心)。土,土地,引申为国土、天下。

陆龟蒙

陆龟蒙(?—881?),字鲁望,姑苏(今江苏苏州)人。举进士不第,隐居甫里,自号江湖散人、甫里先生,又号天随子,与皮日休唱和,人称"皮陆"。朝廷以高士征召,不至。躬耕勤劳,且好泛舟太湖。卒于僖宗中和年间。前蜀光化中,韦庄上表追赠右补阙。《新唐书》有传。陆龟蒙诗以咏物写景、唱和应酬为多,文以小品文为主。其文抨击现实,多愤世嫉俗之言,在晚唐文坛显得非常突出,鲁迅曾誉之为"一塌糊涂的泥塘里的光彩与锋芒"(《小品文的危机》)。有《笠泽丛书》四卷、补遗一卷,《甫里集》十九卷。

野庙碑[1]

碑者,悲也[2],古者悬而窆,用木[3]。后人书之,以表其功德。因留之不忍去,碑之名由是而得。自秦汉以降,生而有功德政事者亦碑之,而又易之以石,失其称矣[4]。余之碑野庙也,非有功德政事可纪,直悲夫甿竭其力[5],以奉无名之土木而已矣[6]。

瓯越间好事鬼[7],山椒水滨多淫祀[8]。其庙貌[9],有雄而毅、黝而硕者[10],则曰将军;有温而愿、皙而少者[11],则曰某郎;有媪而尊严者,则曰姥[12];有妇而容艳者,则曰姑。其

687

居处则敞之以庭堂,峻之以陛级[13]。左右老木,攒植森拱[14]。萝茑翳于上[15],枭鸮室其间[16]。车马徒隶,丛杂怪状[17],盰作之,盰怖之,走畏恐后[18]。大者椎牛,次者击豕,小不下犬鸡。鱼菽之荐[19],牲酒之奠[20],缺于家可也,缺于神不可也。一日懈怠,祸亦随作。耄孺畜牧栗栗然[21],疾病死丧,盰不曰适丁其时耶[22],而自惑其生,悉归之于神。

虽然,若以古言之,则戾[23];以今言之,则庶乎神之不足过也[24]。何者?岂不以生能御大灾、捍大患,其死也则血食于生人[25],无名之土木,不当与御灾捍患者为比,是戾于古也明矣[26]。今之雄毅而硕者有之,温愿而少者有之[27],升阶级[28],坐堂筵,耳弦匏[29],口粱肉[30],载车马,拥徒隶者,皆是也。解民之悬[31],清民之喝[32],未尝贮于胸中。民之当奉者一日懈怠[33],则发悍吏,肆淫刑,殴之以就事[34]。较神之祸福,孰为轻重哉?平居无事,指为贤良。一旦有大夫之忧[35],当报国之日,则伈挠脆怯[36],颠踬窜踏[37],乞为囚虏之不暇[38]。此乃缨弁言语之土木耳[39],又何责其真土木耶?故曰以今言之,则庶乎神之不足过也。

既而为诗,以纪其末:

土木其形,窃吾民之酒牲,固无以名[40]。土木其智,窃吾君之禄位,宜如何可仪[41]。禄位顾顾[42],酒牲甚微。神之飨也,孰云其非[43]。视吾之碑,知斯文之孔悲[44]。

《唐甫里先生文集》卷一八

〔1〕野庙:指民间供奉、不列于祀典的杂神之庙。碑,文体的一种,刻于石上,旨在序功纪德,垂之久远。作者此文则出以议论,借题发挥,由

688

瓯越间之淫祀推衍成刺时之作。野庙之神,民自立而自畏,是民之惑,然较之"缨弁言语之土木",即地方官吏,则为害轻矣。文章似匕首,尖锐泼辣,于鲜明的形象刻划中极尽嬉笑怒骂之能事,借神讽人,痛快淋漓,又以"悲"字贯串始终,更可见作者愤世之情背后的忧世之心。

〔2〕 字书中并无"碑者,悲也"的说法,作者因行文需要,采用此说。

〔3〕 "古者"二句:谓古代下葬时,用绳索将棺木悬起,然后落葬。落葬时,在棺四面立木柱,绳索穿木柱为辘轳,缓缓吊下。窆(biǎn 扁),落葬下棺。《礼记·檀弓下》:"公室视丰碑。"郑玄注:"丰碑,斲大木为之,形如石碑,于椁前后四角树之,穿中,于间为鹿卢,下棺以绋绕。"

〔4〕 "自秦汉"数句:明吴讷《文章辨体序说》引《事祖广记》:"古者葬有丰碑以窆。秦汉以来,死有功业,则刻于上,稍改用石。"即此义。

〔5〕 直:仅仅。氓(méng 蒙):同"氓",田夫,农民。

〔6〕 无名之土木:指无来由的神。土木,土木雕塑的偶像。

〔7〕 瓯越:今浙江东南一带。瓯,指瓯江,源于浙江遂昌,称松阳溪,东南流,至青田以下称瓯江,经温州入海。越,古种族名。汉初东越王摇在东瓯(今浙江永嘉)建都,地濒瓯江。

〔8〕 山椒:山顶。《文选》谢庄《月赋》:"菊散芳于山椒。"李善注:"山椒,山顶也。"淫祀:即滥祀,指不载祀典、不合礼制的祭祀。《礼记·曲礼下》:"非其所祭而祭之,名曰淫祀。"

〔9〕 庙貌:庙中的神像。

〔10〕 黝(yǒu 友)而硕:黝黑而高大。黝,微青黑色。硕,大。

〔11〕 温而愿:面貌温润而恭谨善良。愿,朴实善良。皙:皮肤白。

〔12〕 媪(ǎo 袄):老妇的通称。姥(mǔ 母):通"姆",老妇。

〔13〕 峻:高峭。陛级:升入神殿的阶级。陛,殿、坛的台阶。级:阶级,一阶为一级。

〔14〕 攒:聚集。森:树木丛生貌。拱:两手合围的粗细。

〔15〕 萝茑(niǎo 鸟):女萝和茑,两种攀援植物。翳(yì 易):遮蔽。

〔16〕 枭鸮:枭、鸮,均指猫头鹰,传说中以之为不祥之鸟。室其间:

689

在当中筑巢。

〔17〕 车马徒隶:指神像旁边所塑的车马仆役随从之类。徒隶,服贱役的人,此指供神役使的鬼卒。丛杂:杂乱地聚集在一起。

〔18〕 走畏恐后:形容畏惧,离开神像时唯恐落后。

〔19〕 "大者"三句:意谓祀神庙大者杀牛,次者杀猪,最小者也要备办鸡犬鱼菽之类。椎(chuí 捶),捶击具,如铁椎、木椎等,此指用椎击打。豕,猪。菽,豆类的总称。荐,进奉。

〔20〕 牲酒之奠:用三牲、酒礼的祭祀。牲,供食用或祭祀用的家畜。奠,设酒食以祭。

〔21〕 耄(mào 茂)孺:老幼。耄,《礼记·曲礼上》:"八十、九十曰耄。"孺,幼儿、儿童。畜牧:指供祭祀的牛、猪、鸡等。栗栗然:恐惧貌。栗,通"慄",因恐惧或寒冷而发抖。

〔22〕 适丁其时:正好碰到这个时候。丁,当、逢。

〔23〕 戾(lì 立):乖违,不合事理。

〔24〕 "以今"二句:意谓以今日之情况而言,野庙土木之神就算不上有过错。庶乎,将近、差不多。过,责备。

〔25〕 "岂不"三句:意谓真神生时能御灾捍患,其死后应该享受祭祀。血食于生人,为人民所奉祀,指享受祭品,古代杀牲取血,用于祭祀,故称血食。生人,即生民、百姓。

〔26〕 "无名"三句:意谓野庙之神,生不能御灾捍患,其享受人民祭祀,显然违背古制。

〔27〕 "今之"二句:指地方官吏,以下数句皆言地方官吏平日之享受。

〔28〕 阶级:台阶、阶梯,此指殿堂。

〔29〕 耳弦匏(páo 刨):听音乐。弦,指琴、瑟之类的乐器。匏,指笙、竽之类的乐器。

〔30〕 口粱肉:食用精美的膳食。粱,古指粟类中的优良品种。

〔31〕 解民之悬:消除人民的痛苦如解民于倒悬的状态。《孟子·公

孙丑上》中有"当今之时，万乘之国行仁政，民之悦之，犹解倒悬也。"

〔32〕清民之暍(yè夜)：意谓解除人民苦难。暍，中暑，伤于暑热，一音hè(贺)。

〔33〕一日懈怠：指偶有松懈，稍有疏忽。

〔34〕"则发"三句：谓官员派遣凶悍的小吏滥施酷刑，殴打以使百姓就范。肆，此指任意使用。

〔35〕大夫之忧：指国家遇上危难。大夫为人臣，国有危难，当为君主分忧。

〔36〕佪(huí回)挠脆怯：荒乱而又懦弱。佪，糊涂，一说音huái(徊)，通"徊"。挠，扰乱、纷乱。脆怯，懦弱胆怯。

〔37〕颠踬(zhì质)窜踣(bó博)：困顿不堪而逃窜。颠踬，倾仆。窜踣，狼狈奔逃。

〔38〕"乞为"句：意谓求为敌人的俘虏而唯恐来不及。暇，空、闲。

〔39〕缨弁(biàn变)言语之土木：戴着缨弁而会说话的土人木偶。缨弁：古代官吏的服饰，缨为系冠的带子，弁即冠。

〔40〕"土木其形"三句：意谓野庙之神，无有功德，窃取百姓的酒牲祭祀，所以称其为无名之神。

〔41〕"土木其智"三句：意谓那些智同土木的地方官吏却窃取君主的禄位，又如何做百姓的榜样呢？仪，效法，榜样。

〔42〕颀(qí其)颀：修长貌，此处指优厚。

〔43〕"神之"二句：意谓土木之神所享极其微薄，谁能说它有错？飨(xiǎng想)，吃，这里指享用祭品。孰，谁。

〔44〕斯文：这篇碑文。斯，此。孔悲：极悲，深切的悲痛。孔，甚、很。

招野龙对[1]

昔豢龙氏求龙之嗜欲[2]，幸而中焉[3]。得二龙而饮食之[4]。龙之于人固异类,以其若己之性也[5],故席其宫沼,百川四溟之不足游[6];甘其饮食[7],洪流大鲸之不足味。施施然[8],扰于其爱弗去[9]。

一旦[10],值野龙[11],奋然而招之曰[12]:"尔奚为者[13]?茫洋乎天地之间,寒而蛰,旸而升[14],能无劳乎?盍从吾居而晏安乎[15]?"

野龙矫首而笑之曰[16]:"若何龊龊乎如是耶[17]?赋吾之形,冠角而被鳞[18];赋吾之德,泉潜而天飞[19];赋吾之灵[20],嘘云而乘风;赋吾之职,抑骄而泽枯[21]。观乎无极之外,息乎大荒之墟[22],穷端倪而尽变化[23],其乐不至耶?今尔苟容于蹄涔之间[24],惟泥沙之是拘,惟蛭蟥之与徒[25],牵乎嗜好以希饮食之馀[26],是同吾之形,异吾之乐者也。狎于人,啗其利者,扼其喉,戕其肉,可以立待[27]。吾方哀而援之以手,又何诱吾纳之陷井耶?尔不免矣[28]。"

野龙行。未几[29],果为夏后氏之醢[30]。

《唐甫里先生文集》卷一九

〔1〕《左传·昭公二十九年》中记载:"古者畜龙,故国有豢龙氏,有御龙氏……及有夏孔甲,扰于帝。帝赐之乘龙,河汉各二,各有雌雄。孔甲不能食,而未获豢龙氏。有陶唐氏既衰,其后有刘累,学扰龙于豢龙氏,以事孔甲,能饮食之。夏后嘉之,赐氏曰御龙,以更豕韦之后。龙一雌死,潜醢以食夏后。"本文将此一段传说推衍成一篇寓言体杂文,并赋予其新的内涵。文章借野龙与驯龙的对话,揭示了统治者笼络手段的虚伪与险恶,指出依附于统治者的士人虽可得到高官厚禄,但也随时可能成为牺牲品,只有不依附权贵,才可全身远祸。笔锋犀利冷峻,于嘲讽中寓感慨,发人深省。招,招呼。野龙,未经人工驯养的龙。对,应答。

〔2〕 豢龙氏:人名,以官为氏,传说中养龙的官。嗜欲:嗜好和欲望,此处指生活习性。

〔3〕 中:符合。此处指掌握了龙的生活习性。

〔4〕 饮食之:给二龙饮食,即喂养二龙。

〔5〕 固:本来,原本。若己之性:如己之性,即和自己的生活习性相同。

〔6〕 席其宫沼:栖息在宫殿、池沼中。席,供坐卧铺垫的用具,此处用作动词,指安居。沼,水池。溟:海。

〔7〕 甘:意动词,香甜地吃着。

〔8〕 施(yì异)施然:自得貌。

〔9〕 扰:驯服。其爱:指龙所喜爱的宫沼、饮食。弗:不,不可。

〔10〕 一旦:一天。旦,天,日子。

〔11〕 值:相遇。

〔12〕 奋然:振奋、兴奋的样子。

〔13〕 奚为:何为,做什么。奚,如何、为何。

〔14〕 茫洋:浩渺,无边无际,此处指龙浮游于广漠无垠的天地之间。韩愈《杂说·龙说》中有"然龙乘是气,茫洋穷乎玄间"。蛰:昆虫伏藏曰蛰。旸(yáng阳):日出,此处是温暖之意。升:上升,此处是腾飞之意。

〔15〕 识:知道,识别。从:跟随,追随。晏安:安逸。

〔16〕 矫首:举头,抬头。

〔17〕 龊(chuò绰)龊乎:拘谨貌。《史记·货殖列传》中有"邹、鲁滨洙泗,犹有周公遗风,俗好儒,备于礼,故其民龊龊"。

〔18〕 赋吾之形:即"天赋吾之形"的略文,下数句"赋吾之德"、"赋吾之灵"、"赋吾之职"句法同。赋,授予、给予。冠角而被鳞:头上长着角,身上披着鳞甲。冠,本义为戴帽。被,同"披",本义为穿着。

〔19〕 泉潜而天飞:泉潜即"渊潜",避唐高祖李渊讳而改"渊"为"泉"。《易·乾》中有"初九曰:潜龙勿用";"九四,或跃在渊,无咎";"九五,飞龙在天,利见大人"等语。

693

〔20〕 灵:神灵。嘘云:嘘气成云,韩愈《杂说·龙说》中有"龙嘘气成云"之句。嘘,呼气。

〔21〕 "赋吾之职"二句:是说上天赋予我的职责是兴云布雨,抑制骄阳,润湿干旱的大地。骄,此处指骄阳。泽,雨露,降雨露以润泽。枯,指干旱的土地。

〔22〕 无极:没有边际。大荒:边远的地方。《山海经·大荒西经》:"大荒之中,有山名曰大荒之山,日月所入,……是谓大荒之野。"墟:土丘。

〔23〕 端倪:边际,此处引申为边远之地。

〔24〕 苟容:苟且容身于世。苟,随便。蹄涔(cén 岑):牛马蹄印中的积水,极言水小。涔,路上的积水。

〔25〕 "惟蛭螾(zhì yǐn 至蚓)"句:只与蚂蟥、蚯蚓之类为伍。蛭,水蛭,居于池沼或水田中吸食人畜血液的一种动物,俗称蚂蟥。螾,同"蚓",蚯蚓。徒,同类者。

〔26〕 牵:牵制,拘泥。

〔27〕 "狎于人"五句:意谓凡是为人们所亲狎、受人们利诱的,被掐住喉咙、被宰割的灾祸,很快就会到来。狎,亲近、亲密。啗(dàn 旦),食、饮。扼,掐住。菑(zī 字),大块的肉,这里用作动词,作割肉讲。

〔28〕 免:免于祸。

〔29〕 未几:不久。

〔30〕 醢(hǎi 海):剁成肉酱。

程 晏

程晏(生卒年不详),字晏然,昭宗乾宁二年(895)登进士第,工古文,尤擅议论小品,其他事迹不详。《新唐书·艺文志》载有《程晏集》七卷,已佚,《全唐文》存其文七篇。

萧何求继论[1]

读汉史者多曰:"曹参守萧何之规[2],日醉以酒。民歌之曰:'萧何为法,讲若画一。曹参代之,守而勿失。载其清净,民以宁一[3]。'其为汉之二贤相也,至矣哉。"

论曰:非也。暑牛之渴也[4],竖子饮之渟淖之污;牛渴已久,得渟淖之污,宁顾清泠之水乎[5]?设使竖子牵之于清泠之水,则涤乎肠中之泥也。牛然后知渟淖之污,不可终日而饮之。百姓罹秦之渴已久矣[6]。萧何曰:"吾所以为法律,是权天下之草创也[7]。吾不止此,将致君为成康之君,使民为成康之民[8]。"是牵民于清泠水也。曹参日荒于酒[9],惠帝讯焉[10]。参谓于惠帝曰[11]:"高帝创之,陛下承之,萧何造之,臣参遵之。陛下垂拱,臣等守职[12]。"惠帝以为是也,民又歌之也。呜呼!汉之民以汉之污愈于秦之渴,不知牵于清泠之水,涤乎肠中之泥也[13]。

萧何之传曹参也，若木工能构材[14]，而未果覆而终者[15]，必待善覆者成焉。何既构矣，谓参为覆者。参守其构而不能覆，徒欺君曰[16]："陛下不如高帝，臣参不如萧何。善守可也，何废作哉？"若不可以为废作[17]，即文帝除肉刑，不为汉主仁圣之最也[18]。

参不能孜孜其君于成康之政[19]，不知己不能覆何之构，而荒于酒，幸不同羲和之诛[20]。贪位畏胜，饰情妄言以惑君也[21]，孰名为贤相耶[22]？吾病汉史以萧何为善求继，以曹参为堪其后[23]，故为论之。

《唐文粹》卷三五

〔1〕 这是一篇饶有新意的史论文章。西汉初年，萧何为相，理政制律，与民休息。后曹参继之为相，继续推行休养生息的政策，以利于生产及国力的恢复，故后世称汉之贤相，必言萧曹。但本文另辟蹊径，作翻案文章，认定曹参缺乏创新精神与进取意识，因而不配称贤相，并设喻取譬，形象化地加以论证，颇有新奇之妙。持论虽或有偏颇，然结合唐末政局混乱、官员多不作为之现实，当可略知作者之用心。求继，选取继承人。

〔2〕 规：法度，规则。

〔3〕 "萧何为法"六句：此为《史记·曹相国世家》所载民歌中颂扬萧何、曹参之语。萧何为法，《汉书·刑法志》载，萧何取秦法宜于时用者作律九章，以天下新定，人心思安，故"填（zhèn 同"镇"）以无为，从民之欲而不扰乱，是以衣食滋殖，刑罚用稀。"讲若画一，意谓萧何所制法律明白易晓而整齐画一。守而勿失，即《史记·太史公自序》所言"（曹参）续何相国，不变不革，黎庶攸宁"之意。民以宁一，是说百姓安居乐业而不生二心。

〔4〕 暑牛：暑天之牛，比喻经受秦朝苛政之后的百姓。竖子：童子，比喻官吏。淳淖（tíng nào 亭闹）之污：死水塘里的泥水，比喻汉初始革秦

弊后的政治。渟,水积聚不流。淖,烂泥、泥沼。

〔5〕 宁顾:岂能顾得上。清泠之水:清澈凉爽的水,比喻清明政治。泠,清凉。

〔6〕 罹(lí梨):遭遇。

〔7〕 权:权宜、变通。

〔8〕 成康:指西周的成王、康王。据《史记·周本纪》,成王为周武王子,名诵,在位三十七年(前1115—前1078),"民和睦,颂声兴"。康王为成王子,名钊,在位二十六年(前1078—前1052),承其父业而使天下太平。史称"成康之际,天下安宁","成康之治"遂成为历代统治者的理想政治。

〔9〕 荒于酒:迷乱于酒。荒:迷乱,享乐过度。

〔10〕 惠帝:汉惠帝刘盈,刘邦之子,在位七年(前194—前188)。讯:问。

〔11〕 罔(wǎng网):同"罔",欺骗。

〔12〕 惠帝与曹参问答事见《史记·曹相国世家》。垂拱:垂衣拱手,形容不费力气,无为而治。

〔13〕 "汉之民"三句:是说百姓因汉初的"泥浊之水"胜于秦时的"暑渴"之苦,而不知还可以有人引导他们饮清凉之水洗去泥浊。愈于,胜过。

〔14〕 构材:用木材搭建屋架。

〔15〕 未果:未能完成。覆:盖,此指为屋架覆盖屋顶。

〔16〕 徒:徒然。

〔17〕 废作:即废旧立新,此指更新改善政治措施。

〔18〕 文帝:汉文帝刘恒,刘邦之子,吕后死后继位,在位二十三年(前179—前157),史称其仁德。除肉刑。事见《史记·文帝本纪》,汉文帝十三年(前167),淳于公少女缇萦上书赎父刑罪,文帝因之而废除肉刑。当时肉刑有三,分别为黥(在脸上刺字)、劓(割鼻)、刖(断足)。

〔19〕 孜孜:勤勉不怠。

697

〔20〕 幸:侥幸。羲和之诛:事见《尚书·胤征》。羲氏、和氏为世掌天地四时之官,后因湎酒,废时乱日,王命胤侯征之,作《胤征》。这里是指曹参和羲氏、和氏一样湎酒失职,犯的是应被诛杀之罪。

〔21〕 贪位畏胜:贪图相位而怕别人胜过自己。饰情妄言:掩饰实情而胡言乱语。

〔22〕 孰名:怎么称得上。孰,疑问代词,怎么,什么。

〔23〕 病:恨,此处是表示不满。堪:能承当。

罗　隐

罗隐(833—909),原名横,字昭谏,号江东生,馀杭(今属浙江)人,一说新城(今浙江城阳)人。少负时名,好讥讽公卿,寓居长安十馀年,数举进士而不第,遂改名。屡为藩镇幕僚,皆不得重用。后避乱归乡里,入镇海军节度使钱镠幕,表奏为钱塘令。唐亡,梁以右谏议大夫征召,不至。钱镠称吴越王,表授给事中,世称"罗给事"。《旧五代史》有传。罗隐诗风近于元、白,擅咏史,颇有讽刺现实之作,与罗虬、罗邺齐名,时号"三罗",以隐最为杰出;其文则以小品文为主,嬉笑怒骂,多愤世嫉俗之言。有《谗书》五卷、《甲乙集》十卷等,清人辑有《罗昭谏集》八卷。今人有整理本《罗隐集》,中华书局1983年出版。

英雄之言[1]

物之所以有韬晦者,防乎盗也[2]。故人亦然。

夫盗亦人也,冠履焉,衣服焉[3];其所以异者,退逊之心,正廉之节,不常其性耳[4]。视玉帛而取者,则曰牵于寒饿[5];视家国而取者,则曰救彼涂炭[6]。牵于寒饿者,无得而言矣[7]。救彼涂炭者,则宜以百姓心为心[8]。而西刘则曰:"居宜如是[9]!"楚籍则曰:"可取而代[10]!"意彼必无退逊之心,正廉之节,盖以视其靡曼骄崇,然后生其谋耳[11]。

为英雄者犹若是,况常人乎?是以峻宇逸游,不为人之所窥者鲜矣[12]。

《谗书》卷二

〔1〕 此文短小精悍,一针见血,借刘邦、项羽无意中吐露真情的话语,揭露了所谓的"英雄"潜藏于"救彼涂炭"幌子下的真实用心,生动地阐发了"窃钩者诛,窃国者为诸侯"(《庄子·胠箧》)的道理,结合唐末政局混乱、战争频仍的现实来看,更可体会到作者的愤激之情。

〔2〕 物:此指生物、动物。韬晦:隐匿行迹,不自炫露,此指生物自我掩蔽的本能。盗:此处指加害于身的外敌。

〔3〕 "夫盗亦人也"三句:是说"盗"也是人,也和普通人一样穿衣戴帽,在外表上没有什么差别。夫,发语词,用于句首表示要发议论。冠,帽的总称。履,鞋,单底为履,复底为舄。

〔4〕 退逊:谦退,逊让。正廉:正直、廉洁。常:恒久,此指长久保持。

〔5〕 帛:丝织物的总称。牵:牵制,受制约。

〔6〕 涂炭:污泥和炭火,以喻困苦处境,相当于说"水深火热"。

〔7〕 无得而言:没有什么可说的,有不能苛求指责之意。

〔8〕 宜:应当。

〔9〕 居宜如是:据《史记·高祖本纪》,刘邦曾服役到咸阳,见秦始皇的奢华生活与壮丽宫殿而生"大丈夫当如此也"之叹,"居宜如是"乃概括其意,意谓大丈夫应当过这样的生活。西刘:楚汉相争之时,楚在东而汉在西,故称刘邦为"西刘"。

〔10〕 可取而代:据《史记·项羽本纪》,项羽见秦始皇出游会稽时曾对其叔父项梁说:"彼可取而代也。"楚籍:项羽名籍,祖上世为楚将,起兵后自称"西楚霸王",故称其为"楚籍"。

〔11〕 意:料想。靡曼:华丽、美色,指宫殿、服饰。骄崇:骄贵尊崇,

指地位、作风。谋:图谋,营求。

〔12〕 峻宇:高大的房屋。宇,屋宇。逸游:指舒适游乐的物质条件。逸,放纵。窥:本义为暗中偷看,引申为窥伺有所图谋。鲜(xiǎn险):少。

荆巫[1]

荆楚人淫祀者旧矣[2]。有巫颇闻于乡间[3]。

其初为人祀也,筵席寻常,歌迎舞将[4],祈疾者健起,祈岁者丰穰[5]。其后为人祀也,羊猪鲜肥,清酤满卮[6],祈疾者得死,祈岁者得饥。里人忿焉[7],而思之未得[8]。

适有言者曰[9]:"吾昔游其家也,其家无甚累[10]。故为人祀,诚心馨乎中[11],而福亦应乎外,其胙必散之[12]。其后男女蕃息焉[13],衣食广大焉。故为人祀,诚不得馨于中,而神亦不歆乎外[14],其胙且入其家。是人非前圣而后愚,盖牵于心而不暇及人耳[15]。"

以一巫用心尚尔[16],况异于是者乎?

《谗书》卷三

〔1〕 此文通过荆巫专心事神而使祈者得福,后因家事、生计不得专心而使祈者反受其害的故事,说明了私心重则"不暇及人"的道理,寓言生动,小中见大,于批判中流露出深深的感慨。荆,古诸侯国名(即楚国的旧号),约有今重庆及湖北、湖南一带。巫,古代称能以歌舞降神、掌占卜祈祷的人,"在男曰觋,在女曰巫"。(《国语·楚语下》)

〔2〕 淫祀:不合礼制的祭祀。《礼记·曲礼下》:"非其所祭而祭之,

名曰淫祀。"

〔3〕 闻:闻名,著称。乡间:即乡里。间,古代以二十五家为间。

〔4〕 将:送。《诗·召南·鹊巢》:"百两将之。"郑玄笺:"将,送也。"

〔5〕 祈:对天或神明告求。岁:一年的收成,年景。丰穰:收获丰盛。穰,丰收。

〔6〕 清酤(gū 姑):清酒,好酒。酤,酒。卮:一种容量为四升的酒器。

〔7〕 里人:同乡之人。里,民户居处,《周礼·地官·遂人》:"五家为邻,五邻为里。"忿:怨恨。

〔8〕 思之未得:意谓思考荆巫前后祀神效果差异的原因却还没找到答案。

〔9〕 适:恰好。

〔10〕 游:交游,往来。累:家室资产。《汉书·匈奴传》:"悉远其累重于余吾水北。"颜师古注:"累,重,谓妻子、资产也。"

〔11〕 罄:器中空,引申为尽、完。

〔12〕 胙(zuò 座):祭祀用的肉。

〔13〕 蕃息:人口繁殖众多。

〔14〕 歆:歆享,指鬼神享用祭品。

〔15〕 牵于心:此指心里受私事的牵累。牵,牵制、拘泥。暇:空闲。

〔16〕 尚尔:尚且这样。

辩 害[1]

虎豹之为害也,则焚山,不顾野人之菽粟[2];蛟蜃之为害也,则绝流,不顾渔人之钩网[3]。其所全者大,而所去者小也[4]。

顺大道而行者[5],救天下者也;尽规矩而进者,全礼义者也[6]。权济天下[7],而君臣立、上下正[8],然后礼义在焉。力不能济于用,而君臣上下之不正,虽抱空器,奚所施设[9]?

　　是以佐盟津之师[10],焚山绝流者也;扣马而谏,计菽粟而顾钓网者也[11]。於戏[12]!

《谗书》卷四

〔1〕 辨害,即讨论除害之事。文章从除大害而不顾小利入手,指出为人处事应着眼大端,行大道而"权济天下",不能固守礼义之虚名而置国家于祸患。作者以史为譬,一反历代对伯夷、叔齐的歌颂,通过肯定"佐盟津之师"来阐发自己的思想,生动形象,深入浅出,置于唐末昏乱之现实,颇有几分警世的意味。

〔2〕 野人:乡野之人,指农夫。菽粟:代指庄稼。菽,豆类的总称。粟,谷物的总称。

〔3〕 蛟:龙属,似蛇而脚小头细,能吞人。虺:蛟属,似蛇而大,有角。绝流:截断水流。钓网:两种捕鱼的工具,此处指捕鱼。

〔4〕 全:保全。去:损失。

〔5〕 大道:常理正道,此处指保全大局之道。

〔6〕 尽:完全。规矩:准则、礼法。进:行、行事。礼义:儒家规定的个人及社会行为的法则、规范等的总称。

〔7〕 权:变通、机变,此处指变通常规而使事情成功。济:救助、接济。

〔8〕 君臣立:指君臣地位的确立。上下正:指君臣、官民关系的正常。

〔9〕 空器:此指礼义的虚名。奚:为何。施设:安排、作为。

〔10〕 佐盟津之师:指太公望佐周武王伐纣之事,见《史记·周本纪》。盟津,即孟津,今属河南。

〔11〕 扣马而谏:事见《史记·伯夷列传》。周文王死后,"武王载木主号为文王,东伐纣。伯夷、叔齐叩马而谏曰:'父死不葬,爰及干戈,可谓孝乎?以臣杀君,可谓仁乎?'"扣马,即拉着马的缰绳。扣,同"叩"。谏,以臣正君谓之谏,此处指劝阻。计:计较、计算。

〔12〕 於戏:感叹词,同"呜呼"。

越妇言[1]

买臣之贵也,不忍其去妻[2]。筑室以居之,分衣食以活之,亦仁者之心也。

一旦[3],去妻言于买臣之近侍曰[4]:"吾秉箕帚于翁子左右者,有年矣[5]。每念饥寒勤苦时节,见翁子之志,何尝不言通达后,以匡国致君为己任,以安民济物为心期[6]。而吾不幸离翁子左右者,亦有年矣。翁子果通达矣,天子疏爵以命之[7],衣锦以昼之[8],斯亦极矣[9]。而向所言者[10],蔑然无闻[11]。岂四方无事使之然耶?岂急于富贵未暇度者耶[12]?以吾观之,矜于一妇人[13],则可矣。其他未之见也[14],又安可食其食[15]?"乃闭气而死[16]。

《谗书》卷四

〔1〕《汉书·朱买臣传》中记载,朱买臣家贫而好读书,常担束薪讴歌道中,妻羞之而不能止,遂辞去。后朱买臣为会稽太守衣锦还乡,见其故妻,"置园中,给食之。居一月,妻自经死。"作者就朱买臣妻自尽一事借题发挥,另翻新意,巧妙地揭露了如"朱买臣"之流的读书人以"匡国致

君"、"安民济物"自我标榜而实质上只在乎个人富贵的虚伪本质,笔锋犀利,言辞明快,于生动形象中蕴含深刻寓意。越妇,指朱买臣的妻子,朱买臣为汉代吴(今江苏苏州)人,古时属越国,故云。

〔2〕 去妻:被遗弃之妻。去,除去、抛弃。

〔3〕 一旦:一天。旦,天、日子。

〔4〕 近侍:身边侍从的人。

〔5〕 秉箕帚:拿着簸箕、扫帚,指清扫家庭卫生,用作妻子的代称。秉,执持、拿住。翁子:朱买臣字翁子。有年矣:有些年了,好多年了。

〔6〕 匡国:匡扶国家。致君:即辅佐国君。济物:救济天下百姓。心期:内心所期望的,犹言目标、理想。

〔7〕 疏爵:分给爵位。疏,分。《史记·黥布列传》:"疏爵而贵之。"索隐:"疏即分也。"

〔8〕 "衣锦"句:犹言使他衣锦还乡。《汉书·朱买臣传》:"富贵不归故乡,如衣绣夜行。"昼之,使之昼行。

〔9〕 斯:此,这。极:极至,达到最高限度。

〔10〕 向:旧时,往昔。

〔11〕 蔑然:一无所有的样子。蔑,无、没有。

〔12〕 暇:空闲。度(duó夺):考虑。

〔13〕 矜:自负贤能,此处指自我夸耀。

〔14〕 未之见:即未见之,否定句中代词宾语前置。

〔15〕 又安可食其食:(我)又怎么可以吃他的食物呢?

〔16〕 乃:于是,然后。闭气而死:即自缢而死。

牛希济

牛希济(872？—？)，其先安定鹑觚(今甘肃灵台)人，后徙狄道(今甘肃临洮)。早年遭逢世乱，流寓入蜀，依季父牛峤。因气直嗜酒，不预劝进，兼被人排挤，久不得官。后仕前蜀为起居郎，累官至翰林学士、御史中丞。前蜀亡，随后主至洛阳，后唐天成初年，因受命作《蜀主降臣唐诗》不谤君亲，受到明宗称赏，拜为雍州节度副使。《太平广记》卷一五八引《北梦琐言》称其"文学富赡，超越时辈"。著有《理源》两卷、《治书》十卷，均已亡佚，《全唐文》存其文两卷。

崔烈论[1]

汉室中叶[2]，戎狄侵轶之患[3]，边郡略无宁岁。兵连祸积，历世不已，天下以困，国用不足[4]。榷酤租算之外[5]，方许民间竭产助国，出金赎罪，货锱以为郎[6]，以为经世之术，救弊之务。逮至桓灵之世[7]，天子要之百万，然后用为三公[8]。崔烈常以贿求备位于公辅[9]。问其子"外以我为何如"，对以"铜臭"之说[10]，垂于前史[11]。

然近之人主[12]，无桓灵之僻[13]。自咸通之后[14]，上自宰辅以及方镇[15]，下至牧伯县令[16]，皆以贿取。故中官以宰相为时货[17],宰辅以牧守为时货,铨注以县令为时货。宰相若干万绳,刺史若干千绳,令若干百绳[18],皆声言于市井之人[19],更相借贷,以成其求。持权居任之日,若有所求足其欲,信又倍于科矣[20]。争图之者[21],仍以多为愈[22]。彼以十万,我以二十万;彼以二十万,我以三十万。自宰邑用贿之法[23],争相上下。复结驷连骑而往[24],观其堆积之所,然后命官[25]。权幸之门[26],明如交易。夫三公宰相,坐而论道,平治四海,调燮阴阳,为造化之主[27];方镇牧伯,天子藩屏,以固宗庙社稷之重[28];刺史县令为生民教化之首[29]。率皆如是[30],不亡何待!度其心而闻其谋[31],即皆贩妇之行[32]。一钱之出,希十钱之入。十万者望二十万之获,三十万者图六十万之报。尽生民发肤骨髓,尚未足以厌其求[33]。

汉之亡也,人主为之。国家之祸也,权幸为之。或曰:兆其衅者[34],崔氏之子。为不朽之罪人乎?武帝开之于前,桓灵成之于后,以至今日,踵而行之而已[35]。且烈之世,不闻教子以义方[36],不能遗子孙以清白。多藏若是,俸禄之所获乎[37]?不及于昆弟亲戚矣,不施于邻里乡党矣。其贿赂得之乎[38]?今日用之以远,不亦是乎[39]?且桓灵之世,国家既危,丧乱日臻[40]。烈能尽用以荣其身,他日之家牒且曰:"烈为相矣[41]。不如是,亦群盗之所夺。"乃积之者过,非用之者罪也[42]。被发而祭于野者,辛有知其必戎[43];作俑者其无后乎,仲尼惧其徇葬[44],盖知防其渐之日也[45]。明明天子许而行之,何罪之有[46]?崔子素无异闻,贪荣固利者,小人之常也[47]。不施于亲戚,自图于爵位者,亦小人之常也,何足加其罪。

有国家者,不以仁义,而务财利之道,许而行之,斯不可矣。不许而自行之,而不能知之,又不可矣。是亦覆国家者,不亦过乎[48]?

《全唐文》卷八四六

〔1〕 此文作年不详,据《资治通鉴·后梁纪五、六》载有前蜀后主时期买官鬻爵之事,此文或即作于此时,兼有反思唐亡原因并针砭现实的双重意义。文章援古证今,探其源而论其流,结构严谨,气脉流畅,深刻揭示了买卖官爵给国家造成的严重危害,甚至将批判的矛头直接指向了"许而行之"的"明明天子",振聋发聩。崔烈:曾是东汉后期"少有英称"的"冀州名士",灵帝时通过傅母的关系用五百万钱买得司徒之位,声誉顿减,"论者嫌其铜臭"。

〔2〕 汉室中叶:汉代中期,此处主要指西汉中期汉武帝元光、元朔、元狩与匈奴作战的十数年。

〔3〕 戎狄:指西、北方的匈奴部落。戎,古代泛指我国西部的少数民族。狄,古代泛指我国北方的少数民族。侵轶:突袭、包抄,此处指侵犯。

〔4〕 国用:国家经费。

〔5〕 榷酤租算:指各种赋税收入。榷酤,官府专卖酒类。租,田亩税。算,人丁税。

〔6〕 货:卖出。镪(qiǎng抢):通"繦",穿钱的绳子,引申为穿好的钱贯。郎:官名,春秋时始设,西汉时有侍郎、郎中等,为侍从之职,此处为一般中下级官吏的泛称。

〔7〕 逮至:到了。桓:东汉桓帝刘志,公元147—167年在位。灵:东汉灵帝刘宏,公元168—189年在位。

〔8〕 三公:初为辅助国君掌握军政大权的最高官员,唐宋时已无实权,渐成加衔。历代三公的具体称谓不一,东汉以太尉、司徒、司空为三公。

〔9〕 常:通"尝",曾经。求:同赇,贿赂。备位:占据官位。公辅:此处指三公。

〔10〕 铜臭:即钱臭,汉时以铜铸币,故云。《后汉书·崔寔列传》中记载,崔烈买官后问其子崔钧云:"吾居三公,于议者何如?"钧以"论者嫌其铜臭"答之。

〔11〕 垂:留传。前史:此处指《后汉书》。

〔12〕 人主:即人君、皇帝。

〔13〕 僻:邪僻,邪恶。

〔14〕 咸通:唐懿宗李漼的年号(860—874)。

〔15〕 宰辅:辅佐皇帝的大臣,一般指宰相或三公。方镇:掌握一方兵权的军事长官,如唐之节度使。

〔16〕 牧伯:汉代以后州郡长官的尊称,唐时州郡长官为刺史。县令:即掌管一县之政令的官员,唐时以县为州的下级行政区划。

〔17〕 中官:宦官。时货:日用的谷帛畜产等物,此处指合时畅销的商品。牧守:同"牧伯",此指唐时州刺史之类的地方长官。铨注:铨、注均为唐时吏部选用人材的程序,此处指负责选拔人才的官员。

〔18〕 "宰相"三句:此言各级官爵已明码标价。绳,穿钱用的绳索,此处为量词,一绳相当于一贯或一缗钱。刺史,唐时以刺史为一州的行政长官。令,县令。

〔19〕 声言:声张、宣扬。市井之人:商贩,此处泛指社会上的人。市井,群众聚集进行买卖的地方,也用作市街的通称。

〔20〕 信:的确、确实。倍于科:指收入要加倍于法定的俸额。科,法令条律,此处指法定的薪俸数额。

〔21〕 图:设法谋取。

〔22〕 愈:胜过。

〔23〕 宰邑:从宰相到县令。邑,邑侯,县令的旧称。

〔24〕 结驷连骑:指车马接连不断,语出《史记·仲尼弟子列传》:"子贡相卫而结驷连骑。"驷,古代一车套四马,驷指四马之车或一车之四马。

〔25〕 命:任命。

〔26〕 权:权贵、权臣。幸:幸臣,为君主所宠信的臣子。

〔27〕 "夫三公"五句:是说三公宰相本应担负的职责。论道,讨论治国的方法方针。平治,均平、治理。燮(xiè 谢),协调、调和。造化,自然的创造化育,此处指国家。

〔28〕 "方镇"三句:是说方镇牧伯本应担负的职责。藩屏,用以保卫的藩篱屏障。宗庙,天子、诸侯祭祀祖先之所,泛指国家。社稷,土地神与五谷神,亦代指国家。

〔29〕 "刺史"句:是说刺史县令本应担负的职责。生民,百姓。教化,政教风化。首,首长。

〔30〕 率皆:全部,全都。

〔31〕 度:揣测,考虑。

〔32〕 贩妇:出售货物的小商人。《周礼·地官·司市》中有"夕市,夕时而市,贩夫、贩妇为主"。

〔33〕 厌:通"餍",饱,满足。

〔34〕 兆其衅:开此恶例。兆,开始。衅,本义为用牲血涂器祭祀,此处指罪恶、恶例。

〔35〕 踵:追随,跟随。

〔36〕 义方:做人的正道。《左传·隐公三年》中有"爱子教子以义方,弗纳于邪"。

〔37〕 "多藏"二句:意谓崔烈家里藏有这么多的财货,岂能都是做官的俸禄所得吗？俸禄,官吏所得的钱、米等薪给,俸为俸钱,禄为禄米。

〔38〕 "不及"三句:意谓崔烈不曾惠及兄弟亲戚,也不曾施舍给邻居乡亲,他的"多藏"可能是受贿所得吧。昆弟,兄弟,昆为兄。乡党,同乡。

〔39〕 "今日"二句:意谓崔烈把这些财货用于谋求长远的利益,不也是可以的吗？

〔40〕 臻:至,到达。

〔41〕 "烈能尽用"三句:是说崔烈在国家祸患日趋紧迫之时用其贿

物来荣耀自身,将来家谱上还可以记载着:"崔烈做了宰相。"家牒,家族世系的谱牒。

〔42〕"乃积之"二句:是说这是积聚者的过错,而非使用者的过错。

〔43〕"被发"二句:典出《左传·僖公二十二年》,周大夫辛有于伊水畔见被发而祭于野者曰:"不及百年,此其戎乎,其礼先亡矣。"杜预注:"被发而祭,有象夷狄"。被(pī 披),同"披",披着,被发即散发。野,郊原。

〔44〕"作俑者"二句:典出《孟子·梁惠王上》:"仲尼曰:'始作俑者,其无后乎。为其象人而用之也'"。俑,古代用以殉葬的木偶或陶偶。后,后嗣子孙。仲尼,即孔子。徇葬,徇,通"殉",以人从葬。

〔45〕防其渐:即防微杜渐之意。渐,加剧。

〔46〕"明明"三句:是说既然买卖官爵是皇帝允许并推行的,那么买官者又有什么罪过呢?

〔47〕异闻:异于他人的所闻,此指奇特的品德或行为。固利:固守财利。

〔48〕覆:覆灭,使国家覆亡。过:过错。

杨 夔

杨夔(生卒年不详),其先弘农(今河南灵宝)人。举进士不第,遂游江左。昭宗时,与殷文奎、杜荀鹤、康骈等同为宣州田頵门客,頵欲叛淮南节度使杨行密,夔知其不足以成事,著《溺赋》以戒之。田頵不用其言,终至于败。史称夔"有隽才",然生平其他事迹不详。《全唐文》存其文两卷,多为有感而发之作。

公狱辨[1]

搢绅先生牧于东郡[2],绳属吏有公于狱者[3]。某适次于座[4],承间咨其所以为公之道[5]。先生曰:"吾每窥辞牒[6],意其曲直[7],指而付之[8],彼能立具牍[9],无不了吾意[10],亦可谓尽其公矣。"某居席之末,不敢以非是为决[11],因退而辩其公[12]。

且《传》曰[13]:"君所谓否,臣献其可。君所谓可,臣献其否。"是谓弥缝其不至也。及君可亦可,君否亦否,故平仲罪邱据踵君之意[14],叔向讥乐王鲋从君者也[15]。所以智询于愚,以其或有得也。尺先其寸,或有长也[16]。皆庸其涓滴[17],将助其广大也。况末世纤狡[18],内荏外刚[19],乌有不尽其辞而能必究其情乎[20]?使居上者得其情,属踵而诘之[21],可谓合于理,未足言公也。忽居上者异于见,远于理,亦随而鞫之[22],取协于意,所谓明于不法,乌可为公哉？且不师古之言[23],非不可为也,为之不能远；不由礼之事[24],非不可行也,行之不能久。故君子尽心法古,动必本礼,将远而不泥[25],久而不乱也。若乃告诸狱任意以为明[26],其属徇己以为公[27]。是使怀幸者有窥进之路,挟邪者有自容之门矣[28]。矧丛棘之内[29],辛楚备至,何须而不克[30],而况承执政指其所欲哉[31]？

呜呼！欲人之随意者,吾见乱其曲直矣[32]；乐人之附已者,吾见汩其善恶矣[33]。而犹伐其治,誉其公[34],无乃瞽者衒别诸五色乎[35]？

《全唐文》卷八六七

〔1〕 此文作年不详,据文中直书"治"字而不避唐高宗李治讳,或写于唐亡之后。公狱辨,即辨别什么是秉公断狱。文章条理分明,结构严谨,语言简洁明快,析理透彻精辟,排比句的大量使用显得辩驳有力,从而深刻批判了一味按长官指示办事而不问是非的不正之风,揭示出"公狱"应有的内涵,至今不失为一篇有现实借鉴意义的佳作。

〔2〕 搢绅:插笏于带间,古时仕宦者垂绅搢笏,故以搢绅指称士大夫。搢,插。绅,束在腰间,一头垂下的大带。牧:《礼记·曲礼下》:"九州之长,入天子之国,曰牧。"后称州官为牧,唐时州官即刺史。东郡:郡名,战国时秦取魏地置,因其位于秦东而得名,此后废置无常,隋大业初曾复置东郡,唐初改为滑州,治所在今河南滑县东南城关镇附近。

〔3〕 绳:称誉。《左传·庄公十四年》:"绳息妫以语楚子。"杜预注:"绳,誉也。"属吏:下属的官吏。狱:断狱。

〔4〕 某:作者自称。适:恰好,刚好。次:列于,在列。

〔5〕 承间(jiàn剑):趁空隙。承,犹乘。间,空子、空隙。咨:征询

713

询问。

〔6〕 窥:观看。牒(dié叠):讼辞。

〔7〕 意其曲直:猜测其是非。意,料想,猜测。

〔8〕 指:指示。付:授予,给予。之:代指将要判案的属吏。

〔9〕 立:即刻。具牍(dú独):完成判决。具,完备、完成。牍,书版、木简,此处指判决公文。

〔10〕 了吾意:符合我的意旨。

〔11〕 决:决断,判断。

〔12〕 退:返,归。辩:通"辨"。

〔13〕 且:发语词。传:指《左传》。

〔14〕 "平仲罪"句:事见《左传·昭公二十年》。齐景公认为梁丘据与己和,而晏婴认为"和"应该是"君所谓可,而有否焉,臣献其否,以成其可;君所谓否,而有可焉,臣献其可,以去其否",梁丘据则"君所谓可,据亦曰可;君所谓否,据亦曰否",是"同"而不是"和"。否,不对、不然。可,许可、赞成。弥缝,弥补。不至,(见)不到之处。平仲,即晏婴,晏婴字平仲,相齐景公。邱据,即梁丘据,齐景公的宠臣。踵,跟随,阿附。

〔15〕 "叔向讥"句:事见《左传·襄公二十一年》。叔向被囚,认为能救他的人是祁大夫而非乐王鲋,因为"乐王鲋从君者也",而祁大夫"外举不弃雠,内举不失亲",后来结果一如叔向所言。叔向,春秋时晋大夫。祁大夫,即祁奚;乐王鲋,皆晋大夫。

〔16〕 "尺先"二句:即尺有所短、寸有所长之意。

〔17〕 庸:用。涓(juān娟)滴:指水少。涓,小水流。滴,水点。

〔18〕 末世:晚近风俗衰薄的时代。纤狡:刻薄狡猾。纤,吝啬。

〔19〕 内荏(rěn忍)外刚:意谓表里不一。荏,软弱、怯懦。

〔20〕 "乌有"句:哪儿有不把辞牒仔细看完就一定能弄清案件实情的呢?乌,疑问助词,哪,何。情,实情。

〔21〕 诘:问,责问,审讯。

〔22〕 鞠(jū居):审讯,查问。

〔23〕 师古:效法古人。此指取法于上文提到的平仲、叔向,以避免断狱的主观臆断与片面性。

〔24〕 由礼:根据事理。由,用。礼,《礼记·仲尼燕居》:"礼也者,理也"。

〔25〕 泥(nì 腻):阻滞,拘泥。

〔26〕 若乃:相当于"至于"。狱:指治狱的人。任意:听凭自己的主观臆断。任,听凭、依从。

〔27〕 徇(xùn 讯):顺从,曲从。

〔28〕 怀幸者:怀有侥幸心理的人。挟邪者:带有邪恶念头的人。

〔29〕 矧:何况,况且。丛棘:古代囚禁犯人的地方,代指牢狱。《易·坎》中有"置于丛棘",疏曰:"谓执囚之处,以棘丛而禁之也"。

〔30〕 "辛楚"二句:意谓牢狱中酷刑俱备,想要任何结果都可以得到。须,通"需",需要。克,能。

〔31〕 承:顺从,奉承。执政:指当权者。

〔32〕 随意:指顺从自己的意旨断案。随,跟从。乱其曲直:扰乱混淆案件的是非。

〔33〕 附己:附合自己。汩(gǔ 古):扰乱,弄乱。

〔34〕 伐:夸耀自己的功劳和才能。誉:称人之美。

〔35〕 瞽(gǔ 古)者:盲人。衒(xuàn 炫):自我矜夸。别:分开、区别。

韦　庄

韦庄(836？—910)，字端己，京兆杜陵(今陕西西安市东南)人，中唐著名诗人韦应物之四世孙。广明元年(880)应举长安，值黄巢入京，亲睹战乱，遂于中和三年(883)作《秦妇吟》，时人因此称之为"《秦妇吟》秀才"。后久居南方避乱，至唐昭宗乾宁元年(894)方中进士，为校书郎。天复元年(901)入蜀依王建，为掌书记。唐亡，乃劝王建自立，定开国制度，进左散骑常侍，判中书门下事，累官至吏部尚书兼平章事，后卒于成都，谥文靖。韦庄工诗擅词，其词与温庭筠齐名，并称"温韦"，为花间词派的代表作家，有《浣花集》十卷，今人整理有《韦庄集笺注》，上海古籍出版社2002年出版。

《又玄集》序[1]

谢玄晖文集盈编，止诵"澄江"之句[2]；曹子建诗名冠古，惟吟"清夜"之篇[3]。是知美稼千箱，两岐奚少[4]；繁弦九变，《大濩》殊稀[5]。入华林而珠树非多[6]，阅众籁而紫箫唯一[7]。所以撷芳林下，拾翠岩边[8]。沙之汰之，始辨辟寒之宝[9]；载雕载琢，方成瑚琏之珍[10]。故知颔下采珠，难求十斛[11]；管中窥豹，但取一斑[12]。自国朝大手名人[13]，以至今之作者,或百篇之内,时纪一章;或全集之中,微征数首[14]。但掇其清词丽句,录在西斋[15];莫穷其巨派洪澜,任归东海[16]。总其记得者才子一百五十人[17],诵得者名诗三百首。长乐暇日[18],陋巷穷时[19],聊撼膝以书绅[20],匪攒心而就简[21]。盖诗中鼓吹,名下笙簧[22]。击㲞氏之钟,霜清日观[23];淬雷公之剑,影动星津[24]。云间分合璧之光[25],海上运摩天之翅[26]。夺造化而雷云涌起[27],役鬼神而风雨奔驰[28]。但思其食马留肝[29],徒云染指[30];岂虑其烹鱼去乙,或至伤鳞[31]。自惭乎鼹肠易盈[32],非嗜其熊蹯独美[33]。然则律者既采,繁者是除[34]。何知黑白之鹅,强识淄渑之水[35]。左太冲十年三赋,未必无瑕[36];刘穆之一日百函,焉能尽丽[37]。是知班、张、屈、宋[38],亦有芜辞;沈、谢、应、刘[39],犹多累句。虽遗妍可惜,而备载斯难[40]。亦由执斧伐山,止求嘉木[41];挈瓶赴海,但汲甘泉[42]。等同于风月烟花,各是其楂梨橘柚[43]。

昔姚合所撰《极玄集》一卷[44],传于当代,已尽精微[45]。今更采其玄者,勒成《又玄集》三卷[46],记方流而目眩[47],阅丽水而神疲[48]。鱼兔虽存,筌蹄是弃[49]。所以金盘饮露,惟采沆瀣之精[50];花界食珍,但享醍醐之味[51]。非独资于短见,亦可贻于后昆[52]。采实去华,俟诸来者[53]。

光化三年七月二日,前左补阙韦庄述[54]。

《文苑英华》卷七一四

[1] 此文作于唐昭宗光化三年(900),是韦庄为其所编唐诗选集撰写的序言。《又玄集》三卷,序文称择取有唐一代诗人一百五十人的三百

首诗作而成,今本为一百四十六人二百九十九首诗。《又玄集》选诗较为全面,亦多为佳作,虽有瑕疵,难掩其眼光独到之处。序文采用骈体形式,典丽精工,神采飞扬,交代了编集的目的与标准,阐发了"清丽"的审美理想,从一个侧面反映出晚唐文坛的文学趣尚。

〔2〕 谢玄晖:即南齐诗人谢朓(464—499)。朓字玄晖,以山水诗著称,诗风清新秀丽,颇受唐人推崇。澄江:语出谢朓《晚登三山还望京邑》"馀霞散成绮,澄江静如练"。

〔3〕 曹子建:即曹操第四子曹植(192—232)。植字子建。《诗品》誉其诗为"骨气奇高,辞采华茂,情兼雅怨,体被文质",在五言诗歌发展史上产生过重要影响。清夜:指曹植《公宴》中的"清夜游西园,飞盖相追随"。

〔4〕 美稼千箱:指丰收。《诗经·小雅·甫田》:"曾孙之稼,如茨如梁……乃求千斯仓,乃求万斯箱。"稼,禾之秀实为稼。两岐:指麦穗岐出为二,为吉兆。《后汉书·张堪列传》有"百姓歌曰:桑无附枝,麦穗两岐,张君为政,乐不可支。"岐,本指岔道。

〔5〕 繁弦:指琴音繁密急促。九变:多次演奏。《周官·春官·大司乐》:"若乐九变,则鬼神可得而礼矣。"郑玄注:"变,犹更也,乐成则更奏。"大濩(huò 货):古乐名,据传作于商汤时期。

〔6〕 华林:《佩文韵府》卷二七引梁元帝《纂要》:"春木曰华树,亦曰华林"。珠树:神话传说中结珠的树,见《淮南子·墬形》。

〔7〕 籁:即箫。紫箫:杜牧《杜秋娘诗》"闲捻紫箫吹"原注:"《晋书》:盗开凉州张骏冢,得紫玉箫。"

〔8〕 撷(xié 斜):摘取。翠:指翠鸟的羽毛。

〔9〕 沙之汰之:拣选淘汰,语出《晋书·孙楚传》之"沙之汰之,瓦石在后"。辟寒之宝:王仁裕《开元天宝遗事》卷上有交趾国进辟寒犀事,此指宝物。

〔10〕 载:且。瑚琏:古代祭祀时用于盛粟稷的贵重器皿,多为玉制。

〔11〕 颔(hán 含)下采珠:指探取难得之宝。《庄子·列御寇》云:"夫千金之珠,必在九重之渊,而骊龙颔下。"颔,下巴。斛(hú 胡):量器

名,古代以十斗为斛,南宋末年改为五斗一斛。

〔12〕 "管中"二句:意谓只见局部不见整体,语本《世说新语·方正》中"管中窥豹,时见一斑"。

〔13〕 国朝:本朝,此指唐朝。

〔14〕 征:征求,收集。

〔15〕 掇(duó夺):拾取。西斋:泛指文人的书斋。

〔16〕 派:支流。洪澜:巨浪。

〔17〕 才子:古指德才兼备之人,此处泛指文士。

〔18〕 长乐暇日:意谓在长乐坊居住的闲暇时间。长乐,唐长安城中有长乐坊,位于城中东北处。暇日,闲暇的时间,《孟子·梁惠王上》有"壮者以暇日,修其孝悌忠信"。

〔19〕 陋巷穷时:意谓微贱而居于陋巷的时候。陋巷,狭窄的小巷,语本《论语·雍也》:"一箪食,一瓢饮,在陋巷,人不堪其忧,回也不改其乐,贤哉回也"。

〔20〕 撼:摇动。书绅:书于衣带以示不忘。绅,束在腰间,一头垂下的大带。

〔21〕 匪:非。攒心:即钻心。攒,聚集。就简:指著述传世。简,用于书写的竹木简。

〔22〕 笙簧:管乐器。笙,乐器名,大者十九簧,小者十三簧。簧,乐器中有弹性的薄片。

〔23〕 凫氏:古代铸钟的工匠,《周礼·考工记》中有"凫氏为钟"。霜清:《山海经·中山经》:"有九钟焉,是知霜降。"郭璞注:"霜降则钟鸣。"李白《庐山东林寺夜怀》有"霜清东林钟"之句。日观:泰山顶有日观峰。

〔24〕 淬(cuì脆):将铸件烧红后浸入水中以使之坚硬。雷公之剑:典出《晋书·张华传》,张华见斗、牛间有紫气而问于雷焕,焕以"宝剑之精"对之,遂使雷焕为豫章丰城令,果于地下掘出龙泉、太阿两把宝剑。详见王勃《滕王阁序》注。星津:星汉。津,天汉,即银河。

〔25〕 合璧之光：指日、月、五星合聚之光。

〔26〕 摩天之翅：似指《庄子·逍遥游》中之大鹏："怒而飞，其翼若垂天之云，是鸟也，海运则将徙于南冥。南冥者，天池也。"

〔27〕 造化：自然的创造化育。

〔28〕 "役鬼神"句：语本杜甫《寄李十二白二十韵》："笔落惊风雨，诗成泣鬼神。"

〔29〕 食马留肝：古人讹传马肝有毒，故食肉而留肝。《史记·辕固生列传》有"食肉不食马肝，不为不知味"之语。

〔30〕 徒：空，徒然。染指：典出《左传·宣公四年》："及食大夫鼋，召子公而弗与也。子公怒，染指于鼎，尝之而出。"本指以手指蘸鼎内之羹，后指沾取非份的利益。

〔31〕 烹鱼去乙：指烹制鱼时去除其鲠人之骨。《礼记·内则》有"鱼去乙"，注云："乙，鱼体中害人者，今东海鳡鱼有骨，名乙，在目旁，状若篆乙，食之鲠人不可出。"据此注，"乙"似为鳡鱼之颊骨。

〔32〕 鼷肠：指细小的度量。鼷，田鼠。盈：满。

〔33〕 熊蹯（fān 帆）：即熊掌。蹯，兽足。

〔34〕 "然则"二句：指选取符合标准的，除去不合要求的。律，法则。繁，繁芜。

〔35〕 黑白之鹅：《晋书·苻坚下》："（苻朗）食鹅肉，知黑白之处，人不信，记而试之，无毫厘之差，时人咸以识味。"淄渑之水：指山东的淄、渑二水，据称二水味异，合则难辨。《列子·说符》中有"淄渑之合，易牙尝而知之。"

〔36〕 "左太冲"句：用左思构想十年而作《三都赋》事。左思（约250—约305），字太冲，西晋文学家。瑕：玉上的斑点，泛指疵病。

〔37〕 "刘穆之"句：典出《宋书·刘穆之传》："穆之与朱龄石并便尺牍，尝于高祖坐，与龄石答书，自旦至日中，穆之得百函，龄石得八十函，而穆之应对无废也。"函，本作"亟"，据《全唐文》改。

〔38〕 班：班固（32—92），字孟坚，东汉史学家、辞赋家，著有《汉

书》、《两都赋》等。张:张衡(78—139),字平子,东汉文学家、科学家,著有《二京赋》等。屈:屈原(约前340—约前277),名平,字原,战国时辞赋家,作有《离骚》、《九章》等。宋:宋玉(生卒年不详),战国时辞赋家,作有《九辩》等。

〔39〕 沈:沈约(441—513),字休文,南朝齐梁时期诗人,提出"四声八病",倡"永明体",对诗歌的格律化产生了重要影响。谢:谢朓,已见本篇注。应:应玚(?—217),三国时期文学家,"建安七子"之一。刘:刘桢(?—217),三国时期文学家,"建安七子"之一。

〔40〕 妍:美好。备:完全。斯:连词,犹则、乃。

〔41〕 嘉木:郭璞《山海经图·梧桐赞》有"桐实嘉木,凤凰所栖"。

〔42〕 挈(qiè 窃):悬持,提起。汲:引水,取水。甘泉:甘美的泉水。《荀子·尧问》中有"孔子曰:为人下者乎,其犹土也,深汨之而得甘泉焉"。甘,本作"井",据《全唐文》改。

〔43〕 楂梨橘柚:皆果名,语出《庄子·天运》:"故譬三皇五帝之礼义法度,其犹楂梨橘柚邪,其味相反,而皆可于口。"

〔44〕 姚合:姚合(779—846),晚唐诗人,喜为五律,刻意求工,多写个人日常生活及自然景色,影响下于至南宋江湖诗派。极玄集:姚合所编唐诗选集,选二十一人一百首诗(今佚一首),内容偏重写个人情怀和流连风景之作,体制多为五言。

〔45〕 精微:精深微妙,《礼记·中庸》中有"致高大而尽精微"。

〔46〕 勒成:刻而成集。勒,雕刻。

〔47〕 方流:语出《文选》颜延之《赠王太常》诗:"玉水记方流,璇源载圆折。"李善注:"尸子曰:凡水,其方折有玉,其圆折者有珠。"

〔48〕 丽水:好水。丽,《广雅·释诂》:"丽,好也。"江淹《空青赋》有"宝波丽水,华峰艳山"。

〔49〕 "鱼兔"二句:典出《庄子·外物》:"筌者所以在鱼,得鱼而忘筌;蹄者所以在兔,得兔而忘蹄。"筌蹄,比喻达成某种目的的工具或手段。筌,捕鱼器具。蹄,捕兔工具。

〔50〕 金盘饮露:汉武帝欲饮露而求长生,故于宫中置承露盘。《三辅故事》云:"建章宫承露盘高二十丈,大七围,以铜为之,上有仙人掌承露,和玉屑饮之。"古人常以金称铜,故云"金盘"。沆瀣(xiè谢):北方夜半之气。

〔51〕 "花界"二句:喻智慧输之于人。花界:指佛寺,《白孔六帖》中有"花界、花宫、佛寺名"。醍醐(tí hú题壶),作乳酪时,上一重凝者为酥,酥上加油为醍醐,佛家以之喻最高的佛法。

〔52〕 资:助。贻:遗留。后昆:后代子孙。语出《尚书·仲虺之诰》:"垂裕后昆"。

〔53〕 俟(sì四):等待。诸:"之于"的合音。

〔54〕 光化三年:光化为唐昭宗年号,光化三年为公元900年。左补阙:官名,属门下省,负责进谏、荐举。

欧阳炯

欧阳炯(896—971),益州华阳(今四川双流)人。少仕前蜀王衍为中书舍人。前蜀亡,入后唐为秦州从事,后复回成都,仕于后蜀,历任中书舍人、武德军判官、翰林学士等,累官至门下侍郎兼户部尚书、平章事,兼修国史。后蜀亡,又仕宋为右散骑常侍,迁翰林学士,终以左散骑常侍分司西京。《宋史》有传。欧阳炯工诗词,词风婉媚,《花间集》存其词十七首,而其《花间集序》首倡"花间词派"之宗旨,在词史上影响极大。

《花间集》序[1]

镂玉雕琼,拟化工而迥巧;裁花剪叶,夺春艳以争鲜[2]。是以唱云谣则金母词清,挹霞醴则穆王心醉[3]。名高白雪[4],声声而自合鸾歌[5];响遏青云[6],字字而偏谐凤律[7]。杨柳大堤之句,乐府相传[8];芙蓉曲渚之篇,豪家自制[9]。莫不争高门下,三千玳瑁之簪[10];竞富樽前,数十珊瑚之树[11]。则有绮筵公子,绣幌佳人[12],递叶叶之花笺,文抽丽锦[13];举纤纤之玉指,拍按香檀[14]。不无清绝之辞,用助娇娆之态[15]。自南朝之宫体[16],扇北里之倡风[17],何止言之不文,所谓秀而不实[18]。

有唐已降[19]，率土之滨[20]，家家之香径春风，宁寻越艳[21]；处处之红楼夜月，自锁常娥[22]。在明皇朝则有李太白应制《清平乐》词四首[23]，近代温飞卿复有《金筌集》[24]。迩来作者[25]，无愧前人。

今卫尉少卿字弘基[26]，以拾翠洲边，自得羽毛之异[27]；织绡泉底，独殊机杼之功[28]。广会众宾，时延佳论[29]。因集近来诗客曲子词五百首[30]，分为十卷，以炯粗预知音[31]，辱请命题[32]，仍为序引[33]。昔郢人有歌《阳春》者，号为绝唱，乃命之为《花间集》。庶以阳春之甲，将使西园英哲，用资羽盖之欢[34]；南国婵娟，休唱莲舟之引[35]。

时大蜀广政三年夏四月日序[36]。

《花间集》卷首

〔1〕 此文作于后蜀广政三年(940)，是欧阳炯为赵崇祚所编词集《花间集》写的一篇序文。《花间集》是我国第一部文人词总集，收入自唐文宗开成元年(836)至后晋天福五年(940，即后蜀广政三年)间十八位作家的五百首词作，题材多为闺情，风格偏于绮艳。这篇序文是现存最早的论词专文，采用骈体，叙议结合，文气通畅。文中历述自周以来乐府歌辞的发展及花间词所承的传统，交代了词作兴起的背景，介绍了编集的经过和目的，初步体现了论诗与论词的尺度差异，对后人的词学研究具有极为重要的意义。

〔2〕 "镂玉"四句：此是以雕镂剪裁之精巧形容文辞之华美。拟，比。化工，自然的创造力。迥，远。

〔3〕 "是以"二句：此为西王母与周穆王宴饮并为之唱《白云谣》一事，见《穆天子传》卷三。云谣，即西王母所唱之《白云谣》，辞为"白云在天，山陵自出，道里悠远，山川间之，将子无死，尚能复来。"金母，即西王母，古人以西方属金，故称金母。挹(yì易)，舀、酌取。醴(lǐ里)，甜酒。

穆王,即周穆王,昭王子,名满,在位五十五年,曾西击犬戎,后人因之演述出穆天子见西王母故事。

〔4〕白雪:古曲名,宋玉《对楚王问》中有《下里巴人》人能和者众,《阳春》、《白雪》能和者寡的故事,故后人多以《阳春》、《白雪》指代曲调高雅的音乐。

〔5〕鸾歌:鸾鸟之歌。鸾,凤凰之类的神鸟,《说文》谓其"赤色五采,鸡形,鸣中五音。"

〔6〕响遏青云:谓曲声美妙,能遏止行云。典出《列子·汤问》,秦青饯别弟子薛潭时"抚节悲歌,声振林木,响遏行云"。遏,阻止。

〔7〕凤律:即音律,《吕氏春秋·古乐》中有"听凤凰之鸣,以别十二律"。

〔8〕杨柳:乐府名,《乐府诗集》卷四八、卷九四均记有清商西曲《襄阳乐》,词云:"朝发襄阳城,暮至大堤宿,大堤诸女儿,花艳惊郎目"。"大堤"盖指此。乐府:初为主管音乐的官署,亦指该官署所采制的诗歌,后将魏晋至唐可入乐的诗歌及仿乐府古题的作品也统称为乐府。

〔9〕芙蓉、曲渚:指豪门贵族创作的乐府歌章。芙蓉,多为采莲之事,如《乐府诗集》卷四八梁简文帝《乌栖曲》中有"芙蓉作船丝作䉡,北斗横天月将落"。曲渚,《乐府诗集》卷七四梁沈君攸《桂楫泛河中》有"黄河曲渚通千里,浊水分流引八川"。

〔10〕玳瑁簪:用玳瑁的甲壳制成的簪子,此代指歌儿舞女。玳瑁,一种似龟的动物。

〔11〕"竞富"二句:用石崇、王恺斗富事,见《世说新语·汰侈》,晋武帝助王恺与石崇斗富,赐恺珊瑚树,石崇将其击碎,而以更大者偿之。樽,同"鐏",酒杯。

〔12〕幌:帷幔,窗帘。

〔13〕叶叶:一页一页的。花笺:指用于题咏的精美纸张。抽:引,引出,"文抽丽锦"即抽出如丽锦一般华美的文词。

〔14〕纤纤:柔美的样子。檀:即拍板,一种用于击节的乐器,多以檀

725

木制成,故亦称檀板。

〔15〕 清绝:清丽绝妙。娇娆:妩媚,美丽。

〔16〕 南朝:东晋以后,宋、齐、梁、陈先后在南方立国,统称南朝,时间为公元420—589年,此处主要指梁、陈二朝(502—589)。宫体:梁简文帝萧纲为太子时常与侍臣唱和,多写宫廷生活与男女私情,文词靡丽软媚,风格轻艳,当时谓之"宫体",后也用"宫体"代指艳情诗。

〔17〕 北里:唐长安城中有平康里,因位置偏北,也称"北里",时为乐妓聚居之所,后人因称妓院之所在为北里,唐人孙棨曾著有《北里志》。倡:俗作"娼"。

〔18〕 言之不文:指言辞粗鄙而不雅驯,《左传·襄公二十五年》中有"言之无文,行而不远"。文,本义为彩色交错,引申为文雅。秀而不实:即华而不实,《论语·子罕》中有"秀而不实者有矣夫"。秀,谷类抽穗开花。实,果实。

〔19〕 有唐:唐朝(618—907)。有,语助词,用作词头。

〔20〕 率土之滨:疆域之内,语出《诗经·北山》:"率土之滨,莫非王臣。"率,遵循、服从。

〔21〕 宁:难道。越艳:越国美女西施,代指美女。

〔22〕 锁:拘系,此处指将美女纳入红楼。常娥:俗作"嫦娥",古代神话传说中羿之妻,因窃不死药而奔月成仙,此处代指美女。

〔23〕 明皇:指唐玄宗李隆基,公元712—755年在位,谥号"至道大圣大明孝皇帝",简称"明皇帝"。李太白:即李白,字太白。应制:应帝王之命而作诗文。清平乐:今本《李太白全集》中有《清平乐》三首、《清平乐令》二首,后者还有"翰林应制"的题注,然人多疑为伪作。

〔24〕 温飞卿:温庭筠(801—866),本名岐,字飞卿,晚唐诗人、词人,其词多写妇女、相思之事,辞采秾丽,风格香艳,被尊为"花间词派"的鼻祖。《金荃集》:十卷,为温庭筠的诗文集。

〔25〕 迩来:近来。迩,近。

〔26〕 卫尉少卿:官名,掌管宫门警卫。弘基:《花间集》的编者赵崇

祚字弘基。

〔27〕 拾翠:指搜集、择取词作。翠,指翠鸟的羽毛。洲:水中的陆地。

〔28〕 织绡(xiāo 逍)泉底:以鲛人于水下不废织绩喻赵崇祚编集不辞辛劳。左思《吴都赋》:"泉室潜织而卷绡。"干宝《搜神记》:"南海之外有鲛人,水居如鱼,不废织绩。"绡,生丝织成的薄纱、薄绢。机杼:织布机。

〔29〕 延:引进。此句是说编集时曾广泛征求意见。

〔30〕 曲子词:当时词亦称曲子词。

〔31〕 粗预:粗略预知。知音:通晓音律。

〔32〕 辱:谦词,用于应酬对方请求,相当于"承蒙"。命题:给书命名。

〔33〕 仍:于是。序引:一种文体,常书于卷首以交代缘起、评介内容。

〔34〕 "庶以"三句:点明编集的目的是为贵族、文人"资羽盖之欢"。庶,希望。甲,天干首位,用于纪年纪日等,此处指日。西园,汉末曹操所建,曹植《公宴》有"清夜游西园,飞盖相追随"之句,后泛指文士聚会处。资,供给,资助。羽盖,以翠羽为饰的车盖,此处指乘坐这种车的人。

〔35〕 "南国"二句:意谓有了《花间集》里的新作之后,歌儿舞女就不用再唱乐府中的陈词旧曲了。南国,本指江汉一带的诸侯国,《诗·小雅·四月》有"滔滔江汉,南国之纪",后泛指南方。婵娟,形态美好,此指艳丽的歌伎。莲舟之引,盖指乐府歌诗中与采莲有关的歌曲,如《乐府诗集》卷五〇所载之《采莲曲》,此处代指乐府旧曲。

〔36〕 大蜀:此指五代十国时的后蜀(934—965)。广政:后蜀后主孟昶的年号(938—965),广政三年相当于后晋天福五年(940)。

727